无所畏惧 2

上册

赵冬苓 / 原作

管勇韬 / 改编

作家出版社

图书在版编目（CIP）数据

无所畏惧. 2 / 赵冬苓原作；管勇韬改编. -- 北京：作家出版社，2025.3. -- ISBN 978-7-5212-3275-2

Ⅰ. I247.5

中国国家版本馆CIP数据核字第2025H52W01号

无所畏惧. 2

原　　作：	赵冬苓
改　　编：	管勇韬
责任编辑：	宋辰辰
装帧设计：	意匠文化·丁奔亮
出版发行：	作家出版社有限公司
社　　址：	北京农展馆南里10号　　邮　　编：100125
电话传真：	86-10-65067186（发行中心）
	86-10-65004079（总编室）
E-mail:	zuojia@zuojia.net.cn
http://www.zuojiachubanshe.com	
印　　刷：	河北京平诚乾印刷有限公司
成品尺寸：	152×230
字　　数：	669千
印　　张：	51.75
版　　次：	2025年3月第1版
印　　次：	2025年3月第1次印刷
ISBN	978-7-5212-3275-2
定　　价：	89.00元（全二册）

作家版图书，版权所有，侵权必究。
作家版图书，印装错误可随时退换。

1

夜幕低垂，万籁俱寂。四周隐隐的灯光勾勒出监狱庞大的身影。高大的围墙上，每隔一段就有一盏灯亮着，四个角上各有一个瞭望楼，默默守护着这座戒备森严的监狱。

突然，灯光大亮，沉闷的警笛声骤然大作，打破了夜的宁静。与此同时，一声清脆的枪响划破长空。

监狱某间办公室门突然大开，一个年轻的警察慌张地扑进来，伸手去抓桌上的电话，声音急促："报告，453号犯人许建设越狱逃跑了！报告，453号犯人许建设越狱逃跑啦！"

警笛持续响着，一队队荷枪实弹的警察迅速跑过，队长面色沉稳地指挥着搜寻方向，额头上却满是汗水。

几天后，河北某市法庭内，罗英子和邱华坐在辩护人席上，面前的被告席上是一个五十多岁形容枯槁的女人，名叫王九妹。

邱华正在陈述最后的辩护意见，她的声音坚定而有力："可以说，王九妹的人生是被不幸的婚姻摧毁的。二十七年来，王九妹独自供养一家四口，可郭志军不知感恩，反用暴力胁迫王九妹无法离婚，致使王九妹及其女儿长期遭受致命的家庭暴力，这一恶行最终激发了王九妹的防卫意识，也让郭志军殒命。综上，辩护人恳请法庭考虑本案被害人存在重大过错的特殊情况，适用正当防卫法条，判决王九妹无罪，给她一次重生的机会；即使认定其防卫过当，也恳请法庭怜悯王九妹年幼的子女，考虑其投案自首及悔罪表现，免于其刑事处罚。"

一席话毕，被告人席上的王九妹已满是泪水。邱华看向罗英子，罗英子面色焦急，指指手表示意她注意时间。

所有人都站起身肃立着，法官看着王九妹，随后宣读判决："判决如下，被告人王九妹犯故意伤害罪，判处有期徒刑三年，缓刑三年。"

罗英子眼前似乎模糊潮湿起来,她和邱华激动地对视了一眼,暗自拉住了彼此的手,王九妹低下头,早已泣不成声。

法院门口停着一辆加长林肯,显然是一辆婚车,车头装饰着一对被鲜花簇拥的情侣人偶。罗英子和邱华从法院跑出来,罗英子边跑边帮邱华脱掉律师袍。两人跳上车,车子疾驰而去。

车内很宽敞,座位区与驾驶室被隔板隔开。邱华整理着刚套上的婚纱,罗英子接过她递过来的别针认真地别在束腰处,嘴里还在念叨:"跟你说多少遍你不听,穿婚纱跟平常穿衣服能一样吗?到头来还是选个这么素的。"

一向沉稳的邱华此刻面色焦急:"都这时候了别抱怨我了。英子,咱们还有多久到?"

罗英子瞥了一眼手表:"快了,我说邱华,你确定你就穿这鞋结婚?"

邱华这才低头看到自己脚上的皮鞋,顿时懊恼道:"坏了,光顾着忙活王九妹了,昨天彩排我把婚鞋落在现场,现在肯定找不着了。"

罗英子勒紧婚纱,别上最后一枚别针:"看来这王九妹真把你折腾得够呛,头忙昏了,人也比上个月试纱瘦了一大圈。你这么工作狂,你家全全受得住吗?"

邱华嗔怪道:"少给我扣帽子,案子还不是你接的?故意伤害致人死亡了,你还一直坚持正当防卫,这是兵行险招,越拖一天变数越大,我能不急吗?"

罗英子微笑着给邱华画眉:"新娘子,我错了还不行?不过说真的,你今天结婚还跑来开庭,全全真的没意见?"

邱华心一沉,低声道:"反正我提前跟他说好了。"

罗英子把化妆镜摆在邱华面前,邱华看到镜中的自己,面无表情。

罗英子打趣道:"你看看你,从出庭到现在除了王九妹判缓刑你笑了,之后就再没笑过。你再这么垮脸,我化出来的妆可都是垮的哦。"

邱华勉强挤出一个僵硬的笑容。罗英子有些无奈:"邱华,你跟全全正式谈恋爱就一年，你就把自己给嫁了，想好了吗？"

邱华突然抬眼，笃定地说："想好了，就他了。"

这时，罗英子看向窗外，酒店已在眼前。罗英子轻声说道："咱们马上到，一会儿你先去找姐夫，我马上去找你。"

酒店大厅里播放着欢快的音乐，门口的KT板、气球和各色装饰错落有致，邱华和张全全的照片摆放在入口处，照片上张全全笑得很开心，照片后面，张全全捂着手机打着电话，他不时向外看着，神情有些紧张："我就在入场这儿，爸妈那边我尽量拖着，等你。"

挂断电话，他不安地瞥了一眼座席上的父母。

邱华的公婆已经落座，一看就是干部模样。相反，邱华的父母和弟弟强子则在自助餐区附近，看上去显得紧张又局促。强子是个二十多岁的大小伙子，朴实无华，还没开席，他就拿了份蛋糕和饮料端在手里，眼馋地问母亲："妈，姐咋还没到？我都饿了。"

邱华妈让儿子去一边偷偷吃点，着急地对邱华爸说："这闺女咋回事？好不容易才攀上这么个亲家，这临门一脚了，咋这不上心呢？"

邱华爸早已焦急得一脸汗："咱去跟亲家说说，替娃道个歉。"正说着，他看见强子已经开吃，狠狠推了他一把骂道："就知道吃！盘子放下，不怕人笑话。"邱华妈赶紧拉拉他，但远处的全全妈已经看过来，尴尬地笑了笑，随即别过脸去，低声嘀咕道："咱们这个儿媳妇也太不把咱们放在眼里了，几点了还不来？光带着老家人来吃席了。"

全全爸小声地劝道："你少说两句，是全全自己喜欢她。再说这孩子有本事，比咱全全有出息。"

全全妈撇了撇嘴："我还就怕她这个有出息。全全也不知道随谁，这么老实，这结婚以后还不叫她拿得死死的啊。"

正说着，邱华的父母带着强子过来，满脸堆笑。邱华爸歉意地说："亲家，对不住。是华子不懂事，我刚催她了，娃说马上就到。"

全全妈有意撒气，假笑道："大哥，你这亲家可叫早啦，这婚不还没结成嘛。"邱华父母的笑容顿时僵住,有些手足无措,全全爸连忙打了个圆场:"亲家,孩子工作忙我们能理解,咱再等等。"

这时,邱华从车里跑出来,引得人纷纷侧目,她边跑边喊:"全全!"

张全全迎上去:"你可来了,我妈都急了。"他手忙脚乱地帮邱华整理跑乱的婚纱,忽然看到邱华的鞋:"邱华,咱买的婚鞋呢?"

邱华喘着气:"对不起,全全,昨天彩排我把鞋落在会场了,现在找可能来不及了。"

"穿个黑皮鞋结婚算什么样子啊。"张全全抱怨道。

邱华不知道说什么,二人顿时有些冷场。

司仪小跑过来,声音急切地催促道:"还愣着干吗,新人赶紧入场啊!"两人定在原地,同时看着邱华脚上的扎眼的黑皮鞋,司仪跟着看过去,也愣住了。

这时,罗英子一手抱着律师袍,一手拎着高跟鞋跑了过来,脸上不知道在哪儿蹭的黑了几块,混着妆容显得格外滑稽。

罗英子气喘吁吁地把鞋递过来:"赶紧、赶紧换鞋。"

邱华惊讶道:"英子,你帮我找鞋去了?你这脸怎么了?"

罗英子喘着气解释:"你的鞋被搭台师傅扔在看台下面了,我给你摸出来的。"接着把鞋塞给张全全:"姐夫,你给她换!赶紧地,她特磨叽。我喘口气。"

张全全反应过来,立刻半跪着给邱华换鞋。全全妈就站在不远处,朝邱华深望了一眼。

邱华不好意思地说:"全全,这么多人,你别……"可张全全还是不由分说地给邱华换上了。看着他低俯的后背,邱华心里突然涌起一阵感动。

仪式开始了,司仪宣布道:"我宣布,新郎张全全、新娘邱华的婚礼正式开始,让我们欢迎新人登场。"在众人的掌声和注目下,二人携手走向会场。

座席上，全全妈微笑看着儿子和邱华缓缓走来，嘴里却在对丈夫小声嘀咕着："结个婚都差点迟到，鞋都得全全给她换，压根儿就不是个顾家的人。"

张父目光慈祥，一刻不停地看着台上的一对新人，小声道："又不是你结婚，你少操心。再说这孩子不卑不亢的，我看挺好。"

在他们身边，邱华父母也在窃窃私语，邱妈激动地拭着泪对丈夫说："你家祖上这是做过什么好事？"

邱爸也很高兴："强子的工作不用愁了，以后咱们家也没人敢欺负了。"

现场另一侧的来宾中，有不少是良诚所的同事，方丽虹、陶正和老韩坐在前排。罗英子和梅大梁坐在后面一张桌子旁，两人没注意场上的热闹，正在小声地交谈着。

"梅先生，您是说您想委托我和邱华调查您和于先生当年代理的那起魏丞强奸案，帮你们翻案？"罗英子问道。

梅大梁摇摇头："老于没了，我也不想再做律师，翻案没什么意义。我只想知道当年陷害我和老于的是谁。"她沉吟片刻道："而且，我怀疑这个人就在良诚所。"

罗英子惊讶道："这个案子我听说过。我记得这案子就是个普通刑事案件啊，被告人涉嫌强奸罪？"

梅大梁叹了口气："是，但后来受害人当庭翻供，还把我和老于也拖下了水。我们认为应该是有人教唆她这么做的。"

梅大梁想起当时的场景，痛苦地闭上眼睛。

当时的梅大梁还只是中年人，她坐在丈夫于大梁身边，有条不紊地准备着将要发言出示的证据材料。于大梁气质儒雅、风度翩翩，在法庭上却气势逼人。

"杨翠丽，我再问你一遍，6月25日晚在洪海大酒店，你和三个被告人轮流发生了性关系。当时是自愿还是被迫？我要提醒你，你的陈述关系到本案查清事实真相，你要想清楚了再答。"公诉人逼问道。

"反对，公诉人在向杨翠丽施压，影响其如实陈述。"于大梁起身反对。

审判长和颜悦色地看着杨翠丽："杨翠丽，本庭宣你来，就是要查清当晚的事实真相。你要如实回答问题，不隐瞒，也不虚构。现在你告诉本庭，当晚你是被迫还是自愿的？"

杨翠丽犹豫片刻后，低着头小声回答："被迫的，是他们强奸了我。"

杨翠丽声音不大，但一席话毕，整个法庭鸦雀无声。梅大梁感觉丈夫身体明显颤抖了一下，整个人也像忽然矮了一截。

梅大梁蓦地缓过神，神色黯然地说道："杨翠丽当庭翻供，但我们早有准备。我们曾去她工作的会所取证，她说和三个被告是交易，而她谎称强奸是因为害怕事情暴露后的外界压力。"

罗英子神情一凛："您是说，您和于先生没和公安、检察院沟通，就自己去取证了？"

梅大梁苦笑着点点头："那个时候就是那么狂啊。你知道，搞刑辩的，都忌讳自己取证，万一证人到法庭上翻供，将会把律师置于极为不利的境地，可我和老于偏偏不信那个邪。可那天在庭上，她差点把我和老于送进监狱。"

还是那个法庭上，梅大梁代替于大梁，向杨翠丽发问。

梅大梁愕然道："杨翠丽，我们有你的签字证言，你为什么到了法庭上又改口……"

杨翠丽盯着梅大梁："是你们逼我的，你们说如果我说是强奸，他们三家都不会放过我；如果我说是交易，他们三家会给我一笔钱。我很害怕，就改了口。"

全场哗然。

公诉席上，几位检察官眼神交流后，齐齐将冰冷的目光投向辩护人席，几位法官也在小声地互相交谈着，审判长不住地摇头。

于大梁声音颤抖："杨翠丽，我们找你取证时已经做过现场录像，你要我在法庭上放录像吗？"

杨翠丽迎着于大梁的目光："是你们录像头一天找我的时候说的。"

于大梁默然地坐下，面如死灰。

梅大梁看着罗英子，缓缓道："其实，杨翠丽证词一出，我就知道我们的职业生涯大概是到此为止了。果不其然，刚一闭庭，公安就以我们威胁引诱证人出具虚假证言、涉嫌伪证罪为由拘留了我们。我很清楚，面对一场充满恶意的、早有蓄谋的陷害，没人可以躲藏，可老于不认。"

这些年来，那个场景无数次出现在梅大梁夜晚的噩梦里，甚至片刻的晃神中。法庭门口，于大梁情绪激动，梅大梁努力想拉住他。

于大梁情绪激动到面色涨红："不行！警察同志，这件事情有鬼。那女孩听说我们是被告的辩护律师，主动打电话找到我们的，我们从事律师这一行二十多年，难道会犯这种低级错误？我们有录像，我们可以向你们提供录像……"

为首的警官似乎见惯了这样的反应，他点点头，平静得没有一丝感情："有什么事到局里再说，跟我们走吧。" 他伸手去拉于大梁，于大梁冲动地一巴掌推开了："不行！你跟我去我所里，我们的录像除了上交法庭的以外，还有一份在所里。你现在就跟我去所里拿……"

警官脸色变了，他严厉地命令："配合在先，存疑在后！请你配合我们执行公务！"

梅大梁努力想阻止他："老于，警察同志说得对，我们先配合吧。"

于大梁的情绪却更加激动："不行，肯定是有人有意陷害，所以那盘录像对我们就十分重要。你们现在就跟我们到所里去，现在就……"

他挣扎着，努力想摆脱警察。突然，他像是凭空遭受了重击，一头扑了下去。

"老于就此倒下，再也没醒过来，而我，也被剥夺了律师资格，从梅洁，变成了梅大梁。"梅大梁轻声说着，此时她悲伤的神色早已一闪而逝，像是在平静地叙述着别人的故事。

罗英子不解道："可是，那女孩为什么临时改变了证言，您以后没调查过吗？"

梅大梁摇了摇头："没有。是老于的死救了我。当我被免除刑事处分的时候，不许再接触那女孩是条件之一。而且我觉得如果我再去接触她，那倒真有威胁之嫌了。"

罗英子皱起了眉头："照您看，这女孩为什么会改变证言呢？"

梅大梁说着，眼睛看向邱华和张全全，脸上难得出现些笑意："至少，我认为不是检方干的。我们打过很多次交道，他们对我们的职业道德和法律素养很清楚。而且，公诉方有一位是我们的学生，她曾告诉我检方当时也怀疑过交易，可没想到女孩突然翻供。何况这不过是一起普通的公诉案件，检方有什么理由冒着违法的危险去构陷两个律师？"

罗英子思索着："所以您才怀疑是良诚所有人教唆杨翠丽翻供诬陷吗？"

梅大梁沉吟了一下，微微颔首："正因为怀疑陷害就来自身边，又想不出是谁，所以尽管我跟其他高伙一样，持有所里不少份额，也还是执意离开了所里，我和良诚所的关系你是清楚的吧？"

罗英子看向前排坐着的良诚所大佬们："当年是您和于先生创立的这家律师事务所，所里几乎所有的合伙人都是你们二位的学生。"

梅大梁微笑着点头："学生，或者弟子。也可以说，是我们把他们引上律师这条道的，其中我们特别欣赏的，比如方丽虹，还让我们拉出来当了创始合伙人。人性很复杂，随着律所越做越大，有些人对我们不服气，有些人对利益分配不满意，做出一些不利于我们的事情是有可能的，但构陷我们违犯法律，把我们往死里整，我实在想不出谁会下得了这样的手。"

此时前排不时有人向她们看过来，又迅速回过头去。邱华此刻正和张全全一起挨桌向来宾敬酒，也不时注意着这边。

罗英子大咧咧地说："不一定啊，梅先生，越是亲近的人，越可能是危险的敌人，对此我还没有体会吗？"

梅大梁严肃道："英子，虽然你经历过那样的事情，也要对人性有信心。嫉妒，是人的本性，但陷害他人，是突破人性底线的行为。我总觉得良诚所没有一个人能干得出来。"

罗英子转脸看了看，正好和老韩投向她的目光碰到一起。罗英子小声地："哎，梅先生，您觉得老韩有没有可能？"

"这种事情，不要瞎猜。英子，听我一句话，生活中那些让你讨厌的人，往往并不是坏人，或者是没有能力坏大事的人。"

罗英子注视着远处的方丽虹和几位合伙人，他们忽然齐齐起身，端着酒杯走过来。

方丽虹笑吟吟地："先生，难得见您回来，来了只和小罗说话，陶正、小范，来，咱们几个一起敬先生一杯。"

梅大梁站起来和他们碰杯，师徒们的酒杯碰到了一起。

这时，一个穿着连帽衫的男人低着头从门口过，服务员正在上菜，男人停下来往里张望，看到了邱华和罗英子。

服务员端着菜过来："先生，是来参加婚礼的吗？马上上菜了。"

男人没回应，一声不响地低头离去。

一个小时后，婚礼现场的出入口，邱华和张全全站那儿，忙碌地为来宾们送行。

罗英子笑着走过来："姐夫，我把姐姐交给您了，您可得好好疼她啊。要是您对她不好，别怪我姐妹情深。"

张全全下意识握住邱华的手，笑容满面："我哪儿敢啊？她不欺负我就好。"

罗英子爽朗地笑着，她抱住邱华小声道："夏舒让我捎来了红包，已经交上了，她爸爸出了那摊事，她现在自顾不暇，所以……你理解吧。"

邱华点了点头："你和梅先生在谈什么？她的案子吗？"

罗英子轻拍了一下她的肩膀:"先当你的新娘子吧。"

罗英子摆手离开,此时宾客大都从大厅出来,张全全赶快拉了邱华一把:"我们处长,赶快。"邱华随着他迎过去。

酒店大门外,罗英子搭乘出租车离去,一个穿着连帽衫的男人从墙角后转出来,摘下墨镜,目送着远去的出租车,正是许建设。

几天后,良诚所的档案室里,罗英子仔细翻找后,抱着一摞案卷匆匆回到自己办公室。打开门,她发现夏舒坐在她的办公桌后,正在擦拭着眼泪。

"怎么了这是,谁又惹我们家大小姐了?"罗英子放下案卷,知道夏舒父亲出事后,罗英子对夏舒的态度好了很多。

夏舒抽泣着:"罗姐,我没法继续了。"

罗英子抽出张纸巾递过去,轻拍着夏舒的肩膀:"你爸出了事,你的生活还得继续啊。再说,这不检察院那边还没有定论嘛。"

"不是。"夏舒摇了摇头,哭得更厉害,"我原来哪里想到我爸会出事?一点准备也没有。现在我在泾北的房子因为是他买的被查封了,我原来用的是他给我的无限额的副卡,也被冻结了,我现在居无定所身无分文了。"

罗英子无奈道:"虽然你现在不是合伙人了,但当时陶律把你留下,好歹让你保住了工作。所里不一个月还发你五千块吗。"

夏舒哽咽着:"五千块……"

"今时不同往日,别嫌少了。再说你坐在这里哭有什么用?能把房子和钱哭回来吗?"罗英子有些心疼地看着她,"再说,你不是还有处财产吗?"

夏舒抬起头:"什么财产?"

"你的玛莎拉蒂啊,车没被收走吧?"

"人家没收,那是我做合伙人的时候用案件提成和分红的钱买的。"

"这车怎么也值个一二百万吧?把车一卖,你就回血了。"

"可车被那个男的开走了!"夏舒的声调忽然高了起来,"罗姐你说他坏吧？我爸一出事，他跑得比谁都快，开走了我的车，取光了我卡上的钱，我给他打电话，他连号码都换了！"

罗英子看着夏舒哭哭啼啼的样子，忽然一把把她从椅子上拉起来："他这么欺负你，你就任他欺负啊？去，现在就去，找他要你的玛莎拉蒂去。"

夏舒可怜巴巴地抱怨道："可是他不给我，连我的电话都不接。"

罗英子手上不停："他不给，你就没办法了？"她直接把夏舒拉到门口："来，我教你一招，他工作单位你总知道吧？"

夏舒点了点头："当然。当初还是我爸帮他安排的。"

"当年他是你爸的秘书，你爸干过的事情，他肯定也有份，你仔细回忆一下，回忆起几件来，然后就去他工作单位门口堵他。"罗英子一边说着，一边去拿她的外套和包，"你堵到他，就对他说，如果他不还你的玛莎拉蒂，你就去找纪委，把他跟你爸做过的事情抖搂出来。我敢保证，只这一句话，他就得乖乖地把玛莎拉蒂还你。快去啊，还在这里站着干什么？"

夏舒怯怯地说道："可是，很丢人的……"

罗英子一把将东西塞到夏舒怀里："你以为你现在还不够丢人吗？赶快去！"看夏舒又要抹泪，罗英子语气缓和下来，神情却很认真："夏舒，你没地方住，如果不嫌我那儿小，晚上可以暂时住到我那儿，可是如果你要不回你的玛莎拉蒂来，别怪我不管你。走吧，还站在这里干什么？"

夏舒鼻子一酸又要哭，终究还是忍住，拿起包推门走了。

罗英子叹了口气："哪个女人长大都需要男人给上一课啊！"她转过身坐到自己的座位上，打开案卷，立刻把自己埋进了案卷里，一边看一边在本子上做笔记。

不知过了多久，手机忽然响了起来，罗英子拿起来看着来电显示，微笑着接起来："新娘子，你记得今天是什么日子吗？"

电话那头，邱华的声音有些疲惫："你今天是不是在那儿和梅先生谈她的案子?"此刻邱华正躲在酒店的一个角落里:"晚上两家人坐在一起吃顿便饭。我的事你不要管,你只要回答我,你们是不是在讨论那个案子?"

罗英子把手机打开免提放在一边,继续翻着案卷。

"是。现在这个案卷已经在我办公桌上了。我粗粗地看了一遍,觉得案子的疑点确实不小。受害人杨翠丽是个风尘女,当天是魏丞他们几个通过会所召她去的,去的时候就谈好了价钱。三男一女喝了大量的酒,杨翠丽跟他们去开了房,一路上的监控拍到虽然四个人都东倒西歪,但并没有暴力和胁迫。事发以后杨翠丽也是自行离开房间的,而且拿到了三个男的给她的三千块钱。事情过去三天后才报强奸……"

电话那头,邱华忽然打断了罗英子:"英子,梅先生要求我们替她翻案了吗?"

罗英子摇了摇头:"没有。她只是表示怀疑有人在背后操纵,试图陷害他们夫妻,但她想弄清楚究竟是谁。"

"既然如此,你为什么要在原案上花费如此大的心血呢?"

"为了还原事实,这是梅先生的心愿啊。再说了,如果能够查清原案,如果真有人背后操纵,梅先生和她丈夫的案子难道不会自然而然地被翻过来吗?"

酒店的角落里,邱华听着电话,不由得皱起了眉头:"我就知道你这个脾气,所以才专门打这个电话。英子,十年前、四年刑期的案子,当事人早就服完刑出狱,恢复了正常生活,为什么你要翻过来?翻过来对谁有好处啊?"

罗英子的声音传来:"咦,你这话什么意思?四年刑期的案子就不值得追究了?再说了……"

突然,有人在背后叫了邱华一声:"姐。"

邱华回头一看,弟弟强子站在她身后,她匆忙对电话说:"我还有事,咱们以后再谈。总之,你不要着急,等我上班了咱们再聊。"

说完，她挂断了电话，然后看着弟弟："有事？"

强子说道："姐，咱爹咱妈叫我来叫你。你公婆在里边呢，你跑出来这么久不好。"

邱华点了点头："好吧，咱们回去。"她一边往回走，一边轻轻地扯了一下弟弟的衣服："强子，你不打算出来闯一闯吗？就在老家了？"

强子摇了摇头："我又没上过大学，出来也是做苦力。姐，你公公答应帮我在县里安排一个工作。"

邱华叹了口气："强子，你连个大学学历都没有，就算他是县太爷，又能帮你安排什么好工作？不如出来闯一闯。姐现在有能力了，可以帮你，你一边打工，一边想办法上学，提升一下自己。"

强子有些不情愿："我不想打工。我觉得在县里就挺好的。"

邱华无奈地笑了笑："好吧。"

酒店房间，邱华的父母诚惶诚恐地坐在她公公面前，正争先恐后地向他表示着什么，邱华妈妈好像还抹着泪。她刚走进去，母亲便叫起来。

"这闺女子，一点也不懂事，你公公婆婆在这里，你不来敬酒，去了哪里？亲家公、亲家母，这闺女，我就交给你们了，以后她就是你们家的人。打小家里穷，我也没好好地教育她，是个不懂事的孩子。我把她交给你们，你们打也打得，骂也骂得……"

张父笑吟吟地说："亲家母，你这话可就差了。我家全全老实，没啥出息，邱华能嫁给他，是我家高攀了。"

邱华父母吓得双手直摆。母亲又说："亲家公，你可吓死俺了。我正和她爹说呢，能跟上全全这样的姑爷，嫁到你们这样的好人家，是我们家烧了高香了。华子，还不过来给你公公婆婆敬酒？"

邱华走过去，给公婆斟上了酒："爸、妈，谢谢你们接纳我、包容我。我给二老敬酒了。"

张父欣赏地看着她："邱华呀，我刚才不是虚夸。和我家全全相比，你确实更成熟，更有能力。以后你和全全在泾北有了自己的家，你们要互相帮助，互相扶持，共同进步。"

"谢谢爸爸教诲。"邱华礼貌地再次欠身，一旁的张母一言不发地审视着她，目光挑剔。而在她对面，张全全依旧用几乎是崇拜的目光看着她。

罗英子仍然沉浸在那个案卷里，不停地记着笔记。办公室的门虚掩着，门外，陶正送一个客户离开，经过罗英子办公室时发现罗英子还在加班。陶正敲敲门，没等罗英子回应便走了进来。

"陶律师，有事吗？"罗英子一看是陶正，便合上了案卷。

陶正注意到罗英子掩盖案卷的动作，心下狐疑，便不动声色地走到近旁。

"小罗，王九妹的案子恭喜你，听方律说你和邱华又逆转乾坤了。"陶正笑着恭维罗英子，不时瞥向桌上的案卷。

罗英子认真道："也不算逆转，这个案子原本就是一审判决偏颇，王九妹的处境检察官和法官也很同情，但国法无情，持械防卫致人死亡这个后果太严重了，我们也就是顺水推舟。陶律师，您要没事的话，我就继续忙了。"

陶正连声答应着离开，罗英子探出头确认陶正走远，接着反锁大门，拨通了梅大梁的电话。

"梅先生，我是英子。"

电梯门打开，陶正却在门口停住脚步，他转身回去，匆匆走进档案室，打开所有灯，四下查看着。他注意到卷架顶层的灰尘被掸落掉了一块，这部分都是十年前的老案卷，卷皮上大都写着"于大梁、梅洁"。陶正深吸了一口气，立刻掏出手机。

办公室内，罗英子还在和梅大梁通着话。

"梅先生，我觉得这个案子的疑点确实不少，最后被告被定罪，证据也确实薄弱。案子查清后，如果真能翻过来，您说不定还可以重新申请律师执业呢。"

"英子，我已经提醒过你，我只想查清事实，并不想翻案。"

罗英子努力说服她："先生，查清事实，就是查清案子呀。案子查清了，您的律照能恢复，多好呀。"

"英子，你是个律师，知道法律的终局性的意义吗？十年前的案子，现在案件涉及的所有的人生活已经步入正轨，重新翻案会把所有人的生活打乱的。算了，我不求翻案，只想知道在我和老于身上发生事情的真相。你就按这个意思来吧。"

"先生，如果您怀疑陷害您和于先生的人就在良诚所里，那我和邱华和您签代理协议，您正式把这件事委托给我们行吗？咱们来个敲山震虎。"

电话那头长久沉默着，罗英子等不及刚要说话，梅大梁终于开口："我想想吧。英子，已经十点半了，你还在办公室？该下班了。"

第二天，罗英子拿着一杯咖啡，刚进到大厅。前台小姐立刻站起身打招呼，前台告诉她，陶正找她有事，现在正在办公室等她。

办公室里，陶正正在整理桌面，罗英子伸了伸头探出门口。

"陶律师，是大华那案子的事吗？您催得也太急了。您放心，本周末我一定给您……"

"小罗啊，进来，进来。"

罗英子话还没说完，陶正便打断了她，热情地示意着对面的椅子。

罗英子疑惑地走过来："什么事啊陶律师？"

陶正笑着招呼她坐下："你还是先坐下吧。罗律师，我代表所里通知你一件事。"

罗英子感觉事情有点不对劲，在他对面坐下："什么事？"

陶正看着她，沉默片刻，然后说道："你知道吧？马丽丽向律协举报你们了。"

罗英子一愣："马丽丽？许建设的前妻？那事不是过去好几个月，我们也向律协和所里说明情况了吗？当时夏舒是帮她传过一封信，不是没造成什么后果，夏舒也做过检讨了吗？"

陶正摇了摇头："可是我们良诚所是一家坚守职业道德和法律立

场,对违法和违规零容忍的律所。最近所里正开展整顿执业纪律的大检查,合伙人会议讨论了这件事情,最终作出了决议。"

罗英子抬头看着陶正似笑非笑的脸,顿生一股寒意:"什么?"

陶正轻描淡写道:"所里决定在内部对你们进行暂停执业处理,在此期间你们不被允许开展任何业务。也就是说,从此刻开始到处理结束,你们三个和良诚所不再发生任何关系。"

罗英子腾的一下站起来:"当时夏舒他爸出事是您力保夏舒留下,说明马丽丽的举报根本不算大错,可您现在却拿这种理由处理我们,陶律师,卸磨杀驴也得换个讲究点的理由吧?"

陶正神色平静:"这是全体合伙人制定的章程,不信你可以去查。如果不能接受,你也可以自行离开。"

罗英子毫不犹豫地回答道:"好,那我走。"

"那好,还有几件事情在此一并向你交代一下。"陶正轻叹一声,继续说道,"所里要对你们三个过往和在办业务进行风险审查,你们要回避并交接。马上收拾你的个人物品离所,你们的办公电脑是所里配的,属于良诚所,你不能再开机使用,更不允许拷贝任何文件。所有在办业务暂停,不允许再私下联系客户或者其他委托方,否则将追究你们法律责任。上述处理对邱华和夏舒同时生效。我要讲的就这些,你还有疑问吗?"

罗英子愣了一下,然后眼神冷冽地看着陶正。

陶正有些不自然地躲开她的目光:"如果没什么事,谈话结束了。"

罗英子没有说话,直接站起来,转身往外走。

这一下倒是大出陶正预料,他站起身来:"哎,没什么事了吗?"

罗英子从陶正办公室出来,一边往自己办公室走一边拨电话,电话里传出邱华的声音:"喂。"

罗英子把声音压得很低:"邱华,你的蜜月恐怕得打断一下了,你必须马上回来。"

墙上挂着她和张全全的婚纱照，门上贴着大大的喜字，邱华穿了一身运动装，正在检查出行前有没有遗漏的东西。在她身后，张全全正收拾着一个大大的行李箱。

邱华停下手头的事："出什么事了？"

罗英子语气开始有些着急："所里让我们暂停办理所有业务，手上的案子也一个都拿不回来，即刻生效。换句话说，这是逼咱们走人，反正我已经辞了。你赶快找个理由往这走，我现在回办公室，看看能不能把能带的能拷的收拾一下。快，马上！"

放下电话，迎面碰上一个年轻律师，律师和她打招呼，罗英子笑容甜美地和对方招呼一声过去了。

邱华愣愣地看着手中的手机，一股烦乱直冲脑门。

张全全擦着汗，唤醒了她："收拾好了，你看看还有什么东西需要带走吗？其实家里什么都有，我们回去就行了。"

邱华看着面前的收拾停当的大包小包，又看了眼手机，突然说道："对不起，全全，我正在办的一个案子突然出了问题，我可能得回律所一趟。"

张全全一愣："邱华，我们已经订好了家里的酒席，我父母今天就要赶回去，准备在家里接待亲朋好友。"

邱华努力平复着心情，柔声道："全全，我不是说不回去，但我现在确实遇到了棘手的问题。要不，我们改签晚上的车票，我先回律所看看情况。"

张全全有些郁闷："我们才结婚第二天，你就开始忙了？"他强装笑容，仿佛在劝服自己："算了，作为律师的家属，我能理解。邱华，你去忙吧，我会等你。"

"我会尽快回来的。"几分钟后，邱华背着包匆匆离开了，望着空荡荡的家，张全全坐在椅子上，一脸失落。

罗英子推开办公室的门，不由得一愣，小田正站在那里，像是早就在等她。

罗英子冷着脸:"你来我办公室干什么?"

小田微笑着:"罗律师,我是来送您的。"

"对不起,我还有私人物品需要收拾,请你先离开,十分钟以后再进来。"罗英子边说着,边往办公桌走去,但小田却挡在了她前面。

"上面交代了,你收拾私人物品,我得在场,邱律师的东西等她自己收,你必须先离开。另外所里的一切东西不许你带走,电脑也不许再动了。"小田朝上指了指,正色道。

罗英子忍不住笑起来,学着他的样子往天花板上指:"上面?田律师,你整天跟个墙头草似的一会儿一个上面,一个老韩还不够你巴结的。"

小田被罗英子噎得说不出话来,这时,老韩溜溜达达地走进来,看起来心情很是不错。

"小罗,你这脾气得改,这么急躁可不利于发展。"老韩和颜悦色道。

"哟,田律师,你上面的来了。"罗英子冷笑一声,小田面红耳赤,站在老韩身后。

老韩哈哈一笑:"小罗,念在我们师徒一场,我特意没让人事部来处理。"

罗英子冷笑:"照您的意思,我还得给您磕一个?念您的好?"

老韩笑着摇摇头:"是我得念你的好。"他拿起桌上的计算器按了一下,计算机报出了一串数字:"二十万加五十万加三十万加四十五万加五十五万等于二百万。"

老韩把计算器往罗英子面前一伸:"听听,二百万的业务,你们一走,全都归我。我不但得谢你,我还得谢谢邱华。"

罗英子惊怒交加:"凭什么归你?客户都是我们谈的!"

"但所有的委托代理协议都是良诚所签的。所里已经通知客户你们被暂停执业,接下来会安排更优秀的律师为他们服务。"老韩放下计算器，耐心地解释道。

罗英子不再接话，她一把推开了小田，伸手拿起手机，准备联系客户。

"罗英子，所里不允许你私自联系客户！"小田一步挡在前面，罗英子有些惊讶地发现，此时小田早已没了刚才的羞愧，甚至脸上浮现一丝戾气。

罗英子横眉道："这手机是我自己的，我处理我的个人事务，要你管！"说着，她一屁股坐下，脚往班台上一放，正好杵在老韩跟前。老韩连忙往后错了几步。

小田面色阴沉："罗英子，你别太过分！"

老韩却不在意地笑了笑："成大事者不拘小节，案子都到手了，还急什么？你就让她联系，看谁会跟她走。小罗，这是你在这办公室的最后一天了，慢慢收拾，好好缅怀。"

说完，老韩留下小田，转身便走。

罗英子瞪视着小田，她强忍怒火，飞快地打开手机，开始打字："余总您好……"

良诚所大厅，电梯打开，邱华匆匆出来，前台小姐迎着她："邱律师，陶律师让您去他那边……"邱华理也没理，径直走进了办公室。

罗英子还在办公室坐着，专心地在手机上打字，与小田保持着僵持，这时邱华突然冲了进来。

邱华看着剑拔弩张的两人一脸困惑："罗英子，发生了什么……"

罗英子站起身，拉着她，径直朝外走去。

"到底怎么回事？"邱华急切地问道。

罗英子苦笑摇头："我也不知道，一上班就被陶正砸了一闷棍。"

"他没解释原因吗？"邱华皱起眉头。

"说是马丽丽向律协举报我们那事，不但停职停薪，还暂停了咱们全部的业务，也不再委派案子。这和开了咱们有什么区别？你觉得可能吗？马丽丽的事儿都过去好几个月了。"

"你都没找方丽虹谈一下？"

"都到这一步了，事先一点迹象都没有，说开除就开除了，还有什么可谈的？现在电脑不许我们动了，所有的案卷也不许我们带走，这些傻缺，这年头资料还用搬电脑吗？我云盘上都有。可问题是，不知道他们对客户说我们什么，我刚才在微信上联系了几个客户，都顾左右而言他，难怪老韩阴阳怪气地跟我盘案源，也不怕我联系客户。邱华，咱们马上走，争分夺秒留客户，能留几个算几个。"

邱华脸色难看起来："就这么走了？传信那事，和我们俩都没关系，是夏舒一个人干的。我们为什么要吃她的挂落啊？"

罗英子有些蒙："那时候咱们三个是一个团队。案子是咱们一起做的啊。"

邱华气恼道："谁跟她一个团队！当初就不该要她的。她呢？"

罗英子拍了拍脑袋："我把她都忘了。她也被开了，不过很可能还不知道，她正忙着找她前男友要她的玛莎拉蒂呢。邱华，没空和他们纠缠了，赶快回去收拾东西离开，然后想办法留客户。"

邱华皱起了眉头："说得容易。咱们才二年级，离开这里，去哪里？再说了，所里既然突然开掉我们，想必事先做好了准备，客户那边恐怕早就打招呼了。"

"那也没办法，反正已经到这一步了。"罗英子叹了口气。

邱华摇头："不行，我不死心，这样对咱们不公平。我去找方丽虹。"

罗英子看着邱华说道："邱华，你觉得作出这个决定和方丽虹没关系吗？"

"可我觉得方丽虹还是能主持正义的，她应该明白那事和咱们没关系。你跟我一起去。"邱华说着，强行拉着罗英子走了。

方丽虹坐在办公室里，神情平静地看着罗英子和邱华走进来。

罗英子默默地观察着方丽虹，没有开口，邱华率先打破沉默：

"方律师。"

方丽虹抬起眼，微微一笑："有事吗？"

邱华表情凝重地说道："罗英子告诉我，所里把我俩开除了。"

"是所内暂停执业。罗英子是主动离开，如果你也要走，所里愿意给你们一个好的评价，你们可以到其他所执业。"方丽虹语气平淡地回答道。

邱华忍不住质问："为什么？罗英子告诉我，是因为在许建设案中夏舒帮马丽丽传信那事。方律师您不是不知道，当时所里因为夏舒她爸有权有资源，让她一进所就当了合伙人，倒是我，一直不看好夏舒。那事是她一个人干的，她做那事的时候，我甚至都不在泾北。这事和我有什么关系？"

"可据我所知，你们三个是一个团队。"方丽虹惜字如金，面色依旧平静。

"团队这事，我也一直不同意，是所里硬把她派给我们的。她根本做不了什么事情，净拖我们后腿了。她是合伙人，她要做什么事，我和罗英子两个普通的律师能管得了吗？要说她传信这事，首先的责任不应该是所里的吗？"邱华的声音略显激动。

方丽虹淡淡地扬起嘴角："你的意思是说，你不应该对她的行为负责，她的行为只应该由她个人负责，对吗？"

"当然。"邱华坚定地回答。

罗英子看了一眼邱华。

方丽虹转而凝视罗英子："那你呢，罗英子，你要和夏舒切割吗？"

罗英子轻轻叹了口气："方律师，我来只是想告诉您，我一定会把原因找出来的。方律师，再见。谢谢您，在这儿，在您身上，我学到了很多。"

"慢着。"方丽虹打断了她的话，"罗英子，如果你这样说，我倒有几句话要说了。我一直欣赏你，曾经在所里保护过你，你是知道的。你们今天离开，不妨理解为从良诚所毕业了，要自己去闯荡了。江湖不大,后会有期。到时候,别忘了,在你成长的路上,良诚所帮助过你。"

罗英子沉默了一会儿:"当然。如果有那一天,我对良诚所和方律师您最大的报答,就是全力以赴战胜良诚所和方律师您。多谢良诚所和方律师的栽培,我走了。"罗英子说完,没再等邱华,决绝地转身离开。

方丽虹转而看向邱华:"看来罗英子在这件事上的立场和你不一样。这样吧,只要你公开承认这事只是罗英子和夏舒的责任,和你没关系,你可以继续所有在办业务,继续在良诚所执业。"

邱华沉默着,没有说话。

方丽虹注视着她:"你愿意说吗?邱华,我一直很看好你。和罗英子相较,你思维更缜密,遇事更冷静。我相信你会成为一名成功的律师。良诚所培养了你,我也把你看成所里最优秀的年轻律师。现在,你愿意和她俩切割吗?"

邱华默然思索着,片刻后,她在方丽虹惊讶的目光中转身离去。

"走吧。"回到办公室,邱华也开始收拾东西。

罗英子略感惊讶:"邱华——"

"行了,别磨叽了,你再收拾下去,一个客户都留不住。快走。"邱华打断她。

罗英子瞬间感到眼睛里渗进了些东西,连连点头道:"好、好,不过邱华,你不收拾东西了?"

"我有什么东西值得带走啊,找到地方安顿下再回来收拾。走吧。"邱华只把台灯插头拔下来,又拿了一支钢笔和椅子上的腰垫,抓起台灯就要走。

"夏舒也不知道在哪里,给她打了两次电话也不接。"罗英子无奈地说道。

邱华气恼道:"人家的心用得着你操吗?人家有个好爸你有吗?"

罗英子看了她一眼,欲言又止。随后叹气道:"我们走吧。"

罗英子抱着纸箱,邱华连个纸箱都没搬,两人穿过办公区往外走。众人看样子都知道发生了什么,大家站在两侧或者自己的工位上看着她们。

邱华不免有些沮丧,罗英子气势不减,靠近邱华小声地:"抬起头来走。"邱华抬起头来,两人肩并肩往外走。

看到两人出来,前台小姐赶忙站起身迎过去,两人没理,径自走进电梯,看着电梯门缓缓关上。

与此同时,另一部电梯升上来。门开了,陈硕甩着车钥匙从里面走出来,看到前台在电梯门口等着,开玩笑道:"知道我要来?良诚所对新入伙的律师都这么客气吗?美女好,我是陈硕。"

"陈律师好。方律师已经在等您了。"前台先是一愣,一听陈硕自报家门,赶紧礼貌地笑着回应,显然已经知道陈硕要来的事。

陈硕想先去罗英子办公室看看,谢绝了前台的引领,溜溜达达地往办公区走。办公区的众人显然还没从刚才的事中回过神来,不少人还在三三两两站在那儿低声议论着。

陈硕感觉气氛有点奇怪,这时老薛的电话打了过来。陈硕接起电话,狐疑地观察着众人。

"老薛,我还没离开呢,你就想我了?哥,大正所被那三二老狗把持着,还有什么干头啊?实在不行你跟着我跳到良诚来呗,亲眼看着我如何追美女。"

"到啦?感觉怎么样啊?"

"气氛有点奇怪。好像都知道我要来似的?全站着好像在迎接我。老薛,我的名气已经这么大了吗?"

"你一走,我突然好像失了恋似的。不过我不是你,年纪大了,没工夫折腾了。多好啊,为了追一个女孩子,居然为她跳了槽。现在我相信你对罗英子是真爱了。"

"哈哈,那当然。这叫贴身死缠烂打。这么和你说吧,被我看上去的女孩,还没有一个能逃脱我的'魔掌'。老薛,不和你说了,我得去见方丽虹。再见。"

陈硕挂掉电话，再次狐疑地扫视了一眼众人，随后朝办公区深处走去。

方丽虹优雅地站在门口迎接陈硕，见他走来，方丽虹露出笑容，向他伸出手。

方丽虹的声音如沐春风："欢迎，欢迎陈律师，欢迎加入良诚大家庭。"

陈硕也礼貌地握住方丽虹的手："方律师，谢谢您同意接收我。"

方丽虹谦虚道："哪里哪里。你能到良诚所来，是良诚所的荣幸。所里的大部分律师你以前都认识的，希望你在良诚这个大家庭里工作生活得愉快。"

"谢谢方律师。我既然来了，就是良诚人，愿为良诚的发展效犬马之劳。" 陈硕满脸堆笑着向方丽虹表忠。

方丽虹笑着连连点头："陶正律师对你全力推荐，说你不光业务能力强，对调节所里的工作气氛也大有裨益，看起来果然。陈律师，所里已经为你安排了单独的办公室，你的业务以后直接对陶正律师负责。你等一下。" 她转身拿起桌上的电话："小许，陈律师来了，你带陈律师去他办公室吧。" 放下电话后，她又对陈硕微笑了一下："陈律师，希望以后合作愉快。"

良诚所楼下，罗英子和邱华行色匆匆地从大厅走出来，一个穿着连帽衫的男人站在不远处角落里，目送她们离开。

2

陈硕跟随小许来到一间办公室门口，房间显然还没整理出来，书架上散落着文件，其他物品则被堆放在角落，小田正在一堆案卷里挑拣着。看到陈硕，小田赶忙把脸低了下去。

看到办公室里的环境，小许有些不满道："还没收拾完吗？陈律师已经来了。"

小田低着头小声道："马上就好，马上就好。"

陈硕走进来，似乎想起了什么，又倒出去左右看看，总觉得哪里有些不对劲。

小许问道："陈律师，怎么了？有什么问题吗？"

陈硕狐疑道："是这里吗？"

"是的，这就是您的办公室。刚刚腾出来，很快就收拾好了，请您谅解。您在这里稍作安顿，有什么事随时通知我。"小许说罢，笑着点头离去。

陈硕还愣在那儿，感觉这房间越看越熟悉，最后视线落在小田身上。

小田知道躲不过，尴尬地打着招呼："韩主任让我来找几个案卷，剩下这些是前面人留下的东西，暂时先放着，应该会有人来处理。"

陈硕还是没反应过来，再次出门看看又回来："对不起，确定这办公室就是给我的？"

小田嗫嚅道："她说是就是吧，具体我也不清楚。"

说完小田抱起一摞案卷起身从陈硕身旁过去，陈硕突然想到什么，一把拉住他的胳膊。

陈硕笑着说："田律师别来无恙啊。之前咱们打过对庭，上次在法庭上……"陈硕指了指自己脖子："实在不好意思啊。以后还请您不计前嫌，多多关照。"

小田不冷不热道："哪里，以后还得靠陈律师多多提携，还有别的事吗？"

陈硕满脸堆笑："没什么大事，只是想问一下，我记得这个办公室不是罗英子的吗？她换办公室了？"

小田下意识捂了捂怀里的案卷："没有，她今天刚被所里开除了。"

陈硕一下子愣在那里："开除？你是说，良诚所把罗英子开除了？"

为什么？"

小田随口敷衍："这不是知道您来，给您腾位置嘛。我还有事，先走了。"

陈硕看着面前的一片狼藉，呆若木鸡地杵在那里。

办公室的门从里面反锁着，陈硕一脸郁闷，开着免提，一边打电话一边在屋里来来回回地走着，电话那头的老薛却幸灾乐祸地笑出了声。

"老薛，你说是不是大白天活见鬼，怎么就这么寸。到底是为什么啊？"

"该不会是因为你去了，把人家的位置给顶了吧。"

"你也是这么觉得？这么大一良诚所不应该吧……她会不会现在恨死我了？"

"哈哈哈哈。陈硕啊，死了这条心吧，我早就发现了，自从遇到她，你就处处掉链子，在别处没发现你这样。这说明啥？你俩无缘。要不然，你再跳回来？"

"没门儿！好马不吃回头草，那几条老狗的脸我也看够了。既然来了，那就说明命运就是这么安排的，我既来之，则安之。如果追不上她，把她打服也是一样的。"

"哈哈，还不知道谁打服谁呢。"

"你这话就是侮辱我的人格了。"

"好好好，不说了。可是，良诚所好好地怎么就把她开了呢？罗英子去年那几个案子打得多漂亮，这样年轻有为的律师，良诚所怎么说放就放？"

陈硕皱眉思索："总不会真是为了给我施展手脚腾地方吧。"

老薛笑意不减，声音却小了很多："哈哈，陈硕，你太拿自己当盘菜了。"

陈硕停下脚步："那又是为什么呢？会是什么原因？不行，我得想办法搞清楚。拜。"

挂上电话，陈硕陷入沉思。突然想到什么，又拿起手机。

良诚所大办公区，陈硕提着两个袋子走进来，里面装着刚送来的咖啡。他满脸笑容，向大家招呼道："请各位喝咖啡，在下初来乍到，大家多多关照哈。"

陈硕开始沿着办公区把咖啡逐一递送到在场每个同事手里，热情又谦虚地向每个新同事介绍着自己。他买的是咖啡店最贵的单品，还会贴心地询问女同事是否需要喝去冰的或者热的，一时间气氛热烈融洽。

陈硕发完一圈，最后来到小田的座位前。小田一副专心工作的样子，头也没抬。陈硕轻轻把一杯咖啡和一个精巧的盒子放在小田桌上。

小田看到盒子，疑惑地问："这是？"

陈硕微笑道："上次因为耳机，咱们不打不相识。这是一副无线耳机，送给你，一点小小补偿。"

小田的眼睛一亮，惊喜道："这太贵重了吧，我……我可受不起。"

陈硕赶紧把耳机往里推了推："哪里哪里。我上次冒犯了田律师，赔罪的，你不记我仇就好，收下吧。之前各为其主没办法，今后大家共事了，都是好兄弟。"

小田连连点头："那，谢谢陈律师。陈律师，你刚来，要是有啥事需要帮忙的，尽管说话。我干别的不行，跑跑颠颠还行。"

陈硕客气道："哪里啊。我在这里两眼一抹黑，还要靠弟兄们多多提携。"

小田连忙客气地应承着，三两个男同事也凑了过来向陈硕示好，说着"以后有事招呼一声，一定随叫随到"之类的客气话。

陈硕拱手打着哈哈："承蒙各位关照啦。我看大家最近工作压力挺大吧，听说今天一早还开掉一位。"

有人叹了口气："哪是一个呀，三个。"

陈硕惊讶地问："啊？除了罗英子还有谁？"

那人回答道:"邱华和夏舒。"

陈硕皱起眉头:"全开了?为什么啊?"

小田摇头道:"上面突然下的决定,具体的我们也不清楚。"

那人接着说道:"说起来上次转执业,全所几十号人,转了执业的就她仨,结果怎么样?一块开了。想想还真痛快。"

另一人冷笑道:"夏舒就不说了,人家那时候有个好爸,咱比不了。罗英子和邱华来所里的时间还没我们长呢,尾巴就翘天上了,凭什么呀?"

其他人点头附和:"就是,她们今天走的时候还一副趾高气扬的样子呢。"

陈硕若有所思地说:"是是,做人还是得夹着尾巴做,像罗英子那么高调的,终归没有好下场。可是,我一直有个印象,良诚所对她们挺器重的,特别是方丽虹对那个罗英子。就说罗英子碰到她丈夫坑她那事,要没有方丽虹保着她,她还能干律师吗?好好的,怎么说开就开了呢?"

小田耸耸肩:"我们几个也奇怪呢。方律师对罗英子真是够欣赏的,还经常要我们年轻人向她学习,也不知道为什么,突然就把她们三个一块儿开掉了。"

陈硕追问道:"总是有原因的吧?"

小田摇头:"不知道。上周开会碰案源的时候方丽虹还表扬过罗英子和邱华呢,突然就开掉了。我们几个刚才还在说,不定背后发生了什么事……"

这时,身后传来老韩的咳嗽声:"不好好干活,扯什么闲篇儿?"

几人看到老韩,吓得赶快回到自己的位置。陈硕回头,笑嘻嘻地递上一杯咖啡:"韩律师,别来无恙啊。"

老韩接过咖啡:"哟,这不是陈大律师吗?欢迎欢迎,早就听说你要来,怎么,也没举行欢迎仪式,轻车简从地就来了?"

陈硕打趣道:"鬼子总是悄悄地进村。再说我这不正想举行仪式，可您刚不在呀？"

老韩笑问："什么仪式？"

陈硕笑着回答："拜码头啊，这不拜到您门上来了。"

老韩哈哈大笑，愉快地拍着陈硕的臂膀："开老哥的玩笑。快来，到我屋坐。"

陈硕跟着进到办公室，老韩习惯性地把门带上，回头笑着对陈硕道："陈硕，你死的时候，好歹把你这张嘴留下，借我们用用。"

陈硕打趣道："行，我借您嘴，您借我手腕。"

老韩不明所以："我有啥手腕？"

陈硕装作了然的样子："罗英子、邱华，你不喜欢她们，还不是把她们就赶出去了？"

老韩惊讶道："什么？泼天冤枉，和我有什么关系啊？"

陈硕微微一笑："没有？我可听到了风言风语。"

老韩眉头紧锁："这是谁在外面胡说八道？都是合伙人会议的决定，和我可没关系。"

陈硕继续追问："方丽虹？不是吧？罗英子出事的时候，方丽虹不是拼命地保她吗？"

老韩摇摇头："我也奇怪呢，昨天还好好的……"他突然发现陈硕目光灼灼，立刻警觉起来，轻描淡写地说道："谁知道呢。再说律师跳来跳去不很正常吗？要不你咋来的良诚呢？"

陈硕笑了笑："是是是。韩律师，以前咱们是对手，以后咱们就是——"

老韩接过话头："一个战壕里的战友。"

陈硕点头补充："一根线上的蚂蚱。"

这最后一句两人是同时说出的，又不约而同地大笑起来。

陈硕感慨道："总之，良诚所有老哥，生活不寂寞。"两人哈哈大笑。

从老韩办公室出来，陈硕远远地就看到陶正站在门口等他。

陈硕赶紧小跑两步，大老远地伸着胳膊过去和陶正握手。"您好您好，陶律，多谢您的推荐。"

陶正微笑着回应："哪里。良诚所早就想挖你，是我挡了几次。我一向嫉贤妒能你还不知道吗？"

两人哈哈大笑。

陶正继续说道："怎么样，还满意吗？所里开始说合伙人以外都不可能有单独的办公室，我对他们说对陈硕可不行。再说他今天不是合伙人，难道明天还不是吗？特殊人才特殊对待嘛，哈哈哈。"

陈硕感激道："满意，满意。其实不是我特殊，是我毛病太多，磨牙放屁打呼噜，和我同屋别人受不了。陶律，方律师说了，以后我的业务直接向您负责。"

陶正哈哈大笑："哈哈哈，谁能领导了你？你想怎么干怎么干，按时交提成就行，还得足额噢。"

陈硕点头附和："当然当然。痛快，一个律所，就需要陶律您这样的领导，才能做大做强。"

陶正调侃道："拍我马屁，肯定没好事。"

陈硕笑着说："不拍你马屁我能来吗？陶律，分给我的那间办公室，我印象中好像原来是罗英子的。她呢？上哪儿去了？"

陶正笑了笑："哈，为这个啊？走了，良诚庙太小，盛不下她这大神了。"

陈硕惊讶道："啊？这才刚出了点小名就跳槽啦？这也太没良心了吧？为什么呀？"

陶正耸耸肩："这个，你去问方丽虹。"

陈硕疑惑地继续追问："方丽虹不还当过她律师吗？怎么着，一出头脸就变，和方丽虹翻脸啦？"

陶正摆摆手，笑着说道："你还是去问方丽虹，我什么也不知道，只知道她走了。怎么，这么关心她啊？"

陈硕赶紧解释："哪里。我来报到，当然得先来给您拜码头啊。没事，我走了。"说着作势要离开。

陶正突然想起什么，叫住他："陈硕，我看你带过来的案子中，还有一个给静祥养老院做法律援助的。"

陈硕点头："噢对。以前代理过他们那儿一个遗弃案，就一路代下来了。"

陶正好奇地问："是代理一个案子啊还是代理养老院？"

陈硕回答："养老院。"

陶正皱起眉头，显得有些不解："陈硕，是学雷锋做好事吗？一个养老院，事可不少。今天儿女不孝顺啦，明天遗产继承啦，后天老头老太太闹起来啦，麻烦事多着呢，你何必呢？"

陈硕笑了笑，轻松地回答："没事，零碎时间就干了。"

陶正语重心长地提醒："律所的财富是什么？不就是律师的时间吗？"

陈硕点头同意："那，以后我尽可能利用业余时间。"

陶正看着他，微笑着问道："陈硕，图什么呢？名声？"

陈硕笑了起来，摇头说道："哪里。陶律师，我您还不了解吗？我这样的人还要什么名声？您没看到那些发了不义之财的人都去拜菩萨吗？图的是个心安，您就这么理解好了。"

一家不大的咖啡厅里，罗英子端着两杯咖啡走过来，邱华坐在那儿，一副愁眉苦脸的样子。

罗英子咂吧着嘴："啧啧。你照照你那张脸，你还是新娘子呢。开心点，我就不信凭咱俩还找不到一碗饭吃了。"

邱华叹了口气："本来今天准备和全全一起回老家的，他父母已经订好酒店了。"

罗英子马上放下杯子开口道："那快去啊，你照样度蜜月去。等你回来你再看，一切都安排好了。"

邱华苦笑了一下："这个时候还有什么心思度蜜月。"她拿起手机，拨通全全的电话："喂，全全……"

电话那头，张全全的声音传来："邱华，我正想给你打电话，车票我已经改签好了，晚上八点，你的事处理完了吧？"

邱华努力让声音平静："对不起，全全，我的案子出了麻烦，可能回不去了，你能替我向爸妈道个歉吗？"

全全的声音显然很失望："可咱们还没度蜜月呢。"

邱华轻声说道："真的对不起，全全，我回去再跟你细说好吗？"她挂上电话，眼中尽是失落。

罗英子安慰道："不至于吧。你这样说不回去就不回去了，他父母那儿那关过得去？"

邱华没接茬，看着窗外发了会儿呆，然后突然问道："对了，英子，所里开了咱们三个，为什么夏舒今天没出现在所里？"

罗英子摇头："不知道啊，我昨天倒是见过她，她现在也挺惨的。"

邱华愤怒地说道："这时候你还同情她，还不都是她惹出来的事。当初我就说不要她，都是你，自己还吃不饱肚子，可怜她，结果怎么样？什么事也干不成，成天给咱们惹麻烦，到底把咱们的饭碗还砸了。幸好她今天不在，不然我真怕自己忍不住上去打她俩嘴巴。"

罗英子求饶道："那我也陪俩嘴巴，行了吧。不过，邱华，你真觉得所里是因为那件事开掉咱们三个的？"

"不就是这么说的……"话说一半，邱华突然不说了，显然意识到了什么。

罗英子继续说道："那件事，充其量也就是执业行为不规范，司法局律协就只是批评了下，连训诫都没给，所里以前被训诫过的多的是，现在不还干得好好的？再说了，所里连老韩那种货色都能忍，怎么突然这么一尘不染了？"

邱华一愣："等等，让我想想。那是因为什么呢？前天我办事以前最后一次去所里交那个案子，见到了陶正，他还提到他手头的一个案子，希望和我一起做。也就是说，起码到那个时候，所里还没打算对咱们动手。"

罗英子点头："昨天是你的婚礼，大家都去参加了，今天一早就把咱们三个赶走了。按理说，一下子开掉三个律师，所里得开合伙人会议吧？合伙人会议啥时候开的？"

邱华皱起眉头，不解道："这么说还真有事。会是什么事呢？英子，从昨天到今天，发生过什么事情吗？"

良诚所，方丽虹正在办公室里伏案写着什么，陈硕抱着一沓文件，笑嘻嘻地敲门进来。

方丽虹放下手中的笔，直起身子："有事吗，陈律师？"

陈硕露出他职业性的笑："新来乍到，把我手头的案子向方律师汇报汇报。"

方丽虹示意他在自己对面坐下，陈硕也不客气，拉开椅子坐了下来。

"您也知道，律师跳槽，原律所得想方设法把案子留下。可我这回不一样。原来在大正所的时候，所里的大案子，有一多半是我带去的，所以当我有心跳槽的时候就和他们讲好了，有几个案子，我到哪儿，就跟到哪儿。所以，这回我就把这几个案子带过来了。我粗略地算了算，案值不算大，加到一起，怎么着也有个二三百万。"

方丽虹点了点头："哦，陶正对我说过。陈律师能干，也能挣钱，这是圈里有名的。不过，良诚所和大正所不大一样。我们从创立之初就提出，良诚所一定要成为一个有正确价值观的所，法治理想是我们办所的第一要旨，不能把挣钱放到第一位，不能把律师业务做成了生意。"

陈硕点头如捣蒜："我知道我知道。我不就是因为这个才投奔良诚的吗？您没发现那些挣大钱的老板都信佛吗？钱有了，就得买个心安呢。"

方丽虹神情严肃:"我们提倡正确的价值观可不是为了买心安,那是我们干这行的初心。"

陈硕头点得更欢了:"就是就是。我跳到这儿来,也是为了向方律师和陶律师你们学学初心。方律师,您是我们后辈坚持法治理想的典范,以后还要靠您多提携多提醒。"

方丽虹注视着陈硕:"就这事吗?"

陈硕笑着站起身:"就这事。刚来,勤向领导汇报工作总没错的。方律师您忙着。"他作势要走,突然像想起什么似的转过身来:"对了,我现在的办公室,是罗英子以前用过的吧?"

方丽虹一下子抬起头来,目光在他脸上一闪:"唔。"

陈硕摆摆手:"我没别的意思。我和罗英子,不打不相识,中间有些误会。她一直觉得我巧取豪夺,夺了她的房子,现在我又占了她的办公室,不定怎么恨我呢。方律师,为什么突然把她们辞了?"

方丽虹平静道:"她们违纪在先,我们只是给她们暂停执业以示惩戒,是她们自己要走的。"

陈硕恍然大悟:"噢,原来是这样,那就怪不得别人了。方律师您忙。"说着再次转身要走。

"陈律师。"方丽虹突然叫住他,示意他再坐下,方丽虹凝视着陈硕,语气认真地道,"陈律师,我知道你和罗英子关系不错。"

陈硕连忙摇头:"哪里。我和她是法庭上的死对头,去年打过几次对头,您也不是不知道,基本上是我把她按在地上摩擦,又加上法拍的时候我买了她房子的事,她不恨死我就好。"

方丽虹笑了笑:"我不管你们是什么关系。她和邱华、夏舒因为违纪离开良诚所,你现在是良诚所的人,你的立场必须和良诚所保持一致。"

陈硕点头:"那是当然。方律师您是我的长辈,您倒说说看,这人活在世上,除了利益关系还有别的关系吗?啊不,还有初心是吧?我需要向良诚所学习的东西还很多。总之就一句话:我生是良诚所的人,死是良诚所的鬼。以后有什么需要我干的,哪怕是和罗英子打对头,您尽管交给我,看看我不往死里打。"

方丽虹有些无奈地笑笑:"我知道了。你去吧。"

"有事,肯定有事发生了。到底因为什么呢?"陈硕回到办公室,把门关好,站在那里自言自语道。

咖啡厅里,邱华和罗英子还在讨论着突如其来的变故。

邱华搅动着咖啡,眉头紧锁:"是不是为那件事?"

罗英子还在对着笔记本整理着客户资料,试图挽回一些案子:"哪件?咱们想的是不是一件?"

邱华停下手中的动作:"从昨天到今天,你只干了一件事。"

罗英子猛地抬头:"梅先生的案子?我把那案卷从所里档案室借出来了,直到晚上都在研究那案子。"

"梅先生怀疑当年是所里有人陷害她。"

"和这个案子有关?不可能啊。就算当年陷害她的人是良诚所的,那这个人是谁?哪怕她是方丽虹,也不可能一手遮天,说开就一下子开掉三个律师吧?"

"不可能。再说方丽虹也不会陷害梅先生。当时他们三个是创始合伙人,一下子害掉俩,良诚所差点垮了,对她有什么好处啊。"

"可从昨天到今天,如果说发生了什么事,就这一件。"

"算了,不想了,先想想咱们怎么办吧。英子,咱们怎么办?"

罗英子大咧咧地往后一躺:"此处不留爷,自有留爷处,咱们有律师执照,找个地方还不容易?"

邱华满脸愁容:"方丽虹倒说会在HR履历上给个好评价,气头上我也没要。不知道他们会不会在其他所里给咱们使坏,咱们先跑几个所看看?"

罗英子好像顿时来了精神:"姐,你还想给人家打工,然后不知道什么时候再叫人家一脚踢出来呀？咱们不一直说单干吗？这不正好是个机会吗？咱们单干吧。瑛华律师事务所，想想就激动。单干，自己给自己当老板，怎么样？"

邱华苦笑："注册律所要三个人，而且执业时间必须得满三年，咱们只是两个二年级律师，没资格。"

罗英子不以为然："那还不简单，我去找找梅先生，让她帮咱介绍几个快退休的老律师，只要答应帮我们把律所办下来，我们可以出让点小股份，活也不用他们干。"

邱华犹豫道："说得容易，咱们手里什么资源也没有，没案子靠什么养律所。再说了，我这次结婚，不想将来看婆家的眼色，买房子的时候把我去年挣的钱基本全拿上了，现在卡上就剩下几万块。"

罗英子一脸惊讶："天哪！你顶了名嫁给了你们县太爷的公子，却一分钱便宜也不沾他们的。"

邱华摇摇头，紧接着就是一声悠长的叹息。

"就算不沾，恐怕我父母也要看人家的脸色。算了，不说这个了，还是商量咱们的事吧。我的意思，咱们羽翼还没丰满，还是先找个所再干几年。"

"反对。邱华，不单飞，羽翼永远没办法丰满。再说了，咱们俩一块去求职，人家怎么安排咱俩？打包收下，谁愿意让所里有这么一个小集团？拆开咱俩，你愿意吗？"

"那怎么办？"

"单干！"

罗英子眼中闪着异样的神采。

"单干。瑛华律师事务所，多好。"

"不说别的，三十万的注册资本。现在我连这笔钱也拿不出来。"

"我姐夫呢，危急关头支持一下老婆工作不是应该的吗？只要律所开起来，我相信，咱们很快就能把这钱挣回来。"

邱华低下头，再次搅动起面前的咖啡。

"被开的事我不想告诉他。"

"为什么？"

"起码在我稳定之前不想告诉他。虽然我公婆对我也很客气，可我知道他们心里在想什么。如果我没了工作就得靠全全，我不想他家……"

罗英子瞪大眼睛，邱华的想法让她觉得有些不可思议。

"你怎么会靠他？将来你们俩谁靠谁还不一定呢。这样，注册的钱我全出了。来吧，算我求求你，和我一起干吧。你我姐妹同心，我敢保证，明年这个时候你再来看，咱俩要不横着走我随你姓。"

罗英子说得信誓旦旦，邱华忍不住笑了。

"真不知道你的自信都从哪儿来的，你让我再想想。"

这时陈硕给罗英子发来一段微信视频，居然是在罗英子办公室拍的。

陈硕的声音传来："看看我的新办公室，环境怎么样？"

罗英子和邱华异口同声地吃惊道："这不是我们的办公室嘛！"

办公室里，陈硕把两腿跷在桌上，悠闲地打着电话。

"罗正义，看起来，正义没能当饭吃。哎，我发现我这屋里还有些你的东西，你什么时候回来拿？你不要，我可当垃圾丢了。"

"陈硕，你什么意思？你怎么跑我办公室去了？"

陈硕把手机镜头转向自己，哈哈大笑："你的办公室？我已经知道你被律所开了，现在变成我的办公室了。不过咱们先说好，你的事跟我可没关系……"

罗英子勃然大怒："我说呢，原来是你在背后捣鬼，把我们俩顶了？"

陈硕急忙道："我说了这事和我没——"

"陈无良，你个无耻小人，踩着女人的尸骨上位，你也真好意思。"

罗英子没等他话说完，劈头盖脸就是一顿输出。陈硕懒得解释，又换回一副笑嘻嘻的样子。

"骂吧,我就是喜欢踩着女人的尸骨上位了。怎么着,打不过男人,我还打不过女人吗?"

"无耻!我可告诉你,我临走的时候在那间屋里下了蛊,有人占了我的地盘,不出三天就得死。"

陈硕哈哈笑起来,似乎还挺享受。

"我还有个外号叫陈无常你不知道吗?但这一次我告诉你,你可不能冤枉好人啊。你的事我事先真不知情,就算他们想给我腾间单独办公室出来,也不是我让他们这么干的呀。"

"何不自溺以照,就凭你也能赶走老娘?实话告诉你,老娘嫌庙小,自己不想干了行不行。我还有事,祝你在良诚所大展宏图啊。挂了。"

陈硕坐直身子赶紧收起笑脸,做出一副认真的样子。

"哎哎,你们走了,之后打算怎么办?照你的脾气性格,肯定想自己单干吧?需要一个干脏活的吗?如果需要,我可以来试试。"

"美得你,咱们以后只能在法庭上见了。以后别没事打电话骚扰,再见。"罗英子气冲冲地挂了电话,咬牙切齿地说,"真晦气,你都听见了吧,咱俩前脚走,他后脚就进去了,真是又矮了他一头,晦气。"

邱华叹了口气:"到这时候了,还有心斗嘴,还是商量一下咱们的事吧。"

罗英子眼中一亮:"咱们的事……邱华,这么说你答应啦?"

邱华无奈地苦笑:"不答应怎么办,放你自己去遭受社会的毒打,我不忍心。"

罗英子大喜过望:"哈哈,就知道你是不会丢下我的。这样,我先送你这个新娘子回去,新郎还在家等着呢。等你度完蜜月回来,瑛华律师事务所已经成立了,你回来直接当合伙人就行。"

邱华忧心忡忡地摇摇头:"我哪儿还有心情度什么蜜月?再说了,就算能成立律所,业务从哪儿里来?方丽虹再三警告,不许我们带走原来的案子,失去了案源,我们喝西北风吗?"

罗英子却显得自信满满："喝西北风能轮到咱？你放心吧。不管怎么说，你刚结婚就跑出来不像话，我把你送回去，然后我去见梅先生，我尽快把手续跑下来。再顺便找一个瑛华律师事务所的办公场所。哎，你说咱们租到哪里去啊？依我的意，最好租到良诚所头顶上去，每天和他们在电梯间里打照面，比他们高一层，哈哈，想起来就解气。"

邱华也难得地笑了一下："嘚瑟得你，你现在有钱租个小门面房就好。"

罗英子大笑："想象一下，想象一下还不行吗？你等着，邱华，总有一天瑛华事务所要开到他们头顶上去。走吧，我先送你回家当新娘子去。"

邱华看着她："英子，谢谢你啊。"

罗英子愣了一下："谢我什么？"

邱华认真地说："谢你这股劲儿。也不知道为什么，我遇事总往最坏处想，更可恶的是，最后往往应验了。你和我不一样，无论到什么境地，你都往好处想。"

罗英子大笑："最后也往往应验了。墨菲定律你知道吧？当你总在想一件事情的时候，它就会应验。所以，邱华，你以后要总想好事，它就会来的。"

邱华家楼下，罗英子把车停下，关切道："真不跟张全全回老家了？你想好了？"

邱华摇摇头。

罗英子抱了她一下："行吧。反正真不是什么大事，一切交给我。你当完新娘子回来当创始合伙人就行了。"

邱华下车走了两步，看到罗英子车没动，又转身回来，罗英子赶紧摇下车窗。

"英子，刚才不是陈硕说他也想加入吗？我觉得挺靠谱的。注册律所对他这种资深律师来说就不是什么难事，而且有了他咱们也不愁案源,大不了给他打工呗。"

罗英子眉头皱得老高:"啥意思啊?邱华,咱们现在虽然不到讲什么价值观人品人格的时候,可咱们办个律所,总不能从一开始就找个无良无耻的人当创始合伙人吧?你别管了,一切交我吧。回家和姐夫好好说说。我现在去找梅先生。走了哈。"

办公室里,陈硕枕着自己的双手,坐在椅子上,眉头紧锁,不停地嘀咕着:"有事,肯定有事发生了。会是什么事呢?"

阳台上,张全全一脸哀求地正对着窗户打电话,不时往后看看,像是怕别人听到什么。

"妈,您这就是不讲理了。她是个律师,和当事人都有合同的,当事人有事,她不能不到。她哪里是不尊重咱们家啊?邱华是那样的人吗?妈,我保证,只要她忙完了这一阵子,我们马上回去,您和爸对亲戚朋友解释一句不就行了?求您了,妈,别生气了。您赶紧通知,我先挂了啊。"

挂断电话,转身看见邱华站在门口,张全全有些尴尬地笑了笑。

邱华感激地说道:"谢谢。"

张全全赶快走过来,倒了一杯水递给她:"咱俩还说什么谢,到底出什么事了?"

邱华支吾了一下:"案子有变化,可能要败诉,当事人挺着急的。全全,我很抱歉。"

张全全点点头:"没事,我理解。饿了吧,我去给你做饭。"

说着张全全向厨房走去,邱华来到他身后,双手温柔地抱住了他。邱华闭着眼睛靠在张全全背上,张全全脸上写满幸福。

听说了良诚所的事,饶是见惯了怪事的梅大梁,也觉得有些难以置信。

"良诚所把你们俩都开除了?"

"准确地说是我们仨,还有夏舒。不过我们估计之所以还有夏舒是为开掉我们俩找一个借口。"

"可昨天不是还好好的,婚礼上方丽虹还当我面夸过你。他们为什么会这样做?律师被律协训诫,这种事哪个律所都有过,就算是方丽虹,当初也因为一个案子被律协训诫过。他们为什么这么决绝?"

"她在邱华婚礼当天还和我们谈过以后的工作计划,第二天就开除,一定是中间发生了不同寻常的事情。我们想来想去,只有一件事:就是在邱华的婚礼上,我和您一直在谈您当年的案子,随后到档案室借出了那个案子的卷宗。"

梅大梁感觉心里猛地一紧。

"你们是怀疑,开除你们是因为他们发现你们想调查当年那件事?"

"我们找不到别的解释。"

"如果你们的推测是真的,我可以给方丽虹打个电话,帮你们解释清楚。"

梅大梁少有地露出歉意的表情,她显然知道这意味着什么。一个律师被暂停执业,还被封存了所有在办案卷,这等同于被剥夺了所有客户和未来收入。即使律师与委托人一直合作良好,出了这样的事,委托人也难免会往律师在办其他案件中因执业行为产生巨大风险处想。这种关系下的信任本就稀薄,一旦有了这样的念头,即使委托人在这个案子中不离不弃,依然要求良诚所把案件交归罗英子,双方的合作也一定会埋下隐患。

罗英子摆手,神色轻松道:"梅先生,别打了,没用的。而且我和邱华早就在那干够了,我俩一直想出来单干,这不机会就来了嘛。"

梅大梁皱眉:"可这才是你们转执业的第二年,还不具备开律所的资格。"

罗英子嘿嘿笑着:"所以这次来找您是想请您帮我们个忙。您认识那么多干法律的,能不能介绍给我几个靠谱的老律师,帮我们把律所注册下来。活不用他们干，还能白拿股份。"

梅大梁犹豫道："人倒是可以帮你问，只是……你真的考虑好了？"

罗英子点头："考虑好了，而且我们期盼已久。您只要给我联系方式就行，具体条件我会亲自拜访找他们谈。"

梅大梁凝神看着一脸轻松的罗英子，神情有些沉重。

"我听说你们是因为违纪才被良诚所开的，执业这么多年，我也是爱惜羽毛的，得考虑自己的名声和执业风险。"

茶室里，一个五十多岁模样的男人端起茶盏吹了几下，然后小口啜饮着，发出类似吸面条的声音。罗英子已经讲得口干舌燥，男人喝完，端详着在手里旋转的茶盏。罗英子的神情从恳切转为愤怒。再也忍不住了，一口喝光杯里的茶，罗英子直接站起身来。

"我说了半天，您就跟我说这个？这是谁在造谣啊？谁说是我们被开了，这话您听谁说的？"

男人淡然一笑："是也好，不是也罢。我是老律师了，对自己的职业生涯一向很慎重的，最怕的就是晚节不保，除非……"

罗英子急切地问："除非什么？"

男人微笑着放下茶盏，伸出手指："百分之三的股份太少了，至少百分之五。"

罗英子面露难色："啊，您不是早就不代案子了吗？百分之三是干股，您又不干活，我们已经很有诚意了，百分之五是不是……"

男人摆手打断她："说句实话，我是看在梅律师的面子上才坐这儿和你聊。要换成别人可能就没我这么好说话了。趁我还没改主意，你最好快点决定。"

"百分之五就百分之五。"罗英子咬牙答应，在桌子下面的手却竖起中指，第一个挂名合伙人就这么定了下来。

第二名合伙人，是罗英子在一个挂着"代写诉状"的街边小门头处定下来的，一个戴着厚片眼镜的老律师在听到罗英子说他自己案子的代理费还是他个人的,另外所里还能给分百分之三的时候终于跺了跺脚,下定决心。

第三名合伙人来得最容易。京郊某广场上,罗英子和一位穿着大红大紫的大妈一拍即合。大妈刚跳完一曲广场舞,一边不停擦汗一边爽朗地笑着,罗英子赔着笑,把胸脯拍得啪啪响。

"钱不钱的对我来说不重要,我都这个年纪了,想好好享受生活。你只要帮我搞定每年年检的案卷就行!"

"放心,姐!保证完成任务!"

"老律师跟咱们真的不是一种生物,也不知道咱们老了,是不是也这样。找合伙人的事搞定了,接下来我去找房子。放心,安心当你的新娘子,一切交给我。"

驾驶座上,罗英子挂了邱华的电话,把头栽到方向盘上,长长地出了一口气。

接下来的两天,罗英子穿梭在老城区的各个写字楼之间。她始终觉得这次邱华是吃了自己的挂落,三个老律师已经就位,无论如何都要在邱华回来前,把房子尽快定下来。

"罗总,这套成交三块五,免租期四个月还能谈,绝对是个价格洼地,我拍胸脯保证您签了不亏。"低矮陈旧的四层小楼前,年轻的男中介站在门口,满脸热情地向罗英子介绍着。

罗英子皱着眉环顾四周:"便宜也不行,这楼业务太杂,左边美甲店,右边美容院,我要开的是律所,这地方不合适。"

中介追上来,不甘心地劝道:"罗总,您再考虑考虑。之前那个是合适,但您觉得太贵,这不才给您推荐这个性价比最高的。"

罗英子无奈道:"那个底价就是七块了?确定不能再谈了对吗?"

中介摇头说道:"姐,那个地段的楼现在是抢手货,真没法再低了,实在不行您就分租。"

"分租不行,我再想想吧。"

傍晚，罗英子坐在便利店的高脚椅上，边大口吃着三明治，边翻开一沓租房介绍的册子。这时手机响了起来，是个陌生号码。

"是罗英子，罗律师吗？"

"是我。您哪一位？"

手机里，男人的声音沉稳而严肃："我是刑警队的王锐。有件事提醒一下您，许建设在保外就医的途中发生车祸，趁机逃跑了。"

罗英子吓了一跳："什么？"

王锐继续说道："目前警方正在全力抓捕，暂时还没得到他的下落。监狱那边说，他在狱中曾经扬言报复您和邱华律师。我想提醒您，在他落网前你们俩小心一点。"

罗英子几乎要哭出来："啊？报复我们俩？为什么啊？"

王锐的声音显得有些无奈："那我就不知道了。总之，你们小心一点，外出时注意下有没有人跟踪，回家时检查一下房间有没有进去过人，晚上把门窗关严。还有，一旦发现有危险马上报警。可以打110，也可以拨我的电话，就这个号码。"

罗英子颤声："警察叔叔，您别吓我啊。他在暗处，我们在明处，怎么注意啊？您能派人保护一下我们吗？"

王锐安抚道："你放心，我们会加强巡逻的。而且，他是不是潜来我市还不一定。我只是提醒你们注意一下安全。我先挂了。"

电话挂断了，罗英子愣了半晌，赶紧又拿起手机。

邱华从客厅走到阳台，把门关得严严实实后才接起电话。听罗英子带着哭腔把事说完，邱华不由愣住了。

"这都哪儿跟哪儿啊。他为什么要报复我们？"

"谁说不是呢？费心费力地差点把他的案子打到十二年，被他老婆害了，什么没挣着，他还要来报复咱们。邱华，你可注意点，出门啥的叫姐夫陪着你。"

邱华努力让自己冷静下来："我没事，他也不知道我住哪儿，倒是你要注意。英子，这事挺大的，电话上说不好，明天我去找你咱们当面商量。拜。"

回到客厅，看到桌子已经收拾干净了，邱华急忙去了厨房。张全全正在那儿刷碗，邱华走过去："我来吧。"

张全全轻轻把她扛开，笑着说："这就完了。邱华，你是干大事的人，家里的事我来干，只要你在我身边我就知足了。"

邱华感动地看着他，从后面抱住他。突然，邱华松开手，急匆匆走回客厅，仔细检查着门窗，把门反锁了。

"干吗呢？"张全全从厨房跟了出来，困惑地看着她。

邱华笑笑："没事，只是检查一下门窗。"

小区楼下，满身疲惫的罗英子停好车，刚想靠在座椅上歇会儿，猛然想起王锐的电话，一下子又直起身来。夜色已深，她小心翼翼地观察了下四周，这才下了车。突然，一辆停在路边的车按了按喇叭。罗英子感觉一股寒意直冲头顶，下意识拔腿就跑。

"跑什么？这是干了啥亏心事了？"

居然是陈硕，罗英子像泄气皮球一样一下子瘫软下来。罗英子有气无力地站在那儿，看着陈硕屁颠屁颠地下车跑过来。

"什么事，色狼？"

"什么什么？色狼？罗英子，你说我好色我认，我什么时候变色狼了？"

"不色狼你大半夜的在这儿截我干吗？"

陈硕哈哈大笑："你是不是特希望我这个时候扑上去？"

罗英子不屑地撇撇嘴："来啊，你不嫌命长就试试。"

是真累啊，也不管脏不脏，罗英子直接一屁股坐在路边的长椅上。

在罗英子身边坐下，陈硕收起笑容，正色道："好了，不开玩笑了。你俩为什么被良诚所开除了？"

罗英子淡淡地回答："我说了不是开除，是老子不干了。"

陈硕不依不饶："哈哈，到这时候了，就别打肿脸充胖子了。你不记得你们仓皇出逃的时候办公室什么鬼样子了？那真是满目疮痍。啧啧啧，我差点生出兔死狐悲之感。"

罗英子气急败坏："大晚上的你跑这儿来就是和我说这个的？我可没闲工夫和你磨牙。走了。"

陈硕赶快拦着："慢着慢着，不开玩笑了。罗英子，我总觉得这事有点奇怪，你不觉得吗？"

罗英子冷笑一声："奇怪什么？现代社会，跳个槽还不是正常的？我干够了，丢碗剩饭给你吃，就这。"

陈硕认真道："我说正经的呢。我问了一圈，所有人都语焉不详，可我总觉得其中必定有事。你自己就没点感觉吗？"

罗英子显得有些不耐烦："没有。我和邱华正准备跳槽，他们就提出来了，双方是你情我愿，一拍两散，行了吧？你赶快走吧，我们小区晚上十点宵禁，十点有陌生人出入，一律当盗贼捉拿。走了。"

看着她的背影，陈硕失望地叹了口气。

小区老旧到楼梯灯都不亮，隐隐约约有个黑影靠在罗英子家门口，看不清是蹲着还是坐着。罗英子从外面进来，要进电梯的时候突然想起什么，左右前后地观察着，看着没人才进了电梯。

从电梯出来，罗英子只顾在书包里找钥匙，径直撞到黑影子上。那黑影伸手去抱她的腿，罗英子吓得转身就逃，一边逃一边大叫："救命啊！"

身后传来声音："罗英子？"

是个女声。罗英子停下脚步，回过头来，竟然是夏舒。夏舒被罗英子带倒了，正一脸迷惑地从地上爬起来。

罗英子吓得几乎要哭出来："姑奶奶，黑灯瞎火的，你蹲在我家门口干吗？你差点吓死我。"

隔壁的门开了，里边探出头来，罗英子急忙对人家赔笑："没事了，对不起。"

邻居骂了句"神经病"，然后把门关上。

夏舒不好意思地说:"罗姐,我没地方住了。你不是说我要是不嫌你家地方小可以来挤一挤吗?所以我就来了。"

罗英子瘫靠在墙上:"姑奶奶你能别装神弄鬼吗?天哪,你这一吓我能少活十年。"她掏出钥匙打开门:"进来吧。"

夏舒推着行李箱进来,罗英子回身把门关上,还小心地反锁了。

夏舒看着罗英子的举动,有些不解:"罗姐……"

罗英子"嘘"了一声,示意别出声。她蹑手蹑脚地在两间卧室查看了一圈,又去摸了摸窗户,这才打开灯,一屁股瘫坐在沙发上。夏舒不明所以,好奇地看着。

"罗姐,你这是干什么?"

"和你没关系。这两天都没看见你,在哪儿呢?"

"没在哪儿。"

"玛莎拉蒂要回来了吗?"

"没。罗姐,我没找到他。"

"那你这两天在干吗?满泾北找他呢?"

"没有。我去找了我爸过去的几个老关系。你说气人吧?当初我爸在台上的时候,成天逢迎巴结,我爸帮他们办过多少事啊。可我爸一倒,一个个脸马上就变了,见了我好像不认识似的。"

夏舒低声说着,她感觉很委屈,似乎又要哭出来。罗英子看到她狼狈的样子,不由得叹气。

"你以为呢?当初他们也就是利用你爸手里的权力。你爸不行了,权力也没了,人家理你干吗呀?沾一身臊吗?那昨天晚上你在哪儿睡的?"

"我跑了两天,身上又脏又臭,腿也累得不行,就去宾馆开了间房,洗了个澡,睡了个好觉。"

罗英子无奈地笑了:"还真行,这时候还吃得下睡得着。那为什么不接着住了?"

夏舒叹气:"我没钱了呀。一晚上八百多,我卡上一共还剩下不到五千。"

罗英子惊讶地瞪大眼睛："什么什么？一共还剩五千就开八百多的房？夏舒，是谁把你养成这样的？"

夏舒无辜道："我妈呀。"

罗英子哭笑不得："我服了。吃饭了没？"

夏舒摇头："没。我付了房费卡上还剩下四千，我没舍得在外面吃。"

罗英子笑了："舍得来啃你姐了是吧？我也没吃呢，饭橱里有面条，麻烦大小姐，你下两碗面咱俩一人一碗行吗？"

夏舒点头："行。罗姐你歇着，我去下。"

夏舒走进厨房，罗英子坐在沙发上，拿了个筋膜枪按摩肩膀，看样子真的累坏了。

突然，厨房里传来一声清脆的声响。

罗英子吓了一跳："怎么啦，大小姐？"

夏舒在厨房里叫道："我找挂面呢，一不小心把上面的这个玻璃盆打了，我这就收拾。"

罗英子一听跳起来，赶忙走向厨房："你放那别动，别扎着你。你歇着吧，我侍候你。"

十分钟后，夏舒正狼吞虎咽地吃着面条，吃得满头大汗。罗英子坐在对面，没动筷子，只是看着她。

"好吃吗？"

夏舒嘴里含着面，声音含混不清："好吃，比我妈做的都好吃。"

罗英子笑了笑："好吃多吃，下面还卧了个鸡蛋，知道吗，这就是珍珠翡翠白玉汤。"

夏舒疑惑地问："什么？"

罗英子摆摆手："算了，说了你也不知道。"

夏舒吃得碗底见光，突然停住筷子，喘了口气："姐，其实你这面条和珍珠翡翠白玉汤差不多。"

罗英子一愣:"什么意思?"她拿起汤碗喝了一口,立刻喷出老远:"妈呀,这酱油肯定过期了!夏舒,你怎么吃下去的?还吃光了?是不是受打击太大,味觉失灵了?"

夏舒抽了一张纸擦嘴,却把眼泪擦出来了。

"我就是生气。"她放下筷子,眼泪开始簌簌地流,"下面条摔碗,车要不回来,活像个废物。要是你给我下碗面条我都吃不下,我就真觉得自己一点用都没有了。"说着,又端起碗来喝了一大口。

罗英子无奈地拿过她的碗:"行了行了,别惩罚自己了。我说夏舒,所里把咱们三个都开了你知道吧?"

夏舒点点头:"知道。陶正给我打了个电话。开了就开了吧,我也没脸干了。我本来就笨,现在更像个瘟神一样,谁见了我都躲。姐,我是不是真是个废物啊?"

说着,夏舒又哭了起来。

罗英子坐过去安慰地拍了拍她的背。夏舒一把抱住她,继续哭诉:"我要是像你和邱华姐一样就好了,你们那么厉害一定不愁下家。可是我啥也不会,谁会要我这么个废物?"

罗英子叹了口气:"其实我们也没好到哪儿去,所以我俩准备单干了。"

话刚说完,罗英子后悔了,夏舒正瞪着大眼睛直勾勾地看着她。

"姐,能不能带上我啊,让我干啥都行,只要我能跟着你们。"

"我就随口一说,八字还没一撇呢。"

夏舒又趴在罗英子的肩膀上,哭诉道:"我咋这么命苦啊!"

张全全已经躺下了,邱华也正准备上床,手机突然响了。张全全无奈地笑道:"天哪,律师的手机太忙了。"

邱华抱歉地笑笑,急忙打开微信,顿时脸色变了。

"我去打个电话,马上回来。"

邱华从卧室出来,小心地把卧室的门关上了,然后坐在沙发上。

她先长长地出了口气,这才拨号出去。

"英子你咋想的,夏舒给咱们当助理?"

"这不是先跟你商量一下嘛。夏舒无家可归投奔到我这儿了,我想着咱们要成立新律所,跑跑颠颠的事少不了,干脆交给她来干。"

"罗英子,你是不是受虐狂,或者是想给人家当妈?不行啊,我宁可不干也不要她。这个律所里,有她没我,有我没她,你选吧。"

"邱华,我说过你对她有偏见。"

卧室里,罗英子捂住手机,先把从门口伸出头来自告奋勇要刷碗的夏舒劝回去,这才无奈地坐回床上。

"邱华你别急,等你当完新娘子咱们再讨论行吗?"

"不行!我不需要助理。再说她是当助理的料吗?除了到处惹事她还会什么。"

这时夏舒又伸头进来:"不用我,那我就先去洗澡吧。罗姐,你这儿有拖鞋和新毛巾吗?"

罗英子一边打电话一边去给她找拖鞋和新毛巾:"对不起,我就是看她挺可怜的。"

夏舒好奇地问:"谁啊?还能比我可怜?"

罗英子把毛巾和拖鞋找出来:"没你的事。先去洗吧。"

夏舒抱怨:"只有一个洗手间吗?没有单独的洗手间?"

罗英子无奈道:"大小姐,落地的凤凰不如鸡,你凑合着吧。"

夏舒委屈地说:"好吧。"然后去了洗手间。

"我今天跑了一天,快把我累死了。明天还要找房子、办各种手续,夏舒她虽然笨点,可是人不坏呀,我先使唤使唤。如果发现她真的干不了,再让她走人不就完了吗?"

邱华耐着性子听罗英子解释,张全全穿着睡衣从卧室里伸出头来,打着哈欠问道:"什么电话啊,这么晚了还打起来没完。"

邱华急忙回头冲他笑笑:"马上完。"然后对着电话说:"英子,明天我过去咱们再商量,但我的态度不变。先这样,晚安。"挂了电话，她对张全全说道："这不，还是案子的事。"

张全全无奈地叹了口气："当个律师，太累了。邱华，要不让我爸帮忙，帮你找个轻松一点的工作啊。"

邱华温柔道："不用。干这行累是累，可是自己的事情，自己说了算，我喜欢。全全，咱们睡吧。"

3

"还真叫邱华说中了，你他妈给人当妈当上瘾了。"

罗英子站在洗手间的镜子前，看着面目憔悴的自己，往脸上撩了一把水。

洗手台上堆放着夏舒的各种瓶瓶罐罐，有几个瓶盖都没拧上就随手丢在那儿。

罗英子叹了口气，一件件收拾起来。

门铃响了，罗英子走过去刚要开门，突然戒备起来，掀开猫眼往外看。

"叫这许建设闹的，一惊一乍的。天哪，你咋这么早就跑出来了？姐夫找你这老婆可真是的……"

"你咋这副样子，一夜没睡吗？我给全全做的早餐，顺便给你也带了一份，趁热吃。"

邱华进来，把饭盒递给罗英子，这才注意到她的惨相。

"谢了。"

罗英子接过来放在桌上，邱华看到沙发前一片狼藉，夏舒的大行李箱敞开放着，里面的东西团得乱七八糟。

"天呐，这是刚逃难回来的？"

"别提了，我算服气了。夏舒的父母真是太不负责任了，居然养出了这样的女儿，放到国外祸害完世界人民不算，又回来祸害我们。"

罗英子捂着脸，"明明落难了，大小姐的派头一点不减。上我这里来求借宿的，净毛病，一会儿洗澡水太凉了，一会儿沙发太硬了，睡到半夜又说一个人害怕，非来和我挤一张床上。一张床就一张床吧，睡觉一点也不老实，腿非搭我身上不可，折腾得我一夜没睡着。"

"活该，你不是可怜她吗？现在还只是生活上你照顾不了她，以后干起活来呢？是她给你当助理还是你给她当助理。所以咱们坚决不能要她。"邱华一把将箱子合上，冷冷道。

夏舒从里屋走出来，还一副没睡醒的样子，闭着眼睛进了洗手间。罗英子小声说："邱华，这样行不行，不让她当助理就拿她当前台用。大小是个律所，总得有个前台吧。"

卫生间里传来夏舒的声音："姐，我那瓶鱼子酱精华你看见了吗？"

罗英子回答："打开旁边柜子，左边第二层。"

邱华白了罗英子一眼："你放心吧，她就是干个前台也得弄得鸡飞狗跳。再说了，咱们现在一个案子没有，还有闲钱雇前台？"

"姐！"夏舒又叫了一声。

"又怎么了？"

"我的那个燕窝面膜你搁哪儿了？"

罗英子没好气地回答："洗面奶下面那层！"

"你知不知道自己当妈是什么样子？你现在就是。"

罗英子小声道："邱华，我真对她下不了狠手。这样行不行？她的玛莎拉蒂，被她前男友霸占着，我叫她去要，到现在没要回来。咱们把这事当成个考验派给她。要得回来，说明她有长进，要不回来，她就是坐在我家门口哭咱们也不要她，这总行了吧？"

邱华冷下脸来："就算她能要回来也不是咱们的，而且你看着吧，她要不回来的。"

夏舒从卫生间出来，直接坐在沙发上，拿起邱华买给罗英子的早餐就吃了起来。

邱华忍不住问："夏舒，你不问是不是给你的拿起来就吃？"

夏舒一脸委屈："啊？不是给我的？我不知道，我看在这放着就……"

"就一早点，吃就吃了，这事先这么定了。"罗英子说道。

邱华想再说什么，但看了看夏舒眨巴着的大眼睛，又忍住了："你就给她当妈吧。我走了。"

罗英子送邱华出来，两人一边走一边闲聊。

"罗英子，我算看出来了，你啊，表面上杀伐决断，实际上慈悲心肠。你这样的人，吃亏上当还早呢。哎，对了，还有一件事，昨天我也抽空给我们原来的客户打了几个电话。"

"天哪，我姐夫啥眼啊？娶回家一架工作机器。"

"没办法。没有客户，咱们注册个律所，房租交着，人头费开着，喝西北风啊？可是没啥效果，良诚所都和他们打过招呼，说咱们俩，不对，咱们仨违纪，已被所里开除了，还说下一步司法局可能也要处分我们。"

"这是要赶尽杀绝啊。"

"利益之争。可以理解。不过到底还是被我发现了一个可以争取的对象。"

"谁？"

罗英子收起咬牙切齿的神色，好奇又期待地停下脚步看着邱华。

"那个专利案子的董总啊。咱们前面的工作做得好，给他留下印象了，听说咱们走了很可惜，更主要的，他对良诚所抹黑咱们不以为然，所以口气活泛。我觉得，争取一下，他有可能驾机起义，投到咱们所里来……当然，咱们要是能注册下来一个律所的话。"邱华解释道。

罗英子兴奋地说："怎么注册不下来？瑛华律师事务所啊。我今天就去注册，你和董总约个时间，咱们再给他添把火。"

"他昨天倒是答应见面，可他太忙，时间也没个准头。我觉得不如趁热打铁现在就去公司堵他，把见面的事儿敲定。"

"行，良诚所现在对咱们围追堵截，这事越快越好。"

"可是约他在哪里见啊？咱们连个办公室也没有。"

"你去约吧，我有办法。"

邱华摸着手上的戒指，无奈地叹了口气："我本来给全全做好早餐，是要和他一起吃早饭的。可我这一大早又跑你这儿来了，马上还得去找董先生。全全又得失望了。"

"邱华，学会心疼人了。"罗英子调侃道。

"那有什么可说的？张全全找我这媳妇也不容易。唉，咱俩被开掉的事情，我至今还没告诉他。"

"这有啥不好说的？咱们又没做亏心事。"

"不知道为什么，就是不想说，等安顿好再说吧。我走了。"

"你呀，这辈子都得一个人做主啦。不送。"

邱华到家发现桌子上的饭菜没动，张全全应该是还没醒，她拿起盘子想到厨房把饭菜热一下，这时张全全像是听到刚才开门的响动，睡眼惺忪地从卧室里走出来。

邱华微笑道："全全，我找英子有点急事，怕吵醒你就没和你说。饭我给你做好了。"

张全全很感动："辛苦你，邱华。对了，趁我婚假还有几天，咱们去约会吧？你想去哪儿？"

邱华笑了笑："你定吧，你知道我这人也没什么爱好。"

"那就今天去看电影，刚上的那大片我弄到两张IMAX票。等你回来吃完饭咱就出发。"全全兴奋道。

邱华犹豫了一下，还是说道："对不起，全全，今天不行，我临时约了一个重要客户，所以现在必须去他公司。不能陪你了。"

张全全明显有些失落："那你中午还回来吃饭吗？"

邱华把盘子放进微波炉："不一定，我给你热好，早饭你先自己吃吧。"

餐桌上摆满了丰盛的早点，张全全却没有动筷子。

"对不起啊,全全。"邱华看着强忍失落的张全全有些不落忍。

张全全拿起筷子开动起来,边大口吃边笑着:"真好吃。邱华,我能理解,你去忙吧,我在家等你。"

目送邱华出了门,张全全放下筷子,呆呆地看着满桌的美食。

下了公交车,邱华朝罗英子家走,忽然感觉自己有点疲惫。一辆车停在她身边,陈硕笑着探出头来。

"陈律师您好。"

"一大早就来和罗律师商量工作啊,真忙啊。"

"还好,临时有点事。您也是来找英子的吧?"

"她有东西落我办公室了,正好顺路拿给她。"

"去良诚所可不顺路吧。她在家呢,待会儿一起上去吧。"

邱华笑了,陈硕也尴尬地赔着笑。

"算了,给你也一样。我送你。"

"不用了。两步路。"

"上来吧,又不是没坐过。"

邱华犹豫了一下,上了车。

说是两步路,这个最近的车站,离罗英子家也有个三公里,陈硕灵巧地在几条车道上变来变去地开着车。

"陈律师,您说的英子的东西……"邱华感觉气氛有点尴尬,找话题问道。

陈硕朝扶手箱上努努嘴:"就那个。"

邱华看到一个小化妆包放着两根口红,拿了过来。

"在我办公室放着,我嫌碍事。"陈硕解释道。

邱华笑了:"您是说嫌口红占地方是吧?所以特意来还给她。"

陈硕急忙掩饰:"我是嫌碍眼。"

邱华笑笑没说话,陈硕话锋一转:"邱律师,良诚所为什么突然把你们俩——不对,是你们仨给开掉了?这件事,你想过吗?"

邱华犹豫了一下："暂时想不出来，事情发生得很突然。"

陈硕追问道："你们是当事人，脑子又不笨，总会觉察到些什么。发现哪儿有不对劲的地方了吗?"

邱华冷冷地问："你关心这个干什么?"

陈硕笑了笑："我八卦啊。再说罗英子居然说是我顶掉的你们，这屎盆子我可不想老扣在头上。"

开到一个十字路口，汽车、电动车、行人杂乱地穿梭着，邱华看着这些忽然觉得有点心烦。

"是为了英子吧?"

"什么什么?"

"你喜欢英子吧?"

"哈?喜欢她?我是受虐狂吗?再说了，你看我身边缺过女孩子吗?纯八卦。"

陈硕哈哈笑着，似乎也对眼前的交通情况有些心烦，按开车窗，人声、汽车喇叭声一股脑儿钻进车里，他又把车窗摇上。

"你高价买了那房子，也是为了买来送还给罗英子的吧?"

"哈哈，邱律师，在你眼里我到底是个什么人啊?罗英子对我是有多重要，让我花一千多万买房子送她?"陈硕哈哈笑着，随即又愣了一下，干笑着继续说，"那你帮帮我呗。"

邱华也笑了："罗英子表面上大咧咧的，但她丈夫出卖她那件事，实际上对她的伤害挺大，表现在找男朋友上，可能就是对人有防备了。你要想追她，可得下大工夫哦。"

陈硕没回话，似乎这才开始认真地开车，车子左右穿梭飞快行驶，很快就到了罗英子租住的小区。

陈硕停下车，邱华下来："谢谢陈律师。"

陈硕从车窗探出头来："邱律师，我刚才的话别忘了。"

邱华疑惑道："什么话?"

陈硕认真道："你们俩的事啊。万一你们想出点什么来告诉我。

我现在在良诚所，也许能帮上你们。"

"夏舒，过来吃饭，你的早饭到了。"罗英子开门接过外卖，从袋子里拿出两个贝果和一瓶牛奶放到桌上。

"来了。"夏舒脸上贴着面膜跑了过来，她把面膜摘掉，递给罗英子一个贝果，"姐，我特意给你点了一个，这家贝果最好吃了。"

罗英子没接："这种二十块钱一个的呛面儿馒头，我吃不起。"

夏舒撇撇嘴，刚喝了一口牛奶，就跑到水池那儿吐了出来。

罗英子吓了一跳，赶紧追过去："怎么啦？"

"全脂的。我点的是脱脂奶，全脂奶会发胖的。我要投诉。"夏舒立刻拨通了外卖店的电话，"雕刻时光咖啡吗？我刚点的牛奶送错了，我要的是脱脂奶，不是全脂的，重新送吧，我的地址是……"

话音未落，罗英子夺过夏舒的手机挂断了。

"姐你干什么呀？"夏舒愤愤地问。

罗英子怒气冲冲地说："你是我姐！一早上点俩四十块钱的呛面儿大馒头，你吃饱了撑的是吧？你数数自己兜里还有几个钱！有房子吗？有工作吗？有本事吗？有未来吗？除了一身的毛病，你还有什么？！"

罗英子说得口干舌燥，拿起全脂牛奶灌了一口。

夏舒呆住了，低声道："姐，我不是……"她本想解释，可又突然停住了，落寞地说："姐，我就是习惯了，是我错了。"

夏舒拿过全脂奶喝了下去。罗英子看着她喝下一整杯牛奶，又恼又有点心疼，语气缓和道："夏舒，我知道你很难找工作，这样吧，我昨天也和你提过了，我和邱华打算成立一家律所，我这儿缺个助理，你想试试吗？"

夏舒强忍眼泪，惊讶地问："我愿意。只要能让我跟着你和邱姐，我都愿意。"

罗英子摇头："不是跟着我们，我们不负责养活你，而是你要用你的工作能力养活自己。明白吗？"

夏舒点点头。罗英子站起身来收拾东西，不去看她。

"我和你直说，邱华是我的合伙人，让你当助理这事邱华一票反对，不是她小心眼，而是你工作能力确实不够。所以，我给你三个月试用期，每个月给你开三千块，只要你能通过试用期，我们就让你留下。你接受吗？"

"罗姐，我接受。"

"好，你今天有两项工作，第一，跟我去跑注册和房子的事。第二，把你的玛莎拉蒂要回来，要不回来，你也就不用回来了。"

一说到要车，夏舒想起前几天的遭遇，顿时有点为难。

"可是他不给我怎么办？"

"我不是教给你了吗？到他单位门口堵他，堵住他就威胁他，他不还你车，就把他跟你爸干的那些事告诉纪委，你看他还不还车。"

"姐，你给我点别的工作行吗？什么都行，这事……我做不来。"

"你不是做不来，你是怕丢人。你这个前男友，你爸在位的时候死缠烂打，你爸一倒台他拔腿就溜，临了分手还把你吃干抹净，你不想抽他吗？"

"做梦都想。"

"我教你一招：遇到好人，你要比好人还好；遇到坏人，你要比坏人还坏。否则，你只能当他案板上的肉。今天要不回玛莎拉蒂，你就别回来。"

日头正盛，罗英子和夏舒从里边出来，茫然地看着外面的大街。中介客气却掩不住鄙夷的话言犹在耳：

"两位，你们的条件在城区根本租不到写字间。我劝你就租民居吧。不过民居，五环以内一百平左右，也下不来七千块。对不起，我这还有客户，二位稍等，或再去别处看看。"

"罗姐，中介说的都是废话，真要租民居，你自己就有，还用租吗？"夏舒怯怯地说道。

罗英子眼前一亮，她拍了拍脑袋："对啊，我不是有房子吗？不用租了，房子有了。"

接下来的几个小时，罗英子和夏舒在各个窗口像陀螺一样转着，工商局、税务局……当从一家门面出来的时候，夏舒肩上扛了一个铜牌，上面写着"泾北瑛华律师事务所"几个大字。两人小心地把它放到副驾驶座上，夏舒给它系上了安全带，还是不放心，索性坐上去抱着，一路开回家。

组装家具也到了，罗英子和夏舒将客厅的沙发挪开，合力完成了一张长条桌和三把椅子。客厅变成了一间简易办公室，罗英子和夏舒站在那里，满意地看着自己的劳动成果。

这时邱华的电话打进来，应该是跟董先生见过面了，罗英子定了定神，接起来。

"情况如何？"

"刚聊完，我现在还在董先生的公司里，他果然对良诚不满意，还想跟着我们走。但他对我们的实力不大放心，提出来要到我们新律所考察一下，你看怎么办？"

"叫他来吧。"

"难道咱们已经有办公室了？"邱华问。

"有了。"

"啊？在哪里？我这就过去看看。"

小区楼下，罗英子正和货拉拉司机理论，旁边放着一个高大的文件柜。

罗英子讨好道："师傅，我真的抬不动，您就帮我搬上去吧，当时卖家和我保证了是送货上门。"

司机不耐烦地回应："你这是二手，又不是官方配送，何况我就是一司机，给你送到楼下就不错了，送上去是另外的……"

罗英子脸上跟变戏法似的，讨好的神色瞬间消失不见。

"你说个数。"

"五十。"

"三十。"

"四十。"

"最多三十,不行就算。"

正说着,邱华过来了,看着杵在一旁的文件柜,邱华一脸好奇:"英子,你干吗呢?"

罗英子高兴地道:"来得正好,给我省了三十块钱。走,帮我把柜子抬上去。"司机悻悻地走了,罗英子和邱华一边抬着柜子一边往上走。

"英子,你说的办公室,不会就是你家吧?"

"时间太紧,实在租不到合适的。你放心,家里我和夏舒都布置完了,好着呢。"

"董先生说下午要过来考察,你就让他去你家考察?你以为董先生这么好糊弄?"

"你先看看再说。你要是不满意,咱就约在咖啡馆。"

两人从电梯里出来,邱华担忧道:"英子,把家当律所,客户会不信任咱们的。"

两人正说着,突然听见楼道里有人吵架,过去一看,居然就在罗英子家门口。一个四十来岁的女人正站在夏舒面前,站在她面前的是可怜巴巴的夏舒,还有几个看热闹的。

女人叉着腰质问道:"这是民宅,是你们用来做生意的吗?要做别的生意,我不说你们,开律所。到律所来的都是什么人啊?杀人犯、强奸犯、卖色情的、拉皮条的,什么人没有啊?这以后别人家还有没有点安全感了?"

"就是,就是。"

"不许她们开!敢开到这里,咱们到派出所举报去。"

众邻居纷纷应和着。

罗英子赶快过去问："怎么啦怎么啦？"

"哟，你回来了？这是住宅，你怎么可以用来开律所呢？"

女人一看正主来了，攻击目标一下子转移到罗英子这儿。

罗英子佯装惊讶道："谁说我在这里开律所了？"

她还没说完，邱华在下面拉了她一把，罗英子一看，那铜牌被钉在了墙上，站在那里的夏舒手里还拿着锤子，不用说，大小姐又干了件好事。

罗英子二话不说过去把铜牌摘了下来。

"夏舒，这是我准备挂到办公室门口去的，你挂这儿干什么？"她对大家赔笑："各位芳邻，误会了，这儿就是我住的地方，我的办公室在前面那座写字楼上呢，牌子刚做出来，我助理不了解情况。对不起打扰了。"

众人好不容易散了，三个人进屋，罗英子把牌子放橱子上。

夏舒委屈巴巴地解释："对不起，我不知道，我还寻思着赶快挂出去，客户好找。"

罗英子无奈道："大姐，你的脑子不是只用来装糨糊的吧？这是住宅楼，你明目张胆地把牌子挂外面，不是找着被驱赶吗？再别给我们惹麻烦了，行吗？"

邱华直接走到夏舒面前："夏舒，你不适合留在我们这里，我们庙小，供不起你这尊大神，祝你早日找到下家！"

罗英子试图劝说："邱华——"

邱华打断她："她添的乱还不够多吗？她又不是没成年。再说，没有她，许建设的案子最后不会是那种后果，良诚所也没有理由把我们赶出来，现在我们自身都难保，哪里有能力再养一个大小姐，更别说还给我们四处惹事。夏舒，对不起，你爱上哪儿上哪儿吧。"

夏舒求救地看着罗英子："罗姐。"眼泪忍不住流了下来。

罗英子叹了口气："也怪我，今天这事没提醒她。邱华，你先消消气。"

夏舒哭着说:"邱华姐,我错了,除了这里,我真没地方去。以前的事都怪我,以后我好好改还不行吗?"

邱华面沉如水:"有些事可以改,有些事是胎里带来的,根本改不了。你走吧。"

罗英子看看这个,又看看那个,突然一拍桌子发了脾气:"夏舒,我叫你去要你的玛莎拉蒂,你要得怎么样了?当初我和邱华说好的,能要回你的玛莎拉蒂我才要你,你要回来了吗?"

夏舒低声回答:"没。"

罗英子佯装发怒:"那还愣着干吗?去要啊!"

夏舒犹豫了一下:"可是……"

罗英子几乎是喊出来:"去啊!"

夏舒磨磨蹭蹭地拿起衣服走了,罗英子看看余怒未消的邱华,刚想说话,门又开了,夏舒伸回头来。

"姐,能借我点钱吗?我没钱打车了。"

"你钱呢?不是昨天还有五千吗?"

"我还有张个人的信用卡,今天是还款日,早上睁眼就扣光了。"

罗英子刚想说啥,又看了邱华一眼:"没钱就腿儿着去!"

夏舒为难地说:"可是,太远啦。"

罗英子大吼一声:"走!"

夏舒的头从外面缩回去,消失了。

罗英子转头赔笑:"邱华,先消消气,别跟夏舒一般见识。你看这样行不行,我个人出钱雇她给我当助理,和所里没有关系。你也知道我这人耳根子软,见不得别人一直求我。而且她肯定要不回来她那辆玛莎拉蒂,我也好有个理由开了她。"

邱华看罗英子一脸诚恳,叹了口气,又看了看屋里的布局:"以后就在这里办公吗?"

"面包会有的,牛奶也会有的,万事开头难。去请董先生吧。"

罗英子环视四周,充满信心。

"前方车站是建国路站，下车的乘客请提前做好准备。"

"请让一下，我要下车，让一下……"

夏舒左挪右闪，生怕碰到别人，吃力地朝着车门方向努力推进。公交车上挤满了人，夏舒身旁人多得连手都不知道放哪儿，大家面无表情地随着行驶的节奏轻微摆动着，没有人给她让位置。

速度明显降了下来，快到站了，离门还有段距离的夏舒绝望地认为自己肯定下不去了，没想到自动门打开的瞬间，夏舒被一股巨大的力量向前推行着，几乎被挤下车。

被挤下来后，夏舒却又拼命地往回挤，试图再上车，她脚上只剩了一只高跟鞋，另一只被挤掉了，还留在车上。

车门关闭，公交车缓缓开走，夏舒跟在车后边一瘸一拐地追："停下，我鞋在车上！"

夏舒追了几步，气喘吁吁，眼看追不动了，这时车门打开，一只鞋从里边被扔了出来。车门关闭，公交车继续开走。她过去捡起鞋，发现鞋跟已经坏了，她生气地看着公交车越开越远。过往的行人都向她投来好奇的一瞥。

泾北市发改委的办事处建在一小坡上，保安看到一个女人忽高忽低地走过来，似乎是个瘸子，仔细一看才知道，原来那女人一只脚趿着只坏了跟的鞋。

顺着鞋子向上看是两条修长白皙的腿，保安一下子瞪大了眼睛，再往上，直到看清美腿主人的模样，他的脸色一下子难看起来，怎么又是这个女人！

"怎么又来了？田主任早就说了，他不认识你！"

"大哥，麻烦您再给他打个电话吧。前两天还在这里和我说了半天话，您当时不也看到了吗？这才几天，怎么就不认识了？"

"不行。走吧走吧。你看看你的样子。"

"大哥，求您了，您就联系一下他吧。我要找不到他，今天晚上都没地方吃饭去。"

看到夏舒可怜巴巴地样子，保安原本不耐烦的神色缓和了几分。

"你不是有他的电话吗？你自己联系呀。"

"我打了，他不接我电话。"

"那就没办法了，走吧，别为难我了。"

保安叹了口气，不再理她。夏舒没办法了，金鸡独立地站在门口等着。

"离门口远点啊，快下班了，车马上出来了。"不知过了多久，保安拉开窗户喊道。

"这门外的地方你管得着吗？"夏舒没好气地回撑过去，但尽管这样说着，她还是往远处站了站。

突然，她眼睛一亮，一台亮红色的玛莎拉蒂从马路一侧开过来了，没有停在门口，而是缓慢地开了过去，夏舒赶紧追上去。

大概开出了一百米，车停到路边。一个年轻的女孩优雅地从车上下来，靠在车身上打电话。

"亲爱的我到了，车停在老地方，你下来吧，咱们吃饭去。"

跟过来的夏舒顿时目瞪口呆，她想跑过去，又停了下来，找了棵能看到单位门口的树，伸头探脑地躲在后面等着。

不到十分钟，一个西装革履的年轻人提着公文包匆匆走过来，正是夏舒的前男友田毅。一看到那女孩满面堆笑，田毅老远就张着双臂过去了，两人拥抱在一起，田毅还旁若无人地亲了女孩几口。

"不要脸。"树后面的夏舒气得直跺脚。

"宝贝儿，领导一天到晚抓着我不放，今天还想叫我加班呢。可一接你电话，我魂都没了，找了个借口就跑出来了。耽误了我前程你爸别嫌我没出息噢。"田毅温柔地说道。

"这是背熟了吗？"夏舒讥讽地自言自语。

女孩嗔怪道："你还想要多大出息。以后咱们成了家，你天天加班我可受不了。"

田毅又抱住她："那以后我春宵苦短日高起，从此君王不早朝？"

女孩笑了："不要脸，还君王呢。走吧，吃什么去？"

田毅想了想说道："咱们去吃串咋样？隔壁就有一家，烤得还不错。"

女孩一副嫌弃的样子："是和你前女友经常去吃的吧？你这前女友也真是的，不听说还是个高干子女吗？口味就这么low吗？蹲在马路边，和一群光膀子的老屌丝一起？"

田毅赶紧哄道："嗨，什么高干子女？她爸就是从农村生产队长干出来的。自己刚不吃地瓜干，就生了个闺女像白痴。走吧走吧，找个档次高的地方去。只要我媳妇喜欢。"

看到两人要走，夏舒再也忍不住，直接冲了上去。

"田大明！"

田毅一看来人是夏舒，推着女孩就要让她上车："走吧，别理她，一个疯子。"

夏舒过去了："田大明，你说谁呢？我是疯子，你当初死乞白赖地追我干什么？"

田毅一脸嫌恶的样子："谁追过你？不要自我感觉太好了。咱们已经没关系了，请自爱点，以后不要来缠我。还有，我现在叫田毅，不叫什么田大明！"

已经上了车的女孩摇下车窗，从头到脚地打量着夏舒。看到她那只断了根的鞋子，女孩一脸的瞧不起。

"就她啊？田毅，你当时什么眼光啊。上车，走吧。"

田毅拉开门就要上车，夏舒急了，脱下那只鞋，拎在手上过去照着车身就抡了上去，这一抡，女孩不愿意了，从车上下来抓住她。

"你砸我车干什么？你知道这是什么车吗？砸坏了你赔得起吗？"

"你的车？呸！看看行驶证上是谁的名字！田大明，别的账咱们以后再算，这两年你起码花了我一百万，我早晚给你要回来，你现在就把车还我。"

夏舒端着鞋指着田毅，眼里似乎能喷出火来。

"说什么呢？咱俩的账分手的时候早就算清楚了，你还欠着我几十万呢，这车是抵债的。倩倩，别理她，赶快上车走。"

田毅当场就要发作，但是不知道是怎么了，看着夏舒的眼神，他竟感觉有点害怕。

"走？我看你能走得了。田大明，你跟着我爸干的那些事别以为我不知道。黄海那项目，你打着我爸的旗号，从中叫人家给你批了几个车皮？大东项目里，你弄了多少原油？我就不给你一个个数了，你走吧，祝你胃口大开。吃饱点，进了看守所，就再也没有馆子能下了。"

夏舒的鞋跟指着田毅，又转头看向那女孩："哎，还有你，倩倩是吧。好好保养自己，以后好有力气给他往看守所里送饭吧。"

田毅的脸色变了，他拉开车门下来，想拉她到一旁，夏舒却扬起鞋子。夏舒想着只要田毅碰到她，就直接拿鞋跟砸他的头。

田毅苦着脸："你到底想干什么？"

"不想干什么，走你的。你前脚走，我后脚就去纪委。"

一时间，不知道为什么，夏舒盯着这个自己曾经的二十四孝好男友，竟有些想笑。

十分钟后，玛莎拉蒂的车窗开着，夏舒手握方向盘，头发被风吹得飘起来，一路风驰电掣。

咖啡厅角落里，罗英子站起身来，与董先生握手，邱华在一旁陪着。

"董总，您好，您好。谢谢您能来。请坐，您想喝点什么？"罗英子热情地招呼道。

"随便。我还是喝茶吧。"董先生在她对面坐下。

"我去要。"邱华起身去点茶。

"怎么一点消息都没有，良诚就把你们辞了？"董先生问道。

"人红遭人妒。您是生意场上的人，对这还不了解吗？我和邱华去年一年太猛了，特别是您这个专利权的案子。以前良诚所哪里做过这种复杂的专利啊。"

罗英子顾左右而言他，试图把这事糊弄过去。关心则乱，一说到自己的案子，董先生马上被罗英子成功地带跑了节奏。

董先生叹道："唉，那天他们通知我这件事，我也是这样对他们说。专利可不比别的业务，专业性太强了。你们所——不对，现在是他们所了，他们所里能搞专利的，我真没看出除了你俩还有谁行。"

邱华回来了，一个服务员端了一壶茶跟在她后面，罗英子谢绝了服务员，亲自给董先生倒茶。

"话不就是这么说嘛。我们走的时候，我和方丽虹友好讨论过业务的事。董先生，您可千万别以为我们和良诚所崩了。没有。事实上是我和邱华早就想出来单干了，那天一时高兴说漏了嘴，方丽虹虽然很遗憾，百般挽留，还想提名我俩当一般合伙人，可我觉得话既然说出去了，不走，又当了合伙人，好像要挟人家似的，所以还是坚决地走了。临走以前我和方丽虹一块坐了半天，方律师到底提携后辈，还对我俩以后的发展高屋建瓴地提了些建议，我听了还真醍醐灌顶。你呢，邱华？我一直还没与你交流过，你是不是也有这种感觉？"

邱华很认真地点着头："没错，太有启发了，茅塞顿开之感。方律师到底是资深律师。"

罗英子继续说道："律师前辈的一片苦心令人感佩。她给我们提了几条建议，其中很重要的一条就是希望我们以后把业务重点放到知识产权业务上来，把专利业务当成我们瑛华律师事务所的特色和主打业务。我和邱律师觉得挺有道理的。以后律所也会往专业化的方向走，这就和看病一样，包治百病的是好大夫吗？律师其实也一样。我和邱华以后就准备专门研究知识产权领域。董总，你们公司的业务，我和邱华代理了一年了，咱们继续代理呗。咱们签个合同，然后您和良诚所那边解除了就行。"

"说实在的，我把业务放在良诚，主要就看的是你们俩。你们走了，我当然也想继续委托你们。但毕竟和良诚所合同期没满，好办吗？"董总犹豫地问道。

罗英子眼中一亮，赶紧说道："我记得咱们双方当初签的合同上有个服务考核的条款，你随便找个理由考核不合格不就完了？"

董先生担忧地说："还有一条啊，就是你们俩毕竟年轻，刚执业不久，这又跳出来自己开所，你们所的实力怎么样啊？我们这么大一公司，不是我一个人说了算的，把专利业务给两个新出道的律师，其他高层到底不大放心。"

"董总，咱们打交道快一年了吧？一年的时间您还对我们不放心，您对自己看人的能力是有多不自信？所谓律所的实力，不就是看律师吗？我们俩，您都亲自考验过了。您对我们还不放心吗？"罗英子反问。

"英子，董先生哪里是那个意思？董先生是在顾忌和良诚所的关系。"邱华插话道。

"不委托了和良诚所还有什么关系啊？没有合同关系了，客户还有怕得罪律所的吗？"罗英子反驳。

"那倒不至于……"董先生话刚出口，还没说完，罗英子就把两份合同放在了他面前。

看着对面两人殷切的样子，董先生皱眉道："我是愿意把业务转到你们所里来，可是毕竟和良诚所那边还没完，我觉得还是应该先去解决了那边再……"

罗英子赶紧点头："对对对，董先生做事讲规矩。所以我说的是草签啊。没有这个，下周就得良诚所的人代理你们出庭。你们的业务过去一直在我们手里，您觉得还有不到一周的时间，现在换成良诚所的人，你们的案子还有胜诉的希望吗？"

董先生犹豫了一下，罗英子和邱华交换了一个眼色。

邱华轻声慢语："董先生要是犹豫，不签也无所谓。下周不就是一审吗？就算是一审败了，咱们还可以上诉。那时候董先生要是还信任我们,再委托给我们也行。"

董先生焦急道:"那可不行,这个官司我们输不起。好吧,我签。"

罗英子急忙递上笔,董先生拿起合同看着,罗英子和邱华虽然急得要命,但表面上依然要装得若无其事。

"六十万啊。"董先生看着合同,沉思着。

罗英子解释道:"这就是原来的价格,我们一分钱没涨。"

董先生摇头:"可那是全年法律顾问,包含所有个案的费用,这是个个案,能不能少点?"

罗英子提议道:"董先生,我们是按标的来的。咱们还可以采取另外一种方式,就是我们签一个比较低的数额,然后胜诉后按判定金额的百分之十八提成。"

董先生还是没拿起笔,看起来依然犹豫。

邱华赶忙说:"英子,和董先生也是老关系了,再说他们公司去年的经营状况也不是太好。董先生您觉得多少合适呢?"

董先生思索片刻,说:"不好意思。五十万行不行?一审的。如果上诉,再加三十。"

罗英子面露不满,邱华赶紧劝阻她:"就按董先生说的签吧。咱们另起炉灶,经济利益不是最主要的,为客户服务好才重要。"

罗英子无奈道:"好吧,邱华都站您那边去了,就按您说的签吧。"

董先生拿起笔,准备签字,两人紧张地看着,不约而同地咽了一下。但董先生又犹豫了,翻到前面重新看。

罗英子忍不住想说话,邱华在下面踩了她一脚,装作不看董先生,轻声慢语地和罗英子说话。

"下周开庭,是不是庭前会议这一两天就开了?英子我要不要和法官联系一下?"

"当然。等董先生签了,咱们马上和法官联系,时间是有点紧了。"

董先生终于下定了决心,拿起笔,准备签字。

"董先生！"忽然有人叫住他。

董先生停下笔抬头看去，罗英子和邱华也转头看去，居然是陈硕。

罗英子站起来："你来干什么？"

陈硕笑嘻嘻地走过来："我来找董先生啊，您好董先生，我是良诚事务所委派代理您案子的律师，陈硕。"

陈硕热情地与董先生握手，董先生显得有些心虚。

"您怎么知道我在这儿？"

"我刚去过您公司，听说您来这边了，我就赶过来了。看起来还算及时哈。"他说话时瞟了一眼桌上的合同，董总还没签章。

罗英子尽力掩饰着焦急："你来了也没用，董先生已经答应委托我们了，再说有关专利的案子你懂吗你？！"

陈硕微笑道："可能董总有所不知，去年辉晟公司那个关于密胺专利侵权的案子正是在下代理的。"

董先生眼睛一亮："我知道那个案子，他们请的律师原来就是您啊，久仰久仰。"

罗英子和邱华对视一眼，意识到事情不妙。

罗英子忍不住了："陈无良，你故意的吧！你才上那儿几天啊，为了巴结上司来抢我们的案子。"

陈硕淡然一笑："是我抢你们的案子吗？你这么说就倒打一耙了。董先生的合同是和良诚所签的，而你们已经不属于良诚所了，现在我才是所里指派给董先生的代理律师。董先生，您的案子所有证据现在都还在良诚所，她们走的时候，连片纸片都没能带走。委托给她们您真能放心？"

罗英子一下子站起来："陈无良，你什么意思！"

董先生脸色变了变，点点头对陈硕说："陈律师提醒的是，是我欠考虑。罗律师、邱律师，这次的事情，确实临时再委托给二位不合适，我还是先留在良诚所，看看一审的情况再说吧。抱歉，我还有事，先走了。"

失望地看着董先生的背影，罗英子怒火中烧："你从哪里冒出来的？我手里要有杆枪，真想崩了你。"

陈硕微笑道："文的不行，想来武的呀。"

罗英子不屑地瞪他："陈无良你要脸不要脸？为什么有我的地方就有你？你安的什么心啊？"

陈硕解释："当然是好心。你以为我是来抢你们案子的？现在所有证据都留在良诚所里，你们还真打算赤手空拳给人家打官司吗？不如一起合作，我带着你们俩一起打这个案子，或者换个说法，你们带着我也行。"

罗英子冷笑道："呸！快死了你的心吧，老娘就算饿死也不吃你的施舍。"

邱华一脸平静，显然对这一切早已习以为常。陈硕的神情闪过几分失望："真是狗咬吕洞宾！看你嘴硬到什么时候。"

罗英子咬牙切齿："你还有事吗，没事赶紧闪人，看见你就犯恶心。"

陈硕恢复了他那玩世不恭的样子："辜负我一片好意，那代理董先生的钱我就自己挣了。对了，二位今天生意没谈成，桌上的消费用不用我买单？"

罗英子鄙夷道："快揸好你的钱包滚吧。告诉你，以后我们和良诚所还有你不共戴天！将来到法庭上看谁打得过谁。"

陈硕挑眉："我等着了。不用我买单？我可走了。"

罗英子挥手赶他："走吧，回去给你的新主子请功去吧。"她按了桌上的呼叫铃："小姐，这个人买单。"

陈硕哈哈大笑，去前台买单走了。罗英子气恼地用手扇个不停："我是不是招黑体？为什么总是出门撞到鬼？"

邱华忧愁地坐在那里："还有心斗嘴，到现在手里一个案子都没有。律所一开张就得花钱，你真觉得凭咱俩开律所靠谱吗？"

罗英子拍拍她的肩，安慰道："万事开头难啊。再说了，花什么钱啊？办公室就在我家里，没业务咱们也不用招人发工资，就今天花了点茶水费，还叫那个鬼买单了，顶多就是暂时没收入就是了。"

邱华叹气道："没收入就是大问题啊，我总不能靠我婆家吃饭。"

罗英子看向邱华："夫妻夫妻，互相扶持是基本的吧？你的事业遇到问题，暂时靠姐夫几天还是问题吗？"

邱华一字一句地说："是问题，我一天也不想靠他。"

罗英子想了想："这样吧，邱华，你就把瑛华所当成你的后盾，只要你不走，你就是合伙人，所里不忙你就出去找工作，假如你的offer比我这里好，我也不拦你。可万一咱们所发展得不错，我还是希望你能留下。"

邱华一愣："英子，我去外面找工作，你不难受？"

罗英子笑了："你有你的特殊情况，我尊重你的选择。"

邱华感激道："谢谢你，英子，那瑛华所没事的时候，我就出去面试。"

罗英子大咧咧地一摆手："你去呗。"接着嘿嘿一笑拉着邱华："当然了，你要是将来愿意留下，我就更高兴了。"

邱华叹气："唉，哪儿能想到几天的工夫这么大变化？结婚的时候还是太铺张了。"

罗英子安慰道："姐，你一共才请了几桌还铺张？算了算了，钱这个东西，没有了才能挣，花出去才叫钱。别愁了，想想下面的事情吧。这个没入坑，还有哪个容易拉进坑里？"

邱华思索了一下："哪个也不容易掉坑里。英子，咱们没案子，一天也活不下去。到这个时候了，不能端着了，大小案子都得接，实在不行就得上法院门口撒名片去。"

罗英子哈哈大笑："要不要再做个牌子摆到面前：写诉状、刑事会见、交通事故，擅长一切法律事务。"

邱华看着她无奈地摇头。

"到这时候了，你还有心说笑。"

"啥时候也得笑啊，反正哭着也解决不了问题。你别慌，邱华，我有经验，天无绝人之路，你觉得没路的时候，没准路就来了。"

门外突然传来喧哗声，两个服务员往门口走，罗英子侧耳听："怎么好像夏舒的声音？"

邱华惊讶地说："真是她，我都把她忘了。咱们还有这么个宝贝得养。"

咖啡厅门外，夏舒正指着一个保安的鼻子，气势汹汹地吵着。

"你们就是这样对待你们的顾客的？门口停车，谁家不是免费？就你家，收费就罢了，还一小时十块。你的法律依据是什么？拿出来给我看看，没有依据信不信我告死你？"

邱华一眼看到了停在一旁的玛莎拉蒂，惊讶道："我天，开着玛莎拉蒂，为十块钱停车费和人吵成这样？"

罗英子笑了："邱华，你还怀疑她干不出来吗？"

三人回到咖啡厅，夏舒坐下就拿起董先生的茶咕咚咕咚灌下去。

喝饱了水，夏舒一副兴奋又骄傲的样子："别提了，罗姐你说得还真对，我一提纪委，那小子马上怂了。天哪，这号男人也叫男人！我原来怎么看上他了呢？真想戳瞎双眼。"

罗英子哈哈大笑："哈哈，不觉得他可怜了？"

夏舒顿时流露出一副不忍的表情："也别说，还真是可怜，更别说他那个新女友还在面前，我当时差点心软。"

罗英子继续笑着："夏舒以后就别装傻白甜了，没人信了。现在你应该明白了吧？只要你强起来，这世界马上就认怂，以后在咱们所里就这么干吧。"

夏舒点点头："哎。对了，这车，我只是开回来给你们看看，证明一下我自己，马上还得开走。"

"什么？难不成你只是从他那里借回来的？"

"哪里，当然是夺回来了。不过咱们不是需要钱吗？我已经找好了车行，把车卖给人家了，开回来给你们看看，马上开回去给人家。

你们等着吧，等我回来，咱们就有钱了。"

"啊？卖了多少钱啊？"

"八十。"

罗英子和邱华惊得面面相觑。半晌，罗英子才开口问道："这车开了还没两年吧？多少钱买的？"

夏舒拿起茶壶又给自己倒了一杯，坦然答道："二百多万。"

罗英子痛心疾首："夏舒，我服了你了。二百多万买的新车，跑了不到两年，你八十万就卖了。你那时候咋不卖给我呢？"

夏舒不以为然："钱算什么东西？钱最不是东西了，重要的是咱们缺钱的时候有钱了。罗姐、邱华姐，我去把钱拿回来，咱们三个有钱了。"

邱华一直坐在旁听，这时候插话道："别慌。夏舒，你真的要加入我们吗？我们现在可一无所有。"

夏舒睁大了眼睛："哪里，不是有八十万了吗？"

邱华看着夏舒："八十万是你的，你收好了，以后你用钱的地方多的是，我们三个的钱，要靠我们帮人打官司挣回来。我正和罗英子商量以后咱们所的事。我和罗英子负责拉大案子，派给你个活怎么样？"

夏舒爽快答应："行。什么活？"

邱华严肃地说："你去帮咱们三个印名片去。印好了名片，你就到法院门口撒去，争取在那儿拉点案子回来。"

夏舒毫不犹豫地答应："没问题。"

罗英子担忧地看向夏舒："邱华，至于吗？"

邱华坚决地说："至于。虱子腿上也能劈二两肉，咱们现在手上一个案子都没有，没有挑案子的资格。不是联系好卖车了吗？夏舒你去吧。"

夏舒答应了声，乐颠颠地跑了出去。

罗英子无奈地说："邱华你对她太狠了。她一大小姐，哪里干过那个？"

邱华语气平静："我不能不狠。咱们就三个人，一个人得顶八个人使，我们养不起大小姐。"

罗英子的手机突然响了，她接起电话："您好。什么？什么？好的，我们马上过去一趟。"放下电话，脸色变得严肃："派出所来的。"

邱华惊讶地问："啊？许建设的事？抓到了？"

罗英子摇头道："没有。说这两天有人发现他出现过。派出所担心我们的安全，叫我们过去谈谈。天哪，这两天幸好夏舒住我那儿，我一晚上能把门窗检查八遍，又不敢告诉夏舒。赶快走吧。"

兹事体大，去派出所的路上，两人心情都有点沉重。许建设发狂的样子她们是见过的，如果这人真想报复，说不准会做出什么骇人的事来。

邱华疑惑地说道："我这两天一直在想，许建设就算在里边和外面信息隔绝，他又不是没长脑子，不管怎么说，咱们曾经把官司打到发回重审他是知道的，为什么对咱们这么大仇恨？还在里边点着名要出来报复咱？"

罗英子点头："他在里边信息不隔绝。他一入狱服刑，家里人就可以探望了。肯定有人在他面前吹了风。这个人是谁呢？"

邱华猜测道："马丽丽？她是前妻，按说没有探视资格，但天知道她会做什么手脚，也许利用许建设的亲属捣了鬼，见过许建设。"

罗英子一脚把车刹住，邱华被晃得差点趴那儿："干什么你？"

罗英子眼睛一亮："慢着，你提醒我了。许建设出来了，马丽丽危险不危险？许建设会躲在哪里？"

邱华看着她："他原来在牢里，马丽丽说什么他信什么，如果他出来知道了真相的话……"

罗英子蓦地瞪大眼睛，方向盘被她转得飞快。她一脚油门，轰鸣声中，车疾驶而去。

4

"王警官,我俩代理过许建设,对他的性格很了解。"罗英子说道,"这个人确实有暴力倾向,又头脑简单,从监狱里逃出来,确实危险性极大。但他信任的人很少,我们觉得,有极大的可能,他会找他的前妻马丽丽。"

王锐点头:"马丽丽我们找过了,她说没见过许建设,我们暗中监视了两天,也没发现他们有什么联系。昨天有个认识许建设的人说在街上看到过许建设,还打过一个招呼,许建设没理匆匆离开了。我们现在可以确信,许建设已经潜来本市,目的就是要报复,而二位首当其冲。"

邱华补充道:"王警官,我俩觉得,许建设无处可去,如果他潜来本市,最大的可能还是要投靠马丽丽。但他不知道,当初他入狱是有马丽丽的助力。他一直被蒙在鼓里,如果出来知道了真相,没准马丽丽就是那个最危险的。我们对他们之间的情况最了解,您看,我们能不能找马丽丽谈谈,向她分析一下利弊,说不定对抓捕许建设有帮助。"

王锐手托在下巴上想了想:"马丽丽现在不是犯罪嫌疑人,你们接触她,我们管不着。但你们不要破坏了警方的行动。"

罗英子点头:"放心吧。马丽丽我们了解,她肯定是那个最不希望许建设逃出来的人。也许我们可以说服她把许建设的下落说出来。"

王锐点头道:"回头我请示一下。二位是法律人,我们对二位充分信任。再说许建设的通缉令马上也要发出去了,没什么可以保密的。二位注意安全,有什么情况马上打我电话。"

罗英子精神一振:"警察叔叔放心吧。"

王锐笑了:"你叫我什么?我和陈硕是同学呢。"

罗英子看着面前一身正气的刑警，惊讶道："你居然和那种人是同学。"

王锐笑道："是。大学同学呢。"

罗英子很惋惜似的："邱华，那个成语说什么来着？淮南为橘，淮北为枳。当初要是把他送到警察队伍里严加看管就好了。咦，警察叔叔，你和他是同学和我有什么关系？"

王锐看着她笑道："自然是有关系的。走吧，不送。"

从刑警队出来，罗英子和邱华两人一路商量着怎么对付马丽丽，两人越想越觉得这事蹊跷。

"许建设逃出来，对马丽丽没啥好处，我觉得这个工作不难做。"

"英子，你不觉得这事有点怪吗？"

"哪里怪？"

"许建设逃出来去找马丽丽我不奇怪，马丽丽能掩护他我倒觉得哪儿不对。她不怕万一许建设知道是她把自己送进牢里的报复她吗？"

"也许是想把许建设控制在手里，不让他接触到别人，才不会穿帮。"

"可是许建设那么个人，她能控制他多久？放在手里，到底是颗定时炸弹。她到底咋想的？"

定时炸弹。罗英子没再回话，她觉得邱华对许建设的这个比喻太贴切了，如果真如她们所料，马丽丽无异于玩火自焚。

马丽丽的办公室大得吓人，一副女强人的派头。两人刚进来，马丽丽热情地一手拉着一个，把罗英子和邱华拉进来，按到沙发上。

"哪阵风把二位律师吹来了？怎么，是想把当时昧的我的律师费还我吗？"马丽丽面上亲热，一开口就夹枪带棒起来。

罗英子微笑着："马丽丽……不对，现在应该叫马总了吧？您要是这么说，我们马上调头回去，咱们可以换一种方式来谈这个问题。"

马丽丽不在意似的摆摆手:"算了算了,小钱,我还真没看在眼里。"

罗英子点头应和道:"那是当然啊。许建设进去了,他的家产都归了你。要不现在怎么变成马总了呢?"

马丽丽哈哈一笑:"你要这么说我也没办法。"

罗英子好奇地看看四周,惊讶道:"看样子当时许建设藏匿的财产还真不少。"

马丽丽还是一脸笑意:"哪里,还不是我一砖一瓦辛辛苦苦干起来的。二位,找我有事吗?"

邱华开门见山:"马丽丽,许建设跑出来了你知道的吧?"

马丽丽一副无所谓的样子:"知道,警察找过我了。这监狱也真是的,干什么吃的?不就是关人的吗?连个人都关不住。"

罗英子冷笑:"就是啊。他们不知道许建设一旦跑出来,知道了事实真相,对某些人意味着什么吗?"

马丽丽抬眼看向她:"罗律师,您这话什么意思?"

罗英子不紧不慢道:"没什么意思。马总,为您考虑,许建设要真来找到您,对您没什么好处。您就是为了自身安全,也应该配合警方,把许建设交出来。"

马丽丽冷笑:"哟,听罗律师的意思,您是认定许建设藏在我这儿喽?罗律师,窝藏逃犯可是大罪,您可不能血口喷人哟。"

罗英子淡然道:"不是喷,只是一个善意的提醒。许建设在里边不知道,一旦出来,早晚会明白自己为什么会被判无期的,一旦他明白过来,我为马总担心。"

马丽丽莞尔一笑:"我平生不做亏心事,不怕半夜鬼叫门。别说我不知道许建设在哪儿,就算他在我这儿,我也不怕他知道。二位还有别的事吗?"

邱华平静地说:"马丽丽,我知道你曾经和许建设是夫妻,自以为能控制他,可你没发现他有暴力倾向又思维简单吗?如果他发现他被人骗了，我们想不出他会干出什么。我们今天来，完全是为你的安全考虑，希望你慎重选择。"

马丽丽似乎有些不耐烦了："哟，我花钱请你们了吗？没有？没有就别瞎操心了。我还忙着，不送了。"

回想马丽丽刚才的表现，罗英子和邱华不约而同地回望了一眼，办公室大门紧闭，两人都觉得有点不对劲，一边走一边低声交谈。

"难不成许建设还有别的藏身之处，没找她？"

"不可能。许建设就相信她，哪怕没藏在她这儿，也一定会和她联系的。"

"那就怪了。她掩护许建设，对她有什么好？这不符合她的人设啊。"

"我也觉得奇怪。"

罗英子突然打了一个哆嗦，她停下脚步看向邱华："妈呀，她不是想借刀杀人，借许建设的手除掉咱们吧？"

邱华被吓了一跳："就为那三十万？你把马丽丽说得也太……"

话到一半，邱华忽然不出声了，疑惑地看向对面。

一个西装革履的男人正朝她们所在的方向走来，这人很年轻，但看起来在这里职位不低，有人恭敬地打着招呼，男人只是微微点头，神色倨傲。

"何总，请何总稍等下，麻烦您签个字。"

眼看走到近前，男人被一个抱着文件夹的女孩叫住。他停下步子签完字，抬头之际看到她们，忽然掉头就走。

邱华顾不上跟罗英子解释，快步追上去，在男人肩上一拍。

"何律师，好久不见。"

男人转过脸来，果然是何明，就是当初接了她们办许建设案子的那个小律师。现在的何明，再也看不出那个刚进城处处受人欺负的农村孩子的样子。他西装革履，提着高档公文包，派头十足。

突然被邱华认出来，何明显然有些尴尬，勉强挤出笑意："师姐，您怎么在这儿？"

罗英子走过来："这位是……？"

"你忘了？何明，何律师，当初马丽丽就是找了他和他师傅接手了许建设案子的。"

"哦哦！我记起来了。何律师您怎么在这儿？"

"哦，那个啥，我代理了这公司的法律事务，今天到这儿来办点公务。"

何明尴尬地笑着，下意识地挠了挠后脑勺，跟刚才的精英范儿判若两人。

"二位也来办公务啊？二位，我和人约的时间到了，再见啊。"

二人还没来得及说话，何明转身就走了。

邱华看着他，直到他的背影消失在走廊拐角处，那是马丽丽办公室的方向。

"怎么了，邱华？"罗英子问道。

邱华皱着眉头："我就是奇怪，这个过去唯唯诺诺的小何，怎么就突然成了何总呢？"

指纹锁发出清脆的声响，何明进来，办公室里没人，洗手间有水声。

"丽丽，丽丽在吗？我回来了。"

马丽丽正站在洗脸台前洗手。听到喊声，马丽丽微微皱眉。她又打开水龙头洗了一遍手，再次抬起头，镜子里的她又变得满面春风。

从洗手间里出来，马丽丽看到何明张开双臂等在那里。她一脸亲热地迎过去，两人拥抱着亲吻起来。

"回来了？一走好几天，想死我了。"

"我更想你。丽丽，看我给你带来了什么。"

何明一边说，一边拿出一个精致的包装袋。

"这是什么？睡衣？"

"6A级桑蚕丝的，薄如蝉翼，我知道你睡眠不好，穿一身舒服的睡衣可以助眠。"

"你真好，看你这片苦心。"

马丽丽接过来，转过身去打量手里性感的睡衣。何明又拿出一个袋子在马丽丽跟前比画着，亲热地说道："看看，你穿着正合适，我也有一套。"

他站在马丽丽身后，看不到马丽丽此刻的神情。

马丽丽把睡衣丢进袋子："可不嘛。亲爱的，那笔债要得咋样了？"

何明还在兀自摆弄着他的那套："还行，又做了个补充协议，把他们的各位夫人都弄成了担保人，还把他们的办公楼抵押了，要是再还不了，他们那栋楼就是咱的了。"

马丽丽转过身来，拍拍他的脸："我们何总又立大功了。这一走好几天，累了吧？我订了餐厅，法国刚空运到的生蚝，给你好好补补。"

何明一脸讨好的样子："这累什么？这不为咱们自己嘛。对了，丽丽，我刚才在门口看到罗英子和邱华了，她俩来干什么？"

马丽丽轻描淡写道："我不是把她俩举报到律协、司法局了嘛，她俩现在因为这事被律所找了麻烦，来找我要说法呢。"

何明若有所思："哦，是这样。丽丽，这俩女的可不是省油的灯，你千万小心。"

一辆红色的特斯拉停在地库，车灯关着。罗英子和邱华坐在里面，盯着地库的进出口。

"邱华，你说咱们跟踪马丽丽真能找到许建设吗？"

"就算找不到许建设，兴许也能找到点别的。我知道马丽丽胆大，可她毕竟害过许建设，怎么就敢自信地认为许建设不会杀她呢？"

"是啊，一个女人再自信，大概也不敢对自己丈夫的人品打包票。"

正说着，罗英子突然惊讶道："哎，邱华，快看快看，那不是小何吗？"

地库出口，马丽丽挎着何明的胳膊一起上了车。

罗英子迅速拍了几张照片。

邱华惊讶道："好家伙，马丽丽这是和小何好上了？"

罗英子的车跟在马丽丽的车后，一前一后地行驶在路上。

一家高级餐厅门口，马丽丽和何明下了车，挽着手走进餐厅，坐在了靠窗的位置。

不远处的路边，邱华摇下车窗。罗英子看不真切，索性解开安全带探出身子，半个人都压到了邱华身上。

看到两人亲密的样子，罗英子腻味得直咂吧嘴，邱华却若有所思。

"看来小何上位是马丽丽的关系。可是邱华，马丽丽为什么会看上这么个穷小子？何明又是凭什么飞黄腾达的？"

"当初他帮马丽丽传过信，转移过许建设的财产，马丽丽的把柄握在他手里。"

"就因为这个？马丽丽也不是吃素的，她会甘心受他敲诈吗？"

"这孩子有心计，也许，当时他就留下了马丽丽非法转移许建设财产的证据，我问过他，但他没说。"

"也就是说，事情过后，这姓何的用他手里的证据威胁了马丽丽，取得了今天的地位。人心险恶啊。"

"当初我看他被他师傅欺负得可怜，没想到他还这么厉害。"

罗英子一边看一边感慨，想起何明当时的样子，邱华也不禁感叹。两人正说着，罗英子突然眼睛一亮，把身子缩了回来。

"哎，邱华，我想起来了！"

"什么？"

"你说，这是不是马丽丽窝藏许建设的原因？"

"你是说……"

"借刀杀人。"

两人对视一眼，半晌都没有说话。罗英子又看了一眼远处的橱窗，马丽丽正用叉子把食物喂到何明嘴边。

邱华缓缓开口："何明利用手里的证据敲诈了马丽丽，马丽丽想摆脱他，苦于找不到机会。正在这时候，许建设出来了。英子，要真是这样，这小何就危险了。"

罗英子冷笑："活该啊。如果他真那么做了，做的时候就应该想到今天的后果。"

邱华却不放心："英子，咱们找他谈谈吧。"

罗英子疑惑："谈什么？谈他当初不该敲诈马丽丽？你别总觉得他可怜，他是你的同类好吗？"

邱华眼神一凛，但似乎马上又放松下来。她轻声道："英子，我不是可怜他，我是觉得何明是个突破口，从他入手才能尽快找到许建设。何况，就算他那样做了，也不能看着他付出生命的代价吧？找他谈谈吧。"

满桌佳肴，马丽丽举起酒杯，二人碰杯。

"亲爱的，这次辛苦你了，不过，我还有件事要交给你做。"

"什么事？"

"河北那笔款也该催了，我这几天在电话上和他们吵过好几回了，明摆着想赖咱账，看样子你不出马不行了。你回家歇歇，歇完了跑趟河北呗。"

"行，没问题，我就是你养的条狗，叫我咬谁我就咬谁。"

何明说着，居然捧起马丽丽的手来轻咬了一口。这次马丽丽真被逗笑了。

这时，何明的微信发来了一条信息，何明看了一眼，笑着跟马丽丽说道："丽丽，一会儿我还是回趟公司，准备下河北追账的事。"

马丽丽微笑着："亲爱的，你辛苦了。我待会儿还有点事，就不送你了。"

已经等了很久，罗英子有些不耐烦了。

"来了。"邱华看着餐厅门口。

何明和马丽丽从餐厅走出来，马丽丽开车离开，何明独自走在路边，他走得不快，像是在想着什么。

"奇怪，邱华，怎么没一起走？"

"正好，我现在去找他。"

两人下车走向何明，何明见到她们，表情顿时警惕起来。

"师姐？你们怎么在这儿？"何明问道。

"车上坐，有件事问问你。"邱华说道。

何明没动："你们跟踪我？"

邱华平静道："我们是救你的命。许建设在保外就医的途中发生车祸，他逃走了。"

何明神色大变，显然对此毫不知情。但他很快冷静下来，他跟着上了车，和邱华一起坐上后排。

何明问道："到底什么事？"

邱华不答反问："既然我们已经跟你到这里，你也愿意跟我们上车，咱们之间也就不必打哑谜了。小何，你是怎么当上这公司的副总的？"

何明一副无辜的样子："师姐听谁说的？我还是律师，不过是负责他们的法务。"

罗英子冷笑："老板娘喂你的生蚝好吃吗？"

何明一脸寒霜："罗律师，你什么意思？"

邱华看了一眼罗英子，示意她冷静。

"英子，好好说话。小何，你和马丽丽的关系我们很清楚。许建设当初怎么被判了无期你是知道的，马丽丽在其中发挥的作用你更清楚。现在许建设跑出来了，据警方说他已经潜来本市。你觉得他能藏在哪里？按理说，马丽丽比谁都不愿意让许建设出来，我们今天来找马丽丽的时候，也觉得只要把道理告诉她，她会痛快地配合警方，可她矢口否认。你觉得，马丽丽有包庇许建设的动机吗？如果有，她是想借许建设的手去对付谁？"

何明听着，眼睛也一直在转。听邱华说完，他笑嘻嘻地说："师姐的话，我有点听不大明白。许建设和马丽丽以前是两口子，藕断丝连很正常。再说，就算我和马丽丽好，也是合情合法，碍不着许建设。"

罗英子嗤之以鼻："听见了没？狗咬吕洞宾。"

邱华没理会罗英子："如果你觉得马丽丽是真心和你在一起，如果你敢说你和马丽丽在一起不是因为你有她的把柄，那算我白说。我只是把这件事告诉你，如何处理，你心里有数。"

何明不以为然："那，谢谢师姐了。师姐，我还有事，我走了。"说着，他拉开车门下车走了。

罗英子叹息一声，发动了车。

"我说什么了？这号人，根本用不着同情他。那句话怎么说来着？天作孽，犹可违；自作孽，不可活。随他去吧。走，咱们找王警官去。"

"找他干什么？"

"把这个线索告诉他呀。马丽丽很可能窝藏了许建设，目的是借许建设的手除掉何明。顺着这条线，一定可以抓住许建设的。"

"英子，一切只是咱们的推理，没什么证据吧？"

"是推理，也肯定是事实。许建设除了马丽丽这儿，还有别处去吗？可马丽丽为什么要窝藏他？万一许建设知道她陷害他，鲸吞他财产的事，她的小命还有吗？可警察找上门来她都否认，那只有一种解释：她留着许建设还有用。有什么用？除掉何明啊。马丽丽怎么可能看上何明？只是把柄被他握在手里，马丽丽没办法。正好，许建设出来了，利用许建设除掉何明，然后告诉警方许建设杀了何明，一箭双雕,借刀杀人,手上还不沾血,多好啊。"

"这何明,是够糊涂的。可他犯的错再大,也不至于为此丢命吧?"

"不是糊涂,是聪明过头了。所以我们才要去告诉警察,及时阻止,也是救他呀。"

"可我觉得说不定警方已经查到他们这层关系了,只不过没查出结果。这样吧,既然咱们没有证据能证明何明敲诈了马丽丽,就先别告诉警方,我再找他单独谈一次,有你在,也许他不会说心里话。"

"好吧。不过我事先说一句:不会有什么效果的。"

汽车缓缓起步,罗英子又发出一声悠长的叹息。

何明小心地把门关紧,拿了根高尔夫球杆抵在门上,又到洗手间看了看,这才坐回到宽大的老板椅上。

"他出来了,她居然一点口风也没透给我,想什么呢?借刀杀人,除掉我?"何明自言自语嘀咕了一阵,紧锁的眉头舒展开来,脸上竟然露出笑容。

第二天早上,马丽丽正在涂指甲油,艳红艳红的,边涂边吹。何明敲门进来,将一沓文件放在马丽丽桌上。

"丽丽,这是我梳理的河北账款的事项,你看看,没问题我就尽快去河北。"

马丽丽心疼地拉起他的手贴在自己脸上:"亲爱的,你昨天才刚回来就工作,你辛苦了。"

何明笑着抓过马丽丽的手,反握在自己手上,未吹干的指甲油沾染到他掌上,他却似乎浑然不觉。

"累什么?是为咱们自己嘛。哎,说到这个,丽丽,不管怎么说,这个公司名义上还是许建设的,咱们辛辛苦苦,等于给一个罪犯在打工。我以前不是教给你如何劝他把股权转移到你手里嘛,你和他说了吗?"

"还没。你也知道,我和他已经没了夫妻关系,没资格看他,要不是监狱里觉得他没有亲人,知道他信任我,想借我劝他认罪伏法,我也没机会见他。可就因为这个,我每次去会见的时候,监狱的管教都在场,根本没机会说别的。没关系,他们也慢慢信任我了,我这几天再过去一趟,说不定这回就没人陪我了,我找机会对他说。"

"他在牢里还好吧?"

"好,好着呢。他那个人,在哪里都能吃能睡,吃牢饭不好吗?还不花钱。放心吧,我过几天就去看他,你赶快回家歇着吧,歇完了再去河北。"

马丽丽笑着:"你咋还想起来问他过得好不好呢?"

何明一副笃信不疑的神情,笑道:"这不是替你着想嘛。对了,丽丽,有件事,还得拜托你帮忙。"

"什么事?"

"我老家县城里搞拆迁,把我家里的房子拆了,一家人没地方住,我妈张口给我要一百万,说在县城里买套房。你看,能不能把我今明两年的法顾费一次性先支给我?"

"你家不在农村吗?拆迁怎么能拆到你家去?"

"要不说嘛,上面的好经,到下面就被歪嘴和尚念坏了。我家虽然属于农村,但靠近县城,受牵连呗。你放心,这一百万,你可以算我提前支取了两年的法顾费,也可以算我借的。他们拆了我家的房,还是要补偿的,只要补偿款一拿到,我马上还回来。咱俩现在这关系,我要自己的小金库干什么?"

马丽丽犹豫一下:"好吧,我给会计打个电话让她转给你。先转你五十怎么样?"

何明点点头:"五十可以啊,但我得先回趟家,安抚一下家里的人。要是转一百,他们拿到钱安了心,我也不用回去了,马上去河北要账。"

马丽丽一咬牙:"好吧,一百全转给你。你准备一下,明天就去河北吧。"

"好嘞。丽丽,那我就出差了,你也别太累。"何明说着,又揽过马丽丽的腰。

"这事我知道,给何总转过去吧。"

挂了公司财务的电话,马丽丽的脸色变得难看起来。"一百万,只怕你无福消受。"马丽丽冷笑道。

何明看着财务把转账操作完毕,这才回到自己的办公室。他关紧门,快速地收拾着东西。他先将几份文件放入碎纸机,又在抽屉里拿出几张卡放进包里,最后拿出了一本护照。正准备转身离开,他忽然想起什么来,又回到老板椅上坐下,从包里掏出另外一张电话卡,拨通了110,故意粗着嗓子。

"110吗?我有个情况举报。有个罪犯许建设不是跑了吗?据我所知,他很可能藏在他的前妻马丽丽处。我?对不起,我就是一个负责任的公民。你们去查一查吧,一定可以查到的。再见。"

何明捏碎从手机上换下来的SIM卡,提着包站起来,最后环顾一下四周,脸上露出笑容。正准备走,手机却响了,何明低头看看,皱了皱眉,不得已还是接起来。

何明声音轻松:"师姐,还有事?"

邱华的声音传来:"何明,我还是不大放心,有几句话想和你私下里说。你现在能不能出来咱们见面谈一谈?"

"对不起,师姐,我得出差。"

"你最好还是来一趟,免得以后后悔。昨天我们本可以直接找警察的。小何,我是一片好心。"

一家咖啡厅,何明走进来,眼睛在墨镜后四下张望。

一个服务生迎上来:"是何先生吗?这边请。"

邱华坐在单间里,等到服务员走远,何明这才开口,神色有些不耐烦:"师姐有事吗?我还要出差呢。"

邱华示意他坐下："有几句话还是想和你说。坐吧。我要的水果茶，可以吧？"

何明勉强笑了笑："可以。什么话？说吧。"

邱华正色道："小何，今天就咱俩，你也知道我对你没有恶意。你怎么有的今天，可以告诉我吗？"

何明笑着打哈哈："师姐这是什么意思？穷孩子还有什么别的办法？苦干苦熬呗。"

邱华认真地说："小何，我把手机关机了，并且以个人名誉向你承诺，我没有携带或在这里安装任何录音录像设备。"

何明的笑容僵了一下："师姐这是什么意思啊？"

邱华继续道："当初你违规帮助许建设和马丽丽转移过财产，当时我问过你，你含混地告诉我你为了防后手留了证据。你掌握了马丽丽违法转移财产的证据，也洞悉了她想把许建设送进去的用心，你是不是用那些证据敲诈了马丽丽，所以才有了今天的地位？"

何明沉默了一会儿，喝了几口茶，抬起头来，笑容苦涩："师姐，其实我一直很感谢你。"

邱华叹息道："说这个干什么？"

何明缓缓说道："我那时候刚执业，成天跟在师傅后面给师傅拎包，脏活累活都归我，出名赚钱轮不到我，我心里苦闷，不知道前路在哪儿。是师姐的几句话让我有了同类的感觉。可我没想到，师姐今天竟然要去警察那儿告我。"

邱华诚恳地说："我特地来找你，是不忍心看着一个从社会底层一路奋斗上来的年轻人栽倒在不值得的地方。我能理解你奋斗上来有多不容易，可是君子爱财，取之有道，更何况我们是律师，知道边界在哪儿，而你选择了一条玩火自焚的路。"

何明苦笑："师姐怎么知道我选了条什么样的路？再说了，富贵险中求。如果我循规蹈矩，也许我现在还在律所里给师傅打下手，受师傅的盘剥，看不到出头之日。"

邱华担忧地说："可是你真没想过后果吗？一旦我担心的事情发生，你轻则身败名裂，重则可能连性命也丢了。你家里辛辛苦苦把你供出来，你为了一时的利益得到那种下场，值也不值？"

何明无奈地摇头："师姐忘了，可能在业务上我没有师姐厉害，可我好歹也是个律师，知道如何避险。对不起，我还有急事，我得走了。谢谢师姐的提醒。再见。"他站起来，提着包就要走。

邱华也站起来，追问道："慢着。何明，如果我说的后果发生了，你不后悔？"

何明停住脚步，淡淡地说："后悔又有什么用？穷孩子出来打天下，没人指点，不都得靠自己摸着石头过河吗？再见。"

一小时后，国际出发通道，何明顺利地通过了安检。他回头看了一眼，轻笑着，似乎在对着空气说话："再见，等我回来的时候，该消失的都消失了。"

邱华提了一兜菜回到家，一进门就听见厨房里抽油烟机在响，邱华赶快过去。餐桌上已摆满了热气腾腾的饭菜，张全全正扎着围裙收拾着厨房。

邱华看着他满是歉意："你又抢先了？我寻思今天我回来得早，回来做饭呢。"

张全全笑着："哪儿用得到你？留着你的精力干大事吧。赶快，洗洗手吃饭。"

饭桌上，夫妻俩相对而坐，张全全一边吃，一边不停地往邱华碗里夹菜。

"多吃点，你太瘦了。大城市都喜欢瘦女孩，我可不喜欢。我觉得女孩还是要丰满一点。"

"够了，你也吃。"

邱华说着，给他回夹了一筷子菜，张全全幸福地一口吃下去。

"邱华，以后你在外面忙些什么，能回来和我说说吗？我不懂法律,可只要是你忙的事情,我都有兴趣听。"

"哦,好啊。法律上的事情很枯燥的。不过,今天……"

邱华沉吟了一下,似乎在犹豫该不该说。

张全全赶紧追问:"什么事?和我说说,和我说说。"

邱华缓缓道:"也没什么大事,就是今天遇到一个过去认识的律师,有了一些感慨。"

张全全好奇道:"什么感慨?"

"我上大学的时候,经常在班里考第一。但我总觉得老师并不是太欣赏我,他宁可欣赏那些考得不如我好,但在学校里表现比我活跃的同学。当时我觉得是他歧视农村学生,现在我明白为什么了。"

"为什么?"

"总听到一些议论,说农村孩子往往高分低能,又说农村孩子可能考得好,但走上社会以后发展不如城市孩子。我当时不服气,现在知道其实是有一定道理的。仔细想想,我们和城市孩子比起来,缺的可能就是视野不够开阔,见识不够广,所以遇到事情的时候,往往更关注的是眼前的利益。"

邱华边说边停下筷子看向窗外,张全全却听得愤愤不平。

"也不一定啊,其实就是有人歧视农村孩子,甚至包括从下面来的孩子。就说我吧,我们邻班有一个同学,现在和我在一个单位,上大学的时候学习根本不如我,还经常打架闹事,结果怎么样?我连正科还没提上呢,他提了副处了。凭什么呀?不就是因为家在泾北,家里有关系吗?"

邱华收回目光,认真地看着他。

"全全,第一,人家提上去,未必是靠家里;第二,咱们不求那个,行吗?你就老老实实做你自己。咱们都不是什么大人物,也创造不了历史,只求过好我们自己的日子。只要你平平安安,哪怕你一辈子提不上科长,我也跟着你。"

张全全感动地握住她的手:"邱华,你放心,只要我稳扎稳打,将来肯定能提上去。你这么优秀，我也不能落后啊。"

邱华犹豫着说："我也没那么优秀，而且最近我的案子都不顺利。全全，其实我在考虑跳槽，现在有家小律所想让我过去当合伙人，这也许是个机会。"

张全全担忧地问："你要是当了合伙人，那是不是以后更忙了？"

此话一出，两人尴尬地沉默着。

张全全想了想，还是先开口道："不过这也是好事，说明我老婆能力强，邱华，看到你好，我也高兴。如果你想去就去吧。"

邱华温柔地笑道："谢谢你，全全，我再考虑考虑，咱们吃饭吧。"

早上，陈硕一边煮咖啡一边刷手机，突然收到一条新闻推送，是许建设的通缉令。陈硕大惊，立刻拨通了王锐的电话。

陈硕紧张地问道："王锐啊，你这个重色轻友的家伙，最近是不是又交了女孩子了，连老同学都不联系一下。"

王锐的声音从电话那头传来："哎哟，我的哥哎，我哪儿敢啊？这不最近差点忙昏了头，连我妈的生日都顾不上了。我已经快一星期没回家了。"

陈硕语气严肃起来："我看到了许建设的通缉令。这小子跑出来了？"

此时的王锐正坐在警车里，一边接电话一边观察四周。

"对，这不就是忙他呢吗？据说已经潜来泾北了，还扬言报复。"

"报复谁啊？"

王锐叹了口气："你这么聪明，还不知道报复谁啊？报复社会呗。哎，就你喜欢的那女孩，追上了吗？你可注意她安全啊。"

陈硕没听见王锐的话，已经发了愣，匆匆对电话说道："我还有事，挂了。"一下子把电话挂了，调出罗英子的号码就拨。

电话接得很快，罗英子的声音传来："有事说，没事挂。"

陈硕急切地问："罗英子，许建设跑出来了你知道吧？"

洗手池边，罗英子正往脸上有节奏地拍着爽肤水，手机开着免提放在一边。

"知道。他出来了，你的生意不就来了了吗？赶快找他去。我还有事，没空和你啰唆，挂了。"

罗英子说完，不顾手还湿着，一下子把电话挂了。

陈硕气得大骂："这什么人啊？死到临头还跩。"又拨回去，但这回罗英子直接挂断了。

陈硕气得把手机丢在桌上："陈硕啊陈硕，你上辈子是做了什么缺德事，这辈子来受她折磨啊？活该，不管了。"

虽然生气，但他却又忍不住拨电话。

王锐没好气地接起电话："你是我亲哥，我忙死了，你别总骚扰行吗？有啥事？"

刑警队门口，陈硕缠着王锐喋喋不休。

"你们警察得对人民群众的安全负责吧？许建设对罗英子嫉恨在心，没准报复名单上她就是头一个。你们不派人保护她啊？"

"哥，你成天交的女孩子多了，总不能你交一个我们保护一个吧？"

"别开玩笑。她一个人单住，万一许建设盯上她，她跑得了吗？"

"我提醒她了，可人家根本不在乎。虽然许建设在里边的时候曾经放过风说要报复她……"

陈硕一听就急了，拉着王锐的胳膊大叫起来："什么什么？许建设都放风了？他放风了你们还不保护她？你们到底对人民群众的生命财产还负不负责啊？"

王锐叹了口气："我们现在不也在四处找他呢吗？虽然我们警力有限，但我已经通知辖区派出所加强巡逻了。哥，别再添乱了行吗？我还有事。"

被王锐半哄半推拖上车，陈硕打算回良诚所交代下工作，他决定暂时放下手头在办的所有事。良诚所楼下，陈硕刚停下车，发现罗英子的红色特斯拉就停在不远处，他大喜过望，重新回到车上。

财务办公室里，罗英子正站在会计小王面前，语气冰冷："对不起，您算错了吧？我们俩的案件提成应该还有十五万。"

小王歉意地说："对不起罗律师，是所里让我这样和你们结的。所里说因为你们违纪，给所里造成了名誉上的损失，所以扣了一部分。"

罗英子冷笑一声："堂堂一个大所，领教了。好吧，就这样吧，那十五万我们不要了，算是我在良诚所交的学费。谢谢您了，我走了。"

罗英子从楼里出来，陈硕在车旁喊了一声："罗英子。"

罗英子转头看了一眼陈硕，理也没理就走。陈硕目瞪口呆，立刻追上去抓她肩膀。罗英子没什么好气，一把挣脱开陈硕的手，抱着拳架往后退了两步。

"陈无良，色犬，把爪子拿开。"

"什么什么？色犬？"

"你不配当色狼，充其量是只色犬。"

"你一大早吃枪药了？我为你奔波了一早上了！找你有正事。"

"什么事？"

陈硕顿感委屈，但很快收拾心情，用自以为最认真的表情说道："罗英子，我和你说，许建设在里边扬言要报复你，说不定就是冲着你来的。他没准知道你住的地方，你搬出来吧，要不然暂时住到我家里，你放心，我没别的意思，你住我家的时候，我可以借住到我同学家去。"

罗英子不屑地笑了笑："他出来你急什么呀？记着，如果许建设报复成功了，你到了法庭上可要好好地帮他脱罪哟。我走了。"

陈硕急了："你听见了没？许建设出来了，你很危险！"

罗英子头也不回地扬长而去。

陈硕气得冲着她的背影大叫："傻女人！傻女人！"

罗英子没再理会，只冲着身后做了个胜利的手势。

罗英子开着车，用蓝牙拨通了邱华的电话。罗英子余怒未消，电话里兀自愤愤不平。

"我刚从良诚所出来，把咱们的案件提成结清了，刚跟小王battle呢就没接你电话。你说可笑吧？还扣了咱们十五万，说是因为咱们违规，给所里造成了名誉上的损失。天哪，良诚所什么时候变成道德所了！我一直尊重方丽虹，这回还真叫我瞧不起。我没和他们计较，扣就扣吧，今天扣掉的，下回见面的时候叫他们一百倍地还回来。"

"英子你在哪儿呢？"

"开车呢。哈哈，刚才发生了件事别提多逗了，我和那个无常鬼又撞上了……"

罗英子回想陈硕刚才的样子，心情似乎好了一些。话说到一半，却被邱华突然打断了。

"何明跑了。"

邱华的声音似乎有点抖，罗英子没再说话，静静听着。

"我刚才听说，何明找了个借口，从马丽丽那儿借了一百万，拿着出国了。这个人，我还真小看了他。"

"你哪里是小看他？你是太高看他了。马丽丽怎么回事？这回这么大方，居然输掉了一百万。"

"我觉得，危险近了。"邱华语气变得严肃。

"什么？"罗英子心头一紧，邱华一向沉稳，她听得出，邱华这次是真有些害怕了。

"马丽丽为什么这么痛快给他一百万？一定是许建设就在身边，她以为能马上采取行动，没想到何明动作更快。英子，失去了何明这个目标，没准咱们的危险更近了。"

"啊？天哪！这可怎么办？"

"没办法。他在暗处，我们在明处，只能处处小心，尤其是你。他不知道我家的地址，肯定知道你的。你回家的时候要小心。"

"好好好。"罗英子答应着，匆忙挂断了电话。她忽然想起了一个人——夏舒。夏舒还不知道许建设越狱的事。

罗英子拨通了夏舒的号码。

"罗姐。"

"你在哪儿呢?"

"平陵法院门口。有事吗,罗姐?"

"没事。你没事吧?"

"没事,我没事。罗姐我还忙着,挂了。"

夏舒迅速挂断了电话。她能忙什么事,罗英子的不安越来越强烈,她踩下油门,仪表盘上的指针陡然上摆。

平陵法院门口人来人往,不少人或手里拿着或胸前挂着法律服务的牌子招揽当事人。夏舒也在他们中间,只是手里没有牌子,每当看到有当事人出入,她就跑过去,赔着笑脸往人家手里塞名片。有人收下了,有人前脚收下后脚就顺手丢在地上,夏舒跟着又捡起来,看到有人出入又跑过去塞。

一个手里拿着牌子的男人拦在夏舒身前:"哎,懂不懂规矩啊?当律师的,守株待兔,哪儿有你这样的啊?"

"怎么啦?我发张名片不行吗?"夏舒不服气地回答。

"就你这样的,一辈子也找不到案子。"男人不屑地说道。

"谢谢您。您一定找到了,所以还在这儿举着牌子。"夏舒回敬道。

男人恼了:"你啥意思?我好心指点你一下你说什么呢?不识抬举。"

另一个胸前挂着牌子的中年女人劝道:"算了算了,能找到当事人的还在这儿吗?人家都在写字楼里呢。"

夏舒看着男人气势汹汹的样子,没再和他争辩。这时正好有个中年人从当事人通道出来,那人垂头丧气的,看来是庭开得不好。夏舒急忙又跑过去,往他手里塞名片,那人没好气地丢了。

"你烦不烦啊?我一连跑了三天,你给我塞了三回了。"那人抱怨道。

夏舒一愣，急忙赔笑："对不起。"

那人骂骂咧咧地走了，夏舒把他丢下的名片捡起来，愣了愣，跑到一个墙角。她靠着墙，身子慢慢蹲下来，头却向着高楼间狭小的天高高昂着，她是怕自己的眼泪承受不了重力。

罗英子远远地看到了这一幕，不由得一阵心酸。她走过去，一只手落到夏舒的肩上。夏舒吓了一跳，急忙擦了擦眼睛。刚想站起来，一抬头，看到是罗英子，这才放松下来。

"罗姐，你怎么来了？"

"夏舒，你受委屈了。"

"哪里，我是叫刚才一个人气的。罗姐你说这世界上什么人没有啊？"

"快该下班了，我的车就在旁边，咱们回家吧。"

罗英子眼中满是心疼，她把夏舒拉起来，拍打着衣服上的尘土。

夏舒掏出一沓卡片给罗英子看，神色沮丧。

"罗姐，我没用，发了几天，一个案子也没拉来。"

"别急，慢慢来，咱们刚起步，拉不来是正常的，拉来了就当中彩票。先回家吧。"

"我不。现在才四点半，到快下班的时候，会从里边出来一大拨，我发到下班再回去。罗姐你先回吧。"

罗英子抬头看看天，天光大亮，街道上一片平静。

她叹了口气："我还要拐个弯办点别的事，然后再回家，你发完了就直接回家吧，路上别拐弯。我先走了。注意安全啊。"

"罗姐你放心吧。"

罗英子走了，夏舒站在那里，看着手里的名片，喃喃自语："你一定要拉来一个案子，一定要！"

又有人向法院走过去，夏舒打起精神又跑过去，赔着笑："先生打官司？需要律师吗？法律咨询、法律文书代写、诉讼保全、诉讼业务代理。服务周到、价格优惠……"

天已经黑了，陈硕开车过来，把车停在路边。他抬头看看罗英子楼上的窗户，发现她家没有灯光，显然人还没回来。

罗英子的车开过来了，她并没有注意到停在路边的陈硕的车，径直开了过去。陈硕看着她的车驶入车库，没有动。

突然，他看到一个高个子男人，穿着连帽衫，不知道从哪里冒出来，低着头跟在罗英子的车后。陈硕心里一紧，下车跟在那个人后面。

电梯门开了，罗英子从电梯里出来，跺了一下脚，路灯亮了。她小心地四处张望了一下，见没人，这才掏出钥匙打开门。一进屋，罗英子突然就站住了，她打了个哆嗦，觉得哪里不对劲。

客厅的衣架上，一条纱巾在微微飘动，屋里似乎有风。她吓得半天不敢动，打开灯，稳了稳神，跑去厨房拿了把菜刀，挨个屋搜查着。到了次卧，发现后窗开了，罗英子这才舒了口气。

"吓死我了，是不是夏舒打开的？"她嘀咕着，过去把后窗关上。

陈硕从电梯里出来，看到罗英子门口没人，跑到门口贴在门上听了听，也没啥动静，转过身上电梯走了。

"是许建设吗？看个头像。他会在哪儿？"

电梯下行，陈硕自言自语地凝神想着。突然反应过来，抬头看到了电梯里的摄像头。

罗英子走进厨房，挽起袖子准备做饭。她掏出手机看看，嘀咕着："怎么还不回来？"她调出夏舒的手机号，正准备拨电话，突然一个机灵，侧耳细听，没错，门上有极轻微的声音。

罗英子吓坏了，拿着菜刀走出去，嘴里大声说着话："陈硕，快到了吗？请了几个啊？一桌麻将起码得四个吧？没问题，我点了串，买回了啤酒，你们到了咱们先吃，然后打牌。什么时候到啊？马上到了？好的，我知道了，我等着。"

罗英子说完，蹑手蹑脚过去，趴在门上听着。

门外,一个黑影听完罗英子的话,转身去了楼梯间。

片刻后,陈硕从电梯里出来,看到黑漆漆的楼道,立刻进了楼梯间。

陈硕在楼梯上走着,听到楼上传来脚步声,逐渐在往楼下走着。陈硕屏气凝神,楼上黑影继续向下移动,二人错身之际,陈硕忽然喊了一声:"许建设!"

那人顿了一下,立刻逃跑。陈硕二话没说,冲了上去,一把抱住他,大叫一声:"来人啊!"

黑暗中,男人一言不发,抡起拳头朝着陈硕猛砸,陈硕两只手抱着他无力还击,终于吃不住痛放开,男人挣脱出来马上跑了下去。

住户们听到声音纷纷从家里出来侧耳听着,互相问着。

"怎么啦?"

"在楼梯间里。"

"快看看,怎么回事?"

陈硕没能追上许建设,他抹着嘴角的血,气喘吁吁地拨通电话。

"王锐,我找到许建设了。"

5

罗英子听到响动,透过窗户往楼下看去。警笛大作,小区的居民围在警车周围,七嘴八舌地议论着。

这时,门口传来敲门声。罗英子打开门,一名警察站在门口。

"您好,您是罗英子?"警察问。

"我是,"罗英子点点头,"是发生了什么事吗?"

"我们接到报案,说通缉犯许建设可能在您这栋楼出现,所以来看一下您是否安全。"

罗英子一惊:"我没事,许建设真的来了?"

罗英子匆忙下楼，聚在一起的居民的围观对象居然是陈硕。陈硕嘴角被打破了，脸上有血，正站在那跟两个警官说着什么，其中一个正是王锐。

"那人肯定是许建设！"陈硕顾不上脸上的血，手口并用地说着，似乎在比画许建设的身形，"虽然楼道太黑看不清脸，但我叫了他一声，他立刻停住了，接着拔腿就跑。"

王锐皱眉道："可你没看清脸，楼道也没监控，我们不好确定那就是许建设。"

这时，一个警察上前汇报："王哥，都排查过了，小区附近没监控。"

陈硕有点着急："王锐，就算没监控，我也敢跟你打包票，许建设都说了要报复罗英子，那这人不是他还能是谁？罗英子现在很危险。"

王锐从旁边的警车里拿出医疗包递给陈硕："兄弟，我知道你担心罗律师，但警察得讲证据。你先处理下伤口。"

陈硕还想再说什么，却被居民们的议论声淹没了：

"警察同志，咱小区有通缉犯啊？"

"肯定是那个开律所的女的招来的。"

"她开律所挣钱，凭什么我们倒霉啊？"

罗英子挤上前，一个居民认出了她："你是那个律师吧？是你把律所开在家里了？通缉犯是你招来的吧？"

罗英子急忙摆手："没有没有，都是误会。"

王锐见状出来打圆场："具体情况我们还在调查，大家不要恐慌，都散了吧。"

邻居们不满地议论着离开。

罗英子走到陈硕跟前，和王锐打了个招呼："王警官。"接着从陈硕手中拿过医疗包："走吧，你嘴角都快结痂了。"

陈硕和王锐交换了一个眼神，随罗英子一起来到警车旁边的空地。

陈硕这才意识到自己现在的狼狈，赶紧挺直腰板做出一副既英勇又潇洒的样子，罗英子举着蘸了碘酒的棉签对陈硕示意："蹲蹲，够不着。"

陈硕有点受宠若惊，乖乖地蹲低了一点，把头伸过来："你轻点啊。"

话音未落，罗英子在他嘴角上摁了两下。

"我×，疼、疼！"陈硕痛得"嗷"了一声。

"陈无良，你怎么在我家楼下，跟踪我啊？"嘴上这么说，罗英子手上明显轻了不少，从摁变成了擦。

陈硕气得翻白眼："对，我是变态，我跟踪你。我怕许建设找不着你，特意来给他带路，结果楼道没灯自己摔了一跟头，惊动了警察，现在才会被你迫害。"

罗英子就坡下驴："噢哟，既然你这么坏，那可得好好惩罚惩罚你。"说着又拿了棉签，使劲儿往陈硕嘴上摁了几下。

"你怎么比许建设下手还重！要不是我，说不定你小命都没了！"陈硕疼得直往后躲，"现在我和他英勇搏斗，光荣负伤，你还残害我，你叫罗无良吧你。"

罗英子拍打了两下陈硕已经擦破的衣服："你确定是英勇搏斗而不是单方面挨揍？英雄救美需要实力，你得再练练。"

"我不和你争。"陈硕越想越气，大声道，"总之你真不能在这儿住了，你放心，我纯粹是为了你的安全。就算咱们是死对头，也得到法庭上较量吧？不能死在一个罪犯手里。你跟我走，就住我家。我朋友遍天下，随便找个别处住去。你听懂了吗？"

罗英子没有说话，只是拿过一块毛巾，轻轻地擦了擦他脸上的血迹。她擦得很认真，陈硕突然说不出话了。

"陈硕。"

"啊？"

"说完了吗？"

罗英子望着他，淡淡地笑道："说完了就回家吧。今天，谢谢你。"

陈硕愣在那里，愣了一阵，沮丧地转过身离去。

罗英子刚进家腿就软了，她靠在门上自言自语："看来他真的来过了，这也太快了吧？"

她锁好门，又仔细检查屋里，连床底下都不放过。检查完了，站在那里不知道该干什么，想了想，掏出手机拨电话。

邱华刚到家门口，一边翻找钥匙，一边给全全打电话。

"全全，我刚到家，你回来的时候买点葱蒜，家里没了。"

"行，我马上到，我晚上吃过了，你等我回去给你做饭。"

"你歇歇，今天我做。"

邱华注意到门口放着一个快递箱，没有寄件人信息，只写着收件人是自己。她挂了张全全的电话，疑惑地把箱子拎进门。她没仔细观察箱子，没有马上拆开。晃了晃，里面的东西软趴趴地来回晃荡。最终，她还是小心拆开箱子。

"啊！"

邱华瞬间惊叫出声，箱里掉出一只死老鼠。

邱华倒退几步手按在柜子上，这才没有摔倒。她强行镇定精神，去阳台拿了簸箕把老鼠扫进去，扔进黑塑料袋里，然后和其他垃圾混在一起，丢在家门口。

邱华洗了好几遍手，这才坐到沙发上。

这时，罗英子的电话打来了。

"邱华，你没事吧？"罗英子的声音仍显得惊魂未定，"许建设来过我这里了。陈硕刚才也在，他和许建设碰上了，两人还打了一架。"

"你们没受伤吧？"

"没啥大事，警察来过了，许建设跑了。"

"其实，我猜他也来过我家了。"

"啊？他怎么找到的你那里？"

电话那头罗英子显然被吓了一跳，邱华望向门口，她平复心情，试图尽量让自己的声音显得平静。

"不知道。我回来的时候发现有人放了一只死老鼠在我家门口，应该就是许建设干的。你不用担心我，全全马上就回来，可你那里怎么办呢？"

罗英子拖着哭音，语气中充满了不安："不知道。夏舒还没回来呢。她要是回来碰上许建设怎么办？我想出去迎她，可一个人又不敢。"

邱华连忙劝阻："啊？你一个人可别出去。陈硕还在吗？"

"刚才我让他回家了，不过我估计他没走远。"罗英子说道。

邱华赶紧说道："那还说什么？他再无良，也比个罪犯强吧。你赶快给他打电话，管他走没走，让他回来接你，陪你一块去接夏舒。"

罗英子还是有些犹豫："可我刚刚拒绝他了，我就是不想给他希望，不然他以后会更失望。"

"好了好了。"邱华打断道，"就算你再拎得清，也得分时候啊。是你俩那点情感问题重要，还是大小姐的命重要？还犹豫什么？万一大小姐再回来撞上。"

罗英子挂了电话，想了想，还是给陈硕打了过去。

"罗正义。"

"陈无良你在哪儿呢？"罗英子问。

"回家了呀。"

"你能不能马上回来一趟？那个……我想借你用用。"

"租我吗？我可贵啊。有事吗？"

其实陈硕没走，还坐在自己车里观察着罗英子小区的情况。此时听到罗英子好像是真害怕了，不由得心情大好。

"夏舒住在我这儿，到现在还没回来呢，我想去接她，一个人又不敢。"

一听这话，陈硕顿时不开玩笑了，他一下子从车里跳下来，边走边对着手机说道："你别一个人去。你等着，我上楼接你。"

邱华在用抹布仔细地擦地，门一开，张全全回来了。

"我回来了。邱华，刚下班就擦地，累不累啊？放那儿我来。"张全全赶紧走过来拿邱华手里的抹布。

邱华抬起头来，轻声道："我来吧，可能是沾了些油渍在上面，有点发黏。"

张全全点了点头，但还是自己擦了起来。

邱华笑了笑："那我去做饭。"

张全全一边放下手里的东西，一边说道："我做吧。今天陪着我们领导接见下面来的一位局长。要论起来，这局长的职务比我们处长还高呢，可在我们处长面前毕恭毕敬的，还让我们处长坐了主座。"

邱华没接话茬儿："早上还剩了些稀粥，你要是吃过了，我就一个人吃了。"

"谁啊？"

"陈无良。"

罗英子打开门，手里还拿着一把菜刀："谢谢你啊。走吧。"

陈硕看着她手里的菜刀笑了："傻大姐，你有一百斤吗？许建设那身量，你和他要是碰上了，这菜刀谁使？赶快放下。"

"你别管。"罗英子嘴上说着，但还是打开门把菜刀放回去，又出来，"走吧。"

两人站在小区门口等着，突然都没了话，互相看看，彼此都有点尴尬。

罗英子干巴巴地说道："再次感谢啊。"

陈硕笑了笑："我是男人，小意思。不过，罗英子，他既然知道了你这地方，在警察抓住他以前，你这儿真不能住了。你要不先住我那儿，住到你原来那栋房子去行吗？我找个女的陪你。"

不提那房子还好，一提罗英子就来气，心里那点感动顿时被抛到九霄云外了。

"对不起，那房子被人弄脏了，我不会再住了，你留给你以后的新人吧。"

陈硕欲言又止："其实……其实那房子……"

罗英子打断了他："过去的事了，别提了行吗？你要是还提就走吧，我一个人等夏舒。"

"好好好。"陈硕连连答应，"对了，夏舒也是你们律所的人吗？确定吗？"

罗英子没好气地说："和你什么关系？"

陈硕哂笑："我是说，与其叫她，不如我来。我这人，脏活累活都能干，脸皮还厚。"

"对不起，我们宁缺毋滥，更不要坏蛋。"

"哈哈哈，当律师的，只和好人合作吗？"

"我们的事，不要你管。"

"真奇怪，明明是你有求于我，还对我这么厉害。你满世界打听打听去，还有谁敢这样对我。"

"你也可以走。"

陈硕叹了口气，生气地走开几步："我站这儿碍你什么事了吗？你放心吧，我不是为了你，我是为了看到夏舒安全。我不会招惹你的。"

两人不再说话，气氛又尴尬起来。

过了一会儿，罗英子看着眼前的马路，开口道："陈硕，对不起，如果你是为我来的，我真心谢谢你。可我还是要告诉你，你想的那事是没可能的，你也别浪费你的脑细胞了。以后咱们各走各路。"

陈硕愣了愣，嬉皮笑脸地说："傻大姐，我想什么了？"

罗英子稍显尴尬，道："我和你说正经的。在经历那些事情以后，你和我是不可能的。你也不是我喜欢的那一款。"

"哪一款？"陈硕问。

罗英子心烦地："算了，不说了。"

又是沉默。

一辆出租车从路边停下，夏舒下车，罗英子赶快迎上去："夏舒，你可回来了。怎么回这么晚啊？"

夏舒抱歉地说道："今天法院门口人多，就多待了一会儿。你在这儿等我有事吗？"

"没有。"罗英子摇摇头，"见你总不回来，不大放心。咱们回去吧。"

她搂着夏舒往回走，看了陈硕一眼："谢谢啊。我们回去了，你也回家吧。"

夏舒这才发现陈硕："陈律师啊，你好。"

罗英子搂着她就走："走吧。"

陈硕看着她们进去，沮丧道："你真无聊。走吧。"

他看了看表，垂头丧气地回到自己车旁，上车开走了。

"你说什么！"

夏舒正趴在桌上大口地吃面，她吓一跳，惊骇地抬起头来。

"没错，他来过了。"

夏舒大叫一声，端着碗跑到她这边，惊慌地四处看着。

"姐，咱家里你检查过了吧？没事吧？"

"没事，我检查好几遍了。"罗英子安慰道。

"天哪，这可怎么办啊？我打小胆子就小。"

罗英子走过去，按着她的肩膀，把她按回到椅子上。

"你别怕，有我呢。再说他要是报复，肯定也是报复我和邱华，和你没关系。"

"那也不行啊。咱们是一起的呀。姐，要不咱们换个地方住？"

"不用,刚刚警察已经来过了,下面肯定会加强力量抓捕他,我们自己多注意。"

"可没抓到他以前咱们可怎么办啊?"

夏舒拿起碗又放下,她是彻底吃不下去了。两个女孩又把屋里屋外、床上床下仔仔细细地翻了好几遍。检查完门窗后,又找来两把椅子叠在一起抵在门后面,这才各自去收拾洗漱。

半小时后,罗英子正躺在床上刷手机,夏舒穿着睡裙,哆嗦着开门进来。

"姐,我不敢一个人睡,我和你挤一张床行吗?"

罗英子让了让位置,夏舒赶快上来了。

不一会儿,身边传来夏舒轻微的鼾声,罗英子辗转反侧。她看了看熟睡的夏舒,从枕旁拿起手机。

张全全已经睡着了,邱华拿着手机,轻手轻脚地跑出去。

"怎么了,英子?都快两点了。"

"邱华,咱们不能这么等着,咱们得想办法抓住他。"

罗英子正往餐桌上摆早饭,夏舒才起来,打着哈欠,睡眼惺忪地趿拉着鞋子从卧室出来。

"姐你起这么早啊?叫这许建设吓得,我做了一夜噩梦。"

"有脸说。躺下就着,一夜用腿砸我好几回。夏舒啊,你胆小,今天别出门了,在家里把门反锁老实待着。"

"啊?你上哪儿啊?"

"我和邱华约好去找马丽丽谈谈,我们还是觉得十有八九许建设藏在她那儿。"

"那我和你们一块去。"

"不行,邱华怕你坏事。你还是老实待在家里吧。"

"那我也不在家,一个人,万一许建设来了怎么办?我还是上法院门口去吧。"

邱华站在路边向远处张望着，不时低头看着腕上的手表，罗英子的车驶过来，稳稳地停在她面前。

"张全全知道了吗？"

"没，我没告诉他。"

"姐，他才是男人哎。"

"我告诉他反而会引起恐慌。万一传到爸妈那儿，全家都会来劝我，我这律师就当不成了。"

罗英子转头看了邱华一眼，不由得叹气。邱华知道罗英子在想什么，笑笑不说话。

"这么能扛事，不怕没人疼啊？"

"商量正事吧。听说何明已经跑路了，马丽丽计划落空。咱们这时候去找她，她应该说了吧？"

一个茶杯被扔过来，小王下意识地躲开，茶杯重重地撞在墙上，碎片四溅。

"马总，是您让我打给他的啊。"

小王终于忍不住开口辩驳，眼泪不由自主地涌出来，但仍不敢抬起头来。

马丽丽脸上阴云密布，双手紧握，艳红色的指甲仿佛要嵌进手掌里，她死死地盯着面前的女会计。

"我让你打，我让你这么快打了吗？"马丽丽厉声斥责，声音尖锐得像利刃，"让你一百万一把打给他了吗？他要是不回来，这一百万你还去吧，我看你这辈子能还清了吧。"

小王终于忍不住哭出声来："对不起，马总。我只是觉得何总也是老板，他的话，我不敢不听。"

"狗屁！他算哪门子老板？不过是个吃软饭的。怎么着，想抱他粗腿啊？"

马丽丽怒不可遏，随手抓起东西又要砸。

办公室的门在此时被轻轻推开，一个女孩探出头来，小心翼翼地说："马总，有两个女律师说要见您。"

"不见！"马丽丽正在气头上，大喊一声，女孩的脑袋赶紧缩回去。

"等等！把她们带到会客室去。"

马丽丽说完，又看向小王，小王还在手忙脚乱地擦着泪，泪却好像越擦越多。小王抽泣着解释："马总，对不起，我当时理解错您的意思了。"

马丽丽不耐烦地挥了挥手："走吧。"

小王走了，马丽丽独自一人留在空荡荡的房间里，突然她狠狠地给了自己一巴掌，愤愤地叹了口气。随后，她拉开办公桌的抽屉，从中取出一部手机，飞快地拨通了一个号码。

马丽丽压低声音："那小子跑了，行动取消吧，你先回来。他现在可能还在飞机上，我联系不上他。等联系上了，我再想办法把他叫回来再行动。那俩女人现在在我这儿，你回来的时候小心。先这样。"

挂了电话，马丽丽把手机藏进抽屉深处，又把抽屉锁了，站起来出去。

会客室里，罗英子和邱华正坐在沙发上低声商量着。门被推开，马丽丽满面春风地走了进来，完全看不出刚才歇斯底里的样子。

"哟，二位往我这儿跑得这么勤，是看上我公司的业务了吗？不巧，我们有常法了。"

罗英子神情冷峻，直截了当地说道："马丽丽，你知道我们是为什么来的。许建设在哪里？"

马丽丽坐下，脸上的笑意未减："哟，罗律师，你有什么证据说许建设在我这儿啊？没证据，我可是能告你诬告哦。"

邱华平静地说道："马丽丽，上次我们来就说，我们是为了你的安全来的，你不信。你不觉得你现在很危险吗？"

马丽丽满不在乎地说道:"我哪儿危险了?我危险还用得着二位替我操心吗?"

罗英子盯着她:"马丽丽,你自以为聪明,想借许建设的手除掉何明。你真以为你能控制得住许建设吗?他现在可是个亡命徒。"

马丽丽哈哈大笑:"罗律师,我听不懂你在说什么。他只是给我提供法律服务。"

"服务得够全面的。"罗英子表情淡然地从包里拿出一张照片递到马丽丽面前,那是昨天在地库里拍到的照片,马丽丽和何明牵手的画面清晰可见。

邱华开口道:"马丽丽,除了何明,我们也已经见过许建设了。"

马丽丽的脸色顿时僵住了,她下意识地紧握住手中的照片,脸上的笑意消失得无影无踪:"见过许建设?"

邱华点点头:"你坐下,听我们慢慢和你说。"

"行啊,我倒要听听。"马丽丽有些迟疑,但还是在对面的椅子上坐下。

"许建设当初为什么重审又被判无期,你心里清楚。何明现在为什么能混到和你在一起,当着你公司的副总,住着你的大房子,你心里也清楚。何明在上个案子里帮助你非法转移并鲸吞了许建设的财产,他利用手里掌握的证据敲诈了你,这才成了你的情夫和生意合伙人。你想摆脱他,可苦于没办法,恰巧这时候许建设跑出来了。你想借他的手除掉何明,然后再想办法重新把许建设送回去。没想到,何明听到风声先跑了,你的计划落空。是不是这样?"邱华语速平稳,说话的时候直视着马丽丽的眼睛。

马丽丽已经恢复镇定:"邱律师,你想太多了,我哪儿有那么大本事?至于何明,就算我和他好了又怎么样?许建设都进去了,你们总不能让我守活寡吧?"

罗英子叹了口气:"马丽丽。何明已经跑了,可以肯定的是,许建设不被抓住，他是不会回来的。你借刀杀人的目的肯定是达不到了。许建设是警方通缉的重刑犯，他现在躲在地下，不定会做出什么。你窝藏他本来就是犯罪，万一他再犯了罪，你就是共同犯罪，罪加一等。为你考虑，你最明智的选择就是主动把他交出来，别的先不说，你自身的安全有了保障。"

马丽丽丝毫不见惧色："好，我就当你说的是真的。许建设跑出来好几天了，现在就算我告诉警察，我也算窝藏了吧？你们听好，我是说假如。"

邱华答道："如果你主动把他交出来，我俩愿意当你的律师。你前面窝藏他肯定是犯了罪，但你主动交出，立功赎罪，肯定可以从轻处罚。我们尽最大的努力，尽量减轻对你的刑罚。"

"可我财产的事呢？"马丽丽摆弄着艳红色的指甲。

罗英子和邱华对视了一眼。

罗英子劝道："许建设要是从你这儿被抓出来，当年的事情肯定免不了被重新翻出来。许建设知道你在其中的作用，很可能也不会让你代他管理财产了，但你应该挣得也不少了。再说，什么比命重要啊？"

马丽丽一听这话，面露犹豫之色："我再想想吧。"

邱华看着她，认真地说："马丽丽，许建设的性格你知道，他有暴力倾向。如果他在被你窝藏期间再犯了罪，只怕你再想不坐牢都不可能了。"

马丽丽沉默了片刻："我想想，想好了马上给你们电话。"

昏暗的旧仓库内，各种杂物杂乱地堆放着，仓库里没开灯，空气中弥漫着陈腐的气味。行军床前立着张小折叠桌。许建设一个人坐在床上埋头喝酒，桌上摆着一排二锅头，瓶口大都打开了。

许建设手里是一张从外面撕下来的通缉令，他看着通缉令上自己的脸，恨恨地把纸攥成团，狠狠地发力扔出去。纸团砸中墙壁后无力地落在地上,滚了几圈,最终停在了一个阴暗的角落里。

已经是下午五点,夏舒还站在法院门口发名片,看到出入的人就跑上去赔着笑往人家手里塞一张。有些人没好气地训她一句,夏舒怯怯地停下,等人家过去,又跑向下一位。

虽已黄昏,秋老虎的日头还是有些毒,她的妆已经有点花了,影子被拉得老长。应该是没人了,夏舒找了面墙靠着站着发呆,有点想哭,但嘴角仍然努力着,试图勾起一个微笑。

有个怯怯的声音在叫她:"同志,同志。"

夏舒急忙打起精神,回头一看,是一个老妇人,看起来六十多岁,衣着寒酸,手里提着一个装了矿泉水瓶和面包的塑料袋。她腰板笔直皮肤白皙,跟一身行头显得格格不入。

夏舒赶快站直了:"阿姨,是叫我吗?"

老妇人手里握着夏舒发过的名片,她掏出手绢小心把名片擦干净,递过去让夏舒看。

"我从地上捡的,看着是您发的。您是律师吗?"

"啊,是。我姓夏,是瑛华律师事务所的律师。阿姨您贵姓?"

"免贵姓宋。"

"宋阿姨您好!您是有什么事吗?"

老妇人犹犹豫豫地:"我有一个案子,不知道您能不能代理。"

夏舒不由得飞快地打量了她一眼,小心地问:"什么案子啊?"

老妇人似有些羞赧:"有人欠我钱,要不回来,我想是不是可以和她打官司。"

夏舒微微挑眉:"欠您钱啊?"她的口气里已经带出了不信任:"多少钱啊?宋阿姨,打官司也需要成本,标的太小不值得的。"

老妇人抿了抿唇,似乎在下着什么决心:"也就是三百多万吧。"

夏舒吃惊地"啊"了一声,眼中闪过一丝惊讶,再次去打量她:"三、三百多万?"

老妇人微微点头:"再加上没证据的,应该有小五百万了。"

"什么什么?阿姨,您有证据吗?"夏舒忙不迭地问,"所谓证据,就是对方的欠条、银行流水什么的。"

"有的。"老妇人一边说着,一边打开塑料袋,拿出一把纸来,夏舒接过来看着,惊得合不拢嘴。

"这是……真的?"

"难道我会伪造不成?"

"不是不是。您怎么会把这么大数额的钱借给一个人?"

"说起来话可长了。"

老妇人叹了声气,眼睛暗淡下来。

夏舒忍不住问:"我看到您不止一回了。您每天就带着这些证据在外面走来走去?"

老妇人竟有些难为情似的,轻声说道:"我也犹豫。为这么点事,值不值得撕破脸。为钱打官司,总觉得怪不好意思的,可是,实在没办法了。"

夏舒像抓住救命稻草一般抓住老妇人的手:"阿姨,为钱打官司有什么不好意思?现代社会,遇到问题找法律来解决,是最好的方式。这样吧,您这案子挺大的,我先回去通知我的两个合伙人,然后和您约时间行吗?"

"行。"老妇人点点头

夏舒赶快又掏出一张名片递给她:"阿姨,地址在这儿,电话也有,您别掉了。"

老妇人连忙摇手:"不用接,我自己过去就行。"

夏舒急忙道:"别别别,您这么大岁数,这地方挺远的。"她不由自主地扫了扫宋阿姨手里的塑料袋:"再说您带着三百多万的证据,还是接一下好。来,您把您电话留给我,还有您家地址。"

夏舒此刻只想着把老妇人的案子接到手,丝毫没注意到,一个身影正躲在墙后露出头,用冷厉的目光看着她。

千叮万嘱地跟宋阿姨约好了时间，夏舒步伐轻快地往回走着，她心情大好，心里反复盘算着三百多万的案子能收多少代理费。

"奖励一下自己吧。"

夏舒路过一家美容店，抬头看了一眼门口正在搞活动的招牌，心中一动，笑着推门进去。

躲在不远处的许建设低着头，看着夏舒的背影消失在美容店门口。他双眼微眯，朝着美容店的方向缓缓跟过去。

美容店门口不时有人进出，门口挂着的风铃在微风中轻轻摇曳，发出清脆的叮当声。许建设缩在门口的一个角落，手里夹着一支烟，眼睛始终没有离开过美容店的大门。

他等了很久，地上已是一地的烟屁股，他的烟盒空了。他捡起一个烟屁股，试图再次点燃。就在这时，夏舒从美容店出来了，脸上神采飞扬，她和送出来的小姐打了个招呼，背着包继续走。许建设扔掉烟头，掐灭了残留的火星，不远不近地跟在后面。

僻静的小街上空无一人，夏舒哼着歌信步走着。身后发出了一声响动，像是什么东西被人踩到了。她下意识地回了下头，心脏顿时狂跳起来。

夏舒双手不自觉地握紧了手中的包带，她回过头来，加快脚步向前走，却听到后边的脚步也跟着加快了。她慌忙往两边张望着，两边都是高高的围墙，连个人影都没有。

夏舒吓得浑身发抖，几乎要哭了，她掏出手机想打电话。就在这时，身后的许建设突然加快步伐，迅速追上来，一下子勒住了夏舒，捂住了她的嘴。

因为惊恐，夏舒的眼睛睁得大大的，她拼命挣扎着，还是被拖进了巷子的岔道。

昏暗的旧仓库里，许建设站在行军床旁，拿起一瓶二锅头灌了一口,另一只手里握着一把刀,刀尖发出森然的光。

夏舒被绑住手脚,嘴里塞着布,眼泪止不住地流下来。她的身体控制不住地颤抖着,脸上满是惊恐。

许建设走过来,拿刀抵着夏舒:"敢叫,我就捅死你。"他从夏舒嘴里拿出布,夏舒吓得哭起来:"大哥,你这是干什么呀?我又没得罪你。"

许建设拿着夏舒的手机:"给那俩女的打电话,把她俩叫出来。"

夏舒摇头,眼泪止不住地流:"当初是我们把你的案子打到发回重审的,我们没有害你。"

许建设暴躁道:"叫你打你就打,废什么话。"刀尖又往前压了一分,逼得夏舒不敢再多说半句。

夏舒眼泪流得更凶:"是我们帮了你,求求你放了我……"她的声音里满是恐惧和哀求。

许建设的脸上毫无动容:"少废话!你不照我说的做,我现在就捅死你。让她俩来塑料三厂3号仓库!"他说着,刀尖用力压下,已经扎破了夏舒的脖子,血珠顺着刀刃缓缓滑下。

许建设把电话撑在夏舒脸前,开了免提,电话接通了。罗英子的声音传来:"夏舒,怎么了?"

夏舒声音颤抖:"罗姐,我接了个案子。"她努力让自己的声音听起来正常些,心中却是一片慌乱。

罗英子的声音听起来很兴奋:"说说,什么活?我和邱华刚才还为这个发愁呢。"

夏舒结巴着:"是、是个……是个追缴货款的案子。"

"听着还不错,和他们约时间了吗?"

许建设凶狠地瞪了一眼夏舒,刀在夏舒脖子上划出一道伤口。

夏舒强忍着痛,边哭边强装镇定:"你们现在过来吧,我一个人搞不定。就在塑料三厂,我在3号仓库。"

"是平陵路的那个塑料三厂对吧?"

夏舒恐惧地答应着："是。"随后，夏舒鼓足勇气，绝望地冲着电话喊着："罗姐，危险，你别来……"

然而许建设早已经挂断了电话，他眼中满是暴虐，猛地抬手打了夏舒两个耳光。

"臭娘儿们！通风报信是吧？"

夏舒嘴角被打出了血，哭着哀求："我不是通风报信，我是救你！"

许建设眼中怒火更盛："你胡说什么？"说着，他又要堵夏舒的嘴，夏舒连忙道："现在全城警察都在抓你，你落网是早晚的，只要被抓就是死路一条，只有邱律师和罗律师能帮你保住命！我两个师姐一直在找你，想劝你自首，帮你减轻罪责，你报仇找错人了！"

"狗屁，别以为我在里边不知道。你们坑了我一百多万，还不好好地替我辩护，让我最后被判了个无期。"

"那你以为马丽丽会救你吗？当初就是她害了你！你的案子我们只收到三十万，后来马丽丽一直想要回去。我两个师姐好不容易打回重审，可重审的时候，是马丽丽把我们换掉了！她巴不得你永远别出来，她一直在骗你！"

许建设彻底被激怒了，他似乎扔下要堵夏舒嘴的毛巾，暴躁地绕着夏舒走着，边走边指着她。

"你放屁！你放屁！这几年，一直是我老婆去牢里看我，还替我养着我老妈。"

"你母亲在我们代理你案子期间就去世了。马丽丽骗你，是为了稳住你，继续占有你的财产。她现在和一个叫何明的律师同居，花着你的钱，住着你的房子，睡着别的男人。你不信，可以自己去查！"

许建设的脚步忽然停住了，他愣了半晌，随即拨通了表姐的电话。

"姐，我是建设。"

马丽丽提着一个行李袋从地库出来，急匆匆地上了车。车门刚关上，她的手机响了。她接起来，没等对方开口就急忙说道："事情出了点状况。我现在去找你,给你带了一些现金,你赶紧走,这里已经不安全了。"

"我在仓库等你。"许建设的声音从那头传来。

马丽丽迅速发动了车子,驶向仓库。

与此同时,另一辆车内,王锐和一名年轻的小警察坐在车里。王锐神情严肃地下令:"跟上她。"

通往塑料厂的过道上,罗英子开着车,显然心情不错。

"夏舒的路子还挺野,这种案子都能找到。邱华,这次如果是个好生意,你可得对夏舒改变改变态度了。"

邱华看着手机上的信息微微皱眉:"看看情况再说。英子,我怎么觉得夏舒又哭鼻子了?"

罗英子笑了笑:"她哪天不哭啊?"她注意到邱华若有所思的表情,便问道:"怎么了?"

邱华还在摆弄着手机:"我就是觉得不靠谱,我查了一下塑料三厂,这厂子去年就停产注销了,怎么还在追缴货款?八成又是白费工夫。"

马丽丽下了车,她神情紧张地环顾四周,确认无人跟随才继续往仓库走。与此同时,王锐的车也停在不远处,王锐和小警察悄无声息地跟在她身后。

"建设?建设我来了。"马丽丽走进仓库,四下无人,她的声音在空旷的仓库中回荡。

就在这时,许建设突然从她身后出现,迅速将她的脖子紧紧勒住,捂住她的嘴,将她拖进黑暗。

王锐和小警察目睹了这一幕,他们对了下眼神,默契地小心翼翼退回到暗处。

"锐哥,怎么办?"

"别轻举妄动。"

王锐刚要拿起对讲机，小警察碰了碰他，低声道："哥，罗律师她们也来了，怎么办？"

不远处，罗英子和邱华从车上下来。王锐立刻打开对讲："目标出现了，塑料三厂3号仓库，请求支援。"

罗英子和邱华迈步向3号仓库走去。邱华皱着眉头说道："这地方看起来废弃了起码一年了，能有什么靠谱的案子？"

夏舒的手机打不通，罗英子焦急道："夏舒不接电话。"

邱华指着仓库："英子，3号仓库在那儿呢。"

仓库的门虚掩着，罗英子和邱华刚一进仓库，就看到地上蔓延的水渍。

罗英子不由得皱眉："邱华，这屋里什么味儿啊？"

邱华蹲下身来，用手指抹了一下地上的水渍："是汽油。"

"汽油？"罗英子愕然。

这时，仓库的大门突然关上了。许建设从二人身后出现，一手拿着打火机，一手提着油桶："邱华、罗英子，你们总算来了。"

罗英子和邱华的脸色瞬间变得苍白。罗英子急忙问道："许建设？！夏舒呢？你把夏舒藏哪儿了？"

邱华掏出手机，准备报警，却被许建设的威胁打断："把电话挂了，不然我一把火，你和你姐们儿都得死。"

邱华放下手机："好，我不报警，你先带我们去见夏舒。"

许建设点燃了打火机，朝仓库另一边走去，罗英子和邱华跟了过去。他们看到夏舒和马丽丽被绑在一堆货物旁，手脚都被绑住，嘴里也被塞住了。许建设正在用油桶向地上泼汽油。

"夏舒！"

两人惊呼一声就要向前，被许建设怒声喝退："别过来，不然我烧死她们！"两人停住了脚步，与许建设对峙着。罗英子朝邱华侧面挪了一步，借着邱华身体的遮挡，悄悄把右手伸进包里。自从她拿菜刀被陈硕嘲讽后，她就去户外商店买了一把小巧的多功能刀，一直藏在包里。

夏舒呜咽着,马丽丽也在拼命挣扎。

许建设一手攥着打火机,一手拿刀指着她们,咬牙切齿道:"真没想到,我许建设竟然让你们几个娘儿们耍得团团转。刚才这个夏舒跟我说了一些事,我正好要问你们,你们是不是坑了我一百万?"

马丽丽闻言,急切地蹭着许建设的腿,想要解释,却被许建设一脚踢开。她痛苦地趴在地上。

罗英子急忙道:"不是,我们只收到了三十万,剩下的钱被马丽丽要回去了。"

许建设大声质问:"你们说过我的案子能轻判,为什么最后却重判成了无期?"

邱华用尽量平静的语气解释着:"你的案子缺乏证据,审判上本来就有余地。我和罗律师正是抓住了这一点,当时就和法院沟通过,只要你积极配合被害人家属的赔偿要求,法院也认为你可以减轻处罚。但马丽丽在这个时候换掉了我们,把律师换成了何明。"

许建设闻言越来越激动,他瞪着马丽丽:"何明?你那个姘头是吧?你拿我当枪使是吧?"马丽丽拼命摇头,许建设的刀子一下子扎进马丽丽的胳膊,马丽丽痛苦地哀号着。

罗英子急声大喊:"许建设!是何明威胁的马丽丽,当时何明偷偷留下了马丽丽转移你财产的证据,要挟她和他在一起。你杀了马丽丽只会害了你自己!"

邱华赶紧说道:"许建设,我们是来救你的,我们一直在找你,只要自首,你就还有机会。"

许建设自嘲地笑笑:"谁会给一个逃犯机会?"

罗英子挣脱邱华拉着她的手,走到许建设跟前:"我们过去既然能让你的案子发回重审,现在也能帮你保住性命。但你每在马丽丽身上多扎一刀,你要承受的刑罚也会随之变重。留住她的命,你才能活。许建设,自首吧。"

许建设没有说话,他眼神游离着,不知道在想什么。此时,荷枪实弹的特警已经将仓库重重包围,四周警笛大作。

罗英子急忙喊道:"许建设,趁警察还没进来,你还有机会,只要自首,我和邱律师就会为你辩护,我们还能再救你一次。"

邱华也走过来:"许建设,我们不只是为你。如果你母亲还在,她一定希望你活着。只要活着,就有改判甚至出狱的希望。你真的不想去她的墓前看看她吗?"

许建设的眼神变得柔软,他放下了刀,跪在了地上。

"我愿意自首。"

王锐和十几名特警破门而入,狙击枪上的红外准星已出现在许建设的头上。罗英子大声呼喊:"许建设已经自首了!他愿意自首!"

许建设跪在地上,重复道:"我自首。"

特警们一拥而上,许建设的脸直接被按到地上。

几分钟后,马丽丽和夏舒被担架抬了出来。马丽丽捂着胳膊,吃力地望着周围,嘴角露出一抹笑容:"能杀死我的那个人还没生下来呢。警察同志,许建设是个逃犯,又在外面作案,他这回能判死刑了吧?"

罗英子和邱华跟在夏舒身边,夏舒哭了:"罗姐、邱姐,对不起,我、我最后是说让你们别来,但还没说完许建设就把电话挂了,对不起,差点害了你们……"

罗英子和邱华的眼眶也红了。

罗英子温柔地安慰道:"夏舒,只要你活着,比什么都强。"

另一边,许建设被手铐铐住,正被押上警车。王锐坐在警车里,刚准备离开时,手机响了。

陈硕的声音从另一头传来:"王锐啊,许建设那边怎么样了?你们盯梢有进展吗?"

王锐微微一笑:"哥,你这电话来得真是时候,许建设刚刚被抓了。"

陈硕坐在车里，目光紧紧盯着罗英子所在的单元入口。他已经在这里蹲守了半天，肚子里空空如也，他忍不住摸了摸肚子，疲倦地叹了口气："这么快！这我就放心了。我在罗英子家楼下蹲了半天了，又累又饿，我吃饭去了。"

"先别挂。"王锐的声音从电话那头传来，"刚才罗律师和邱律师、夏律师也在现场，是被许建设骗过来的，对峙了一会儿，还受伤了，现在去人民医院了。"

陈硕瞪大了眼睛："什么什么？对峙？！受伤？！"

没等王锐说完他就挂断了电话，一脚油门，汽车轰鸣而去。

急诊室里，医生正在为夏舒清理脖子上的伤口，夏舒疼得龇牙咧嘴，却没发出一点声响。

"记得别碰水，按时擦药就好。"医生叮嘱了几句就走了，夏舒转过头，满脸愧疚地看着罗英子和邱华："罗姐、邱姐，我又闯祸了，我当时真的想提醒你们，可许建设把我电话挂了。"

邱华微笑着："这次有进步，知道反思了。"

罗英子用胳膊肘轻轻捅了捅邱华，柔声安慰道："夏舒，谁要是说自己刀顶在脖子上都能忠贞不屈，这人大概率是个伪君子。夏舒，这是极端情况，你已经做得很好了。"

夏舒终于忍不住哭了起来。邱华没再多说，从包里拿出一条小毛巾，在水池里涮了一下，替她擦去脸上的泪水和脏污。

夏舒突然抬起头望着邱华，邱华立刻停下："怎么了？要不你自己擦？"

夏舒的声音带着几分撒娇："姐，我浑身疼，还是你给我擦吧。"

邱华笑了："大小姐瘾又上来了是吧？行，我今天就给你当一天妈，仅此一天。"

夏舒抿嘴笑了，又转头对着罗英子："姐，渴了。"

罗英子摇了摇头："大小姐，我去买。"

急诊室里人满为患。陈硕火急火燎地跑进来，四处寻找着罗英子。他挨个儿拉开隔断帘，却都不是罗英子。他急得乱转，掏出手机又放下，殊不知，罗英子正端着饮料，从不远处走来，定定地看着他。

终于，陈硕也看到了她，连忙跑到跟前。他看到罗英子头发有些凌乱，眼中满是关切："你伤哪儿了？"

罗英子摇了摇头，平静道："我很好。"

陈硕大喊道："你还跟我犟？罗英子，你以为你是谁啊？演特工啊？还和杀人犯对峙。我早就说了让你出去住，你就不听！昨天是你运气好，今天也是运气好，可以后呢？你有几条命能这么挥霍？你烦我，我知道，可你怎么拿你自己的命不当命呢？"

罗英子微微抬头："你说完了吗？"

陈硕气的声音都在发抖："没有！不见棺材不落泪！不识好歹！我天天蹲在你家门口，就怕许建设找上门，皇上不急太监急，我也是闲的，我真想，我真想……"他气得不知如何是好，努力平静下来，这才问道："到底伤哪儿了？我看看。"

"我说了，我好着呢。"

"你不较劲难受是吧？王锐都跟我说了，你受伤了。"

这时，邱华搀着夏舒从治疗室走出来。

邱华笑道："陈律师，消息挺灵通啊。这么快就来了。"

陈硕这才心下恍然："什么意思？夏律师，是你受伤了啊？邱律师，你俩没事吧？"

邱华点了点头："我们没事，是夏舒被挟持了。英子，你们聊，我们在门口等你。"说完，搀着夏舒走了。

罗英子看着离去的二人，转过头对陈硕说道："我真没事。陈硕，我承认，之前你的考虑是对的。"

陈硕微微一怔，诧异地看着罗英子："你谁啊？你是罗英子吗？这就认了？你早这样不就完了，当个顺毛驴儿多好。"他说着，抬起手，作势要去胡噜罗英子的脑袋。

罗英子立刻炸了毛，一把推开他的手："陈无良，别给脸不要脸啊！"

陈硕哈哈大笑："我就说嘛，这才是罗英子。"

罗英子无奈地白了他一眼："我要去喝一杯压压惊，走了。"她转身离开，刚到门口，又突然停下，回头对陈硕说："哎，陈无良，你要不要一起？我们需要个买单的。"

陈硕笑了，立马小跑着跟了出去。

酒吧里灯光迷离，音乐声震耳欲聋。陈硕和罗英子、夏舒、邱华坐在吧台，面前各自摆着一杯酒。

陈硕举起酒杯与她们三人碰杯："罗正义、邱律师、夏律师，今天你们逢凶化吉，将来必有后福，等着发财吧。"

邱华笑了笑，举杯回应："借您吉言。"

陈硕靠近罗英子，调侃道："罗正义，你知道你们为什么能发财吗？"

罗英子瞥了他一眼："你又没憋好屁。"

陈硕一本正经地说："财神爷就在你面前，说话别那么粗俗。罗英子，律所只靠你和邱华，现在连个靠谱的案子都没有吧？可是我有，你让我入股，我就带你们起飞。稳赚不赔，考虑下吧。"

罗英子不假思索："不考虑。"

陈硕摇摇头："看来你们还是不缺钱。"

罗英子笑了："缺，很缺，但不考虑。不过谢谢你。"

陈硕感慨道："有骨气啊，良诚所对你们赶尽杀绝，你们还能有案子？"

这时，夏舒突然凑了过来，神秘地说："姐，我这儿有个案子，还是个大案子。"

邱华眼睛一亮："有多大？"

夏舒压低声音："标的三——"

罗英子一拍桌子，打断她的话："闭嘴。"她转头对陈硕说道："商业机密，回避下吧。"

陈硕笑笑，端着酒杯走到一边。罗英子这才凑了过来："多少？"

夏舒一脸兴奋："三百万。"

罗英子惊讶道："不是冥币吧？"

夏舒急忙说："真的三百万。一个老太太，借给人家一共五百来万，其中三百万有欠条和银行流水，我看了，应该是真的。她主动找到我，想委托咱们打官司。"

邱华将信将疑："夏舒，你不是碰见骗子了吧？"

夏舒拍着胸脯："我明天把她接过来，咱们一块谈谈不就知道了？姐，有案子找过来，总比没有强吧。"

第二天一大早，罗英子打开门，邱华提着早餐走了进来："给你和夏舒带的早饭。"

夏舒正在换运动鞋，准备出门："邱姐，我不吃了。我和宋阿姨约在咖啡馆，这就去接她，咱们九点半咖啡馆见。"

邱华好奇地看了一眼夏舒的鞋："怎么不穿高跟鞋了？"

夏舒系紧鞋带："每天跑跑颠颠的，还是平底鞋方便，坐公交不会被踩掉鞋，碰见坏人也跑得快，我去接宋阿姨了。"

她说完，正要出门，被罗英子叫住了。罗英子和邱华看着她，都笑了。

罗英子语气温柔："夏舒，我和邱华觉得，你这段时间的工作热情我们都看在眼里了，没案子不要紧，我们慢慢来。"

夏舒用力挥了挥拳头："放心吧。"

邱华望着夏舒的背影："不管怎么样，勇气可嘉是吧？"

就在这时，手机响了，是梅先生，罗英子打开免提接起来，继续收拾桌上的早饭。

"英子,我想过了,那个案子我决定放弃了,不查了。"

"什么?"

"我是搞法律的,我应该明白司法裁判终局性的意义。那件事情已经结束了,我没必要因为自己的一点执念还抓住不放。"

罗英子停下手里的活,皱起眉头。

"梅先生,难道您把于先生不明不白的死也放弃了?"

电话那头传来一声悠长的叹息。

"没有不明不白,他是脑溢血死的。英子,你别说了,我意已决。如果是因为这件事使你们失去了工作,我很抱歉。你们所以后有用得到我的地方,我义不容辞。别的没什么了。"

"梅先生……"

罗英子还想说什么,电话已经被挂断了。

"啥意思啊?梅先生不是这么个人啊?咱们被开除了还没放弃呢,她先放弃了。噢,敢情咱们为她在爬墙,她在下面把梯子抽了。"罗英子看向邱华。

邱华语气沉重:"英子,你没看出来?"

罗英子狐疑道:"什么?"

邱华叹了口气:"梅先生已经判断出来了,如果良诚所因为这件事一下子把咱们三个开了,说明良诚所在这件事上的干系非同小可。"

罗英子心中一凛:"你是说,也许不是一个人陷害了梅先生,是集体陷害?可能吗?方丽虹也陷害她?"

邱华摇头:"我不知道。我只知道,梅先生肯定是想到了这一点,所以才不让我们继续查的。也许她想自己查,也许她觉得继续查下去对我们更不利。"

罗英子冷笑:"许建设我们都见过了,还怕别人对我们更不利吗?好吧,不委托就不委托,我们想查,谁也管不了。"

邱华无奈道:"可是我们已经被开掉了,良诚所内部发生了什么一点也不知道,怎么查?"

罗英子有些沮丧："唉，早知道今天，当初在良诚所安插一个卧底就好了。"

邱华笑了："卧底？有啊，还是最优秀的。"

"谁？你说那个鬼啊。你骂我呢？这世上的人都死绝了我也不会用他。"罗英子撇撇嘴，一副嫌弃的样子。

邱华认真地道："说真的，英子，你没发现陈硕是真的喜欢上你了吗？"

罗英子一下子不说话了，过了一会儿才开口道："我也是说真的，我也不瞎，不是没看出来，不过我和他是不可能的。"

邱华不解："为什么？因为他抢了你的房子？依我看那不过是聪明反被聪明误。"

罗英子摇摇头："不是。我喜欢的不是他这一款。"

邱华好奇地看着她："你喜欢什么样的？刘铭那一款的？不是他坑了你吗？"

罗英子低下头，轻声道："反正我不喜欢这种痞里痞气的，换女朋友比换衣服还勤的。你没想到吧？我也需要安全感。我被刘铭坑过一回还不够吗？找个男朋友，想到他在外面成天勾引女孩子，谁能受得了？别再说他了。"

邱华摇摇头："好吧。那，英子，梅先生的事情，既然她坚决不让我们过问，说明这件事的水很深。我知道你和梅先生有感情，可我们刚开始创业，自顾不暇，梅先生的案子，咱们就暂时放放吧。"

罗英子叹了口气，终于点头："只能这样了。那我准备一下，咱们去见老太太吧。"

咖啡馆门口，罗英子从车上下来，伸了个懒腰："邱华，你说，哪只眼跳是财来着？我一大早右眼皮就一直在跳。"

邱华边整理自己的衣服边说："完了，左眼跳财，右眼跳灾。"

罗英子挥了挥手："乌鸦嘴乌鸦嘴。赶快进去吧。"

正要进门，邱华却突然停住了脚步，像是想起了什么重要的事情。"你先进，我突然想起点事，要给张全全打个电话。"

罗英子答应着走了，邱华站在门口，拨通了陈硕的号码。

"邱律师，有什么事吗？"办公室里，陈硕一边说，一边用手指轻轻地敲击桌面，似乎在思考着什么。

邱华站在咖啡厅的门口，微微侧过身子，压低声音说道："陈律师，您说过我如果想到和梅先生案子有关的事情就告诉您。我们今天和梅先生联系了，现在我可以确信，我们三个被良诚所开除和当年的强奸案有关。我没别的事，就是告诉您一声。"

邱华挂掉电话，忽然看到罗英子并没走进去，而是站在咖啡厅的门口向她招手。她赶紧收起手机，加快步伐走了过去。

"怎么不进去？"

"完了，"罗英子轻声叹息，指了指咖啡厅里面，"咱们家大小姐正在做白日梦呢。你看看那老太太。"

邱华悄悄探过头，透过咖啡厅窗户，视线落在一位坐在夏舒对面的老太太身上。她穿着简单寒酸，面前的桌子上只有一个皱巴巴的塑料袋。

"这就是三百万的老太太？"邱华惊讶道。

罗英子苦笑："外加二百万的无证据证明。邱华，怪不得别人，你给夏舒的压力太大了。"

邱华叹了口气："咱们怎么办？"

罗英子耸耸肩："得进去，在夏舒病情没恶化以前及时地阻止她，别让她再给咱们结一个没办法收拾的大瓜。"她顿了一下，讨好似的看向邱华："哎邱华，咱们刚开业，在法律咨询费这块就别那么高标准了，一小时十块，行吗？"

邱华苦笑着摇了摇头："十块？够她面前那杯水钱吗？行吧，进去吧。"

6

夏舒正陪着老妇人说话，看到罗英子和邱华进来，一下子站起来，兴奋地介绍着："宋阿姨，我的两个搭档来了。罗姐、邱姐，这就是宋阿姨，宋阿姨，这位是罗律师，这位是邱律师。"

"您好您好。"罗英子笑着和宋阿姨握手，她的手刚触碰到对方就马上收回，握得点到即止。

宋阿姨微笑着微微躬身："幸会。给二位添麻烦了。"

罗英子和邱华交换了一个眼神——"老太太还挺有教养"。

两人坐下，夏舒张罗着要给她们要喝的，罗英子急忙阻止。

"夏舒，别浪费了，你们已经点了，我们坐一会儿没关系的。阿姨，我听夏律师说您想打官司。法律意识强，是件好事，但您对诉讼是不是有什么误解？对于一般的民事纠纷来说，诉讼途径，是双方完全没有协商的余地，不得已而为之的选择。也就是说，它就是你和对方彻底撕破脸皮，再没办法重归于好的选择。而且诉讼讲究证据，闹上法庭，说理讲情都是没有用的，万一最后没得到想要的结果，浪费司法资源，消耗双方感情，有什么意义呢？"

宋阿姨很认真地听着，还频频点头。

罗英子觉得差不多了："宋阿姨一看就是个明事理的人。那么咱们就……"

宋阿姨有些为难地说："可是对方欠了我三百多万呢。"

罗英子打量一下宋阿姨："宋阿姨，话都是可以说的，可上了法庭，哪怕你说对方欠你一分钱，也是需要证据来支撑的。"

夏舒赶紧接话道："宋阿姨有，我刚才把她手里的欠条和银行流水又仔细看了看，是真的。"

罗英子再也掩饰不住不相信的样子，她又看了一眼面前的老太太:"真……真的?"

夏舒兴奋地说:"宋阿姨,罗律师和邱律师很厉害的,她们曾经把一个死刑犯打过无罪,您把证据给她们看看。"

宋阿姨把塑料袋打开,从里边抓出一大把纸来,有从银行里打印的流水单,有各种尺寸的欠条,罗英子和邱华一起凑上来看,越看越沉默,两人低着头交流着眼神,都一副不敢相信,又好像被什么砸中的样子。

罗英子近乎无声地看向邱华:"好像是真的。"

邱华微微点头:"是真的,先问问再说。"

罗英子把那些纸交给邱华,邱华仔细地整理着,罗英子抬起头来,已经换了一副甜美的笑容。

"夏舒,给我叫一杯拿铁,给邱华叫杯茶。阿姨,宋阿姨是吧?我看这些欠条和银行转账记录,您这三百多万都转给了一个叫何巧慧的。您为什么要借这么多钱给一个人呢?"

宋阿姨看起来又有些不好意思:"说起来话可长了,只是要耽误三位律师的工夫。"

罗英子积极道:"没关系,我们开业大优惠,法律咨询不收费的,您说吧。"

邱华抬头道:"咦,不刚刚说收十块吗?"

罗英子赶紧摆手:"六十岁以上免费。宋阿姨您说吧。"

宋阿姨点点头,开始介绍自己的情况。她声音柔和,语速也很和缓,一看就是受过良好的教育。

"我姓宋,叫宋书敏,原来是一所中学的教师。我老伴,原来在大学教物理,手上有两个专利,后来辞职下海,就利用他的两个专利办了公司,生产的产品在市场上很受欢迎,我们家衣食不愁,所以我先生就不让我再教书了,五十岁冒头,我就回了家。"

罗英子忍不住羡慕着:"宋阿姨,您是个有福之人。"

宋阿姨苦笑:"也许。不是有句话,叫身在福中不知福嘛。我年纪轻轻回了家,成天一个人在大房子里转来转去,打麻将,我没兴趣,跳广场舞,拉不下那个架,先生没白没黑地在生意场上,根本顾不上我。待了两年,我觉得自己都抑郁了,每天吃完饭没事干,就一个人在窗前站着,经常地,产生跳下去的冲动。"

罗英子问:"那您家孩子呢,就没来陪您?"

宋阿姨叹了口气:"早年有个女儿,可是她在很小的时候就夭折了。我花了很长时间也没能从这件事里走出来,后来我和先生也没再要。"

宋阿姨说着,眼眶红了起来。邱华赶紧拿出纸巾递过去。

宋阿姨擦了擦眼睛,稳定情绪:"不好意思。我太失态了。"

邱华看着借条上的人名:"您和我们说说这个何巧慧吧。"

宋阿姨叹了口气:"那是三年前的一天……"

几年前的一个午后,宋阿姨一个人站在窗前向外看着,身后的屋里空空荡荡。宋阿姨家在五楼,楼下院里传来小孩子们的尖叫和嬉戏声,宋阿姨呆呆地看着,热闹是别人的,她却显得更加寂寞。

她扒着窗台向下看,大地显得时远时近。她忽然感觉,自己似乎受到了某种诱惑。

门铃响了。宋阿姨没动。门铃继续响着,她如梦惊醒,回头看着大门,近乎恐惧地:"谁啊?"

门外传来一个甜美的声音:"大妈,是我啊。"

宋阿姨过去打开门,一个相貌甜美的女孩挎着一个大包站在门外,就是现在欠了宋阿姨几百万的人——何巧慧。

宋阿姨一脸茫然:"闺女,你找谁?"

何巧慧一副自来熟的样子:"大妈,我就找您啊。那天我们在小区广场做产品展示,咱们不是见过了?"

宋阿姨迟钝地想着:"见过?"

何巧慧被引进来,她亲热地拉着宋阿姨的手到沙发上坐下。

"见过呀,大妈还约我到家里玩。真对不起大妈,我这儿穷忙,一直没顾上。大妈您好吧?哎哟,大妈我看您有点黑眼圈,是不是没睡好啊?"

宋阿姨脸上挂着回味的微笑:"那闺女,长得甜,说话也甜,可真叫人爱呀。"

罗英子问道:"她去找您干什么?"

宋阿姨笑笑:"她是卖保健品的。"

三个律师不由得一起"哦"了一声。

罗英子拿起杯子喝了一口:"太阳底下无新鲜事哈。接着说吧宋阿姨。"

宋阿姨那时的家很大,虽然装修得不豪华,但可以看出家境富足。当时的宋阿姨也衣冠楚楚、细皮嫩肉的,一副有钱有闲的阔太太模样。

何巧慧正弯腰站在她身边,巧舌如簧地向她推销着手里的一盒保健品。

"大妈,大妈您看这一款,这一款最适合您了。这是美国进口的专门针对更年期女性的产品,比如心悸啦,失眠啦,月经不调啦,面色潮红啦,气血双亏啦,等等,总之,简直就是咱们更年期女性的护身宝典。价格呢,也不贵。您要是在外面专卖店里买,那可不便宜,我这儿是厂家直销,没有中间商。您要是买两盒呢,咱们打八折,一共六百八,两盒只需要……"

宋阿姨等她把话说完,这才抱歉地说道:"可是闺女,我早就过了更年期了。"

何巧慧一愣,把两盒药放进随身带来的包里,又拿出两盒来。

"那大妈,这款药一定适合您。这是欧盟专门针对咱们中老年女性朋友研制的钙片。大妈,这可不是一般的钙片。一般的钙片不好吸收,这个针对咱们中老年女性朋友专门开发的,特点就是易吸收,而且它含丰富的维生素 D_3。这么和您说吧,您平常是不是不大出门,也不大晒太阳?大妈我一看您脸就看出来了。您服两片这个,就等于您一天晒了两个小时的太阳,并且等于您喝了四瓶牛奶。我上一个客户坚持用这个,走起路来刚刚的。"

"闺女,你看你进了门连口水都没喝就一口气说了这么多。停一停,喝口水吧。"

"大妈,谢谢您。您觉得这款药怎么样啊?"

"对不起,我先生从美国给我买回来好几瓶钙片,那不还在那儿放着呢。"

何巧慧不屈不挠,又从包里取出两盒来。

"大妈,那您看看这一款呢?这一款是专门针对咱们中老年女性朋友气血不足,失眠健忘的。这是纯植物产品,里边不含一点化学成分。大妈我看您眼圈有点发黑……"

"真不好意思,我先生经常去美国出差,回来的时候成天给我捎这些保健品,我一直放那儿没用呢。"

何巧慧把这两瓶放进去,又换了两瓶出来。

"没关系大妈,他捎的是美国产的,咱们是中国人,还是喜欢咱们中国货。您看看这款产品……"

咖啡厅里,宋阿姨还在轻声讲述着。

"那天她在我那儿待了半下午,我一样东西也没买。可是我也没打断她。我在家里一个人待得太久了,我需要有个人陪我说话。听她声音甜甜软软地和我说话,一口一个'大妈',我心里说不出的舒畅。后来,一直到快天黑,我才抱歉地告诉她,我家里什么也不缺,我什么也不买。她也没难为我,还是赔着一脸的笑向我告别。我有点过意不去,留她在家吃饭,她说还有两个客户要跑,坚持要走,就走了。可她刚出门……"

宋阿姨站在门口，恋恋不舍地送何巧慧离开。宋阿姨一脸的抱歉，而何巧慧还是笑容甜蜜，说话像唱歌一样。

"你看看，说留你吃饭呢。"

"我不啦，谢谢大妈，我走啦。"

她出了门，宋阿姨冲她摆手再见，关上了门，正准备回去，突然听到门口有动静，宋阿姨打开房门，看到何巧慧蹲在门口，抱着她的那个大包，呜咽出了声。

宋阿姨吓了一跳，赶快去扶她："闺女，闺女，你这是怎么啦？赶快起来，起来和大妈说说。起来呀。"

何巧慧撇开宋阿姨的手："大妈，我心里憋得慌，您让我哭会儿，我哭一会儿就走。"

宋阿姨还是把她扶了起来："闺女，快下班了，来往的人多，这不叫人笑话吗？你回来，回来和大妈说。"

她把何巧慧扶起来，又把她拉进屋来。

片刻后，何巧慧坐在沙发上，仔细地擦着自己的脸，抬头冲宋阿姨一笑："大妈，叫您看笑话了。我好了。"

宋阿姨把放在她面前的水往她面前推了推："这是怎么啦？你和大妈说说。"

何巧慧眼圈又一红："大妈，干我们这一行太难了。我在您这儿待了大半天，说话说了有两火车，嘴皮子都磨出泡来了，可结果您一点也没买。您不买，我就一分钱也挣不到。我已经三天没推销出去一款产品了。我没妈，家里还有一个生病的老爸，一个痴呆的哥哥，一家人全靠我养活着。可是我……可是我……"

她一边说着，声音又开始抖了。

宋阿姨心疼道："这闺女，你早说啊。这样吧，你给我两种。"

何巧慧闻言大喜，赶快把包打开。

"大妈您要哪两种啊？"

"随便哪两种，你看着给吧。"

何巧慧眼睛闪了闪，拿出两种来。

"大妈，您看这两种行吗？一款就是我刚给您介绍的钙片。钙片这东西不怕多，放那儿慢慢吃呗。还有这种护眼睛的，纯植物的。"

"你看着给吧。一共多少钱？"

"大妈我给您打个八折，钙片一盒一百二，打八折一盒九十六，两盒一共一百九十二。这款护眼睛的一瓶二百三，打八折一盒一百八十四，两盒一共三百六十八。再加上一百九十二，一共是五百六。"

宋阿姨起身回到屋里，拉开抽屉。一沓沓的钞票，就这么满满当当地放在抽屉里，她从中抽出六张来。

"给，闺女，这是六百，不用找了。"

"那哪行呢？大妈您能买我的产品，我已经很感谢您了。"

"不不不，你陪我说了半天的话值多少钱啊？别找了，不用找了。"

"不不不，和大妈说话，我心里也高兴。"

两人为这四十块钱推搡起来，推来推去，宋阿姨到底把那六百块塞进了她的口袋里："闺女，说不找就不找，你大妈不缺这四十块钱。"

何巧慧感动得眼泪汪汪："大妈，让我说什么好呢？我妈死得早，从小也没个妈疼，大妈我看到您就和看到我亲妈似的。"

宋阿姨说着，脸上浮现出异样的光彩。

"从那以后她就经常来，她不再叫我大妈，她就叫我妈。她来了就给我捶背、洗脚，陪我遛弯和说话，顺便推销她的保健品。那些保健品，我从来没用过，可是我还是不断地买，慢慢地，攒了大半间屋。"

"她陪着我翻我女儿的旧照片，我看到那些照片就忍不住流泪，她就说以后她就是我的女儿。"

"我的头发白了，她就帮我染头发。她之前没弄过染发剂，给自己弄了个大花脸，乐得我不行。"

在宋阿姨的诉说中，何巧慧为染好头发的宋阿姨细心地梳头，给宋阿姨看她新买的发卡，接着将新发卡别在宋阿姨头上，宋阿姨摸着发卡，又握住了何巧慧的手。

何巧慧陪宋阿姨遛弯儿，给阿姨拍照片，她从包里拿出一条纱巾给宋阿姨披上，教她摆姿势，二人自拍，宋阿姨笑得开心。

宋阿姨把她与何巧慧的合照放在去世女儿的相框旁边。

何巧慧把十几瓶保健品放到宋阿姨面前，宋阿姨照单全收，从抽屉里拿了一大沓钱给她。

宋阿姨把那些保健品送进了另一个房间，这房间里的保健品已经堆积如山，宋阿姨不在意地把这些保健品又堆了上去。

咖啡厅里，宋阿姨轻轻搅动着杯中的液体，平静地似乎是在说别人的故事："到我家败落的时候，我大概算了算，我从她那里光买保健品就买了六十多万。"

罗英子惊讶道："什么？您说一间屋子几乎都堆满了，您先生看不见吗？他不管吗？"

宋阿姨摇摇头，依旧微笑着："一开始我先生确实说过让我不要乱买这些保健品，可我告诉他巧慧如何照顾我、陪我聊天、陪我解闷。除此之外，巧慧还和我家闺女是一年生的。我先生听了也很高兴。自从认识了巧慧，我的心情的确是越来越好了，也不忧郁了。当时就觉得这是老天爷给我的补偿。我先生也说只要能换来我高兴，买就买吧。"

罗英子问道："那后来呢？"

"后来，巧慧就不去推销保健品了，她说她放心不下我，放弃了别的专门来陪我。她每天一早就到我家来，陪着我说话、逛街，帮我家打扫卫生，几乎成了我家的保姆。当然，我也没亏待她。我每个月给她两万固定的工资，平常零碎给的不计其数。公平地说，自从她推销保健品进了我家，到我家出事，那三年是我生活得最充实的三年。就在那三年里，她还开了公司，交了男朋友，我待她也像待自己亲闺女一样。她结婚的时候,我出钱给她办了嫁妆,婚礼她也安排我坐在主桌上。"

罗英子捂着脸:"天哪,我怎么当初没认识您!"

此时邱华问道:"她欠您的那五百万,是从什么时候开始的?"

宋阿姨叹了口气:"自从她不再推销保健品专门去陪我就开始了。"

"以什么理由?"

"什么?"那时宋阿姨正在看书,听到何巧慧的话,蓦地抬起头来。

何巧慧抹着眼泪:"妈,我实在没办法了。原来说好的向银行贷款,可是银行那边又说审批需要时间。我都签了购车合同,还交了两万定金,要是这两天付不上钱,那两万人家也不还了。"

宋阿姨放下书,找过手绢为她擦眼泪:"你看看,为这点钱还哭鼻子,别哭了,哭得妈心都疼了。还差多少啊?"

何巧慧难为情地小声道:"妈,起码得八万。"

宋阿姨咬了咬牙:"八万是吧,妈给你垫。"

何巧慧破涕为笑,绕到宋阿姨背后:"妈,您放心,贷款一下来我就还您。您的肩周炎好点了吗?我这几天被这事弄得焦头烂额,也没顾上过来看您。"

她一边说一边给宋阿姨按摩着,宋阿姨闭着眼睛享受着,一脸的沉醉。

"巧慧啊,生你的时候,老天爷肯定是打盹了,你本来该生在我家的。"

"谁说不是呢?我也觉得我就是妈的亲闺女。以后好了,我有了车,来看您就更方便啦。"

罗英子忍不住问道:"她不是说贷款一下来就还您吗?"

宋阿姨看向窗外,脸上依旧挂着失神的微笑:"没过多久她的确把钱还给我了。"

一天午后,宋阿姨坐在沙发上,看着一旁的巧慧从一个崭新的包装盒里拿出一把筋膜枪。她摆弄了两下就开始教宋阿姨怎么使用。

巧慧殷勤道:"妈,您看到这个键了吗?这个是调整挡位的,您想让它力道重一点呢就按这儿,想轻一点按这儿。妈您转过来,我给您试试。"她端起筋膜枪给宋阿姨按摩肩膀:"感觉怎么样?舒服吗?"

"挺舒服的。但妈还是想说你,你以后别在妈身上乱花钱了。"

"怎么叫乱花钱呢,我听别人说这个对治疗肩周炎特别有帮助。再说了,我的钱不花妈身上,花谁身上?"

宋阿姨脸上洋溢着幸福的微笑。

"对了妈,上次借您的钱我也给您带来了。"说着巧慧放下筋膜枪,从包里掏出一个装钱的袋子,"妈,里边是八万块。"

宋阿姨不好意思地推辞:"怎么,上次说的银行贷款下来了?你那儿要是还缺钱就先留着自己用,妈这儿不急。"

宋阿姨想把钱推还给巧慧,巧慧把它按在宋阿姨怀里。

"昨天刚通过的审批,我今儿一早就来给您送了。妈您就放心吧。您点点?"

"傻孩子,咱娘儿俩还点什么。"

宋阿姨继续回忆着,笑容里有了些许苦涩:"因为开始有借有还,所以当她再借钱的时候我才没多想。"

巧慧刚进家门,宋阿姨就看出她一副心事重重的样子。

"闺女,这是出啥事了?不高兴?"

"妈,大民想和我明年结婚。"

"这是好事啊!你怎么还不高兴呢。"

"可结婚就得买房,以他家的条件肯定没戏,我想过自己贷款买,可是现在我连首付的钱都凑不上。实在不行这婚我不结了。"

"那哪儿成。巧慧你岁数也不小了,大民这孩子总听你说起来,是个踏实的人。不就是钱嘛,差多少,妈先帮你垫上。"

"妈,不用,上次和您借钱买车,拖了一个月才还您,这次我哪儿还好意思再借您钱啊。"

"你这孩子,咱娘儿俩之间怎么还计较这个,告诉妈,需要多少?"

何巧慧低下头,看起来有些难以启齿。宋阿姨反倒着急起来。

"跟妈说啊,需要多少?"

何巧慧嗫嚅着:"少说五十万。"

"五十万妈还拿得出,明天跟妈去银行取。"

"妈。"

何巧慧感动地抓起宋阿姨的手。

"从那以后,她又以各种理由不断地向我借。"

"妈,真不好意思,昨天刚还了您五万,谁知道今天大民他妈就病了,住院加上手术费一起算下来得交十来万。我拿不出来就寻思不交了吧,可又觉得当儿媳的,因为心疼钱就不给老人看病说不过去。妈您看能不能再借我点。"

"妈,大民每天上班,早出晚归的,一个月就挣那几千大毛,太辛苦了。我俩寻思着还是自己开公司,自己给自己当老板。他给别人代理名牌,稳赚不赔。上次还您的十万,能不能再借回来用用,可能十万还不够。但您放心,只要有了这个公司,前面借妈的钱也能早还回来。"

……

"就这样,在两年多的时间里,这孩子每次都是还小头,借大头。陆陆续续地从我这里借走了二百多万。"

宋阿姨说完,三个人都已听得目瞪口呆。

邱华问道:"那您先生呢,您借出去这么多,他就什么也没说?"

宋阿姨叹了口气:"一开始他不知道,他的心思都用在公司上,我也没告诉他。直到巧慧再开口借一百万的时候,我才觉得有必要告诉我先生一声。当时他提醒过我别借，可我哪听得进去啊。他实在拗不过我，才叫我留个借据，虽然我那时觉得怪不厚道的，但还是让巧慧给我打了欠条。"

罗英子一副无语的表情："您说她借一百万？这次她的理由是什么？"

"她说她公司的资金周转出了问题，再找不到钱资金链就要断了。"

"天哪，这个您也借？她借钱做生意，您的钱可是用来生活的。"

"可是她知道我有，总不好意思不借不是？"

"看起来您还是真有钱，搁我我也跟您借。"

宋阿姨点了点头，居然好像很赞同的样子。

"那时候我家是真有钱，先生挣钱的能力好像是无穷尽的，钱像流水一样进来。当然我自己也从来没怎么花过，除了给巧慧。谁知道我先生的公司说垮就垮了呢？"

"啊？"三个人一起惊呼。

宋阿姨脸上露出失神的微笑："是的，说垮就垮了。眼看他起高楼，眼看他楼塌了，财富来得快，去得也快。开始我只觉得先生好像比以前更忙了，忙到晚上大半夜才回家，后来发现他戒了好久的烟又抽上了。可是我一直不在意。我每天有巧慧陪着，在我耳边妈长妈短的，我怎么会注意到他呢？再后来，他在家里放了二百万的现金，告诉我，一定要把这二百万放好，不要轻易地花。可是、可是……"

罗英子意识到了什么，低声问道："这二百万让您也借给何巧慧了。"

"是。她公司资金链又断了，在我面前哭。家里放着二百万呢，我怎么能说没有？就这样，她又分几次把这二百万借走了。"

"她公司出现问题，和您有什么关系？"

"可是她每天陪着我，一口一个'妈'叫着我，总不忍心看着她在我面前哭。"

"宋阿姨，如果她有自己的公司，她哪里有时间每天去陪您？"

"后来我也想过来了，可当时，有个人每天陪在我面前可真好啊，其他的我也没多想。"

"好吧。那后来呢？"

"后来，我先生说倒下就倒下了。"

一个平常的不能再平常的夜晚，宋阿姨躺在床上已经睡了，外面门响，她抬身叫了一声："家声，你回来了？"

外面答应了一声。

"你吃饭了吗？我起来给你做点饭？"

"我吃过了。你睡吧，我一会儿在次卧睡。"

宋阿姨答应一声躺下了，转过身欲再睡，听着外面传来水声和脚步声，突然，外面发出一声巨响，像是什么东西轰然坍塌。

"家声，家声！"

宋阿姨吓了一跳，慌慌张张地起身从卧室出去。

许家声倒在洗手间的门口，地上一摊血。

宋阿姨去拉他："家声，家声，你怎么啦？"

许家声艰难地抬起手，嘴里含混不清。

"叫救护车，叫救护车。"

"啊，好。救护车的电话是多少啊？"

随后，便是救护车尖厉的叫声。

"我先生是胃癌，已经是中期了。其实在那以前我已经发现他不对了。他经常胃疼，不想吃饭，瘦得也很厉害。我几次催他去看，他总说公司忙，一直没去看，终于倒在了地下。也就在他倒下的时候，我才知道，他的公司破产了，我们的房产也已经被他抵押，他已经成了失信人，也就是俗称的老赖。他往家藏的那二百万，就是我们唯一的财产了。"

三人又一起"啊"了一声。

"我忘不了他在病床上把实情告诉我的那一刻。"

许家声虚弱地躺在病床上。

门开了,宋阿姨奔进来,一进门就哭了:"家声,家声,你怎么到了这一步啊。你现在感觉怎么样?"

许家声握了她的手:"书敏,你别哭,我现在感觉很好,比倒下以前还好。你擦擦泪,我有话要告诉你。"

宋阿姨赶快擦泪:"我听你的,我不哭,什么话,你说吧。"

"书敏,我对不起你,我破产了。"

"啊?"

"已经是很久的事了,公司从去年就不行了,同类的产品太多,市场竞争很厉害,我又盲目扩大了几十个连锁店,结果资金链断了。对不起,我曾经发誓让你过上好日子的,可现在,你老了老了,却要跟我过苦日子。"

宋阿姨又流泪了,伸手掩住许家声的嘴。

"别说,我不许你说。只要你好好的,我们就什么也不怕。苦日子我们过去不是过过吗?再说了,就算你没收入,我一个月还有一千八百块的退休金呢,足够我们生活的了。"

"书敏,我的话还没说完:咱们的房子,去年为了救公司,就让我抵押给银行了。可是银行的钱我没还上,他们把我告了,法院判决咱们腾房。书敏,房子可能很快就不是咱们的了。我病着,你一个人,马上就要无家可归,可怎么办呢?"

"啊?没关系,没关系家声,你在的地方就是咱们的家。只要你活着,咱们就有家。"

"希望是如此,希望我还能活。书敏,我一直不服气,我觉得自己还能东山再起,没想到……书敏我要好好治病,我要争取多活几年,多陪陪你,也希望还有机会翻身。到我临死的时候,能给你留下充足的生活费。你跟了我,听我的话没再生孩子,假如我现在走了,你可怎么办？"

宋阿姨忍不住又哭出声来："别说了，家声，你不会走的，我不会让你走的。只要你活着，咱们就还有希望。"

许家声压低了声音："所以，我存在家里的那二百万，你要留好。治病、维持家用，就全靠它了，也就是说，我只剩下这二百万了。"

宋阿姨愣在了那里。

"不久，我们原来的房子就被银行拿走拍卖了。"

那是个雨天，宋阿姨站在楼下，看着工人进来出去把她的东西搬出来，放到一辆货车上。

一个穿着法院制服的人过来了，礼貌地说道："大妈，法院帮您租了间房子，付了六个月的租金，您可以暂时到那里生活。谢谢您的配合。"

宋阿姨只微笑了一下，没说话。

一个工人擦着汗过来："老板，您那一屋子保健品怎么办？"

宋阿姨不知如何作答。

医院办公室，宋阿姨忐忑地坐在大夫的面前。

大夫将一沓诊断报告递给她："他的情况还算不上太糟，现在算是胃癌中期吧，如果及时手术，乐观地想，活个三五年不成问题。你交上押金，我们下周就安排手术。"

宋阿姨怯怯地问："押金得交多少？"

大夫低头开着单子："先交十万吧。"

宋阿姨手里攥着那张单子在缴费窗口前面走来走去，她眼睛始终盯着窗口，却始终没有过去。

"我在那儿转了半天也没去交费，因为，我没钱了。"宋阿姨闭上眼睛，似乎强迫自己不再回想那个场景。

罗英子失声道:"啊?全借出去了?"

"是。我从来没想过我们家会没钱,所以往外借的时候也没想过给自己留后路。当我需要钱的时候,我的银行卡已经被银行冻结了,而我的工资卡上只还剩下一万多块钱。"

"找何巧慧要去呀!"

"巧慧自从知道我家破产后,就消失了。"

收拾好住院用的东西,宋阿姨望着空荡荡的房间垂泪。门开了,何巧慧甜美的声音逸出来:"妈,我来了。"

宋阿姨赶快过去开门,一看到巧慧就拉着她的手哭了起来:"巧慧,这可怎么办啊?"

何巧慧吓了一跳,急忙搀着她到沙发上坐下。

"妈,您怎么啦?别哭别哭,这不还有我呢吗?赶快告诉我,出什么事了?"

"巧慧,你叔叔的公司破产了。"

何巧慧这回是真吓了一大跳。

"啊!"

"他还病了,胃癌,刚刚住上院。"

"妈,那赶快给叔叔治啊。"

"他还告诉我,连我们的房子也被他抵押了,法院判我们要腾房。"

"啊?不能,不能。您放心吧妈,您这么大岁数了,他们还能把您赶出去吗?妈您别哭,赶快想办法呀。叔叔的公司破产了,可他总给自己留了后路了吧?"

"他不是前一段在家里放了二百万,就是你拿走的那二百万。我现在才知道他为什么在家里放现金。"

何巧慧眼神闪烁着。

"妈,我叔叔是多精明的人啊,他肯定还有,您放心,他肯定有,您回去再问问他。妈,我公司里还有点事儿,我两天没来,不放心，来看看您。妈我先回去，改天再来看您。"

"啊，好。巧慧，你可来啊。妈六神无主的，不知道该怎么办了。"

宋阿姨看着匆匆离去的何巧慧，恋恋不舍。

罗英子脸色有些不好看，她呷了一口咖啡，这才说道："不用说，从此以后她就消失了。"

宋阿姨好像自己做了错事："是，她再也没来过。"

"山不就你你就山啊。您没去找她？"

"开始有点不好意思，上门催债，太尴尬了。可最后实在没办法了，我只好去了，也见到了她和她妈。我没想到……没想到……"

"没想到什么？"

"巧慧成天到我家来，一口一个'妈'叫着，她家里是完全知道的，过去，有一回她父亲还由巧慧带着到我家来过。可是，当我上门的时候……"

何巧慧家的单元楼内，宋阿姨吃力地把着楼梯扶手，气喘吁吁地爬上来，按响了门铃。

半响，门开了，何巧慧的父亲出现在门口，宋阿姨一看到他就赔出笑脸来。一看是她，何巧慧的父亲立刻冷下脸来。

"何大哥。"

"你怎么来了？"

"巧慧在家吗？"

"不巧，她不在。"

"爸，和谁说话呢？"

话还没说完，何巧慧从里边出来了。一看到是宋阿姨，她下意识地想回去，被宋阿姨叫住了。

"巧慧、巧慧，我找你有事。大哥，我能进去说吗？在这里说，怪丢人的。"

"干妈，我公司里还有事，得马上出门。"

宋阿姨把手搭在门框上，近乎恳求地看着何巧慧。

"就几句话，让我进去吧。"

何巧慧的父亲不情愿地让开身子。

何巧慧家不是什么大富之家，但看得出生活不错，宋阿姨怯怯地半个屁股坐在沙发上，何巧慧父女大马金刀地坐在她对面，连杯水也没给她倒。

何巧慧有些不高兴地问："啥事啊不能电话上说，还大老远地跑过来？"

宋阿姨倒像是欠钱不还的，赔着笑脸，终于还是小心地表明了来意。

"那个啥，大哥、巧慧，就巧慧借的我的钱，有几笔早就该还了。我……我实在是没办法了，我先生住院了，癌症，需要动手术，可我实在是没钱了。"

"干妈你啥意思啊？大老远的上门逼债来了。你怕我不还还是咋的？"

"当然，我当然知道你是要还的。可是我眼下确实没钱了，你叔叔等钱动手术呢，巧慧你能不能先还我一些。"

"干妈你突然上门，堵住我就要钱，我也得想办法去筹啊。"

"你没有多，先少还一点也行，先得叫你叔叔把手术做了。大哥你帮我说说。"

"说啥？你叫我说啥？你什么时候借的她，到底借没借我不知道，我咋说？"

"啊？大哥，你咋这样说！巧慧有一回借钱的时候，你就在跟前。还有一回巧慧给我借的时候，我手头一时拿不出来，没当时给她，你给我打过电话，在电话上说巧慧如何如何可怜，我才又从我先生那儿拿了钱借给她。"

"我不知道，你们的事我哪儿知道？"

何巧慧的父亲干脆拿起张报纸，不去看宋阿姨。

何巧慧拿了瓶矿泉水递过去："干妈，我借钱能不还吗？你先回去，我筹到钱就给你送过去。"

宋阿姨为难地摇摇头："不行，你多少还我一点好不好？啊？求你了，你叔叔的病拖不起啊。"

何巧慧立马不高兴了："干妈我还不知道您会哭穷呢。老话说瘦死的骆驼比马大，您还朝我哭穷啊？"

这时何巧慧的父亲直接站起来送客。

"我有事得出门，你走吧。"

"我拿不到钱，没法走啊。"

老头的脸板了起来。

"巧慧现在没钱，你看着能把她怎么样吧，要钱没有，要命一条，你拿去吧。"

咖啡馆里的三个人一起叫起来："什么？"

宋阿姨难为情地低下头："让三位笑话了。"

夏舒愤愤道："这还叫人吗？"

邱华问道："也就是说，到底没要回来？"

宋阿姨摇头："没要回来。那以后，她一直躲我，而我如果再上门，她父亲就堵住门骂我，还有一次拿了根棍子比画，说我再去就砸断我的狗腿。我没办法，想起了那一屋子保健品。"

宋阿姨的家现在已经换成了个一室一厅，六七十平方米的小房子。客厅直接当作了卧室，宋阿姨打开另外一间屋，屋里纸箱子几乎摞到了房顶。

她颤巍巍地搬下来一箱，打开封条，拿出一盒包装精美的保健品来，戴上老花镜一看，愣在那里。她把这一瓶丢开，又拿出几瓶挨个儿看着，每一瓶都让她目瞪口呆。她丢下这一箱，又打开另外一箱，结果一样，再打开两箱，结果还一样。

"直到那时候我才发现，她卖给我的那六十多万的保健品，几乎全部过期了，起码也是临期了，我不可能换回一点钱来。"

三人又一起惊呼："什么！"

破旧的单元楼里，宋阿姨站在楼道边，看着收废品的把那些纸箱子一箱箱搬出去。

"大妈，我就收你几个纸箱子，还得帮您处理了这些药，咱们两抵了吧，我不找你收力气费，你也别要我纸箱子钱了。"

宋阿姨没说话。

故事讲完了，三个人迟迟缓不过劲儿来。

罗英子终于先开口了："宋阿姨，如果您家没有败落，是不是她再问您借钱您也还会再借？"

宋阿姨缓缓摇头："我也不知道，如果她知道我有钱，又向我张了口，我总不好意思说没有。"

夏舒深为理解似的点点头："是啊是啊。她说有困难，宋阿姨总不好意思见死不救。"

邱华咳了一声："英子，你出来，我突然想起董总那案子一点事儿，得马上处理。"

两人走出来，罗英子猛吸了两口外面的空气，想借此从压抑中逃离出来。邱华的脸色也不好看。

"英子，这案子咱们不能接。"

"不接，不接。这种人，天生就是给骗子预备的。咱们今天就算帮她把钱打回来，明天也照样被人坑了去。再说了，她现在说不定连代理费也交不起。"

"肯定交不起啊。咱们现在自顾不暇，没工夫去可怜别人。再说了，你听她说的那个何巧慧，和这种人打交道最麻烦，不够工夫钱。英子，咱们可说好了，一会儿你别看她可怜又动摇。"

"你放心，坚决不接！咱们回去就叫她走，今天的咨询费……算了，我刚才许愿了，不要了，就权当尊老爱幼了。"

夏舒还在那陪坐着，宋阿姨往门口看看，有点不安。

"夏律师，你这两位同事是不是不想接我的案子？"

"不是。我这两位师姐可正义呢，要是连您这样的案子都不接，那可真是良心叫狗吃了，您放心吧。"

正说着，两人回来了。

夏舒急忙道："罗姐，咱们现在就和宋阿姨签代理协议吗？"

罗英子没看她："不慌，慌什么？咱们律所刚成立，公章没刻，代理协议也没印呢。宋阿姨，我刚才和您说什么来着？熟人之间的纠纷，打官司可能不是一个好的选择。我们虽然是做律师的，但也不能挑讼架讼，能协商的事情，尽量还是不要对簿公堂。拿您这件事来说吧，我看您到现在提到这位何小姐，还一脸母爱，可如果一旦走上法庭，双方撕破脸，你们的母女之情可就完了。"

宋阿姨也深以为然："是啊，要不是我先生动手术急等着用钱，我实在没办法了，也不想走这一步。"

罗英子立刻点头："所以，我们的建议，您还是去和对方协商。"

夏舒忍不住道："罗姐——"

邱华咳了一声："夏舒，听英子说。"

罗英子继续道："如果协议不成，您再考虑走法律救济的渠道。不过像您标的这么大的案子，一定要找有经验的律师，像我们这种初出茅庐的根本不行。"

夏舒看着她，小声道："罗姐……"

罗英子不理她："不过呢，有个必要的提醒。我刚才看您的欠条，有一张一百万的欠条距诉讼时效到期已经很近了，您要是还打算要回来，赶快自己去法院提出起诉，立上案。过了诉讼时效，哪怕有证据也不行了。"

宋阿姨听出了罗英子的意思，她笑着点头。

"既然这样我再另想办法吧，给你们添麻烦了。我就不耽误三位的时间了。那个，咨询律师应该付费的，可我现在……"

"不用了。这次咨询费免费，您的案件有一定诉讼难度，和您聊天很高兴。"

"谢谢。那，我就走了。"

宋阿姨站起来，看了夏舒一眼，走了。

夏舒一脸蒙地看着宋阿姨走远，这才反应过来。

"罗姐、邱姐，你们什么意思啊？让我去拉案子，怎么我拉来了你们还往外推呢？宋阿姨有些钱的诉讼时效马上到期了，咱们不管，你们再让她去找谁啊？"

邱华安慰似的："不是不管，是管不了。咱们的律所刚成立，连个章都没有，怎么接？"

夏舒站起身，拿了包就要走："我现在就去刻章，一会儿就拿回来。"

罗英子按住她："不是章的问题，是咱们百废待兴，实在是没有精力办这个案子。"

夏舒还站在那儿："你们俩忙，我没事儿啊。不就是去法院门口撒名片拉案子吗？案子拉来了还撒什么呀？你们如果实在不想接，我自己接行吗？"

罗英子看着她："夏舒！"

邱华认真道："夏舒，你如果非要接我们也不拦着，但这个案子远没有表面上这么简单，你可想清楚。"

夏舒看向门口，宋阿姨早就出去了，站起身想去追。

罗英子叫住她："夏舒。"

夏舒一停。

"你干吗去？你还真想代理宋阿姨的案子？你出过庭吗？"

"出过啊。那回跟着你。"

邱华道："就是差点让我们丢了命的许建设那案子？"

夏舒不说话了。

罗英子认真地说："她这案子里，起码有两条人命：她的和她先生的。你觉得你担得起吗？"

夏舒看着她们："可是，能担得起来的人不担，想担的人担不起来，叫她怎么办呢？"

罗英子有些不敢看夏舒的眼睛，邱华说道："这世界上需要解救的人多了去了。比如咱们三个现在就需要解救……"

夏舒忽然笑了："不就是怕宋阿姨交不起代理费吗，我可以帮她交啊。我那车卖了八十万呢，你们开个价。"

罗英子激动道："夏舒！你当你的钱是大风刮来的！邱华不是说得很清楚吗，这个案子比想象中要困难很多。不只是代理费的问题。"

"好吧，那既然你们不愿意，我再想别的办法，反正我不能见死不救。我在法院门口撒名片，这么多天谁都不肯正眼瞧我，只有宋阿姨信任我，我不能辜负她。"夏舒说完就往门口走。

"你上哪儿去？"

"三条腿的蛤蟆不好找，两条腿的律师不多的是。"

"夏舒……"

罗英子起身要去追，邱华按住她。

"英子，别劝了，不管你现在说什么在她眼里咱俩都是见死不救的大恶人。"

夏舒快步走了出去，剩下的两个人心里都有种说不出的憋屈。罗英子看看邱华，邱华始终低着头。

罗英子试探地开口："邱华。"

邱华没抬头："你别说了，我知道你想说什么，我知道就这种结果。"

"不是，你理解错了。我是说，下雨天打孩子，闲着也是闲着，反正咱们现在也没案子。你也看到了，夏舒铁了心要帮宋阿姨，这孩子缺心眼，万一碰上个老韩这种律师，咱们不能看着她往坑里跳呀。"

邱华不说话。

"你不说我也看得出,夏舒最近的表现,你对她是有改观的。你看这样好吗,咱们就让夏舒代理宋阿姨的案子。我们没事儿的时候在边上稍微指点指点她,她现在没有依靠了,总要给她成长的机会。哪怕先让她代理起诉,以后的事以后再说呢。"

"你确信就算打赢了不是拿到一张白条?"

"邱华,你还是要对法律有信心嘛。"

邱华叹了口气。

"到时候别怪我没提醒。"

"这么说你同意啦?"

"她是你助理,又不是我的,她接不接案子不用向我打申请。"

"谢谢你,邱华。但有件事我必须得和你商量,毕竟你是合伙人。你说这个案子如果咱接了,代理费你怎么看?"

"风险代理吧。"邱华无奈地摆摆手,罗英子笑了。

"你还总说我,你不也是刀子嘴豆腐心。"

马路上,夏舒坐在台阶上翻着手机通信录,一连打了几个都不接电话。

"真不是人。我今天还就不信了。"夏舒咒骂了一句,继续翻找下个号码。

宋阿姨一脸抱歉地看着夏舒:"夏律师,实在不行就算了,您的好意我心领了,我再想别的办法。"

话音未落,罗英子打来了电话。

"罗姐,你不用劝我了……什么?真的?罗姐我爱死你了,也爱死邱姐。宋阿姨,罗律师和邱律师愿意接您的案子了。"

宋阿姨一脸惊喜:"真的?"

二人回来,宋阿姨充满感激地看着罗英子和邱华。

罗英子已经恢复往常谈业务时的干练:"宋阿姨,请坐。见死不救不是我们瑛华律师事务所的风格。您这案子，我们接了。刚才我和邱律师算了一下，您手头的证据就能证明标的的有三百多万，诉讼费就得三万多。这笔钱您打算怎么办？"

宋阿姨"啊"了一声，为难地："可是我现在连我先生看病的钱都拿不出。"

夏舒大声道："诉讼费我替宋阿姨交了！"

罗英子白了一眼夏舒，叹了口气："这样吧，宋阿姨，如果我们接了这案子，我们按全风险代理您同意吗？也就是前面我们不收费，等帮您把钱打回来，我们提成百分之十五，您同意吗？如果同意，咱们现在就签协议。"

宋阿姨连连点头："同意，同意。别说百分之十五，要真能帮我打回来，分你们一半也是应该的。"

夏舒狐疑道："不是还没刻章吗？"

罗英子没理她，从自己包里掏出了章和一本协议来，抽出两张放到宋阿姨面前："您看看，要没问题您就签上字，我们就代理了。"

邱华苦笑："真是皮包公司。"

宋阿姨赶快地找出笔："不用看了，我同意，没问题。在哪儿签？"

罗英子却把协议又向前推了下。

"宋阿姨，从现在起您要改掉这个对人无限信任的毛病。还是看看吧，我等您。"

三人陪着宋阿姨，从咖啡厅出来，夏舒向罗英子要过钥匙跑去开车。

罗英子看了看时间："邱华，你先回家吧，我和夏舒陪着宋阿姨去立案。"

邱华点头："行。不过有几句话我要嘱咐一下宋阿姨。"

宋阿姨赶忙道："什么话？您说，您说。"

邱华面无表情地说："宋阿姨，您自己经历过了应该知道，您这案子事实清楚，有凭证的这三百万，证据也没问题。困难的是如何执行。所以，您起诉的事情，一定要对何巧慧保密。她要是知道了，我估计连送传票都是问题。记住了吗？"

宋阿姨有点为难，但还是答应了："谢谢您，邱律师，我记住了。"

罗英子则有些不以为然："这还用嘱咐？这不是常识吗？夏舒过来了，咱们走吧宋阿姨。"

几小时后，法院门口，罗英子和夏舒陪着宋阿姨从里边出来。

罗英子嘱咐道："这不立上案了？那，宋阿姨您先回家等着吧，等着法院安排开庭。夏舒，你把宋阿姨送回去，我还有事需要到别处去一趟，不送了。"

宋阿姨感激不已："不用送不用送，可谢谢您了罗律师。"

罗英子想起来："对了，给先生救命要紧，他现在不急等着动手术吗？他在生意场上运营多年，信得过的伙伴还是有的吧？你问问他，从谁那里可以借出钱来，先把手术费借出来交上。"

宋阿姨为难地嗫嚅："这个……我再想想办法。"

夏舒打断她："罗姐，这事您就别管了。"

罗英子走后，夏舒拿出一个鼓鼓的信封。

"宋阿姨，您先生手术费要多少钱？我先垫上。"

"啊？这怎么好意思，不能再给您添麻烦。"

"什么都不如治病要紧，等您要回钱来再还我不就行了。"

"可是……"

"您别'可是'了，您再这样我可不帮您打官司啦。"

"好吧，太感谢您了夏律师。我回去问问大夫。我借您的钱，肯定会还的。不光还，咱们还要按照做生意的规矩，把利息规定上。"

"宋阿姨，我和您不是做生意。"

"我知道。可是借别人钱对我是件大事，我得认真。我回去问问大夫，到底需要多少钱，回头我再找您。"

"好吧。您家在哪儿我先送您回去。"

"不用了,这里离医院不远,走着就到。我在医院找了份护工的活,这样守着先生近点。"

"那好吧,您回去当心。"

宋阿姨走了两步又转过身,夏舒疑惑地跟过去。

"对了,夏律师。"

"怎么?"

"您说我这样不声不响地把巧慧告了,是不是亏理呀?"

"亏理倒是不亏,是她先欠咱们钱不还的。"

"我知道。可是不宣而战总觉得不是那么光明正大,好像我自己心怀鬼胎似的。不说好吗?"

"要说起来,咱们占理,也没有什么不能说的。没准儿她一听咱们要来真的,一下害怕了主动把钱还上也说不定。"

"好,我知道了。那我走了,夏律师。"

医院不远处的街道上,宋阿姨一个人提着塑料袋走,犹豫着,到底还是掏出了手机拨号,响了一阵,那头响起一个女人的声音。

"干妈。"

"巧慧啊,真是对不起,干妈做了件对不起你的事,你可千万原谅干妈呀,干妈实在是没办法了。"

电话那头的声音明显的警觉起来。

"什么事啊干妈?"

"巧慧,干妈实在是无路可走了,干妈想借助法律来解决自己目前的困境。巧慧,实在是不好意思了。"

"什么?"

7

一尊高大威武的关公像立在正朝大门的位置，塑像很新，做工精致，与简易的办公室显得格格不入，塑像前面青烟袅袅，还在上着香。

何巧慧黑眉红唇，皮衣上用金色丝线绣着一个大大的老虎头，看起来价值不菲，坐在他旁边的一个四十岁出头的中年男人，衣服正面也有一只老虎头，跟何巧慧倒是很配，男人正是何巧慧的老公周大民。

两人面前各自摆放着一台计算器，何巧慧接着电话，周大民兀自在那噼里啪啦地按着计算器，看起来两人正在算账。何巧慧放下电话，愣了一会儿，这才看向他。

"你知道是谁来的电话？"

"不是你干妈吗？"

"你知道老不死的干什么了？"

"她能干什么？哎，巧慧，这一笔放出去，光利息每月就有十来万。要是还不上，利滚利就更多。嘿，还是开放贷公司挣钱。"

"老东西把咱们告了。"

"什么？"

周大民放下计算器，吃惊地看向何巧慧。何巧慧显然是气急了，正一口一口喘着粗气。

"她居然把咱们告了。老东西连饭都不会做，居然会告状，跑到法院把咱们告了。这不是没把咱放在眼里吗？"

"什么什么？我还真看轻她了。她凭什么告咱啊？咱们是借的，借条打给她了，她还想什么呀？"

"这老东西，一口一个'干妈'叫着她，真是给脸不要脸。气死我了！"

"不用怕，想想怎么办吧。"

"怕她？我白活了。别理她，老东西兴不起多大风浪来。"

不知怎的，何巧慧想起宋阿姨平日柔顺慈爱的样子，感觉自己被蒙骗被欺负了，气更不打一处来。周大民像是有点被她的样子吓到了，接了杯茶水递过来："别啊，她兴不起风浪来，她肯定请律师了吧？万一她的律师作妖呢？哎，你给她再打个电话，打听一下她请律师了没？如果请了，律师是谁。"

何巧慧一拍桌子："我闲的。我坐在家里等着她来告我，看她能把我怎么样。"

周大民把茶杯递给何巧慧，笑着劝道："你听我的。这事真上了法庭，结果还真不好说。万一判咱输了，几百万你赔上啊？打个，打个。"

何巧慧不情愿地摸过手机来，周大民提醒道："调整一下情绪啊。"

何巧慧稳了稳神，拨了宋阿姨的号码，电话马上通了。何巧慧瞬间换了一副面孔：

"干妈，您在哪儿呢？干妈，接了您电话，我哭了一鼻子。您说说，咱娘俩谁跟谁啊？多大点事儿啊，您还把我告了。您不要我这个闺女了？"

此时宋阿姨正往回走，手里多了一个打包的饭盒，她看上去很不好意思。

"巧慧，对不起，真不好意思，我要有一点办法，就不会走这一步。家里一点钱也没了，你叔叔在病床上躺着，急等着钱动手术。我要还没钱，他的命就没了。"

"干妈，您有困难和我说啊，您是我干妈，我再难也得管您和叔叔啊，您还告了我，干妈我又想哭。"

"孩子，别哭，干妈对不起你。要不然，你多少还我点钱，我就不告了。哎呀，不行，人家律师代我交了三万多的诉讼费，你起码得把这笔钱还上，再还我十万给你叔叔做手术，我就不告了。"

手机开了免提，周大民在旁边听着，小声地对着何巧慧："问她律师是谁。"

"干妈，您还请了律师了。咱娘俩之间的事，用得着吗？干妈，律师是谁啊？"

"这事和人家律师没关系，人家是帮我的。"

"我知道，我知道，干妈。我寻思着我去见见律师，和人家商量一下这事怎么办，咱们别上法庭，一上法庭不就撕破脸了吗？是吧，干妈？"

"倒也是这个理。我有两个律师，一个叫夏舒，一个叫罗英子，她们的律所叫什么来着？对了，瑛华律师事务所。"

周大民抓过一张纸来飞快地记着。

"我知道了，干妈，我想办法和她们联系一下，有事好商量。干妈我先挂了。"

周大民把纸条叠起来："我去打听一下这俩律师什么来头。我认识一个律师，我去找他打听一下。"说完就走了。

这时一个女孩伸头进来："何总，又来了个贷款的客户。"

何巧慧一摆手："让他进来。"

门开了，一个四十多岁的男人进来，神情卑微地打着招呼。

"何总，您好。"

"用款啊？用多少？"

"咱们这儿的利率多少啊？"

"您去打听打听去，咱们公司的利率最低。您用多少啊，月息三分起，要是金额大，利息咱们还能再谈。"

医院办公室里，医生看着一份检查报告，面色有些沉重地说："最新的检查结果，他的癌症扩散得比我们想象中的还要快，现在手术已经失去意义了。"

宋阿姨"啊"了一声，恳求道："可是大夫，我找来钱了，我明后天就能交上。"

医生摇摇头:"已经来不及了,三个月前及时手术,或许他的生命还可以延长,可现在……我建议保守治疗,准备化疗吧。"

宋阿姨深深地埋下头去。

医生继续道:"即使是化疗,你们的医疗费也该交了,护士刚才告诉我,你们已经欠了一万多,如果还交不上,恐怕就得请你们出院了。"

宋阿姨还是没抬头。

许家声病恹恹地躺在床上昏睡着。宋阿姨到了门口,没敢进去。她胆怯地站在那儿看了一阵,看许家声睡着了,才慢慢地走到床前来,低着头坐在床前,用手抓住许家声放在外面的一只手,低头发呆。

"书敏。"

许家声突然醒了,宋阿姨慌乱地别开脸。

"你醒了?"

"你怎么哭了?大夫说什么了?"

"我……我看你瘦了好多,心疼。"

许家声笑了,他强提了一口气,想去抚一下宋阿姨的头发,手却抬不了那么高。他只得又放下,抓了抓宋阿姨的手。

"得病能不瘦吗?书敏,我刚才闭着眼睛在这里养神,突然觉得挺幸运的。"

"什么?"

"你看我,自从下海做了生意,成天像一只陀螺拼命地旋转,忘了休息,忘了家,忘了你,也忘了生活。现在好了,生意破产了,人也病了,这不是老天爷强迫我休息一下,强迫我重新回家,重新跟你在一起,重新体会生活吗?书敏你不要难过,我一定能熬过这一关。我发誓,只要这一关能过了,我一定不会像原来一样生活了。那二百万,就算治病花一百万,剩下那一百万,咱们回老家,把乡下的老屋整修一下,把屋后面那片菜园子也重新种起来。到时候,你养鸡,我种地,过上男耕女织的生活,你说是不是很好呀?"

宋阿姨的头埋得很低。

"好。"

"书敏你去问问大夫，什么时候给我安排手术。癌症不能拖的。"

"啊，好。"

宋阿姨嘴上说着，却没动。

"去啊。我这几天精神不错，吃得也很好，我做好准备了。"

宋阿姨终于忍不住，哭了起来。

"家声，我对不起你。"

"什么？"

"咱们没钱了。"

"什么？"

"咱们没钱了，我没钱给你交手术费了。"

许家声有些蒙，他足足愣了半晌。

"钱呢？我交给你的那二百万呢？"

"对不起，那钱，叫我借给巧慧了。"

"巧慧？我知道你心疼巧慧，可我也提醒过你，不要一次性借她那么多，你怎么就是不听呢？"

"对不起，家声，巧慧她虽然借得多，但她中间确实按时还过几次，我真的以为她会还钱的。而且她天天来家里陪我，看到她我就想起咱们的女儿，我不忍心不借。"

"除了这二百万，你还借给她多少？"

"还有原来家里的存款。家声，我对不起你。"

"我病了，急需钱救命，你没去给她要？"

"我去了。可是，自从她知道你的公司破产，你又生了病，就再也不露面了。"

许家声明白了。他不再说话，他躺回到枕头上，眼睛看着天花板。

宋阿姨哭着说："家声，对不起，都怪我。我现在在医院做护工多少能挣一点饭钱，而且已经有人答应借我钱了。可是……可是……"

许家声扭头看向她:"什么?"

宋阿姨早已泣不成声:"我刚从大夫那儿回来,大夫说现在已经不能手术了,只能化疗。"

许家声长长地出了一口气,随即自嘲式地笑了笑:"我本来想多陪你几年的。"

宋阿姨把头埋在他肩膀上:"对不起,家声你骂我吧。"

许家声拍了拍她,担心道:"我骂你干什么?过去是我对你太疏忽了,连我都没想到何巧慧是个骗子,何况是你呢?书敏,既然没办法动手术,那我的事咱们就不讨论了。可是就算我走了,我怎么能把你一个人贫困交加地留下?她欠咱们的这些钱,你打算怎么办呢?"

宋阿姨抬起头:"我已经找了律师,她们答应帮我打官司。"

"律师可靠吗?"

"可靠。诉讼费,就是其中一位律师帮我垫上的,另外她还答应借我钱给你手术,现在我打算先拿这笔钱给你做化疗。"

"有这么好的人吗?"

许家声有些意外,他看着天花板,又想了一会儿。

"这样,书敏,你把律师请来,就说我想见见她们。"

早上八点五十,一个个年轻又焦急的面孔拥进办公楼大厅,他们或端着一杯咖啡,或拎着一个早餐袋,用尽力气向电梯冲刺。

已经两拨没上去了,老韩不愿意再等,皱着眉头和一群上班族挤进电梯。

关门之际,何巧慧和周大民拦住电梯挤了进来。狭小的电梯间早已人满为患,老韩被挤到了最后面,一脸不快。

何巧慧表情痛苦,她架起胳膊格挡着周围的人:"大民,良诚所那么多律师,你知道该找谁吗?"

周大民与两个年轻女孩紧贴着,此时心情倒显得极好:"谁是那俩娘儿们的死对头咱就找谁。我打听过了,那个姓罗的和姓夏的是被良诚所开除的,你想想,被开除的,这所里她俩的死对头能少吗?"

旮旯里的老韩踮着脚,看到何巧慧和周大民的半拉脑袋,竖起耳朵听着。

何巧慧恶狠狠地说:"咱这次必须选个好律师,好几百万可不是闹着玩的,说什么也不能让那老太婆弄走。"

听到几百万,老韩眼睛立刻亮了。

"对,是我,张总你好……"老韩跟在何巧慧和周大民后面,佯装在打电话。

两人走到前台,何巧慧问道:"你好,我们有个官司要找你们打。"

漂亮的前台小姐姐立刻站起身:"您好,女士,请问是什么类型的案子?"

周大民讪笑道:"借贷的。"

这时,陈硕经过前台,小姐姐叫住他:"陈律师,这两个客户有一个借贷案要咨询,您有时间跟一下吗?"

陈硕看了一眼何巧慧夫妇:"你先安排他们去会客室,我去查几个案卷,马上过去。"

老韩还在那里"打着电话"。

档案室的桌上摊开一个案卷,实习律师小李坐在档案室里刷着抖音,陈硕扫了一眼手机屏幕上热舞美女摇曳的身姿,笑着打招呼进去。

他轻车熟路地来到一排档案架旁,陈硕的目光掠过一个卷皮上写着"强奸罪,经办律师于大梁、梅洁"的案卷,可他只看了一眼就过去了。他的余光看到,他走进来的时候,小李在转头看他。

这时,老韩故作无事地晃了进来,随便拿了一份档案。

"哟,陈律师,一大早就这么用功。"

"韩律师,我初来乍到,想看看咱们所老律师办过的案子,向前辈学习下思路。"

"老弟谦虚，你这是鸡鸣而起、学而不厌，老哥我很汗颜啊。"

陈硕放下案卷笑了："韩律师，有事您直说。"

老韩也笑了，他把陈硕拉到一边，低声道："实不相瞒，老弟，听说你刚接了个借贷的案子，老哥我有点兴趣。"

"老哥，八字没一撇，人还没见呢，不见得是肥差啊。"

"有总比没有强吧？你别看我挂着个资深合伙人的名头，别人一口一个'韩主任'，其实也是如履薄冰，案源不够啊。要不然，这俩当事人就让我去见见？"

"哟，您还案源不够呢，罗英子和邱华走了以后，我可听说她俩的案子都归您了。"

"就她俩手上那点破烂，都是赔钱货。你不一样，谁不知道陈律的案子接到手软，才不稀罕这种借贷的小案子。你就帮帮忙，日后有事儿老哥一定挺你。"

陈硕哈哈一笑："韩律都这么说了，那案子归您了。"

老韩作了个揖："谢了老弟。"

陈硕抱着一沓案卷正要离开，却被小李拦住了："陈律师，所里现在规定借阅案卷一律登记，麻烦您登一下吧。"

陈硕一愣："以前不知道，咱们所档案管理这么严呢，你登吧。"

小田端着个茶盘，将一套简单的茶具送到会客室，老韩接过，殷勤地为周大民和何巧慧倒茶。小田在一旁坐下，摊开本子做着记录。坐下等茶的工夫，老韩已将自己介绍得荣誉等身蜚声中外了，周大民和何巧慧半信半疑地听着，还是半点没提签合同的事。老韩暗中再次观察了下两人，准备以周大民作为突破口。他身子微微转向周大民，高深莫测地道："周先生、何女士，借贷官司呢，说好打就好打，说不好打也不好打，这里边学问可深了。没打过的，上了法庭，证据一摆，就听法官判吧；会打的，哪怕对方证据如山，也未必能输。这是诀窍，律师不经个十回八回学不会。"

周大民问道："韩律师想必有经验了。"

老韩摆摆手："这话也不能这么说。我只能说，一般这种官司，我都让我的学生接了。碰巧他们最近打了两个，还都赢了。其中一个对方有借据有银行转款记录，还硬让我学生打赢了。"

"韩律师，当初良诚所是不是开掉了几个律师，一个叫罗英子还有个叫夏舒？"

"这和咱们的案子有关系吗？"

"这两人是原告的代理律师。我们知道良诚所是她俩的老东家，这里肯定有人能治得了她们。"

老韩心下暗喜："合着您是奔着这个来的啊？"

这时何巧慧开口道："韩律师，有什么问题吗？我们就想知道，这官司到底能不能打。"

老韩云淡风轻道："当然能打，而且巧了，这俩人以前就在我手下，是我带出来的。"

何巧慧看了周大民一眼，不觉撇撇嘴："那她俩算是您徒弟？那你们这感情可深了，这官司还能打吗？"

老韩推过去两份合同："不说没用的，咱先谈合同，律师费，物价局司法局都是有收费标准的，三百二十万，那二十万我就给你们抹掉算三百万吧。签了协议你们先交百分之七十，剩下的一审开庭之前交，没问题吧？"

周大民压根儿没看那合同："韩律师，签合同不慌，我们就是想知道你能不能打赢她俩？毕竟她俩和您是师徒，这沾亲带故的……"

老韩听着听着脸色就变了。突然，他怒不可遏地拍了一下茶几，杯里的茶水被溅了出来，包括小田在内，在场众人都吓了一跳。

老韩面色通红："不提这个不生气！这两个白眼狼，当初就是我让她们滚蛋的！"

大民和巧慧对视了一眼，心中都是一喜。

周大民一拍大腿："看来我们是找对人了。韩律师，这官司我们就是冲着您来的。您就便宜点呗。五万，五万怎么样？"

老韩微闭着眼睛："周先生，您去打听一下去，没有一百万的出场费，我是不出台的。可你们一说对方的律师是罗英子和夏舒，我还就非出了。这两个忘恩负义的，我得教教她们怎么做人。可律师费这块，国家的规定在那儿放着，我减，就违规了。便宜无好货，好货不便宜，等交上钱，我教给你们官司怎么打，然后你们就知道我哪儿值这十四万了。"

何巧慧一听直接不干了："不行，太贵了，我们请不起。要不大民咱们换一家吧。"说着拉着架子要走。

老韩稳稳地坐在那里："走啊？慢走不送。可有句话我先说到前面：罗英子和夏舒是我手下的人，没人比我更了解她们，你们要到别处觉得不行再回来，少了三十咱们就别谈了。"

他这么一说，两人又不走了，坐在那里嘀嘀咕咕。

周大民赔着笑："韩律师，我们就是冲着您来的，可这价格实在……"

老韩叹了口气："谁叫对方是罗英子和夏舒呢？好吧，优惠一万五，凑个整，算十三万，一分钱也不能再少了。"

两人犹豫着，终于还是点头了。

老韩这回动都没动，一个眼神，小田就把协议递了过去。

两人又嘀咕了几句，何巧慧趴桌上把协议签了，抬头问道："韩律师，您能给我讲讲那两个女律师是什么情况吗？"

老韩拿过协议递出去："行。小田，你把身份证和协议复印备份。你俩先坐这儿，我告诉你们官司怎么打。"

陈硕抱着那卷宗从会客室门口经过，里面传出老韩义愤填膺的声音："什么叫农夫和蛇？什么叫恩将仇报？这三个白眼狼，进所的时候，我都帮过她们，后来翅膀硬了，翻脸就不认人，典型的小人。"

何巧慧大感解气,高声附和着:"没错,什么人找什么人。她们要不是这样的人,也不会代理这个案子呀!"

小田坐在工位前,正准备打合同。

陈硕过来了:"兄弟,打合同呢?你师傅这都开张了还生气呢?这是骂谁啊?"

小田摆弄着电脑:"来了两个当事人,两人是冲着良诚所和罗英子、夏舒有过节来的,他们借了罗英子当事人几百万死活不还,人家要起诉,我师傅一听标的很大,连拱火带撺掇,臭骂罗英子她们,这才忽悠着他们把合同签了。"

"噢?这当事人找到老韩,算找对人了。你师傅一定分你不少钱吧?"

"哥,您说笑话了。从我师傅那里抠出钱来,我得长着钢指甲才行。"

这时,前台打电话过来,通知小田去拿老韩的快递。

陈硕好心道:"去吧。我帮你打,打几份?"

小田高兴道:"两份,谢谢哥。"

陈硕复印了三份身份证和协议,放在小田工位上两份,拿着包离开了。

会客室里,老韩唾沫横飞地给何巧慧夫妇支招,两人面色都不好看。

何巧慧的不满全写在脸上:"韩律师,照您的意思,我们这案子必输无疑?"

周大民更是直接:"那我这钱不是打水漂了吗?韩律师,你这不是忽悠吗?"

老韩倒是见惯了这种场面,他呷了两口茶,不慌不忙地等两人抱怨完。"你们没听懂我的前提条件,我说的是,如果真到了庭审,我们这边的诉讼风险确实大。因为这个案子事实清楚,那两人是我带出来的，证据组织上也差不了。"

何巧慧一脸蒙："啊？那怎么办，那还能不上法庭啊？"

老韩竖起一根手指："有办法，一个字：拖！这个案子，拖一年是它，拖三年也是它，拖没了也是有可能的。对方多大岁数啊？没准打着打着原告人就没了呢。再说了，你们不是开放贷公司的吗？拖上三年，你们这三百万能滚几个滚啊？"

何巧慧和周大民听得连连点头。

老韩手指敲击着桌面："这样哈，对方立上案，法院就要给你们发传票，这传票，你们就不要接。你们接不到传票，这官司就没办法开庭。"

何巧慧赶忙问道："咋能不接？"

老韩又高深莫测地闭上了眼睛："这还要我教你们？民间智慧上哪儿去了？对方知道你们的地址吧？那个地址，肯定就是法院向你们送传票的地址。你们肯定不止一套房吧？把他们知道的这套房空置了，你们住到另外的房子去，让他们找不到人不就完了吗？"

何巧慧担忧道："可是老东西有我电话呢。我电话不能换，还得联系客户呢。"

老韩像是看白痴一样瞥了她一眼："是法院的电话就不接，真接了就说你不是何巧慧。总之，只要你想躲，哪怕法院的人站在你面前你也是有办法躲的。剩下的事，等他们找到你们以后再说吧。"

华灯初上，下班的人流在经纬间穿行。

陈硕抱着一沓案卷来到档案室，放在桌上。

"李律师，档案看完了，还有十五分钟下班，正好不耽误你锁门。"

小李急忙笑着应承着："谢谢陈律师，全所数您最准时。"

陈硕说着去翻找案卷，犹豫了一下，还是拿出魏丞强奸案和另外两个案卷，拿着走到门口："再拿两个，明天还。"

小李看到了魏丞的名字："陈律师，这个案卷不能外借。"

陈硕装模作样地拿过来看了一眼:"这个案子怎么了?"

小李认真地说:"这是强奸案,按律所规定这关系到当事人隐私,如果外借必须上报合伙人,陶律师允许才可以。"

陈硕恍然地"哦"了一声:"没事,那不借了,我再看看别的。"

他拿着案卷走到借阅桌坐下,躲开了档案员的视线,装作在打电话:"老薛,是我,上次跟你说的那个事考虑得怎么样了?"同时,用手机飞快地拍下了强奸案案卷的内容。

陈硕抱着那两个案卷离开,走到一个楼梯间,拨通罗英子的电话。

"恭喜你呀罗正义,听说你接了个三五百万的大生意。"

"陈无良,什么三五百万,听不懂你说什么。"

"别装了,民间借贷,那夫妻俩今天都找到良诚所来了。你生意这么好,就请我喝一杯吧,老地方见。"

罗英子和邱华面前是一堆文件,挂断电话,二人面面相觑。

罗英子看了看手机:"他什么意思?他怎么知道咱们接了个借贷案?"

邱华猜测道:"陈硕可能就是何巧慧的代理律师。"

罗英子顿时奓了毛:"我早就该知道!这可真是坏人碰上坏人,等于坏人的二次方,这案子咱们得提高警惕了。"

邱华担忧道:"委托了他?奇怪了,法院的传票还没发呢吧?对方怎么这么快就委托律师了?"

罗英子气冲冲道:"不知道,一会儿我去会会他再说。"

陈硕坐在吧台的高脚凳上,看到罗英子来了,招呼酒保调一杯莫吉托。罗英子气呼呼地坐下,也不客气,抓起面前的杯子就喝。

"罗正义,你律所生意这么好,我今天可要点点贵的,你请客。"

"陈无良,你是不是代理何巧慧的案子了?"

"怎么了?"

"我知道你不是君子,可有句话叫盗亦有道。那案子的原告家产被你当事人借空,明明腰缠万贯,就是不还。这种案子你也代,你还有良心吗?当然我知道你原来就没长那玩意儿。"

"知道我没心你还问,知道我没心你还来?你想见我啊?"

"陈无良,你又开始冒油了是吧?我告诉你,这案子上庭你也是输,趁早还钱,别想耍阴招。"罗英子作势要走,陈硕拉住她。

"行了行了,罗正义,我是真有个事儿想问你。"

"有屁快放。停车场计时打表,很贵。"

"我最近为了熟悉业务,看了很多良诚所合伙人过去办的案子,发现有个案卷很特别,外借需要登记并且上报合伙人。你知道吗?"

"登记?以前良诚所的案卷全部开放,也不会上报。你看的什么案子?"

"是一起强奸案,梅先生办的。"

罗英子一愣,放下杯子转头看着陈硕。

"魏丞强奸案?"

"没错,梅先生就是因为这个案子才离开的良诚所,丢了律师资格。梅先生是你老师,你了解这个案子吗?"

"我在良诚所看过案卷,可看完的第二天就被开了,案卷也没来得及复印。"

"那就有意思了,一个原本开放的案卷,突然不许外借还要上报,而且因它而逼走梅大梁,甚至可能和你们三个被开除也有关系,你不好奇吗?"

"你发现什么了?"

"信息共享。你先把你发现的东西告诉我,我就告诉你。"

陈硕饶有兴致地等着罗英子回话,罗英子很警惕地打量着他。

"不说拉倒。"

陈硕哈哈一笑,打开微信发送了一个压缩文件。

"我今天在档案室偷偷把强奸案的案卷拍下来了，你可以回去再看看，万一有新发现，我们可以信息共享。走了。"

罗英子看着手机里的案卷图片，若有所思。

回到家罗英子就打开电脑解压了陈硕发给她的文件，逐张逐张地看着案卷照片，越看眉头皱得越紧。

罗英子不解地嘀咕着："看多少遍，这也就是个简单的强奸案啊，为啥所里这么敏感？到底动哪里是踩了他们的尾巴？"

第二天，陈硕也关着办公室的门，翻看着案卷照片。他思忖着："所里又不止这一个强奸案，过去怎么不说保护隐私不外借？不对，就算是因为个人隐私，问题也不是出在这个案子上，肯定和别的案子有关。梅大梁夫妇虽然栽在这个案子上，背后一定有隐情，所里发现罗英子在查这案子，担心背后的事情会牵出来，才把她们开除了。嗯，肯定是这样。"

门忽然从外面被人推开，陶正领着一个年轻人走进来，陈硕赶紧把照片的页面关闭了。

陶正满面春风："陈硕，我来介绍一下，这位叫方睿，是咱们所的实习律师。所里实行实习律师培养计划，有意识地让有经验的老律师带实习律师，叫方睿跟你当助理吧。"

这是个眉清目秀的年轻人，方睿很拘谨地站在那里向陈硕鞠了个躬："陈律师好。"

陈硕愣了愣，赶快站起来，很热情地和方睿握手："你好，叫什么助理？以后就搭档呗。正好，这办公室两张桌子，你就坐我对面吧。"

陶正笑着给双方介绍："小方，陈硕律师别看年轻，可是律师界的老江湖了，好好跟他学。陈硕，别仗着老资格欺负年轻人啊。"

陈硕连连摆手："我哪儿敢啊。我初来乍到，不受欺负就好。方律师，以后多带带我啊。"

陶正指着陈硕哈哈大笑:"你呀,还说不欺负,我还没走呢。方睿,以后他就是你师傅,他要敢欺负你,你找我。你们师徒俩说话吧,我走了。"

陶正走了,方睿腼腆地走到陈硕面前:"师傅,我在外面有工位,要不然我还是坐到外面。"

陈硕赶紧制止:"第一,你别叫我师傅,你一叫我师傅我就忘了自己姓什么了,你叫我陈硕就好,实在叫不出来,叫陈律师。第二,既然以后我们搭档,你就坐进来,有事咱们也好商量。"

方睿显然没想到陈硕这么随和,脸上的高兴都快隐藏不住了:"那,我去把我东西收拾进来?"

陈硕摆手:"去吧去吧。我正说一个人闷呢,来了个陪聊的。"

方睿离开后,陈硕又打开电脑,用好几个乱起名字的文件夹把那些照片藏了起来。他看了看外面,也出去了。

小田愁眉苦脸地坐在工位上,正在电脑上写着什么,陈硕过来了,左右看了看,方睿正在很远的另一边收拾他的东西。

陈硕敲了敲隔板,小田抬起头来,立刻亲热地招呼道:"陈律师。"

陈硕却一副不怎么开心的样子:"小田,有件事,原来想办成了再告诉你,可现在,眼见得是成不了了,还是告诉你吧,叫你明白哥哥一片心。"

"什么事?"

"我来到所里,一直想找个搭档。我为啥没事找你说话呀?看上你了呀。没想到,所里今天给我另派了一个。"

陈硕虽然不是合伙人,但收入是出了名地高,而且听说他对合作律师也很大方,良诚所很多小律师做梦都想跟他搭班子。

小田闻言,直接激动地站起身来:"啊?原来哥想让我搭档?哥咋不早说呢?我自己也去争取一下。"

陈硕很遗憾地叹口气:"不是怕打草惊蛇,万一办不成,再让你师傅吃味吗？没想到，真的就没办成。"

小田难掩沮丧："哥有搭档了？"

陈硕冲着远处方睿的身影努了努嘴。

"他呀。"

"我来这些日子，硬没注意过他。他是谁啊？"

"哼，我说这样的好事能轮到谁。他是方律师的侄子，他根本还没有律师资格，考证还没考过呢，来了一年了，也不办什么案子，就是坐在这里考证的。"

"这样啊。这样的好孩子跟上我不是瞎了吗？我自己的证都不知道咋考过的。"

小田沮丧地坐下，眼中闪过一丝怒色。他悄声对陈硕说："哥，你小心点，没准，他是方律师安插在你身边的眼线。"

陈硕哈哈笑起来："兄弟，你想多了。在我身边安插眼线有啥用啊？看我怎么撩妹吗？"

这时，方睿已经抱着自己的东西过来了，陈硕赶快迎上去接着："这么简单啊。来，来，我帮着拿。"

办公室里，方睿正在收拾自己的桌子，给电脑插上线什么的，陈硕枕着脑袋觑着眼睛看着他，方睿被他看得有点不好意思了。

方睿开口："师傅……"

陈硕摇了摇手指头，示意不要这样叫。

"陈律师，我……我其实还没律师资格呢，恐怕也帮不上您什么大忙。以后您有什么事叫我就行。"

陈硕连连点头："好说，好说。听说，方律师是你姑姑？"

方睿很明显吃了一惊："啊，是。您听谁说的？"

陈硕："我这人不喜欢别的，就喜欢八卦，来了这么久，所里的关系也基本上打听清楚了。你既然跟了我，咱们就是一个团伙的，你尽管坐在这里准备考证，我有事就叫你，没事呢，我办了案子，该分给你的也不会少。"

"师傅……陈律师,我不是为钱来的。"

"那是为什么?"

方睿居然脸红了:"我就是想跟您学。我家里,我爸妈都在大学里教法学,我姑又是个律师,家里觉得我生下来就该是律师。我考大学的时候不想考法律,被我父母硬逼着改了志愿。毕了业,同学们都考过了司考,就我没考过,爸妈都觉得我给他们丢脸,还是我姑姑把我弄到所里来,帮我离开了家,让我在这里安心地准备考试。"

陈硕饶有兴致地问道:"那你自己喜欢法律吗?"

方睿摇头:"不喜欢。法律不管怎么说都得讲个胜负吧,可我就是不喜欢胜负。生活又不是打仗,哪儿来的那么多的胜负啊。"

陈硕笑起来:"有道理有道理。那你自己喜欢什么?"

方睿不好意思地挠着头:"我也不知道。我喜欢过音乐,喜欢过画画,还有一阵喜欢过照相,有钱的时候还喜欢旅游,当然没钱的时候居多,要花我爸的钱,就得忍受他的批判,所以宁可哪儿也不去,宅在家里。我爸说我,什么费钱我喜欢什么。"

陈硕又被逗笑了:"哈哈,那以后咱们一起玩,应该能玩到一起去。"

他一边说着,一边利用桌子的遮挡,从抽屉里把那个强奸案打印件拿出来,放进了自己的包里。

罗英子正盯着电脑上的案卷照片冥思苦想,想得太专心,没听见邱华叫她,邱华又叫了她一声,罗英子吓了一跳,赶快把页面关了。

邱华奇怪地看她一眼:"看什么呢这么入迷?"

罗英子支吾着:"没什么。我回来你俩都不在,上哪儿去了?"

邱华拿出两份协议放她面前:"巧手家政的法律顾问签下来了,没多少钱,但总比没有强。还有何巧慧那案子,对手是老韩,我们可要警惕了,这可是个什么都干得出来的人。"

罗英子一惊:"什么?哈!不是陈硕,竟然是老韩?"

"是他,我们才要警惕了,这可是个什么都干得出来的人。"

"对老韩还用得着下那么大工夫吗?他会干什么,用脚指头也能想得出来啊。肯定是拖呗。"

"对,你看着吧,光传票,没三五个月送达不了。"

"那可不行。对方能拖,宋阿姨可拖不起。这三五个月她怎么过?更何况她丈夫还在病床上躺着呢。"

"老韩肯定是想到了这一点了。我就奇怪了,咱们昨天才去立案,今天他们就请了老韩,按道理他们根本还不知道呢。"

两人正说着,门一开,夏舒进来了。

一进门,夏舒叫了声"罗姐、邱姐"就哭起来。

罗英子无奈道:"大小姐,又怎么啦?"

夏舒眼圈已经哭肿了:"自从我爸出事以后,我妈身体一直不好,刚才家里来电话,我妈住院了。"

罗英子一惊:"啊?这是大事。夏舒你赶快回家吧。再说你爸的案子,应该快移送了吧?你是律师,也应该回去看看你能做什么。"

邱华说道:"英子,你别害她爸,她能干什么呀?陪好她妈就不错了。夏舒你赶快回去陪你妈吧。"

夏舒抹着眼泪:"可我刚刚代理了宋阿姨的案子。"

罗英子摆手道:"那都是小事,不行就改成我和邱华也行。赶快走吧。"

夏舒为难地说:"可是咱们当时说好了这个案子我来跑,不能耽误你俩正事。"

邱华已经起身准备给她收拾东西了:"你妈重要还是案子重要?这时候就别分你我了。"

夏舒点点头:"好吧。对了,宋阿姨已经把事情告诉何巧慧了,想着也许何巧慧知道宋阿姨起诉了,就会主动还款,你们可以和何巧慧联系一下。"

邱华叫了一声："什么？谁让宋阿姨把事情告诉对方的？我当时再三嘱咐她保密的啊！"

夏舒愣了，结巴着："是、是我，邱姐，对不起，我不知道你嘱咐过她。我以为我们光明正大起诉，没必要保密……"

邱华气得直喘："要不是看你妈身体不好……"

罗英子赶快推夏舒："行了行了别说了，我们知道了，夏舒你赶快走吧。八十万还没花完吧？还有钱吧？"

夏舒委屈地点头："有。"

罗英子把她推进卧室："那就赶快走吧。"

夏舒提了个简单的包出来，打了个招呼走了。

邱华坐在那儿，显然还在生着气："英子，我前几天刚看她顺眼点，这就开始惹事了！"

罗英子苦笑："她的世界里只有阳光，你让她如何想到人性的黑暗？不过不用急，生活本身会教会她的。先别管她了，现在想想宋阿姨的事情怎么办吧。"

这时，罗英子的手机响了，是宋阿姨。

"宋阿姨，您有事吗？"

"罗律师，夏律师在不在？我刚给她打电话，她没有接。"

"您找她？不巧，她家里有事，回家了。您找她有事吗？"

电话那头沉默了一会儿，罗英子刚想说话，宋阿姨有些为难地声音传来。

"我没什么事。罗律师，有一件事想麻烦你们，我先生想见见你和邱律师。"

"宋阿姨，您是我们的委托人，见您先生，没必要了吧？"

"他只是想当面谢谢你们，而且他已经没多少日子了。"

"什么？不是才中期，可以手术的吗？"

"那是三个月前。因为我没钱交手术费，所以一直拖着。可今天大夫告诉我，说癌症扩散太快了，手术已经没有意义，只能化疗了。"

罗英子和邱华看了对方一眼，都不知该说什么。

医院男厕外，摆了一个禁止入内的黄色指示牌。

穿着护工制服的宋阿姨挂断电话，拿起工具往里走。刚进去，就看到小便池站着一个男人。

宋阿姨吓了一跳，工具掉在了地上，男人当即拉上裤链，喊了起来："你他妈怎么进男厕所！"

宋阿姨赶紧逃了出来，男人还是不罢休，骂骂咧咧地追到门口。

宋阿姨慌了神，急忙道歉："对不起啊，我、我来保洁，我摆了禁止入内的牌子。"

男人一脚踢开指示牌："老东西，女的不能进男厕所，耍流氓吧你？"

宋阿姨解释着："我是保洁，我可以进去，而且我摆了牌子……"

男人兀自喋喋不休地咒骂着，来往的人也纷纷驻足。这时，宋阿姨的丈夫许家声坐着轮椅过来了。

"老东西，一把年纪了，还耍流氓呢。"

"小伙子，是你不守规定，自己进去的。"

眼见围观的人越来越多，男人指着宋阿姨骂得更凶了。

"按你那意思，我一男的，进男厕所还有错了？你就是个老不要脸的！"

"小伙子，你真的搞错了。"

这时，许家声颤颤巍巍地起身，走到男人身后。

"我让你道歉，老太太。大家都来看啊，老太太耍流氓，跑到男厕所看男人啊！"男人挥着手臂嚷着，许家声却突然倒在了男人脚边。宋阿姨看到他，刚要去扶，许家声一把抓住男人的裤腿哀号。

"疼啊……疼……小伙子，你把我撞坏了，你是哪个病房的？我让我儿子去找你，你不许走。"

这时，驻足的人群骚动起来：

"这人怎么欺负完老太太,又欺负老头?"

"老头不会摔坏了吧?真倒霉。"

"看着就不是个善茬。"

男人有点慌了:"老东西,你放什么屁?你自己站我身后的。"

许家声死死抓着他的裤子:"你别想走,大家都看到了,我现在就让我儿子来找你,你把我撞坏了,你得赔,不然我去你单位找你,找到你赔钱为止……"

男人使劲甩开许家声,头也不回地跑了。

宋阿姨赶紧把他扶起来:"家声,你没事吧?你刚才说什么儿子,你这是?"说着,宋阿姨突然反应了过来,笑了。许家声也跟着笑了。

"书敏,不要和无赖讲道理。"

"我知道,我只是没想到,我一个老太太也能被他说成是流氓。"

"书敏你记着,只要是人,就什么事都干得出。你如果继续软弱下去,总有一天会被人吃得骨头都不剩,我也护不住你。明白了吗?"

宋阿姨若有所思,她再次看向丈夫,忽然又觉得无比难过,赶紧趁给他整理衣服的当口,强忍着收拾好心情。

"家声,罗律师她们一会儿就到,我给你收拾一下吧。"

许家声笑着摇头,握住宋阿姨的手。

"不用收拾,书敏,我不想在医院待着了,咱们去那个公园吧?我想出去放放风,我在医院都快发霉了。"

"可是,等会儿医生说要过来看你。"

"不用看啦,都是一样的结果,我现在就想出去放风,咱们去玩吧。"

公园小湖边,许家声坐在轮椅上,病号服外披了件大衣,宋阿姨在给他梳头。每梳一下,就掉下一把头发,宋阿姨心疼地把掉下来的白发偷偷扔掉。

许家声看到了簌簌掉落的头发:"书敏,我这还没化疗,头发就开始掉了。再这么下去,光是我掉的头发都够你织顶帽子了。"

宋阿姨心疼地说:"谁说的,你的头发和年轻的时候差不多,就是白了。"

许家声拉着宋阿姨的手蹭着胡楂,回头看着宋阿姨:"到时候,胡子也要掉喽,以前你老说我胡楂硬,以后再也不会扎着你了。"

不远处,罗英子和邱华看到了这一幕。

许家声也看到了她们:"书敏,那两个姑娘就是咱们的律师吧?"

罗英子和邱华走过来,宋阿姨介绍着:"家声,这是罗律师,这是邱律师,还有一位夏律师,就是答应借我钱的那位,她临时回家来不了。"

许家声微笑着伸出手,好像想起什么,又不好意思地缩回来,手就在半空僵着。

"你们好,谢谢你们愿意代理我们的案子。"

邱华注意到了,她主动伸出手,罗英子也伸出手来。三人握手,许家声感激地点头。

"许总,我们应该的。"罗英子说着,和邱华坐在一旁。

许家声面带笑意:"我生意做了半辈子,什么风浪都见过,没想到栽在一个骗子手里。二位律师,如果将来有反诈宣传,那时候我还活着,你们一定要让我和书敏作为反面教材,去好好露个脸。"

罗英子和邱华都笑了。

邱华问道:"许总,您找我们来,不只是想感谢吧?"

许家声开门见山地说道:"我想知道这案子胜率多大。"

罗英子认真地说:"对于案子的胜诉,我们还是有把握的,但我们担心的是诉讼程序和判决执行,何巧慧接下来很可能会拒收传票,恶意拖延,开庭后拒收判决,收到判决后再上诉,这样整个的程序会很长,钱迟迟拿不到,您就无法及时治疗,宋阿姨的生活也无以为继,即便胜诉也毫无意义。"

许家声很满意:"罗律师,我相信你们已经做好了准备。"

罗英子看着他,又看向宋阿姨:"我们只能尽力。倒是宋阿姨,比我们更需要做好准备。您应该明白我的意思。"

许家声颔首道:"书敏变成今天这样,我有责任。我们的女儿死后,她就不工作了,我也很少陪她,我以为给她优渥的生活可以治愈她,是我太自以为是了。好在她在我出事后,有了些变化,她现在一边在医院照顾我一边做护工,每个月除了退休金,还有一点收入。"

罗英子和邱华有些意外。

罗英子问道:"宋阿姨,您一直在医院做护工?"

宋阿姨点头:"家声病了,我又需要钱。刚好医院护工有缺,又能赚钱,我还能照顾家声。每天只要打扫一下厕所走廊,再给病房换换夜壶就够了。"

见罗英子和邱华一时语塞,许家声说道:"罗律师、邱律师,谢谢你们借钱给我们,我们会还的。"

罗英子说道:"许总,说实话,钱不是我们借的,是夏律师借的。这个案子我和罗律师开始并不想接,我们律所刚起步,一点着落没有,而您的案子又是风险代理,我们很怕白费工夫。可是现在……我们没想到宋阿姨一直在做护工,之前还以为她养尊处优,人又单纯……"

许家声打断她:"不是单纯,如果六十多岁还单纯,那就是蠢,主要是我蠢,还传染了她,所以才会被何巧慧盯上啊。不过她运气好,遇见了你们。"

邱华认真地说:"许总,还是那句话,尽力而为。我们一会儿就去法院催开庭的事,尽量不耽误您之后的治疗。"

许家声摆摆手,笑着说:"生死有命。"说着抓了一把头发,掉下来不少:"你看,我一抓就是一把头发,将来化疗,我早晚会变成个秃瓢,每天光照镜子看到自己就够我难受的了。不活也罢。只有一件事……我恳请你们帮我把钱找回来,这是养老钱,是我最后能为她做的事了。"

他说着，拉起宋阿姨的手，小声道："这辈子，对不住了。"

宋阿姨转过头去捂着脸："家声，对不起。"

罗英子和邱华又对视一眼，心里五味杂陈。

许家声坚持要送，罗英子和邱华拗不过，只能让宋阿姨代替他送。

来到公园门口，宋阿姨微微鞠躬："谢谢二位律师，那么……"

罗英子拿出手机："宋阿姨，叔叔治病还需要多少钱？"

宋阿姨急忙摆手："这个钱我不能要。"

罗英子看着她："这个时候就别发扬风格了，这钱不光是为了给叔叔治病，也是为了您，您好好活，他才有信心治疗。这也是夏舒希望的。"

宋阿姨轻声道："我先生接下来需要化疗，目前我们欠了医院一万多。"

罗英子操作着手机："三万，打到您支付宝账号上了。宋阿姨，这三万我是借您的，所以我需要您给我发个短信证明今天您从我这里借款，咱们不要糊涂账，可以吗？"

宋阿姨连连点头："对对，这是应该的，我马上发。"

眼见两人的背影消失，宋阿姨又向两人离去的方向鞠了一躬。

罗英子和邱华并排走着，心情都有些沉重。

"英子，有这样打官司的吗？"

"没有。叫咱们碰上了。"

"按我的逻辑，垫诉讼费、风险代理都勉强说得过去，再借生活费，有点过了。今天听说宋阿姨在医院扫厕所，我也知道她不容易，可这世上，谁容易呢？如果之后再遇见这种人，我们还要这样吗？"

"这个问题我也掰扯不清。但我每次都在做最容易的选择，无非是帮或不帮。反倒是你左右为难，但最后你总是选择站在我这边。谢谢你啊，邱华。"

邱华摇摇头，不再说话。

一连十几天过去了，法院传来消息，案子还没有送达。也就是说，诉状还是没有送到何巧慧手中，没办法开庭。罗英子和邱华等不及了，四天中第三次来到法院，接待她们的是一位姓俞的年轻书记员。

"俞老师。我们还是为宋书敏案子开庭的事。当事人生活现在陷入困境，等不下去了，能不能赶快排上开庭？"

"没法排期啊，传票现在还没送达。"

"怎么会送达不到啊？她就在本地，前两天还委托了代理律师。"

"我们做了各种努力，都送达不到。电话拒接，邮寄送达被退回，上门去送达，邻居说他们已经不住那儿了。你们能不能提供一个可靠的送达地址，或者被告的准确联系方式。"

小俞早已听她们说了宋阿姨大致的情况，此时也是一脸为难。

邱华拉起罗英子："我们知道了，俞老师，我们商量一下怎么办。谢谢您。"

看小俞走远，罗英子忍不住咒骂起来："不要脸，何巧慧这是躲了。邱华，咱们怎么办？"

邱华也有些焦急："咱俩都耗在宋阿姨这儿性价比太低，这样，明天你去忙别的，我带着宋阿姨跑，或许能发现何巧慧的其他地址。"

罗英子点头："好，咱们得抓紧点，许总等不起了。"

邱华来到病房门口，宋阿姨已经在等她了。邱华告诉她，何巧慧明显是主动拒收传票，现在她们要自己想办法。

"咱们怎么办呢？"宋阿姨焦急地搓着手，完全没了主意。

邱华说："何巧慧不是还和您联系吗？您给她打个电话看看。"

宋阿姨掏出手机拨电话，铃响了一阵，何巧慧还是接了，声音也还是很亲热。

"干妈。"

"巧慧，法院说送传票你们不接。巧慧啊……"

电话那头毫无征兆地就哭起来，哭声越来越大，宋阿姨是开着免提打的，赶紧捂住手机。

"干妈，您咋对我这么狠啊？您想逼死您亲闺女吗？干妈，叫法院逼得我日子没法过了，我正想跳楼去呢。"

宋阿姨吓了一跳，捂着手机看向邱华："啊！怎么办？她想去跳楼。"

邱华直接拿过手机："何巧慧，我姓邱，是宋阿姨的律师……"

电话一下子断了。

邱华把手机还给宋阿姨："您看到了吧？这就是您通知她起诉的后果。"

宋阿姨气得原地转着圈："她怎么可以这样？人怎么可以这样啊？"

邱华平静道："不是每个人都算是个人的。您现在看清她的真面目了，以后对人得有提防心。阿姨，查封裁定下来了，您跟我去房管局，咱们找找何巧慧的其他地址或者看看能不能查封到她的房子。"

房管局办事大厅，邱华和宋阿姨两人站在柜台前正在查何巧慧的房产信息。

柜员查询完，转过电脑让她们看："何巧慧丰泽花园12栋B座801室。她名下就这一处。"

邱华看向宋阿姨："这也就是咱们立案时登记的地址，现在那儿已经人去楼空，找不到人了。我们先封这套。宋阿姨，您知道她还有别的房产吗？"

宋阿姨摇头："不知道。"

邱华赔着笑对柜员："她丈夫名叫周大民，我们的调查函上也提供了他的信息，麻烦您查一下他吧。"

柜员查了一阵："周大民名下有两套。"

宋阿姨吃了一惊："啊？您说周大民名下还有两套房？"

柜员又转过电脑："是。你们看。"

宋阿姨用难以置信的目光看看邱华："怎么可能？那时候她两口子跪到我面前，叫我把我手里最后五十万借给他们，说他们山穷水尽，连吃饭的钱都没了。"

邱华没有理会宋阿姨，立刻拨通了书记员小俞的办公室电话。

"俞老师吗？我是宋书敏诉何巧慧案子的原告代理人邱华，有个情况和您汇报，我们查到何巧慧的老公周大民名下还有两套房产，这两套房产你们也去送达了吗？等等，您是说只能这样了吗？好，知道了。"

邱华转过头："宋阿姨，已经和法院确认过了，这两个地方法院也送达失败。"

宋阿姨难过道："那咱们怎么办啊？"

邱华眼里升起怒意："如果再找不到他们，可能只有公告送达这最后一条路了。"

8

送完宋阿姨，回到罗英子家已经傍晚，虽然传票还是送达不到，但找到两套可供查封的房子也算是大收获。想到这儿，邱华疲惫的心情稍稍放松了些。

罗英子看着邱华拿来的房产信息，还是一脸愁容："公告送达。那起码得俩月，以宋阿姨现在的情况等得起吗？"

邱华整理着手上的打车发票："那有什么办法？这不都是夏舒干的好事吗？"

罗英子把下午打印成册的文件又翻看了一遍，推到邱华面前。

"邱华，家政公司的谈判策略制定好了，但谈判我真不行，一看到对方的脸就想冲上去扇他们，谈判的时候，还是你来吧。"

"你呢?"

"我陪着宋阿姨跑两天,看看能不能送达。"

"你跑我跑还不是一样?"

"还是我来跑吧,你适合谈判,我适合跑腿。"

邱华又检查了一遍文件,仔细地一一装进文件袋里,这才开口:"你哪里适合跑腿?你就怕我把气记在夏舒身上。你就那么爱惜夏舒吗?"

罗英子眨眨眼:"物伤其类。夏舒现在经历的事情,我曾经经历过。"

邱华又把整理好的发票递给罗英子:"你还真是有伤无类。好,谈判的事交给我。这两天陪宋阿姨跑腿打车的发票,麻烦罗总签个字。"

罗英子看都没看,拿起笔在报销单上划拉上自己的名字。

"你咋不开车呢,你老公不是有车吗?"

"那辆车完全是全全家出钱买的,我开来开去的,总觉得心里不踏实。"

"邱华,这我倒要说你了。你和张全全现在是夫妻,又没有婚前协议,他的就是你的,你的就是他的呀。"

"我不行。我没出钱的东西,用着总觉得理亏。天不早了,走了。"

邱华把公文包和文件袋都放进大大的登山包里,背起来就出门了。她还是不习惯用手提公文包,除开庭或者谈判外,一直是背着这个大学毕业时买的大背包,这个包不贵,背带很窄,邱华明显感受到双肩传来的压迫感。她又想起逃避传票的何巧慧和时日无多的许家声,神情愈发阴郁。

邱华回到家做了一桌子饭菜,正往桌上摆着,张全全回来了,一看到邱华在家,张全全很高兴。

"哟,大律师今天回来得这么早啊。"

"上一天班,累了吧?洗洗手吃饭吧。老也不做饭,好像做咸了。"

张全全过来在她脸上亲了一下，邱华下意识地躲了躲。

"只要是你做的，什么都好吃。"张全全衣服都没换，去洗了把手立刻回来坐下，吃了一口，"嗯，好吃。"

邱华也在他对面坐下。张全全狼吞虎咽，不停夸赞，邱华忽然感觉心下一软。

"全全，有件事我一直没告诉你。"

"什么事啊？"

"我不在良诚所了。"

"什么？"

"发生了一些事情，良诚所把我和罗英子都开了，就在咱们婚礼的第二天，所以我才没跟你回老家度蜜月。可你放心，我们现在又步入正轨了。我们开了自己的律所。"

张全全不说话了，只是低头吃饭。

"你怎么啦？真不用担心。我们的律所就叫瑛华律师事务所，我的名字在里边。我们两个都是创始合伙人。开始挺难，但现在已经接到案子了，以后会慢慢好起来的。"

张全全还是不说话。

"你到底怎么啦？"

张全全抬起头，看到他的表情，邱华一愣。

"邱华，你心里有我吗？承认咱们是一家人吗？"

"你这说的什么？当然啊。"

"那你为什么在婚礼第二天就遇到这么大事不告诉我啊？"

"啊？对不起，全全，我觉得我自己还能扛过去就没——算了不解释了。全全，我一直觉得我的个性不适合成家的，我打小就觉得凡事要靠我自己，所以越是遇上事儿，越不想对任何人说，生怕我成了别人的负担。"

张全全低下头继续吃，不知是不是因为吃得太快不好吞咽，他的声音听起来有点哽。

"可我不是别人,我是你丈夫,是要和你共度一生的人啊。"

"对不起,全全。"

"别说了,我们吃饭吧。"

邱华没再解释,两人低头吃饭,气氛很沉闷。

过了一会儿,邱华放下筷子再次开口,这次她的声音也有些异样。

"全全,请你原谅。"

"没事。"

"原谅的意思并不仅仅指这件事,我是在为以后的事请你原谅。我怕我自己以后遇到这种事情,恐怕还会是一样。"

张全全没说话也没抬头,夹菜的筷子却停住了。

"我从小独惯了。爹妈靠不上,老师靠不上,到了律所,师傅和同事也靠不上。无论什么事,我很自然地就是靠我自己。我怕我这种个性会伤害你。全全,你对我的好我全知道,我很感激,可是要改变我的个性恐怕很难啊。"

"别说了,吃饭吧。"

"好,吃饭。"

两人又低头吃饭,再没人说话。

邱华一大早就背着包从电梯里出来,刚走到罗英子家门口,就听到夏舒的哭声,她皱着眉头停了一阵,才掏出钥匙开门。

夏舒坐在沙发上,张大了嘴在哭,罗英子正倒了杯水给她,不停地轻声安慰她:"行了行了,事情已经这样了,走一步看一步吧。"

不知怎的,邱华只觉得心下无名火起,她一屁股坐在那里,冷冷道:"又怎么啦?"

罗英子听出她声音不对,嗔怪地看她一眼:"夏舒的父亲被正式批捕了。夏舒想自己给她当律师,她父亲坚决不同意。"

邱华白了夏舒一眼:"那还用说吗?搁我我也不同意啊。"

夏舒哭得抽抽搭搭:"不管我爸做过多少对不起国家对不起人民

的事，可他是我父亲，他是爱我的，他怕我危险。可是我、我是他亲生女儿，在他危难的时候，我一点忙也帮不上。"

邱华只觉她这梨花带雨的样子越看越生气："还帮忙，你也不掂量一下自己，如果你去当你父亲的辩护人，你确信你不是往死里推他吗？"

罗英子忍不住了："邱华！差不多得了。"

邱华转过头不去看她们："本来嘛。祸害了我们也就算了，别再去祸害自己的亲爹了。"

"邱华！"罗英子叫住邱华，又拍着夏舒肩膀："你现在知道自己得努力了。父母把你养大，家里遇到事情的时候，你得有能力撑起这个家。邱华，你进来一下，有点事儿和你说。"

拉着邱华进了卧室，罗英子轻轻关上了门。本想说邱华几句，罗英子又觉得今天邱华好像有点奇怪，嗔怪责备的话到了嘴边又收了回去。

"你今天这是咋了，怎么对夏舒这么狠？"

"我不光是对她，也是对宋阿姨，她和夏舒，真是一对活宝。咱们刚开业，没工夫伺候这样的活宝。"

"那正好她们搭伴啊。本来这个案子也是说给夏舒的。邱华，夏舒卖车那八十万，除了帮宋阿姨交上诉讼费，剩下的这次她回去全拿出来，帮她父亲请律师了，咱们现在都没钱了。宋阿姨这案子不知道什么时候才能打，更不知道能不能挣到钱，巧手家政那案子，就算顺利地谈判成功，顶多就三万块，咱们这样不行。我想了，把宋阿姨的案子交给夏舒自己，让她陪着宋阿姨去跑，咱俩得想办法接别的案子养活自己。"

罗英子把夏舒送到楼下，又把钥匙塞到她手里："车在那儿，这几天归你了。记着，你现在没资格可怜别人，你还不知道你在别人眼里有多可怜呢。只要能抓住他们，无论如何也要把传票塞到他们手里。"

夏舒点点头："我知道了。他们又不是小孩子，他们总该明白逃避不是办法吧？你放心吧。"

罗英子苦笑："夏舒你真得长大了。走吧。"

接下来的两天，夏舒开着载着宋阿姨和书记员小俞穿梭在泾北城郊的街巷，她始终拿着一张写了一串地址的A4纸，上面的地址随着夏舒停车再上车，一条条地被划去。

他们最先去了何巧慧父亲的住址，宋阿姨喊了几声门就没了力气，夏舒使劲拍打着门，直着嗓子喊着。屋里没有动静，却把楼上楼下的邻居喊了出来。

何巧慧和周大民的公司门口，夏舒让小俞录着像，把传票丢到前台就跑，保安却又追了出来，把传票塞回给她，掉头就跑。她想塞回去，传票掉在了地上，她只能蹲在那儿喘着粗气，又把传票捡起来。

何巧慧家楼下，三个人好像是来偷东西的，贼头贼脑地躲在墙角后面等这两口子。一辆车开过来，何巧慧提了一兜水果下车，夏舒一把没抓住，宋阿姨和小俞一边喊一边冲出去，何巧慧一看事情不好，回头又钻进车里，周大民开车就跑，夏舒在车后面一边追一边喊。她转过头，看到跟在后面气喘吁吁的宋阿姨和小俞。小俞哭丧着脸，刚才光顾着追了，没录上像。

宋阿姨哀叹道："人怎么可以这样啊？"

夏舒气愤道："怎么还有这样的人啊？"

小俞无奈道："真是什么人都有。"

良诚所会客室里爆发出阵阵笑声，何巧慧和周大民坐在老韩对面，笑得眼泪都出来了。

何巧慧乐不可支："韩律师，您是没见那个老东西啊，快七十岁的人了，还追汽车呢。您是没见她那个丑态，真是笑死个人了。"

老韩神色淡然："我干律师这么多年，什么样的人没见过啊。"

周大民讨好道:"还是咱们韩律师,什么疑难杂症都有办法。可是韩律师,光躲也不是办法呀。法院不好受,我们也不好受呀。成天东躲西藏,生意怎么办?"

何巧慧赶紧帮腔:"就是。韩律师,咱们该躲的躲了,接下来怎么办?总不能躲一辈子吧?还有什么办法吗?"

老韩拖着长腔:"办法嘛,自然是有的。不过呢,你们这个案子,案情重大复杂,上次我擅自做主,只收了你们十三万,所里批评我了,说这个案子,难度大,风险大,不允许低于标准进行收费。你们看,这一块上,咱们还有谈判的空间吗?"

何巧慧和周大民互相看了一眼,她又看了老韩一眼,突然一副惊讶的样子:"韩律师,我咋看你今天印堂有点发暗啊。没啥事儿吧?"

老韩摸不着头脑:"没事儿啊。哪地方是印堂啊?"

何巧慧指着自己脑门:"印堂您都不知道啊?韩律师,中医您还真别不信,对疑难杂症,西医没办法,中医三服药下肚就见效。您这印堂可真够暗的,说不定有啥事。我认识一个老中医,这世上就没有他看不了的病。这样吧韩律师,您好好帮我们想办法,改天我开车接您去找中医瞧瞧去。"

良诚所前台,陈硕和小田从外面进来,陈硕手里拿了一份便当,小田提了两份,两人边走边聊。小田一脸喜气,看起来心情大好。

"你那个辩护词我看了,简直可以用'风格清奇'四个字来形容。兄弟我干律师这么多年,各种辩护词也都看过了,写成你这样的,我是头一回见,真有乃师之风。韩律师当师傅可以说很成功了。"

"陈律师,您觉得真行?可韩律师把我骂得狗血喷头,说我写得狗屁不通。"

"为什么要通狗屁呢?法官能看懂就行了。考验法官智力水平的时候到了。"

小田似乎觉得陈硕的话哪里不对,可又想不出来,只能挠着头笑。

"您这么一说，我就放心了。"

"你们刚接的那个大案子，韩律师没把准备答辩意见的任务交给你呀？"

"别提了，没见过他这样的。我也就是没钱没办法，要不然我才不跟他干这脏活。你倒说说看，当事人又不是没钱，明明有钱，欠了人家老太太的钱却不还，韩律师只教给他们如何躲，这不是缺德吗？"

回想起何巧慧和周大民的样子，小田就直恶心。

陈硕却严肃起来："老弟，你这样说可不对了。当律师的，不能只讲一般道德，不讲职业道德。韩主任一心为当事人利益着想，是我等的楷模。"

小田吓了一跳，立马点头如捣蒜："我不是那个意思，我只是说光躲不是办法，躲到什么时候是个头啊？陈律师，您不会把我刚才的话……"

陈硕又恢复嘻嘻哈哈的样子："你说哪儿去了？我们不是正常的业务交流吗？唉，你有疑问是正常的，这案子，要换了我，我也不会像韩主任这样打。"

小田一听来了兴趣："这案子债权债务关系明晰，对方也有证据，要是换了您，您怎么打呢？"

陈硕环顾四周确认没人，凑到小田近前小声道："假离婚啊。韩律师教他们拖，可再拖，只要对方不撤诉，官司早晚不还得打吗？上了法庭不照样输吗？最高院虽然对夫妻共同债务的认定又出了新解释，不过这里边还是有可乘之机的。"

小田一听深受启发："对啊，韩律师怎么没想到这一招？"

陈硕摆摆手："师傅没想到，徒弟想到了不一样吗？你一会儿可以去提醒他。不过你师傅对徒弟比他高明怎么看啊？有些当师傅的可不喜欢徒弟比自己还聪明。"

小田笑了："陈律师，您不是觉得我傻吧？我会去提醒他吗？我宁可提醒当事人也不提醒他呀。"

陈硕拍拍他："聪明，太聪明了。哥看好你。"

陈硕和小田嘻嘻哈哈地从外面进来，老韩从会客室里伸出头来，看样子有些不满。

"小田，买个饭怎么去这么长时间？"

"噢，您点的那家人太多得排队。"

小田冲陈硕使了个眼色，赶紧跑过去。陈硕向老韩点了个头走了，老韩狐疑地看着陈硕走远。

"你和他怎么在一块？"

"买饭的时候正好碰上。陈律师刚来咱们所，对所里的情况一点不了解，回来路上我就给他简单介绍了一下。"

"不是个好东西，别跟他走太近。小田，把当事人送走吧。"

老韩交代完小田，回头对何巧慧和周大民说："二位请吧，我们下午要开庭，就不请二位吃饭了。"

何巧慧心有不甘："韩律师，您得拿出办法来呀，不能让我们躲一辈子吧？"

老韩态度冷淡："不用慌，慌什么？老中医咱们不还没看吗？你们回去想想我的话再说吧。"

小田放下便当："二位请吧。"

何巧慧和周大民还想说什么，老韩已经打开饭盒开吃了。

两人跟着小田出来，一边走一边愤愤不平地嘟囔着。

何巧慧不满地回头看了眼："不就是想叫咱再加钱吗？官司还没打呢，只想着要钱。不给！"

周大民看起来也气得不轻："合着咱们给了他十三万，只买了一个字——躲。这还用他教吗？原来咱们不就在躲吗？"

小田听着，笑嘻嘻地接上了："二位是在谈那个案子吗？"

周大民气呼呼道："对。田律师，您跟着韩律师办我们这案子，您倒说说看,韩律师只教给我们躲,这躲到什么时候是个头啊?"

小田看看左右,又看看前台小姐,按了电梯:"二位请吧,我送二位下楼。"

两人心领神会,赶快进了电梯。

出了写字楼,小田领着两人走到一处角落,这才停下。

"二位说得对,躲,只是权宜之计,不是最终解决的办法。不过这案子,不是没有解决的办法。"

小田话一出口,两人一听来了兴趣,一齐伸长了脖子。

何巧慧急忙问道:"田律师,一看您就比韩律师聪明。啥办法呀?"

"假离婚。"

"什么?"

"假离婚。当初借款是以谁的名义借的?"

"我。"

"借钱的时候你们登记没?"

"没。当时他们家跟个铁公鸡一样,几万块彩礼也不出,结婚证一直拖着没办。"

"那你们俩去办个离婚手续,离婚的时候把资产分配一下,婚前的债务执行起来也难。等风波过去了再复婚。"

两人顿时眼睛一亮。

何巧慧大喜过望:"我说什么了?一看田律师就比老韩明白。田律师,我们不委托老韩了,我们委托您吧。"

小田吓了一跳:"那可不行,韩律师是我师傅。"

何巧慧问道:"那,他代理我们的官司,您来代替我们离婚行不行?"

小田摆手:"那也不行,一个律所不能同时代理双方。您可以委托我们所,您丈夫最好委托其他所的律师。"

何巧慧道:"那,您帮我们介绍一个律师呗。"

这时周大民说道:"我倒认识一个律师……"

何巧慧嗤之以鼻:"别提你认识的那个了,代理咱一个案子,叫他敲去好几十个。不行,律师都死绝了也不用他。田律师,我就信任您,您帮我们介绍一个律师代理大民呗。"

小田摆出胸有成竹的样子:"我想想哈,全市的律师我认识大半,我想个合适的。二位先回去,等我电话吧。"

何巧慧很高兴:"行。田律师,我们就靠您了。"

小田吞吞吐吐道:"可是,我把案子介绍给别人,是要拿居间费的。"

周大民笑了:"这个容易。"掏出手机操作着:"田律师,看看,两千块钱,转过去了。"

"二位等我电话吧,我上去了。"小田强忍着激动,转过头没走两步就咧开嘴笑了。

何巧慧拉着周大民走了两步,有些埋怨道:"你也太大方了,老韩一句话,坑了咱十来万,你又给了他两千。"

周大民却觉得很值:"要不是他,咱们还不得任由老韩宰啊? 走吧,舍不得孩子套不住狼。"

三人都是心满意足。

办公室里,方睿趴在那里看书,陈硕则在看案卷,门一开,小田兴冲冲地进来了。

"硕哥!"

小田这一嗓子给陈硕吓了一跳。

"你叫我什么?"

"硕哥啊。陈律师太正式,也显得见外。硕哥咱俩谁和谁啊?"

"行行行,硕哥就硕哥。什么事? 说。"

小田看了方睿一眼。

陈硕随即招呼道:"方睿啊,你到前台看看有我快递没有。"

方睿答应一声，还和小田招呼一声走了。

小田冲方睿离开的方向努努嘴："他还行吧？"

陈硕笑笑："就是一没长大的孩子。"

小田一副自己人的样子："别小看他，不就是在这儿准备考试的吗？为啥还得搬到你办公室来呢？明摆着是方律师对你不放心来监视你的。"

陈硕摆摆手："哈哈，我有什么好监视的。多了个助理，帮我干活，挺好。有事吗？"

小田立刻兴奋起来："我给他俩出主意，叫他们假离婚，他们果然听进去了，还请我帮他们介绍律师。硕哥我除了咱们所还认识什么律师啊？你帮我介绍个呗。"

陈硕谦虚道："我哪儿敢掠人之美啊？这明明是你自己想出来的主意。"

小田又凑近了两步，央求道："硕哥，你是我亲哥，你一定要帮我。硕哥，等案子成了，我给他们要居间费，分你三分之一行不行？"

陈硕正色道："你要说这个，我更不干了。我好歹也一老江湖，怎么能敲诈年轻人？"

小田近乎撒娇："硕哥，我不管，你非帮着介绍不可，不然你就不是我哥。"

陈硕鸡皮疙瘩掉了一地，装作很不情愿的样子："好吧，我想想吧。不过你把案子介绍给别人，老韩知道了能愿意吗？"

小田诌笑着："所以还得靠硕哥保密。"

"那当然了，咱弟兄俩谁和谁啊？"陈硕看着他，也跟着笑了。

茶馆里，老薛热情地给陈硕倒着茶，两人有说有笑。

"老弟啊，你这一走，我咋和失了恋似的？咱俩的关系没问题吧？"

"有，所以我才没事不敢来找你呀，怕一看到你又生了邪念。"

老薛被逗得哈哈大笑，但随即表情又认真起来。

"你说说你,跑到良诚所,也没追上罗英子,不行就再跳回来,咱们继续搭档呗。"

"那可不行,好马不吃回头草。再说我虽然没追上她,可她现在和良诚所势不两立,有了打对头的机会呀。"

"你呀,这可真是一物降一物,谁能想到像你这么个人,居然会栽在罗英子身上呢。什么事?说吧。"

"我给你介绍个案子,一个离婚案。"

"咋,兄弟,你觉得老哥离了你,只配做婚姻家庭业务了?"

"不是,是为了逃避债务的离婚案。"

"这样啊,真离啊还是假离啊?"

陈硕笑了起来。

老薛瞪了他一眼,随后也忍不住笑了。

"我知道了,你介绍过来吧。"

陈硕想了想,还是有些不放心似的补了一句:"不是一般的离婚,两人因为债务纠纷刚被告了。"

老薛语重心长道:"什么一般不一般的,离婚证还能有假。咱可不能承担虚假诉讼的风险啊。"

陈硕由衷地伸出大拇指,他端起茶杯,和老薛碰了一下。

夏舒忽然感觉胃里一阵恶心,她一下子刹住车,沮丧地趴在方向盘上。

坐在后座的宋阿姨怯怯地看看她,把手搭到她肩上,满脸歉意。

"夏律师,你看看,这都是为了我……"

"不是,我就是觉得很奇怪,这世上怎么还有这样的人啊?他们夜里睡不着的时候不想想吗?"

"唉,我家出事以前那孩子不这样啊。夏律师,您太辛苦了,要不然您去歇着,我自己去找他们。"

"我开着车都追不上,您一个人怎么找?我想想啊。哎,我想起来了。"

"怎么？"

"她不是还接您电话吗？您就骗她说您又有了一笔钱，说不定，为了这笔钱，她会愿意见您。"

"骗人，不好吧？"

"宋阿姨，他们骗您钱的时候想过好不好吗？"

"可是我们生而为人，不是为了和别人比烂的不是？"

夏舒忽然想起邱华来，她转过头去，脸色明显有些不好看，宋阿姨被她吓了一跳。

"宋阿姨，您要是这么说，这官司咱们就没法打了。"

"对不起，我只是这么想。要是你觉得……"

"我觉得只有这一个办法了。人家法院要公告送达，您等不了；亲自送，又送不到。宋阿姨，您听我的，给她现在打电话，就说前面的钱不用急着还了，您的亲戚留给您一笔遗产，您有钱了，看他们怎么说。"

宋阿姨还在犹豫，夏舒板起脸来。

"听我的。现在就打。"

宋阿姨掏出手机，很快就接通了。

"干妈。"

何巧慧突然就哭起来，宋阿姨开着免提，何巧慧的声音直接灌进车厢。

"干妈您这是干什么呀？就借了您几个钱，您逼得我都没办法活了。真把您亲闺女逼死了，干妈您心里好受吗？"

宋阿姨捂住手机看向夏舒，小声道："不好吧？她都哭了。"

夏舒也小声说着："你听我的。"

宋阿姨放开手机，声音略微有些抖："巧慧，我不是也没办法吗？不过现在好了，你不用急着还了。"

哭声戛然而止："什么？干妈您是说……"

"我那个啥，有钱了。"

"啊？干妈，那我就放心了。干妈您哪儿来的钱啊？"

宋阿姨不自觉地又看向夏舒，夏舒面色凝重，也在看她。

宋阿姨支吾道："一个老亲，我舅舅，死了。他没儿女，把他的财产留给我了。"

惊讶过后，那边语速都快了起来："啊？您还有个舅舅。您家是大户，您舅舅家也小不了吧？干妈，他留给您多少钱啊？够您和叔叔用的吗？"

"也没多少，我和你叔叔养老够了。巧慧啊，我就把这事告诉你，我挂了啊。"

宋阿姨赶快挂了，放下手机，宋阿姨已经出了一头的汗。

"夏律师，说瞎话骗人，缺德呀。"

"她要不贪这笔钱，您也就骗不了她。等着看吧。"

话音没落，宋阿姨手机又响了，何巧慧打来的。

何巧慧的声音变得跟当年一样，亲热又甜美："干妈，您在哪儿呢？这些日子您围追堵截的，弄得咱娘儿俩感情都淡了。您在哪儿？我去看看您呗。"

宋阿姨看着夏舒，很难过的样子。显然，何巧慧又在算计她。

夏舒无声地说："让她来，让她过来。"

宋阿姨这次声音不抖了。

"我出来买了点东西，正往家走呢。"

"太巧了，我离咱们家也不远，我过去看看您去。干妈，一会儿见。"

电话挂了，宋阿姨很难过。

"这孩子，咋这样啊？"

这次夏舒没跟着一起感慨，她重重地一踩油门，汽车轰鸣而去。

到了单元门口，夏舒把车停好，嘱咐道："宋阿姨，一会儿她来了，您缠住她，我冲上去给她传票，听见了没？"

宋阿姨紧张地点头："听见了。"

宋阿姨先下了车，夏舒回身拿传票。就这一会儿工夫，何巧慧的车也到了，看到了宋阿姨，她停车下来，亲热地打招呼："干妈。"

这时夏舒也从车上下来了，何巧慧看到是她，二话不说回身上车就跑。

"何巧慧！何巧慧！你有理上法庭上说理，总躲着算什么呀？"

夏舒急忙在后面追，何巧慧理也不理，汽车早已经跑没影了。

夏舒沮丧地回来，看看宋阿姨，宋阿姨很抱歉，一时不知道该说什么。

夏舒突然哭起来："世上怎么还有这样的人啊？"

罗英子家，罗英子和邱华大眼对小眼，坐着发呆。

罗英子突然笑了："别急。当初咱们在良诚所的时候，不也找不到案子吗？可不定什么时候，大案子就砸头上了。"

邱华也跟着苦笑："毕竟良诚所是个大所。英子，再没案子咱们就撑不下去了，实在不行只能再到法院门口撒名片去了。"

此时门开了，是夏舒，她进来什么也没说，径直进了卧室，门也关上了。

罗英子喊她："回来了？送出去了吗？"

邱华苦笑："别问了。"她拿起手机看了看："全全打过来三个未接来电了。我走了。"

邱华开门进来，张全全正一个人吃饭，看到她回来了，张全全很是惊讶："你回来了？我打电话你没接，我还以为你不回来吃饭了。"

邱华抱歉道："对不起，你打电话的时候我正和别人谈事，手机静音了，路上才看到，有什么事吗？"

张全全起身给她盛饭："也没啥大事，就是妈又打来电话，她还是想让我们回去一趟办场酒席。不过我已经搞定了，我和妈都解释清楚了。知道你刚开律所，忙，等你那儿再稳定一段时间吧。"

邱华看着全全，声音温柔地说："谢谢你，全全，之前的事瞒着你是我的不对，你别生我的气。"

张全全笑着："我们是夫妻，怎么会生你的气。快洗洗手，吃饭。"

邱华"哎"了一声，去卫生间洗完手，坐到饭桌前。

张全全把碗递到邱华面前，又给她夹菜："你和罗英子这么年轻就出来自己开律所，好接案子吗？"

邱华苦笑："万事开头难嘛，都会有这个过程，你别担心，慢慢会好起来的，相信我。"

张全全点头："我当然相信你了，可咱们是夫妻，不管发生什么事你还是应该告诉我，说不定我可以帮得上忙呢。你等我一下。"

张全全说着跑进卧室，出来的时候手里拿着几张名片。

"这是老家的企业，听说我找了个律师媳妇，都对我爸说，希望把他们手里的法律事务交给你。别小看老家的企业，有几个企业很不错，还有一个进了全国百强呢。"

邱华接过来看了看："这不好吧？"

张全全不解道："有什么不好的？"

邱华看向张全全："爸是书记，这些企业当然愿意利用这种事情和爸套近乎，可毕竟有利益输送之嫌。我担心未来给爸爸惹麻烦。"

张全全不以为然："你就正常代理，正常收费呗，咱们问心无愧，能有什么麻烦。"

邱华欲言又止，看着桌上的名片若有所思。

第二天，邱华一身职业套装，站在一幢写字楼下面。她拿出了昨晚张全全给的名片，再次确认了上面的地址。犹豫片刻，她还是进了楼。

写字楼的管理相当严格，邱华费了番唇舌才让保安帮她刷卡进了电梯。

邱华从电梯走出来，整整一层都让这家公司租了下来，看起来实力不凡。

"您好，我想找一下贵公司的吴总，请问他在吗？"

"您是？"

前台小姐看邱华面生，邱华掏出一张名片递过去。

"这是我的名片，经人介绍，听说贵公司有些法律方面的事务正在寻找合作律师，所以特来拜访。"

前台小姐看着名片，疑惑道："没听说公司要找律师啊……您在这儿稍等一下，我进去问问。"

邱华站在那儿等着，显得有些局促。但很快，一个看上去四十来岁的中年男人从里面快步走来，前台小姐小跑着跟在后面，来人就是名片上的吴总。

吴总热情地伸出手："邱律师，您好您好，真是对不住，让您久等了。"两人握手，吴总又冲前台小姐训斥道："怎么办事的！直接把邱律师请到我办公室啊，怎么能在这儿等呢，不像话！"

前台小姐急忙道歉："对不起，邱律师。"

邱华尴尬道："该说对不起的是我，是我冒昧在先，没有事先和吴总您联系，就过来了。"

吴总哈着腰："哪里哪里，邱律师，快，里边请。"

装饰豪华的办公室里，吴总从秘书手里接过茶具，亲自给邱华倒茶，邱华显得有些不自在，但始终保持微笑。

吴总恭敬地奉上茶杯："邱律师，您突然大驾光临，我也没事先准备点好茶，还请您将就一下。"

邱华连连道谢："吴总您不用这么客气，我这次来是听说贵公司有些法律方面的事务在找律师，是吗？"

吴总眼珠转了转："啊，是，是有这回事。我们正在找律师，希望能做公司的常年法律顾问，您来得正是时候。"

邱华有些惊讶："法律顾问？您这么大的公司，没有聘请常法吗？"

吴总愣了下，随即点头道："啊，有是有，快到期了。总之以后公司的法律事务就委托邱律师您了。"

邱华忍不住问道："吴总，您都不问一下我这边律所的情况，也没做任何考察，就一下子把这么重要的工作委托给我？"

吴总赔笑："邱律师，您这话就是打我吴某人的脸了。您是张书记介绍来的，我们当然信得过您啦，我还怕您嫌弃我们公司呢。"

邱华赶紧解释着："吴总您误会了，我这次来和我公公没任何关系，也不是他介绍我来的。还是希望您能按照正常流程，认真考虑后再作决定。"

吴总连连摆手："不用那么麻烦，我在公司里这点权力还是有的，只要您能代理我们公司的法律事务，代理费和顾问费这块您尽管放心，一年二百万您看怎么样？"

邱华愣住了："二百万？"

吴总赶紧改口："如果觉得不合适，价格咱们还可以谈，或者您直接给我说个数儿。只是……"他顿了顿，笑着说道："咱老家洋胡南边那块地能不能麻烦您和张书记请示一下，批给我们公司。"

邱华脸上一下变了颜色，这时手机响了，是罗英子。

邱华如蒙大赦，急忙向吴总致歉，转过身去接起电话。

罗英子喜气洋洋的大嗓门："邱华，我昨天说什么了？睡一觉，大案子就砸头上了。赶快来！"

邱华惊喜道："什么案子？"

罗英子催促着："别啰唆，赶快来！"

"对不起，吴总，有个案子需要我马上过去。另外我们律所刚刚成立，经验各方面都尚显不足，实在无法胜任贵公司的工作。耽误您时间了，再见。"

邱华挂了电话，吴总一脸狐疑地看着她仓皇离开。

邱华下了电梯，整个人显得如释重负。走向罗英子家，碰到出门送垃圾的邻居，笑盈盈地问了句好。刚到门前，门自己开了，罗英子精神抖擞地迎在门口，头一歪。

"进来！"

"瞧你，什么案子呀？"

邱华进来坐下，正好碰上夏舒垂头丧气地往外走。

罗英子安慰着："夏舒，别太着急，实在不行不是还有公告送达这一手吗？"

夏舒："不行，公告送达宋阿姨等不起。我走了。"

夏舒走了，邱华焦急地看向罗英子。

"什么案子？"

"你猜。"

"天哪，别卖关子了。你都不知道我刚刚经历了什么。"

"经历了什么？"

邱华想起吴总意味深长的笑容就觉得不寒而栗。

"别提了，说正事吧，大姐，急死我了。"

罗英子笑着："许建设通过看守所联系我，希望咱俩当他的辩护律师。"

邱华惊喜地大叫一声："什么？"

"许建设重新犯罪外加脱逃，面临再次审判，希望咱俩为他辩护。"

"天哪，我没听错吧？"

"没有。接不接？"

"当然接了。这其实一直是咱们的案子嘛。"

"许建设可是个危险人物。"

邱华想都没想："再危险我也接。英子，有个感觉我一直没和你交流过。当初咱们把许建设的案子打到发回重审，后来被马丽丽设计夺走，你什么感受？"

罗英子撇撇嘴："还用说吗？就像养一个孩子，你含辛茹苦，一把屎一把尿，把孩子养大，眼看就要成人了，却被别人横插一刀拦路夺走了。许建设被重判无期的时候，我觉得好像是我败了，有强烈的挫败感。"

邱华斜眼看看她："你这人还有挫败感啊，你从来没说，我还以为只我自己有。"

罗英子无奈道："姐，我也是个人啊。说起来，许建设是被马丽丽算计了，可我总觉得是败在我们自己手里。"

邱华深以为然："现在好了，我们有机会弥补了。"

看守所的戒备比过去更严了，她们坐在会见室的条椅上等着，金属摩擦相击的声音有些刺耳。许建设戴着手铐被两个警察押了进来，看到两人，很亲近地一笑。现在的许建设，完全看不出之前狂躁的样子。

罗英子看着他现在的样子，心里一下子踏实下来。

"许建设，是你要求我们做你的辩护律师吧？"

"是。"

"那，咱们先签代理协议。这是协议文本，您先看看。"

"不用看了。我在哪儿签名？"

罗英子把签名页翻开给他，许建设拿起笔就签。

罗英子叫住他："等等。代理费这块你看看。"

许建设龙飞凤舞地签上字："不看了。"签完推回来，真诚地说："谢谢二位还能接受我委托。"

罗英子点点头："在里边怎么样？"

许建设笑了笑："挺好的。吃得下睡得着。"

罗英子看着许建设，神情严肃起来，她认真地告知："许建设，您既然委托我们，我们要把话说清楚。您这次犯的事儿您自己清楚，您在服刑期间脱逃已经是犯罪，脱逃以后又再次犯罪，这些都是对您量刑上很不利的事实。您本来就是无期，现在很可能面临着——"

许建设没等她说完："死刑，我自己已经想到了。罗律师、邱律师，我走到这一步，对自己已经不抱什么希望了，这次上法庭，只想得到一个公正的审判，让我死得口服心服，所以我才请了你们。另外，我在外面有些财产，而我在世上已经没了其他亲人，我愿意把我的全部财产拿来给二位作代理费，为我原来冤枉二位，辜负了二位表示我的抱歉。"

罗英子和邱华互相看了一眼。

罗英子微微摇头："许建设，君子爱财，取之有道。当时您前妻马丽丽为了把您送进去而换掉我们这件事，我们自己也有责任，是我们当时太年轻了，没从开始意识到她的用心，结果输在她手里，导致了后来的结果，我们经常为此感到自责。现在案子重新回到我们手里，谢谢您对我们的信任。至于代理费，虽然您没看，我们也得告诉您。我们商量的结果是十五万，您看可以吗？"

许建设语气平静："不怪你们，怪我当时鬼迷心窍。我外面还有个表姐，她在代我管着我的财产，我马上让所里通知她，把这十五万一笔打给你们。"

罗英子拿出纸笔："好吧。那么，我们开始吧。"

两人从里边出来，又互相看了一眼。罗英子顿觉神清气爽，邱华依然很平静。

邱华又回头看了眼看守所高耸的大门，曾几何时，她们为了自己的生计和法律信仰一次次出入的地方，长长地出了一口气。

"我们的案子又回来了。"

"更奇妙的是，我们也有钱了。"

"这钱本来就是我们的。"

"怎么样？我当初说什么来着，船到桥头自然直，以后还有更多的钱等着我们去挣。"

邱华忍不住笑起来："就烦你这小人得志的样儿。"

罗英子也嘿嘿笑着："邱华，你是不是也开始对我们律所有信心了？当时注册的时候你没钱，现在有了，不考虑入点股？"

"还没焐热乎呢，你就想往外套。"

"焐吧焐吧，最好回家找个花盆种上，看能不能越长越多。"

邱华认真地说："我的意思是，让我再考虑考虑。"

罗英子大摇大摆地走在前面，头也不回地摆手："跟你开玩笑的。走，天天吃面我都吃吐了，今天夏舒不在，咱俩找个地方吃顿大餐，我请。"

邱华笑着："小人得志。"

罗英子的手机响了，她接起来听了一会儿，面色难看地回过头来："夏舒的电话，还是没送达到何巧慧，法院要公告送达，宋阿姨正在法院哭呢。"

邱华摇头叹息："又开启了当妈模式。"

罗英子加快脚步："天哪，你成天和一个孩子计较啥？赶快走吧。"

宋阿姨坐在立案庭的长椅上，也不喊也不闹，就是不住地捂着脸哭，一个年轻的女法官正在劝她。

夏舒看见罗英子和邱华到了，赶快跑过来："这世上居然有何巧慧这样的奇葩，明明在，就是有办法让我们找不到她。法院等不了了，说公告送达，你看看宋阿姨。"

罗英子过去，对女法官赔着笑："法官，我姓罗，是她的代理律师。法官，她的案子，确实不能用公告送达。一公告，起码三个月开不了庭，可我当事人全部的财产都被被告以借的名义骗走，她生活无以为继，她丈夫得了癌症，还指着这些钱救命呢。"

女法官也是面色为难："我们也是没有办法。法院送达不到，你们也提供不了准确有效的送达方式。法院也有程序期限上的压力，与其这样满城打游击,还不如公告送达,算上公告期六十天,最多三个月就能开庭了。我们这儿已经下班了,您能带当事人先离开吗?"

罗英子转头看向宋阿姨:"宋阿姨,坐在这儿不是办法,咱们还是先回去吧。"

宋阿姨抹着泪:"罗律师,我等不到三个月了,等三个月,我先生就死了。"

罗英子让邱华先带宋阿姨回去,又领着夏舒走到一边。

罗英子恼火道:"夏舒,你当律师,只会让对方牵着鼻子走吗?"

夏舒被骂蒙了:"我怎么啦?"

"不是知道对方的代理律师是老韩吗?送达不到她,送给老韩,让老韩代收啊。传票呢?给我,我去找老韩!"罗英子拉起夏舒就走。

前台小姐看到罗英子和夏舒从电梯间出来,惊得一下子站起来:"罗律师、夏律师。"

罗英子冲她点点头:"找老韩。"一阵风似的旋进去了。

前台小姐赶快摸电话:"韩主任吗?罗英子和夏舒进去了。"

老韩放下电话,刚想出去躲躲,就被旋进来的罗英子堵在门那儿,身后跟着夏舒。

"哟,哪阵风把罗律师刮进来了,夏律师也在。"

"韩律师,您这是上哪儿去?"

"我?我哪儿也不去呀。怎么?二位是来找我的?进来坐啊。"

"不必了。夏舒。"

夏舒上前把传票塞给老韩。老韩看了看又推回来。

"你们什么意思?"

"这是您当事人的传票,委托书立有代收法律文书,您不会连这个都忘了吧,麻烦您代转一下。"

老韩闻言,拿起茶杯呷了一口,大模大样地坐回去。

"你在说什么我听不懂,我都好一阵子接不到案子了,你是念及我们师徒旧情想替我介绍案子吗?收居间费吗?不高的话,我考虑考虑。"

夏舒气愤道:"你明明已经接了何巧慧的案子!"

老韩眼都没抬:"证据呢?合同呢?咱们都是干法律的,没证据的事可不要乱讲哦。"

夏舒被堵得气急:"罗姐,他,他不认账怎么办?"

他们说话的时候,陈硕和方睿从门口过,还有几个过路的律师也站在那儿看着。

罗英子走到老韩面前:"老韩你别装了。你了解我当事人的情况,她已经六十多岁,全部财产都叫你当事人骗走了,丈夫得了癌症,现在正躺在病床上等钱救命。你不但没有一丁点作为一个人的同情心,还给你当事人支损招让她拖,你难道是想拖死一个算一个吗?能出这种缺了大德的主意除了你还有谁。"

老韩不以为然:"罗律师,我听说你有个外号叫罗正义,还真是名不虚传。但主持正义也得建立在事实的基础上不是?哎,陈律师,陈律师,陈律师你进来一下。"

罗英子和夏舒一回头,还真是陈硕进来了,看到她们,陈硕咧嘴一笑:"二位幸会。"

老韩放下茶杯:"我知道你们是老朋友了,刚才罗律师的话您听到了,你给她扫扫法盲。"

陈硕笑嘻嘻道:"罗律师、夏律师,就算韩律师和你们说的当事人签了代理协议,授权委托书和公函没交到法院,你有什么证据说韩律师是代理人啊?"

老韩立马附和:"是啊,更何况我什么委托都没签。"

罗英子瞪了陈硕一阵,陈硕面不改色,还做了个鬼脸。

罗英子冷脸道:"我见识了。你们放心吧,我的当事人会平安熬到开庭那一天的,她会亲眼看着我帮她把你的当事人剥夺得一干二净。夏舒我们走。"

老韩声音很大："不送！"

罗英子和夏舒出来，门口看热闹的众人自觉地散开，在众人目送下，两人头也不回地走了。人群中有个年轻人憋得脸通红，看起来很气愤，是方睿。

罗英子和夏舒出了电梯，另一部电梯也开了，陈硕从里面下来。

陈硕追过去："就这么走啦？"

罗英子看看他："终于成一丘之貉了？"

陈硕惊讶道："你才知道啊？"

罗英子瞪他一眼，拉着夏舒转身就走。

老韩推开门，方丽虹正看着材料，听见门声，抬手示意他坐下。

"方律师您找我？"

"听说罗英子来了？"

"能得她，居然跑过来对我指手画脚。"

"事情我大概知道。这案子，你的当事人明显不占理，将来到了法庭上必输无疑，一味地拖也不是办法。你不如劝他们主动和对方谈判，在这种情况下对方一定会让步的，也许归还一部分就可以了。"

"方律师，明明是走正常程序，说不定还能全保住，为什么要先让步啊？"

"可是那些钱不是他们借的对方当事人的吗？你怎么能全保住？"

老韩笑起来："你知道对方多大岁数了吗？"

方丽虹脸色一变，抬起头来看着他："你想把对方当事人熬死？过分了吧。你还是劝劝你的当事人承担起还款的义务，哪怕先还一部分。"

老韩正色道："方律师，我代理的是何巧慧，我要保护何巧慧的利益。至于对方当事人的利益，不该是罗英子她们来保护吗？再说，所里什么时候也要对这种小案子指手画脚了？"

方丽虹瞪视他片刻，随即又低下头，摆手示意他可以走了："好自为之吧。"

陈硕两只脚搭在桌脚，枕着胳膊躺在椅子上，不知在想些什么。对面坐着的方睿时不时地看陈硕一眼。

"你是不是有什么话想说，关起门来就咱哥儿俩，有事别憋着。"

"陈律师，您真不觉得韩律师很过分吗？"

"过分，哪里过分啦？"

"刚才您明明也听到了，对方当事人都那么惨了，他还那副态度，这还有人性吗？"

"法律不只看人性，咱们作为律师除了一般道德，还要有职业道德，摊上了这样的当事人，站在当事人的立场去设法保护他的利益也无可厚非。"

"这也是我不喜欢当律师的原因，良心多不安呀。就拿韩律师这件事来说，虽然跟自己没啥关系，可是光是听了，心里都觉得不舒服。"

陈硕有些意外地看了他一眼。

"没想到你还挺有正义感的哈。"

"陈律师，我能再问一个问题吗？"

"问。"

"如果您是对方的代理人，碰上对面是韩律师这种人该怎么办？"

陈硕眼睛转了转，漫不经心道："这还不简单，直接上法院告诉立案的法官，对方的代理人就是韩律师。"

"可他刚才不是说还没签代理协议吗？"

"你在所里的时间比我长，韩律师是什么样的人你应该比我清楚啊。他是那种没见着兔子就撒鹰的主儿吗？"

"有道理，可就算他已经签了，你还是没证据证明。"

"你还真把我给我问住了。哎，又不是我的案子我想这个干吗呀？我出去一趟办点事。"

"用不用我跟着?"

"不用,你在家帮我收拾一下桌子,那儿那堆没用的就帮我扔了。"

陈硕指了指乱糟糟的桌子,说着起身走了,出了办公室,他没来由地笑了起来。

方睿来到陈硕桌前,他满腹心事,漫不经心地捋着桌上散乱的文件,突然眼前一亮。他赶忙看向屋外,确保没人后,偷偷地将这几份文件放进自己包里。

邱华正在罗英子的餐桌上伏案工作,罗英子和夏舒回来了。

一进门,罗英子就一屁股坐在那里:"谁也别拦我,从今天开始,我重新开始吃饭睡觉骂陈硕模式。这个陈无良,真气死我啦。"

邱华叹了口气:"这是没达到目的啦?你去的时候就该想到的。真是奇怪,代理律师是老韩,你骂陈硕干什么?"

罗英子一愣:"为虎作伥者更坏。"

夏舒难过道:"看来只能公告送达了。"

罗英子咬着牙:"放心吧,别说六十天,六个月宋阿姨也等得起的。"

罗英子站在ATM机旁,看着一沓钞票从里面吐出来。

许家声靠坐在病床上,宋阿姨陪在旁边,手里握着手机,不时地抹着眼泪。

许家声叹息道:"书敏,我都看开了,不过是生老病死,倒是你老这样,叫我怎么放心地走呢。"

宋阿姨哭得更凶了:"不许你这么说,家声,你不走。"

罗英子出现在门口,许家声看到她,赶快冲她招手:"罗律师,您来得正好,快进来。"

宋阿姨见罗英子进来,赶紧擦擦眼泪站起身,把座位让出来。

许家声歉意地笑着:"想让书敏给我拍几张照片,没照呢就哭了。您能帮我照几张吗?"

罗英子应了声"好",接过宋阿姨手机。

许家声打起精神,微笑着看镜头:"我这一走啊,什么也没能留下来。多留几张照片吧,算是让书敏有个念想。"

罗英子换着角度拍了几张,拿给他看。

"罗律师拍得好,看着也精神。"

"给您和宋阿姨一起拍几张吧。"

"对,书敏,别哭了,让罗律师给咱们老两口拍几张。"

宋阿姨过去和许家声坐在一起,又抹了把眼泪。

罗英子找着角度:"宋阿姨,您再笑一笑。"

许家声吃力地往宋阿姨那靠着:"书敏,不管遇上什么事,活一天,就要笑着过一天。"

宋阿姨点点头,侧着靠在先生的肩上,从手机里看,两人笑得都很甜。

罗英子给他们拍完照,把宋阿姨叫到走廊上,从包里拿出两万块钱塞过去。

"宋阿姨,或许只能公告了。这是两万块,想必能让你们夫妻俩过三个月。您先生说得对,不管发生什么事,您一定要看开了,保重身体。您要是也垮了,就遂了坏人的心了,听见了吗?"

宋阿姨感动地连连点头,却把钱推了回去:"谢谢您啊罗律师,不过这钱用不着了,下午已经有人送来两万了。"

罗英子一愣:"谁送来的?"

宋阿姨摇头:"我也不认识,一个男的,说是什么基金会的,知道我们家生活困难所以送来了补助。"

罗英子一脸蒙:"不可能啊。什么基金会这么善良?再说你们也没申请啊。"

宋阿姨也很纳闷："我也不知道。"

罗英子家里，三人正围坐在桌前吃面。

听到两万块钱的事，邱华想了想，问道："是不是陈硕啊？"

罗英子用公筷给夏舒又夹过去一筷子面："怎么可能？你是没见他在老韩面前那副嘴脸。"

与此同时，一家火锅店里，陈硕和老薛也在一起吃饭，老薛不时哈哈笑着。

陈硕得意洋洋道："我的计划怎么样，你就瞧好儿吧。"

老薛摇头笑着："你呀，你追女孩追得累不累啊？赔上钱赚了骂还拉了仇恨。"

陈硕也笑了："不累，好着呢。老哥，只要你官司打得好，我就什么都有了。"

老薛丢了一片肉到锅里，肉切得很薄，刚入锅就烫得服服帖帖。他也没等肉烫老，夹起来就放进嘴里。

"我办事，你还不放心吗？约好了，明天就见面。"

9

小田接引着何巧慧和周大民走进茶室，老薛从坐榻上起身，热情地和两人握手。他今天穿了一身中式西装，戴着金丝边眼镜，同是一副高人模样，但看起来比老韩多了几分儒雅。

"你们好你们好。我已经很久不办离婚的业务了，都是田律师极力拜托，让我一定要接二位的案子。田律师，您对何总真是尽心啊！"

小田跟着老韩这些年，场面也见了一些，此时互相捧场的话也是信手拈来。

小田一副很尊敬老薛的样子，笑着说："主要是您的经验和能力在这儿摆着，我推荐别人自己也不放心。"

何巧慧打量着老薛，小声跟周大民说："看着还行哈。"

周大民不动声色地微微点头："行不行的听听再说。"

他拿出一沓纸，上面是老薛代理胜诉的一些案例。当然，这些案子一半以上都是陈硕打的。

周大民笑着："我们在网上找到一些您代理过的案子，大案子不少，胜诉率也挺高的，看到这个，我们就算吃了半颗定心丸。这些确实都是您代理过的案子吧？"

这是老薛交代小田准备的，他还是配合地接过纸看着，笑道："那还能有假吗？互联网是透明的。"突然反应过来："可是？什么叫放了半颗心啊？"

周大民指着纸上："我们就是有点看不明白，为什么您所有案子的主办人除了您，还有一个叫陈硕的？这人是谁呢？"

老薛淡然道："你说小陈啊？他是我助理。"

周大民将信将疑："助理？那他名字怎么总写您前头呢？他人在哪儿呢？"

老薛微微一笑："年轻人嘛，需要机会出出风头，我一个老人儿不爱争。小陈已经跳去了良诚所，现在肯定不是助理了。你们要是想找陈律师，我也可以介绍。"他一边说着，一边掏出手机，作势要打电话。

周大民赶紧阻止："别别别，良诚所的律师就算了，太坑人了。"

老薛抬手示意众人就座，自己不紧不慢地洗着茶，他摆弄茶具的动作不疾不徐，显得颇为优雅。

"那就麻烦二位向我介绍一下情况吧，我听了再决定接不接。"

老薛沏完第一泡茶，就把倒茶的活交给了小田，自己摆弄起了摆件。

何巧慧从头讲起，喋喋不休地说着，老薛背着双手枕在老板椅上，好像睡着了。

"这不，躲了好几天了，生意也没法做，田律师就说让我们来找您。"何巧慧说得口干舌燥，没等小田给她倒，自己端起茶来。

老薛还是没动静。

何巧慧和周大民互相看了看，周大民小声试探："睡啦？"

老薛闭着眼睛："没有。你们是想通过离婚规避财产风险，进行债务切割是吧？"

何巧慧赶忙："是是是。田律师说可以用这招，薛律师您说呢？"

周大民咳了一声："薛律师，不是我们故意离婚躲债哈，主要是这老太太对人太不尊重，好像我们借了她钱就低她一等似的……"

老薛摆了一下手："别和我说这些，我不关心这些。你们委托我做风险隔离，我如果接受你们的委托，帮你们想办法就是。"

何巧慧高兴道："你听听，人家薛律师一听就是明白人。"

老薛："高法去年对婚姻法第二十四条有个补充规定你们知道吧？"

何巧慧点头："田律师对我们说过了。"

老薛缓缓睁开眼："以前呢，这个规定在司法实践处理上有一定争议，有些夫妻利用它逃避共同债务，也有些夫妻的其中一方，在完全不知情的情形下，就背上了巨额债务。这个补充规定，就是为了防止此类情况的发生，所以啊你们想通过这个规避债务风险是很难了。对了，你们很早就在一起，登记结婚却很晚是吧？"

"是。"周大民应承着。

老薛继续道："你们俩有一家文化传媒公司是吧？这公司注册成立的时间，也是在你们婚前吧？"

"是。"这次是何巧慧。

老薛又开始把玩起了东西："我听说二位的主要业务是放贷，这公司具备金融资质吗？是合法的民间金融机构吗？"

何巧慧道："我们公司有执照啊。"

老薛微笑着："可是它是一家文化传媒公司。"

周大民赶紧解释："就是借给认识的朋友，帮着朋友救救急，我们也稍微吃点利息。"

老薛不置可否："你们用这家公司从事贷款金融服务，利息也远远超过法律规定了吧？"

周大民赔着笑："薛律师，不然我们吃啥啊？"

老薛继续问着，此时何巧慧夫妇被他越问越蒙，节奏已经被他完全掌握。

"这公司法人是谁？二位都参与经营吗？"

何巧慧道："是我。不过大民管事。"

老薛道："可我看材料，营业执照上只有何女士的名字。"

周大民解释着："当初一个朋友给我们的建议，再说我的不就是巧慧的嘛，公司落在她名下，是为了给她保障。"

老薛摆摆手："下一个问题。这些借款，是谁借的，是婚前借的还是婚后？"

何巧慧小学生似的举起手："我借的，大部分都在登记前。"

老薛点点头："最后一个问题。这公司的经营所得，是否用于了你们的夫妻共同生活。换句话说，公司赚的钱是不是都是你俩花？"

他说完这句话，眼睛看向了别处。巧慧没有马上回答，和大民对视了一下。

何巧慧道："公司也没赚多少钱。"

周大民补充着："钱都是我老婆管着，我不管钱。"

"好。婚前的财产和债权债务，自然是归个人享有和承担。婚后债务以共同为原则，以个人为例外。例外就是指超过家庭正常生活所需，并且未用于夫妻共同生活和生产经营的……"

老薛语速很慢，虽然同样是说法条，但他讲出来顿挫得当，好像比看书或听别的律师普法容易理解多了。坐在一旁的小田也不禁暗暗佩服，老律师果然有老律师独到的地方，之前自己给当事人解释法条，当事人要么是不耐烦要么就是听不懂。

周大民听到这儿，忍不住问道："我们能算这个例外不？"

老薛笑笑："如果你们离婚了，对财产进行了分配。原告就无权向周先生主张婚后没有用于家庭正常生活的债务，这样既能保住周先生你分配到的财产，又能让对方难以执行。关键就在于如何合法合理地巧妙分配。"

何巧慧问道："我直接把财产转给我爸不行吗？"

老薛微微摇头："恐怕不行。路径单一，还是直系近亲属，查起来很容易。你不能直接把公司的财产转到周总名下，你们都是被告，何况哪些是个人债务，哪些是共同的，还得经过法院审理。你们有没有完全值得信赖的，又从没参与过这事的人。"

大民思忖道："巧慧，这钱可以转到我三表大爷那儿，前段时间咱用他的身份证注册了新公司，也开了公司账户。三表大爷大字不识一个，啥都不懂，就听我爸的，肯定安全。"

何巧慧有些犹豫，看向老薛："这等于全转给大民他爸，这能行吗？"

老薛眼睛又看向别处："你们自己决定。另外，公司账上还是要留一些钱，再留一些你们催收起来比较麻烦的借款合同，这样法院也能执行到一些东西，比如债权。这样操作后，你们离婚了，财产还在控制范围内，等风波过去，你们将来复婚，钱还是你们俩的。"

何巧慧显然动了心："听着好像是可行。那，我们就按薛律师说的办。薛律师您就代理我们呗。"

老薛道："我可以代理一方。代理男方吧。女方再找个律师呗。"

何巧慧回道："我还找什么律师？人多不是瞎胡乱吗？您一个人就办了。"

老薛道："找不找律师是你的自由了，没律师也不是离不了婚。要是同意，咱们就签代理协议吧。代理费三十万。"

两口子一愣。

何巧慧赔着笑："薛律师，能便宜点不？"

老薛语气平淡："行啊。你们这个事情，不只是离婚诉讼，还要设计好财产分配、风险隔离的路径。你在我这儿省出来，说不定将来加倍输给别人。你们自己考虑。"

周大民一拍大腿："不讲价了。不是说了嘛，宁可送给别人，也坚决不给老太婆。薛律师，我委托您啦。"

小田陪着何巧慧和周大民从茶室出来，两口子都很高兴。

何巧慧满意道："田律师，这三十万，可比给你们韩律师的十三万值多了。你们那韩律师就是个大忽悠。"

小田赔着笑："二位，这么好的律师，是我介绍给二位的。"

周大民拍拍他的肩膀："放心吧，只要事情办好了，亏不了你的。"

小田高兴道："那，二位先回去，我还有一个案子要请教薛律师，刚才一高兴忘了。"

茶室里，老薛一脸喜色，端起茶壶就往嘴里倒，全然没有刚才仙风道骨的模样。

他喝了一口茶，咂吧着嘴拿起手机，刚想给陈硕打过去，小田进来了，老薛急忙挂断了。

"哟，田律师，咋又回来了？还有事？"

"也没啥事。薛律师，得亏陈硕律师介绍，我才认识了您。您是业界前辈，又有经验，又有技巧，以后多带带我呗。"

"你师傅不是老韩吗？论经验论技巧，他都比我强。"

小田磨磨蹭蹭地坐到他对面，欲言又止，一脸谄笑，弄得老薛不明所以。

小田搓着手，开口了："薛律师，咱们所对介绍案件这块有什么规定吗？"

老薛明白了，笑起来："为这个呀。这样，这案子，是你介绍给我的，给你百分之十案源费。"

小田红着脸："百分之十太低了吧？薛律师，您是前辈，别和后辈计较，我抽百分之十五吧。"

老薛愣了愣，笑起来，拍了拍他。

"行。不愧是老韩的高徒。"

法庭里，许建设站在中央的位置，罗英子和邱华坐在辩护人席上。

庭审进行得很顺利，许建设对公诉人的指控供认不讳，罗英子正在作着最后的发言。

"被告人在服刑期间不服从管理戴罪脱逃，脱逃期间又重新犯罪，当然应该承担他应承担的法律责任。但我们在此特别要提请法庭注意的是，被告人做出这一切举动事出有因：刚才通过对另案处理的被告人马丽丽的质询已经知道，是马丽丽利用许建设被羁押与外界失去联系的机会，欺骗许建设，让许建设以为他受到了不公正的待遇，产生了脱逃报复的心理，同时，马丽丽又非法控制了许建设的财产，所以当许建设明白真相后才把报复的矛头指向了马丽丽。许建设在服刑期间再次犯罪，理应受到法律严惩，但受害人马丽丽对许建设的欺骗蒙蔽以及对他财产的非法占有，又确是事情的重要诱因。许建设在明白事实真相后已经真心悔过，甘受法律制裁，并愿意承担被告人马丽丽的医疗费。在此，我们代表被告人向受害人表示道歉，向法庭悔罪，并希望法庭能在量刑时对上述情节予以考虑。"

许建设感激地看着罗英子。书记员一声令下，所有的人都站了起来，审判长看向合议庭，然后站起身宣读判决书。

"依据《中华人民共和国刑法》第三百一十六条、第二百三十四条之规定，依法判处被告人许建设死刑，缓期两年执行……"

许建设站在那儿听着，神色平静。

看守所会见室，罗英子和邱华坐在那儿等着，许建设被押进来了。

"许建设，我们来就上诉征求一下您的意见，您还上诉吗？"

"我不上诉了。"

罗英子和邱华互相看看。

罗英子解释着:"上诉不会加刑的,所以请您仔细考虑后再作决定。"

许建设点头:"我知道了。我原来以为得判死刑立即执行,没想到还能给我留一条命。我不再上诉,认罪伏法,好好改造。谢谢二位律师。"

罗英子眼里浮出一丝柔软:"你的财产,现在由你的表姐家管理着。我们接触了几次,觉得这一家人家倒是可以信任的。另外你就算在牢里,也可以管理自己的财产,这方面有需要,你再找我们或者其他律师。"

许建设没有任何迟疑:"我找你们。"

罗英子看看邱华,两人低声嘀咕几句。

"谢谢您对我们的信任,那我们回去商量一下,下次带份委托协议来。许建设,那以后我们打交道的机会还会很多,您多保重,咱们下次见吧。"

"谢谢你们。"

罗英子站起来,对邱华:"咱们走吧。"

邱华站起来却没走:"许建设,我问你最后一件事。"

"当年那个案子中,打李占军致命一棍的,到底是谁?"

许建设没犹豫。

"是我。"

夕阳逐渐被看守所西侧的高墙隐没,荒凉的郊区国道上,只有一辆红色的小轿车迅速驶过。罗英子开着车,邱华在副驾驶座上,两人都沉默着。自动车灯亮了起来,罗英子微不可闻地叹了口气。

"我更正我原来一个说法。"

"什么?"

"我记得我对你说过,我不喜欢清白的当事人,因为当事人一旦清白了,律师的心理压力就大,可现在我才发现,当事人不清白,律师的日子也未必好过。他明明有罪,而你帮他脱了罪,如果后来你知道了,内心能安宁吗?"

邱华看着窗外,天已经快黑了,映在玻璃上的侧脸也晦暗起来。

"你想多了。不管是不是他打的,那案子,指控他为主犯,证据就是称不上确实充分。如果我们当时为他辩护,打赢了官司,也符合法律规定的事实清楚、证据确实充分的原则。公诉方也会在之后的程序中进一步完善证据。这不就是法律需要控辩双方的意义吗?"

罗英子听完,感觉好了些,她拍了拍方向盘:"算了,不想了,反正我们帮到了一个人,还挣到钱了。宋阿姨的案子公告了,起码得六十天以后才能排期开庭,如果代理管理许建设的财产,咱们就有了稳定的收入,咱们赶快找办公室吧,这些日子,我感觉我就住在办公室里,连点隐私都没了。"

法院立案庭,方睿把一沓材料递进窗口。

"您好,我是良诚律师事务所的助理,我来送何巧慧民间借贷纠纷的代理材料。"

"诉状呢?只送代理材料干什么?何巧慧?送这案子费了我们好大的工夫,传票都送达不到,搞了半天,原来有代理人啊?"

立案庭的法官直接站起来,难以置信地看着方睿。

"有啊,不然怎么让我来跑腿呢?这案子什么时候开庭呢?"

法官又看了一眼委托书,情绪有些激动。

"传票送达不了怎么开?你这代理手续不对吧,怎么只有身份证和委托协议的复印件,授权委托书的原件呢?另外你们的出庭函呢?"

"我就是跑腿,这是我们韩之通律师代理的案子,我手头上就这些材料了。"

"我看这委托书上的日期,你们接受委托这么久了,知道一直送达不到,也不联系法院。这忽然又来交代理手续,你们到底怎么想的？正好，你先把送达回证签了。"

方睿吓得往后大退了一步，连连摆手解释。

"我就是个助理，跑腿儿送材料的，这案子是韩律师代理的。我不敢签这个。您要是有疑问就和韩律师联系，我不是代理人，什么也不知道。"

"你们也太过分了，作为律师故意恶意拖延诉讼程序是吗？你先别走，我去和领导反映下这个情况。"

法官狠狠瞪了他一眼，站起身就往法庭里面走。

良诚所所在的办公楼大厅，三个女律师一律职业套装，穿着高跟鞋，戴着墨镜，迈着统一的步伐，气场全开地进来了。三人身边还跟着一位房屋中介公司的经纪人。正是上班的时候，不少良诚所的人也和她们差不多的时间进门，大家看见了，互相打着招呼。

罗英子、邱华、夏舒三人站在电梯最外侧，几个良诚所的人在她们背后小声嘀咕。电梯门刚关一半，再次被人按开，老韩最后一个上来。

老韩见到罗英子三人，立刻不耐烦起来："怎么又来了，不去想办法送传票，老往我这儿跑干吗？瞎耽误工夫了。"

罗英子对老韩视而不见，老韩就站在一旁不说话。

罗英子目不斜视："冯经理，要出租的房子是在几层来着？"

经纪人小冯殷勤道："十七层，说起来，您的眼光是真不错，这房子楼下就是个律师事务所。"

老韩和其他良诚所的律师神情大变。

老韩感觉是自己听错了："什么？你们要租下十七层？"

罗英子哦了一声："还没决定，先看看再说，韩律师您有意见吗？"

老韩道："没，没意见。"

罗英子笑了："说起来，我们还比你们高一层哈，是吧，韩律师？"

老韩尴尬地笑了笑。

电梯继续上行，大家各怀心思，都不说话。

电梯在十六楼停下，良诚所的律师下电梯，三人跟众人道别，继续往上升。

邱华小声埋怨："英子，你说何苦来的。"

罗英子扑哧一笑，小声说："预演，预演一下还不行吗？总会实现的。"

十七楼看起来刚空出来，不少办公家具还没来得及撤走。小冯陪三人转着："看看，CBD中央位置，正对国贸，电视台、世贸中心都在步行可以到达的范围以内。"

罗英子满意地看着："租金多少？"

小冯立刻答道："一平十二含物业发票。您去打听打听去，全市最黄金的位置，这个价格已经算是洼地了。"

罗英子煞有介事地对那俩："还行哈。"

夏舒点点头："还行，不算贵。"

罗英子打了个响指："一切还都OK，我们回去商量一下，如果没有更好的地方就租这儿了。谢谢您。"

可能整个泾北也再没有比这儿更破的办公楼了，这里之前是家杂志社，漏水就算了，楼下可能是家饭店，偶尔还会漏烟，窗玻璃几乎都是破的，电线随便在墙里露出来，墙体都露出了砖，地面也破了。

刚才还在十七楼挥斥方遒的三人站在那儿，都看蒙了。

罗英子清了下嗓子："听说上一家是个杂志社，里边该有的都有，对于咱们来说够用了。"

夏舒好不容易找了个不脏的地面落脚："罗姐，我们就算租不起CBD，也未必租在这儿吧？你确定这楼明天不会塌吗？"

邱华环顾四周："明天肯定不会塌，但明年要拆，这是已经确定的了。"

罗英子嘿嘿笑着:"所以我们才租了九个月啊。你们对我们就这么不自信,觉得九个月我们还挣不出到CBD租房的钱吗?赶快,回去签合同,这儿,我们租了。"

邱华不解道:"既然如此,又何必跑到良诚所嘚瑟一趟?让他们知道我们最后租在这里不会笑我们吗?"

罗英子大咧咧道:"谁爱笑笑去。租到良诚所楼上去,是我们的梦想。梦想一定要有,万一实现了呢?走吧。"

"难道夏舒他爸被放出来了?"

老韩正靠在办公椅上,边喝茶边琢磨着三人上楼租房子的事,越琢磨越奇怪。

正想着,手机响了,老韩看了眼号码,神色疑惑地接起来

"是韩之通韩律师吧?我这里是平陵区法院。"

"啊,是我。"

"宋书敏诉何巧慧、周大民民间借贷纠纷,是你代理的吧?"

老韩一惊。

"谁?您说的这个案子我没听过啊。"

"韩律师,我们已经知道这个案子是你代理的。传票很快送到你律所,请你代何巧慧夫妇签收并填写送达回证,连同完整代理手续一并寄回。听明白了吗?"

老韩生怕对方挂了,赶紧说道:"法官您贵姓啊?谁说我代这个案子了,是不是有什么误会?"

电话那头的声音冷峻起来:"韩律师,我提醒你注意律师职业道德,不要再耍那些小手段,院里正在研究是否要就你的行为提出司法建议。听明白了吗?"

老韩面色铁青:"明、明白。"

片刻后,老韩站在那张牙舞爪地告状,方丽虹面无表情地听着。

老韩怒道:"内鬼!一定是所里出了内鬼。我的策略、布局,这不一下全被打乱了吗?方律师,您可一定得把这个人揪出来!"

这时,陈硕敲门进来:"方律师——哟,韩主任也在,那我先不打扰。"说着就要关门出去。

老韩赶紧叫住他:"陈律师,别走,你来得正好,也做个见证。"

陈硕打着哈哈:"什么事给韩律师您气成这样了?"

老韩拍着手背,表情夸张道:"老弟你可小心了,咱们所里出了内鬼!我那代理手续都没出过律所的门,法院就知道我是代理人了,这不是摆明了咱们内部出问题了吗?"

陈硕一副吃惊的样子:"啊!这么严重啊,方律师,这事您不能放任不管啊。"

老韩一拍大腿:"对啊,方律师,您倒是说句话啊。"

方丽虹忍无可忍:"够了!韩律师,之前我就提醒过你,让你不要用这些手段,你听进去了吗?我的态度是这件事到此为止,该干吗干吗去吧。"

"你!"

方丽虹低头看案卷,不再搭理老韩。老韩哼了一声,悻悻地出去了。

方丽虹见陈硕没动,抬起头。

"找我有事?"

"没什么大事,之前所里让我接手的董总那案子,目前一切顺利,来跟您汇报一声。"

"辛苦了,以后这个案子的事你和陶正说就行。还有别的事吗?"

"没了,方律师您忙,告辞。"

陈硕走了,方丽虹摇摇头,继续埋头看案卷。

破旧的办公楼里,罗英子、邱华和夏舒已经收拾出来三间办公室和一个会客室一个会议室,中间是有几个工位的办公区,三个人正站在那里心满意足地打量着。

罗英子高兴道:"不管怎么说,从良诚所跳出来还不到半年,我们已经有了自己独立的律所。"

夏舒尤为兴奋:"还有各自独立的办公室了。"

邱华苦笑:"可我怎么看着还是像个濒临倒闭的杂志社呢。"

夏舒道:"邱姐,快呸呸呸,咱不能拿自己和夕阳行业比。"

罗英子嘿嘿一笑:"别人夕不夕阳和咱没关系。只要我们心中有光,到哪儿都是朝阳。"

忽然雷声大作,外面开始下大雨了。

罗英子有点尴尬:"哈,太阳雨,好雨,主财的!"

夏舒突然叫了一声,罗英子回头一看,房顶漏了,雨水正滴滴答答地从屋顶漏下来,漏在地板上。

三人愣了愣,罗英子突然大叫:"赶快呀。"

一阵手忙脚乱,屋里已经摆满了各种器皿:盆、桶、饭碗,甚至喝水杯,应有尽有。三个人站在那里看着自己的劳动成果,哈哈大笑。

罗英子道:"等我们搬到良诚所楼上的时候,我们会怀念这儿的。"

这时夏舒手机响了,夏舒接完,一副没反应过来的样子:"法院的俞老师打来电话,说良诚所内部有人把老韩代理何巧慧的事捅到法院了,他明天一早就去良诚所送传票。"

罗英子和邱华同时叫道:"什么?真的?"

夏舒指着手机:"他还问咱们要不要一起去。"

罗英子兴奋道:"去!当然要去!现在就给宋阿姨打电话,咱们去医院找她。告诉她和许先生!"

罗英子、夏舒和邱华兴冲冲地走进来,许家声的床已经空了。

三人都有点蒙,罗英子急忙问一位路过的护士:"护士小姐,这病房里的病人呢?"

护士轻声道:"走了。"

邱华心里一沉:"啊?走了?上哪儿去了?"

护士道:"病人已经去世了。"

夏舒瞪大眼睛:"那他太太呢?"

护士摇头:"不知道。跟着护士把老先生送去了太平间,就没再回来。"说完走了。

宋阿姨孤零零地坐在公园的小湖边,手里还抱着许家声的棉外套和一顶毛线帽,她小心地择掉毛线帽上的白头发,又觉得不对,赶紧俯身去把择掉的头发捡起来。

罗英子三人赶到湖边,相互担心地看了一眼。

罗英子轻轻叫了一声:"宋阿姨。"

宋阿姨抬头看着她们,满眼泪痕,没说出话来。

罗英子轻声道:"宋阿姨,您节哀。"

宋阿姨摸着毛线帽:"家声的帽子上有好多白头发,我就给他一根根地捡,那会儿他被推进太平间,我怕他冷,就想着把帽子给他戴上,可还是没来得及。"

三人都不知道该说什么。

邱华先开口了:"宋阿姨,湖边风太凉,我们送您回家吧。"

宋阿姨摇头:"不,我想自己待会儿。三位律师,我何德何能,能认识你们,平白无故地给你们增加这些麻烦。我不想再打官司了。可是我没钱还你们,你们这份情,我只有来世再报了。"

罗英子急忙说:"宋阿姨,您这是说的什么话?我们来就是为了告诉您,法院那边明天就去给何巧慧的律师送传票,您的官司有救了,只要上了法庭,您的钱大部分都可以追回来呀。"

宋阿姨抚摸着帽子:"我不想要了,我累了。要是真能打回来,全给你们,就当是我欠下的律师费了,我想回家。"

邱华问道:"宋阿姨,您想干什么?"

宋阿姨摇头:"不干什么,我走了。"

夏舒哭起来："宋阿姨，您这样想对得起谁啊？我们三个这段时间辛辛苦苦地帮您，您难道看不见吗？您为什么只盯着那些狗屁不如的人？宋阿姨您一定要对人有信心，对世界有信心啊。"

宋阿姨抬起头，她看起来更苍老了："对不起，我……我没力气了。我先生一个人在那边太孤单，他对我也不放心……"

邱华一字一句地说："您别怪我说话难听，如果您就这样一走了之，事实上您和何巧慧他们就是一样的人。"

"啊？"宋阿姨疑惑地看向她。

罗英子说道："难道不是吗？您欠着我们的钱呢。您走了，您的案子没了原告，案子就得撤销，我们贴上钱帮了您半天，一分钱也打不回来，我们贴上的钱白贴了，别人还会说我们没代理好，逼死了自己的当事人。宋阿姨，您想死想活，没人管得了您，可您不能自己一走了之，让帮过您的人陷入不仁不义的境地。"

宋阿姨呆了呆："天哪，我这是活不成也死不了啊！"

罗英子继续道："所以您不能死！您咬着牙也得坚持着活！那些坏事做绝的人，伤害他人从来不会感到一丝良心不安的人都好好地活着，您为什么要死？活着，宋阿姨，哪怕被他们害得只剩下一口气也要活着，活着坚持到坏人受到惩罚的那一天，听见了吗？"

宋阿姨好像听懂了："听见了，我活着，为了你们这些好人活着。"

张全全正在厨房刷碗，邱华坐在客厅里，对着电脑发呆。

张全全向外看了眼："你们新租的办公室怎么样？用不用再装修一下，我有个同事他表哥就是干装修的。"

邱华叹了口气："我和英子租房已经花了不少钱，装修就先算了。"

邱华看着电脑上银行账户的余额，神情有些惆怅。

张全全刷好碗出来了，邱华全然不觉，还在盯着电脑。

"老婆看什么呢，这么专注。"

"全全，你现在一个月工资是多少？我算算咱俩一年能挣多少钱。"

张全全眼睛一转,笑了。

"明白了,等我一下。"他进屋取出一张银行卡,"这是我的银行卡,密码你生日,正式上交老婆大人。"

张全全郑重其事地递过来一张卡,邱华一惊。

"啊,我不是这个意思。"

"我懂,是我主动上交的。老婆管钱天经地义嘛,请老婆大人务必收下。"

邱华被全全逗笑了,接过卡来。

"那我就先替你保管吧。"

"你知道这卡里的钱我本来打算干吗用吗?"

"干吗用?"

"未来教育基金,留给咱孩子的。"

邱华"噢"了一声,刚才那点好心情忽然又没了。

"那我以后挣的每笔钱也会打一部分到这张卡上。"

"邱华,那咱们什么时候要孩子呀?妈今天还打电话催这事呢。她快退休了,一心一意地想让咱们早生孩子,她帮着带,也有个精神寄托。"

"全全,对不起,要孩子的事恐怕得以后再说了,我现在事业刚起步,立足未稳,一生孩子,起码三年干不了事,我付不起那么大的代价。给我点时间好吗?"

张全全看着她摇头:"你就是事业心太强了。"他还想说什么,邱华合上电脑:"全全,我先去洗澡了,今天有点累。"

张全全看着她的背影,叹了口气。

不得不说,老韩确实很硬气,最后也没主动去法院提交代理手续。

法院却直接上门了。

良诚所前台,老韩从书记员小俞手中接过传票,乖乖地在送达回证上签字。

罗英子、邱华、夏舒和宋阿姨站在一旁看着，旁边还围了不少人，法院主动上门给律所送材料，这是良诚所开天辟地头一回。

夏舒握紧宋阿姨的手，宋阿姨也很感慨。

邱华戳了罗英子一下，小声地："英子，你觉得会是谁在背后帮我们？"

罗英子愣了一下，走到陈硕办公室门口看过去，陈硕也在往她这儿看，两人对视了一眼，陈硕抬手敬了个礼。

还是那间茶室，何巧慧和周大民坐在老薛对面，两人面前分别摆着一份协议。

老薛偷眼打量了下二人："你们看看财产这样分割行吗？依照二位的意愿，公司所有股权全部留给女方，除了被原告要求查封的女方一套房产之外，剩下两套房产留给男方。按照公司的营收状况，这个协议还是相对公平的，甚至还可以说是女方占了便宜，毕竟公司是能生钱的嘛。对了，减去向你们三大爷的公司付了一部分款之外，公司的小账上还有不到二百万，你们看是留在公司作为流动资金呢，还是……"

何巧慧急道："也给大民吧，留在我这里，万一官司输了，公司账上的钱不得给她吗？"

周大民也赶忙应和着："对对对，留到公司账上，就等于留给了那老东西。"

"好，那我再改一下。我是建议公司小账上留一小部分，毕竟原告在公户上一分钱也没查封到，有点说不过去。二位要是同意了，就在协议上签字，然后直接到民政局去办手续。"

老薛眼皮耷拉下来，一边说一边在电脑上改着。

考进民政局不到一年，小郑就以为自己看破红尘，见遍了夫妻间的聚散离合。来她这儿办离婚的，要么两人全程冷脸仿若路人，要么一方哭哭啼啼一方冷眼旁观,要么就是到了民政局还打骂个不休,今天这两口子可是超出她的认知范畴了。

何巧慧和周大民正在离婚协议上签字,两人笑嘻嘻地还在说着什么。

小郑实在好奇,忍不住问道:"你们这是离婚吗?夫妻感情破裂了?"

周大民喜气洋洋地说:"同志,时代不同了,离婚也和以前不一样了哈。"

二人把离婚证接过来,何巧慧搂着周大民的胳膊,亲密无间地往外走。

"看老东西能怎么办。"

"就是就是,看她怎么办。"

两人正说着,老韩的电话打了过来。何巧慧一脸嫌恶:"那个老韩来的,这两天一直给我打电话。讹了咱十来万,什么事也不办。"

她想了想,还是撇撇嘴接起电话。

老韩显得挺着急:"你在哪儿呢?赶快来一趟,法院传票送到我这儿了。"

"啊,我不去,你就说找不着我们呗。"

何巧慧接电话的时候,周大民的电话也响了,他看看来电显示,走开了两步:"薛律师。"

听起来,老薛那边倒是气定神闲:"你在哪儿呢?你过来一趟,有几句话咱们当面说。"

那边老韩没说两句,何巧慧就急了。

"咱们委托书上有律师代为签收法律文书的权限,我收了就等于你们收了。"

"那你咋不躲呢?不是你教我们的吗?"

"法院直接打电话给我,我能不接吗?现在说这个有什么用,赶快过来，官司怎么打你不想听啊？"

"我在外面呢。我马上去你那儿。"

何巧慧挂了老韩电话，这边周大民也接完了。

何巧慧问道："老韩叫我上他那里去一趟，你去吗？"

周大民支吾着："那个老韩，我一看就烦。你自己去吧，我去催催老马的债。"

民政局门口，夫妻俩各奔东西。

会客室里，小田正陪何巧慧坐着，等了半小时老韩才进来。

"何巧慧，请到我，放心了，好几天连面都不露，心这么大啊？"

"韩律师，不是你让我们尽量躲的吗？再说有您咱这官司还用担心吗？"

"我啥时候给你打过保票？何巧慧，头一回见面的时候我就对你说过，你这案子，事实清楚，对方手里也有债权凭证，真到了庭审，咱们必输无疑。"

"什么？那韩律师我们花了十来万请您是干啥的？"

"一分钱一分货，你们请别人，就肯定输了，请到我，我肯定有办法呀。何巧慧，上次我和你说提高一下代理费，你咋想的？"

"官司还没打呢，代理费咋又要提高呀？"

"你提高一下代理费，我告诉你如何能保住你财产。"

"你先告诉我如何保住财产，咱们再商量代理费。"

老韩："哈，我告诉了你，你不提高代理费，我还有啥办法？"

"我提高了代理费，你和这次似的，又拿我一把，我有啥办法？"

老韩："我是你的律师，你得相信我。"

"我上次相信了你签了协议，你不是又来逼我提高代理费了？"

"你这个人可真是的。那算了，我不说了，咱们上法庭输去吧。"

"韩律师，你拿了我十来万，要是这么说，我就得换个地方和你说话了。"

老韩一开始就知道这何巧慧不是善茬，可这女人忽然变得这么难缠，这是他没想到的。几句下来，何巧慧是一步不让，老韩被她顶得直喘粗气。

小田低头看案卷材料，不时偷眼看看两人。

这时何巧慧开口了："韩律师，你还是先把办法告诉我。只要能保住我财产，代理费好说。"

老韩无奈道："好，我来告诉你：何巧慧，像你们这种情况，有一种办法或许走得通，通过离婚进行财产分割。"

小田差点笑出来，赶紧拿文件挡住半边脸。

茶室里，周大民和老薛相对而坐。老薛为他倒了一杯茶，周大民用手指轻点桌面，整个人的气场感觉跟前两次见面时都不一样了。

老薛自己啜了口茶，缓缓说道："你们虽然离婚不离家，但现在从法律上来说，你们已经不存在婚姻关系了。虽说你现在已经是腰缠万贯，不过你要做好准备，这个案子的判决结果，你们很有可能会输。法官可不是吃素的，如果法庭查出来你们有通过离婚故意转移财产躲避债务的嫌疑，你得做好法院一次次地调查你，最后还是把财产执行走的准备。"

周大民愣了愣，随即笑了："谁说我是假离婚？我好好地为什么要跟着她倒霉啊？和那个黄脸婆，我早就过够了。薛律师，谢谢您，这婚，我就是真离了。"

他端起茶杯主动碰了老薛的杯子一下，仰头一饮而尽。

何巧慧就这么看着老韩，老韩被她看得莫名其妙，不自觉地拿手擦了下脸。何巧慧笑了起来："就这？"

老韩一愣："对啊。"

何巧慧低下头整理了下衣服："这一招还想让我再拿钱？谢谢您啦韩律师，我和我老公已经离了。"

老韩顿时目瞪口呆:"什么?什么时候的事儿?"

"刚刚啊。你看看,离婚证还在身上揣着呢,刚从民政局出来。"

"你离婚,咋不告诉我呢?"

"告诉你干什么?让你再扒我一层吗?"

小田突然站起来:"对不起,我去趟洗手间。"

陈硕脚搭在桌沿上,正看着一份案卷,小田推开门兴冲冲地进来了。

"硕哥!"突然看到方睿,小田又不说话了。

"陈律师,我看看前台有没有您的快递。"方睿马上站起来走了。

小田赶快关上门:"硕哥,何巧慧来了,老韩正教她假离婚呢,没想到我已经教她了。你知道吗?薛律师已经帮她两口子离了,离婚证都拿到了。"

陈硕把脚拿下来:"田律师,你真能干,这主意不都是你出的吗?别叫你师傅知道了哦,他会嫉妒的。"

小田嘿嘿笑着:"放心吧,我哪敢贪他的功啊。硕哥我得回去,当事人还没走呢。"

陈硕笑着目送小田出去,摸起手机:"老薛,老韩正在这边教何巧慧假离婚呢,你那边怎么样了?"

茶室里,周大民已经走了,老薛拿着手机大笑着。

"放心吧。这老韩也真是的,还是个律师,法律上的事是闹儿戏吗?离就是离了,哪里还有什么真假?刚从我这里走了,你们那边的官司想怎么打怎么打,找到我们还早呢。对了陈硕,得空你上我这里来一趟。你给我介绍案子,你老哥哥也得知道投桃报李啊。"

小田从外面弓着腰悄悄回来,老韩正瞪着何巧慧,一脸的不可思议。

"离了?"

"离了。不离还等着开庭后再离吗?"

"财产都分给你老公,不,前老公了?"

"不给他,难道留在这里被那个老东西要回去吗?我们的钱都转到他三大爷那儿了。"

"你呢?你留了什么?"

"我那个公司啊。现在是个空壳了。"

"挺聪明是吧?"

"要不说这点事儿不值得加钱呢。"

老韩捂住脸仰躺在沙发上。

"蠢女人,傻瓜,猪是怎么死的知道吗?"

何巧慧一下子站了起来,立马不乐意了。

"咦,韩律师,我拿十来万雇了你,你得听我的,你咋还骂我呢?"

"不骂你骂谁?你叫人涮了知道不知道?"

"啥意思?"

"你把钱都给了你老公那边了,和他办了离婚手续,等打完官司,你负债累累,你觉得他还能和你复婚吗?"

何巧慧一下子愣住了。

"我把话说到前面,你没听律师的话,将来出现这种后果,和我没关系啊。"

老韩知道面前这女人已经没有任何支付能力了,顿时兴味索然。看她一眼的兴趣都没了,老韩说完就把头转向别处。

何巧慧反应过来,赶快掏出手机打电话。不知道周大民干什么去了,手机里很嘈杂。

"巧慧,有事吗?"

"大民,不行,我不能和你离婚。"

"啥意思?"

"韩律师说了,我现在和你离了,等官司输了,你不会和我复婚的。不行，你在哪里？你赶快过来，咱们再重新谈。"

"你在哪儿？"

"我在韩律师这儿呢。"

"你把电话给韩律师，我和他说几句话。"

何巧慧把手机递过来，老韩却不想接。

"韩律师，我老公要和你说话。"

"你们两口子的事，和我有什么关系？"

"你接啊。不是你说的我俩不该离吗？你接。"

老韩一脸无奈，不得已接过电话，刚一开口，手机里就传来周大民的骂声：

"你是个什么东西！我们出十来万请你帮我们打官司，你不办人事，咋还挑拨我们两口子的关系呢？将来我们两口子要是复不了婚找你哈。"

老韩强压着火解释："周先生，我只是在跟我的当事人何女士解释可能出现的法律后果。"

周大民咄咄逼人道："你啥意思？你不就是想再敲我们一笔钱我们没给你吗？老韩你听着，万一我和巧慧闹翻了，都是你的事，到时候你等着吧。"

老韩还想再说什么，看了一眼何巧慧，改了主意："对不起，对不起周先生，您误会了，您放心，我再把话和何女士解释清楚一点。对不起我还忙着，再见。"把电话挂了。

何巧慧瞪着大眼睛问道："你说他误会了是什么意思？"

老韩干笑了一声："意思是我对你们的感情状况了解不够，也许话说多了。何女士，我的话您不用在意，您做得很对，官司马上开庭了，您回家准备准备，到时候我陪您去出庭吧。"

"就是。我们花钱请了你，你就好好地帮我们办事，别成天出馊主意。走了。"何巧慧撇撇嘴，招呼都没打，拎包就走，小田跟着站起来，殷勤地把她送出去。

小田回来收拾东西，发现老韩还在那里呆坐着。

"师傅，她走了。"

小田怯怯地过去，想去拿起何巧慧用的茶杯。

老韩忽然抓起面前的茶杯摔了出去，吓得小田躲出去好远。

陈硕正好从门口过，见状也吓了一跳。

他走进来关心地问道："韩主任、韩主任，这是干什么？身体要紧。田律师，韩主任怎么啦？"

小田心有余悸道："刚来了个当事人……"

"韩主任，一个律师，能和当事人一般见识吗？息怒，息怒。"陈硕一边劝，一边捡起地上的杯子。他使了个眼色，小田如蒙大赦，赶紧快步出去了。

老韩气得直喘粗气："陈硕，以后我要向你学习。"

陈硕惊讶道："韩主任，您这是说到哪里去了？您是老江湖啊，咋还要向我学习？"

"这世上，有些人根本不值得帮，活该让他输官司。"

"韩主任，说到这个，还是我向您学到的，您自己咋把压身的本领忘了？"

"不不不陈硕，这一招我是向你学的。"

"哪里哪里，是我向您学的。"

"向你学的。"

陈硕哈哈笑："咱们互相学习互相学习。"

老韩的脸色也缓了过来："互相学习！向你学习为主，向我学习为辅。正好，那官司还没开庭呢，该怎么开怎么开吧，代理费反正拿到了，让他们输去。"

离开庭还有二十分钟，该到的差不多都到了，原告席上坐着宋阿姨，代理人是邱华和夏舒，被告席上坐着何巧慧，代理人是老韩和小田，罗英子很舒服地坐在旁听席上。

一个人过来坐在了她身边，罗英子转脸一看，居然是陈硕："你怎么来了？来看你哥如何被打脸的吗？"

陈硕奇怪道："我哥？我哪里有个哥啊？"

罗英子用下巴指着被告席："老韩啊。岂止是哥，简直就是孪生兄弟。"

陈硕一下子没绷住笑出声来，在安静的法庭上显得特别刺耳，引得人纷纷看过来。罗英子吓了一跳，用脚踢了他一下："找死啊？"

陈硕赶快收敛："对对对，我来看我哥如何开庭的，向老前辈学习嘛。不过，罗英子，你想过吗？就算你们赢了，拿到的，也可能只是一张白条。"

罗英子转头看向他。

"什么意思？"

"据我所知，何巧慧已经和她丈夫周大民离婚了，财产已经让周大民转移走了。"

"什么？你怎么知道的？"

"她老公的代理律师碰巧我认识，是老薛。"

"什么？哪里是什么碰巧？肯定就是你给他出的坏主意吧？"

"哪里哪里。"

"别谦虚，这种地方怎么能少得了你？你这个人，不光无良还无耻，你知道不知道你们可能逼死两条人命啊？"

陈硕看到罗英子恶狠狠地盯着他，哈哈一笑："你要真这么认为，我也不说什么了。就算是我也没啥，她又不是我当事人。保护自己当事人利益，难道不是你们的义务吗？"

罗英子气得咬牙切齿："你放心吧，我们的当事人一定能好好地活到拿回财产那一天，你的当事人——"

陈硕纠正道："不是我的。"

罗英子道："也差不多。会被剥夺得一干二净的。"

一个法官进来了,书记员喊了声"起立",大家一起站起来。

庭审进行得很快,邱华的举证简洁明了,主审刘法官低头翻着证据材料:"被告,对原告提供的这些证据你们有异议吗?"

何巧慧说:"没……"

老韩碰她一下,发言道:"有异议。"

"有什么异议?"

"对借款合同的真实性不予认可,原告与被告是干母女,关系密切,双方虽有款项往来,但没有借贷合意。借据上的签名也不像原告的,我们申请对借据落款签名的真伪进行鉴定。"

罗英子小声骂了句无耻。

刘法官抬起头:"你们怀疑证据是伪造的?"

老韩赔笑道:"我们没说是伪造的,只是对真伪有怀疑。"

刘法官看向何巧慧:"代理人先不要发言。被告何巧慧,你自己说,这些借据是真的吗?"

何巧慧不敢跟他对视:"是真的。可是法官,钱我花光了,我没钱还。"

刘法官又低头看证据:"根据原告提供的证据,你名下还有家公司,经常从事借贷业务,原告代理人说这公司去年流水近千万,你怎么就把钱花光了?"

老韩在下面碰她一下,小声道:"哭穷,哭穷。"

何巧慧忽然在法庭上抽泣起来,法官抬起头,狐疑地看着她。

何巧慧抹着泪:"法官,您是不知道啊,去年还行,今年生意不好做,去年挣的钱都赔光了,还欠下了一屁股的债。干妈——"

刘法官马上打断道:"不要对当事人说,对法庭说。"

"法官,我实在是还不上这些钱,我还三分之一行不?"

"你借人家三四百万,只想还给人家三分之一?"

"法官,您是不知道我和我干妈的关系,我叫她干妈,实际上比亲妈还亲。我干妈无儿无女，就我这么一个亲人，我还说以后给她养老哩。要不是这一层关系，我干妈也不能借我这么多啊。唉，一家人，闹到法庭上，我这心里……干妈，您要逼我全还，就是逼我的命了。我还您三分之一行吗？"

宋阿姨一听她提两人的感情就受不了，泪汪汪地看邱华和夏舒。

夏舒抓了下宋阿姨的手，微微摇头。

邱华面向审判席，字正腔圆地陈述道："被告虚构各种理由，骗取原告信任向其出借款项，直至原告所有存款借光。其所有借款本金不止诉请的这三百二十万，实际为五百三十七万，因为起诉时原告丈夫罹患癌症急需手术费用，原告因证据暂时无法全部收集，仅就诉请金额进行起诉，就剩余未主张部分，原告保留再次起诉的权利。被告的行为已经不是普通借贷，而是利用原告的善良，骗取信任后巧取豪夺。我们坚持全部诉请金额，并且不同意调减借款本金利息，以及分期还款。"

刘法官点头，然后看向何巧慧："被告，既然你们承认债权债务关系是真实有效的，那就没有不还的道理。本案事实清楚，法律关系清晰，咱们法庭就——"

这时老韩发言道："法官，我方虽然承认借过原告这些钱，但我方当事人现在经营困难，一时实在拿不出这么多钱来，希望法庭再给我们一些时间，我方当事人制订一个还款计划，交给法庭审查，如果法庭同意，再择期宣判如何？"

罗英子握紧拳头，小声骂道："混蛋，又在拖。"

邱华说道："如法官所说，本案事实清楚，关系清晰，没有再拖下去的道理。我们要求当庭裁判。"

老韩不急不慢地说道："法官，您就是当庭判了，我当事人也还不上，等于被告又打了张白条。三百万不是个小数字，我们需要一些时间。"

刘法官摇摇头，拿起法锤来敲了一下，法庭一时间安静下来。

"被告回去积极制订还款计划,本案择期宣判。休庭。"

老韩得意地往邱华这边看了一眼,收拾东西就走。

旁听席上,陈硕站了起来,和罗英子握手:"祝贺啊,又打赢了一个案子。"

罗英子瞪着他:"讽刺我呢?放心吧,会赢的。"

宋阿姨从法庭里出来,对着三人千恩万谢。罗英子让夏舒带她先回去,拉着邱华去了法官办公室。不用罗英子说,邱华也知道她想做什么,对宋阿姨来说,判决时间和判决结果同样重要,不能让老韩牵着鼻子走。

刘法官一手擎着刚脱下的法袍一手拿着卷宗回到办公室,看到邱华在那儿等着。

"还有事?"

"刘法官,这个案子您也说事实清楚,法律关系清晰,为什么还不当庭下判决呢?"

"当庭宣判毕竟是例外情况,而且被告不是说要制订还款计划吗,如果分期还款可行,原告实现债权应该比走程序到最后执行要快吧。"

"刘法官,您知道就在何巧慧收到传票后,她和周大民离了婚,而且把大部分财产都转移走了吗?"

刘法官拿起杯子刚想喝水,闻言停住了,有些吃惊道:"啊?什么时候的事?属实吗?有证据吗?"

邱华道:"另一个代理人夏舒律师已经去民政局调证据了。我方当事人六十多岁,身患多种疾病,丈夫身患癌症住院,因为没钱治病几天前刚去世了。对方在实行拖延战术,寄希望于在拖延期间我方当事人经受不住打击倒下,最终赖掉债务。法官,我方请求法庭尽快下判决。"

刘法官想了想,把杯子放下:"好吧,我们尽快出判决。"

法院附近的停车场,老韩和小田刚上车,何巧慧三两步走过来,把车门把住了。

"韩律师,你收了我十来万,就为了你上法庭说还款这句话的?要是还款,我还用得着请你吗?"

"你怎么能怪我?我在法庭上提出证据可能有假,要求做司法鉴定,不是你承认是真的吗?真实的债务、真实的证据,你让法官怎么判?"

"那,现在怎么办?"

"不是让我们提交还款计划吗?计划不得制订三个月吗?先拖三个月再说。"

"说一千道一万,最后我还是得输是吧?"

"这事,打你头一回见我我不就说得很清楚了吗?这案子,只要上法庭,咱们肯定输。"

"那我在你身上花这十来万图的啥?"

"别慌啊。要是一审判你输你还上诉吗?"

"当然啦。哪儿有这么轻易地还钱的?"

"那你来律所一趟,咱们签订二审代理协议,签完了,你交上钱,我再告诉你接下来应该怎么办。"

"韩律师,我就是打二审,也不委托你了。"

"随你。那你可真是花了十来万,就买了我上法庭说了一句还款了。"

老韩说完拉开车门就上去,何巧慧没再拦着,看着汽车扬长而去。

一小时后,小田领着何巧慧进了老韩办公室。

"代理费交上啦?坐,坐吧。"

"韩律师,前后您可从我身上挣了快二十万了,您要是不能帮我保住财产,可别怪我不客气。"

何巧慧一脸寒霜地坐下，老韩浑不在意。

"说这话，可就是侮辱我了。现在我把方法告诉你，记住了。第一，多跟法官沟通，跟法官说你在筹钱，还款计划也马上列好了，你有强烈的调解意愿。法院有调撤率的指标要求，肯定是希望你们调解的，我们就靠调解拖她们。第二，实在拖不下去了，一审判决下来之后，在上诉期满的最后一天，最好是最后一小时坚决提出上诉，赶在上诉期满前最后一刻把上诉状交上。这一上诉，说不定几个月又过去了。第三，也是最重要的一条，赶紧去找周大民，把你们的财产控制到自己手里来，别叫他弄假成真把婚真离了。让他把你从老太太那坑的钱全坑跑了。"

何巧慧听得直皱眉头，显然并不满意："我问过大民，他说是假的，只等官司打完我们就复婚。"

老韩哈哈一笑："这话你也信？我手里掌握着刚从你那里弄到的几百万甚至上千万，你来问我，我也会说离婚是假的啊。可二审你肯定也是要输的，到那时候你负债累累，周大民为什么还要和你复婚？要想测试是真是假也好办。你找个你最信任的人注册一个公司，然后叫周大民把转移出去的钱转移到这公司来，你看他办不办。"

何巧慧一下子站了起来，转身就走。

老韩急忙摆手招呼她："哎，哎，干什么去？我的话还没完。"

何巧慧已经跑远了。

周大民穿了一身新衣服坐在西餐厅的包厢里，对着手机不断拨弄着自己喷得油亮的头发。门从外面被推开，周大民突然眼睛一亮，一个老阿姨领着一个三十岁左右的女孩过来。女孩穿得很朴素，可挡不住天生丽质。

周大民赶紧站起来，偷偷拉了拉有些紧的衣角。

老阿姨满脸堆笑："大民，你早来了？我来介绍一下：这是我老姐妹家的闺女，叫雅丽，现在是个公司白领。前几年只忙事业了，个人大事耽误下来。雅丽,他就叫周大民,现在是个公司老板,有过一段婚史,没有孩子。没孩子是吧,大民?"

周大民搓着的手赶紧收回来,又不知道往哪儿放,只能夸张地来回摆着:"没有,没有。和前面那个,一直感情有问题,所以也没打算要孩子。你好,雅丽。"

女孩低着头,表情羞涩:"你好。"

老阿姨一看这架势,识趣地笑道:"二位这就算认识了。还需要我在吗?"

周大民赔着笑:"要不黄姨您去忙?"

老阿姨和女孩打个招呼,忙不迭地走了。

周大民怎么看怎么觉得满意,殷勤地招呼着女孩:"坐,你坐啊,雅丽,想喝点什么?"

偏偏这时候手机响了,周大民看看来电显示,脸上马上出现厌恶的神色。他又贪婪地看了女孩一眼:"雅丽,公司里有点事,你先把想喝的点上,我接个电话就来。"

周大民捂着手机跑出咖啡厅,外面车水马龙的喧嚣让他更觉烦躁。

"巧慧,有事吗?"

"你在哪儿呢?"

"外面呢。"

"法官还是叫咱们还钱。这事你说怎么办吧?"

"啊?韩律师呢?法官叫还就还了?那咱早还上多好,还用等到今天吗?"

"韩律师给想了些办法,得和你商量。大民你赶快回来。"

那个叫雅丽的女孩正安静地坐着,大民耷拉着脑袋回来了。

"雅丽,我不知道怎么说,我公司里有急事,我必须马上离开。雅丽我对你印象很好,所谓缘分,指的就是我这会儿的感觉吧?你能给我留下微信吗?我忙完了就约你。"

周大民诚恳地道歉。

何巧慧正焦急地满客厅转着,听到开门声,何巧慧赶快迎过去。

"大民,这官司还不知道得拖多久,那些钱,放在你那儿白放着,也没办法放贷出去。我用我表嫂的名字注册一个公司,你把钱转到新公司里来。"

周大民脸色一变,支吾道:"这个呀。巧慧,你说得对,那么多的钱,我不能让它趴在账上呀,我怕不安全,用它做了投资了,还都做的长线,一时半会儿回不来。"

"还真叫老韩说准了。"

何巧慧站在那儿看着他,周大民穿了身新衣服,一副新郎官的样子。

她扑上去抓住周大民就开始撕打:"周大民,你别想和我耍花招,那些钱是我的,你马上给我转回来。咱们是假离婚,那个财产分割的协议也是假的,你要敢不转,我就去告诉法官。"

周大民一把推开她:"何巧慧你看你现在的样子,像个泼妇,我真奇怪,我怎么就忍了你这么多年。对不起咱们已经离婚了,财产分割方案也是你同意的,以后咱们驴走驴道,马走马道,不要再来找我了。再见。"

"回来!你回来!"

何巧慧愣了愣才追出去,周大民人早已经走远了。

客厅里,三人正开着会。

罗英子用笔敲着桌子:"对方一边拖延时间,一边把财产转移走逃避债务。就算最后法庭查清他们是假离婚,可周大民如果把财产转移干净了,财产流向很难查清,最后执行起来还是困难重重。我们当务之急,是如何想办法阻止他们。"

邱华问道:"你说周大民的离婚律师是谁?"

罗英子把笔扔了:"还能有谁?陈硕以前的那个搭档啊,大正所的老薛。"

邱华不说话了，坐在那儿琢磨着什么。

罗英子继续道："夏舒，我们已经找过法官了，他同意尽快下判决，你现在的任务就是盯着法院，尽快下判决，并且督促法院尽快把判决书送达对方。对方肯定会提出上诉，咱们再催着二审法院尽快开庭。唉，碰上这种流氓，真是没办法，只能陪着他们玩。"

邱华道："你把这活儿派给夏舒白搭，她对付不了这样的恶人。"

夏舒张大眼睛："谁说的？那是没把我逼急。这回，你们就看我的吧。"

邱华沉吟着："不过也许我们什么也不用干，对方内部自己就会乱起来。"

罗英子不解："啥意思？"

邱华摇头："你想想怎么会这么巧？何巧慧的丈夫离婚案就会委托到老薛手里？"

"哪里是巧？分明是陈无良给他们出的坏招。"

"真是坏招吗？何巧慧这两口子我们都见识过了，她丈夫知道她逃不了还钱，这离婚，真是假的吗？"

罗英子眼睛一亮。

"你是说，何巧慧以为是假离婚，而她老公想弄假成真？"

"不存在弄假成真。只要两人办了手续，离婚就是真的。要是法庭判何巧慧还钱，她老公还会和她再复婚吗？要是何巧慧明白了这一点，她能放过她丈夫？"

"你的意思是说陈硕给他们出这损招的时候就想到了以后会发生的事情吗？可他为什么？"

邱华笑了："为什么我就不知道了。总之，这案子，咱们交给夏舒办吧，咱们得想办法找新案子。这案子的钱还不知道猴年马月能拿到，咱们得办新案子养家糊口。英子，我这里有个小案子，咱俩闲着没事打打呗。"

10

陈硕身端体直地站在那儿,搭箭、钩弦、推弓、靠位一气呵成,"嗖"的一声,一箭正中靶心,这边老薛却满脸黑线,他不仅脱靶了,还差点射到旁边人家的靶子上。老薛对着旁边一脸不满的小姑娘摆手致歉,赶紧收了弓。

"哎哟,老喽,眼都花喽。"

"老薛,这案子我刚看了,就平常一离婚案,代理费还不低,有啥为难的?"

老薛放下弓坐在旁边,感慨道:"陈硕,和你搭档多年,我只希望从你身上学会一样东西,就是当律师的时候别把良心装上。可不行,这玩意儿就在胸膛里,到时候就作怪。这笔钱多好挣,可我就是不忍心。"

一个舒展的收势过后,陈硕也放下弓坐过来,笑道:"你没见人家拿破仑说过吗?良心应该像一张琴,你平常没事别去拨那琴弦。再说这案子怎么啦?不就是离婚吗?离婚的时候夫妻共同财产怎么分法律规定得很清楚,依法办呗。"

"陈硕,这种事,就适合你,还是你来,我实在下不了嘴。"

"哈哈,上了岁数,牙口也不好了?那就我来,这世上就没有我下不了嘴的东西。"

"案子是我介绍给你的,咱们老规矩,三七开,你七,我三。"

"狠了点,二八吧。我现在不比过往,我现在多了个助理,还得分钱给他。"

"助理?自己找的?"

"哪里,所里给我派的,方丽虹的侄子。"

"方丽虹的侄子?给你当助理?不是派去盯你的吧?"

陈硕哈哈一笑，拿起弓来，又是一箭中靶。

"盯我干啥？我还怕盯吗？"

"那不行，三七，还是三七。"

与此同时，方睿正站在陶正的办公桌前。

"除了办案子，他就看所里其他人办过的案卷。我趁他不在的时候翻了翻，都是合伙人办过的案子。"方睿一脸不情愿地汇报着。

瑛华律师事务所，罗英子正拿着锤子叮叮当当地修着什么东西，邱华把一个薄薄的文件夹扔到桌上。

"一个离婚案，小田介绍过来的，要求给他百分之二十案源费。"

"不接！小田那副嘴脸，带着没出息的样。邱华，咱俩一出手就把一个死刑案办到了发回，现在真沦落到打离婚官司的地步了？君子富贵可以淫，贫贱不能屈，标的小于一百万的案子不接。"

罗英子跟个铁匠似的兀自在敲锤子，邱华看她这样子，忍不住笑起来。

"真不接吗？对方律师可是陈硕哎。"

"陈硕？陈硕已经沦落到接这种官司的地步了？"

"我不知道，反正代理人那行里写的是他的名字。"

罗英子一锤子猛砸下去。

"那姐接了。我还就不信了，非上法庭把他打服气不可！"

当事人很快就到了，邱华接引着她来到会客室，来的是个女人，微微跛着一条腿，走起来一脚深一脚浅的，她衣着朴素，看起来还很老相，要不是罗英子看过材料，知道来人也就四十多岁，罗英子都想叫阿姨了。罗英子大方地握手，女人也把手伸出来，罗英子感受到粗糙的手感。女人似乎也意识到什么，赶紧收回手，头又低了半分。

罗英子赶紧热情地说："您好您好。焦女士是吧？我姓罗，罗英子，这位是邱华律师。"

女人叫焦艳玲，她略带紧张和拘谨地点着头："你们好，给你们添麻烦了。"

与此同时，良诚所会客室，陈硕也在和他的当事人握手。他的当事人叫赵伟，年龄和焦艳玲差不多，但看上去要年轻得多，方睿在一旁陪着。赵伟穿着一身价值不菲的休闲装，脸上时刻挂着几分笑意，看起来悠闲自在。

"您好您好。赵先生是吧？我是陈硕。"

"陈律师，我朋友给我介绍的丁律师，可丁律师又把我转包给了您，丁律师说了，就没有您打不了的官司。"

"过奖，过奖。"

"您、您就是焦家私房菜的创始人？"罗英子明显有些吃惊，不自觉地又上上下下扫了一遍面前的其貌不扬的女人。

焦艳玲拘谨地说："也算不上什么创始人，就是打小因为腿脚不灵便，也不愿意抛头露面，就喜欢在家里琢磨着做菜。后来男人跑了，留下孤儿寡母没办法生活，只好试着开了家小饭店，没想到做着做着就出了名了，后来就开了这五家店。"

"焦家菜？你是说，焦家菜的老板娘是你老婆？"陈硕一脸的难以置信。

赵伟笑着："我也是这回回来才知道的。我走的时候，她还是个只知道抱着孩子求我别走的小媳妇，没想到我一走十八年，她居然成老板了，还开了五家店。我打听了，她的店都开在最热闹最高档的地方，一天的流水就有上百万。"

"可是，家里有这么棵摇钱树，您当初怎么就跑了呢？"

"别提了，我当初哪里想到后来的故事？我当时找她也是没办法，一个人跑到泾北来北漂，要工作没工作，要房子没房子，饥一顿饱一顿的,她不是泾北当地人,有户口嘛。"

"你们也看到了,我有残疾,打小也不大愿意和人接触,长大了也没个像样的工作,婚事就这么耽误下来了。后来人家给我妈提起了他。我们见面的时候,是个阴天,又没阴到需要白天开灯的地步。我和我妈坐在介绍人家里,他开门进来的时候,天不知道怎么就裂开了一条缝,阳光射下来,披在他身上。"

焦艳玲说着,脸上浮现出不易察觉的笑。

那时她已经二十多岁了,却还是怯怯地、紧张地躲在母亲身后。门从外面被推开,阳光突然照下来,一个高高大大的年轻人披着一身的阳光站在那里。男人的视线向屋里一扫,注意到了她,他目光明亮,笑容可亲。

赵伟说道:"你好。"

焦艳玲似乎醒了过来,脸上的笑意消失了,又恢复了那副拘谨怯懦的模样。

"我这样的人,也没啥资格挑不是?人家能看上我,就是我的幸运。两人头一回见面,就谈婚论嫁了,没过三个月,就结婚了。"

赵伟哈哈大笑。

"爱情?陈律师你可真逗,她一个瘸子,又瘦又黑,连句话都说不囫囵,我怎么会爱她呀?不就是为了在泾北有个免费落脚的地方吗?再说了,男人嘛,结婚,就那么回事,外面的天地,也不会因为你家里有了个老婆就变小了呀。"

陈硕一愣,又频频点头。

"领教了,领教了。"

方睿一直在电脑上打字记录着,听到这里也不由得抬了抬头看了看他。

焦艳玲叹了口气。

"结婚十一个月以后，我生了个男孩，本来以为有了孩子我们的婚姻就稳固了，没想到，我有了孩子第四个月，他连招呼也没打就跑了。"

"啊？去了哪里？"

"我也不知道。后来才听说他跟着朋友去了广东。我打电话不接，后来索性换了号。孩子十个月的时候，我得到了他的确切地址，背着孩子去广东找过他一趟，他躲在楼上不下来，我在楼下守了一天，他最后爬楼顶跑掉了。"

罗英子一拍桌子："这还叫人吗？"

邱华问道："他出走这些年，给过孩子抚养费吗？"

"哪儿有？自从他走了，没给过家里一分钱。其实，他在家的时候，也没往家里拿过一分钱。他那个人手里存不住钱，又没正经工作，在家里的时候也是花我挣的。"

焦艳玲苦笑着，轻轻摇头。

"老婆你不要，孩子可是你自己的吧？这么多年，孩子你也没管？"

"我不是不想管，我管不了。我连自己都喂不饱，咋管孩子？"

陈硕睨了赵伟一眼。

"那你在南方待了这十八年都干什么了？"

"玩呗。我天生爱玩，在哪一行里都干不长久。跟着朋友做过生意，赔了；跑过运输，赔了；干过快递，赔了；还在海上倒腾过东西，倒是赚了，可是被抓住，不光没挣着，还蹲了几天局子。可是人这辈子，不就这么回事嘛。钱算个什么东西？见识多才活得值，是不是？"

"是，太是了。赵先生的人生很多彩，很了不起。"

陈硕又是频频点头。方睿还在那低头打着字，他记录完赵伟的话，在屏幕上打了"傻×"两个字。

"唉，可我没想到，她居然在泾北干起来了。"

赵伟想起焦艳玲那副样子，不由得啧啧称奇。

"他走了，我也没工作，家里的老底吃完了，身边还有个孩子，我哭了几个月，也没人理，没办法，打起精神来开了饭店，谁知道，就火了。饭店从一家开到五家，从小胡同里开到高档酒店里。我一个人管不了，就请了人帮我一起管，我这连人前说话都不敢的人，居然成了老板。去年，孩子还考上了大学，住在学校里。就在这时候，他回来了。"

一家挂着焦家私房菜店招的高档餐厅前，焦艳玲穿着一身旗袍，正和一个穿西装的管理人员趴在柜台上低声讨论着什么，门口迎宾的服务小姐叫了她一声："焦总，有人找。"

焦艳玲一回头，吓了一跳。

赵伟穿着一件肮脏不堪的衬衣，脚上穿着拖鞋，又惊又疑地打量着上面焦家菜的牌子，又一低头，和焦艳玲的目光碰到了一起。

赵伟一笑："艳玲，我回来了。"

"我很高兴。我觉得我就像王宝钏，苦守寒窑十八年，就是为的等他回家，可没想到……"

单间的桌上放着几样精致的饭菜，赵伟正狼吞虎咽地吃，焦艳玲安静地坐在他一旁，目不转睛地看着他。赵伟感受到她的目光，并不看她，一边吃一边琢磨事儿。

赵伟吃完了，放下碗，焦艳玲温柔地说："吃饱啦？"

赵伟抽出一张纸巾抹抹嘴："艳玲，我是回来离婚的。"

"什么？"这回连邱华都不淡定了，和罗英子一起叫出了声。

焦艳玲苦笑着点点头。

"是，他要和我离婚。他是专门回来和我离婚的。"

这边陈硕也听呆了："你傻啊。你不说她现在身家几千万吗？你一文不名，回来就当老板，你离什么婚啊？"

赵伟很认真地说："我坐在那里吃饭的时候已经想明白了。我不喜欢这个女人，看她一眼都觉得多余，可我和她离婚呢？她的财产，就是我的，我起码得分一半吧？既然如此，我为什么不离？"

"他提出来要分你一半的财产？"罗英子差点把手里的笔掰断。

焦艳玲点头："对。他提出来要离婚，我不想离，可是他很坚决。我后来想，反正他一走十八年，我没他也一样过来了，离就离吧。可是他提出来，我所有的一切都是夫妻共同财产，要离婚，就要平分。"

一时间，陈硕没有说话。

一旁的方睿按捺不住："等等，赵先生，我有点没记录清楚，你是说，你在生下孩子第四个月就不辞而别，一走十八年，对吧？"

"对呀。"

"十八年后，你太太靠自己挣到了千万家产，然后你回来离婚，并且要求分走她一半家产，对吧？"

"有什么问题吗？"

方睿表情难以置信地看着他，摇了摇头。

赵伟不满道："陈律师，你这助理没事吧？什么意思啊？"

陈硕看了一眼方睿："您继续说。"

"陈律师，你助理没明白，你可听明白了吧？这法律规定难道你不比我清楚吗？我和她是夫妻，她的就是我的，我的也是她的。她所有的一切，都是夫妻共同财产，要离婚，当然要分我一半。"

陈硕目瞪口呆，一旁的方睿鄙夷地看着他。

罗英子已经是怒不可遏，焦艳玲却显得出奇的平静。

"天底下居然有这么厚颜无耻的男人,怪不得找了陈无良当代理。所以你找到我们,要和他打官司是吗?"

"不是,是他要和我打官司。我不同意,想少分他一点,他就把我起诉了。"

"这还是人吗?"

邱华咳了一声:"英子,你出来一下,咱们讨论几句。"又对焦艳玲一笑:"你这案子,情况有点复杂,我和罗律师商量一下。"

刚关上门,罗英子就爆了句粗:"×,这个世界是为坏人准备的吗?"

邱华苦笑:"在某种程度上说是的。信奉丛林法则的人总是更容易攫取到利益。英子,这案子有点麻烦。"

罗英子郁闷道:"是。不管他作为多么恶劣,焦艳玲创业的时候他们已经是夫妻关系了,焦艳玲赚的钱,他有权分割。"

邱华说道:"所以我建议,这案子最好别上法庭,劝双方谈判。她丈夫十八年音信全无,对家庭和孩子没负一点责任,要求分一半没有道理。但要一点不分给他也是不可能的。"

"对这种渣男,分给他一分钱都是多余。"

"可没办法,情是情,法是法。根据她的讲述,我敢说这位赵先生是个无情无义没有半点良知的冷血之人,上了法庭,他不会客气的。"

"更别说他还有一个和他一样的律师陈无良。不过你以为谈判解决他就会客气吗?"

"我们争取吧。"

陈硕回过脸来,偷眼给了方睿一个眼神,方睿像是很难收敛神色,只低头继续打字。

"可是,就算到了法庭上,你的主张也不会得到法官同情的。"

"我要法官同情干啥呀?法律不是那么规定的吗?法官也不能不

顾法律乱判吧？要按法律，我就该分一半。"

"你让我想想哈。赵先生，一个人活在世上，要钱很重要，名声也很重要不是？你这案子一打，对方肯定会把你的行为张扬出去，这对你的名声可很不利。"

"焦艳玲吗？她不会。"

"不是她。她还有律师呢。她的两个律师我可知道，其中尤其那个叫罗英子的，她为了打赢案子，可是无所不用其极。万一他们向社会公布了案情，你觉得舆论会同情谁啊？到时候如果成了舆论焦点，法官也不敢违反民意吧？要是出现那种情况，可是对你很不利的。"

"不要紧，我拿了钱就走，别人说啥和我有什么关系？"

"赵先生，现在地球就是一个村，中国就相当于这个村里的一个大杂院，你能上哪儿去？"

"那，陈律师，要您说，咱们怎么办？"

"我的意思，咱们尽可能别上法庭，和对方通过谈判解决问题。对方会考虑到焦艳玲所有赚的财产，都是在你们婚姻关系存续期间，一旦离婚你有权要求分割。在这种情况下，我们讨价还价的空间还是有的。"

"不是一半吗？怎么还要讨价还价？"

"赵先生，您毕竟一走十八年，这份家业全部是你老婆创造的，你要分一半，怎么也说不过去。所以，我们还是谈谈看，可以吗？"

赵伟艰难地点点头，明显很不情愿。

瑛华所这边，罗英子和邱华又坐到了焦艳玲面前。

邱华问道："焦女士，尽管这份家业是您创下的，但你们的夫妻关系一直存续，要按法律规定，如果不是那几种少分或不分的法定情形，您的家产就是夫妻共同财产，您丈夫要求分割，有法律依据。我们想尽可能和对方通过谈判来解决问题。您同意吗？"

焦艳玲连连点头："同意。我不想上法庭。毕竟夫妻一场，他还是我孩子的爸,别闹得太难看。"

"对方要求分割夫妻共同财产,您的底线是什么?同意分他多少?"

"他要分我一半,我肯定不同意。再说了,饭店又不能分给他,要分就是钱。他把我流动资金抽走了,我的生意怎么办?我的意思,我不想和他太绝情,如果他分一部分,我是同意的。他这个人存不住钱,如果换一种方式,比如每个月给他多少,我觉得会更好。"

罗英子忍不住开口道:"不好。焦女士,您是不是对他还有幻想?"

焦艳玲又是摇头苦笑:"都到这一步了,还有什么幻想哟。"

罗英子道:"那为什么还提出来每个月给他一部分?送您六字箴言,最好的办法就是离婚、拿钱、走人。以后就当这个人死了,想也不要想,不要纠缠不清。"

邱华问道:"焦女士,我冒昧地问一句:他一走十八年,这十八年里您就没想过和他离婚,另外开始新生活吗?"

"没有。我总想着有一天他还会回来。我知道他贪玩,也存不下钱,有一天他玩够了,缺钱了,就会回来吧?"

"您瞧,还真叫您说中了。"

话一出口,罗英子就后悔了。焦艳玲闻言又低下头。

邱华担忧地看了罗英子一眼,罗英子知道,邱华是担心焦艳玲对赵伟还抱有幻想。这种情况下,跟赵伟是不好谈的。

罗英子问道:"焦女士,您独自创业十八年,打下了一片江山。这十八年,您就没遇到过爱慕您的男人吗?"

焦艳玲看了一眼自己那条跛腿:"啊?我这个情况,谁会喜欢我?就算有个有意的,你也不知道人家是图什么。"

罗英子苦笑:"有钱也不是什么好事哈。焦女士,到了谈判的时候,您多听听我们的建议可以吗?"

焦艳玲犹豫一下:"可以。但是,我不想搞得他太难看。"

罗英子斗志昂扬:"他吃相难看,难道是别人搞的吗?我们是怕您心软,以后后悔。就这样吧,咱们和对方联系,开始谈判。"

三人又商量了一会儿，焦艳玲道过别，站起来往外走，邱华赶快拉罗英子一把，小声地："送送她。"罗英子站起来，跟着她送到门口，还想往外走，又被邱华拦住了。

邱华笑着打招呼："焦女士，慢走，我们不送了。"

邱华把门关上，罗英子一脸蒙。

"你啥意思呀？又叫送又不叫送的。"

"你没发现吗？和我们一起走的时候，她总是落在后面，她是为她的那条腿自卑。她起身走，咱们坐着，她肯定觉得我们在后面看她。送到门外，还得一起走一段路，我怕她也不自在。"

"天哪，我以前没发现你这么善解人意。"

"那得分对谁啦，像你这么强大的心脏还用得着别人解吗？那和对方联系谈判的事吧。"

"为什么我们主动联系？等他们来电话呀。"

"大姐，别因为对方是陈硕就端着行吗？咱们是被告，你不联系，只有等着上法庭了。"

"你和他联系。我一想到他那副无良的嘴脸就恶心。"

"不至于吧？事儿不大，我告诉你了，你爱打不打。走了。"

陈硕和方睿已经送走了赵伟，一起往回走。陈硕好奇地看了一眼方睿抱着的电脑。

"我看你一直在记。"

"对啊。我把你们的对话全记下来了，也许以后用得着呢。"

"不是没有胜负心吗？这么认真干什么？"

方睿笑了笑，偷偷把刚才打的那一行"傻×""王八蛋"删掉。

"没有胜负心，也得有责任感啊。这是我分内的工作，而且看姓赵的这架势，万一将来他反咬一口，我留个记录也有用。"

"那你觉得这案子是应该上庭还是谈判？"

"说实话，我希望他拿不到钱。"

"你倒是很有正义感。"

这时手机响了,陈硕接起来。

"罗正义,几天不见这是想我了?"

"油腻。陈无良,今天晚上七点酒吧见,不来你就完了。"

他还没来得及说话,罗英子就挂了。

陈硕笑了:"方睿,今天我带你进行一下律师实务培训,晚上叫上小田跟我喝酒去。让你见识见识我是怎么收拾被告的。"

酒吧角落的卡座里,陈硕和方睿、小田三人有说有笑。

陈硕把酒杯端近方睿:"闻闻,闻出什么味儿来了?"

"有点花香。"

"你尝尝。"

方睿喝了一口:"还有点水果味儿。"

陈硕看小田:"你说呢?"

小田闻了闻:"钱味儿,我就闻出钱味儿来了。这酒挺贵吧?"

陈硕不由得竖起大拇指。

"不愧是韩主任带出来的,会抓重点。方睿,其实我没想听你聊这酒是雪莉还是干邑,我就想让你知道这酒很贵,而我愿意请你。这才是重点,懂吗?"

方睿摇摇头。

"今天会上你一直追问他,对他的品德很不屑,但这不是重点,就像我问你那杯酒是什么味道一样也不重要,我们的重点只是让当事人利益最大化。"

方睿若有所思:"我大概懂了。"

陈硕说话时,罗英子不声不响站在了他身后。

"陈无良,又在这儿传播歪理邪说呢。"

陈硕回头看到她,哈哈一笑:"我这儿说的都是做律师的干货,怎么说是歪理邪说呢?"

罗英子冲旁边一摆头:"过来,谈一下。"

陈硕乖乖跟着过去了。

陈硕大咧咧地坐下:"说吧,谈什么?谈多久?一辈子还是半辈子?你说了算。"

罗英子翻了个白眼:"又土又油。说正事,我找你是来谈赵伟焦艳玲离婚案的。你成天吹牛百万以下的大案不打,这不鸡毛蒜皮你也不放过嘛。当然啦,他这案子,估计除了你,也没别人愿意接,太考验良心了。"

陈硕求锤得锤似的哈哈大笑。

"所以才找我啊。我无良啊,不用考验。你啥意思啊?我们已经起诉了,咱们等着上法庭再见不就完了吗?"

"我们的意思也是上法庭。可当事人的意愿还得尊重不是?女方还是希望先谈谈。"

"没什么好谈的呀。"

"陈硕,你少给我来这一套。你给个痛快话,谈不谈?不谈,我们就上法庭。"

"好好好,谈,咱们就在良诚所谈。"

"回见。"

罗英子说完扭头就走,陈硕回到吧台,一脸春风得意。

小田谄笑道:"方睿,一看硕哥这状态,就是和罗律师谈妥了呀。"

"还是你有眼力见儿。"陈硕转头看着方睿:"方睿,焦艳玲同意暂时不上庭,先谈判。明白什么叫性价比了吧?诉讼离婚我们未必占得到便宜,而协议离婚,这钱对方不得不出,至于能出多少,得看我们的本事。"

方睿自言自语似的嘟囔着:"看来做律师,不但要讨回公道,讨价还价也很重要。"

"悟性不错嘛。"

"对了,陈律师,刚刚那位是罗律师吧?"

"你认识?"

方睿点头,一脸神往的样子。

"但她可能不认识我。罗律师和邱律师曾经把死刑打到了重审,是我们几个年轻人心中的神话。"

"哈哈,神话?方睿你的神话也太接地气了。"

"罗律师很了不起,不过邱律师也了不起,人狠话不多。"

小田插话道:"有句话叫咬人的狗不叫,像罗英子这种能叫的狗其实不咬人。"

陈硕暗地白了他一眼。

方睿问道:"陈律师您是喜欢罗律师的是吧?"

陈硕一惊:"这个你都能看出来?"

方睿点头:"我就是觉得,对方要不是罗律师,可能这种案子您不会接。"

陈硕愣了愣:"哪里,我这人不挑食,只要有钱挣,啥案子都接。"

罗英子回到所里,疲惫地把包一扔,瘫在沙发上。不一会儿,夏舒臊眉耷眼地进来了,有气无力地:"罗姐,回来了。"

她过去坐在罗英子旁边,从包里拿出一块压扁了的三明治啃了一口。

"怎么样啊,大小姐?"

"判决下来了,支持了咱们全部诉讼请求,但对方收到判决后表示会上诉。"

"上诉了吗?"

"他们只说要上诉,还有跟法院走程序。"

"老韩肯定又在使坏。宋阿姨知道吗?"

夏舒点点头,又重重地叹了口气。

"唉,许总走后,她成天没着没落的,今天就跟我一起去了法院。当初法院帮她交的六个月房租已经用光了,房东催她交租,她哭了,说想去找何巧慧的律师谈，但我没让她去，我怕她被气死。所以，她现在也不知道怎么办了。"

罗英子看向她："你呢？你想怎么办？"

夏舒思忖着："我要去找老韩。我要逼老韩马上提交诉状。"

罗英子担忧道："夏舒，老韩可是块牛皮糖，没脸没皮，油盐不进。"

"兴许……我现在也是呢？"夏舒突然笑了。

陈硕陪着赵伟坐在会议室里，方睿坐在他身旁，面前还是放着一台笔记本电脑。

陈硕想了想，还是开口道："赵先生，我再提醒一句：您要求分割夫妻共同财产，有法律依据，但在道义上，得不到任何同情。所以，我建议咱们适可而止。"

赵伟笑着："陈律师，我花钱请了您，您得听我的是吧？"

"那是当然。"

"那就别说了，谈着看吧。"

罗英子和邱华陪着焦艳玲走进良诚所前厅。罗英子一身高档职业装，高跟鞋在地板上敲着清脆的声响，走起路来目不斜视，邱华衣着朴素和她走在一起，焦艳玲像个受气的小媳妇，穿得也很朴素，跛着一条腿，低头跟在她们后面。

有人和她们打招呼："哟，罗律师、邱律师，回来啦？又办了啥大案子？"

罗英子笑道："保密，怕说出来吓着你。"

到了会议室门口，罗英子刚要推开门，陈硕热情地迎出来了。

"来了？赵先生，老话说得好，一日夫妻百日恩，来，和焦女士握握手。"

赵伟不情不愿地过来，焦艳玲一边和他握手一边还殷切地看着他，赵伟却别过头去。

陈硕向对方示意着站在一旁的方睿："二位律师好。来，我介绍一下，这位是我的助理方睿。二位应该认识的。"

罗英子点了点头，倒是邱华和善地对方睿笑笑："方睿，记得的。证考过了吗？"

方睿红了脸："还没有，师姐，今年继续努力。"

陈硕热情地招呼着双方落座，他和赵伟坐一边，罗英子和邱华陪着焦艳玲坐在对面。

众人坐定，陈硕开口道："焦女士，罗律邱律，本来我们想通过诉讼离婚的方式处理财产分割，既然贵方有意愿通过尽量温和的友好协商，而不是上法庭诉讼的方式解决问题。我方希望本着互谅互让的原则，合法合理地解决问题。"

罗英子板着脸："别废话了，有什么要求，说吧。"

赵伟闻言，略感惊讶地看了罗英子一眼，罗英子犀利地瞪视回去。

陈硕一看两人这气氛，赶紧切入正题："罗律，这次谈判是应你们主动要求的，赵先生已经向法院提出了离婚起诉，我们见面正确的地点应该在法庭上。当然，如果能通过谈判解决问题，给夫妻双方留下一些体面，也是我们乐于看到的。但谈判的前提和依据，必须是法律。我们的要求很简单：双方已经分开了十八年，夫妻关系名存实亡，所以我方要求离婚；第二，依据法律规定，依法分割夫妻共同财产。"

罗英子回应道："我想先阐明这个谈判的事实背景，你的当事人十八年来抛妻别子，对家庭和妻子完全不负责任，未尽一点义务，严格说起来，他已经涉嫌遗弃罪，理应追究他的刑事责任。关于条件，你们提出的第一条我们同意。第二条，你的当事人完全放弃了他作为丈夫的责任和义务，对这份家产也未建尺寸之功，要求分割是完全没有道理的。相反，他应该支付这十八年来孩子的抚养费。"

陈硕笑了："罗律师，刑事犯罪可是严肃的概念，构成遗弃要看情节是否恶劣，是否造成了严重后果。这还需要我给你普法吗？更何况，一上来就给人安上刑事罪名，你这是协商的态度和方式吗？"

罗英子气愤地看着他："陈律师，说这话不是欺负人吗？你明明知道是赵先生对焦女士的遗弃，把焦女士逼成了企业家，还一个人把孩子健康地抚养长大。请问这一切和赵先生有什么关系？"

陈硕避重就轻："当然有关系啊，他和焦女士的夫妻关系一直存续嘛。"

邱华咳了一声："这样谈判是不会有结果的，我建议双方都客观现实地面对这个问题。从法律上来说，焦女士的家产属于夫妻共同财产不错，可客观事实就是所有的财产都是焦女士一个人创造的，和赵先生没有任何的关系。现在赵先生提出来要分一半，良心上过得去吗？"

陈硕换了一副严肃的面孔："邱律，咱们都出场了就别谈良心了。"

罗英子气愤地瞪他，陈硕视而不见。

邱华继续说道："我方的建议是鉴于历史的情况，焦女士愿意分割十分之一给赵先生。"

赵伟直接说道："不可能。少了一半免谈。"

罗英子说道："分一半是不可能的。赵先生，您可能不懂，您的律师应该知道，你们这种情况，就算上了法庭，法官也不会支持你分一半的。我想问一下，你方的最低要求是多少。"

陈硕一摊手："我方想先知道贵方的最低要求是多少。"

罗英子和邱华转过身来，低声和焦艳玲商量。片刻后，邱华转过身来："三分之一，不可能再多。"

陈硕咳了一声："三位在这儿坐一会儿。赵先生，咱们到我办公室里商量一下？"

陈硕和赵伟拉开门出去了，方睿赶快起来给她俩添水："罗律师、邱律师，喝水啊。"

邱华客气地说："小方，你回避一下好吗？我们也和我们的当事人商量一下。"

罗英子眯着眼睛看着走出去的方睿："我怎么对他没印象了？"

邱华小声道："方丽虹的侄子。"

陈硕带着赵伟进了自己的办公室。

陈硕关上门："赵先生，三分之一，应该也有上千万了，我觉得哪怕上了法庭，也不可能再多了。同意了吧？"

赵伟看着他笑着："陈律师，您刚才说得可真好啊。可是，既然咱们能分一半，为什么要三分之一啊？"

"您坚持要分一半，不怕万一事情闹大了，受到道义上的指责吗？"

"您刚才不是说了吗？您都出场了还谈什么道义良知啊？咱们不就是为了钱来的吗？"

陈硕目瞪口呆，一时语塞。

"陈律师，您是我的代理律师，您要保护我的利益。我不怕什么道义指责，我拿到钱就回南方，别人说什么关我什么事？这家产，我非分一半不可。"

会议室里，三个女人也在紧急商量。

邱华道："焦女士，看这个样子，你这个丈夫不会同意得到三分之一。如果他不同意，下一步您想怎么办？"

焦艳玲犹豫着："再给他加点？如果加得更多，我这生意就不好做了。"

罗英子态度坚决："焦女士，您不应该再让步了，三分之一也是多分的，就算上了法庭，法官判的也未必比这更多。"

焦艳玲又出现那副怯怯的样子："那怎么办？我不想闹得太难看。"

邱华问道："他这十八年在南方过得怎么样，您一点也不了解吗？"

焦艳玲摇头:"不了解。只知道他回来的时候,打的出租车费还是我付的。"

罗英子若有所思:"夫妻共同财产不光是指你的财产,他的财产也是共同财产,换言之他的债务……"

陈硕换了个角度劝说着:"对啊,夫妻共同财产不光指你老婆的,你的也是。你要分人家的,人家也会提出来分你的。"

赵伟笑起来:"分啊,我正想分给她,我还怕她不分呢。我在南方欠了人家好几百万,来以前已经上了法院的限制消费名单了。"

陈硕又愣住了。

"陈律师,不管怎么说,你是我花钱请的,给你的二十万还是我借的,你得替我说话。"

"好好好,咱们回去继续谈。"

陈硕挠了挠头,硬着头皮起身出去了。

三个女人还在那儿嘀咕,陈硕陪着赵伟回来了,方睿跟在后面。

罗英子面无表情地问:"商量好了吗?接受不接受?"

陈硕一副义正严辞的样子:"事实上,在这个问题上没有什么谈判的空间。我方坚持法律的立场,依法平等分割夫妻共同财产。"

"好啊。那男方的财产也要平等分割。"

"这也是我方的立场。我方目前欠债三百六十七万,这笔债务,也理应依法平等分割。"

"什么?"

三个女人同时叫了一声。

与此同时,夏舒也来了,她气势汹汹地越过前台,直接向办公区走去。

值班律师看到她,连忙问前台:"哎,那不是夏舒吗?她来干吗?"

前台惊得赶紧放下手机："夏律师、夏律师，您预约了吗？您找谁？"

夏舒头也不回："我找韩之通。"

"东岳建工，五十；煜扬科技，十五；鑫通，二十；五十加十五加二十……可以可以。"

老韩跷脚靠在座椅上，正在办公室里按着计算器算钱，越算越美。这时，夏舒突然闯了进来。

小田跟上来："哎哎，夏舒，你不能进。对不起啊韩主任，我没拦住。"

老韩摆手示意小田出去。

夏舒把判决书放在老韩桌上，冷脸道："韩律师，一审判决下来了，你们既然已经表示要上诉，那就不要拖了。"

老韩跷着脚，斜睨着夏舒："你们律所的人火气都很大啊。女孩子，火大容易长痘，要不要我给你们介绍个老中医，去去火。"

"韩律师，我说得很清楚了，请你的当事人马上上诉。"

"夏舒，法院判谁你找谁去呀，我怎么知道被告要不要上诉啊，你找我干什么？我可听说了，那老头不是人都没了吗？那老太太还急着要这钱干什么啊？买墓地啊？双穴的啊？"

夏舒沉了沉，深呼吸几下，突然把办公室门打开，扯着嗓子大喊："韩之通！你个不要脸的东西！"

老韩鞋都没来得及穿，从座椅上弹了起来："你、你、你说什么你……"

夏舒站在门口："你你你什么你！你律所里性骚扰，法庭上耍无赖，你办公室里不穿鞋，成天就知道捧着个计算器瞎算，我回头给你买个算盘算死你得了！"

大办公区里，几十号人齐刷刷地看过来，老韩急得脸通红："你闭嘴！小田，小田呢？叫保安！给她轰出去！"

门口瞬间就围上了人，所有人都竖起耳朵听着，跟看科幻片一样看着这边，不时窃窃私语。小田继续趴在电脑上，装作听不见。罗英子和邱华、陈硕也听见了动静，从会议室闻声赶来。

夏舒走了两步，面朝办公室门口，喊得更大声了："你叫你叫，你大声地叫，你自己富得流油，员工穷得挂相，你以为谁想搭理你？你想拖死我当事人，你不配当律师！"

老韩趿拉着一只鞋三两步追过来，看样子是气疯了："夏舒！泼妇！你一个罪犯的女儿，你还有脸来说我？你们就该一起蹲监狱，我告你诽谤！"

夏舒浑不在意，继续输出："韩之通，记性这么差还干律师啊，买点鱼油补补吧你！你早就接受了委托，权限里也有代收法律文书，但你就是生生拖着不接一审传票，把我当事人的丈夫拖死。如果你不抓紧上诉，我现在就去司法局告你。恐怕还没等你告我诽谤，你已经做不成律师了，到时候别忘了委托个好律师！"

夏舒没再给老韩回骂的机会，说完扬长而去。

老韩想追出去，又发现自己只穿了一只鞋，他把判决书狠狠摔在地上，对着众人咆哮："看看看个屁！都滚蛋！"

夏舒走出大办公区，才发现罗英子和邱华跟着追了出来。

夏舒余怒未消，定了定神："罗姐、邱姐，韩之通敢再玩阴的，我天天来闹。"

罗英子和邱华对视了一眼，给夏舒竖了个大拇指。

罗英子不可思议地上下打量："夏舒，你这嘴是刚长出来的吧？这么好用？"

邱华也惊叹道："夏舒，我过去真小看你了。"

夏舒气还没喘匀："我也不想这样，可对付老韩，只能发疯共沉沦。罗姐，我有预感，虽然能继续往下走程序，但何巧慧肯定不会就范，咱们怎么办呢？"

这时，陈硕也凑上来惊叹道："这还是夏舒吗？能把我们韩律师都治服了。罗英子，你们律所的女人，都这么彪悍啊？"

罗英子没有好脸色："你闭嘴吧陈无良，就今天你跟你当事人这无耻嘴脸，咱们将来免不了要上庭，回头我也把传票摔你脸上。"

陈硕哈哈一笑："要是你摔，那我肯定伸脸去接。走了。"

罗英子翻了个大白眼。

夏舒在前厅找个地方坐下等着罗英子和邱华，前台人来人往，不时对着她指指点点，却没人敢上前搭话，夏舒视若无睹，自己去前台接了水，回来继续坐着。罗英子和邱华出来了，不出所料，赵伟死不松口，谈判无果。

送走焦艳玲，三个女孩又凑到一起商量宋阿姨的案子。

邱华担忧地说："英子，这事咱们还没彻底解决。他们倒是上诉了，可是走完二审程序再走执行，继续拖个一年半载也有可能，可宋阿姨没地方住了，她拖不起。"

罗英子点头："没错，这个案子，咱们把能赔的钱都赔上了，能跑的腿也都跑了，还有一件事要做，就是剥光他们！让他们把吞下去的加倍吐出来。夏舒，从今天开始你不用干别的了，想一切办法找到曾经从何巧慧放贷公司借过钱的客户，了解她经营的情况，掌握她的违法信息。"

夏舒眼睛一亮。

"这个案子，就算我们赢了，那部分没有证据支持的也要不回来，更别说她这几年拿着宋阿姨的钱放贷，早就赚得盆满钵满。我们先拿到她非法经营的证据，用坐牢逼他们就范，他们一旦真害怕了，宋阿姨的钱就能回来。至于剩下的钱，我们得想办法把他们剥夺得一干二净！"罗英子回头看了眼良诚所的办公楼，恶狠狠地说。

咖啡厅包厢里，一个未老先衰的男人坐在那儿，神情萎靡。夏舒推门进来，男人赶快站起来。

"是孙先生是吗？"

"哎。您找我……"

"孙先生，您曾经在何巧慧开的盛茂信贷公司里借过一笔款是吧？"

"唉，借过。就是这笔款把我压垮了。"

"孙先生，我正在找盛茂信贷公司的受害者，您是我们找到的第一个人。您愿意不愿意把当时的情况详细地告诉我们？以便让我们掌握充分的证据，将来让他们受到法律的制裁？"

老头兴奋地连连点头："啊？愿意，愿意。"

一间办公楼下，女人抱着个纸箱子和夏舒交谈上，纸箱里面全是她的办公用品。

"他们太黑了！我刚开始为了买房才从他们那儿借了一笔，结果越欠越多，我今天被公司裁了，工作没了，我拿什么还？拿命吗？"

"张小姐，我们正在收集他们涉嫌犯罪的证据，准备刑事控告他们。咱们找个地方聊聊好吗？您提供的证据越多，我们的胜算越大。"

"可以，可以！"

医院小花园里，一个老太太坐在轮椅上，老太太眼神浑浊，旁边的女儿不时给她擦着口水。

"当时是为了给我妈治病，我不得已才借的。前阵子，他们还来医院闹过，还差点打了我们。"

"那你现在还有钱支付医药费吗？"

女儿摇摇头，拿起手绢擦了擦自己的眼睛。

"明天出院，不治了。对了，夏律师，他们当时来医院打人我全录下来了，这个对你们有用吗？"

"当然有用！我们已经找了十个受害人了，除了文字资料，视频证据对我们起诉很有帮助。"

"我现在就发你。"

桌上是没吃完的三明治，夏舒在电脑前整理着这些天收集的证据和证言，将证据挨个装订、粘贴，这些全都是在何巧慧公司借过钱的人提供的。

罗英子和邱华来上班，看到夏舒睡在电脑前，旁边是几个整理好的证据卷。

罗英子小声对邱华说："她这几天联系受害人，都没回过家。"

邱华感慨道："看来大小姐自从在老韩那儿发过疯之后，真是脱胎换骨了。"

罗英子心疼地看着她："被现实打击过一遭，她这次是真长大了。"

"罗姐、邱姐！"

夏舒醒了，起身拿着文件夹过来。

"夏舒，精神可嘉啊，邱华也夸你呢，她可不轻易夸人哦。"

夏舒嘿嘿笑着："邱姐、罗姐，我已经找了十个受害人，收集的证据肯定够何巧慧他们喝一壶的了。你看，咱们接下来怎么办？"

"夏舒辛苦整理的证据，咱们得让何巧慧看看。不但要让她看，咱们还要告她。"

"但咱们目前代理着宋阿姨的案子，跟他们有点利益冲突，别到最后被反诬一口涉嫌敲诈，对宋阿姨不利。可找谁合适呢？"

邱华接过文件夹，笑了："夏舒，你罗姐心里已经有人选了。没错吧？"

罗英子笑笑没说话。

周大民坐在沙发上看着面前张牙舞爪的何巧慧，越看越心烦，也越看越恍惚，他此时甚至有点心疼自己。自己当年是怎么被猪油蒙了心，找了个素质这么低的人当老婆，这些年自己是怎么过来的啊。

"周大民,这官司再打也就这样了,按韩律师说的,这钱咱也不打算还,那你什么时候和我复婚?什么时候把钱转给我?"

"复什么婚?咱们不是都离了吗?"

"你又在那儿放屁,咱们是假离婚,之前说好了,我把财产转移到你三大爷名下,打完这个官司就复婚。我告诉你,你想和小妖精过,除非我死了!"

"离了就是真的!我和你这个娘儿们早就过够了。那些钱本来就应该属于我。"

"啊呸!你哪儿来的钱啊?所有的钱不都是我借了我干妈的钱,放贷挣的吗?你想卷着我的钱去养野女人,我回头就去法院追加你一起还债!谁都别想跑!"

周大民忍无可忍,他从沙发上跳起来直接朝何巧慧扑过去。

"你这个臭娘儿们,你告一个试试!"

两人撕打起来,何巧慧再彪悍也不是五大三粗的周大民的对手。不消片刻,何巧慧脸上就挂了彩,她还不服输,应该说她从小就没吃过亏,没服输过,她一边抵挡一边扯着嗓子喊着:"你这个狗东西!我要去法院告你,是你劝我假离婚,你不让我还钱,你的钱全是我挣的,都是用我干妈的钱挣的!"

这时有人在外面敲门,二人停了手,何巧慧开门一看,是罗英子和夏舒。她刚要关门,罗英子一把将门拉住。

"等等,何巧慧,判决书已经送到了,你不用再躲了。我来是要通知你,我们会控告你。"

何巧慧抹了一把脸,叉着腰挡在门口,不屑道:"控告我?我还上诉呢!你随便告,我拖死那老太婆!"

罗英子赞同地点点头:"我当然知道你不会还钱,所以我们换了一个思路。"

夏舒将一沓复印件递过去:"这是你经营的小贷公司这几年所有涉嫌违法犯罪的证据,我们已经集结了十几个受害人集体提起刑事控告,你不还钱没关系,反正到最后你的钱一分也别想留下。"

何巧慧傻眼了,她垂下手,语无伦次地嘟囔着:"你、你们胡说八道,我公司没问题,我……"

罗英子平静地说:"我给你两个选择,要么归还宋阿姨的欠款,要么我告你。"

周大民也出来了,何巧慧慌了神。

"完了,全完了,大民,咱不还钱,他们就要告我们非法经营、非法集资。"

周大民看着文件,脸色变了。

"你这干妈是要咱们死啊?何巧慧,都怪你,你就是蠢货!我早就跟你说了,不能借得那么猛,你偏不听,你就是贪!"

何巧慧也急眼了,猛戳着周大民的皮带手表:"周大民你装什么装?你那车子手表,还有你这皮带手包,你少花了吗?还有给那贱人买的LV!"

周大民一把推开她:"你别废话,现在是他们要告咱俩,和妖精没关系,我就问你咱俩怎么办,真要一起吃牢饭啊?"

罗英子看看表:"吵够了吗?考虑好了没有?"

何巧慧不闹了,她看着周大民:"还钱总比吃牢饭强,大民,咱们还钱吧。"

"行,那就这么定了,如果你不还,我立刻告你。"罗英子转身就走,何巧慧不放心地喊着:"那你们还告我们吗?不告了吧?"

罗英子和夏舒头也没回。

何巧慧关上门,两人面面相觑。

"咱们是不是安全了?万一她转头就告咱们咋办?"

"大民,咱是碰上硬茬子了,真要是被告了,咱可能也没办法。"

"你那意思是,咱干等死啊?"

"我那意思是,咱可能横竖都是个死。"

周大民眼神迷离,他爱惜地摸着自己腰带扣,LV的。

罗英子主动端起酒杯，和陈硕碰杯。

"罗正义，你约我可是很罕见呀。"

"你别得了便宜还卖乖。陈无良，让何巧慧和周大民假离婚的主意，你出的吧？"

"这可不是我代理的，是老薛，老薛的主意，老头特坏。"

陈硕嘿嘿一笑。

罗英子也笑了，把一个厚厚的文件夹推给陈硕："看看，杀人越货，干不干？价钱好商量。"

陈硕边拆开文件夹边笑着："杀人越货，得分和谁，和你，五折。"

"这十几个受害人和宋阿姨一样，基本被何巧慧两口子搞得倾家荡产了，有的把房赔光了，有的把给母亲治病的钱都赔光了，在医院等死。我们代着宋阿姨的案子，直接代理这些受害人提起刑事控告不太方便，但你可以。只要你能让老韩豁免良诚所的利益冲突。"

"老韩那边小意思。说吧，这官司你想怎么打？"

罗英子看着陈硕，陈硕竟不敢跟她对视了。

"我希望你下狠手，下死手，别留情。就是受害人的代理费你斟酌着点，剩下的我尽力补。"

"不用补，就当咱俩的酒钱。我问你，我这算加入罗正义的正义联盟了吧？"

"仅此一回。"

"那咱俩这组合算雌雄大盗吗？邦妮与克莱德？要不然史密斯夫妇？"

罗英子被逗笑了，她郑重地端起酒杯，陈硕也认真起来。

"陈律师，这次就靠你了，一定要赢。"

陈硕举杯："一定。"

办公室里，老韩正和何巧慧打电话。

"何女士,你确定不上诉了吗?这借贷案都是万里长征,能拖就拖,你这才拖到哪儿你就放弃了?"

"韩之通,你还忽悠我呢?我现在是被人告刑事呢,没工夫上诉!给你的钱我就当肉包子喂狗了,别再联系我了。"

何巧慧说完便挂了,老韩怒气冲冲地要摔手机,想了想又不舍得,拿起个鼠标重重地摔在地上。

"蠢货!蠢货!蠢货!活该告死你!"

这时,陈硕在外面敲门,老韩赶紧收敛心情。

"进。"

陈硕笑嘻嘻地进来:"韩律师,我有个案子想请您帮个忙。我接了一个代理刑事控告非法集资的案子,赶巧了,我代理的十几个受害人正好是您的当事人何巧慧夫妇借贷公司的受害者,因为你们之间有代理关系,所以我需要您帮我出个豁免。"

老韩一听,坐直了身子:"何巧慧?你告她和周大民非法集资?不过,他俩这公司开了好几年,可都风平浪静啊。"

陈硕扬了扬手里的文件:"我的证据足够。"

老韩突然重重地一拍桌子,义愤填膺之情溢于言表:"告她!就该告她!当初我就说了她这公司非法经营,早晚是个雷,她不听呀!这两个人又抠又蠢,活该让他们吃点苦头。"

"韩律对他们意见很大呀。"

"小人嘛,谁能喜欢?兄弟,豁免我马上写,一会儿让小田给你发邮件。"

陈硕连连道谢地走了,老韩只觉大仇得报,心情一下子就舒畅了。

陈硕赢了,公安部门正式立案。

又是个雨天,三个女律师每人打一把伞,陪着宋阿姨站在路对面看着,陈硕和十几个受害人也在,有人在哭,有人在咒骂,陈硕面无表情。

他们看到几名精悍的警察把手脚乱舞的何巧慧、周大民从屋里抬出来，又在他们公司门上贴上了封条。几个小时前，另一拨警察也在他们的房门上贴了封条。

何巧慧和周大民还在那儿大吵大闹，又有两辆警车开过来，几个警察下车走到他们面前，其中一人向他们出示了一张文件。

"何巧慧、周大民，你们涉嫌非法经营罪、寻衅滋事罪，现依法对你们进行刑事拘留。请跟我们走一趟吧。"

何巧慧一愣，突然转过头来，声音凄厉地冲宋阿姨叫着："干妈，干妈救我！都是大民教我的，干妈！"

宋阿姨冷冷地转过了脸。

细雨中，罗英子看到了陈硕，陈硕也在看向她，目光交汇，好像是在表达感谢，又好像还有些别的什么。罗英子随即挪开视线，陪着宋阿姨转身离开了。

三人一直陪着宋阿姨来到了家门口。

罗英子拉起宋阿姨的手笑道："宋阿姨，您以后要一个人在家没事，就到我们所里来，给我们当老阿姨呗。"

宋阿姨微微一笑："不了。我在这儿，你们不得劲了。"

"这有啥？没有啊。"

"我受过你们的恩惠。我在这儿，这恩惠就挡在中间。现在咱们两清了，还是各走各的吧，再见面，彼此都不自在。"

夏舒赶紧岔开话题："宋阿姨，法院给您租的这套房子之前又破例续了一阵子，马上也该到期了，您接下来去哪儿住呢？"

宋阿姨难过地摇摇头："我不知道。昨天我偷偷回了一趟过去的家，家里已经住上新人了，是一家三口，真好啊。"

邱华说道："宋阿姨，您的钱回来了，您要真想回到过去那个小区也可以。"

"家声不在了，就我一个人，回去也没意思。"

宋阿姨好像一下子没了生气，罗英子和邱华也不说话了。

夏舒小声地说："宋阿姨，官司赢了，可一点没看到您高兴。"

"赢了吗？"

"当然赢了呀。"

"我怎么觉得我输了呢？房子没了，家没了，先生也没了。就算把钱打回来，对我又有什么用啊？"

罗英子开口道："宋阿姨，您是长辈，我不该这么说，可您过去过的生活，您觉得它是真实的吗？"

"我没听懂。"

"可我觉得您听懂了。您正是因为懂了，才会去医院做保洁，才会对何巧慧不再心软，您就是一时没缓过来。您一辈子衣食无忧，被先生保护在小笼子里，六十多岁了还像个小女孩，还认了何巧慧当干女儿，真是岁月静好。可您心里清楚，这是假象。"

宋阿姨不说话了。

罗英子看着她："古人讲，朝闻道，夕死可矣。宋阿姨，欢迎您在暮年来到真实的世界。"

宋阿姨哭了："可是真实的世界多残酷啊！"

邱华微笑着："可咱们毕竟经历过了。"

宋阿姨抬头看她们，重重点头。

"谢谢你，谢谢你们，我经历了。"

11

罗英子穿着一身家居服坐在会议桌旁，脚丫子还蹬在椅子上。桌上摆着一沓沓的现金，罗英子把个小计算器按得啪啪作响，活似个小包租婆。她投入又兴奋，连邱华走到近前都浑然不觉。

邱华一脸蒙："英子，干吗呢？弄这么多现金不怕招贼啊？"

罗英子高兴道:"快来快来,分赃。我呸,不是分赃,是分红。"

"宋阿姨的钱打过来了?"

"对呀,许建设案咱们赚的那点钱全投到律所里去了,和白干差不多。但宋阿姨这单咱们赚了四十来万,扣掉律所运营费,剩下的钱咱们三个分。还有,这案子夏舒出力不少,她该多拿点。"

"我同意。不过你直接转账不就行了,怎么还用现金?"

罗英子夸张地摇着手指:"no,no,no,这可是我们冒着乳腺结节的风险,成天和老韩、何巧慧这种衰人过招换来的血汗钱。再说了,真金白银摸在手上多过瘾啊!这钱一旦变成转账,那就是你短信里不起眼的一行,可换成现金,那就是你两只手才能抓过来的厚厚一沓,多有成就感。"

邱华笑了:"那你换成一毛的,换成钢镚儿,更有成就感。"

罗英子撇撇嘴:"没情趣,我说邱华,咱们律所到现在也做了两个案子了,你入股的事儿考虑得怎么样了?"

邱华还没来得及说话,手机响了,是焦艳玲。

邱华接起来:"焦总?您已经到了是吧?好,我马上过去。"

"焦总怎么了?"

"她今天约我谈案子,刚才说临时有事所以要提前见面,我现在过去。入股的事儿回来再说。"

邱华和焦艳玲约在了瑛华附近的咖啡厅,焦艳玲早到了一刻钟。邱华进来道了声抱歉,在她对面坐下。看到她面前摆着一杯茶,暗想焦艳玲或许和自己一样,喝不惯咖啡。

"焦总,站在法律的角度,我认为您可以完全打消对您丈夫的幻想,将来就算到法庭上,法官也会认为赵伟在婚内存在过错,在分财产的时候会倾向于我方的。"

焦艳玲低着头没说话。

"您还是不想闹到法庭上去?"

焦艳玲点点头。

"您能告诉我原因吗?"

焦艳玲旋转了一下杯子,发出轻轻的叹息。

"说出来不怕邱律师笑话。您可能想不到,我至今,还是留恋他的。他毕竟是我第一个男人,也是这辈子唯一一个男人。这么多年,他没回来,我也没提离婚,其实心里还是盼着有一天他能回来的。只要他能回到我身边,财产啥的算啥啊?"

"可是您自己应该也看出来了,他不会回来了,他只想离婚分走一半家产。"

"可就算离了婚,他不还是我孩子的爸吗?所以,我不想和他闹得太难看。邱律师,别怪我没出息,我不想和他上法庭。能不上,还是不上,夫妻一场,又是我孩子的爸,分手了,彼此留点体面吧。"

邱华给焦艳玲倒茶,想了想说道:"邱女士,法律能解决的问题很有限,我和罗律师或许可以帮您保住财产,却不能帮您保住您的爱人和婚姻。而这偏偏是您最在意的,我理解。但从专业角度看,我还是希望您能考虑一下我们的建议。"

焦艳玲看着邱华,感慨地微笑。

"你能听进去,我就放心了。老实说,之前和罗律师沟通,我觉得她不理解我。她一看就是富裕人家养出来的孩子,长着一张没受过欺负的脸。"

"不一定。您对罗律师也不了解,她经历的打击也不少。"

"人长大以后遇到事和打小就遇到事是不一样的。你像我,家里姐妹五个,没有一个男孩,生下我的时候,我妈没把我按尿盆里溺死就算我运气好,再加上还有残疾,打小就没人关心和注意,自卑得不敢见人。长大了,遇到一个男人,头一回感受到了关爱,哪怕只有几天,哪怕只有那么一会儿,后来又生下了他的孩子,有了和他一起建立的家。哪怕他以后变了心,哪怕他再也没正眼看过我,可当年那点得到过的关心和温暖还是念念不忘。他是不好,可如果没有他,我这辈子可能都没感受过温暖和关心吧?现在他要走了,要离得太难看,要因为离婚撕破了脸,我就怕,把当年还记住的那点温暖和关心也撕没了,那我可真一无所有了。我怕的就是这个。邱律师,如果他真要一半,我宁可分他一半,也不想分得太难看。"

"我明白了。"邱华点头,认真地看着焦艳玲,"您放心,我回去和罗律师说,咱们争取体面地离,不伤和气。"

邱华刚走出咖啡馆,手机响了,是个陌生的号码。

"邱女士您好,我是远方律师事务所的HR小白,您的面试已经通过了,现在有时间沟通下offer吗?"

"可以,您说吧。"

"之前您提出的对待遇的要求,我们业务和人事方面都没有异议,只要您愿意来,我们可以再在您提到的基础上加薪百分之十五。您这边可以吗?"

邱华抬起头,看到瑛华所破旧的办公楼。

"我还需要考虑一下。"

"邱女士,加入远方这样的大所对您很有利,面试时我就看出来您是个务实的人,无论是待遇还是业务领域,远方和您都很匹配。我很希望您能来。"

"白女士,我现在有点事,我加您微信,晚些和您联系,再见。"

邱华挂掉电话,漫无目的地在巷子里闲逛。她看到一个嵌在墙体里的ATM机,走了过去。

插上卡,邱华看了下余额,又换了一张,这是她和张全全共用的,他们为这张卡取名未来基金。

张全全正陪着领导和一个年轻的女孩来到停车场,他熟练地给领导打开车门,又很小心地把手搭在窗顶。

领导上了车,女孩却还怯怯地站在那儿。

"张老师,我坐哪儿呀?"

"你和处长坐后面,正好给他讲讲材料,不用紧张。"

张全全刚上车,邱华的电话来了,他捂着手机接起来。

"全全,我有急事想用一下咱们未来资金里的钱,可以吗?"

这时领导在后面催促道:"小张,快走吧。"

张全全连忙应着。

"好的处长。邱华,卡上的钱你随便用,密码是你生日,我有事不说了。"

"全全,我是想……"

电话已经挂断了。

汽车行驶平稳,就算路过减速带也感觉不到太大的颠簸,显然开车的人很用心。

短信提示音响了,张全全看了一眼,露出狐疑的表情。

短信提示他卡上转走了八万块,只剩下两千。

罗英子煞有介事地准备了几个大红色的信封,还特意在上面写了邱华和夏舒的名字,这时她的短信提示音也响起来,罗英子一看,惊讶地从沙发上弹了起来,瑛华所的公户上。收到了一笔十二万的转账。

邱华回来了。

"邱华,见了鬼了,咱所的账户突然收到十二万。什么情况?"

邱华坐下,平静地说:"我转的。英子,我要入股。"

罗英子走过去想拍拍邱华的脸,手伸过去就被邱华打开了。

"你真想好了吗?"

"钱都转你了,还不够有诚意啊?"

"可你之前不是还在面试吗?你没拿到offer?不可能啊。"

"不但拿了,还拿了三个。远方、大华还有远航,待遇都很好。"

"邱华,你可想清楚了,这可都是大所,待遇和前景都是最好的。这么好的offer你都放弃了,你甘心吗?"

"听这意思,罗老板是不想要我啊。"

"不敢不敢,邱华你学坏了,学会拿人打镲了。"

阳光从桌上铺散开来，铺散到几个红包、几本卷上，也铺散到两人身上。两人都笑了起来。

"英子，这几个offer个个都好，可就是狠不下心离开。现在咱们办公室有了，虽然漏雨，案子也有了，虽然不多，但起码能攥在自己手里。让我看着你一个人为了这个小律所拼命，我走不了。"

"那从今天起，我们就是真正的合伙人了。"

罗英子站起来伸出手，邱华却没动。

"还有，咱们要算清楚，当初律所注册资金是你出的。律所股份除了那三个老律师，你占五成我占四成，十二万正好。这次宋阿姨案子的分红，你也按我的股份分我。"

"没问题，合作愉快。"

邱华这才站起来，郑重其事地握住罗英子的手。

罗英子笑笑："邱华，你马上就有分红了，这下可不怕占张全全家的便宜了吧？"

邱华松了口气："英子，其实刚才我转给你的钱大部分都是全全卡上的。那是我俩给孩子存的未来基金，上面都是全全的存款，因为之前许建设的案子没赚到钱，我到现在一分钱还没往里面存过呢，今天是为了入股，我提前预支了。"

罗英子纳闷道："你们是夫妻，怎么还分你我？何况这卡是他给你保管的，你用钱也是名正言顺。你要真不踏实，我马上把分红给你。"

"我独惯了，不想欠别人的。"

"行，今天是个好日子，我让夏舒定个饭店，咱们一会儿去吃顿好的。"

"对了，英子，这次的案子夏舒贡献很大，是我以前看轻她了，所以这次她应该多分点。"

"看你平时对夏舒这么严厉，没想到还挺心疼她的。你放心，我已经算好了，到时候我会多分夏舒五万。哎，她人哪儿去了？"

"没看到她，先不说这个了，我先跟你说说焦艳玲的事。"

夏舒躲在门口，眼眶已经红了。

她快步跑到楼下，找了个角落蹲下，终于忍不住，呜呜咽咽地哭起来，一边哭一边叫着爸爸妈妈。

不知过了多久，她终于不哭了，仔细地擦干了泪，看着雨点在河边上砸出的密集的小点。

"爸、妈，你们再不用为我担心了，我长大了，挣钱了，生活教会我了，我以后可以自己生活了。"

她转过身想走，朝上看了看周围林立的写字楼和往来的上班族。

"过去的夏舒已经死了。该来的都来吧，她不会再哭着恳求你了。"

夏舒喃喃自语，脸上的泪痕已全然不见。

夏舒一直没回来，罗英子太饿了提前给自己加了餐。她正吸溜着泡面听邱华讲焦艳玲的案子，突然一拍桌子，泡面碗的盖子掉了下来。

"这是什么道理？什么叫体面地离，不伤和气？难道现在还体面吗？"

"你别激动好不好，你这会儿不怕长结节了？听我说，对焦艳玲来说，她在赵伟身上得到过的那点温暖和关心比世上一切都重要，咱们应该谅解。"

"谅解什么？我问你，焦艳玲为什么这辈子只得到那点可怜的关心和温暖？"

"因为她自卑，因为她只有赵伟。"

罗英子撕开一颗卤蛋，恶狠狠地囫囵吞下去。

"根本原因就是她始终只把目光局限在这个渣男身上。那男人还不如这颗卤蛋！她认准了这一颗，不是因为它好，而是因为她见过的太少。谁说泡面只能配卤蛋？咸菜、火腿肠，哪个不行？"

"可每个人的情感经历不同，我们不能帮他们作判断。"

"那我问你，难道你相信世上就只有这点温暖和关心，都让她碰上了吗？这世上的温暖和关心处处都有，只是因为她自卑，所以选择性忽视，碰上了也不敢接受，要不然，就凭她的条件，我就不信没人爱她。"

"可咱们做律师的，怎么能代替当事人作选择呢？我们应该尊重当事人的选择啊。"

"尊重的前提是不能害了她。如果让她分一半财产给渣男，你敢说她事后不会后悔？不会觉得这世界残酷无情吗？"

"这就是我和你的不同，你想治本，而我只想治标。我做的是一个律师的本分，但你还要顺带当医生，做手术。"

"我是害怕出现无法承受的后果。如果让她不切断对赵伟的幻想，自以为能好聚好散，到最后人财两空，她一定承受不了。你能负责吗？"

邱华不再反驳，她微微低下头，仔细思忖着。

"是我糊涂了，英子，我慢慢和她谈。"

话音未落，办公室外传来一轻一重的脚步声。

焦艳玲出现在门口，急迫、茫然又有些愤怒，邱华见状赶紧迎上去。

"罗律师、邱律师，他怎么可以这样做！"

"焦总，您别慌，他又做什么了？"

"今天，我银行的账号突然被封了。"

"啊？为什么？"

"我接到广东一个法院的电话，说他在外面欠了三百七十多万的钱，被人家告了，法院判他还款，他不还，被列为失信人了。他把我的信息提供给了对方法院，对方法院说我的财产是夫妻共同财产，要被用来偿还他在外面欠下的欠款。"

"啊？您先别着急。赵伟以个人名义对外举债，金额明显超过家庭日常生活的需要，而且根本没用于你们家庭共同生活或者经营。我认为这不能认定为是夫妻共同债务。我们马上和法院联系，同时提出执行异议。"

"我不是为了这个。"

罗英子很平静地看着她,直到现在才开口。

"三百多万的债务,对您算不了什么,您是没想到他会这么做。"

焦艳玲脸上浮现痛苦的神色,茫然地看着她俩:"他为什么要这样做啊?我哪里对不起他?"

罗英子道:"焦女士,现在您可以打消对他的一切幻想了吧?也许当年他曾经对你产生过片刻的温情,但现在对他来说您只是个提款机。您就算不为自己着想,也要为孩子着想。您辛辛苦苦挣下这份家业可不是为了供养渣男的。"

邱华也说道:"焦女士,我刚才正与罗律师在谈这件事,我也认为,只有从感情上彻底和他切割联系,您才有可能和孩子开始新生活。这种男人,是不值得您顾惜的。"

焦艳玲犹豫一下,低下了头:"我……我还是想再和他谈谈。"

陈硕正低头看卷宗,手机响了,一看是罗英子,陈硕很高兴。

"罗正义,最近咱俩的联系有点频繁啊。是不是对我有什么想法?"

"陈无良,妄想是种病,得治。陈硕,你可以维护你当事人的利益,但为虎作伥就不是东西了。"

"我又怎么啦?"

"你当事人是失信人,他居然把我当事人的信息提供给他们那边的法院,我当事人的银行账号都被封了。"

"啊?"

"别说你不知道。你给当事人出这样的主意,不怕将来生个孩子没屁眼吗?"

陈硕脚往桌子上一搭,忍不住笑起来。

"罗律师,我早就说过,保护你当事人的利益是你的责任,你不会推给我吧?"

"你这样的律师，呸!"

"那，罗正义，你打电话来是啥意思？是为了呸我一口呢，还是……"

"约个时间，再谈判一次。"

"说了半天，还是得谈呀。那，罗正义，你告诉你的当事人，做好让步的心理准备，没有让我方满意的条件，我方是不会让步的。"

罗英子挂了电话，看着坐在对面的邱华："这什么人啊？这些坏蛋咋眼都这么毒啊？一眼就把陈硕找出来了。"

邱华笑了笑："什么时候谈？"

罗英子嫌弃地看了眼手机："他去约了。邱华，我没法和焦女士说了，你再好好劝劝她。都到这一步了，还抱着幻想，有啥意思啊？她这个态度，换我我也得寸进尺。"

邱华叹息一声："好吧。"

罗英子把装了钱的信封递给邱华："这些现金你拿回家，剩下的打你卡里。"

邱华苦恼道："不急，咱们赶紧想想怎么劝焦艳玲吧。"

赵伟很快就到了良诚所，陈硕和方睿过来，会客室的门虚掩着，里边传出赵伟正在打电话的声音，陈硕突然拦了一下方睿示意停下来，站在门口听。

听上去赵伟好像是在和一个孩子通电话，声音很是亲昵："画了个啥啊？鸭子啊？哎哟，磊磊真能耐，你在哪里见到过鸭子呀？门口的河里啊。老师说啥了？啧啧啧，真好，老师表扬你了没？表扬了啊？磊磊是个大画家……"

方睿吃惊地："他和谁说话呢？"

陈硕示意他噤声。

有律师从旁边过，好奇地看了陈硕一眼："咋在这儿站着啊陈律师？"

陈硕没办法，打个招呼，然后推门进去了。

赵伟还在打电话，一看到陈硕进来，赶快挂了："陈律师，又啥事啊？"

陈硕装作不在意地问道："给谁打电话呢？"

赵伟表情有点不自然："生意上的事。"

陈硕在他对面坐下来，没急着说话，这让赵伟莫名有些紧张。

"赵先生，我听说，你把焦女士的信息提供给你那边的法院，焦女士的银行账户已经被冻结了，对方法院要执行她的财产。"

"是啊。她的财产，不就是我的财产吗？我在那边要是还不上钱，法院就不把我从失信人的名单上取下来，太不方便了。我这次回来，连机票都不能买。"

"赵先生，您这是何必呢？看上次谈判的架势，焦女士对您还念着旧情，如果谈得好，咱们多分一些也是有可能的。您这样做，不是逼着对方对咱下狠手吗？"

"我也没做错啥啊。上次你不也对她们说，我的财产也是夫妻共同财产，债务是夫妻共同债务，要和她分摊吗？到时候从我分的财产里把这些钱扣出来不就完了吗？"

"你就不怕她断了旧情，对你狠起来吗？"

"哈哈，我不怕。她那个人，男人对她一点好，她也会念一辈子，狠不起来的。再说了，她再狠，咱们不也得分她一半吗？分完了我就走，还有啥旧情不旧情。"

陈硕看着他，不再说话了。

瑛华所这边，罗英子放下电话，向对面的邱华点头。

"约好了，三天后还是在良诚谈。"

"行，我通知焦艳玲，明天叫她过来商量一下这次谈判的策略。"

邱华站起来就往外走，罗英子叫住了她。

"怎么了?"

"我总觉得咱们忽略了什么。邱华,这十八年这姓赵的在南方怎么过的?就他那德性,总不会一个人过了十八年吧?"

邱华眼睛一亮。

"你是说……"

"咱们对他在外面的行为了解得还是太少。单纯的离家出走,对财产分割的影响我们不好估量,如果长期离家的同时存在某些行为,那可就两说了。"

"他起诉书上不是有他的地址吗?这样吧,英子,你先带着夏舒去和焦艳玲谈,我跑一趟南方。"

"一个人行吗?"

邱华掏出手机来翻着:"行。今天还有机票,我马上走。对了,要不要告诉焦艳玲?"

罗英子摇头:"不要。咱们调查赵伟,又不是调查她。你走吧。"

邱华回到家,匆匆地把洗漱包放进一个小行李箱里,拉上了拉链,拖着箱子正准备走,这时张全全回来了。

邱华这才想起来,急忙抱歉道:"全全,我正准备给你打电话。我的当事人出了急事,我要出趟差,一两天就回来。"

张全全手里还提着买的熟货,有点愣:"你出差?出差为什么不提前和我打个招呼?"

邱华放下箱子:"是刚刚才决定的。我好不容易抢到一张机票,得赶紧走,不然赶不上值机了。"

张全全不说话了。

邱华有些尴尬:"对不起啊。全全,自从结了婚,我就一直在忙,对家照顾得太少。等我忙过这一段,我就跟所里请假,咱们找个地方度蜜月好不好?"

张全全突然坐下了:"邱华,你先坐下,我有事问你。"

邱华虽然着急，但还是坐下了。

"你今天突然取钱，是出什么事了吗？"

"没有啊，我今天正式入股瑛华所当合伙人了，所以我才……"

张全全打断："咱们卡上的八万块全都被划走了，只剩下两千了。"

邱华顿时一愣，好像突然被人拒之千里，又被突然拉回了现实。她感觉整个心脏剧烈而无声地抽动了一下。

"全全，我跟你说了我想用钱，可你挂得太快我没说清。今天结案分红，英子希望我能入股，我答应了。但手头钱不够，所以就先从你卡上把钱划走了。好在我今天领了分红，我会把钱重新补到你卡里。"

"邱华，我不是说钱，我只是不明白你怎么什么都不和我说呢？被律所辞退你不说，突然要做合伙人了也不说，你的人生规划里有我吗？"

"全全，你想多了，我只是因为来不及。事出突然，本来律所的注册资金就是英子负担的，她让我在律所工作又同意我找工作，对我那么包容，现在还让我入股享受分成，我不想拖延，多拖一秒不给钱，我心里都别扭。"

邱华说着，从包里拿出卡和现金："全全，这些钱补你卡上的亏空足够了，你回头存上吧。"

张全全无奈道："你知道我不是这个意思。"

邱华也有点不明所以："我也没什么意思呀，卡上的钱是你自己辛苦存的，我没说清楚全都划走确实不对，我觉得，卡还是放在你那里吧。"

张全全有点急了，大声说道："可那是咱们一起给孩子存的呀，我想让你留着。"

邱华立刻说道："我知道呀，所以我会定期往上面存钱的。但卡还是你留着，这样彼此都清楚。"

张全全不说话了，气氛很压抑，一种微妙的别扭在蔓延。

邱华看了一眼手机："全全，我真得走了，我叫的车到了。"她在张全全脸上亲了一下："你照顾好自己，拜拜。"

张全全没说什么，目送着邱华离开。

焦艳玲坐在后排，前面是罗英子和夏舒，离良诚所不远了，她隐隐觉得有些心焦。

"罗律师，今天谈判真的没有回转的余地了吗？"

罗英子没回头，只是看了眼倒车镜。

"焦女士，这得看您前夫的表现了。我看您对他还旧情难忘，他对您可一点也不客气。在这种情况下，您对他宽容还有什么意义呢？"

"罗律师，您还没结婚吗？"

"哈，别提我了。结过，已经离了。我丈夫被我送进监狱了。"

"啊？"

"曾经有一段，我也像您一样，无论他对我做了什么，我都对他下不了狠手。后来发现，我哪里是对他旧情难忘？我是对自己还缺乏自信。我们彻底分手已经一年多了，你看我现在，活得挺好。"

"我不知道你们的情况，只能说家家有本难念的经吧。"

"好吧，但愿事实不会给您教训。"

良诚所会议室里，陈硕悠闲地玩手机，全然不顾赵伟介意的样子。方睿在旁看得真切，想笑又不敢。外面传来了有人和罗英子打招呼的声音，陈硕这才把手机放下。

"她们来了。赵先生，我劝您还是好好地想想，适可而止。钱是个好东西，抓到手里才是钱，不然它只是一个大饼。"

"陈律师，你是我花钱雇的，到底我说了算还是你说了算？"

"你说了算，你说了算。"

门开了，罗英子和夏舒带着焦艳玲进来，陈硕满面春风地迎上去。

"来啦？"陈硕打完招呼，伸头往外看了看。

罗英子问道："看什么呢？"

陈硕奇怪道："邱律师咋没来？"

"杀鸡焉用牛刀？对付你这种人，还用得着全员发动吗？"

陈硕觉得自己好像得病了，一天听不到罗英子挖苦自己就不舒服似的，忍不住哈哈大笑。

"邱华是牛刀，你是啥刀？"

"柳叶刀，专门给人坏掉的部分做手术的。焦女士，咱们坐吧。"

焦艳玲没坐，从进来就直勾勾地看着赵伟，赵伟若无其事地喝他的茶。

焦艳玲看着他："大伟，为什么呀？"

赵伟抬起头："什么为什么？"

焦艳玲声音有些发抖："一日夫妻百日恩，就算你要走，孩子还是你的，你为什么这样对我啊？"

赵伟别着脸不看她："这个时候了，就别说没用的了。你现在还是我老婆，我把你的信息告诉那边也没啥不对的吧。"

"昨天孩子给你打电话，你都没接。"

"我忙着。再说了，成天有追债的电话找我，我根本不接陌生电话。"

罗英子拉了拉焦艳玲："焦总，别说了，坐吧。"

焦艳玲在和赵伟说话的时候，陈硕一直坐在她们对面观察着，突然觉得哪里不对，趁着罗英子安排焦艳玲坐，靠近赵伟，小声道："听我一句劝，无论如何今天也要达成协议，宁可少要点，也要尽快达成。"

赵伟很不高兴："你啥意思啊？"

正好罗英子听到他们说话，警惕地抬头看陈硕，陈硕急忙抽远身子。

罗英子中气十足地开口了："今天是我们双方最后一次谈判，如果再谈不成，只好由法院来判决了。我们问过了，赵先生在那边欠下了三百七十多万,并因此上了法院的失信人名单。我们的提议是,这些欠款由我方当事人代赵先生偿还,其他财产不再分割。"

陈硕又靠近赵伟,小声说着:"答应,答应。"

赵伟不干了,大声问道:"陈律师你到底啥意思啊?你咋坑我呢?"

罗英子也一脸狐疑看着陈硕:"是啊。赵先生是你的当事人,你可不能坑害你的当事人啊。"

赵伟闻言,脸色更不好看了。

陈硕无奈,他再次抽回身子,看向赵伟。

"好好好,算我没说。赵先生,您同意吗?"

"当然不同意。我的债务,也是夫妻共同债务,她替我还天经地义。将来分割财产的时候,这些钱可以扣除一半。夫妻共同财产,我当然也得分一半。"

"对啊,当然得平等分割呀。"

罗英子问道:"这是你们最后的立场吗?"

赵伟没等陈硕,自己表态:"当然。"

罗英子看向焦艳玲:"好。焦总,您对他还有幻想吗?"

焦艳玲盯着赵伟:"大伟,孩子在外地上大学,你这次回来,我把他叫回来了。他学校正好放几天假,他明天就到家,你让我如何对他提起他父亲?"

赵伟别着脸:"随你。"

焦艳玲不说话了,直直地看着赵伟。时间过得很慢,罗英子和陈硕他们也都不说话,赵伟始终没把脸转过来。

焦艳玲终于开口了:"不谈了,等着法庭判吧。"

罗英子站起来:"焦总,不值得在这种人身上浪费时间了。咱们走吧。"

焦艳玲没再说话,低着头站起来,跟在罗英子身后出去,再没回头。

陈硕过去把门关上回来,找了个远离赵伟的位置坐下。

"赵先生，别怪我没提醒你，你还是见好就收，答应她当初同意分你三分之一的条件。或者你授权给我，我再去和她们谈，争取从她们那儿再多要出一点来，比如，这三百多万的债务将来就不扣除了。"

"你这个人好奇怪，你要是这样，我就不委托你了。我能分一半，为什么要三分之一啊？"

方睿闻言一惊，看向陈硕，陈硕却面若平湖。

"你别装傻。你在外面是不是又有老婆孩子了？"

赵伟一愣。

"你瞒得了别人，瞒不了我。你之前那个电话，是不是给你外面的孩子打的？"

赵伟很无赖地笑了："陈律师，我又不是和尚，十八年了，你不能让我一个人过吧？不管怎么说，她在法律上是我老婆，她的财产就是我的财产。外面那个，不过是搭帮过日子的人，和这事没关系。"

陈硕冷笑一声："没关系？你以为这俩女律师是吃素的？我再问你一句：你同意授权给我去和她们谈判，以三分之一为底线和她们签财产分割协议吗？"

赵伟脸色一变："我不同意。凭什么？"

陈硕从包里拿出两份文件来，赵伟看了看，是解除双方委托关系的协议书。

"赵先生，您这案子我做不了了。您当初付了我二十万，我上交了所里百分之三十，我自己得了十四万。所里还代我扣了税。您要是同意呢，这十四万我退您一半，税我自己赔上了。您要是不同意呢，这十四万我全退您，我认倒霉。"

"哪儿有这样的事？你要是不代理了，二十万就全退我，一分钱也不能少！"

"当真？"

"当然。"

"好。所里的钱不可能退给我，我要全退，就得我自己赔上。我认了。可有一个条件。"

"什么条件?"

将来你再回来找我代理你打官司的时候,代理费五十万起。"

赵伟难以置信地看着陈硕,忍不住笑起来。

"哈哈哈哈哈,行。中国的律师又不止你一个,莫说我不会再打官司,就算打,也未必找你啊。"

"行啊。那咱们马上签解除协议,我这就退你钱。"

陈硕和方睿站在会议室那里,看着赵伟离去。

陈硕感慨地摇摇头:"笨蛋。回去吧,我们。"

方睿这时对陈硕佩服得五体投地,他兴奋道:"陈律师,您怎么判断出对方肯定是去调查他了?"

"我们都发现了,她们还能没察觉吗?而且今天邱华不在,肯定是去调查了。赵伟这个笨蛋,不知道适可而止,活该最后倒霉。"

"可是,您又怎么会判断出他会再回来找您啊?"

"这个就是个概率问题了。到时候他会面临着坐牢的问题,他会找一个能最大程度帮他减轻刑责的人吧?你觉得除了我还有更合适的吗?"

方睿看着陈硕云淡风轻的样子,再次由衷地打心里佩服。

"没有,没有了。可是陈律师我不明白,这件事,明显他缺德又违法,您为什么还劝他接受对方条件呢?"

"方睿,这就是职业道德和一般道德的关系了。他要不是我的当事人,我吐他脸上;可他付了我们钱,是我们的当事人,我们得努力保护他的利益呀。如果今天能达成协议,就是对他最有利的,可惜啊,他笨,怪不得别人了。咱们就坐在家里准备挣他五十万吧。"

"陈律……不,师傅,您还是让我称您师傅吧。"

透过国内到达通道的外侧玻璃,可以看到飞机落地,拉着大行李箱行李的旅人纷纷涌出，面色或兴奋或疲惫。邱华轻装简从地出来，看到罗英子和夏舒等在那儿，夏舒手里还拿着一大杯奶茶，心里不由得生出暖意。

夏舒开着车，伴随着车里的音乐哼唱着。罗英子和邱华坐在后面，后排扶手上是一沓材料。

看罗英子差不多看完了，邱华问道："怎么样，这次肯定拿下了吧？"

罗英子一合材料："邱华，你立功了。有了这些材料他死也翻不出咱们的手心儿了。走着！"

简约宽敞的办公室里，焦艳玲坐在老板椅上，对面是罗英子和邱华。

焦艳玲的办公桌很大，桌面整洁得有些单调，除了基本摆在一起的焦家私房菜的宣传册，只有一个小相框摆在焦艳玲身侧的位置，那是一张年轻时的她和赵伟怀抱一个婴儿的全家福。

邱华把各种证据摆到焦艳玲面前。有复印件，有偷拍的照片，照片上是一个女人带着小孩。

"他和一个姓齐的女人已经共同生活十二年了，前面似乎还和一个女人一起生活过。他和这个姓齐的一直以夫妻的名义生活，这是他们共同出资买的房子，房本上写着他俩的名字。他们共同抚育了一个孩子，这个孩子已经八岁了，这是他们一家三口的照片。对了，在孩子的户口本上，父亲一栏上写着他的名字，你看，在这儿，另外，他还和这个女人在当地办了婚礼。"

焦艳玲不说话，把那些证据逐件拿起来看着。

罗英子开口道："焦总，现在您有两种选择，一种是继续和他打离婚官司。他离家出走十八年，没有对家庭和子女尽过任何义务，我们会尽量向法官说明，法官可能倾向您，但您多年创下的家产，他仍然会分走相当大的一部分；另一种选择就是去告他重婚，让他对您的背叛得到法律的制裁。"

焦艳玲凝视着桌上的那张全家福，接着垂下头去，迟迟不抬起来。

邱华有些担心，微微起身，关切道："焦……"

焦艳玲抬起手，她手在抖："对……对不起，能让我一个人待会儿吗？"

罗英子和邱华没再说话，起身出去。

罗英子和邱华靠在墙上，邱华一路飞回来也没觉得累，此时她的精神却有点委顿。

"这回她的幻想会彻底打消了吧？"

罗英子有些惆怅，她掏出电子烟，吸了一口，看着白雾升起又消散。

"邱华，有时候我觉得，女人真是情感动物。"

"啥意思？"

"前两天刘铭他爸找我了。"

"找你干什么？"

"你也知道，他爸妈年岁都不小了，他妈最近病倒了，偏瘫，刘铭服刑地又很远，他们跑不动了，又挂念他们在监狱里的儿子，他父亲居然希望我能代替他们去看刘铭。"

"啊？想什么呢？你没答应吧？"

"当然没答应。可是，那几天，我又睡不着，心里总想起以前的事情来，对刘铭，不知道为什么又有点可怜。"

"你要是心软我就看不起你了。"

"自然不会。但心里总归是有那么几天不好过。"

"这就是羁绊，哪怕两个人分开了，它也存在。说起来这东西有点累赘，但话又说回来，如果人生没有这点羁绊真的好吗？"

邱华眼神落寞，拿手去戳罗英子制造的烟雾。

罗英子好奇地看着她："邱华，你也有羁绊吗？"

邱华一怔："我也是人，我怎么会没有？"

罗英子又吸了一口电子烟："不像。你个性太独立了。不过，没有羁绊也会觉得没着没落吧？"

办公室的门开了，焦艳玲走了出来。看得出她哭过，但眼泪已经擦干净了。

两人急忙迎过去，焦艳玲笑笑："我想好了，我要告他重婚。"

邱华拖着小箱子从外面回来，一进门，她就打起精神，用高兴的声音喊道："我回来了。"

没人回应。邱华放下箱子，几个房间里找了找，确实没人。

邱华掏出手机："全全，你在哪儿呢？我出差回来了，你不在家。"

电话里的声音很虚弱："邱华，我病了，在医院。"

邱华"啊"了一声，一下子慌了："在哪家医院？我马上过去。"

晚上的急诊室比白天人还多，邱华侧着身在一堆病人中挤过来，四处寻找着。

在一间专门挂吊瓶的大房间里，邱华看到了挤在病人中间的张全全，他坐在椅子上，很虚弱地把头靠在身后的墙上。邱华赶紧跑过去，很心疼地弯下腰去，摸了摸他的额头。

邱华焦急地问道："头倒是不烫。全全，你哪儿不舒服？是吃坏了东西还是有其他问题？医生怎么说？"

张全全有气无力地说："说不准是什么病，就是没劲儿，浑身疼，没大事。"

"谁没事来挂水？你不说我自己去问医生。"

邱华刚要走，被张全全一把拉住。

"别去。你不在家，我就只想糊弄着过。其实生病也挺好，生病你就不忙了。"

正巧张全全旁边有人走了，邱华确实累了，她坐过去，有点生气："你这叫什么话？我不在家，你就糊弄？你把身体搞坏了，我怎么跟爸妈交代？"

张全全可怜巴巴地笑了："邱华，我腰有点酸，你给揉揉吧。"

邱华小声道："你侧过去。"

邱华给他按腰，他又说："邱华，我腿也有点麻。"

邱华又赶紧按腿："我给你捏捏，你这是坐太久压迫了。"

"邱华，我这手腕也有点疼。"

邱华又看手腕，急道："怎么哪儿都疼？是不是输液速度太快了？我去问问。"

邱华起身去了护士台："护士，我老公浑身疼得厉害，他到底是什么病？是不是输液输得太快了？"

护士瞥了一眼张全全："他啊？就是拉肚子，吃点黄连素就好了。"

邱华一愣："可他说他全身疼呀。"

护士笑笑没说话，端起托盘走了。

邱华回到张全全身边："全全，你腰还疼吗？"

张全全顿时把腰弯下了："疼，直不起来。"

邱华笑了，帮全全按腰："这儿吗？感觉怎么样？手重吗？"

张全全闭着眼睛享受着，一脸的幸福和满足："就这儿，挺舒服的，正好。"

他用没打针的那只手，握住了邱华的手。

"对不起啊，全全，又没顾上你。"

"可我觉得有点幸福。"

邱华看着他佝偻着身子，有些难过。

"都这样了，还幸福？我觉得结婚以来，咱俩遗憾挺多的，没吃成的饭，没度成的蜜月，没约成的会，日子过成这样，你挺难过吧？"

"不重要，我现在很幸福。"

"因为我陪着你吗？"

张全全笑着摇摇头，没说话。

张全全已经睡着了。邱华躺在旁边，睡不着，张大眼睛看着窗外，万家灯火已逐渐稀疏。

罗英子的话在她脑中回荡起来。

"邱华，你这个人也有羁绊吗？"

"我也是人，我怎么会没有？"

"不像。你个性太独立了，或者是性格太孤独了。不过，没有羁绊的人生，也会觉得没着没落吧？"

每次开完合伙人会，陶正都会到方丽虹的办公室，两人再开个小会，陶正自己都记不清这是多少年的习惯了。

"没别的事了，我回去了。"该商量的事差不多都聊完了，陶正准备走，又想起件事来。

"对了，陈硕那小子，我只知道鬼心眼子多，没想到还挺爱学习。自从来到咱们所，没事就看所里以前打过的案子，我听说过去合伙人的案子他看了大半了。"

"是爱学习吗？"

"不爱学习看那干什么？"

方丽虹没说话。

陶正走了，方丽虹想着什么，拿起桌上的电话。

不一会儿，方睿敲门进来了。

方丽虹拉着他到沙发上坐下，亲切地问道："跟着陈硕律师怎么样？"

方睿兴奋道："挺好的。姑姑，我开始喜欢法律了。"

"什么？"

"搞法律挺有意思的，特别看着我师傅打官司，他可真有本事呀。"

方丽虹一愣，随即脸色沉下来。

"你师傅？你师傅是谁？"

"陈硕律师呀。"

"方睿，姑姑嘱咐过你什么？"

方睿有点为难，道："姑姑，我觉得我师傅人很好啊，又聪明，又能干，人还有趣。我原来以为搞法律的都是像您和我爸妈这样的。"

方丽虹嗔怪地捏了下方睿的脸："这话应该倒过来说，搞法律的，就应该像我和你父母一样。方睿，他最近在大量地读所里合伙人以前办的案子，你得空问一下他为什么读。"

方睿回答："学习啊。我师傅可爱学习了。我还以为他只喜欢玩，没想到他读书也很厉害。一本书，他不到半天就能看完。"

方丽看着他："方睿，当初姑姑为什么让你到陈硕律师身边去你忘了。"

方睿愣了愣："姑姑，我真的很喜欢和崇拜我师傅。"

方丽虹不说话了。

陈硕抱着档案，踢门进来，赵伟在他办公室里，一看到他就站了起来。

"陈律师，还真叫您说准了，救我。"

陈硕不去看他，他把档案放下，抽了张湿巾仔仔细细地擦了擦手。

"你怎么自己就跑我办公室来了？前台怎么回事？"

"我来过好几趟，前台都认识我了，就没拦我。陈律师，您得救救我。"

"怎么啦？"

"我南边的老婆说，这边还真有人过去调查我了。我才想起来，一直参与和咱们谈判的那个姓邱的律师那天没来，您是不是想到她是去调查了？"

陈硕哈哈一笑，又去忙活别的。

"你才悟过来？她俩是铁搭档，那天只来了一个，我就知道事情不好。再说她俩是什么人啊？她们能不想到去调查你在南方的生活状况？怎么，你重婚的证据都被她拿到了？"

"陈律师，还是您高明。您可一定要救救我啊。"

"你自己还在广州办了婚礼是吧。到了这一步，她如果起诉你，你这牢狱之灾可能怕是免不了喽，你别小看重婚罪，你这种情况可能要判实刑的。"

"我们该怎么办？"

"没别的办法。现在就调头，找你老婆去，跪在她面前，求她放你一马。"

"啊，我这就去。"

正好方睿进来，陈硕叫住赵伟："慢着。小方，我说什么了？这么快就来了。赵先生，这案子，你要委托给我吗？要委托，就现在跟着我助理去签合同。"

赵伟央求道："陈律师，我先去求求她行吗？万一她答应了，我就不会打官司了。"

陈硕不在意地摆摆手："也行。不过你现在签，还是五十万，等你再回来，少了六十免谈。"

饭店的生意一直很好。焦艳玲穿一身职业套装站在那里，和别的老板娘不一样，她不张扬，也不说话，只是安静地站在角落里，看着来往的客人。

一个女服务员过来，对她说了句什么，焦艳玲平静地点点头。

看到焦艳玲进来，赵伟立刻从椅子上站了起来。

"艳玲。"

焦艳玲没说话，回到自己的老板椅上坐着，桌上的全家福还是过去的她和赵伟，两人怀里坐着一个婴儿。焦艳玲把照片扣在桌上，然后才问："有事吗？"

赵伟低声下气地赔着笑脸："艳玲，千错万错都是我的错，你大人不记小人过,别和我一般见识。咱们离婚的事、财产的事好商量,咱们就事论事,别把别的扯进来了好不好?"

"把什么扯进来?"

"就是……就是……"

话到嘴边,赵伟不知道为什么,就是说不出口了。

"你不是说过吗?到了这一步,咱们就只讲法律了。你回去吧,和你的律师来。没有我的律师在场,我什么也不会说了。"

"艳玲,咱们是两口子,干吗让外人扯进来?"

"你是说扯进来的都不是外人吗?"

赵伟不敢说了。

"再说咱们也早就不是两口子了。你走吧,我在忙着。"

焦艳玲一边说着,一边在电话机上按了两个键。

突然,身后扑通一声,焦艳玲一惊,回头看到赵伟已经跪到了地下。

焦艳玲吓了一大跳,急忙躲到一旁,训斥道:"你干什么?你怎么这么不自爱呢?你赶快起来,别叫我看不起。"

赵伟可怜巴巴地跪在那:"艳玲,看在咱俩有个孩子的份儿上。"

一个高大的保安进来了,瓮声瓮气地挤出两个字:"焦总。"

焦艳玲哼了一声,看也不看赵伟一眼,对保安说:"帮我送这位客人出去。"

保安走到赵伟面前:"先生,请吧。"

赵伟恳求道:"艳玲……"

焦艳玲不说话。

保安上前两步,巨大的身躯完全挡住赵伟看向焦艳玲的视线:"请吧。"

赵伟迫不得已爬起来,跟着保安走了。

"不行,陈律师,我不管你多忙,我这案子,你非接不可。"

办公室里，赵伟拉着陈硕不让走，方睿在旁看得解气，不自觉地想笑。

陈硕一脸无奈，只得坐回去："真是奇怪了。重婚罪嘛，都可以自己收集证据去法院自诉，顶多就判两年。你委托谁都差不多，我还贵，干吗非找我啊？"

赵伟赶紧上前："不行，绝对不行！我知道你厉害，我还看出那俩女律师和你关系不薄，这案子非你不可。"

陈硕看着他，惊讶道："我和那俩女律师有关系，你都看出来啦？啧啧啧，看起来我这汪水还是浅。好吧，要非我不可，我也不客气了，价格也是我刚说的，六十万，一分不少。"

赵伟央求道："陈律师，我要有钱，别说六十万，六百万我也拿。可我的情况您也知道，我现在还是失信人呢。"

陈硕一摆手："别蒙我。你这样的人，欠别人的钱，未必自己没有钱。再说了，你这六十万，有人付的。"

赵伟不明白："谁付？"

陈硕轻描淡写地说："重婚很多是自诉，不告不理。检察公安一般不会主动介入，但焦女士直接报案告你的情况除外。如果焦女士不告你呢，你用不着委托我，这钱你就不用出；如果她告了你呢，就算你重婚被判刑，具有重大过错，财产也不会一点不分，就算是一九开，你分到的钱也不止这六十万。怎么样？还要不要委托我代这案子？如果让我代，现在就签合同，别等焦女士的钱，你现在就把钱打给我。然后我再争取跟他们谈判，一是争取让他们不告你，就算告了，我也会想办法给你争取从轻，要是能取得谅解，非监禁刑也说不定。"

赵伟看着陈硕，第一次觉得眼前这个笑嘻嘻，甚至有点没正行的男人有些可怕："陈律师……"

陈硕扬起一根手指："我数五下，五下过后，您爱上哪儿上哪儿，这案子我不接了。五、四、三、二……"

赵伟点头如捣蒜："好好好，我签，我签。"

方睿站在一旁，憋不住想笑，脸上写满了对陈硕的崇拜。

有人抱着一个大花篮来了，罗英子起身去看，花篮被放到地上，露出陈硕的脸来。

罗英子纳闷："陈无良，你这什么意思？赵伟呢？"

陈硕拍打着蹭到身上的灰尘："方睿去接他，一会儿就到，焦女士到了吗？"

"邱华去接了，马上就到。你拿花篮干什么？"

"这是我特意为你定制的开业花篮，第一次来你们所，总得带点见面礼吧？"

罗英子摆弄着花篮，看起来挺中意，脸上却一副不屑的样子。

"喊，我开业都多久了，你才来送礼？虚伪。"

"别急着骂，我还给你定制了一面锦旗。"

陈硕从手提袋里拿出一面锦旗，上面一行绣金大字"律界邦妮罗正义"，落款是"克莱德陈敬上"。

罗英子直翻白眼："你什么意思？"

陈硕得意道："上次咱俩合作打赢何巧慧，我就问你咱俩是邦妮、克莱德还是史密斯夫妇，你又不说，我就选了邦妮与克莱德。怎么样，不错吧？"

罗英子一把薅过来看，越看越无语："皮特和朱莉都离婚了，你还邦妮、克莱德呢？你要真是克莱德，我死也不能是邦妮。等会儿开完会你赶紧走，以后别来了。"

陈硕哈哈一笑："罗正义，锦旗一定要挂在办公室啊。"

话音未落，门外传来赵伟的声音。

焦艳玲深一脚浅一脚地率先走进来，邱华陪伴在旁，赵伟跟在后面臊眉耷眼，再后面的方睿倒看着喜气洋洋。

赵伟追着焦艳玲："艳玲、艳玲，是我错了，我不该伤害你，不该不管孩子，咱们再谈谈，你别告我……"

焦艳玲没有理会，和罗英子打了个招呼，冷冷地说道："罗律师，我时间有限，咱们速战速决吧。"

罗英子点头，转向陈硕问道："陈律师，你看咱们还有必要谈吗？我方当事人的立场很明确。"

陈硕急忙谄笑："和为贵，和为贵。我方当事人有强烈的和好的愿望。赵先生……"

赵伟低着头站在焦艳玲面前："艳玲，对不起，我做了对不起你的事，我不是人，我不配当你的丈夫、孩子的父亲。我什么也不要了，我只求你放我一马。毕竟，咱们做过夫妻；毕竟，我还是你孩子的爸，我如果进去了，孩子脸上也不好看。艳玲，你看你……"

焦艳玲静静地看着他，什么也没说，拉把椅子坐下了。

赵伟扑通一声跪下了："艳玲，你就饶我这一回吧，我真不能坐牢。我那边的孩子还小，老婆顶不了事，我还欠着一屁股债，我进去，那个家就完了。"

焦艳玲不说话，定定地看着他，目光里有厌恶，有怜悯。

"艳玲……"

良久，焦艳玲发出一声悠长的叹息。

"曾经有这样一个女人，她自身条件差，又有残疾，觉得这世上不会有什么人喜欢她，因而自卑、懦弱，别人对她一点点小小的善意，她也会加倍珍惜。她忘不了当年头一回见那个男人的时候，男人对她微微一笑，好像漫天乌云都散了，投下了一缕阳光，从此照亮了她幽暗的生活。这么多年，尽管这男人不再见她，可她永远怀念着那缕阳光。"

赵伟赶快接话："我也怀念，我也怀念。"

焦艳玲冷笑一声，还是没去看他。

"这十八年，我一直以为自己是为你活着的。我用王宝钏的故事激励着我自己，一心想着靠自己的努力创下一份家业，等你回来交给你。可现在我明白了，我不是为别人活着的，更不是为那个不值得的男人活着的,我一直在为自己活,不知不觉中活得强大。尽管如此,我原来不想做得这么绝情,我想为你和自己以及孩子留一份体面,可是你那句'只讲法律不讲感情'打消了我最后的怜悯。我今天来,不是来和你讨价还价的,我今天来是对你说一声'谢谢'的。谢谢你让我有了一个优秀的孩子,逼着我强大。对此,我会付出相应的代价的。别的,没什么好谈的了,就交给法律吧。再见。"

焦艳玲站起来,对着罗英子和邱华微微躬身。

"剩下的事情,你们替我办吧。"

她说完转身就走,所有人定在那儿,罗英子快步追了出去。

察觉到罗英子追出来,焦艳玲停下回身。

罗英子由衷地说:"刚才这段话说得可真漂亮。焦女士,我征求一下您的意见。我说过了,您有两种选择,一是以不告他重婚为筹码,逼他放弃财产分割的要求,让他净身出户;第二,告他重婚,他就会受到法律惩罚,但您的财产,也会分给他一部分。"

"第二种。"

"也就是……"

"对。钱算什么?这些钱是我以前挣的,我以后仍然能挣出来,送他去他该去的地方吧。"

邱华也出来了,罗英子和她站在一起看着焦艳玲渐远的背影。

邱华欣赏地说:"这女人一旦自信起来,气场全开啦。"

罗英子说道:"她宁可分赵伟一部分财产,也要告他重婚,让他坐牢。"

邱华点头:"我猜到了。"

罗英子有点嫉妒地嘟囔着:"陈硕又能挣一大笔了。这小子,无论什么地方都能吸出血来。"

邱华笑了:"回去吧,咱们只管咱们碗里的,别算计人家碗里的了。"

"她肯定要去告你重婚，咱们接下来就全力以赴准备这个刑事案吧。不过前景我已经向你交代过了，法律后果是逃不开的，现在重要的是在她面前好好表现，争取取得她的谅解，得到轻判。"

"陈律师我都听您的。"

陈硕小声地分析着现下的局势，赵伟这回彻底老实了，在那儿不住地点头。

罗英子和邱华回来了。

罗英子马上就要送客："对不起二位，没什么好谈的了，我送你们。"

陈硕说道："赵先生，您先回去。我和罗律师再聊两句。"

罗英子白了陈硕一眼，却没说什么。

"陈无良，还想跟我聊什么，又憋什么坏呢？"

"看你说的，想祝贺你啊，又赢了我一阵。"

"可是你又挣了一笔昧心钱。"

陈硕哈哈一笑："啥钱不是钱啊？"

罗英子不甘示弱道："不过你放心，赵伟十八年没有履行过任何抚养义务，我们会打得他净身出户，让你也拿不到钱。"

陈硕一摊手："可是他的代理费已经交上了。"

"不送！"罗英子气得瞪眼，头也不回地往里屋走了。

陈硕和方睿进了电梯，方睿还是难抑兴奋。

"师傅，你刚才真帅，这六十万挣得……"

"老规矩，往静祥打百分之十。"

"还打吗？我前天刚把上一个案子的百分之十打过去，您这慈善做得也太勤了点。"

陈硕突然转过身，很认真地说："不是慈善，记住哈。不是。"

方睿一愣："那是什么？"

陈硕已经走了:"打吧。"

方睿快走几步跟上去:"可是您给得勤,他们的事就多。这不又有两个老人点了名地要委托您。"

"委托吧,当律师的还怕案子多吗?"

"可是他们付不起律师费,有一个说能付五百,另一个问您能不能免费。"

"五百也别要了,都不会是什么大事情。"

方睿停在原地,又愣住了。

12

几双脚同时往一个方向走着,步履匆忙,方向的尽头是良诚所装点精致的室内小花园。

小花园的台阶上,坐着几乎所有的合伙人,还有几位律师,陈硕在其中,陶正站在中间,正在介绍着案情。

"諮山集团成立于1998年,是諮山市最大的铁矿石生产企业,长期向当地另一家大型民营企业諮海钢铁供应铁矿石,两家企业建立了长期稳定的供求关系。"

在场众人人手一份资料,资料上是两家企业的信息和照片,一家是开矿的,矿山旁有大型的挖掘机,加长货车出出进进,运送的是矿石,正是諮山。另一家企业照片上是高大的钢厂,几座高炉熊熊燃烧着,显然是諮海。

陶正找出一张文件举起来,除了字,资料上还有两个男人的照片,两人都五十岁左右,相貌挺像。

"两家企业的老板也不是外人,是一对亲兄弟。左边的这位,叫孙铭海,就是諮海钢铁集团的创始人,是哥哥;右边的这位,叫孙铭山,是弟弟,是諮山矿业集团的创始人。两兄弟一个开矿,一个炼钢,共同撑起了洺山市GDP的半边天,最红火的时候,两家的纳税占到了洺山财政税收的百分之二十几。不夸张地说,这两家企业,就是洺山市的命脉。"

老韩在下面嘀咕了一句:"这样的案子最难做。"

陶正继续介绍着:"可前几年,情况有了变化:随着国家钢铁产能的过剩,哥哥的洺海集团日子开始不好过,经营遇到了资金困难,开始拖欠洺山的货款。可因为俩老板是亲兄弟,出于对哥哥的信任和支持,洺山集团并没有及时催讨。虽然存在大量供货协议、出库收货单据等,但因为两家关系特殊,很多供货缺乏明晰严谨的债权凭证。前年,洺海改制,一家国企入主,孙铭海被踢出局,并且很快暴病而亡。洺海换了老板,洺山开始向洺海催要货款,但洺海翻脸不认人,拒绝支付,而到此时,欠款已经达到了五千多万,再加上滞纳金,竟达到七千多万。而此时的洺山,因为受这笔欠款的拖累,也已经到了破产的边缘……"

洺山市是泾北西北部的一个资源型城市,洺山集团虽位于市郊,企业大门前的马路却修得格外宽阔,厂区里食堂、宿舍、商场一应俱全,甚至还有电影院。只是这电影院早已废弃,正门的玻璃已经碎了七七八八,门口堆满了废弃的钢料和杂物,门用铁链锁着,已是锈迹斑斑。电影院正对着的是个广场,广场上空空荡荡,两侧的大道上也是杂草丛生。整个厂区如同一个行将就木的老人,死气沉沉。只有远处高耸的烟囱还在有一波没一波地向天空喷出几缕黑雾,有气无力地宣告着这里还有人烟。

洺山集团的办公大楼就在广场大道的尽头,与电影院遥遥相望。楼下歪七扭八地停了几辆车,楼上会议室里,两家正在谈判。

洺海一方有七八个人,神情倨傲。他们大都穿着短袖白衬衣,衬衣塞进裤子里,把众人的肚子勒得滚圆,远远看去有些滑稽。

另一侧只有三个人,为首的中年男人赔着笑脸频频点头,恭敬地听着对面的话。

终于可以说话了。孙铭山捧起面前一沓厚厚的文件，话没出口已换出笑脸。

"钱总，我们两家历来签订的借款和还款协议都在这儿。谘海是老大哥，也是我们谘山集团的长期客户，如果我们不是被这笔钱拖得没办法，我们也不会上门来要。还是恳望老大哥看在我们长期合作的面子上，哪怕少也还我们一笔，让我们能维持正常生产。"

谘海集团的钱总端起茶杯喝了一口，轻轻地清了清嗓子。同侧角落的，看起来年轻些的眼镜男立刻拿起笔准备记录，他太了解领导的习惯，这是钱总准备讲话了。

钱总放下杯子，语速不快却中气十足："新官不理旧账，以前的谘海负责人和你们的关系大家都知道，亲兄弟之间的协议，真实性很值得怀疑。自从我们新集团成立以来，群众要求追查国有资产流失的呼声很高，这也是我们下一步的工作重点。"

孙铭山听得直皱眉，但仍然忍耐着赔笑："钱总，谘海未改制以前，是家私企，会牵扯什么国有资产流失？谘海的欠款，不光有欠款协议支持，还有你们的进货单以及银行的流水可以证明，我们是谘海最大的供应商，这几年谘海的炉子一直在烧，到底为矿石花没花过钱，钱总一查就会知道。如果钱总不相信，我们双方可以联合成立工作组，聘请双方可以信任的会计事务所清理我们双方的资金往来，一查就可以查清楚的。"

钱总耐着性子想把话听完，听了半截实在忍不住，把眼闭上了。

"对不起，我们新集团刚成立，发展生产还来不及，哪儿有工夫做这些事？对你们说的这些欠款，我们不了解，也无从发表意见，目前只能这样。"

"钱总，谘海虽然改制，但也是从老谘海改过来的，你们不能不讲理啊。"

钱总眼一睁，直接站了起来。

"孙总，以前谘山集团从我们谘海得了多少好处还是笔糊涂账。

现在糊涂，不等于永远糊涂。如果詺山认为我们不讲理，那只好请孙总另找个讲理的地方去了。对不起，我还忙着，恕不奉陪了。"

钱总说完直接拂袖而去，手下的人也自觉地排起队，招呼也不打随着离去，把孙铭山一行人晾在那儿。

小花园里，陶正继续说着："詺山和詺海多次谈判无果，不得已想和詺海打官司催要欠款。但考虑到两家复杂的历史关系，以及现在詺海已经有了国企的背景，加之部分债权凭证缺失，以及执行难度的考量，许多律所望而却步。日前，詺山集团公开招标，招募律师事务所代理起诉，要求詺海还钱。诉讼代理费是要回的欠款额的百分之九，再加上滞纳金的百分之五十，算下来，如果能把所有的欠款都要回来的话，代理费在理论上可以达到千万以上。"

说到这儿，陶正似有预料，直接坐下等着。

不出所料，议论之声乌乌泱泱地响起来：

"好肥的活。"

"这还不是好事吗？只要詺山手里的证据过硬，这官司还有输的道理？"

"他们当地的律所不敢接，咱们接啊。咱们和詺山没关系，怕个什么。"

这时方睿走进来，拿着点心给各人分发，还拿了一杯咖啡，来到陈硕旁边。

方睿递过咖啡，小声地说："师傅，你的美式，双倍浓缩。"

陈硕接过来："谢谢。"

方睿离开，站在小花园一角默默听着。

一个女声轻咳了下，喧闹渐止。

方丽虹苦笑道："世界上哪儿有这么便宜的午餐，要真有，也轮不到我们。陶正你把其他的条件说一说。"

陶正再次站起来："因为詺山集团已经没有能力支付律师费，所以他们提出来全风险代理，还附带了一系列苛刻的条件。简单说来，諮山不再为这个官司出一分钱，所有的诉讼费用由律所承担，这样一笔烂账，光请会计事务所审计清楚账目的费用恐怕就得几十万。另外，所有的代理费，全部从胜诉后的执行回款里支付。也就是说，如果只是打赢了官司而没办法执行的话，律师也拿不到钱。"

这时老韩问道："双方的债权债务关系明晰吧？"

陶正点头："据我了解是明晰的。諮山手里的证据虽然算不上完整严谨，但大面儿上债权凭证还是没问题的。"

老韩一拍大腿："那还不容易？无非就是承担前面的审计费用和诉讼费而已。这个官司，没有输的道理啊。"

方丽虹摇头苦笑："要这么简单，大家还不抢破头了？你想想，过去两家老板是亲兄弟，所以新諮海怀疑其中存在着利益输送，对諮山手里的证据根本不认账，查清债权债务关系没那么容易。"

在体制内待了二十年，平时开会也不怎么言语的监委会主任张志发话了："你们啊，想问题太简单。你们没听见吗？这两家企业在諮山市举足轻重，牵一发而动全身。现在一家成了国企，一家成了民企，两家打官司，政府什么态度还不清楚，万一出问题，等于是我们爬到墙上后面被人抽了梯子，上好上，怎么下来？"

方丽虹赞同道："张主任说的有道理。这两家企业，关系到諮山市的社会安定，如果闹到不可开交，政府不可能不管。这个风险不可控，必须考虑在内。"

陶正跟着补充："还有，据我所知，諮海虽然改制，但受市场大环境的影响，现在效益仍然不好，工厂经常发不出工资。在这种情况下，就算打赢了官司，也极有可能拿不回钱来。"

大家一听都泄了气，议论纷纷：

"这样啊。"

"要是这样趁早别接，挣不到钱还惹一身臊。"

"地方上的事太复杂，弄不好不光挣不到钱，律师的安全都有风险。"

"那别人不接，咱们也别接了呗。"

老韩有点跃跃欲试："方律师，要是接的话，风险所里会承担吧？"

方丽虹认真地说道："这正是我要说的，如果有人要承担的话，必须自己承担大部分的风险。"

"比如呢？"

"比如前期的花销。"

"也就是说，如果打赢了官司还是拿不回钱来，前面的钱全自己赔上？"

"是这个意思。"

"那就是不让大家接呗。有愿意接的吗？有吗？放着大钱没人挣？"

大家都不说话。

陈硕一直坐在那里仔细地听，看到众人逐渐归于沉寂，举起手来。

"方律师，各位合伙人，我说几句行吗？"

方丽虹点头示意他说。

陈硕笑着："所谓富贵险中求，没有高风险，哪儿有高收益？如果大家不接，我来接怎么样？"

老韩反对道："你接也不行。这案子风险开销巨大。你接了，胜了挣了钱大部分是你的，要败了呢？"

陈硕说道："败了所里也没什么损失啊。全部的诉讼成本，我自己承担，但相应地，我承担了成本，我的收益也应该增加。以前的案子，所里提成百分之三十，这个案子，所里只能提百分之十五，剩下的都是我的。"

这话一出口，众人都不说话了，互相看着，各自打着小九九。

方睿借着倒茶的机会过来，小声问道："师傅，这案子你真要接啊？"

陈硕有点意外，这有啥真接假接的，点头道："当然。"

"师傅你真了不起。"

"哈，我只是胃口比较大。"

方丽虹朗声问道："大家对陈硕律师刚才的想法怎么看？"

没人接茬儿。

方丽虹和陶正对视了一眼。

陶正会意，接着说道："我觉得可以。年轻人有冲劲、有干劲，我们为什么不支持？再说了，现在都在讲保护民企保护民企，这正是一个典型案例嘛。我同意由陈硕律师个人接这个案子，至于风险，我建议由陈硕律师个人承担。"

方丽虹再次问道："还有愿意和陈律师竞标的吗？"

依旧鸦雀无声。

方丽虹吐出口气："好吧。我很惭愧，和陈硕律师比起来，我已经少了年轻人的热血和干劲。没办法，年龄不饶人啊。陈硕律师，你刚才提出来的方案，我没意见，但要是让所里全部撒手不管，那也不可能，毕竟你还是以良诚所的名义接的嘛。具体的事情，会后再谈。会议结束后，你和陶正律师商量一下，就这个案子，所里和你本人签一个单独的协议，然后就按协议执行吧。所里会给你全力支持。"

陈硕嘿嘿一笑："谢谢方律师。"

方丽虹点头："好，今天就到这儿。"

方丽虹看了一眼陶正，率先起身出去了。

方丽虹进屋刚坐下，陶正就跟进来了。

"老陶，这小子还真不知道天高地厚哈。"

"这就是他的特点。当初也是因为看上了他这个特点我才引荐的他。咱们所老了，需要这样的新鲜血液。方律师，您真放心让陈硕接这案子？"

"你觉得他的方案怎么样？"

"和您一样，全力支持。反正又不需要所里承担任何的风险，他输了，和所里没关系，赢了呢，到手的也是非常可观的一个数目了，何乐而不为?"

"要是赢了,他一个人能挣上千万。"

陶正一愣:"方律师,咱们不至于和一个年轻人抢食吃吧?"

方丽虹笑了:"我不是那意思,我是说这小子够生猛。虽然刚才咱们投了赞成票,但是,全交给他自己,我不放心。"

"什么意思?"

"他是你引荐来的,你对他还不了解?我觉得这小子路子太野,胆儿太大,现在这种方式,律所对他的控制力太小,万一过程中不老实,给咱们所带来不可预知的风险怎么办?"

"那怎么办?"

方丽虹想了一下,想到了一个合适的人。

小花园里人差不多走光了,方睿在收拾桌子,只剩老韩坐在那儿悠然自得地扫荡着桌上最后的点心和茶。

老韩看了一眼方睿和行政:"小方,以后下午茶少买蛋糕,太甜。换点中式的,枣泥方酥牛舌酥都挺好,买木糖醇的,不腻。"

方睿懒得看他:"知道了。"

看到方睿和行政收拾完出来,方丽虹打了个招呼过来了。

"韩律师,咱们聊两句銘山的案子。"

"方律师,您说还有啥可聊的?还是新来的和尚会念经哈,这么大的案子,交给了一个新来的,我们这些老帮菜连边都靠不上。"

"是你们不敢接啊。韩律师,给你一个靠边的机会:你去和陈硕一起接这案子怎么样?"

老韩难以置信地愣在那儿。

"我?和他?咋想的?"

"信任你呀。这个陈硕,胆大,路子野,我怕他代理过程中再出点什么问题,责任不还是我们所的吗?你去和他一起打,实际上是作为合伙人全程动态监督这个案子,保证不出大问题还把钱挣到手,可以吗?"

"可是诉讼成本怎么办?"

"你听见了陈硕的表态,所有的成本他一个人承担。"

"可是如果我去和他一起打,他肯定得要求我俩共同承担啊。噢,我们承担了诉讼成本,所里一点责不担,真打赢了,所里坐地收钱,怎么好事全所里的啊?"

"陈硕说自己承担的。至于你去了以后要不要和他一起承担诉讼成本,那就看你和他怎么谈喽。想一想,万一真能把钱挣到手,顶你好几年!"

老韩想了想,一跺脚:"行,所里不愿担责,我替所里担。那么,陈硕那儿——"

"我去和他谈。"方丽虹起身便走。

方丽虹坐在办公桌后,透过长长的隐私玻璃,看着陈硕一步步走过来,直到推门进来。眼前的陈硕,又年轻、又挺拔,脸上还带着玩世不恭的傲气。方丽虹不动声色地打量着他。

陈硕笑着:"方律师,有事?"

方丽虹用下巴示意他坐,然后起身给他倒了杯水,这让陈硕颇感意外。

"陈律,你敢当众揭榜,勇气可嘉。可我要提醒你的是,这种案子,工夫在案外。两家企业都在当地存在多年,各种关系盘根错节纵横交错,不知道多少人的利益牵扯其中。諮海明明欠了人家几千万为什么拒不还款?除了没钱还有没有其他原因?这些都是要百般小心的地方。而且我敢肯定,到一定时候,当地政府介入是大概率事件,闹得不好,像老韩说的,被当事人出卖也是有可能的。你要接这个案子,就要对这些有充分的心理准备。"

"我想到了。要是因为关系复杂律师就不敢接案子,那就没有我们能接的案子了。再说了,我相信法律,相信社会在进步,更何况,欠债还钱，天经地义。不管是什么类型的企业，现在都得面对市场经济，也都得守规矩。如果他们还没学会守，我希望我教会他们守。"

方丽虹看着他年轻自信的面孔，忽然觉得似曾相识，心下竟有点失落，但她很快回过神来，又微笑起来。

"到底是年轻啊。可我不能像你一样，毕竟我老了，经验比你更多。陈硕，所里觉得把这么大案子交给你一个人不放心，万一出点问题，还是得所里兜着。所以所里想派个人和你一起打。"

"谁？"

"韩之通。"

陈硕愣了愣："老韩啊。他打过这类官司吗？"

方丽虹笑了："老韩老江湖了，什么案子没打过？有他在，你们遇事也有个商量。再说这个案子诉讼成本巨大，有个人分担一下也是好的嘛。"

陈硕也笑了："行。看起来所里对新来的是真的不放心啊。"

方丽虹不置可否："那个问题是不存在的。不当家不知柴米贵，我得为所里安全着想。祝你们合作愉快。"

陈硕大笑："谢谢方律师，会愉快的。"

方丽虹此刻真的感觉到这个年轻人的不同，她忽然想起一件事。

"顺便问一句，你自从来到所里，一直在看所里老的案卷，有什么想法吗？"

"有啊。一个所有一个所的风格，一个所有一个所打官司的路数，我入乡随俗，既然来到良诚所，就想把前面合伙人办过的大案子都看一遍，也是业务学习嘛。"

方丽虹看着他："是这样？那么，你学到什么了吗？"

陈硕拉开椅子又坐下："有啊。您想听听我汇报吗？比如您办过的东海远洋公司对施耐特的案子……"

方丽虹连忙摆手："算了算了，我们老了，无所谓了，良诚所以后要看你们的了。你去吧。"

陈硕起身告辞，一边走，脸上一边露出讥讽的笑容来。

老韩办公室大开着门，陈硕走过来，远远地就看到老韩面朝门口坐着，笑眯眯地等着他。

"姜还是老的辣，我还是没逃脱老哥您的手心啊。"

陈硕走过去想跟他握手，老韩哈哈大笑，迎过去一边握手一边拍着陈硕的肩膀，两人真是一副亲密无间的样子。

"兄弟，听你说的。这不是所里看我成天瞎忙也挣不着钱，你吃肉，让我跟着喝点汤嘛。陈律师，你年轻，能干，你就带带我呗。"

"别，还是您带我。要不然我马上改口叫您师傅。"

"别折我寿啦。那，咱哥儿俩就一起打？"

"一起打一起打。可韩律师，既然一起打，那诉讼成本这块儿……"

"没说的，我承担一半，不，我承担大头。"

"什么？不大符合您的人设啊。"

"我什么人设？这样哈，我算了一下，这个案子，审计费和诉讼费花销差不多。这样，你负责诉讼费，我负责审计费怎么样？"

"啥意思啊？审计费你以为便宜啊？找个靠得住的会计事务所，审计这十来年的账，差不多也得好几十万。算上其他成本得上百万了。"

"不管花多少，我听着。实话告诉你吧，有家会计事务所欠我的律师费呢。"

"什么？韩律师，居然有人能欠下您的钱？韩律师，咱哥儿俩好久没打对头了，您坑人的能力在下降啊。"

"咦，只要是律师，有谁没被当事人坑过？就大几十万的律师费，一年多了，硬是不给。这回我把审计的活交给他们，抵我的律师费，他们肯定愿意。"

"我能问问是哪家会计事务所吗？"

"方中。"

"方中？泾北大的会计事务所，或者说可靠的会计事务所我都知道,怎么没听说过这家啊?"

"小所,刚成立没两年。"

"什么?成立没两年就欠下您那么多钱?韩律师我收回我刚才的话。"

老韩被逗笑了:"哈哈,你不了解我的地方还多着呢。那,这事,咱们就这么定了?"

陈硕赶快点头:"定了定了。"

"既然诉讼成本基本上平摊了,那代理费当然也应该——"

"那不行。您刚才在会上也听到了,这案子是我的,所里也是交给我个人的,您只是来辅助我。您要是同意呢,代理费咱俩三七开——"

"我七,你三?"

"只要您好意思。"

老韩哈哈大笑:"我好意思,我最好意思了。好吧,三七,你七,我三。"

陈硕伸出手去:"成交。"

罗英子坐在一间公司办公室的沙发上,公司开在一个居民楼里。前台、格子间办公区和老板办公室占据了三个房间。

一个四十岁左右、穿着西装、身材高大的男人推门进来。

男人叫魏丞,正是梅大梁夫妇当年办的那桩离婚案的被告人。

魏丞看着罗英子有些狐疑,但还是礼貌地打着招呼。

"您好。请问,您找我?"

罗英子赶快站起来,一边和他握手一边掏名片。

"您是魏丞魏总吧?我姓罗,叫罗英子,瑛华律师事务所的律师。梅大梁先生是我司考时候的老师。"

魏丞一听梅大梁,脸上一紧,轻轻地"哦"了一声,看了看罗英子的名片,并没请她坐。

"有什么事情吗?"

罗英子有些尴尬,只好硬着头皮反客为主。

"魏先生,咱们坐下说行吗?"

魏丞勉强地点点头,伸手示意罗英子坐,自己则回到办公桌后面。

"公司十点半还要开会。您有什么事?"

"魏先生,我想了解一下当年那个案子,您也知道,梅先生为这个案子——"

话还没说完,魏丞脸色就变了。

"谁让您来的?梅先生吗?"

"不是,她不知道。梅先生是我的老师,我知道她和她先生因为那个案子受到了不公正的待遇,她先生还因此而丧命。梅先生一直坚信当年的事情不是强奸,而是双方的交易,您是当事人——"

"对不起,罗律师,当年的事情,我已经不想提起了。"

"我知道您现在发展得很好。但毕竟如果当年的案子翻不过来,您就是有案底的人,如果我们能查清真相,对您也是——"

"对不起,我不想再谈了。我还有事,罗律师,请。"

罗英子不想放弃:"魏先生,您不能只想您自己,您替梅先生和她死去的丈夫想想,他们是为了您的案子才——"

魏丞脸色阴沉:"如果你是为了当年的案子,那你该找的人不是我,我什么也不知道。罗律师,请吧。"

门开了,一个女孩伸了伸头:"魏总,开会了。"

魏丞又摆出送客的手势:"我要开会了,请吧。"

罗英子无奈地站起来。

两个小时后,罗英子拿了一瓶酸奶,偷眼端详着正在给她结账的收银员。

已经到了交班的时间,杨翠丽低着头娴熟又快速地扫描着商品上的条形码,完全没注意到她。

这个收银员就是当年的受害者,杨翠丽。

车停在超市门口，罗英子结完账就上去等着。

没过多久，杨翠丽提着包从里边出来，低头匆匆走着，罗英子下车迎上去。

"您是杨翠丽女士吗？"

杨翠丽停下："你是……"

罗英子把名片递上去："我是瑛华律师事务所的律师，我叫罗英子。杨女士，咱们能不能找个地方谈谈？"

杨翠丽戒备地退后一步："谈什么？"

罗英子努力做出一副亲切和善的样子："您别紧张，就是随便谈谈。"

杨翠丽掉头就要走："不行。有什么事，在这儿说，我家里还有孩子，等我回去呢。"

罗英子看看正在超市门口，下班的员工陆陆续续地走出来，小声道："在这儿说，您不怕别人听见？"

杨翠丽愣了愣，跟着罗英子上了车。

"有什么事，就在这儿快点说完，我一会儿还要去接孩子。"

"是这样，杨女士，我想了解一下当年你和魏丞的案子。当时您主动找到梅先生，说不是强奸是交易，为什么到了法庭上突然改口？直接导致梅先生夫妻因此出事。"

"是谁叫你来的？是梅律师？"

"您别误会，这事和梅先生没关系。事实上，她一再嘱咐我不许打扰您。可是如果不把当年的事情弄清，梅先生的冤枉就不可能辩白，她丈夫也就白死了。现在只有我们两个人，我向您保证，我不会把您告诉我的事情用在任何您不同意的场所，我只想知道真相，以及到底是谁在陷害梅先生。"

"没啥真相，真相就是我在法庭上说的。"

"我了解梅先生，她不可能教唆您做假证。从您主动向检方出具了证言到在法庭上改口，中间一定发生过事情，有人对您说过些什么话。您能告诉我吗?"

"我为什么要对你说?说了对我有什么好处?"

"换您后半辈子能睡安生觉。梅先生的丈夫因为这件事丢了性命,您想起来真不觉得良心不安吗?"

"那件事,我没什么好说的,我现在有老公有孩子,以后不许你再来找我,如果再骚扰我,别怪我对你不客气。"

杨翠丽打开车门离开了,罗英子有些失神地看着她快步走远,直到消失在拐角。

她叹了口气,发动汽车刚要走,梅大梁的电话打来了。

"英子,我听说你又在调查那件事?"

"什么叫'又'?我一直没放弃。前一段太忙,没顾上。怎么,是魏丞告到了您那儿?他着什么急啊?不正说明他心里有鬼吗?"

"你明天到我这儿来一趟。"

梅大梁不由分说,声音很是严厉。

第二天,罗英子站在教室门口看着梅大梁给学生上课,行政法本就枯燥,梅大梁还是老样子,字正腔圆但情绪寡淡,认真听课的学生不多,不少人在趴着睡觉,梅大梁视若无睹,按部就班地讲着。罗英子听得却是津津有味,她在想如果现在参加司考,她还能不能过。

下课了,梅大梁抱着教案出来,见到罗英子也不停步,只是点了点头,罗英子一路跟在后面。

"英子,我之前已经告诉过你,魏丞的事我不查了。你为什么非要执意调查?"

"梅先生,上次您联系我说要放弃调查时,我就不理解。我猜也许是您认准良诚所和这案子确实有关,甚至是您认为良诚所里不止一人和这案子有关系,您不想让这案子波及更多人,我说得对吗?"

宿舍墙上的老式挂钟嘀嗒作响,梅大梁没说话,意味深长地看着罗英子。半晌,她叹了口气:"不管真相是什么,它已经波及你们了,不是吗?"

"那就更应该查清楚。如果事情真的是像您说的一样,您和于先生是被人陷害的,那么把案子查清,您和于先生的冤枉不就辩白了吗?"

"知道什么叫社会利益的最大化吗?那个案子已经过去将近十年,当事人都各自有了自己的生活,你现在搅起来,将让他们再次受到伤害,那不是我想要的。"

"您别想拿社会利益最大化来说服我。要求个体为集体无条件牺牲,那个时代过去了。社会利益重要,您和于先生的利益就不重要了吗?于先生凭什么就该死?"

梅大梁眼神暗淡下来:"他已经死了。我相信我现在这样处理也是符合他的心意的。我想查清真相,如果以把当事人重新拖回过去为代价才能查清,那我就不查了。英子你必须住手。"

罗英子无奈道:"也许是我的方法错了,我答应您,我不会再打扰当事人,但我会想想还有没有别的办法调查。"

梅大梁看着她,脸上难得露出一丝笑意。

"新律所站稳脚跟啦?英子你很不简单。"

"什么不简单?勉强糊口而已。"

"我没打算向你借钱。"

罗英子听得一愣,随即哈哈笑起来。

"梅先生,我不知道您还会说笑话。"

"我给你介绍一个案子怎么样?"

罗英子调皮道:"什么案子啊?梅先生,罗律师现在也是有身价的。"

梅大梁嗔怪地白她一眼:"你呀,人够聪明,就是一得意,就忘形。放心吧,这个案子,超过你的身价。"

"什么案子!"罗英子一下子来了精神。

梅大梁从桌子上拿了份材料丢给她。

"万禾公司是一家地产公司,规模不小,专门开发高档住宅和大型商业地产,兴盛的时候开发的几个房地产项目曾经创下多个城市地产售价最高纪录。自那之后,万禾急速发展,到处攻城略地,以高价竞买土地,几个地产项目同时上马,终于引起了资金链的断裂,公司资不抵债,正在开发的几个地产项目成了烂尾楼,欠下了大笔的银行贷款和几千户购房者的购房款,终于不得不走上向法院申请破产的道路。"

罗英子听着梅大梁的讲述,仿佛看到了一个神情落寞的男人,站在几栋烂尾楼前,惆怅地看着空无一人的工地,她回忆着有个电视剧叫《青花》,里面好像有这么一幕,当时还是跟刘铭一起看的。

梅大梁这边没声了,罗英子一个激灵,一下子反应过来。

"万禾啊?我原来那栋房子就是万禾的,当时开售的时候还要摇号呢。这才几年啊!唉,想想也好几年了,我房子和老公都没了。哎,梅先生,是不是介绍我们所去当破产管理人啊?这可是个肥活。"

"能得你。你们律所刚成立,有破产管理人资质吗?能接这么大的案子吗?"

罗英子手一挥:"有什么不能?人有多大胆,地有多大产。"

梅大梁无奈地看着她:"嘚瑟。管理人团队法院要公开竞争选任。有家律所想去参加,虽然有管理人资质,可是他们也是个小所,所以需要外援。他们来找我,我想推荐你们所。"

罗英子泄了气:"给别人打工啊?不干,宁为鸡口,不为牛后。"

梅大梁道:"那就算了。那我就回了许卓。"

罗英子一听这个名字,愣了一下:"许卓?听着有点耳熟。是那个帮弱势群体打官司的律师吗?"

梅大梁点头:"是他。许卓的卓越所要参与一个破产管理人的招标,需要找合作者,我向他介绍了你。"

罗英子恍然:"我想起来了,您请他来讲过课。可他一个公益律师，怎么接这种案子？"

梅大梁笑了："公益律师也得吃饭呀。许卓的确是公益律师出身，早年帮聋哑人还有视障人士、老年人打了不少官司，懂手语，会盲文，还在学校教过书。但卓越所成立后，他调整了律所经营方向，这两年做过一些投资并购、IPO的业务，也算打出了一些名声。"

罗英子挠头想着："我看出来您是很欣赏他了。不过有件事您帮我回忆回忆，这位许律师是不是蹲过两次监狱？"

梅大梁有点惊讶："只是进了看守所。到了法庭上，两次都判了无罪，他还在看守所里构思了两本法学专著。怎么了，英子，你对他有看法？"

罗英子哈哈一笑："您高看我了，对我们这种小所来说，看法和机会相比，不值一提。我就是觉得许律师这人有点意思。"

梅大梁看了看挂钟："行了，许卓这人等你和他合作后慢慢品味，给我个痛快话，这案子你接还是不接。"

"有钱不赚是傻子。我们律所虽小，但实力超群，当然能接，但我还得问邱华的意见，她既是我的合伙人，也是我的监护人，防止我横冲直撞。"罗英子嘿嘿笑了。

梅大梁也忍不住露出笑意。"真自信。我教了大半辈子书，当律师的时候也在带弟子，真正让我得意的，方丽虹算一个，许卓也算一个。"

"我呢？"

"你呀，你还没登堂入室呢。不过，如果你能和许卓联手，我觉得未来可期。这是许卓的名片，我已经和他招呼过了，你们要是愿意，就去找他吧。"

学校院子里，几个男生在那儿打篮球，这些来参加司考培训的学生，大都年龄不小了，可凑在一起还是一样爱玩。梅大梁和罗英子在跑道上走着，她把罗英子送出学校，就该回去上课了。

"万禾虽然要破产了,但瘦死的骆驼比马大,据估算他们现有的资产还有十来个亿。十来个亿的资产,管理人费用少说也有一两千万。英子,如果你和许卓能拿下这个大单,你就暂时衣食无忧了。"

"更重要的是,我们有了这个万禾破产管理人的履历,梅先生,谢谢您,我走了。对了,有了这案子,您那小案子,您让我查我也不查了,我闲得。走了啊。"

"这孩子。"

梅大梁又忍不住微笑起来。

车开到諮山集团的大门口就进不去了,许多工人堵在那儿,情绪激动地嚷嚷着,两个干部模样的人站在台阶上努力地解释,可看上去全无效果。

"各位工友,各位工友,集团向各位保证,最迟这个月底,先发一个月的工资,帮大家救救急。"

"什么?欠我们好几个月了,才发一个月,一个月的工资够干什么的呀?"

"别听他的,上个月也是这么说,到现在一分钱没见。"

"别和他啰唆,他说了也不算。孙铭山呢?叫孙铭山出来说话。"

"孙总一直在忙着向諮海集团追债。只要能把他们欠我们的钱要回来,大家的工资都不成问题。"

烈日当头,两人一脸苦相,焦头烂额地反复安抚工人们的情绪。

陈硕摆了摆手,招呼老韩和方睿躲开他们,小心地从一侧进去了。

办公室里,孙铭山站在窗前看着下面围着大门口的工人,满面愁容。

门被开了条缝,秘书伸进头来,小心地说道:"孙总,咱们请的律师到了。"

"啊?赶快请他们进来。"

秘书推开门，陈硕、老韩和方睿进来，孙铭山如逢甘霖，他快步迎上去，热情地和三人握手："是韩律师、陈律师是吧？可把你们盼来了。你们进门的时候看到了？"

老韩感叹道："看到了。孙总您不容易。"

孙铭山又抓住老韩的手："何止是不容易？想死的心都有了。哪儿有这样的事？欠着我们几千万，吃完了，嘴一抹就不认了，这是往死里逼我们啊。韩律师，如果你们能帮我们把这些钱要回来，你们就是我孙铭山和訋山集团上万名职工的救命恩人和再生爹娘。"

陈硕憋不住有点想笑。老韩显得深受感动，偏偏这个时候回头看他，很认真地对他说："听见了吗？我们责任重大。"突然发现他在偷笑，狠瞪了他一眼。

陈硕赶快收住，也很认真地点头："责任重大，责任重大。"

老韩慰问困难职工似的拍着孙铭山的手："孙总，您的心情我们充分理解。那么，咱们找个地方，和贵集团的相关人员正式谈谈？"

訋山集团的会议室里，以长桌为界，一边是老韩和陈硕、方睿，另一边坐满了人，孙铭山在中间，两侧坐着集团中层们，个个神情严峻。

秘书给陈硕三人递上资料，老韩和陈硕快速地翻着，方睿则不停记录着。对面两排人用充满了期待的目光看着他们，像一群嗷嗷待哺的孩子。

老韩和陈硕小声嘀咕了几句，抬起头来："这些材料，我们来以前已经研究过复印件了，我们觉得起诉的证据还是很充分的。我们这次来，一是来谈我们双方的合同，二是有几个问题，想在签订合同以前了解一下。"

孙铭山一迭声地应着："您说，您说。"

老韩看向陈硕："你来吧。"

陈硕抬起头："孙总，据我们了解，訋山集团和訋海集团在訋山市都举足轻重。你们的矛盾闹了这么久，当地政府没调解一下吗？"

孙铭山说道:"怎么没调解?干企业的有了事,肯定先找政府呀。我们发现对方的欠款有可能拒绝偿还以后,首先就找到了政府,政府也多次出面调解,但都解决不了问题。开始要求他们还款,他们不干,我们就想退一步,适当减免他们的债务,可他们一张嘴就要求我们减免一半,我们当然也不干,就这样僵持在那儿了。再后来,我们想能拿回来一半也是好的,可他们仍旧不答应,所以我们不得已才起诉。这回他们表态了,市场经济,按市场规矩办,特别是我们又选择了起诉,政府就更管不着了。政府保证不再干预。"

老韩忍不住插话:"这话您也信?他们说不干预,到时候未必不干预呀。"

孙铭山决然道:"韩律师,今天就当着二位律师的面,我代表詺山集团表个态:如果对政府干预还有幻想,我们就不走诉讼这一步了。我们既然选择了诉讼,就做好了和他们撕破脸的准备,我们绝不会再接受任何司法程序之外的调解和干预。"

陈硕问道:"这条可以列进我们的合同里吗?"

孙铭山毫不迟疑:"可以。"

陈硕继续说道:"还有一件事:据你们了解,詺海集团除了他们的高炉以外还有资产吗?咱们就算打赢了官司,他们也得有可执行的财产才行,总不能把人家的高炉拆了。他们过去的老板是您的亲哥哥,您应该有所了解。"

孙铭山犹豫了一下:"这个我还真说不好。我哥死了两年了。两年中他们对詺海大动干戈,又拆又建,我哥打下的江山估计被败坏得也差不多了。不过老话怎么说来着?"

老韩说道:"瘦死的骆驼比马大。"

孙铭山拍着桌子:"对。过去我哥在的时候,詺海虽然效益后来不好了,可论家底,比我詺山还要厚。他们欠我的不过是几千万,只要想还,应该没问题。"

陈硕点点头,看向孙铭山。

"孙总，贵方提出的将来律师的提成比例是百分之九，考虑到贵公司的实际情况，我们愿意降到百分之八。"

"啊？太好了。"

"不过我们要附加一个违约条款。"

"什么？"

"自我们签订代理协议之后，未经过本律师，也就是我本人书面确认，贵公司不得私下与对方进行任何形式的调解或和解，如果违约，即视为我方所有合同义务履行完毕，贵公司应支付全额律师费，在收到詺海或第三人款项后立即支付我方。"

老韩斜眼看了看他，目露赞许，方睿也飞快地在电脑上打着字。

孙铭山想了一下，当即拍板："没问题。放心吧，我们可叫他们害苦了，我们不会和他们和解的。"

陈硕拿出合同来："这是我们草拟的合同，贵公司看看，如果没问题，现在就可以签了。"

回程路上，老韩特意坐到了副驾驶座上。

老韩由衷地感叹道："陈硕，什么叫后生可畏？今天我算见识到了。和这些人打交道，得浑身长满心眼。"

陈硕一笑："韩律师您就是浑身长满心眼啊。"

"嗯，我不行了，和你们年轻人比起来，那就是个傻瓜。这样，陈硕，我老胳膊老腿的，跑跑颠颠这些事是不行了，你来干，我就负责盯着他们，别叫他们暗地里把我们卖了。"

"行。韩律师，只要您把这一条盯紧了，就把咱们救了。对了，请会计事务所的事，我想了想，和詺海这样有复杂背景的公司打官司，证据一点瑕疵也不能有，您说的那个方中，我打听了一下，有过不良记录，咱们不能用。"

"你管他们不良记录干什么？只要他们出的报告法院采信不就完了？"

"不行。这么大案子，一点也马虎不得。我另请一家大所。"

"咦，那可不行。请家大所得多少钱啊？我可不像你，我没那么多的钱。"

陈硕："我也想好了，这笔审计费，我自己承担。"

"那咱们说的分成比例……"

"只要您觉得合适，咱们还是三七分。"

老韩哈哈大笑："你把你老哥说得也太……这样，既然前期成本你承担了，分成比例改为二八，我二，你八，怎么样？"

"那就谢谢韩律师了。"

"小意思小意思。陈硕，你这么年轻，没想到已经实现了财富自由。"

陈硕笑起来："哪里，我准备抵押一套房子。韩律师，我不富有，只是敢赌而已。"

老韩笑容收敛起来，感慨地摇摇头："年轻真好啊。"

方睿从后面趴上来："师傅，刚才我还做了全程录音，将来不怕他们撕毁合同。"

老韩转过头看着方睿，纳闷道："这孩子，自从来到所里，就以不想当律师而著名，这才跟了你几天，怎么像换了个人似的？"

信贷经理和一个银行职员正在给各个房间拍照片，陈硕有些失落地陪在一边。

银行经理走到房间中央地一处地方，拿出房产证上的建筑图比对着。

"陈先生，您这个房子是自住的还是出租的？"

"自住。"

"我看图纸，您这堵墙敲掉了。"

"对，有墙挡光，拆了亮堂。"

这时职员问道："陈先生，这间房门关着，我方便进去拍一下吗？"

陈硕点点头,过去打开门,他站在门口往里看着,有些失神。

这时,老薛从身后拍了拍陈硕。

"发什么呆呢?"

"你怎么来这么早?我和王总约的晚上。"

"我车限号,坐地铁来的,等你开车送我。银行的人还没弄完?"

"快完了。哎,哥们儿这孤单寂寞的脆弱模样怎么就全让你看见了。"

"我早跟你说过,让你抵押罗英子那套房,你非不听,吃饱了撑的抵押自己这套。那套房你压根儿不住,留着它干吗呀?"

陈硕叹了口气:"不行,进去转了两圈,还是舍不得啊。"接着又懊恼地拍了下墙:"老薛,你说我这辈子怎么就砸她手里了呢?"

老薛摇摇头:"我是真不懂你。怎么着,你还幻想着有朝一日和罗英子住在她和他前夫的爱巢里啊?你不硌硬啊?"

陈硕回到沙发上坐下:"我可能被罗英子下了降头了。可是,老薛,你是老大哥,这种心里有点惦记的感觉是不是也挺好?"

老薛愣了愣:"挺好,挺好,不像原来那么没心没肺了。可是,你的苦日子也来了。"

陈硕长叹一声:"那也没办法。哎,就周大民那案子,代理费给你打了一半,查一下哈。"

"不是说好的三七吗?五五我不能要。"

"收下吧,这案子的钱是白捡的。走吧。"

13

一个身材高挑的年轻女孩等在法院门口,看到罗英子,又在手机上确认了下,快步走了过来。

经梅大梁举荐,罗英子很快联系上了许卓。她是个急性子,事情不管成与不成,都希望尽快定下来,就约了许卓见面。许卓很痛快地答应,他邀请罗英子先来旁听自己开庭,开完庭再聊合作。罗英子虽有些奇怪,但想着能旁听著名律师的庭审也不是坏事,也就答应下来。

接罗英子的女孩叫张萌,是许卓的助理之一。张萌已经把她的旁听证办好领了出来,看起来是个办事精干的姑娘。两人打过招呼,张萌便只顾在前引路,不再跟她说话,感觉似乎对她隐有敌意。罗英子觉得有些好笑,边跟着她走边主动攀谈。

"张律,这场是个什么案子啊?"

"盗窃罪,是法律援助,被告是个聋哑人,我们许老师正在为他作无罪辩护。"

"许老师这么大律师,还接这种小案子?"

张萌颇为骄傲:"我们许老师平时就算再忙,每年还是要坚持打好几个这类案子,都是无偿为聋哑人做辩护的。"

"真了不起。"罗英子有些意外地"噢"了一声。

不知什么原因,原本不太开放旁听的刑事庭审,今天却来了不少人,罗英子跟随张萌在旁听席坐下,庭审也随之开始。

辩护人席上坐着两个律师,一位年轻些,另一位应该就是许卓。庭审约摸过半,许卓却一直没有发言。就在罗英子觉得有些兴味索然时,许卓突然站了起来,顿时成为全场的焦点。

罗英子这才看得清楚了些,与另一个辩护人的西装不同,许卓穿了一身律师袍,他四十岁左右,身姿挺拔,说起话来声情并茂、抑扬顿挫,颇有感染力。罗英子忽然觉得,他好像不是在发表辩护意见,而是在进行一场话剧表演。

"辩护人有异议!本案看上去事实清楚,证据充分,我作为被告人赵良的辩护律师,也看过他在供述上的签字,可为什么我还会站在这里,对所谓事实提出异议呢?因为这份笔录并不能代表被告人赵良的真实意思,这就是一桩冤假错案。"

石破天惊,全场哗然。

"敢在庭上直接说冤假错案?"罗英子也大吃一惊,心里默默为许卓捏了一把汗。

法官敲槌:"请保持肃静。"

被告人赵良显得十分不安,紧张地微微发抖,许卓温柔地用手语回应着,像是在安抚。

张萌眼中闪着异样的神采,看到罗英子一脸蒙,得意地给罗英子翻译着。

"许老师是在告诉被告人,不要紧张,放松一点,法律一定会还你公道。"

赵良手动了几下,张萌翻译道:"被告人在问许老师:'真的吗?'"

许卓微笑地比画着,张萌继续翻译:"许老师告诉他:'相信我,相信法律。'"

赵良好像真的不再像刚才那样紧张了。

罗英子难以置信地看着张萌:"你也懂手语?"

张萌难得对她露出笑容:"一点点啦,许老师有空时会教我们一些。"

"刚才许律师跟赵良比画的那些,也是平时学的?"

"那倒不是,许老师每次开庭前会仔细地模拟庭审,许老师知道被告人会紧张,刚才那些手势,我们都跟着许老师模拟过了。"

罗英子恍然地"噢"了一声。

重头戏来了,法官发问道:"辩护人,如何证明笔录内容不是被告人的真实意思?"

许卓说道:"我方请求播放一段视频录像。"

"同意。"

现场播放的视频中,被告人赵良正在接受公安机关的讯问。

警察:"七月三日下午,你是不是在人民广场偷了一个棕色钱包?"

手语翻译人员翻译问题，赵良比画出一套手势，翻译人员："他回答是的。"

许卓按下的暂停键。

"这是公安机关的问讯视频，视频里赵良的回答与翻译人员翻译出的内容完全相悖。被告人赵良天生是个聋哑人，从小没有受过多少教育，小学一年级没上完就辍学了，基本不认识几个汉字，勉强会写自己的名字，日常交流只能依靠手语。而我国的手语并非单一一种，分为普通话手语和自然手语，视频中赵良回答问题时用的是自然手语，意思是'我没有偷任何东西'。却被翻译人员做出了完全相反的解释。赵良看不懂笔录上的字，就签下名字。"

他一边说一边向审判席演示，时不时还转身照应到旁听席，罗英子从来没见过这样的庭审，顿时也来了精神。

"我在此举个例子，普通话手语中比画法官是这样，自然手语中法官是这样。二者区别很明显。视频中赵良的这个举手的动作，在普通话手语中代表'承认'的意思。而自然手语里同一个手势则代表'我'的意思。在这里赵良的意思就被曲解了。"

旁听席上恍然大悟，罗英子也是一副豁然开朗的表情，目光钦佩地看向许卓。

休庭后，罗英子站在法庭出口等着。不一会儿，许卓在张萌的陪同下走出来，两个记者见他出来，赶紧追了过去。

"许律师，对于这类案子您还有什么想说的？"

许卓停下脚步，转身面向记者。

"中国有两千七百万聋哑人，其中很多人就面临类似的困境，在聋人案件里，真正能够左右聋人案件的裁判，不是坐在法庭上的法官、检察官，也不是坐在对面的律师，而是手语翻译。我认为司法机关应当建立专门的聋人手语审判庭，专门承办聋人案件是有必要的。"

"您刚刚在法庭上提到了对聋人群体精准普法的问题，您还有什么想补充的吗？"

"这是一个社会难题,我只能说从我做起,从小做起。周五我将办个普法公益活动,如果各位有兴趣,欢迎来参加。对不起,我所里还有事,先走了。"

许卓和张萌匆匆离开,罗英子赶快追上去:"许老师,许老师。"

许卓停下来:"您是……"

张萌介绍道:"许老师,这就是梅先生向您介绍的……"

许卓爽朗一笑:"罗英子罗律师是吧?梅先生的关门弟子。幸会,幸会。"

许卓伸出手来,罗英子赶紧上前,两人握手。

"很高兴见到您,许老师,梅先生和我说起她推荐我们所加入您的团队,当时我心里还有点犯嘀咕,但是刚才观摩了您的庭审辩护,实在太精彩了。"

"罗律师过奖了。坦白说关于这个合作的事情,除了梅先生向我推荐了你们所之外,还有其他几家更大的律所也表达了与我们所合作的意愿。我会认真考虑之后再作决定。"

罗英子愣了一下,马上笑着说:"理解,其实我也要回去和我的两个伙伴商量。那我先不打扰您了,等您消息,再见。"

她正要离开,忽然被许卓叫住。

"罗律师,请等一下。"

"还有什么事,许老师?"

"我周五会在聋哑学校办一场如何与聋人沟通、普法的公益活动,如果您和您同事有时间,欢迎来参加。"

罗英子想了想,点头道:"好,那我们周五见。"

许卓很有风度地挥手:"再见。"

罗英子、邱华和夏舒坐在酒吧卡座,围着一台电脑,屏幕上是万禾破产案的信息,夏舒还好,邱华完全是一副难以置信的表情。

"你是说我们有可能充当破产财产十几亿的破产管理人,管理人费用千万以上？我怎么那么不信呢。"

"是真的，梅先生推荐了我们。但不是我们一家，是让我们加入别人的团队，最后也就是人家吃肉，我们喝汤。当然，肉汤也分浓淡，这汤一凉了，肯定能结成冻。"

"还真有天上掉馅饼的事？你说的不会是加入方丽虹团队吧？真是这样我可看不起你。不过看在条件优厚数额巨大，我就原谅你一回。"

"当然不是了，老娘可富贵不能淫。不是良诚所，是许卓的卓越所，许卓听说过吗？"

夏舒"啊"了一声："谁？"

"许卓，你也听过？"

夏舒兴奋道："何止是听过，我还上过许老师的课呢。"说着做出一脸花痴状："邱华姐，你掐我一下，我不敢相信这是真的。"

罗英子白了她一眼："至于吗？人家还不一定能看上咱呢。好几家律所都在争这个机会，他说他要再考虑一下，所以你们别高兴得太早。"

夏舒激动地说："那可是许卓诶，姐你可得好好争取呀。许卓，许老师，我的偶像……"

罗英子看着一脸花痴的夏舒："邱华，她这是咋了？"

邱华摇摇头表示不解。

夏舒眼里放着光："我到现在都忘不了他上的最后那堂课。"

那是夏舒刚读大学，还没出国的时候。许卓当时还很年轻，留着一头与自己身份格格不入的长发，在讲台上侃侃而谈。夏舒坐在第一排，她一身奢侈品，在法学院里显得格外张扬。

许卓写完一手漂亮的板书，潇洒地把粉笔头扔进盒子："结合上面的案例，各位同学谁来说说，我们的行为是靠法律调控还是道德调控？"

下面同学纷纷举手,夏舒也把手举高。这时两名警察突然推门进来,其中一名警察向许卓亮出证件。

"有人举报您涉嫌非法出版,请您和我们走一趟,配合调查。"

台下学生顿时蒙了,随之而来的是一片哗然。

许卓礼貌地向他们致意,然后平静地请求道:"警察同志,请再给我两分钟好吗?让我把这堂课上完。"

两个警察看了台下坐得满满当当的学生,退到教室外面等着。

许卓向他们躬身致谢,转过身来面向学生们,依旧神色如常。

"同学们,刚刚问到我们的行为是靠法律调控还是道德调控,我觉得我们大部分人还是靠道德调控的,这也是为什么康德会说:有两件事情每次回想我都感到敬畏,一个是心中神圣的道德法则,一个是头顶璀璨的星空。在这里我也有些话送给你们,未来你们成了律师,或者法官、检察官,心中一定要记得这几个字:大道至简,法不容欺,忠诚执着,问心无愧。我的课上完了。"

台下响起热烈的掌声,许卓在掌声中被带走。

罗英子想着夏舒描绘的画面,再次露出钦佩的神情:"他还真是个好老师哈。"

邱华不以为然:"我听说他进过两次看守所,能好哪儿去?"

夏舒不干了:"邱姐,不许你这么说我偶像,他是进去过两次不假,但最后法院都判了无罪。"

邱华喝了口饮料:"他有没有罪和咱没关系。问题是我听下来这案子八字还没一撇,咱们一个刚成立的小律所,人家凭什么看上咱们。劝你们别抱太大希望,希望越大,失望也大。"

夏舒摇晃着罗英子的胳膊:"罗姐,你一定想办法去争取呀!"

罗英子摇头苦笑:"我今天去旁听了一个他为聋哑人作的辩护,从法院出来的时候他告诉我周五他会在聋人学校办场公益活动,想邀请咱们去。我觉得这对我们来说是个机会,去不去?"

夏舒兴奋道:"当然得去了,我还想找他要张签名呢。"

邱华白了一眼夏舒:"我虽然对他这个人不感冒,但毕竟是个大案子,能争取下来当然是好的。"

罗英子一举杯:"那就这么定了,与其坐以待毙,不如主动出击。"

"哟,来酒吧还带电脑,这是打算上哪儿出击啊?"

罗英子吓了一跳,快速合上电脑。不用看,又是那个陈无良到了。

"你从哪儿蹦出来的,吓我一跳。"

"我光明正大走过来的啊,是你们做贼心虚吧。密谋什么呢?"

"关你什么事,你不会是良诚所派来的探子,来窃听我方商业机密的吧?"

"我?探子?你们那点小案子还怕探?"

"那你来干吗?有话说有屁放,我们还有正事商量。"

"我周五去养老院做义工,一个人去多闷得慌,几位有没有想加入的?你们不是一向代表正义吗?这么正义的事应该不会拒绝吧。"

"义工?我信你个鬼。无利不起早,你肯定是惦记上哪个富婆老太太的钱了,我等正义一方坚决要和你这个无良钱串子划清界限。"

"刻板印象,完全是刻板印象。你不信跟我去看看,不就知道我是不是惦记老太太钱了嘛,咱们用事实说话。"

"别贫了,你惦记不惦记的,和我们也没关系,更不感兴趣。周五我们有正事儿。"

"你们能有什么正事儿?"

这时夏舒得意道:"我们要去参加许卓老师的活动!"

罗英子瞪了她一眼,夏舒捂住嘴巴。

"许卓?就那个'啊吧啊吧'的许卓?"陈硕在那连说带比画。

罗英子气恼道:"陈无良你过分了啊,这里不欢迎你,慢走不送。"说完直接别过脸去。

陈硕惊道:"哎?怎么说翻脸就翻脸。"

罗英子不再理他,陈硕向邱华、夏舒做了个无奈的鬼脸,自讨没趣地走了。

讲台后面的显示屏上写着"为爱发声，公益普法分享会"，台上的许卓儒雅挺拔，台下座无虚席，中间是聋哑学生们，两边是受邀而来的法律界朋友，罗英子、邱华、夏舒三人也在其中，最后排则是媒体。聚光灯不停地在许卓身上闪烁。

许卓一边说一边手语翻译："今天这次活动与以往不同，我邀请来许多我的同行朋友们，我们先欢迎一下他们。"

他微笑地看向罗英子的方向，同学们高举双手热情地冲她们挥舞着，身边响起掌声，罗英子、邱华和夏舒有点不好意思地向大家微笑示意。

"我之所以今天请大家来，也是想和各位做个分享。我先来教大家几个手语中简单的手势吧，各位可以跟我一起做。这个手势代表你好，这个手势代表律师。你好……律师……"

许卓连说带比画，台下来宾朋友纷纷跟着学。

"看大家学得差不多了，我邀请一位律师朋友上台，配合我做个演示。"

许卓的目光再次看向律师们的一侧，罗英子、邱华和夏舒同时低下头，罗英子戳了戳夏舒："你上啊，与偶像近距离接触，多好的机会。"

夏舒低头："不行，我害羞。"

罗英子又戳邱华："邱华你上，展示咱们所的风采。"

邱华连忙摇头："我更不行，我得尴尬死。"

"罗律师，可以过来配合我一下吗？"许卓微笑着，用鼓励的目光望向她。

罗英子一脸惊讶："啊，我？我不行吧……"

"没关系，很简单的。"

夏舒大声道："罗律师她没问题，罗姐你行的。"

邱华也在旁怂恿："让你上就上呗，别给咱们所丢脸。"

在邱华和夏舒的起哄下，罗英子只好离开座位，走上台。

许卓配合手语，看向一个小女孩："小竹同学，请你也上来。"

一个叫小竹的聋哑女生也走上台。

"罗律师，结合刚才的手势，请你和小竹同学打个招呼吧。"

罗英子求助地看向许卓，许卓微笑着："放心，我会帮你的。"

女孩眨巴着一双大眼睛看着罗英子，罗英子连说带比画："你好，我，是律师，你……"转向许卓："'可爱'这个词怎么说？"

许卓做了个可爱的手语："可，爱。"

罗英子继续比画："你，很可爱。"说完轻轻摸了摸小竹的脑袋。

小竹害羞地做了一套手势。

"许老师，小竹说什么？"

"小竹说，律师姐姐也很美。"

台下响起掌声，聋哑同学们也举起双手挥舞。

"谢谢罗律师，谢谢小竹。"

众人掌声中，二人手拉手下台。

许卓继续说道："可能很多时候，在面对聋人朋友时，我们不知道该如何与对方沟通。罗律师为我们做了一个很好的示范，即便我们不会太多手语，沟通需要借助翻译，但只要能让对方感受到我们的真诚，哪怕只是一个微小的动作，就能快速拉近彼此之间的距离。再次把掌声献给罗律师和小竹同学。"

再次响起掌声，罗英子回到座位上，恢复了往常自信的样子。

罗英子小声道："怎么样，姐表现还行哈？"

夏舒竖起大拇指："罗姐你真棒。"

邱华笑着："看不出来，学手语挺有天赋。"

活动已经结束，许卓正在教室里耐心地与一拨又一拨聋哑学生合影，罗英子三人等在教室门外。

夏舒看着许卓:"许老师太有风度了,真羡慕你,罗姐。"

罗英子撇嘴:"羡慕你怎么刚才不上。"

邱华小声道:"别说了,出来了。"

许卓风度翩翩地从教室里出来,看到三人微笑着:"几位还没走?"

罗英子上前:"许老师,我介绍一下,这位是邱华,我们所的创始合伙人。"

邱华躬身致意:"您好。"

许卓伸出手:"您好,邱律师,梅先生同样对您有很高的评价。"

邱华道:"过奖,梅先生对我其实了解不多。"

"这位是夏——"

夏舒没等罗英子说完:"许老师您还记得我吗?我是夏舒,大学上过您的课。"

许卓尴尬地笑笑:"三位还有什么事?"

"我还想请您给我签个名。"夏舒说着就要掏出本子。

邱华咳嗽了一声。罗英子赶紧接话:"我们其实是想和您聊聊关于万禾的案子,您现在方便吗?"

许卓看看表:"好吧,我还有一会儿时间,门口有家咖啡厅,不如我们边走边聊。"

夏舒眼睛就没移开过:"许老师您想喝什么?我去帮您买回来也行。"

邱华生气地戳了一下夏舒。

许卓淡淡地笑着:"一块儿走走吧。"

今天良诚所的合伙人会议跟往常大不相同,气氛热烈,诸位大佬个个摩拳擦掌。

陶正作着站前动员:"没别的好说的,对这个案子,我们只有八个字:舍我其谁?势在必得。看看参与竞争的其他几个所,如果我们败了,那是我们的耻辱。"

"我看了,其他几个所,确实和我们形不成竞争。但有一个人不可小觑。"说这话的是良诚所的老牌合伙人赵之杰。

陶正问:"是说的许卓吗?"

赵之杰点头:"对。许卓的卓越所虽然比较小,但许卓本人我们了解,杀伐果断,毫不留情。还应该注意的是,本案的主审法官曾经主持过他第二个案子的审理,亲自判过他无罪。我们当然没证据说因此这位法官会偏袒他,但肯定对他印象深刻。"

老韩看着资料皱眉:"这么大案子,咱们一个所吃下去也有困难。别的案子还办不办啦?要不咱们就拉着许卓的卓越所联合参与竞争选任呗。"

"不行。"方丽虹面无表情地听着,一直没有发言。她一开口,虽然声音不大,但众人当即不再说话了,纷纷看向她。

方丽虹继续说道:"这个不考虑。这次竞争选任,我们一定要打败其他对手,拿到这个资格。不光是因为这个案子案值巨大,还因为我们要么就不参与,要参与就一定要赢,否则,我们就是被别人打败了。良诚所在这种事情上没败过,所以这次也不行。大家好好准备吧。陶正,这次竞标,还是以你为主,你来组班子。全所的律师,你看上谁就抽谁,没有条件可讲。"

方睿趴在桌子上复习司考,看到陈硕从外面回来了,赶紧热情地迎过去。

"师傅您回来啦,养老院那边怎么样?"

"早知道就让你跟着了,快累死我了。"

"师傅快坐下歇会儿,我给您倒水。"

"大道会计事务所那边的合同发来了吗?"

"发来了,我简单看了一下,真不便宜啊,委托费第一笔就要付百分之七十。"

"一分价钱一分货,总比韩律师找的那什么皮包公司靠谱。"

"可是师傅,这几十万,您自己垫上了。"

"舍不得孩子套不着狼。"

"韩律师真是一毛不拔,还跟着您分钱。"

陈硕看方睿愤愤不平的样子,哈哈一笑。

"年轻人,不要这么计较。所里派韩律师过来,你以为真的是让他和我一起代理这个案子的?"

"那您还要他。"

"要,怎么不要?我喜欢韩律师,和他在一起有乐子。"

"师傅,跟您做案子太刺激了。"

陈硕大笑:"难得活一回,玩儿的就是心跳。诶?小方,你知道所里正开什么会吗?我刚路过会议室,听着里边气氛还挺热烈。"

方睿摇摇头。

陈硕坏笑着:"我去打听打听。"

小田正在电脑上噼里啪啦地写着什么,陈硕摸到他工位后面。小田一脸焦灼,删了又打打了又删,陈硕实在看不下去了。

"田律,好久没一起坐坐了,什么时候一起去喝啤酒啊?"

陈硕突然开口,小田吓得差点从椅子上摔下来。

"陈律师你吓死我了!"小田不满地嘟囔着,随即又换上张笑脸,"那敢情好啊,不过硕哥您都这么有身份了,再上大排档不合适吧?咱换个地方呗。"

陈硕笑起来:"行,地方你选。哎,所里开什么会呢?"

"你不知道?所里要竞争一个大案子,万禾集团的破产清算案。"

"你是说做房地产的那个万禾?那可是肥活儿,惦记这个案子的律所应该不少吧。"

"据我打听到的消息,跟咱们所能勉强称得上对手的就一个,好像叫什么卓越所,别的几家基本都是陪跑儿,没戏。"

"这你就不懂了,一般这些小律所会联合起来参与竞争选任,合在一块还是很有竞争力的。"陈硕突然意识到什么，"诶？你刚说的那个所叫什么？"

"卓越所，据说他们老板还进去过。"

陈硕愣了愣，忽然心里一阵烦躁，什么也没说转头就走。

"哎硕哥，咱什么时候去吃饭吧？"

"你安排吧。安排了我掏钱。"

陈硕回到办公室就开始给罗英子打电话，打出去没接，再打还是不接。陈硕生气地把手机扔到桌上。

方睿正在整理着当事人谈话笔录，听到声响好奇地看过来："师傅，给谁打电话呢？"

陈硕掩饰着烦躁："没谁。小方你没必要记这么详细，你得过司考，还是把时间放到备考上吧。"

方睿神秘地一笑："不用。其实我之前不是考不过，是不想考过。您看着吧，今年肯定能过。"

陈硕奇道："能考过为什么不过呢？"

"我一看到我爸妈和我姑姑他们搞的法律头就大。师傅您不会想到吧？有时候我姑姑到我家来，三个人见面没别的事，还是在聊法律聊案子，还得逼着我旁听。要是搞法律都像他们那样，我宁可考不过。"

陈硕哈哈笑起来："傻孩子，前途是自己的。考不过，你指望啥挣钱呢？"

"师傅，您和我爸妈姑姑他们的对比也太明显了。他们是无论什么话题都能扯到正义上去，您呢，啥事到您这儿最后都变成了挣钱。"

"所以有个人给我取了个外号叫钱串子。"

方睿不干了："谁啊？谁敢这么说我师傅？"

陈硕勉强挤出笑来："保密。"

罗英子、邱华和夏舒三人坐在许卓对面，罗英子正卖力地推销着她们所。

见面的地方是许卓定的，这是一家隐藏在闹市区的中式会所，客人进到房间，抬头就能看到一方徽式天井，这种天井叫"四水归堂"，水管埋在屋顶，水从四面流下，滴落在摆放在"一线天"下面造型古朴的水缸中。房间里播放着古乐，应该是首琴曲，音量调整得恰到好处。聊天时，乐曲声几不可闻；安静下来，又能听到滴答的水声和缥缈的琴声，整个房间的设计都颇具匠心。

然而此时三个女律师却没有品茗听曲的雅兴，罗英子正卖力地推销着她们，她说得口干舌燥，拿起杯子将里面的茶一饮而尽。

"我们曾经代理过一个专利诉讼，涉及二位三通电磁阀等非常专业的知识，在那之前我和邱华对电器元件这块也是一窍不通，但最终我们还是成功拿下了那个案子。我想说的是虽然破产我们没做过，但我们有信心能做好。是吧，邱华？"

"对，我们从良诚所出来以后，这个专利案的董总前后找过我们几趟，一直说要把委托从良诚所拿出来继续给我们做。请您也相信我们的能力。"

许卓用心地听着，不时为她们倒茶。罗英子和邱华说完，许卓还是没开口。他拿起一个精巧的金属用具，拨弄了几下香炉。看着青烟从香炉里平顺均匀地升起，这才满意地微微点头，看向二人。

"我相信你们的学习能力，但是作为管理人，尤其是万禾这种大公司的破产管理人，过程是极其复杂和艰难的。在合作者的选择上，我还是得慎重考虑，毕竟我要对我所里的每一个人负责。"

夏舒一直插不上话，便一个人在旁边偷偷和许卓合影，许卓显然注意到了，皱了皱眉头。

罗英子咳嗽一声："许老师，我们所是很年轻，目前也不具备管理人资质，但如果有这样一个机会能跟着您多学习，我们愿意出让一部分利益。"

听到这里邱华有点不高兴，夏舒那边又不合时宜地发出"咔嚓"的拍照声。

许卓看了下表，礼貌地："你们的意思我明白了，无论结果如何，都会尽快通知你们的。我还有事，先告辞了。"

夏舒这才放下手机："啊，许老师，这就走啦？"

"再见。"

许卓微笑着起身。

许卓不咸不淡的态度让罗英子和邱华都觉得有些失望，夏舒却好像不怎么在意。她似乎还没从眩晕的状态下清醒过来，坐在后排看着偷拍来的照片傻笑。

邱华没好气地说："夏舒我就不说了，刚长出来的脑子又退化了。怎么英子你也跟着犯晕。什么叫跟着他学习？你是没过司考还是想学手语，还不惜出让利益。"

罗英子安抚道："我这不是跟他客气嘛，咱们所没有竞争力，不出让一点利益人家怎么会选咱们。当然，我没事先和你商量是我的不对，你别生气了好不好？"

邱华叹了口气："我查了，这案子有几家律所在竞争，卓越所只是其中之一，还是其中比较小的所。我猜，这也是他们要请外援的原因。还有一个律所。"

罗英子明白了。

"良诚所。"

"是的，所以咱还是别抱期待，就算许卓愿意用咱们，最后也未必竞争得过别人。"

"反正咱们努力过了，尽人事听天命吧。"

后面传来夏舒失落的声音："啊，咱们不再争取一下了？我签名还没要着呢。"

邱华无语道："夏舒你能不能有点律师的样子，刚才要不是我俩拉着你，你非生扑人家不可。不怕人太太来找你麻烦啊。"

夏舒不满道："可别乱说，许老师应该还是单身。"

罗英子讶异道："啊，这么大岁数还单身呢？"

夏舒说："准确说是离了，不对，应该说又离了，我新闻上看到的。许老师有过三任太太，前两任都在他进看守所的时候和他离的婚。人家许老师出来以后对前妻毫无抱怨，在东山再起后还分别给了她们经济上的资助和补偿，说是弥补她们跟着他的时候受到过的伤害和惊吓。人家两位前妻每每提到他也都表现出留恋和遗憾。后来他又有了第三次婚姻，很美满的。"

邱华撇撇嘴："那不还是又离了。"

夏舒辩解着："他也对第三任表达了祝福和抱歉，说跟着他受苦了。很痴情的。"

邱华冷笑："你怕不是对痴情有什么误解吧。祝福都是印刷体的，用的时候拿出来背一遍。"

罗英子没再说话，静静地听着。

夏舒好像想起了什么："罗姐，前面路口你放我下车吧，我约了个朋友。"

"你找我？"

陶正推门进来，方丽虹过去把门关上，示意他在对面坐。

"万禾的案子关系重大，你怎么看？"

"不是说过了吗？势在必得。"

"我研究了一下目前报名竞争的律所，许卓的卓越所是强有力的竞争者，更加上主持的法官就是宣判他第二个案子无罪的法官，对他印象肯定比我们要好要深刻，这对我们不利。"

"他的所毕竟小，吃不下这么大案子。"

"我猜他一定会寻找外援来壮大他的团队。"

"啊？这就不一样了。"

"所以,从开始我们就要想办法把许卓团队排除在竞争队列之外。"

"这怎么可能?法院是公开报名的,人家要报咱能拦住?"

"法院已经发了公告,主持法官不可能换了吧?"

"那当然。"

方丽虹离开椅子,在办公室里来回踱步。

"许卓的第二个案子就是他判的,当时判他无罪还是很有争议的,不少人到现在还愤愤不平。"

陶正眼睛一亮。

"您是说……"

方丽虹淡淡道:"你想想办法吧。现在法院对廉政建设抓得也紧,法官会知道避嫌的。"

陶正一拍手:"我知道了。那个公司的法务是我的学生。"

许卓一身长款风衣,快步从一家律师事务所出来,张萌抱着一沓文件紧紧跟在后面,同行的还有卓越所的孙律师和钱律师。四人面色阴沉,显然刚经历了一次不愉快的谈判。

孙律师不满道:"方圆所的条件太过分了。他们所是比我们历史早,人也多,利益这块我们可以适当让步,但不能逼您把管理团队的负责人位置让出来呀。"

钱律师也跟着煽风:"许老师您在这件事上千万不能让步,就说法院竞争选任会议马上就要开了,现在改成他名也来不及了。"

许卓没说话,一直在思考着什么。

孙律师:"他们所那个江律师的性格许老师也知道,不是甘居人下的人,选了他以后不一定摆出什么架子来呢。"

钱律师:"那要不咱们再去和伟澎所谈谈?"

孙律师:"跟他们还有什么可谈的,仗着还有别的所也在找他们,张口就跟咱要百分之六十分成,这不是明显没把咱们许老师放在眼里吗?"

钱律师："方圆所不行，伟澎所也不行，那咱们现在还能找谁？"

许卓想了想："小张，你试着帮我找几个案子的资料，罗英子和邱华办过的案子，尽量详细。"

一个三十多岁的女人坐在咖啡厅靠窗的位置看书，女人穿着体面，妆容淡雅，气质颇为不俗。

"肖兰姐！"

听到声音，女人微笑着抬起头来。

"夏舒你来了？"

女人名叫肖兰，肖家跟夏家是故交。十几年前，肖兰跟随家人去了美国，两家老人的联系就没那么频繁了，但似乎也因走得远了些，夏舒父亲出事没有波及肖家。

肖兰站起来，夏舒上去和她拥抱，两人关系依旧很好。

肖兰推开她，惊讶地上下打量着。

"夏舒你变了。我以为你还是那个被父亲丢到美国任你玩的洋娃娃，没想到现在这么成熟了。"

"姐，在美国的时候您没少管我，都没起作用，我现在才知道，生活才是最好的老师。"

"你父亲的事情怎么样了？"

"提起公诉了。律师说，很可能会判十年以上。肖兰姐，这是我最难过的，我学的是法律，法条都背得滚瓜烂熟，可父亲出事的时候，我却帮不上他。"

"把他交到最有能力最可信任的律师手里，就是你帮到他了。夏舒，看到现在的你，我很放心。"

"肖兰姐这回回国是……"

"探亲，毕竟我父母也老了，跑不动了，只好我往回跑。夏舒，我找你有另外一件事，在你进来以前我还犹豫着要不要说，现在觉得说出来没问题。"

"什么事？"

"我家和新诚矿业的郝家也是世交，我手里还有他们的股份。后来我出国，变卖了一部分股份，只留下百分之二，现在也算是他们的小股东。这次我找你就是为了郝总儿子的事，他遇见了点法律问题，我就向他推荐了你。"

"啊？谢谢，什么问题？"

"这话说起来长了。郝总的儿子叫郝磊，这个郝磊，原来和你差不多，不同的是他父亲是个商人，家里有矿山，还有个矿山机械厂，总之就是个富豪吧。这郝磊小从不好好学习，他父亲拿他没办法，就把他送到了美国，也是怕他在国内结交社会上的不良青年，再违法犯罪。"

夏舒闻言苦笑。

"还真和我情况差不多。"

"我家和郝家一直有生意往来，郝磊我打小就认识他。后来郝磊出国，他父亲就把他托给了我，他就一直住在我家里。那两年，这孩子在美国活得挺潇洒，开着兰博基尼，几天换一个女孩，成天呼啸来呼啸去。我先生几次想赶他出去，我都不忍心：这孩子毛病不少，但人不坏，我怕把他丢到外面，真变成烂人，对郝总不好交代。他就这么在美国混了两年，连日常的英语都没学会。如果他父亲不出事，大概率，他会这么混一辈子，反正他家的矿山也吃不尽。谁知道……"

"怎么啦？"

"他父亲突然死了。"

"啊！"

"说起他父亲，又是另一个故事。他父亲挺能干，小学毕业，凭着吃苦和聪明，从贷款买了一辆二手车运矿石开始，十来年的工夫，有了矿山和矿山设备厂，资产十几个亿。郝磊年龄小，又不争气，他一个人打理不过来，就叫了他两个兄弟当他的左膀右臂。问题就出在他两个兄弟身上。"

夏舒微不可察地一笑:"哥哥一死,弟弟想抢班夺权了。"

肖兰投去欣赏的目光:"夏舒你确实和原来不一样了。对,这两个叔叔,原来生活在农村,眼界和能力都没超出一个农民,突然帮他们哥掌握着这么大的资产,哥哥一死,他们有了想法。郝磊就是在这种情况下回来的。"

灵棚里摆着郝磊父亲的牌位,照片上的老郝一脸苦相,一看就是个活得很不容易的人。灵棚内外摆满了花圈,郝磊的两个叔叔穿着黑西装,一左一右站在那儿接待来吊唁的来宾,俨然就是丧主。

一个二十四五岁、稚气未落的青年拖着行李箱出现在灵棚门口,脸上一片懵懂的神情,他就是郝磊。此刻他好像还不明白到底发生了什么,两个叔叔一看到他,大声哭着迎过去,一起抱住他。

"二叔、三叔。"

"小磊,你可怜的爸爸走得太早了啊!我可怜的孩子啊!"

"二哥,别说了,赶快叫小磊过来给大哥行大礼吧。"

郝磊像个木偶,有人给他拿来了衣服帮他套上。披麻戴孝的被人按到灵前,给他父亲的灵位叩了三个头,然后又被人拉起来。正好这时候又有吊唁的人来了,二叔、三叔把他塞到后面,自己上前接待,郝磊像木头一样竖在那儿,不知道该干什么。

夏舒坐在对面,静静地听着肖兰的讲述。

"郝磊还没弄明白到底发生了什么,二叔三叔已经就他的命运做出了安排。"

三层别墅装饰的金碧辉煌,水晶吊灯的光线打在墙上有些晃眼,整个屋里却并不怎么亮。郝磊低头坐在那里,二叔、三叔一边一个,坐在他身旁。

"小磊,你放心,你爸死了,家里还有我和你三叔。你办完后事,还是回美国去吧。不是大学还没毕业吗?上学要紧。你爸临走最大的心愿，就是你能逆天改命，改改咱们老郝家没有过大学生的历史，你能上什么学就上什么学，什么硕士博士博士后，你上到哪一步，我和你三叔供到你哪一步。"

"对对对。一切和你爸活着的时候一样。"

"你妈你也放心，这不身体还没好吗？等她好了，我们把她接出医院来，找个山明水秀的地方，买个最好的房子，找几个人专门侍候她。"

"唉，你妈以前身体也不好，这回一打击，以后可得好好保养。"

郝磊抬起头来看着二叔和三叔。

闻着咖啡杯里氤氲而上的香气，肖兰轻叹道："饶是郝磊不懂事，也听明白了，他二叔三叔的意思是，以后这份家业就是他们的，而他和他母亲变成了被他们供养。他当时就决定不回美国了。"

新诚矿业的副总梁阜平是跟着老郝从煤堆里爬出来的老兄弟，也是老郝多年以来最得力的助手，郝磊正是他从小看到大的。他正一个人坐在办公室里，看着手里的文件长吁短叹，这位一贯以稳重果敢著称的忠厚长者，此时却神情委顿，仿佛被抽走了全身的气力。

"梁叔。"

梁叔看到推门的是郝磊，脸上露出亲切又心疼的笑容。

"小磊你回来了？唉，你爸走得太突然了。不过回想起来也是命中注定，他太不爱惜自己了，太拼命了。那天他在办公室工作了一夜，天亮工人来上班的时候看到他趴在桌子上，身子早就凉了。小磊，你爸是累死的呀。"一边说着，声音有点哽了。

郝磊低下了头。

梁叔抹抹眼："有事吗，小磊？啥时候回美国？"

郝磊低声问道："梁叔，我爸走了，您打算怎么办？"

"我正为这事发愁呢。这公司的股权结构你了解吧？你爸百分之四十二，你两个叔叔各百分之二十，我百分之七，另外还有三个握着百分之十一的小股东，这里面还有你肖兰姐的百分之二。你爸走了，你两个叔叔提出来要收购我和另外三个小股东手里的股权，换句话，要把我赶出去。这不，协议已经拿来了，我正在犹豫。这事你知道吗？"

"啊，我不知道。梁叔，他们想把爸的股权怎么处置啊？"

"他们都没和你说？这上面写的是他们俩代持。"

"梁叔，我不想回美国了。"

"什么？"

"我爸死了，我爸创下的产业不能没人继承。我回来接我爸的班干。梁叔您也别走了，您帮着我。咱俩的股权加到一起就超过了百分之五十，咱们说了算。"

梁叔愣住了，难以置信地端详着郝磊。

"……小磊，你想当董事长？"

"是。"

"可……小磊，你爸这一摊可不是那么好接的。"

"不好接也得接，只要有梁叔您帮我，我不怕。"

"那，你两个叔叔呢？"

"如果他们同意，那没啥说的，一切还和原来一样。如果他们想鲸吞我爸的财产，那，咱们占大股，就让他们出局。"

梁叔眼睛一亮，旋即又暗淡下来。

"小磊，你是梁叔看着长大的，你爸又和我是老朋友、老伙计，于情于理，我不该不答应你。可因为了解你，我才不放心。我和你爸的私人感情重要，这个公司更重要。你能挑起来吗？更别说还有你两个亲叔叔从中掣肘。"

"梁叔有您在，我努力。只要您支持我，我有信心。"

梁叔苦笑："孩子，信心可不是一句话的事。"

郝磊抬头看着他："梁叔，难道您真打算放弃您和我爸十几年的心血，就这样被我叔叔逼出局？"

梁叔不说话了,他在屋里来来回回走了几圈。他再次望过去,郝磊在那儿站着,在等他的答复。

"这样行不行?我给你三个月的时间,三个月里,你要是能把公司撑下来,让公司正常运转,我就和你绑在一起干。如果三个月不行,那公司还不如交给你叔叔,我再在这儿待下去也没意思了,不如卖掉股权拿钱走人。而且,如果你不能证明你自己,到时候我的股权只能卖给你叔叔,保证这个公司还能存在下去,你看行吗?"

"三个月?"

"只能三个月。三个月你撑下来,到时候开股东会,我一定站你。这样咱们就占股百分之四十九,不过我也提醒你,董事长选举必须过半,也就是说咱们得占股百分之五十一,你才算赢。"

郝磊思忖着:"另外两个小股东占股百分之九,我没把握能说服他们。一旦二叔三叔拿下他俩,他们就会和咱们打成平手。唯独……肖兰姐的那百分之二,我们拿下的概率更大。"

梁叔点头:"没错,小磊,你这三个月必须拼命努力,做出成绩,不然,肖兰的股份你也拿不下。你行吗?"

郝磊一咬牙:"行。"

肖兰啜了一小口咖啡,她看着窗外,平静地说:"说实话,虽然郝磊算我半个弟弟,但我也得明算账。老郝不在了。要真把我那百分之二的股权给他,我还真怕做成个赔本买卖。"

夏舒深为理解:"你的考虑很现实,换我我也拿不准,新诚矿业的评估总价看似很高,买矿权、探矿权外加各种设备,估计得几个亿,但关键是能不能变现,不能变现,就一文不值。"

肖兰点头:"夏舒,你真是看透了。总之,郝磊就这样在众人的质疑声和两个叔叔的暗中掣肘中当上了公司的董事长和总经理。梁叔过去一直是大内管家,外面的业务靠不上他,大家也都知道这个公司实际上一直是老郝一个人撑着。他突然死亡,公司的业务顿时停滞,老客户纷纷改换门庭。饶是郝磊一直是玩大的,也知道这个时候开展业务稳定军心最重要,可他一直就是个纨绔子弟,又在国外生活多年,哪里知道什么业务?就在这种情况下,他匆忙卖了一批矿山设备给客户,却不料货发出去了,货款却没有一家能收回来,风雨飘摇中的公司在他的主持下更加雪上加霜,上千万的货款眼看打了水漂。两个叔叔原来一声不吭,看着他犯下错误才趁机发难,说他没有能力主持大政,逼他交权。"

夏舒也淡然一笑:"哈,这就是亲人啊。我爸出事以后,那些原来靠着他鸡犬升天的亲戚们也躲得比谁都远。"

"所以,目前郝磊必须要迅速收拾自己一手造成的烂摊子,把能要的货款要回来,从而在梁叔、两个叔叔以及众人面前证明自己。他在国内没多少关系,不想在梁叔面前露怯,又担心叔叔的人给他发坏,所以必须在最短的时间里找到能帮他的人。他问我,我给他推荐了几个律师,其中包括你。"

"啊,我能干什么?"

"当然我希望你以后能成为他公司的常年法律顾问。但目前,恐怕能做的就是帮他要账。你行吗?"

夏舒一咬牙:"我行。"

肖兰再次投来欣赏的目光:"灾难会一瞬间改变一个人,你证明了这一点,郝磊也会证明这一点。喏,这是他的名片,我已经和他说过了你,你去找他吧。"

许卓正坐在桌前,仔细地看着案卷,不时地点点头,甚至偶尔发出赞叹。

孙律师敲门进来,手里拿着一沓资料,许卓闻声抬起头。

"什么事?"

"我又找了几家律所,只是在规模和经验上都不如方圆所,您要不要看看。"

"不用了，我心里已经有人选了。"
"哪家？"

夏舒一路打听着进了新诚矿业的三楼，一间办公室门开着，里边人声鼎沸，她拐了进去，看到一间屋门上挂着董事长办公室的铜牌，就轻轻推了一下门。看到屋里一个年轻人被几个西装男围在那里，像一只被猎人围堵的小动物。几个西装男一起冲他说着，还有人敲着他面前的桌子，年轻人只是赔着笑，吃力地解释着什么，看起来无济于事。

想必那就是郝磊了，夏舒关上门，靠在墙上等着。

罗英子神情疲惫地趴在桌上，邱华推门进来，递过去一杯咖啡。
邱华笑了："难得看到你这副样子。"
罗英子沮丧道："都怪我，这次准备不足，早知道多做做功课了。"
"别多想了。你不是常说案子多的是，再找就是了。"
手机一直在响，陈硕又打来电话，罗英子烦躁地接起来。
"干吗？"
"哟，你还知道接电话啊？我以为手机这项发明对你来说就是摆设。"
"刚才忙着呢没听见，谁像你一样整天游手好闲。"
陈硕的声音认真起来："说正事，你是不是要加入许卓的团队，去竞争选任万禾的破产管理人？"
罗英子惊讶道："你从哪儿知道的？还说自己不是间谍，老实交代，你是不是在我身边装了监听？"
"哈，还真让我说中了。我告诉你啊，这次法院竞标我们所也参与了，就算你加入了他们也没戏。不如加入我们良诚所，没准儿咱俩还能再续前缘合作一把。你要是不好意思张这个口，我去帮你和方律师说。"

"呸,谁跟你有前缘,和你这个钱串子合作我不得叫你坑死。"

"你这话可就双标了,就算我是钱串子,起码是个守法的钱串子,你找的那许卓还蹲过两次大狱呢。两害相权取其轻,反正都不是好人。"

"狗嘴吐不出象牙,人家只是进过两次看守所,最后判的是无罪。再说和谁合作是我们所的自由,不用您来操闲心。没事挂了。"

"好心当成驴肝肺,喂?"

罗英子挂了电话,把手机扔到一边。

邱华问道:"陈硕?"

罗英子烦躁道:"除了他还有谁,你说他是长了几双耳朵几只眼睛,怎么咱们什么事他都知道。"

"人家不是在乎你嘛。"

"打住,我说过,我不喜欢他这一款。"

邱华笑笑:"你呀,嘴上老这么说,可我也没见你找别的款啊。"

"谁说非得找一款啊,女人就不能单身了?"

"难道你不打算再成家了?"

"起码目前没那计划。我一个人生活了这两年,感觉也不错啊,为什么还要一个人在旁边碍事?"罗英子喝了口咖啡,"再说我身边不是有你吗,谢谢你的咖啡,我已经满血复活。"

手机又响了,一个陌生号码。罗英子接起来,一下坐直了身子,她看向邱华,把免提打开了。邱华听出来对面是许卓,也紧张起来。

"您好,罗律师,没打扰到您吧?"

"没,没,您有什么事吗?"

"我看了你们之前打过的案子,不得不说后生可畏,你们的很多代理思路都非常妙。所以我慎重考虑过之后给你打这个电话。你们什么时候方便?咱们具体聊聊后面合作的事?"

罗英子兴奋地和邱华对视一眼:"我们随时OK。"

张萌在前面领路，邱华目不斜视地走着，罗英子则好奇地打量着周围环境。

"哎，他们这装修风格挺不错的哈，又大气又时尚。等咱们有了新房子，咱们也装这种风格的。"

"还好吧。"

罗英子打老远就看到了一楼和二楼中间的夹层有个玻璃房子，她指给邱华看："你看夹层那儿那间玻璃房，还挺别致。"

张萌说道："那就是我们许老师的办公室。"

"是这样啊。"

许卓早已等在办公桌前，看到张萌带人进来，他立刻迎过去。

"实在抱歉，麻烦二位特意跑一趟，快进来坐。小张，倒茶。"

西装男们一个个地议论着从办公室出来。夏舒等在走廊上，看他们走远，这才过去轻轻敲了敲门。

郝磊神情沮丧地坐在那里，看上去又孤独又虚弱，听到敲门声，警惕地抬起头来："进。"

夏舒进来："郝总好。"

郝磊打量着她："您是……"

"我是肖兰姐介绍来的。我在美国留学的时候，也在肖兰姐家住过。"

"噢。有事吗？"

"肖兰姐说您在找律师。我是律师，瑛华律师事务所的。"

郝磊疲惫地往后一仰，苦笑道："律师，又是律师。几年不在国内，怎么突然这么多的律师呀。"

"这么说，刚才那几个都是律师？"

郝磊苦笑了一下没说话。

"肖兰姐说，您这儿有法律事务需要我帮忙。"

话音未落,一个西装男又回来了。

"郝总,刚才我看了一眼协议,这个条件我干不了,这是我助理签的,没经过我允许。提成必须得到百分之三十。"

郝磊赔着笑:"王律师,这条件当初是咱们谈定的呀。"

"那是你的意见,我始终没同意过。咱们还是改一下吧。"

"对不起,王律师,能不能以后的协议条件再优惠,目前我这边真的挺难的。"

"谁容易?你没回来的时候,合同我都是和你二叔谈,一般的风险代理,我也都是提百分之三十。你看,这合同是你再改一下呢,还是我找你二叔再谈谈?"

郝磊为难地伸手去接他递过来的合同。

夏舒一把按住了:"慢着,协议不是已经盖章生效了吗?"

西装男看看夏舒:"你是谁?"

夏舒往前迈了一步,正好挡在郝磊身前。

"我也是律师。王律师是吧?王律,如果您助理谈的协议您自己没仔细看就盖了章,那是您的工作疏忽,您自己应该承担审查不力的责任,不能推给对方。是这个道理吧?"

王律师看看她,又看看郝磊,一时无话。

"您如果觉得不合适,可以解除合同,但不可以随意更改。"

王律师把合同收起来:"郝总,您有客人,咱们以后再说吧。"

看那人走远,夏舒转过身,有些惊讶地看着郝磊。

"郝总,他这样的要求您也想答应?您这样怎么做企业啊?"

"你不知道我现在的处境。"

"再难也不能被人欺负呀。"

"先过去眼前这一关再说。贵姓?"

郝磊苦笑一声,他抬起头,重新打量着夏舒。

"姓夏,夏舒。肖兰姐说您这儿有法律事务介绍给我做。"

"噢,你来得有点晚,刚才……"

门又开了，两个五十多岁的壮汉进来，是郝磊的二叔和三叔。

"小磊啊，你看看这事怎么办？货发出去了，一分钱没回来，这个月工人的工资没办法发了。"

郝磊赔笑："二叔，我这不正在积极找人去要嘛。"

"要债是那么容易的？说句不好听的，你爸就是被债压垮的。他欠别人的，别人欠他的，一团乱麻，他都理不清楚，你想理清楚？"

"哎，老三，别这样说小磊，他还是个孩子。小磊，刚才工人就想闹事，我和你三叔拼命地拦住了。你看这样行不行？董事长的位子，还是你的，但没人天生能当董事长的，二叔先给你找个MBA你去学学，学个三年两年的，我和你三叔也把企业弄好了，你回来我们再交给你。"

"二哥，敢情咱哥俩就这命，大哥在的时候，给大哥抬轿子；大哥没了，又给小磊抬轿子。"

"一家人嘛，咱们不帮谁帮？"

两人一唱一和步步紧逼，郝磊不停地赔着笑。

"二叔三叔，我正在想办法呢。外面的债务最近几天就能要回来，就有钱发工资了。"

二叔显然有些不满："你这孩子，叔说话怎么就听不进去呢？你在国外待的时间太长了，国内的情况你根本不了解。你了解一下情况再说。"

郝磊收起笑容："二叔，工人在哪里？我去给他们解释。家里刚出这么大的事，我不相信他们会在这个时候闹事。"

两个叔叔对视一眼。

二叔走过来坐下，开口道："小磊，我们是一家人，但这家企业，是我俩和你爸一起干出来的，我们不能眼看着它垮下去。给你一个月的时间，你自己弄的坏账要不回来，这董事长的事，咱们得另商量。老三，走吧。"

哥儿俩走了，夏舒看郝磊呆坐在那儿的样子，实在忍不住了。

"别听他们吓你。我听说你手里的股份是百分之四十二,算上梁叔的百分之七,你们一共百分之四十九,你再联系一两个小股东,就在董事会里占了大多数,他们拿你没办法的。"

"可是,如果我自己捅下的窟窿填不上,这位子我就没办法坐。"

"有法律事务需要我帮忙吗?没有我就走了。"

"我这儿现在最大的法律事务就是讨债。"

夏舒认真地说:"我可以干。"

郝磊笑了笑:"果然什么都有人愿意干。刚才你露了一头,我看到了。刚才的场景你没看到?那些人,好像要活吃了我。"

"刚才的人不也是来做案子的吗?我听上去像。"

"他们是冲我钱来的。"

"笑话,不冲钱来冲什么来呀?人家又不是你的爹妈。"

"这么说你也冲钱来的?"

"当然了。你有想委托给我的事务,我尽职尽责帮你做好了,得到我应得的,有什么不对吗?"

"果然是人情冷暖、世态炎凉啊。"

"你不是这样?如果你不是,为什么不把你父亲留下的遗产撒到社会上去?需要救济的人多了。"

"说话真狠啊。从我父亲去世后,我好像就没听到有人对我说过一句有温度的话。"

"你是小孩子吗?哎,你到底用不用我?不用我就不浪费时间了。"

"刚才那些人你看到了,我需要讨的债都叫他们分完了。"

"那我走了。"

郝磊丢过一个文件夹来:"还有一个,没人愿意接,我觉得你也算了吧。"

夏舒急忙拿起来:"什么情况?"

郝磊有气无力地说:"黑龙江的一个小县城里,一个叫德隆的矿山机械厂,从我这儿进了一批设备,价值六百多万,设备拉走了人就没了消息，打电话不接，发传真不回，一分钱的货款也没给。"

夏舒快速地翻看着文件，不自觉地皱起眉头。

"天，你们就是这样和人签购货合同的？居然一分钱的定金也没要？"

"当时的情况——算了，不提了。就这个案子，你能接吗？"

夏舒手停住了，显然犹豫了。

"在东北呀。"

"是。算了，那些男的都不接，你也别接了。谢谢肖兰姐，你告诉她，以后有机会再……"

夏舒一咬牙："我接了。"

郝磊感觉自己听错了："什么？"

"我接了，我去要这笔债。郝总，这是你债务里讨要难度最大的一笔吧？"

"是。也是数额最大的一笔。这批货是我签字卖出的头一笔，我没经验，又有点急，所以……"

"那，难度大，得到的报酬也应该多一点。我刚才听那个律师给您要提成百分之三十，我也一样。"

"我没答应他，还是按百分之十五执行的。这些人，太坏了，趁火打劫。"

"那我要百分之二十。"

"太高了。"

"可是没人把钱要回来，这六百万就全扔了。"

郝磊犹豫一下，又打量着她。

夏舒拍拍手里的合同："你完全可以想，有枣没枣打一竿，反正账在这儿烂着也生不出小钱来。"

郝磊难得地笑了笑："好吧。那，我也附个条件：你去讨账，路上一切花销包括人身安全都由自己负责，出了任何问题与我公司无关。"

"难不成我为你公司讨债死到路上你也不管?"

"不管。你自愿去的。"

"好,签合同吧。"

与此同时,罗英子和邱华坐在许卓对面,正谈着合作的具体条件。

许卓看起来对二人很满意:"你们的要求我记下了,没什么大问题,合同细节我这边尽快完善后发给你们。以后咱们就是一个团队的。"

罗英子真诚地说道:"感谢许老师的信任。"

"谢谢许律师。"邱华也跟着致谢。

许卓还是很有风度:"二位客气,我也该感谢你们。"

这时张萌突然推门进来,许卓皱了下眉头,显然对她没经过自己许可就进来很是不满。

张萌有些慌张:"许老师,鼎薪的刘总来了。"

许卓马上变了脸色:"啊,请他等我一会儿,我这儿马上结束了。"

话没说完,一个男人闯了进来,他一头银发,脸上皮肤却很紧致,只有三四十岁的样子,看起来精明强悍。来人正是万禾最大的债权人之一,鼎薪集团的老总,刘鑫。

刘总看到罗英子和邱华,也不理会,很不客气地问道:"许律师,我听说万禾要破产清算了?"

许卓神色平静:"不一定是清算,还要看具体情况。"

"许律师,万一他破产清算,我就完了。我是他们家的大债主,他们欠我十来个亿呢。一清算,我还能拿回来多少啊?"

"那就不乐观了。"

"那不行。许律师,上个案子咱们合作得不错,这回我再请您当我的律师,您代理我和万禾打官司要账呗。"

许卓礼貌地回绝:"对不起,恕难从命。我们所正在竞争选任万禾的破产管理人,您是万禾的债权人,如果我代理了您,就没办法参与选任了。"

刘总看了许卓一眼,笑了。

"我不会少给您的。"

"不好意思。这是所里经过慎重考虑决定的事情。刘总,您还是另请高明吧。"

邱华碰了碰罗英子,罗英子心领神会,二人跟许卓打完招呼就走了。

14

夏舒正在自己办公室里收拾着,她购置了一个巨大的旅行包,把东西一件一件地放进去,食品、药品、手电一应俱全,甚至还有个小小的煮面锅。

罗英子和邱华回来了,夏舒见罗英子面有喜色,好奇道:"罗姐、邱姐,你们去干什么了?"

罗英子很高兴:"许老师邀请我们去面试,这次他很认可我们,现在就等他那边草拟合同,我和邱华准备工作。"

邱华道:"合同还没签,你话别说太满,至少从利益分配角度,我们大概率会被许卓占便宜。"

夏舒笑了:"邱姐你想多了,许老师能主动叫你们去面试,说明他认可你们,至于利益分配,许老师根本不是计较钱的人,他是有理想的。"

邱华捂着脸:"你这傻白甜的毛病又犯了是吧?卓越所要是真靠公益慈善就能养家糊口,那他压根儿不会竞争万禾。"

这时两人注意到了夏舒旁边那个超大的旅行包,罗英子想拿起来掂量下,却根本提不动。

"夏舒,你收拾东西干吗?"

"我正想和你们说，我要出趟差。"

"你要去哪儿？"

"我接了个新案子，标的六百万，我们所提百分之二十。案子的合同在桌上，你们俩先看看，我出去做点出差的准备，一会儿回来再说。"

罗英子拿起合同。

"这是去讨债啊！去哪儿啊？"

"不远，东北。"

"什么？你疯啦！"

"来不及解释，我买的票人家送来了，我出去拿，回来再说。"

夏舒急匆匆地走了，罗英子继续看着合同，越看越心惊。

"天哪，夏舒你脑子瓦特了！这个县城我都没听说过，连人身安全都要自己负责，想什么呢？"

邱华也凑上来看着："还是全风险，所有费用自己出。闹不好，要不回债来，赔一大笔钱，人身安全还有危险。"

罗英子连连摇头："不行，这个不能给她批。如果万禾的这个案子咱们能参与进去，咱们所就一步迈入了小康社会，这种急难险重的活根本用不着干。"

夏舒拿着票进来了："我回来了。"

"这么快？"

"其实我就是托人拿张票，我要得急，没买到票。你们看看合同没问题吧？没问题盖章我给对方送回去一份，然后从那里直接去车站了。"

"不行。夏舒，你疯啦？这是什么案子啊你就接？"

"要货款啊。要回来提成百分之二十。"

罗英子："咱们是律师，主战场还是在法庭和案头上，要账催收，那是黑社会的活儿。"

"暴力催收，那是黑社会干的，依据合同约定合法追索，不就是律师干的吗?"

"那也不行。那边各种催债的故事你没听过?你一个姑娘家,为什么要去冒这种风险?"

邱华:"夏舒,你不用证明你自己,你已经在宋阿姨的案子里证明过了。你通过考验了,咱们所里现在有案子,今天我们去谈的就是个大案子,要真能谈下来,咱们三个都忙不过来。"

夏舒:"不,我想做我自己的案子。"

罗英子:"那也不能接。多少讨债人死在讨债的路上,你怎么就敢保证自己一定能讨回来?"

夏舒:"我既然去了,就一定要讨回来。"

罗英子:"那你也不能自己去,太危险了。咱们联系一家保安公司,请上两个保安陪你一起去。"

邱华:"那也不行。谁知道请的保安可靠不可靠。"

罗英子:"也是。夏舒,咱们不接。"

夏舒:"不,我已经接了,我现在反悔会让人看不起的。"

罗英子:"看不起就看不起,我和邱华看得起就行。咱们退了。"

夏舒一把将合同拿回来:"不行,这是我的案子,谁也不能拦我。"

两边僵持着,谁也不让步。

夏舒:"我没时间了。我走了。"

罗英子:"邱华,你先一个人准备那件事,我陪她跑一趟。"

夏舒:"不用。我父亲过去的一个老同事调到那边去了,我已经请他把一切都安排好了,到地方有人接,有人送。"

罗英子:"那也不行。路上怎么办?咱俩一块去。"

夏舒:"不行,这是我一个人的案子,我不想别人再分一杯羹。"

罗英子和邱华皆是一愣,接着罗英子看着邱华,苦笑起来。

"邱华,夏舒这是彻底长大了。咱们怎么办?"

邱华:"夏舒,替你父母想想,他们就你一个女儿。"

夏舒:"我就是在替他们着想。我父亲面临着漫长的刑期,他放心不下的就是我。我得让他知道我一个人能行。我走了。"

夏舒说完,蹲下身子扛起包就走,巨大的重力通过两根绑带作用到肩膀上,夏舒被坠了个趔趄。

罗英子反应过来,赶紧在后面追她:"夏舒、夏舒,和家里保持热线联系。别逼自己一定讨到,多少人讨债根本讨不到,不差咱们一个。"

夏舒没回头,只有声音传回来:"我一定会讨到!"

看着那个夸张的旅行包,郝磊顿时瞪大了眼睛。他看看包,又看看夏舒,显然吃惊不小。

"真要去?"

"当然。合同放这儿,已经生效了,我走了。"

"慢着,一切责任自负哈。"

"哈,你这么怕负责任?所以你父亲的公司你是担不起来的。再见。"

"你说什么?"

郝磊一听不乐意了,站起来想跟夏舒理论。

"准备付款吧。"

夏舒的声音从门外传来,人已经出去了,郝磊拿起桌上的合同,呆呆坐在那儿。

没有高铁通往那个小县城,夏舒随着客流,上了一列绿皮火车。

火车吭哧吭哧跑到深夜,车里的人睡得东倒西歪。夏舒靠窗坐着,身边的男乘客睡得哈喇子流到胸前,时不时地倒在夏舒身上,夏舒只好一次次地把他推开。

她呆呆地看着外面的黑夜,依稀在窗户上看到了过去的自己,宝车香马,珠光宝气,无忧无虑地说着,笑着,没心没肺。

夏舒醒过来,眼角不知道什么时候湿了,她狠狠地擦了去。身边的男人又靠了上来,她没好气地推开了,小声地:"哭给谁看!"

罗英子端着一杯咖啡来到所里,邱华已经到了,正在收拾自己的办公室。

"邱华,你看了许老师发过来的合作协议了吗?"

"我没说错吧,他们吃香喝辣,咱们吃糠。这叫什么道理?"

"确实有几条不太合理,我尽快约他们,咱们去卓越所谈。"

邱华放下手里的活,忧心道:"也不知道夏舒怎么样了,她一个大小姐平时都是商务舱,哪儿坐过绿皮啊。"

罗英子也说道:"我一夜没睡着,闭上眼就看到夏舒出事了,咱们不该放她走的。"

邱华二话不说掏出手机来打电话。

罗英子笑了:"邱华,平时骂夏舒最狠的是你,最挂念她的也是你。"

电话已经拨通了:"喂,夏舒。"

"哪位?"

邱华对罗英子:"天哪,我的号码她都没存。夏舒,我邱华。你在哪儿?"

绿皮车上,夏舒听到了邱华对罗英子说的话,赶快一笑。

"邱姐,我换手机了,原来的号码都没存下。有事吗?"

"你到哪儿了?"

夏舒往外看了看:"过山海关了吧?"

罗英子一听,直接把手机夺过来。

"什么?你坐的什么车啊?这都一夜了。"

"没买到高铁,买的慢车,见站就停。不用担心,今天肯定到了。"

"火车上除了你还有别人吧?"

夏舒看着窗外广袤无尽的平原,笑了起来。

"想什么呢,罗姐?广大劳动人民还靠这个出行呢。放心吧,满着呢。"

"夏舒啊,你每过两小时必须往家里打一次电话,打给我或者邱华都行。两小时不来电话,我们马上报警。"

邱华在旁边笑:"你这也太过了。"

夏舒也笑了:"姐,太夸张了。放心吧,光天化日,没问题的。我挂了。"她挂了电话,又看向窗外,小声对自己说:"别怕,你有同伴的。"

良诚所大会议里,几个核心圈的合伙人都到场了,方丽虹坐在首位,今天的会显然跟上次有所不同,一众大佬个个神情严肃,都在为竞争选任做着最后准备。

方丽虹问道:"土地使用权的情况呢?万禾不是前几年拿了不少地吗?土地这几年价值飞涨,如果还有没被查封抵押的地,万禾就还有优质资产。"

陶正分析道:"如果真还有大量的土地,也不至于走到申请破产的这一步吧?"

张志说道:"他们拿的地分散在全国各地,很多是二级公司或者跟当地的地产公司合作拿的,短时间内查清不是件容易的事。"

方丽虹用笔重重地敲着桌面:"不行,一定得摸清楚,不然到了竞争选任会上,法官一问三不知,凭什么能把标拿下来啊。陶正,这事你催着办。"

陶正点头道:"好吧。我们派几个年轻人到各地跑一跑。"

半小时后,众人散会,陶正跟着方丽虹进了办公室。

方丽虹回身把门关上:"那事怎么样了?"

陶正微微点了下头。

玻璃房内三面遮阳帘都落了下来,许卓正热情地打着电话。

"老兄,我哪里敢动您这尊大神啊?再说了,您这几年一直连办大案,万禾这种烂摊子,我也没想到您能看在眼里。好,如果以后有机会咱们再合作。"

孙律师敲门进来,神情严肃地看着他。

"老兄,我还有事,回头谈。"

孙律师跟了许卓多年,一向沉稳,许卓见状马上挂了电话。

"怎么了?"

"许老师,有个消息,可能对我们不利。"

"什么?"

"我在法院的同学听说,法院接到了对魏法官的举报信。"

"什么?就主持万禾案的魏法官?举报他什么?"

孙律师:"举报他在处理您的案件上枉法裁判,您明明有罪,他却判了无罪。"

"什么?当时是合议庭一致判我无罪,关他什么事?这肯定是竞争对手干的,让魏法官主持竞标的时候有顾忌,不敢选我们。"

"本来我们所比较小,他要选我们就得冒被质疑的危险,这么一来……许老师,不知道是谁干的。"

许卓站起来,拉开一扇落地帘。他看着窗外,神色平静。

"不猜这个,没意义。这个案子必须拿下。"

"许老师,咱们现在需要一个能让法院认可的合作方,让法院选我们天经地义、理所当然。虽然我们已经和那两个女律师草拟协议了,但她们或许不太合适。"

闻言,许卓思忖着点点头。

"的确,我相信梅先生的眼光,她们也有潜力。但我们现在需要大案子,我们做公益,但公益养不活我们,这样,暂停和瑛华所的合作,继续联合方圆所,哪怕让利,让他们主控,也要促成。你尽快联系好,我亲自去拜访。"

孙律师点头出去了,许卓靠在椅子上,脸色阴沉下来。

"是你吧……"

绿皮火车喘着大气停下来，夏舒走在中间，跟着零零散散的几个乘客下了车。

脚踩在地面上，久违的实感让夏舒轻松不少。她抬头看去，吓了一跳。

面前的车站就是两间小房子，其余的地方，目力所及都是旷野。下车的乘客已经走了，她赶快裹紧了大衣跟在后面。

走出出站口，外面就是候车室。那是一所苏式的小房子，里边有几张木头连椅，有几个流浪汉躺在上面睡觉。夏舒不敢逗留，赶快从他们身边过去。

东北的夜很冷，夏舒被风吹得瑟瑟发抖。

惨淡的路灯照亮了面前的一点地方，有几辆黑车停在那儿。夏舒从车站出来，站在门口向远处看，一点灯火也看不到。前面的几位乘客都有人接，各自寒暄着随家人上车走了，只剩下她孤零零的一个。

她拉开箱子翻找外套，却被两个围上来的司机撞倒，衣服散落出来，夏舒慌乱地收拾着。

撞倒他的司机夸张地"哎哟"了一声："妹子，对不住啊，我帮你捡。"

他抓到了夏舒一件背心，夏舒一把夺过："我自己来。"

周围的几个司机发出粗鄙的笑声。

这时另一个司机问道："妹子进城不？坐我的车。"

夏舒快速地收拾好衣服装进包里："师傅，这儿离城里还有多远？"

这人说道："二十多公里。妹子坐我的车，一百块钱。"

撞倒她的司机"喊"了一声："小姑娘，你别听他扯，这点路哥就收你七十。"

夏舒抬头看看他，一个又黑又粗一脸横肉的汉子，嘴里叼着一根烟，说话的时候烟却掉不下来，跟粘在嘴上一样。另一个比他矮点，面相也好不了多少。

高个推了矮个一把："你跟谁抢活儿呢？"

矮个不甘示弱："七十够你油钱吗？你个瘪犊子玩意儿不安好心！妹子，跟我走！"

夏舒连忙摆手："不、不、不用了，我表哥来接我。"

刚要走，却被高个司机拉住了行李。

高个上上下下地打量着夏舒："你一外地人哪儿来的表哥？我送你，便宜好使。"

矮个顿时不乐意了："你咋还上手呢？你松手，这我的客！"

夏舒一把夺过行李，狼狈地往车站跑。

她一口气跑进候车室，躲在角落里掏出手机，电话响了一阵，一个懒洋洋的声音接了。

"喂。"

"新光宾馆吗？我在你们那儿订了房。我现在在车站，怎么过去啊？"

"打车啊。车站有蹦蹦车，你打他们的车过来就行。"

那人应该是被夏舒的电话吵醒了，语气很是不耐烦。

夏舒恳求道："师傅，这大半夜的，我一个单身女孩……咱们宾馆没有接客人的车吗？"

"没有！"挂了。

夏舒环顾四周，候车室睡满了人，她看到有个空座上放了行李，旁边是一个嗑瓜子、公放着手机的男人。

"大哥，麻烦您把行李拿一下吧，我想坐下。"

"不行。"

男人看都没看她一眼，还把脚跷上来了。

"您这是占座。"

"你有意见啊？"

"别人睡觉占一个座,你行李占一个座,你讲不讲理?你不让开,我就去找管理员。"

男人把瓜子一摔:"你个小丫头片子,你试试!"

这时,值班室里走出来一个打着手电的大叔:"干什么?半夜三更的吵吵什么玩意儿?"

夏舒如遇救兵,三两步冲过去:"叔叔,我来出差的,我要在车站过夜,可这人拿行李占座,您能帮帮我吗?"

大叔上下打量一下她:"你一个小女孩在这儿过夜?连件厚衣服都没有?你胆可真大,进来吧。"

夏舒大舒一口气,跟了进去。

值班室很小,只有一张桌,一张椅,大叔把唯一的椅子推给她。

夏舒急忙道:"谢谢叔叔。"

大叔看了她一眼,又拿了一件车站制服厚外套给她。

"姑娘,这制服是旧的,你要是实在没衣服就拿走。这不是你们那边,我们这儿都下雪了。"

"来得太急,没带衣服。"

夏舒赶紧把衣服披在身上,大叔笑了。

"这个天来东北不带衣服,你真是豁出去了,不是来要债就是来催命啊。"

"差不多吧。"

"你家人心真大。姑娘,暖瓶里有开水,那里有纸杯,要喝自己倒,闷了就听会儿广播。"

"谢谢。"

大叔没再说话,找了个箱子当椅子,趴到桌子上继续打盹。

夏舒打开广播,里面传来DJ的声音:是啊,飘雪的黑夜是寂寞人的天堂,也是回不去的从前……送给尾号1245的周女士,郁冬的这首《北京的冬天》。

收音机应该很旧了,不时有呲呲拉拉的电流声。

北京的冬天
　　嘴唇变得干裂的时候
　　有人开始忧愁
　　想念着过去的朋友
　　……

　　夏舒裹紧外套，紧紧抱着行李呆坐在那里望着虚空，不由得流下眼泪。
　　有人咳了一声，她吓了一跳，一抬头，大叔正起身倒水。
　　"姑娘，一人在外，不能人前露怯，别人会欺负你。"
　　夏舒这才意识到自己哭了，急忙狠狠地擦了去。
　　"谢谢叔叔，不会了。"

　　县城就在前面了，夏舒正坐在一辆蹦蹦车上向它驶去，一路上破落而荒凉，载她的还是昨天夜里那个矮个司机。
　　矮个的头不自觉地跟着车摇晃着："姑娘，夜里我要拉你，你为什么不坐？害怕我是坏人？"
　　夏舒不好意思地说："我一个人过来，有点害怕。"
　　矮个感慨道："这人一穷，长得都不像好人。日子太难混了，从昨天到现在，就拉了你这一单，还叫你当成了坏人。"
　　夏舒又赶紧道歉："对不起，大哥，其实我处处遇到好人。咱们别一百了，我给您一百二。"

　　夏舒一路打听着，走向一个破败的筒子楼。街上人不多，夏舒好不容易抓住一个挎着篮子的中年妇女。
　　"大妈，请问，德隆矿山机械厂在这附近吗？"
　　"哪里有个矿山机械厂？"

"啊?"夏舒掏出手机指给她,"中苏友好大街一百二十号,不就是这里吗?"

大妈看看直接笑了:"哎呀妈呀,啥时候的事儿了还中苏友好呢?现在改叫民主大街了。一百二十号是我们小区,叫德隆小区,哪里是什么机械厂?"

"啊?"夏舒感觉天都要塌了。

大妈又看了看:"五号楼六零二,往里走,左边第三排就是。"

"怎么会是住宅?"夏舒只觉一阵晕眩,还是强打起精神进去了。

她一脸蒙地顺着楼梯爬上来,看着那老旧的、墙上贴满了小广告的单元房,门上安着老式的防盗门,不敢相信地拿出手机又对了对上面的地址,还是按响了门铃。

里边的门开了,出现了一张苍老的老太太的面孔,很和善地看着她。

"姑娘,找谁啊?"

夏舒一个深鞠躬:"奶奶好。请问,有位叫刘德胜的住这儿吗?"

老太太顿时眉开眼笑,回头叫道:"老头子,找咱家德胜的。"

她赶紧把防盗链取下来,打开门:"姑娘,快进来吧。"

夏舒犹豫一下进去了。

屋里的陈设仿佛就不是这个年代的,许多东西见都没见过,夏舒一时间涌上一股不真实感。

她拘谨地坐在老旧的沙发上,老太太热情地给她倒茶,一边倒一边还偷偷地打量她,打量一次就忍不住咧嘴笑一下。一个岁数和她差不多的老爷子看样子身体不好,坐在椅子上,也在看着她。

老太太倒完茶,颤巍巍地坐到了夏舒旁边。

"找我家德胜啊?"

"对。他不在家吗?"

"那孩子,就没在家待过。找他有事吗?"

"有点事儿。奶奶，他是不是在矿山机械厂工作啊？"

"干过几天。唉，他爸因为他，早退休，让他顶上了，可他嫌天天上班，开支少，就辞了。整天也不知道在外面捣鼓些啥。"

夏舒失望地哦了一声。

"找他有事？"

"也没啥事。奶奶，我在哪里能找到他？"

"这个可不好说了。昨天回来冒了一头，接着又走了，这会儿不知道在哪里。姑娘，你是他什么人啊？"

夏舒支吾道："也不是啥人。"

老太太一副满心期待又半信半疑的神情，弯着眉毛小心地问道："德胜前几天回来说他在外面谈了一个，是你呀？"

夏舒眼珠一转，含含混混道："他这么说呀。"

老太太一听大喜，不住地拍打着大腿："哎哟，老头子，我就说树大自然直，你成天嫌他不争气。你看这孩子眼光多好。姑娘，姓啥啊？家在哪里？"

"姓夏，家在外地。奶奶……"

老太太笑着合不拢嘴。

"姑娘，你要和我家德胜论，就不能叫我奶奶了，你叫我大姨吧。"

"大姨，我和德胜闹了点别扭，他不理我就跑了，我找不到他了。大姨我在哪里能找到他呀？"

"这孩子，总是这样。姑娘是用来疼的，可他倒好。不过啊，我家德胜就是脾气有点那啥，孩子是好孩子。"

"我也这么觉得。大姨我怎么找到他呀？我不想和他分手。"

"啧啧，这孩子。姑娘，那我就和你说实话吧。这孩子最近欠了人家一点钱，不让我说他在哪儿。他押了一批货，要送到山西去，昨天刚走，恐怕得个十来天才能回来。"

"啊？他现在走哪里了？"

"那个我就不知道了。你不有他的手机吗？你打电话给他呀。"

"大姨，我俩这次闹得比较厉害，我一生气把他的手机号都删了，拼命地想电话号码也没想起来。"

"在这儿呢。"

老太太说着，从桌上拿了张写着号码的纸条给她："这孩子躲债，手机号码整天换，我也记不住。"

夏舒赶快把号码拍下来："大姨，他开的什么车啊？那批货我知道，可不老少呢。"

老太太想了想："好像，好像租的跑大货的老王家的。"

老王家在县城边上，有一个很大的院子，院门口还停着一辆小货车。

夏舒正站在门口和一个女人交谈，女人把车牌号告诉她，夏舒在手机上记着。

从老王家出来，夏舒沿着马路往县城走。一辆出租车疾驰而来，夏舒招手，车开过去一段，又掉头回来了。

窗户摇下来，一个四十来岁的男人把着方向盘，好奇地看着夏舒。

"大哥，包车一天多少钱？"

司机上下打量着她："你要上哪儿啊？"

"内蒙古。"

"哟，那可不近。你坐火车去呗。"

"不行，我追个人。也许明天就能追上他，也许得个两三天。包一天多少钱啊？"

"你要是市里跑，一天三百就够了。可你去内蒙古，我回来不得放空吗？打表价格上再加八百。"

"大哥，就算放空回来，也不能多出来八百啊？"

"不行。我这出远门能和在家里跑一样吗？八百，少了不干。"

夏舒直起腰来，准备放弃了。

"算了,七百吧,看你一个女孩可怜。"

夏舒上了车。

她上来就递给男人一张纸:"大哥,今天咱们能快开,明天就得开慢点了。我要追的就是这辆大货,车牌在这里,路上咱们得看着点,别错过了。"

"好嘞。"

司机开了车,一边开一边用后视镜打量她。

"妹子,看着不是本地人啊?"

夏舒含混着:"外地的,来出差。"

"你一个人出差啊?来东北出差穿这么少啊?"

"我平时健身,扛冻。"

"老妹还挺幽默。要不你坐前面暖和暖和,正好也陪我说说话,这样开车不犯困。"

夏舒打开按住手机一侧,手机传来导航的声音,"向西出发二百米"。

"放心吧大哥,导航有提示音,不会让你睡着的。"

司机悻悻地抽了抽鼻子,不再说话了。

几个人围坐在一个不大的会议室里,有方丽虹、陶正、张志,还有三个资深的合伙人,这次规模比上个会更小。一个年轻的律师匆匆跑进来,低声跟方丽虹汇报着情况。

"什么?"方丽虹抬起头,脸色已经变了。

年轻律师继续说着:"万禾要破产的消息已经传出去了,那些债主,特别是交了款没见到房的几千业主都急了,到处维权。如果真闹起来,万禾能不能顺利破产还是两说。"

陶正说道:"法院那边也来消息了,动作要加快,可能下周就要开选任会了。"

方丽虹看向他:"它家的家底摸得怎么样了?"

"不乐观。原来以为它家储备了不少的土地,从现在得到的情况,这些土地都经过了多次抵押,可以说现在的万禾,找不到一点优质资产了,市场给它估值十六个亿,我觉得是严重夸大了。"

张志担心地说道:"它占用的几千个购房者的购房款是强烈的社会不安定因素,现在购房者还处于各说各话的阶段,等他们联合起来,恐怕就不可收拾了。"

方丽虹看着陶正:"除了破产清算,好像没有其他路可走了是吧?"

陶正面露难色:"我们得出的结论是这样。我们觉得能顺利地走完破产清算就不错了,闹得不好,就酿成群体事件,没人敢再碰这个烂摊子。"

"好吧,咱们赶快拿出投标方案交给法院,促成竞争选任会尽快举行。那当然,我们必须要中标。"

张志像是在自言自语:"听说许卓那边活动也挺厉害。还听说这次主持招标会的魏法官一向对他很好,当年他无罪的那个案子就是魏法官判的。"

方丽虹没说话,只是和陶正心照不宣地互相看了一眼。

罗英子和邱华一起坐在瑛华所会客室的长桌前,两人中间堆着小山一样的文件。

罗英子疲惫地抬起头来,邱华整个人还埋在文件里。

"好像确实没什么优良资产了是吧?只能破产清算了。"

"不就是这个趋势吗?"

"唉,好好的一个企业,一旦清算,债主们简直死无葬身之地。那些交了钱却没拿到房的业主呢?"

"像这种情况,也许法院可以考虑到社会安定的因素,要求优先返还购房款。"

"可你看看他们现在的情况,就算是退,没有战略投资人,又哪儿有钱退?更别说还有几家银行在那儿等着收尸呢。"

两人又低头继续研究材料，罗英子突然好像想起了什么，愣了愣，抬起头来。

"邱华，我怎么觉得哪儿不大对呢？"

"怎么？"

罗英子："好像有什么地方被我们忽略了。你想想啊，万禾从经营的最高峰走到今天，也不是瞬间崩塌的，总有个过程。你看看它这儿，从前年10月，他家开始出现资金链紧张，到去年8月资金链开始断裂，他们也是真缺德，向社会公众隐瞒真实情况，反而到处售卖他们的产品，收了上千万的预付款，一直拖到今年。这将近两年的时间里，从他们这一波操作来看，企业主应该对企业的前景早就有了明确的判断，我们也确实可以看到他们企图自救的种种努力，包括隐瞒真相向购房者预收购房款。你说，在这种情况下，他们没为自己留后路吗？"

邱华眼睛一闪："你说的后路是指？"

"你看，万禾的万老板有一儿一女，女儿早就出国留学在国外定居，这个不管她了。可他儿子，原来在万禾当副总，去年突然三十岁高龄出国留学，据说在美国上一所语言学校。你说，他儿子原来号称要接班的，为什么在企业一步步走向破产的时候他要把儿子送到国外？如果他是想保住儿子，那么他不可能不给儿子留钱吧？"

"可就算留钱，他又能留多少？再说也弄不出国呀。"

"我跟梅先生学习的时候，她经常提醒我，打案子，实际上是打人。我们不能只盯着企业的数字而不盯着企业的人。"

"他有可能向儿子转移了资产，却对外界隐瞒了。"

"合乎逻辑的推论应该是这样的。"

"无论他怎么转移，不可能和万禾一点关系也没有。咱们把近三年，不，近五年和他们发生过大额业务往来和非主营业务往来的企业情况查一遍。"

两人又埋下头去。

东北与内蒙古交界有大片大片的森林，公路修建在森林的边缘。树高林密，人迹罕至。夏舒前后都看不到一辆车，只听到他们这车的车轮在地面上滚着，夏舒第一次有这种感觉，只能听到一种声音，才是寂静得可怕。

她紧紧地抱着包坐在后座上，她看着窗外，却用余光时刻盯着司机的动静。

司机也不断地通过后视镜看她。

道路两侧的林子完全遮蔽了太阳，夏舒看到导航走错了路，提示说，"您已偏航"。

"大哥，你走错路了。"

司机没说话。

"您自己看看那儿，您走到小路上去了。"

司机支吾着："走小路就对了。"

夏舒心里一阵害怕，前后看看，还是没人。

忽然，车停了。

司机优哉游哉下车，夏舒看到他走到路边，一边放水，一边吹口哨。

她忽然感觉很不好，赶紧拿起手机。

罗英子和夏舒两人正收拾了东西准备出门。

罗英子看了夏舒的办公室一眼："咦，夏舒一早来过电话以后，没再来电话吧？"

邱华点头："没有。她已经进城了，应该没问题了。"

手机就在这时候响了。

一看是夏舒，罗英子赶快接起来。

"夏舒，你在哪里呢？"

"罗律师……"

罗英子一听这称呼吓了一跳，惊恐地看向邱华。

"夏舒你没事吧？"

司机整了整裤链，准备上车，看到夏舒在打电话。

司机不怀好意地笑道："妹子，我就走一会儿，你就和人聊上了？"

夏舒故意声音很大："我没事，罗律师。我已经得到了那批货的线索，雇了一辆出租车追他呢。我坐的车是位大哥开的，车号为黑U825J。我们现在走在一条山间的公路上，两边都是树林。"

罗英子吓坏了："夏舒，你把电话交给司机，让我对他说。"

夏舒把手机递给司机："我的律师，她想和你说话。"

司机不情愿地说："干吗呀？我干什么了？你的律师找我干吗呀？"

夏舒故意打开免提："罗律师，他不接。"

罗英子的声音很客气："大哥，谢谢你帮助我的客户。夏小姐的父亲是你们副省长的上级，我是她家的律师。她父亲让我帮她安排人和车的，她不听，一个人跑出去，幸好遇到了您。大哥，麻烦您安全地把她送到她想去的地方，我会安排当地的公安和政府办事人员去接她的。谢谢您了。夏舒，你把大哥的运营证拍下来发给我，回头我们也好找大哥表示感谢。"

夏舒掏出相机，把摆在前面的出租车运营证拍了下来："拍好了，发过去了。"又按了一下手机："罗律师，我把免提关了哈。"

罗英子的声音异常严厉："夏舒，你不能拿着自己的安全开玩笑了。他暂时应该不敢把你怎么样了，时间长了回过味来还很难说。到下一个城镇，你不管怎么样都要下车，找个安全的旅馆住下来，听我安排。"

"可是我怕那批货跑了。"

"跑了就跑了，人比货要紧。听话。"

"好吧。"

夏舒挂了电话，看着司机笑道："我的律师叫我谢谢你。"

司机脸一沉："妹子，你找人点我啊？"

夏舒尽量让自己保持震惊："我没那个意思，我的律师只是确认我的位置，感谢你送我。"

司机笑了："谢我？你当我傻啊？"

"怎么还不走？"

"天儿冷啊，发动机不走，咱们等等呗。妹子，你冷吗？"

"我不冷。"

"小姑娘就是犟，冷就来前面坐，暖和，要不哥去后面？"

车里很安静，司机开始吹口哨。

夏舒从后视镜盯着司机，手向下面旅行包里摸去。

突然间，砰砰砰，有人敲窗。

司机骂了一声，摇下车窗就要发作。

是警察，司机立马换了副脸："警察同志，啥事？"

警察看到后座的夏舒，又怀疑地打量着司机。

"你在这儿停车干什么呢？"

"警察同志，我就撒泡尿，马上就走。"

"姑娘，窗户摇下来，你这是去哪儿？"

后窗打开，夏舒露出一副惊恐的样子。

"我着急去内蒙古，但导航一直提示偏航，就停这儿了。"

警察语气变得严厉："去内蒙古你怎么不走大路？"

司机结结巴巴地说："我刚才走错路了，前一个休息区走过了，下一个还好几十公里，我半道憋不住就下来撒一泡。"

"你没事吧，姑娘？"

"没，没事。"

警察向身后打了招呼，车里另一个警察也下了车，手里还拿着记录仪。

"驾驶证、身份证。"

司机乖乖找出来交上，警察边登记边说："我已经登记了，马上换大路。"

司机赔笑，连声道："知道了知道了。"

警察走了，司机出了一身冷汗，他像是回过味儿来了，同样惊魂未定。

司机的语气明显变了："妹子，你把我当啥了？我就是和你开个玩笑……"

夏舒冷冷地打断："大哥，别再耽误时间了，快开吧。"

罗英子挂了电话，和邱华互相看了看，两人眼里全是担心。

罗英子收起手机，手忙脚乱地来回走着，忽然回头望向邱华。

"邱华，我不能去了，我得想办法找个人过去帮帮夏舒，她太危险了。"

"好，我自己去。可是，你又能找谁帮她？"

"你别管了。你赶快去吧，咱俩随时联系。"

厚泽公司换了办公场所，现在这个地址更偏僻了，罗英子颇费了些力气才找过来。公司好像也换了不少人，前台不认识她了，一听是找老板的，只让她在原地等着。

罗英子焦急地在那儿转着圈，没过多久，周老板快步走过来了，看到罗英子就高兴地笑起来。

"妹子，上次那事儿解决了吧？我看咱兄妹俩，也只有碰上事儿的时候能见。"

罗英子顾不上寒暄："哥，有件事我还得找您帮忙。"

周老板一看她的神色，脸上笑容马上收敛起来。

"什么事，你说。"

"哥，你在东北道上有认识的人吗？"

周老板一愣，他实在没想到罗英子会问这个。

"有啊。你哥别看本事不大，就是江湖上有人。你这碰上啥事了？"

"哥，那你能不能找找人，让他们保护一下我们夏舒律师？"

"夏舒？就你们所那个有钱人家的大小姐？"

罗英子苦笑:"早就没钱了,现在和我一块干呢。哥,她一个人跑到东北去帮别人讨债,现在一个人租了辆出租车,在开往内蒙古的路上,那司机还对她不老实。我不能让她一个人在那边,必须得有个人保护她。哥您行吗?"

周老板神色一凛:"她现在在哪里呢?"

罗英子拿出手机给他看:"这是她一个小时前给我发来的位置。您看,这个地方叫黑风山,她正顺着这个方向走,我叫她在下一个城镇下车等着。下一个镇子应该是这儿,叫北风口。她到了,会再给我发个位置,哥您在当地找两个人过去保护她。"

周老板搔搔头:"你们这位大小姐也是太大胆了些。"

"等她回来咱们再骂她。哥行吗?"

"这事,我只能亲自跑一趟了。"

"啊?您不是在那边道上有人吗?"

"我道上有人也不会遍布东三省大地吧?这个地方,我听都没听说过。当然,转个弯,也许能找到人,但这一转手,我就不放心了。妹子托的事,我得亲自来。这样吧,我亲自跑一趟,带上一个保镖,一天也就开到了。你把位置和她电话发给我,我马上去。"

罗英子感动地看着周老板,退后一步一躬到底:"哥您救过我一回,现在又救夏舒一回,我欠您的。"

周老板赶紧上去扶她:"别别别,别这样,妹子遇事能想到我,就是你哥的荣幸了。我这就安排一下,马上上路。"

罗英子拿出手机,把位置和电话发他,一边操作一边问:"兰兰走了再没消息吧?"

周老板嫌恶道:"没。拿了我一百万,还想怎么着?说不定这个时候又傍上哪个大款,早把我忘了。"

罗英子心里叹了声气:"未见得。哥,有事给我打电话。"

当天下午,周老板带着一个黑大个上了一辆越野车,冲着站在那儿的罗英子挥挥手走了。罗英子站在后面看着他们,掏出手机给夏舒打过去:"夏舒,没事吧?好,你就在那儿别动,周老板明天就能到。你有他微信吧?没有?我发你他名片,你马上加上他,然后和他发一个共享位置。你不用急,大货车,一天跑不了多少路,你们肯定能追上。听话,一定在那儿等着周老板,见到他再行动,听见了吗?"

泾北城郊的一条马路上,邱华站在路边,罗英子开车过来了,停下车,伸出头来看着她:"怎么样?"

邱华点了点头。

罗英子兴奋道:"上车,咱们赶快过去吧。"

邱华一边上车一边问:"夏舒那边怎么样了?"

"没问题了。"

玻璃房里,许卓站在一张立镜前,仔细地打理着自己,他面色阴沉,显然心情不太好。孙律师和钱律师在旁边等着,看起来也是心事重重。

孙律师:"许老师,方圆所的态度很傲慢,咱们之前拒绝了他们一次,这次又找他们,举报的事他们八成也知道了,肯定更觉得可以随意拿捏我们了。"

钱律师:"如果能和方圆所达成合作,可以先让江主任顶在前面,那举报信就没用了。"

孙律师:"方圆所能那么听话吗?咱们不是大所,关键时刻还得能屈能伸。现在不是清高的时候了,等会儿的谈判,咱们恐怕还是得让步啊。"

许卓打扮停当,看着镜中的自己沉吟良久。

"这么多年,无数人想把我往泥里踩,水里泡,可我许卓不都又重新站起来了?好吧,他要什么我就给他什么,但总有一天他会重新认识许卓的。"

许卓转身:"走吧,先去谈谈再说吧。"

三人匆匆往外走,和进来的罗英子邱华碰到了一起。

罗英子问道:"许老师,您是要出去?"

许卓心不在焉地道:"实在对不起,本来约好谈合同,可我临时有事,得爽约了。"

罗英子看了邱华一眼,忙不迭地说:"许老师,我们就占用您一点时间可以吗?"

许卓心里焦急:"罗律师,合同的事我想暂缓一下,等我回来再说吧。"

邱华拉罗英子:"英子,走吧。"

罗英子还在争取:"许老师,我听说法院竞争选任的日期提前了,再不签下合同开始系统的工作,咱们就赶不上进度了。"

许卓不再说话,微微点头示意,抬脚就走。

罗英子喊道:"许老师,这次竞争选任你赢不了。"

许卓猛地回头:"你说什么?"

邱华咳了一声。

罗英子没理会邱华,继续说道:"据我们推断,您的思路存在一定偏差。我们要走重整的路子,而不是清算。而且我们怀疑,万禾有隐匿的且没有剥离干净的优质资产。我们要从维护债权人利益,特别是保障广大购房人利益的角度打动法院。"

许卓一下子站住,两眼发亮:"啊?"

邱华在下面拽了下罗英子的衣服:"英子,许老师还要出去,以后再说吧。"

许卓已经走回来了:"不。是我没及时通知你们,差点让你们白跑一趟。请,我们会客室坐吧。"

邱华不住地微微摇头:"英子……"

罗英子拉了她的手:"走吧。"

她一边说着一边率先跟着许卓往里走,邱华生气地在后面看着她。

许卓笑容可掬地对邱华一伸手："邱律，请吧。"

邱华不得已，也只好跟上了。

玻璃房的沙发上，罗英子和邱华坐在一起。许卓坐在另一侧，他身体前倾，专注地听着罗英子的分析，孙律师和钱律师一人一杯恭敬地帮她们倒茶。邱华瞪着滔滔不绝的罗英子，不住地运气。

罗英子说完，颇为自得地看着许卓，许卓沉思片刻，抬起头来，眼睛里闪着光，露出愉悦的笑容。不得不说，他笑起来还是挺有魅力的。

许卓真诚地说："谢谢你，英子。还有您……"

罗英子一侧身："我的合伙人邱华。"

许卓点头："邱律师，你们很能干。这样好不好？你们在这儿稍坐片刻，我们商量一下。"

许卓和两个律师出去了。罗英子得意道："让他说我们资历浅，这就让他看看我们的实力。"

邱华面色有些发白："可是，我们为什么替他人做嫁衣裳？"

"什么？"

"只要我们拿着得到的信息去找万禾最大的债权人鼎薪，他肯定会委托我们。我们可以得到一大笔代理费的。你现在为什么要提供给他？"

罗英子一愣，看向邱华。

"我不是要提供给他内幕，我是想争取万禾呀。如果能拿下，不但咱们律所能盘活，还能打败良诚所，一举两得啊。"

"你没看出来他根本就是想把咱们换掉吗？"

"上次是他们主动找咱们合作的，总不会自己打脸，出尔反尔吧？"

"你太沉不住气了！今天本来约好了谈合同，可他说走就走。咱们还没同意签约，他们就要变卦，你认为这叫合作？这连利用都算不上。"

"可我就是不甘心,现在有一个能和良诚所公开竞争把他们踢出局的机会,又是这么大的案子,我不想放弃。"

"现在底牌亮光,许卓说不定会把我们踢出局!你看着吧,鼎薪是万禾最大的债权人,说不定他会放弃竞争管理人,直接去找鼎薪签约。"

"你这么肯定?我以为许老师认可我们,梅先生也说过他不错。"

"还用说吗?他竞争管理人有什么优势啊?可当万禾最大债权人的代理人,代理费少不了多少,手里掌握着核心资源,可是很有优势的。唉,本来那些代理费都是我们的。"

罗英子思忖着,半晌,才抬起头来:"看来……这次是我不对,不过邱华,钱是挣不完的。这次挣不上,下一波已经在路上。"

邱华明显没消气:"哼,也不知道哪儿来的自信。都像你这样,嘴上缺个把门的,咱们永远挣不到钱。"

罗英子讨饶地摇晃着她的手:"怪我蠢好不好?不过咱们从来也不把挣钱当成首要目标啊。"

邱华这次把手撤开了:"不,我向来把挣钱当首要目标。"

一间小办公室里,孙律师和钱律师紧张地讨论着,许卓坐在一旁听着,眼睛一直在转。

孙律师连连感慨:"真看不出,这俩女孩这么能干,这样的秘密这么短的时间都能挖出来。"

许卓不留情面地说道:"是你们工作做得不细。现在,咱们还要去竞争管理人吗?"

钱律师思忖道:"如果是破产重整,管理人费用很可能更高,不过相应地,对管理人资质的要求也更高。有了举报信那件事,我觉得不乐观。利益越大,魏法官可能越要避嫌。"

许卓站起身,眼睛微眯起来,另外两人不说话了,都看向他。

"放弃竞争管理人,去代理鼎薪。鼎薪在万禾的债务有十几个亿，我们的代理费也少不了。给方圆所打电话，两个所的谈判可以停止了。"

三人回来，许卓带着温和又亲切地微笑，远远地就伸出手来，跟罗英子握手。

许卓看着她："英子，你很能干。我们决定放弃管理人的竞争，代理鼎薪。"

邱华白了罗英子一眼，罗英子顿时一脸尴尬，哭笑不得。

许卓继续说道："同时，我们正式邀请贵所加入我们的团队，我们一起代理鼎薪。"

罗英子意外地"啊"了一声，邱华也看了过来。

"现在，我们抓紧时间把你们带来的信息核实一下，只要准确无误，我们就一起去和刘总谈合作，您看这样可以吗？"

他看向罗英子的目光很专注，罗英子也大方地看着他。

罗英子再次伸出手："许老师，合作愉快。"

许卓没让孙律师他们跟着，一直独自把她俩送到门外。

他又主动伸出手来："英子，期盼着我们之间的合作，我相信会是一次难忘的经历。再见。"

罗英子粲然一笑："再见。"

许卓又和邱华握手："邱华律师，再见。"

邱华只生硬地点了点头，二人走向罗英子的汽车，邱华回头看，许卓还在那儿站着。邱华只感觉心里一阵不舒服。

"真会啊，还在那儿站着看我们呢。"

"行了行了，别看他了。"

"你当我愿意看呢。得了便宜还卖乖。"

两人上了车，罗英子看向后视镜，许卓果然还站在那里。他好像意识到了罗英子在看他，马上微笑着冲她招了招手，罗英子按了两下喇叭，开车走了。

"邱华，真让你说准了。可我没想到他竟然让咱们加入团队。"

"难不成我还得谢他？本来咱们自己赚大钱，现在让他拿大头，打头阵出风头，这叫什么事儿啊？"

"对不起，邱华，是我没长脑子。但木已成舟，咱们就随遇而安好不好？经过这次，他清楚了咱们的价值，后面的合同肯定也就不敢怠慢了。"

邱华看向窗外，冷笑道："许老师这么精明的人，钱能让你赚？傻子也知道咱们信息的价值。本来咱们可以单独代理鼎薪，可现在，咱们就是个打工仔。"

罗英子重重地叹了口气。

"天哪！这要等到什么时候？说不定人家早就到山西了。不行，不能等了。"夏舒心里想着。

她三两口吃完手里的赤峰对夹，每看到一辆出租车过来，她都远远地伸手。这个县城本来出租车就不多，好不容易过来两辆，还全都前后排坐满了人。她站在路边向两边马路的尽头眺望着，心里越发焦急起来。

手机响了，是一个河北的陌生号码，夏舒犹豫了一下，接了起来。

电话里是一个大嗓门："你谁啊？"

夏舒被吼得耳朵疼，她把手机从耳朵上打开免提，奇怪道："你谁啊？"

"我刘德胜。我妈说你到我们家找我，还冒充是我女朋友，你他妈谁啊？"

夏舒一愣，马上露出笑容，声音也甜美起来。

"德胜哥啊。对不起，我不是你女朋友，我是你女朋友的闺蜜。她这两天对我哭诉，说你们分了手，她又有点不舍得，想让我从中间说和说和，所以我就冒昧地去了您家，老人家可能是误会了。"

"你是小慧的闺蜜？怎么着？她又想好了？"

"小慧是在犹豫。德胜哥，您在哪儿？我过去咱们见见谈谈呗。"

"我在去山西的路上呢，大货抛了锚，正找地方修车呢。那得等我回来了。"

"巧了哥，我正好有事去山西，也在路上。您在哪儿？给我发个位置，说不定我就赶上您了。"

"我咋发你位置？你得加我微信啊。"

"哥，没问题。我的手机号就是我微信号，您找一下加上我，或者我加上您。小慧挺难过的，我都看不下去，咱们见面说说，我对小慧也有个交代。哥，要不我加您？"

国道旁的修理厂门口，一辆加长货车停在那儿，几个工人正围着它忙活。一个五短身材的男人站在一旁，正在翻夏舒的微信，看到朋友圈里夏舒的照片，忍不住高兴地直喔牙花子，正是刘德胜。

"美女啊。有她我还理小慧干什么？"刘德胜急忙地滑着手机，把位置发了过去。

他酝酿了一下，又把电话打回去，声音也变得热情起来。

"妹子，我把位置发过去了，看到了吧？你慢慢开，我这儿早呢，咱们不见不散。"

15

夏舒看了看刘德生发来的位置，找到另一个号码拨过去。

郝磊绝望地捂着脸，前面站着一个穿着西装的中年律师。

"一分钱也要不到吗？哪怕要回来一部分来也行啊。"

"对不起，合同签得太草率了，对方在很多条款上埋了雷，当时您急着签约，没仔细审查。现在对方延展还款时间是有合同依据的，依照约定，后年之前这些货款都付不了。"律师无奈地摊着手。

郝磊气急败坏道："什么？哪儿有这样的条款？"

"您再仔细看看合同，最大一笔款项的支付节点是我方履行完毕所有合同义务并经对方验收确认之日。这约定太模糊了，我们在供货后还要调试、培训、质检，要换了我，我也不给货款。"

"这不是耍流氓吗？"

律师冷笑了一声："郝总，您没做过生意吧？您这样的人不适合做生意的。对不起，我们该做的工作已经做了，剩下的，到约定的支付条件达成后再来找我们吧。再见。"

郝磊急得站起来："哎、哎、哎，那我们已经支付的律师费……"

律师一回头："郝总，您什么意思？您付了我们律师费，我们也提供了相应的法律服务，剩下的等支付条件成就后，我们会继续做。再见。"

郝磊目瞪口呆，半响，他抓起桌上的烟盒泄愤似的砸过去："流氓！流氓！一个个的全是流氓！"

手机响了，来电显示是个陌生号码，郝磊直接按掉了，铃声不依不饶。

郝磊没好气地接起来："谁？"

"我是夏舒律师。"

"什么？哪个夏律师？"

"我不是接受了你们的委托来东北要账的吗？"

"噢，你啊。找到人了吗？"

"找到了。"

郝磊一惊，一下子坐直了："什么？"

"我已经找到人了，他正在拉着您的货运往内蒙古。他把这批货转手倒卖了。我已经拿到了他的位置，现在正在追赶他的路上。"

"什么什么？就是六百万的那批货吗？"

"咦，你自己的货，你自己忘了？"

"你现在在哪里？"

"我不是说了吗？在路上。"

"他呢？"

"也在路上。在我前面二百公里左右，我一天就追上他了。"

"夏律师，谢谢您。麻烦您把他的位置也发给我，我马上坐飞机过去。"

"没必要，我一会儿就出发去追他，我一个人就行了。"

"发过来吧，我当面去给他要。"

夏舒挂掉手机，考虑了下，把位置发了过去。

抬头看看天，她自言自语嘀咕着："不能等了。"

恰巧过来一辆出租，她急忙招手打住。

"师傅……"

这时，一辆原本在那出租后面的一辆越野车开到她面前停下，一条花臂从车窗里伸出头来："夏舒律师吧？"

夏舒停下："您是……周老板？"

周老板从车上下来，疲惫地甩着肩膀："我是周厚泽，是罗英子让我来的。"

夏舒喜不自胜，援兵到了。

"周老板，我已经得到了债主的位置，距离咱们差不多也就四百来里路，正在那边修车呢，说不定马上修好又要走了，咱们得快。"

"四百多里啊，那没事儿，它一载重大货能开过咱吗？夏律师，我们跑了一夜的路，找个地方加加油，吃口饭，咱们马上上路。"

周老板和保镖坐在一个小吃摊上吃饭，夏舒没吃，站在路边等着，不时地看看手机。

"夏律师，过来一块儿吃呗。"

"我早上吃过了。周老板你们快吃,咱们快点上路。"

周老板答应一声继续吃饭,一边吃一边不时地打量夏舒一眼。

保镖笑着凑过来:"哥,看上啦?"

"我见识过的女孩子不少了,但长得这么舒坦的不多,一看就是打小没受过苦,被捧着长大的。"

"哥喜欢,就拿下呗,还有比这更好的机会吗?"

"臭嘴!我妹子托付的。受人之托,忠人之事,哪能偷吃呢?"

夏舒又焦急地往他们这边看了一眼,周老板急忙三口两口把饭扒进嘴里站起来:"夏律师,我有话和你说。"

他走到夏舒面前,夏舒着急道:"周老板,咱们赶快上路吧,路上说好吗?"

周老板让烟给夏舒,夏舒不抽,他自己点上,深深地吸了一口。

"夏律师,这事咱们得商量。这个姓刘的,我路上打听了一下,别看就在个县城里,来头可不小,黑白两道通吃,要不然也不敢骗了几百万的货不付钱啊。在他的地盘上,别说像咱们这样的外来人,就是当地人也不敢拿他怎么样。你听我的话,钱是人家的,命是自己的,咱们先回去,要钱的事,我找这边道上的人帮你想办法。"

"周老板,您早说啊,又耽误我半天时间。"夏舒一边说着,一边就招手叫住开过来的出租车。

周老板吓了一跳,赶快上去把要上车的夏舒拖住:"小妹妹,你这啥意思啊?"

夏舒急得跳脚:"再耽误,他就把货送到卖了,我想要也要不回来了。你松手啊,我的事和你没关系!"

她到底挣扎着上了出租车,周老板吓得死死地把出租车门拉住。

"你下来,你下来,我帮你去追还不行吗?天哪,罗英子手下的人都这脾气吗?"

这时,罗英子的电话打了过来,周老板好不容易把夏舒拖下车,让手下看着她,自己躲到一边。

"哥,你们那边情况怎么样?"

"妹子,你们这夏律师主意太大了,她追债的这人在当地都是横着走的主儿,我劝她先回家,等我找道上的哥儿们帮她追,可她不听呀!"

"哥,她铁了心了我也劝不住,你就跟她去追,千万别让她出事儿。拜托了。"

周老板苦着脸:"妹子,为了你我试试。"

转回头去,夏舒已经坐到越野车上了。

"周老板,咱们赶紧的吧!"夏舒放下车窗喊道。

周老板猛吸了一口,扔掉烟头,摇头叹气地上了车。

国道上,时速已近一百五十,周老板后背贴在座椅上,任由手里的烟燃着,另一只手紧紧抓着车窗上部的把手。

他刚要训斥小弟别开这么快,坐在后面的夏舒把脖子伸了过来,焦急地往前看。

"还能快点吗,大哥?"

开车的小弟神情专注:"美女,这种路况,已经够快了!"

周老板赶紧说道:"夏律师你就放心吧,你找英子打听打听去,我周厚泽答应过的事,有砸过没有。"

夏舒突然叫了一声:"停车!"

小弟一脚踩了刹车,周老板被晃得身体一晃:"又咋了大小姐?"

夏舒拉开车门跳下车,又打开驾驶门去拉周老板的小弟:"大哥你出来,我开车。"

周老板害怕道:"哎,哎……"

小弟没防备,已经被她拉下了车,夏舒上车,系上安全带:"都把安全带系好啊,开车啦。"

周老板还想说什么,越野车嗖的一声蹿了出去。

夏舒灵巧地拐来拐去,数不清的前车被飞快地甩过,后面一片愤怒的喇叭声。

周老板的两只手已经全握在把手上,没来得及系安全带的小弟更惨,在后排被她甩得摔过来摔过去。

周老板忍不住一直叫着:"哎,哎,慢点,慢点。"

夏舒理也不理,把自己的手机丢过去:"哥,看看上面他发过来的位置,别开过了。"

"不行,不行,我头晕。姑奶奶,慢点行吗?"

周老板把手机扔给后面的小弟,索性闭上了眼。

国道两侧的路灯亮了,夏舒还在把着方向盘一路疾驶。

"夏律师,夏姐,开了一天了,咱们找个地方先住下,跑不了他,行吗?"

"不行。一天了,他的车也该修好了,说不定明天就到内蒙古了。"

"天哪!"

周老板绝望地捂住脸。

大货已经修好了,刘德胜正带着人准备上车离开。不知道从哪儿猛蹿出来辆车,甩着尾在众人眼前划了一个半圆,尘土升腾,众人全都捂住了眼睛。

刘德胜扇着烟尘睁开眼,一个穿着皮衣的高挑女孩跳下车。两个刺龙画虎的黑衣男人也跟着下来,没走两步就踉踉跄跄地跑到路边扶着树吐了起来。

刘德胜看得一脸蒙,其他人也是不明所以,一时间不敢上前。

夏舒向前走了几步,看向众人。

"我是。你是……"刘德胜眼睛一亮,"你是小慧的闺蜜?"

"我不是。"夏舒说着,把委托书拿了出来,"我是新诚矿业集团的律师,新诚矿业集团委托我来向你催要这批货的货款,共计六百二十五万。货款不付,你不能把这批货再私自倒卖。现在,请马上把货款打到新诚的指定账户,然后这批货我才能放行。"

刘德胜又惊又气，不停打量着夏舒。

"什么？你居然敢跑到我家里，冒充我女朋友欺骗我父母，又冒充我女朋友的闺蜜来骗我？"

"没办法。是你欺骗新诚集团在前。你和新诚集团签了合同，至今拒不执行付款义务，却想把这批货转手倒卖，是你违反合同在先。刘先生，只要你履行协议，我愿意为我的行为道歉。"

"你谁啊？这么大胆。你知道你在哪里吗？老张，开车。前面那辆车谁的呀？"

周老板吐完了，抹抹嘴赔着笑过来："我的，我的。刘老板，二溜认识不？"

"不认识。"

"那，杜大脑袋呢？"

"也不认识。我刘德胜啥人都不认识，你赶快把你的车开走，要不别怪我不客气！"

"刘老板，您这就不仗义了。我说的这俩朋友，他们都认识你，你咋翻脸不认人呢？咱当场给杜大脑袋打个电话，叫他和你说行不？"

"我不和他说。你开不开走你的车？"

周老板好不容易缓过劲来，站直了身子："我不开。你要有本事，你就撞吧。"

刘德胜气得脸都歪了："到我的地盘上撒开欢儿了。老张，上车，把他车给撞开。"

叫老张的壮汉上了车，周老板站在那一动不动，笑了笑："刘德胜是吧，你撞吧，我要说一个字，我随你姓。"

老张看向刘德胜，刘德胜丢给他一个眼色，老张倒车，想绕过黑越野把车开走。

夏舒跑过去："不行，你们不能开！你们先付钱才能把货带走！"

周老板赶紧追过去："夏律师，你疯啦？"

夏舒张着双臂挡在车前，老张又倒车，想绕过她。夏舒急了，一头钻到了两个车轮中间去了:"不给钱,就从我身上轧过去吧!"

周老板吓了一跳:"你干什么?出来,赶快出来!你以为他不敢轧?"

夏舒抱住了一个车轮:"不给钱,我哪里都不去!"

刘德胜气得暴跳如雷:"我还怕了你?你出来不出来?"

"不出来!你轧吧。"

"老张,开车,出了人命我负责。"

加长的货车,车上堆满了机械,总有十几吨重。

老张轰着油门,轰隆隆响,可就是不敢开。

"你干什么?你开呀!"

老张握着方向盘,满头大汗,引擎轰鸣却还是没动。

刘德胜转向周老板,发狠道:"你赶快把她拉出来,我看在杜大脑袋的面上给你们留个体面。"

周老板此时哪儿顾得上他:"夏律师,姑奶奶,你先出来行不行?他们是亡命徒,真敢轧。"

夏舒躺在车底下打电话:"110吗?"

周老板一惊:"啊?你还报警?江湖事,江湖了!赶快把电话挂了!"

夏舒打通电话,报了位置,显然已经报完警了。

"这不是道上的事,这是合同上的事,是法律上的事!"

刘德胜暴跳如雷:"老张,你听谁的?你下来!"他过去一把把老张从驾驶室里拉出来,自己上去以前又弯下腰,对车底的夏舒:"臭娘儿们!我问你最后一次,你出来不出来?"

"不出来!除非你还钱。"

"好!我刘德胜豁上被判死刑,也不能吃你一个臭娘儿们这口气。"

他一步跳上车,发动机又响了起来,巨大的车体剧烈抖动着。

周老板吓得脸都变了,失声喊着:"夏舒,出来!出来!他可真敢轧啊!"

夏舒脖子一横："叫他轧死我。"

车轮在缓慢地动，眼看就要轧上夏舒的身体了，夏舒躺着没动。

周老板发疯一样跑过去："轧着了，轧着了！刘德胜！你真为了这点钱不要命啦？"

刘德胜头上也出了汗，到底没敢再动，双方僵持着。

周老板捂着心口："刘老板，你下来，咱们双方好好谈谈。都是道上的朋友，为了几个钱撕破脸多不好？"

与此同时，一个小机场门口，郝磊走出来，招手打了一辆车，疾驰而去。

双方还僵持着，夏舒瞪着眼睛仍然躺在车轮中间，刘德胜正和周老板谈判。

刘德胜恶狠狠地看着她："一半，不能再多。我账上也没这么多的钱趴着。"

周老板弯下腰："夏律师，他说先付一半，剩下的一半等他把这批货卖出去再付，行不行？"

夏舒摇头："不行。难道那一半再让我用这一手来逼他付吗？"

周老板直起身子："百分之五十不行。剩下的我们上哪儿找你要去？"

刘德胜一咬牙："百分之七十，不可能再多了。我要有钱，我也不会用这一手啊。我这批货已经找到了买主，只要出手，他立马把钱打给我，我把剩下的百分之三十付了。"

周老板又弯腰："夏律师，他先付百分之七十行不行？剩下的把货送到内蒙古马上就付。"

夏舒这次动都没动："不行。难不成我还跟着他去内蒙古不成？"

刘德胜跺了几下脚，也弯下腰，恳求道："夏律师，你替我想想，你现在就是杀了我，我也没钱全付你。你放我一条路，让我把这批货送到，我有了钱，才有钱付你啊。我先给你百分之七十，你要不放心,就跟我去内蒙古,我交了货当场把剩下的打给你。"

一辆出租车停下了,郝磊下车。他远远地看着这里围着人,过来了,看到的场景让他大吃一惊,夏舒满身满脸都是土,正躺在车底下和刘德胜谈判。

夏舒道:"好,你现在就跟我去银行,把百分之七十的货款转到新诚账上,然后我跟你去内蒙古,你交了货,马上再把那百分之三十付了。还有,咱们的合同得加上一条,你违约在先,要付这些日子的滞纳金。"

刘德胜都快哭了:"姑奶奶,我也不容易,滞纳金的事,能不能就算了?"

郝磊吃惊地弯下腰:"夏律师?"

刘德胜一回头,如蒙大赦:"郝老板,你可来了。你赶快来说说,你们这位律师太厉害了。我答应还款还不行,还要我付滞纳金。郝老板,我要有钱我还会玩这一手吗?"

夏舒躺在那儿:"郝总来了?他们违约不付货款,理应付滞纳金,您不能轻易地松口。"

郝磊还在蒙着:"夏律师,能把钱要回来我就满足了。要不滞纳金的事——"

夏舒一瞪眼:"郝总,这件事你已经全权委托给了我,你没权利表这个态。"

刘德胜又气又急:"什么什么?人家正主都不收了,她凭什么?"

周老板眼珠子转了两转,过来给刘德胜递了支烟,点上:"刘老板,这位律师您可不认识啊,在京城那也是鼎鼎大名,被她拉下马的人比你厉害的多了去了。这样吧,我当个中人:夏律师,我这位刘兄弟已经知道自己错了,您大人大量,给他一次机会,滞纳金,咱们减半收好不好?"

夏舒不说话,瞪着刘德胜。

刘德胜无奈道:"减半我认。"

夏舒问:"什么时候付?"

刘德胜认栽道:"到了内蒙古我把货卖出去就付。"

夏舒从车底钻出来:"走吧。"

"上哪儿?"

"我跟你们去内蒙古呀。"

周老板大吃一惊:"什么?你还要跟去内蒙古?"

"我不跟上,再找不着他怎么办?"

刘德胜摇头,像看怪物一样看着夏舒:"没见过你这样的女人,遇上你我算倒了霉了。"

郝磊也看着夏舒:"我也一块儿跟着。"

卓越所会议室,许卓正和鼎薪的刘总签协议,双方各自签章,又交换了签,罗英子、邱华以及许卓手下的几个人看着。

邱华盯着桌上的合同,小声道:"这协议本来该是我们的。"

会场不大,台下坐着几拨律师,神色都很紧张,台上坐着三个穿法官制服的人,还有一些是政府官员。方丽虹和陶正带着几个律师也坐在下面。这次竞争选任会中,良诚所是团队人数最多的。

没有人发言,台上的人正在小声地讨论着,台下的人等待着。人人都很焦急,但又保持着表面上的平静。

陶正小声地对方丽虹:"当场宣布结果?"

"公告里不是这么说的吗?"

"我觉得我们的希望还是很大的。"

方丽虹眼睛微眯了下:"卓越所没来。"

刚说完,门开了,许卓带着两个律师进来,在后面跟着罗英子和邱华。

陶正一惊:"这是什么意思?许卓找的合作方是罗英子和邱华?"

方丽虹目光跟着他们:"不管他找的是谁,这个时候再加入有什么意义啊？投标已经结束了呀。"

许卓一行人找地方坐下来，台上的麦克风响了一下，一个五十多岁的老法官咳了一声："经集体讨论投票，万禾集团破产清算管理人竞标结果已出，现在竞标结果……"

许卓站起来："对不起，魏法官，我们有话要说。"

魏法官抬头看了一眼，冷淡地说："对不起，你们所没参与竞争选任，今天的会跟你们没关系。"

许卓不理会，继续说道："魏法官，我现在代表的是万禾集团最大的债权人鼎薪集团，我们了解到有关万禾集团的最新情况，收回我们此前对万禾破产以及债务处理的意见。同时，我们要在此郑重声明：不管是哪个机构被选任为管理人，我们坚决不同意万禾进行破产清算，因为这样势必会严重损害广大债权人利益。在未彻底查清万禾资产情况的前提下，我们会对管理人对破产财产的任何处置方式提出异议，并进行诉讼准备。"

全场安静下来，紧接着，议论声四起。

魏法官皱眉看向他："你是指？"

许卓一字一句地说："万禾绝不能选择破产清算，即便要破，也要选择破产重整。我方发现万禾集团没有如实披露信息，他们隐瞒和藏匿了巨额的优质资产。"

一片哗然。

台上也瞬间紧张起来，几个脑袋又凑到了一起，低声议论着。

方丽虹一怔，对着陶正："他是什么意思？难道还有我们不知道的情况吗？"

"不可能啊。我们已经做过调查了，万禾最大的资产就是土地和在建工程，但这些都已经被反复查封或者抵押了，根本称不上优质资产啊。"

方丽虹仔细看看罗英子，罗英子的神色兴奋又自信。

魏法官："请你详细说一下。"

许卓:"请允许我使用一下投影电视。"

魏法官向投影仪的方向抬了抬手。

许卓走过去,把自己的电脑接到了投影电视上,镜头上出现了一大片的土地。

"这片土地,在泾北的西郊,面积有一千多亩,是万禾集团十年前以超低价买的。两年零三个月以前,这块地被万禾集团转让给了另外一家名为信源的公司,只溢价了百分之十五,而这十年泾北的地价大家都是知道的。毕竟是溢价了,所以表面上看起来,这笔交易完全没问题。但如果仔细查两家公司的关系,那就大有文章。买入土地的信源法人代表姓彭,表面上看来,和万禾的万老板没有任何的关系,可实际上,他是万禾万老板儿子的干爹。"

一片哗然。罗英子很得意,方丽虹脸色很难看。

投影电视上打出两个六十多岁男人的照片,他们就是万禾的万老板和信源的彭老板。

"万老板的这个儿子是拼着超生罚款生的,当时他一家人还生活在农村。好不容易生下的儿子却体弱多病,好几次送到医院抢救,而现在的彭老板,当年是他们乡镇医院的医生,没少参与对这个孩子的抢救。后来,万老板依照农村的说法,让儿子认下了彭医生当干爹。奇怪的是,认了干爹以后,儿子的身体果然大好。万老板迷信,觉得彭医生是儿子的救命恩人,从那以后和彭医生走动很勤,而彭医生自己的儿子却在几年前因车祸丧生,从此把万老板的儿子当成自己亲生的儿子疼爱。两年半前,已经退休在家赋闲的彭医生突然注册了一家公司,然后那一千多亩土地就由万老板转给了这家公司,而彭医生从那以后仍然在赋闲,这块土地仍然闲置。至于这块土地真正的主人是谁,那就有赖于法院的调查了。我们有理由相信,它实际上仍然属于万禾,或者说,它真正的主人是被万禾万老板提前送到国外的儿子。所以,万禾集团仍然有优质资产,它绝不能直接进行破产清算,即使破产,也应该走破产重整的路子,这样才能最大限度地保护各债权人的利益，也有利于盘活万禾这家企业。"

台上的脑袋们又凑到一起讨论着，台下的人也在各自议论。

罗英子兴奋地对邱华说："我们改变了许多人的命运。"

邱华悻悻道："可我们还在贫困中挣扎。"

"行啦行啦，无产阶级首先解放全世界，最后解放自己。"

"所以我们一直是无产阶级。"

陶正靠近方丽虹："你觉得这个情况是谁发现的?"

方丽虹看看罗英子和邱华没说话。

陶正悔恨道："这两人太能干了，早知道就不该放她们走，宁可放在所里圈养着，也不应该让她们去成为我们的对手。"

方丽虹明显很心烦："别说了，你觉得能圈得住吗？都怪我们工作不力。事情已经向不可预知的方向发展了，我们要打起十二万分的精神来应对现在的局面。"

"清算变重整，管理人费用只会更多，只要我们竞争选任成功，对我们只有好处。"

"可是许卓已经成了鼎薪的代理人，他们作为万禾最大的债权人，可能会全程盯着管理人，就算我们能竞争上管理人，也得处处和他们打交道。"

"那怕什么？反正我们心里也没鬼。"

魏法官敲了敲麦克风："鉴于出现的最新情况，这次竞争选任会暂时休会，有关情况会后各方研究后另行通知。"

方丽虹站起来："魏法官，我想提醒一句：虽然选任结果没揭晓，但是竞争选任全程已经进行完毕，它是合法的有效的，许卓律师带来的新情况不应该影响今天的选任结果。我特别应该提醒的是，卓越所已经代理了鼎薪集团，他们没有了竞争管理人的资格。"

许卓扬起下巴："我们当然不会再参与管理人的竞标，但我们带来的情况，已经否定了万禾破产的情况，管理人的竞争选任程序应该重新进行。"

魏法官又和其他人讨论了一阵："今天的会议到此，相关情况会以法院公告的形式公布。"

方丽虹和陶正站起来，带着良诚所团队的人向外走，经过罗英子和邱华面前，罗英子兴奋而骄傲地站在那里。

方丽虹冷冷道："祝贺啊。"

"谢谢方律师。"

"英子，别忘了你离开良诚所那天我对你说过的话：在你最困难的时候，良诚所庇护过你，帮助过你，是良诚所培养了你。"

"方律师，您永远是我的前辈和老师。在我看来，在和您竞争的场合里拼尽全力赢得竞争，就是我对于您帮助过我、教导过我的最好的报答。"

"再次祝贺。你确实出师了。"

方丽虹说完，从她和邱华身边过去。邱华什么也没说，只是微微地向她鞠了一躬。

会场内人都走光了，许卓向罗英子走过来，握住她的手，目光温柔又专注。

"英子，谢谢你。"

"我应该做的。"

"英子、邱律师，我在此再次正式邀请你们所加入我们代理鼎薪集团的团队，我们一起做好这个案子，希望我有这个荣幸可以和二位一起工作。如蒙同意，回去以后我们就签协议。"

罗英子迫不及待地连连点着头："当然，当然。"

"好了，我回去以后就起草我们双方的合作协议。一旦项目启动，债权申报开始，二位可能就要经常去我们所上班了。"

"不胜荣幸。"

"那，我们先回了。期待早日合作。"

罗英子:"共同期待。"

许卓带着他的人走了,罗英子还在那儿站着看着他的背影,邱华则很落寞。

"邱华,这次他总算明白我们的价值了。"

"我们的价值还需要他肯定吗?"

"你又傲娇了,这不是咱们被良诚所赶出来走投无路的时候了。"

"走吧,煮熟的鸭子飞到别人碗里去了,我们只能跟着喝喝汤。"

罗英子还想说什么,邱华意兴阑珊地走了。

两人从会场里出来,突然有人冲她们按喇叭,转头一看,陈硕坐在他的汽车里,正冲着她们笑。

"别理他。"罗英子转头就要走。

"至于吗?这么喜新厌旧?"

"我什么时候和他有过旧啊?"

两人上车要走,陈硕甩着钥匙过来了。

陈硕敲敲车窗,罗英子把车窗摇下来,一脸的冷漠。

"什么事?说。"

"哟,几天不见,架子这么大了?好了,不说了。不听,你们可别后悔啊。"陈硕说着直起了腰转身回去了。

邱华:"特地跑到这里来等咱,没准真有事。"

罗英子没办法,只好下了车,过去了。

陈硕上车准备开车走,罗英子敲了敲车窗:"什么事?"

"恭喜啊,听说万禾的竞争选任会被许卓搅黄了,看来有你的功劳啊。"

"良诚所不做功课,关我什么事。怎么,是良诚所派你来打听的吗?"

陈硕哈哈大笑。

"哥接了一个几千万的案子,这种毛毛雨,哥根本懒得打听。"

"那就别废话。"

罗英子要走，陈硕立刻叫住她。

"有个八卦告诉你，良诚所以前代理过一个和万禾类似的案子，叫铸成的破产重整。"

"无利不起早，你大老远地跑来和我说这个干什么？"

"铸成案当年是陶正主办的。你猜这个案子是哪一年办的？"

"哪一年？"

"和魏丞强奸案同一年。铸成案例，梅大梁夫妇原本是管理人团队负责人，后来他们夫妇出了事，最后就落在了陶正手里。"

"陶正本来就是梅先生的干将，案子由他接手，顺理成章啊。"

"你相信有这种巧合吗？再说了，铸成案的标的巨大，做成了就是功成名就，谁做谁受益。"

陈硕从副驾驶座上拿起一沓复印件，递给她。

陈硕："这是我拍的铸成案案卷的打印版。我现在是良诚所的人，只能说到这儿，听不听在你。"

罗英子正要走，陈硕突然叫住她。

"对了，铸成案里也有许卓。"

罗英子一怔："你说什么？"

"许卓是梅大梁的助手，和这案子脱不了关系。"陈硕说着就发动了汽车。

罗英子一脸蒙地回来，邱华不由得好奇起来。

"他说什么了？"

"莫名其妙，他说良诚所办过一个铸成破产重整案，和万禾类似，那个案子和强奸案发生在同一时期，他还提到梅先生和许卓。"

"铸成案是梅先生的案子？和许卓有什么关系？"

"他给了我铸成案的案卷，说许卓当时是梅先生的助手。这小子不是发现了什么吧？"

"我说英子，陈硕人在良诚所，发现了信息就用这种方式提醒我们，已经够可以的了。追你，他是认真的。"

"可以什么？我最烦这种说话说一半留一半的男人，这是男人吗？"

"你是觉得陈硕认为梅先生的案子牵扯了许卓，心里别扭吧？"

"我是硌硬陈无良来扰乱军心。许老师是梅先生认定的人，现在我们又有了合作，不会有问题的。"

邱华看着她，不说话了。

已是晚上十点了，罗英子独自在办公室看铸成案，桌上放着一份麦当劳。高跟鞋被扔到一边，身上披着小毯子，罗英子趿拉着拖鞋起身，杯子里还剩半杯冷咖啡，罗英子往里续了半杯开水，坐下刚扒拉了一口盖浇饭，电话响了，是许卓。

"许老师，有事吗？"

"罗律师，你在瑛华所吗？"

"对，我加班，在看鼎薪和万禾的债权情况。"

许卓提着两杯咖啡走进瑛华所破旧的办公楼，边说边上楼梯。

"吃饭了吗？准备加班到几点？"

"加班可没准儿，我点的外卖，怎么啦？"

"要不要喝咖啡提提神？"

罗英子一愣。

"咖啡？去哪儿喝咖啡？"

"外卖。"

"外卖？"

电话挂断了，同时，办公室呼叫铃响了。

罗英子狐疑地出去，门外是许卓。

罗英子很意外："许老师？！"

许卓举着咖啡晃晃："外卖到了。我让助理整理了一些最新的鼎薪和万禾债权相关的资料，给你做个补充，正好也过来看看。"

罗英子接过咖啡和资料，把许卓接进来。

许卓四下打量，罗英子先一步跑进办公室，把高跟鞋往桌下一踢，把座椅上的外套包包扔到一边，腾出一个空座。

罗英子赶紧解释："许老师，您坐。您别看我们律所简单，这是我们还没来得及装修，保洁也是明天才到，所以现在有点乱，您别介意哈。"

许卓看到麦当劳："你还没吃饭？"

"还没来得及，您吃了吗？"

"我？我还没有。"

罗英子不等许卓反应："那我给你煮碗面，咱们一起。"

许卓来不及阻拦，罗英子走了。

泡面锅里煮着面，热气腾腾。

"罗律师，咱们的案子很大，你不打算招点人吗？"

"不用，您又不是不知道，我们团队以一当十。许老师，面好了。"

话音刚落，屋里突然黑了。

"又跳闸了。许老师，这是老楼电路很差。您等我去找找电闸。"

罗英子用手机照亮，却见许卓率先快步走出去，很快，灯亮了。

许卓又出现在门口："你这儿功率太大，很容易短路。"

罗英子惊奇道："许老师，您怎么知道我们电闸在哪儿？"

罗英子端着泡面，和许卓一起回来。

许卓坐下，摩挲着热气升腾的碗："卓越最早的一个办公室和你这里有点像。其实还不如你这儿，那时候我不叫它卓越所，我叫它亭子。"

"亭子？为什么？"

许卓微笑着回忆："卓越所创立时，我刚刚第二次出狱，因为坐过牢，案源紧缺，打公益案不赚钱又容易得罪人，日子过得很紧，一袋泡面都恨不得掰成两半分着吃。那年冬天，我替一群聋哑人打赢了一个诈骗案，结果对家就把律所砸了，电线铰了，大冬天的黑灯瞎火,四处漏风,就差把房顶掀飞了。所以我叫它亭子。"

罗英子感慨道:"那我这儿起码是个帐篷。哎,就我这条件,还老觉得自己艰难呢,是我矫情了。"

许卓摇摇头:"不是的,我是想说,罗律师,你们律所是简陋还是豪华,人多还是人少,不影响你们实力,也不影响我对你们的判断。"

罗英子有点动容,低头啃了一口汉堡,不说话了。

许卓吃了一口面:"罗律师,你这辣椒放多了。"

"啊?我不知道您不吃辣,要不我再下一碗?"

"所以啊,我换掉你们不冤枉。"

罗英子一惊:"什么?合同还没签呢,别因为一碗面就不合作了吧?那您别吃了。"

罗英子说着要把许卓的面碗拿走。

许卓笑了:"我开玩笑的。我是说那天我确实想换掉你们。"

罗英子一愣:"我以为那是合伙人的意见。"

"不是合伙人的意见,是我的意见。我知道你们有潜力,梅先生也认可,可你们没法为卓越所背书,你们所没有管理人资质,你也没有破产项目的经验,不是最佳选择。"

"那您改变决定,是因为我们找到了万禾的隐匿资产吗?"

"这就是你们的价值啊,没有你们,我签不下鼎薪。"

"您很坦诚。许老师,关于这次破产重整我查了些资料,您听说过铸成案吗?"

许卓不假思索:"这案子我做的。当时卓越所没钱没人没活,我们还雇用着残疾人,多亏梅先生给了我做商业案件的机会。不过,英子,你怎么知道这个案子?除了法院和良诚所,案卷都调不出来。"

罗英子如释重负地笑着说:"许老师您不知道,良诚所开了我,我和它有大仇,我在乎万禾案也和良诚所有关,而且我在良诚所有内线。这次搅黄了竞标我开心死了。"

许卓笑了："现在良诚所明白了，不要你们，是他们的损失。"

罗英子："许老师，铸成案之后，卓越所就打出名声了吧？"

"谈不上，铸成案后来转交给陶正他们，我们赚了一点，之后起码交得起房租，也不用胶带糊窗户了。"

"这么说，铸成案确实值得我们参考，而且您也有经验。"

许卓笑笑："英子，比起过去的经验，这个案子我更信任你，还有邱律师。你们的潜力应该比当年的我强多了。祝咱们合作愉快。"

许卓伸出手，罗英子握住："好，合作愉快。"

邱华开门进来，张全全扎着围裙正在做饭，听到声音马上高兴地迎出来："你回来了？饭我做好了，你快洗洗手吃。"

邱华情绪不高："我现在不想吃。"

"怎么又不想吃？你这几天一直不想吃饭。"

"最近工作太忙了。"

"忙才要好好保重身体啊。赶快洗洗手吃饭吧。"

两人坐在餐桌上，邱华有心事，懒得动筷子。

张全全夹过去一筷子菜："怎么啦？不好吃？"

邱华一笑："哪里，只是我不想吃。这几天也不知道怎么的，就是不想吃饭，也许是太累了。"

张全全小心地看着她："你说，你是不是有了？"

邱华吓了一跳："有什么了？"

"孩子呀。邱华，我是不是要当爸了？"

"啊？不可能，我现在还来着大姨妈呢。"

张全全泄了气："噢，那可能真是累的。那你多吃点，你得保重身体，咱们得准备要孩子呀。"

邱华听他这么说，刚拿起的筷子又放了下来："全全，对不起，我暂时不想要孩子。"

"啊?"

"你也知道,我们律所刚成立,百废待兴,要做的事情太多了。而且……而且……"

"而且什么?"

"而且我越来越觉得,我和英子的出身经历太不一样了,带来的处理问题的方式和看问题的角度也不一样。我得积累一点自己的资源,万一将来再有变化呢?"

张全全不说话,埋头吃饭。

邱华不知道该说什么了:"全全,对不起。"

张全全低着头,闷声道:"咱们结婚没回家,已经让我父母在亲戚、同事中间丢了面子。我母亲最近退休了,一心一意地想让咱们早生孩子,她帮着带孩子,也有个精神寄托。"

"可……可,全全,我现在真没办法考虑生孩子的事。我的事业刚刚起步,立足未稳,一生孩子,起码三年干不了事,我付不起那么大的代价。"

"我妈一直说,女孩子家要那么强的事业心干什么?我的工作挺稳定的,再说还有我家里帮助咱,你就是现在不干了,咱们的生活也没问题。"

"怎么可能?我总不能依靠你和你家里。"

"为什么不能?你现在是我家的媳妇啊。"

邱华不说话了,低头吃饭,吃了两口又放下了:"对不起,全全,在这个问题上,我和你的价值观不一致。我是你们家的媳妇,但我也是一个独立的人,我这辈子不可能靠别人,我只能靠我自己。生孩子的事,以后再说,我暂时没那计划。我累了,你一会儿把碗放池子里,我休息一会儿起来刷。"

她说完,就站起来走了。张全全又气又急地看着她的背影。

各自洗漱完,夫妻俩各怀心思地背靠背躺在床上。

邱华转过身来，把手搭在张全全后背上，张全全没动。

邱华柔声道："还生我气呢？"

张全全闷声闷气："没。"

"全全，我现在不想要孩子，不光是为了我，也是为了你。"

"啥意思？"

"你还这么年轻，难道事业上不想再进步了？"

张全全苦笑："一个小机关干部，有什么事业呀？"

"那，我换个问法，你在仕途上没想法了？"

张全全没回答。

"你那天还和我说，你同学比你发展得快。你如果现在就缠上了孩子，恐怕发展得就更慢了。"

张全全转过身来："邱华，这也是我不想待在泾北的原因。泾北太大了，我掉在这里边根本显不出来。我要是在县里你试试。再说了，在泾北，我这辈子就是当上个处长又有什么呀？隔着墙头扔块砖，能砸死好几个处长。可要是在咱们县里，哪怕我当个股长，那也一辈子吃香的喝辣的呀。邱华，我这个人没野心，我就是想找个舒服地方，过安稳日子。邱华，咱回去吧，回到咱县上，哪怕以后我爸退休了，他的关系还在，保护咱一辈子没问题。"

"全全，你知道夏舒吗？"

"知道啊。"

"她父亲过去可比爸厉害多了，先是省里的发改委主任，后来是分管工业的副省长，突然出了事，夏舒那一段太惨了，现在正一个人跑东北找人讨债呢。"

张全全不高兴了："你这话啥意思啊？你是盼着爸出事？"

邱华柔声道："我没那意思。我的意思是别人靠不住，亲爸也不行，还得靠自己。全全，我对你没多大的要求，你哪怕一辈子连个处长都当不了，一辈子当科员，我也跟着你。仕途这条路，什么时候是个头啊？别想了，你不想过安稳日子吗？咱们在泾北，靠咱们自己过安稳日子。你当你的公务员,我当我的律师,我们靠自己创造我们的生活,我们要过得比谁都好。"

"可我还是想要孩子。"

"等几年,等几年行吗?等我事业有了起色,有了资源,我一定生。"

"好吧,听你的。爱你。"

张全全被感动了,转过身来抱住她。

桌子上的泡面碗和外卖袋都还没收,罗英子把陈硕昨天给她的卷宗挑拣出了几页,指给邱华看。

"我把陈硕拿来的铸成管理人工作记录大致看了一遍,没发现啥问题。前面是梅先生和她丈夫办的,后来他们出了事,良诚所接过来了,陶正为首,还有其他合伙人也参与了。要说有一点奇怪的,就是方丽虹没参与。"

"我也注意到了。不过梅先生夫妻一出事,全所上下肯定乱成一团,她是梅先生的弟子,又是剩下的唯一创始合伙人,她没参与,忙着处理梅先生夫妻的案子,也说得通。我倒是奇怪老韩没参与。"

"老韩在良诚所也没几个人待见,这样的事情别人不找他也正常。"

"还有一个地方我觉得奇怪。"

"什么?"

"许卓也在这个团队里。铸成的管理人费用有千万以上,按理说梅先生夫妇是良诚所的创始合伙人,这么肥的活,应该用自己人,所谓肥水不流外人田。"

"这不奇怪。梅先生说过她很认可许老师,昨天许老师还跟我说,梅先生提携后进,他很感激。"

"昨天?他哪儿说了?"

"许老师昨晚来所里送了一些鼎薪和万禾债权情况的最新资料。我们一起在办公室吃了个晚饭,我还给他下了碗泡面。"

邱华急了:"他来你怎么不提前说一声?他来了看到咱们所这蓬户瓮牖的,你这邋里邋遢的,能放心把案子给咱们吗?"

罗英子想起昨天情景,很是开心:"昨天他高度认可了咱们的价值,还说这次靠咱们了。"

邱华冷笑:"之前也说认可,后来不照样把咱们踹了?不见到白纸黑字,我一个字不信。"

"行了行了,说回铸成案,假设铸成案和梅先生有关,那只有一种可能:就是有人因为铸成案的巨大利益想夺走它,所以陷害了梅先生夫妇。"

"良诚所谁能下这种毒手?"

"我没思路,咱们找梅先生问问。"

宿舍应该是很少来客人,梅大梁踮着脚,从高处的柜子里找出一个杯子,仔细地洗干净,这才过来给罗英子和邱华倒水。

罗英子从包里拿出一沓材料递过去,梅大梁搭眼一看,惊讶地抬起头。

"梅先生,照您的意思,您是在办铸成案的同时又接手了魏丞强奸案,后来您因为强奸案出事,铸成案才转交给陶正了,对吗?"

"准确地说是在我出事后,良诚所受法律指派处理铸成案,陶正主办,但方丽虹作为律所负责人,实际上她也有参与。英子,你是从哪儿知道铸成案的?怎么又关心这事?"

罗英子笑了:"上次我可没说不查,我只说要换个方式呀。"

梅先生摇头:"哎,我说不过你,今天你给我电话以后,我也在努力回忆,但怎么回忆,也想不到铸成案有什么可疑的地方。"

邱华:"梅先生,先别急着下结论,您能不能把当时的情况向我们介绍一下。"

"如果你们已经看过管理人的工作记录,应该对这个项目有个基本了解吧?铸成是一家专门生产管材的大型铸造民企,曾经有过辉煌的时刻，后来因为经营不善资金链断裂而陷入了绝境，走到了破产的边缘。良诚所受法院指派成为了铸成的破产管理人，我们做了很艰苦的工作，提出了破产重整计划草案，受到了法院和政府有关部门的认可。接下来就是过债权人那一关。你们知道，对任何一个破产重整企业，最难的就是得到债权人大会的通过。那案子一共开了三次债权人会议，我们参加了前两次，在第三次债权人会议召开以前，我们在那个强奸案上受到了指控，老于死了，我被剥夺了律师资格，所以那个案子我们没能做完，剩下的工作由良诚所组织律师团队接手了，最终顺利地通过了第三次债权人大会，实现了破产重整，采纳的还是我们团队提出的破产重整的方案。那个企业也从而获得了新生，现在听说经营情况又不太好，但一直还维持着。这就是全部经过。"

罗英子："梅先生，破案的时候有一个定律，谁受益谁是最大的嫌疑人。在这个案子上，最大的受益人就是良诚所，所以良诚所确实有陷害梅先生您的动机。"

梅大梁："我想过，但又觉得我想多了。铸成案是良诚所那一年接的最大的案子，容不得半点闪失。我们中途因为强奸案出了事，所里只能接手。这件事换我处理，也是一样。更何况，所里并没亏待我们，不光管理人费用分给我了最大的一份，连死去的老于的那份也给了我。这么说吧，当时方丽虹坚持前面的工作都是我们做的，最后的管理人费用，我们分到了将近百分之三十。"

罗英子大咧咧地说："也可能是用来安慰良心的呀。"

梅大梁正色道："英子，我们毕竟出了事，后面的工作都是所里做的。无论从何种意义上说，所里对我俩也都算仁至义尽。"

邱华犹豫了下，开口道："梅先生，有没有一种可能，良诚所或者良诚所的某人是为了从您手里夺走铸成这个项目才对您下黑手？"

梅大梁不自觉地往后靠了下身子，想了一会儿，这才慎重地说道："我觉得可能性不大。律师之间为了争案子确实会耍点心眼甚至发点坏,但为此走到有意陷害他人甚至到了把别人置于死地,我觉得我认识的良诚所的人不至于。更别说,一般的律师,就算把我们扳倒,他们也争不去,除非是合伙人。良诚所当时的合伙人都是我和老于的学生,而且他们每个人手里的案子也都不少。学生陷害老师,而且是往死里整,我觉得概率很低。"

邱华:"梅先生,我还有一个疑问:许卓律师当时也加入了管理人团队是吧?"

罗英子不满地看她一眼,邱华装看不见。

"是。"

"可当时许卓并不是良诚所的律师。良诚所有一百多个律师,为什么您放着本所的律师不用,却请了许卓呢?"

"我和老于一直对许卓很欣赏,但他命运多舛,两度入狱,这个你们知道吧?"

罗英子点点头:"我知道他初创阶段很不容易,比我和邱华惨淡多了。"

邱华一副不以为然的表情。

梅大梁回想着:"我们做那个案子的时候,他刚第二次出看守所,成立了他的卓越所。英子、邱华,他当时的卓越所就像你们现在的所一样,又小又穷,连房租都付不起。因为他有涉嫌犯罪的污点,也很难找到案子。我们欣赏他的才华,也为他不幸的命运鸣不平,正好我们接了铸成项目,有意拉他一把,就让他加入了管理人团队。在那个项目中,许卓律师出了很大的力。"

邱华点头:"也可以说,铸成案成就了卓越所,许卓的第一桶金就是从那里来的是吧?"

罗英子忍不住了:"邱华,这是什么意思?"

邱华淡淡地说:"没意思,就是确认一个事实。"

梅大梁点点头:"也可以这么说。但我觉得他在这个项目里没占到便宜。我们半路出事,良诚所其他人和他没什么深交,分配的时候并没多分。"

罗英子轻松地出了口气:"那这事就好办了。我们现在参加了许老师的团队,和他一起办鼎薪的案子,我们回去可以问一下许老师。旁观者清,他不是良诚所的人,应该对事情看得更清楚。"

回程路上,罗英子开着车,不时看看副驾驶座上的邱华。

"你提许老师什么意思?"

"没意思,确认一下事实呗。"

"好吧,清理一下到目前的思路:梅先生夫妇是在做铸成项目的过程中接到了魏丞强奸案,后来在强奸案上出事,但背后原因不在强奸案,而很可能是出于其他目的,有人想借强奸案陷害梅先生。这件事,我们现在锁定在铸成案上。梅先生夫妇在铸成案上有巨大利益,有人盯上了这个利益,就在魏丞强奸案上陷害了他们,导致他们不得不在铸成案上中途出局,而这个人得到了利益,对吧?"

"逻辑上是讲得通的。"

"那嫌疑人只有一个,就是良诚所。梅先生夫妇是良诚所的创始合伙人,他们在做一个有巨大利益的案子的时候没用自己的人,却用了外面的人,这引起了所里某个人的嫉恨,于是他就在强奸案上对梅先生夫妇下了手,是这个逻辑吧?"

"也讲得通。"

"偏偏老韩没参与铸成案。如果他参与了,我肯定以为是他。不过,我得不到,你也别想得到,符合老韩的人设,说不定就是他干的。"

"不符合。我费那么大力气毁了你,夺来的利益我不分一杯羹怎么行?这才是老韩。"

罗英子笑起来:"对对对,还是你对老韩了解得更深。"

邱华的脸色变了。

罗英子完全没注意到，自顾自地继续着："可是，除了老韩，良诚所还有谁会干这么下作的事？方丽虹？不可能吧？"

"不可能。"

"陶正？范一青？张志？好像觉得哪一个都不可能。"

"别乱猜了，猜一大堆，不一定准，最后作案的是你最想不到的那一个。英子，我和你商量件事行吗？"

"什么事？这么郑重。"

"关于铸成案这件事，别先告诉许卓行吗？"

"为什么？他是当年的知情人啊。"

"咱们刚刚参加他的管理人团队，我知道他欣赏你，可毕竟信任还没达成，万一他对当年的事情真的知道点什么，谁知道他当时站在哪一边？"

"这还用问吗？要真是因为梅先生不用本所人而得罪了小人的话，那他就是那个受益的，他当然得站梅先生啊。"

"可这么多年，他并没和梅先生发展出更亲密的关系，梅先生想查当年的真相也没找他，这其中到底有什么原因，我们也不知道。我们在没看清形势的情况下把事情说出来，谁知道他会对我们怎么看？会不会以为我们在背后调查他？"

"许老师吗？不至于吧？"

"不知道。所以我觉得谨慎一点好。"

"行。小不忍则乱大谋，先让案子上了手再说。"

"你停车，我在这儿下。"

"上哪儿？"

"全全鼻炎又犯了，我催他上医院他不去，我去给他买点药。"

"还真贤妻良母啊。"

罗英子笑着停下车，邱华下车走了。

她没急着发动车，掏出手机来找电话号码。

陈硕正枕在椅子上想心事，桌上的手机突然响了。来电显示是罗正义，他急忙把手机抓过来。

电话里罗英子的声音响亮地冲出来："陈无良。"

陈硕忍不住笑了："在。有事？"

"老地方，见个面呗。"

"约我？这是约会吗？"

"少废话，见不见？"

"见，见。等我，二十分钟以后就到。"

他放下电话，对方睿说："我出去一趟。"

方睿抬起头来笑着："是和罗律师约会吗？"

"你小子，知道些什么啊？"

"知道你喜欢罗律师。师傅，你俩挺般配的。"

这话陈硕可太爱听了，一听人就停住了："真的？可她自诩为著名淑女，说我是著名流氓。"

方睿大笑："那才配啊。"

陈硕也笑起来："倒也是，流氓配淑女，这世界才平衡哈。我走了，小方，跟师傅学着点，以后别这么正经。"

"哎。"方睿响亮地答应着。

无所畏惧 2 下册

赵冬苓 / 原作
管勇韬 / 改编

作家出版社

16

陈硕到那家小酒吧的时候,罗英子已经在了。这次她没坐在吧台,找了个靠窗的角落,点了杯咖啡自己安静地喝着,看到陈硕进来,还冲他招了招手。

陈硕很高兴,不自觉快走两步过去。

"著名淑女整天约著名流氓是几个意思?是看上我了吗?"

"少贫,我问你,你特地提醒我们铸成案,是不是你在良诚所发现了什么?"

"罗正义,你不会挑唆我出卖本所利益吧?"

"陈硕,咱们现在不代表各自的律所,就是哥们儿私下里八卦。"

"我知道你在查梅先生那个案子。梅大梁如果被陷害,那人肯定就在良诚所,而事情的起因肯定在别的案子上。所以我就把那个强奸案发生前和发生期间两年间合伙人办过的案子看了一遍,最后觉得,如果有牵连,肯定就是铸成案。"

罗英子吃惊道:"都看了一遍?为什么呀?梅先生和你有什么关系啊?"

陈硕跟开玩笑一样:"我哪里是为了她?我是为了你呀。"

罗英子脸一板:"别乱开玩笑。"

陈硕突然也有点不自然:"其实,我一直想有个机会给你解释一下那房子的事。"

罗英子马上摆手打住:"别,房子算什么?死不带去。你买了就是你的,和我没关系。"

陈硕很沮丧:"好吧。"

"你知道吧?我已经正式加入许老师的团队,和他一起代理万禾最大的债权人鼎薪。我们一出手,就把良诚所当破产管理人的美梦搅了。"

"那个许卓有什么好,这么爱出风头,上电视,拍视频,成天地比画,就怕别人不知道他。"

"你事儿说完了吗?说完我走了。"罗英子忽然觉得心里一阵憋闷,起身就要走。

陈硕也不高兴了:"你这么着急去许卓那儿上班啊?"

罗英子又坐下,赌气似的:"对,我着急,我觉得跟许老师能学到东西,光他十几年如一日地扶持弱势群体,帮助他们从事法律增加就业,就比一般人强。"

陈硕不屑:"你怎么不说他雇佣残疾人是为了虚开发票避税啊?"

"你别污蔑人。"

"许卓第一次被刑拘就是因为他注册了几家公司,登记的法人代表、财务负责人和办税人都是残疾人,这些人微薄的工资和社保根本不匹配,后来被他们起诉讨薪。你管这叫污蔑?这是犯罪。"

"那些残疾人的本职工作没有社保,是许老师帮他们有了保障,后来他们反咬一口,难道这就是正义?初创律所有多难,你根本不懂。"

陈硕一愣:"你俩才认识几天,你懂?你懂他什么?"

罗英子顿了顿,认真地看着他:"陈硕,你是我哥们儿,咱们可以聊任何事,唯独我和许老师的关系没什么可解释的。今天谢谢你提醒我铸成案,之后再有发现,咱们互通有无吧。"

"罗英子,男人最懂男人,你不信我,你就是笨蛋。"陈硕觉得这么说有失风度,但还是忍不住。

罗英子笑笑没说话,转身就走。

陈硕呆坐在那里,透过窗户看着罗英子上了车。

火锅店里热气腾腾,老薛大快朵颐,吃得满头汗,陈硕意兴阑珊喝着闷酒。

"爽啊!不用带孩子真爽!陈硕,吃啊,肉都老了。"

陈硕喝了一口白酒。

"老薛，就那个许卓，做个公益就给罗英子弄得五体投地，你说他哪里比我好？"

老薛吃了一大口肉。

"这不明显嘛，人帅心善，换谁谁不上头啊？"

陈硕道："上头？你也是男人，我就问你，一个离婚三次的男的，有多大概率能是个好东西？"

"离婚怎么了，罗英子不也是离婚的嘛。"

老薛正夹起一块肉，陈硕一筷子给他抢过来。

"老薛，我请你吃饭，就是让你来挤对我的是吧？"

"那我问你，陈硕，你认准了罗英子欣赏许卓，伤透了你，不就是想叫我给你泼泼冷水，让你死心的吗？"

陈硕不说话了。

"你压根就不该和许卓比，罗英子又没说喜欢他。"

"可她说我是她哥们儿，你说哪个男的上赶着是为了做哥们儿的啊？"

"从哥们儿到恋人，总有个过程。倒是有那一步到位的，你乐意吗？"

"可我看她和许卓合作还说他好，我不痛快。她欣赏谁不行，非要欣赏那个假模假式的油腻男？"

"别着急，早晚有人替你教训罗英子。"

"谁啊？"

"许卓啊。我要是连这个也看不透，一把岁数真是白活了。陈硕我告诉你，我就看不惯人五人六的人，无论谁被捧上神坛，早晚也都得下来。不就是蹲过两次看守所吗？他还以此为荣了。他做的事判刑够不上，可绝对是违法。一个律师成天踩着线挣钱，回头还摸着伤疤炫耀，早晚出事。陈硕你不用急，罗英子还是太理想化，早晚许卓会教她做人。"

陈硕笑起来："你大爷还是你大爷，我哥还是我哥。行，老哥，我信你的。"

手机响了，陈硕接起来。

"我陈硕。什么？好的，我去拿。"

他收起手机，一身轻松地站起来："我代理的諾山案要下开庭通知了，老哥我走了。看着吧，现在从这个门出去的还是个穷光蛋，等回来的时候就成暴发户了，一个案子就实现财富自由。"

"哈，别忘了我刚才的提醒，对你同样有效：爬得高，摔得重。"

老薛夹起一筷子肉，吸吸溜溜烫着嘴一口吃下去。

夏舒和郝磊、刘德胜、老周一起从一家公司的大门出来，公司的招牌上写着汉蒙两种文字。

郝磊和刘德胜握手："刘总，合作愉快。那么，剩下的百分之三十，就等您拿到这边的货款一次支付了。"

夏舒赶快加上句："如果违约，咱们的违约条款规定得可很清楚哟。"

刘德胜没好气道："知道啦。"

老周心情大好："刘总、郝总、夏律师，咱们相逢就是缘，晚上我做东，大家喝一杯高兴高兴。"

刘德胜："周哥，你们从外地来，我还能让你做东啊？"

老周笑了："刘老弟，这是内蒙古又不是东北，我做东。夏律师，您也得来。"

郝磊看看夏舒："你去吗？"

夏舒干脆地答应："好，我没问题。"

包间被装潢成东北火炕房间的样子，嵌进桌子中央的大锅里热气蒸腾。夏舒、郝磊、刘德胜、老周围坐在一起吃着铁锅炖，众人频频举杯，热闹非凡。

老周举起酒杯："刘老弟、郝总、夏律师，我老周向来是酒肉穿肠过，朋友心中留，为了咱们的不打不相识，为了咱们未来的合作，干了！"

众人仰脖干了。

刘德胜满上酒看向夏舒："我刘德胜算开了眼，什么叫女中豪杰！夏律师，我就没见过一个女人能要模样有模样，要本事有本事，要酒量有酒量，我敬你，干了！"

刘德胜举杯，夏舒虽已微醺，但还是一仰脖子，一饮而尽。

夏舒向众人展示着空杯子："刘老板，喝归喝，您可不能违约，每一笔账我都记着呢。"

刘德胜哈哈大笑："郝总，你们这夏律师咋这么厉害？这小劲儿拿的。你降得了她吗？"

郝磊说道："夏律师是我的律师，我降她干吗？我们本来就在一条船上，对吧？"

夏舒脸上泛着红晕："那得看郝总是否按合同支付代理费。郝总，刘总已经支付给您四百二十万，依合同您该付我八十四万。您还得报销我的差旅费，一共是三千二百五十块……"

郝磊尴尬道："行啦行啦，你慌什么呀，回去再算。"

老周拍着巴掌笑着："服了吧？我这妹子是个能人！她们律所三个女孩，个顶个地厉害。将来只有你乖乖听话的份儿。"

刘德胜频频点头："夏律师，郝总给你这钱可给少了！你来我公司，价钱随你开，都听你的！"

夏舒闻言，起身举杯："那我这杯就敬您，敬您慧眼识珠，也敬我自己，我确实是个人才。等我忙完郝总的业务，把该挣的钱挣了，我就代理您。"

说罢，夏舒一饮而尽，在众人的笑声叫好声中，蹒跚地离开了包间。

郝磊拿起夏舒的外套，也起身跟出去。

夏舒走出包厢，找了处角落靠着墙蹲下，略带醉意地给罗英子打电话。

"放心吧罗姐，我明天就回泾北。债要回来了，正和大伙喝酒呢。"

"喝酒悠着点，该兑水就兑水，别和那群男的硬抗。"

"罗姐，我问你，这次要债，你服了吗？"

"何止是我？你邱姐都服了。"

"真服？你们可别骗我，别把我当小孩。"

"我俩真心佩服，五体投地，等你回来庆功，保证有惊喜！"

"那我就等你们的惊喜了，我先挂了，罗姐，有点想吐。"

夏舒挂断电话，开始捂着脸抽泣。

郝磊来了，递过一瓶水："夏律师这么厉害，竟然也会哭啊。"

夏舒赶紧擦了擦眼泪，接过水闷声道："不许说出去。"

郝磊没忍住，笑了。

夏舒打开窗户，冰冷的空气骤然吹进来，她长长地舒了一口气。

"夏律师，你哪年从美国回来的？"

"回来三年了。当律师也就一年，头两年光玩了。"

"听说你爸以前是领导，后来突然出事了，你必须得出来工作。我和你一样，我在美国成天花天酒地的时候，我爸突然没了，我就被人一脚从天上踹到了泥里。"

"别拿我和你比。我爸这辈子是完了，他和我妈以后都要靠我。你爸好歹给你留了万贯家财。你只要好好干，把家产保住就行。可我呢？我爸还在监狱，我一点忙都帮不上。我喝酒，我要债，我挣钱，有用吗？"

"可你爸毕竟还活着。我爸在的时候，整个县城都围着他转，我叔叔对我比他亲儿子都好。我爸一死，先扑上来的也是他们，家产都被他们算计了。这就是世态炎凉，你明白吗？"

"我不被算计，那是因为我没啥可以被算计的。"

"想想我爸刚没那会儿，我和你刚才一样，晚上没事就把自己关在屋里哭，这俩月，我突然觉得，好像这样才是真正活过了。"

夏舒抹了把眼泪："前二十七年，我好像什么都有，现在才觉得过去的自己什么也没有。这几个月，我把该活的又活了一遍，觉得自己总算睁开眼了。"

郝磊靠着夏舒蹲了下来，两个同病相怜的人对望着。

郝磊凝视着夏舒："夏律师，你还想哭吗？"

夏舒吸了吸鼻子："郝总，叫我夏舒吧。"

"夏舒，你也可以叫我郝磊。你要是需要个肩膀，我可以借给你。"郝磊说着往夏舒边上靠了靠。

夏舒直勾勾地看着郝磊："你要是能借我点卫生纸，我也会谢你的。"

郝磊一愣，接着掏出纸巾递给夏舒，以为她要擦眼泪，没想到夏舒狠狠擤了一把鼻涕。

"谢了郝总。不对，是郝磊。我以前从来不怕哭起来被人看见，但现在不行了，让外人看见我哭，就是示弱。既然你已经看了，我就当你是自己人了，哥们儿。"说着，夏舒伸出手。

郝磊又是一愣，接着笑了，和夏舒握手。他觉得夏舒有点意思。

内蒙古的天很干净，二人望着窗外，漫天星斗。

一天后，夏舒背着她那巨大的旅行包，回到了瑛华所门口。郝磊陪在她旁边，手里提着她的行李箱。

夏舒接过行李箱："我到了。我说过你不用送的，你走吧。"

郝磊有点恋恋不舍："我回去了。夏律师明天见。"

"罗姐、邱姐，我回来了！"

夏舒开门进来，急切地四下查看，无人回应，办公室里空空荡荡。

"罗姐、邱姐？都不在吗？"

夏舒拨通罗英子的电话。

"罗姐，我刚到所里，你去哪儿了？邱姐怎么也不在。"

"你都回来啦？我去找周老板有点事，你先回家休息，我在冰箱给你留好吃的了。"

"邱姐呢？你昨天不是说给我庆功吗？怎么都不在啊。"

"邱华去见代理人了。等过两天忙完，我们就给你庆功哈。"

"罗姐，郝磊的案子我可是赚了八十多万哦，八十四万！"

电话那边罗英子笑了起来："我就知道你行。钱到账了吗？没到账的可不敢作数。"

夏舒一愣。

"钱还没到账，但合同是这么签的。那……我回头再去催催吧。"

"好，那你先催催账，老周快来了，我先挂了。"

挂断电话，夏舒无所适从地拉着箱子在办公室里转了两圈，忽然感到无比失落。

罗英子早早地等在那儿，这次周老板为了自己二话没说北上千里，她心里感激得无以复加。她想了很久，实在想不到自己能给周老板买点什么来表达心意，索性空着手来了。

周老板没想到罗英子来这么早，进了公司就一溜小跑。

"哎呀，这点小事儿，还值得你亲自跑过来。妹子，你们那位夏律师也是个不得了的角儿。"

"哥，怎么谢您？"

"妹子，你要再这么说，我可生气了。"

"这么大的情，不还不行。不还以后我在您面前就没办法张口说话了。哥我帮您一个忙行不行？"

"什么忙？"

"哥您坐下说。"

帮自己忙还自己人情，周老板一时摸不着头脑，好奇地过来坐下。

"哥，您做的生意到底涉及哪些范畴，我没问过，我是有意不问的。我知道有些事情您不想让别人知道，我也不想知道，因为那时候，毕竟想和您在一定程度上划清界限。可现在，周老板是对我有过两次大恩的人，如果再和哥划清界限，就是我的不对了。"

周老板坐直了身子，有些感动地看着罗英子："妹子，你要是这么说，无论你要说出什么来，哥听你的。"

"这就是我今天来的目的。哥，挣钱这件事是没有头的，可风险却是实实在在的，万一出了事，挣多少钱都买不回安全。我这边代理了一个经济型连锁酒店的案子，这家连锁酒店就在泾北和几个大城市里，有四五十个店，资产状况都还不错，就是发展得太快资金链断了，为了还债，他们不得不低价出手。哥，这个机会挺好的，哥要是想金盆洗手上岸，这是个好机会。不过，有个条件：哥要是想接这个，就要和以前的非法生意彻底断绝联系，不知道哥怎么想。"

周老板顿时眼睛一亮："那敢情好。妹子，说实在的，我早就想金盆洗手了，可这事，也不容易。一来和过去那些人的关系太密切，二来挣钱这个东西也是有瘾的是吧？最主要的，不知道以前的生意如果不做了，以后干点啥，这么年轻，总不能混吃等死。要有这个机会……"

罗英子打断他，认真地说道："可我刚才说的最后一条您听清楚了吗？您一定要和您过去的非法生意，也包括您黑道上的朋友断了联系。"

周老板明白罗英子的意思，他想了想，慎重地点点头。

"这个你放心吧妹子。我老婆最近又给我生了个大胖小子，为了孩子，我得考虑安全了。我听你的。"

"那，我就介绍卖家和您认识，您先去他那儿考察考察，如果觉得合适，就坐下来和他谈。"

"你给他当律师，一定考察得清清楚楚，我还用看什么？你看的就是我看的。"

"那不行，这是一笔大投资，也是您的身家性命，您得自己仔细考察。还有几个买家，我说服他等您几天。他急于用钱，不会出高价，您也别压得太狠，争取做成了，以后挣钱肯定不如原来快，但只要您合法经营，就不会翻车。如果哥同意，我这就回去和他说。我走了。"

她站起来走，周老板在后面叫了她一声："罗律师。"

罗英子回头。

周老板感慨又自嘲地笑笑："我周厚德这辈子做过无数坏事，但如果说做过一件好事，就是帮过你，有了今天这个结果。罗律师，谢谢你啊。"

罗英子也笑了："哥，以后咱们打交道的机会多的是。"

已经很久没有睡到自然醒了，罗英子睁开眼，听到厨房里窸窸窣窣的有动静，赶快爬起来。过来一看，是夏舒在做饭，她动作很轻，显然是怕吵到罗英子。

"哟，太阳这是打西边出来了？"

夏舒的兴致不高，显得很平静。

"罗姐，最近这几单我赚的钱足够我独立生活了。我今天就搬出去，谢谢你让我白住几个月，以后不能和你做伴了。"

罗英子一愣。

"你要搬哪儿去？太突然了，你怎么不提前和我说？"

"不用说，我租的房子就在你这栋，比你矮两层。咱们还是邻居，哪天我害怕的时候，随时能来敲你的门。"

罗英子看着夏舒，暗暗笑了下。

"夏舒，你真是成熟了，遇事都懂得不动声色、暗中计划了。你啊，表面上的傻白甜，实际上的腹黑女。以后你就用这个人设吧。"

"姐，那天你说得对，钱没到账就不算钱，等吃过饭我去找郝磊要钱去。这是我独立挣的第一笔钱。"

"哪里？宋阿姨那笔也是你挣的。"

夏舒转过头，表情十分认真。

"不，这才是我独立挣的第一笔。"

几个小时后，夏舒穿着职业套装，从一辆车上下来，自信地抬头看了看新诚集团的大楼，进去了。

郝磊正在健身房里推哑铃，他显然是不常锻炼，哑铃不重却推得很吃力。郝磊数着数，咬牙坚持着。

夏舒吃惊道："你说什么？"

郝磊边推哑铃边说："对不起，这笔债不是你要回来的，是我亲自去要回来的，你不过是报了个信儿而已，所以，我只给你二十万，外加报销差旅费。"

夏舒半天说不出话来。

郝磊起身，上了跑步机，夏舒跟过去。

"夏律师，这么激动干什么？要不你也来练练。"

"郝磊，你有廉耻吗？"

"这是什么话？有理讲理，别说难听的。"

"难听的我还没说呢。活该都来算计你，因为你只配得上那个！"

郝磊放慢速度，嬉皮笑脸道："听听，你还是个律师呢。你要有本事，就和我打官司呀。"

夏舒气急败坏："郝磊，八十四万外加差旅费，你给不给？"

"不给。但咱们可以换一种方式合作。"

夏舒按下了加速键，跑步机突然快了起来。

"我问你给不给！"

郝磊要动手关电源却被夏舒一巴掌打开。

"不给！我要你继续帮我讨债，提成给你百分之三十。公司'常法'也给你。"

夏舒狂按键，爆了粗口："去你大爷的！老子不伺候了！"

话音未落，郝磊从跑步机上摔下。

"等着接传票吧。"

夏舒转身就走。

罗英子和邱华正在翻看夏舒和郝磊签的合同,夏舒坐在旁边泡茶,安静地听着她们说话。

罗英子怒道:"这郝磊早就算计好了,他在夏舒已经堵住债权人的情况下过去追债,硬说是自己追回的,这不就是侵占夏舒的劳动成果吗?"

邱华脸色阴沉:"本来就是夏舒种树,他摘桃的事儿。他就是要造成债务是他追回来的事实。你看,这个补充协议上的签名也是郝磊本人的,将来就算闹到法庭,法官也会认定郝磊追债是事实。"

罗英子眼中战意盎然:"这事有点麻烦,要真打官司,虽然不至于只落下二十万这么少,但肯定不会如数拿回来。不过,钱是小事,咱们不能叫人家这么欺负。夏舒,咱们和他打官司。"

二人说话的时候,夏舒泡着茶一直没吭声,这时候突然说话了。
"算了。"
罗英子和邱华一起看过来:"什么?"
"当律师的得知道计算成本,真要和他打官司,也是费时费力,得不偿失。还不如我回去找他,接受这二十万,也接受他交给我的其他几个案子。放心吧,我在这儿损失的,我叫他在别处翻倍还给我。"
罗英子和邱华对视一眼,过来拍拍她。
"行,姐看好你。夏舒,那就放心大胆地去,我们是你的后盾,没问题的。"

夏舒进到新诚集团的办公楼,前台小姐显然认识她,露出笑容。
"夏律师来了?"
"你们郝总呢?"
前台小姐往上指了指,小声道:"郝总那儿有人,两个大郝总在呢。要不您先等等。"

这时梁叔过来了，他本是要上楼，看到夏舒又停住脚。

"您是……夏律师？"

"我是。您是？"

梁叔伸出手："你好，我是梁阜平，新诚副总，小郝总叫我梁叔。"

夏舒握手："久闻大名，我是夏舒。"

梁叔打量着夏舒："夏律师，郝总还有事，您先去我那儿吧。"

宾主落座，夏舒大大方方地坐在那儿，梁叔亲自找来杯子，洗净，给她倒茶。

他不时观察着夏舒，越看越喜欢。

"总听郝总夸你能干，没想到这么年轻。请坐。"

"谢谢。"

"我知道你是为了报酬来的。我劝过郝总了，报酬咱们可以再商量。"

夏舒笑了："梁总，我不是为了报酬。之前郝总说他那里还有几个案子要委托给我，我同意他的方案这才来的。"

梁总意外道："你愿意接受他的委托？"

"是。"

梁叔很是高兴："这样，夏律师，郝总那边现在有人，等他谈完咱们就去见他。"

隔壁说话的声音很大。

夏舒问道："隔壁是郝总的两个叔叔吗？"

梁叔点头叹息："郝总家的事，你应该也知道。家族企业，最后总会走到这一步，就我这样的小股东夹在中间难受，站谁都不是。"

"梁总，您别怪我多嘴，在这种情况下，您应该维护小郝总。"

"话是这么说，可这孩子不争气，一上任就弄了几笔坏账，叫他叔叔抓住了把柄。要不是你帮他要回来这一笔，他恐怕连今天也坐不稳。"

夏舒暗暗心惊："他叔叔逼他交权？那你们小股东更能左右全局，您不会站到他叔叔一边吧？"

梁叔摇摇头："从情理上，我应该站他。可是，他重要，一万多职工更重要啊！这企业是我和老郝总一起干起来的，我不能看着败到他手里呀。"

夏舒淡淡一笑："梁总，本来我被郝总摆了一道，巴不得他墙倒众人推，我跟着也踩两脚。可我一路看下来，我觉得小郝总有能力。手腕有，表演天分也有，该装就装，该无赖就无赖。您想想，我连东北的黑道都能对付，最后硬是被他坑了。"

梁总看着她："那您还答应他的委托？"

"大家都是成年人，他欺负我，我想办法找补回来就是，他这儿有我施展的空间，我为什么不来？做生意，还是和小人做好，大家彼此防备，才能达到利益最大化。梁总，我觉得小郝总行，就看您帮不帮他。"

"难得你还帮他说话。就看他这回能不能顶住他叔叔了。"

"就看您帮不帮他。梁总，我听说公司还有小股东，你们愿意辅佐一个少主呢，还是愿意让两个老皇叔主事？"

梁总一听这比喻，收起拧着的眉头，忍不住笑了。

"那还用说吗？小郝总要是下了台，我和另外的小股东也就得卷铺盖了。"

"那，您最好和其他小股东沟通一下。"

她一边说着，一边掏出手机给郝磊发短信："我来了。"

郝磊蜷坐在宽大的老板椅上，两个人高马大的叔叔都站在桌前，手扶着桌子身体前倾，这种强弱悬殊的压迫感让郝磊异常厌恶。

"我们和你爸创下的这份家业，不能毁在你一个人手里。股份你留着，但管理你不能做。你好好地回你的美国上学去，我和你三叔每年把你该分的红分给你，足够你在美国吃香的喝辣的。"

"不是三叔不信任你,你看看你上任几天捅的娄子,我和你二叔收拾一年也收拾不完。你不交给我们,不就是怕我们吃了你的股份吗?我和你二叔今天就拍着胸脯告诉你,你的股份,我们一分不要,我们等于是给你打工,供你在美国吃喝玩乐……"

郝磊看看手机:"对不起,我律师来了。我请她过来。"

两人一愣:"什么?你还请了律师?"

郝磊:"对,我有我的律师。等一下。"

他走出去,很快带着夏舒回来了。

与其说介绍,不如说是为双方锁定目标更为贴切。郝磊一句话,就把二叔三叔的注意力转移到夏舒身上。

"夏律师,这是我二叔、三叔,也是公司的两个副总,各有公司百分之二十的股份,两位叔叔正逼我交权。二叔、三叔,这是夏律师,股份的事,您二位可以跟她说。"

夏舒心里暗笑,她也不客气,直接大咧咧地找了沙发坐下。

她的声音甜美又客气:"噢,交权啊,也不是不可以啊。但是咱们不是有公司法吗?像涉及公司权力交接这样的大事,应该经过股东会通过。郝总您就召集股东开会呗。"

郝磊接过话来:"二叔、三叔,让我交权没问题,但是要股东会通过。少数服从多数,只要符合公司章程比例的股东通过,我就把董事长位子和经营管理权交给你们。"

二叔扫了一眼夏舒,转过头对着郝磊:"磊磊,这公司,其实就是咱们家的,叫外人来搅和干什么?咱们爷仨就把这事定了。"

郝磊却直接看向夏舒:"夏律师……"

夏舒点点头:"两位郝总,我都来了,就不是家事了,这是企业的大事,关系到所有的股东和一万多员工的命运呢,还是召集股东开会吧。"

三叔不客气地说:"夏律师,这就是我们的家事,你一个外人……"

夏舒打断道:"我是郝总请的律师,我代表他发言。我们现在谈论的是新诚集团的管理权问题，这不是你们一家的事情，必须得到全体股东的同意。"

郝磊又接上话："叔叔，她是我的律师，我听她的。"

两位叔叔看着他们，脸色阴沉得可怕。

二叔哼了一声："老三，先回吧，回头再说。"

两人拂袖而去。

郝磊一屁股坐到沙发上，抹着头上的汗："谢谢你啊夏律师。"

夏舒脸一变："你以为我是来帮你的？你坑了我，我是来和你算账的。上次的事情，不能就这么完了。两种选择放到你面前：要么八十四万，外加差旅费，如数给我；要么你就等着接传票，咱们法庭上见。"

郝磊笑起来："和我叔一样来吓我？我去了，补充协议是我新签的，钱是当着我的面打给我的，就算上了法庭，法官也不会完全支持你吧？"

夏舒神色平淡："行啊，只要你愿意这个时候上法庭就行。另外顺便说一句：从此刻起，我就不是你的律师了，我待会儿找你两个叔叔去，看他们用不用我。"

郝磊脸一沉："那不行。"

夏舒伸手："不行就把钱如数给我。"

郝磊看向她，夏舒也平静地看过来。郝磊脸一垮，换上一副可怜的样子。

"夏律师，我不是不想全给你，可我现在的情况你看到了，我两个叔叔，就差吃了我了。我好几笔债务，就要回来这一笔，还得拿出百分之二十给你，我在他们面前不好说话啊。这样行不行？毕竟要债我也出了力了，咱们商量一个比例，你让我一点，剩下的债务我也全委托给你。那几笔要回来，提成比例还可以提高一点。"

"让你多少？"

郝磊眼珠骨碌碌转着："咱们一人一半行不？给你四十二。"

夏舒不假思索："不行，起码六十。"

"五十。"

"五十五。少了五十五我这就走。"

"好吧，就五十五吧。"

夏舒没说话，打开包，慢慢地把好几份合同拿出来，拍他面前。

郝磊一惊："这是什么？"

"不是还有几件要委托给我吗？这是合同，你看看。"

郝磊看着合同上的金额，牙疼似的哼着。

"夏律师，你太狠了。"

"叫你坑怕了。郝总，我是希望你能当董事长的。如果你胜出，我希望你可以把你公司的'常法'业务包给我，可以吗？"

郝磊一愣："我这还没当董事长呢，做不了主。你要价又这么高，我未必请得起啊。"

夏舒点头："那咱们一事一议，这事以后再说。不过郝总，我好心提醒下你，你要真想当董事长，有两条路，一是费劲儿拉拢那两个占股百分之九的小股东，二是省点力，只拉拢肖兰姐。你自己好好考虑。"

郝磊一愣，表情无比严肃："坐下，咱们慢慢谈。"

两人头对头地在那儿讨论了一下午，一开始倒还正常。没过多久气氛开始奇怪起来，一会儿夏舒开始拍桌子，一会儿郝磊装可怜，但两人好像越说越有精神。

卓越所会客室，许卓郑重地和罗英子、邱华握手。

许卓："欢迎欢迎，欢迎正式加入卓越大家庭。"

罗英子："不胜荣幸。"

许卓："二位，法院认真考虑了我们的意见，万禾想清算是不可能了，良诚所中标，成为破产管理人，二位已经听说了吧？"

罗英子："听说了。这回他们又可以大赚一笔了。"

许卓："我的看法，当律师的，就是售卖法律知识和法律实践服务，不可能不考虑钱。但如果做事的出发点就是为了钱，把利益放到首位的话，案子肯定也做不好。"

罗英子重重点头："有道理。"

邱华似笑非笑。

许卓："他们那边已经成立了专门的律师团队，以陶正为首，当然方丽虹肯定也会全力以赴。我们代表鼎薪，要全程跟进这个项目了。我们的工作也要马上开始，在开始以前，先解决我们的合作问题。来，这是咱们之间的协议，二位看看，我就在隔壁，有什么问题随时交流。"

罗英子："估计不会有什么问题的，我们先看看。"

许卓走了。

邱华不满道："哎，啥意思啊？你还是律师吗？合同还没看呢就说没问题？"

罗英子讨好地拉着她坐下："我就随口一说，以示真诚合作。来来来，咱们看看。"

两人坐下看。

邱华指着一处条款："哈，不把利益放到首位，对咱们可真够狠的。"

罗英子挠挠头："狠吗？报酬扣除卓越所的提成后，分给咱们百分之三十。还可以吧？"

"我不同意。由他们所提成以后再分，那真正分给我们的才百分之二十一。案子本来就是我们带来的，不给他们，我们一样能做。现在白给了他们，我们起码得分一半。另外，所有分配，都应该在提成以前，我们也是以律所的形式和他们合作的，凭什么他们先提成？"

"邱华，你总说我们可以自己代理鼎薪，可你说的是理想值，现实中不可能。我们这种小律所，即便掌握关键线索，鼎薪也会拿到线索后踢掉我们，换个大律所的。可卓越所不同，有许老师替我们背书，我们就能获得合作机会。比起高薪，我更珍惜合作机会，报酬相对合理就行。这不就是咱们的核心诉求吗?"

"英子,我和你的核心诉求不一样。许卓那套形而上的重义轻利理论,你接受,我不行。我也不觉得合作比独立接案更能得到锻炼。"

"那咱们再和他谈一次,争取在提成前分配,你看这样行吗?"

"英子,我懂你的意思,但这本质是生意,关系到瑛华所三个人的利益。我去和他谈,行吗?"

罗英子小声道:"好吧。可是,得往成里谈。"

邱华板起脸:"要这么说,我就得说一句了。本来这个案子,主动权在我们手里,可因为给了他,他已经和刘总签了合同,我们被动了。"

罗英子连连求饶:"是我错了行吗?邱华你原谅我,我一得意就忘形,这个你还不知道吗?以后我再犯这样的错的时候,你直接踢我屁股把我踢醒。"

邱华恨铁不成钢地看着她:"你记住了,万一他再找你,无论他说什么,你别管他谈什么忆苦思甜,不要让步,其他交给我。"

罗英子委屈道:"好吧。那,我也不在这儿待着了,我躲还不行吗?"

"好,你走吧。"

"我还过去打个招呼吗?"

"你赶紧走吧!"

"我走我走。"

"是罗律师吗?"

许卓正伏案办公,有人敲门。许卓过去打开门,门外站着邱华。

许卓一愣。

"是邱律师啊。罗律师呢?"

"我们所里有点事儿,她先回去了。许律师,我来和您讨论一下咱们之间的合同。"

许卓赶快把邱华让进来:"请进,请进。"

两人坐下,许卓微笑地看着邱华:"有什么问题吗?是我手下别人起草的,我告诉他们,罗律师和邱律师不是外人,算得上我的小师妹,让他们一切从优。"

邱华把合同拿出来放他面前:"谢谢许律师。对不起,这个合同我们不能签。"

"为什么?"

"许律师,您很清楚这个案子是怎么来的,关键信息都是我们发现的。当初如果我们不告诉您,自己去找鼎薪,我们可以独立代理鼎薪。现在您提出来代理费在贵所提成以后分给我们百分之三十,我们不接受。"

许卓拿起合同来,又放下:"这也是罗律师的意见吗?"

邱华平静道:"我们是一个团队。"

许卓放缓了语速,声音饱满而富有磁性:"邱律师,我刚刚说了,当律师的,不可能不考虑钱,但做案子,不能仅仅以挣钱为出发点,不能仅仅把利益放在第一位。"

邱华抬头看着他:"既然如此,许律师又何必对我们如此苛刻呢?"

"苛刻吗?我们和别的律所合作,分配不会超过百分之二十。"

"那是他们给你们打工。可这个案子是我们带来的,这就是我们的价值。"

"你们想要多少?"

"百分之五十,而且是在提成以前分配。"

"那不可能。这个案子现在事实上是在我们所,我们所和鼎薪签的合同,将来大部分的工作量必然也是由我们所承担。"

"至于工作量,我们可以按比例分担。事实上,因为我们并不是管理人,我们的任务是保障鼎薪的债权利益,监督管理人对破产财产的处置,用不到那么大的人力的。只要贵所放心,完全交给我和英子也能做了。"

"这是你们最后的意见吗?罗英子也这么想?"

"是的。百分之五十,提成前分配。"

"好吧,我需要和我的合伙人商量一下,咱们下次谈好不好?"

"好的许律师。"

邱华走了,许卓看着桌上她没带走的合同,眼睛眯了起来。

罗英子等得心急如焚,见邱华回来,赶紧拉着她坐下。

"什么?百分之五十?你没把他吓住吧?"

"吓住就吓住。许老师不会就这么点小心脏吧?"

"邱华,你别阴阳怪气,这次合作来之不易,我也是怕机会没了。"

"你要老是这么大义凛然地让利,咱们所非提前破产不可。我估计许卓会找你,你注意,你越是让步,你在他眼里越是一文不值,咱们有证据做筹码,底线就是百分之四十。"

两人正说着,手机响了,罗英子看了一眼,又看向邱华。

"来了,怕曹操曹操到。"

"接吧,我听听你怎么说。"

罗英子运了口气,开着免提接起来,声音很客气:"许老师。"

邱华瘪瘪嘴,罗英子冲她扮个鬼脸。

许卓的声音很温和。

"英子,你什么时候有空过来一趟,咱们谈谈。"

"许老师,我在外面忙别的案子呢。这样吧,忙完了我过去。"

"等你,再见。"

罗英子挂了电话。

"邱华,咱们怎么办?"

"不是咱们,是你。多想想咱们所,放下那些没用的理想主义。记住,告诉他咱们手里有万禾隐匿资产的更多证据,底线是百分之四十,少一分不让。"

罗英子吸了口气:"我尽量和他谈。"

邱华认真地看着她:"我不管你说得出口说不出口,你要对他让步,别怪我对你不客气。"

"好吧好吧,你让我想想。"

两人正说着,夏舒推门进来了:"我回来了。"

罗英子:"怎么样?"

夏舒拿出几份合同放到她们面前:"一共签了四份合同,代理费每一份五十万以上。"

罗英子目瞪口呆:"天哪,这郝总到底是什么人?前脚还是个流氓,后脚咋就变成任你宰割的绵羊啦?"

夏舒:"他还想坑我,也不看看我是谁。他给我挖坑,我也给他挖坑,斗智斗勇,谈下来这四个合同不容易。不过,我们好歹没吃亏。"

邱华认真地翻着合同:"条件不错。没有他可以钻的空子了吗?"

夏舒:"他倒想留,全被我识破了。"

邱华边看边说:"夏舒,你现在可是咱们瑛华所盈利最高的律师了,比你胳膊肘往外拐的罗姐强。"

罗英子撇撇嘴。

夏舒笑了:"姐,那我提个要求行吗?"

罗英子:"你说。"

夏舒:"我要做合伙人。这四份合同,至少三百二十万,就是我的见面礼。"

罗英子和邱华互相看了一眼。

罗英子:"夏舒,你这是突发奇想,还是蓄谋已久?"

夏舒:"是水到渠成。姐,我从内蒙古回来那天,一心想着你们要给我庆功,高兴得睡不着。可到了办公室你们都不在,加上罗姐说我佣金不到账不算,我特别失望。我觉得你们怎么就看不到我的努力呢?"

罗英子:"你是怪我了,所以才要搬出去?"

夏舒笑了:"我搬走是因为我独立了。你们收留了我,我把你们的认可当准则。你们夸我,我就高兴;你们不为我庆功,我就失望。我太依赖你们,有你们为我托底,我甚至能两手空空地生活。过去我努力是为了向你们展示,像个邀功的小孩;可现在我要抓些什么在自己手里,钱或者工作,我要为我自己。"

邱华放下手里的合同,看着夏舒:"所以,你才拼命去要债?"

夏舒歪着头:"既为你们,更为我自己。罗姐、邱姐,你们考虑一下吧。如果你们不同意,我也有我的打算。"

邱华看了罗英子一眼,罗英子从抽屉里拿出一块名牌。

夏舒接过来,上面写着"合伙人·夏舒"。

夏舒惊呆了:"罗姐、邱姐,你们这是什么时候……"

邱华:"我们说了要给你庆功的,绝不食言。"

罗英子:"你回泾北之前,我和邱华就商量好让你做合伙人。至于股份,我和邱华各让百分之十给你,你占股百分之二十,怎么样,你愿意加入吗?"

夏舒看着罗英子和邱华,沉默半晌,突然起身背过身去。

邱华急忙问道:"夏舒,你嫌少啊?还真是小钱串子。要不我和英子再让你百分之十?"

夏舒哭了:"我之前就告诉自己,不能跟小孩一样,不能在你们面前哭,我又错了。"

邱华和罗英子走过来,一人一边抚着夏舒的肩膀。

邱华柔声道:"夏舒,不是只有小孩才有哭的权利。不过这有啥好哭的。"

夏舒回身,已经泣不成声:"邱姐、罗姐,谢谢你们……"

罗英子眼里也含着泪:"夏舒,你不是一个人,不用怕,我们一直在你身边。"

三个女孩紧紧拥抱在一起。

17

玻璃房的立镜前,许卓仔细调整着衬衣挽起的高度和袖口折叠的角度,朝空气中喷了下香水,自己快速走过去。他又看了看镜中的自己,这才推门出去。

看到许卓进来,罗英子赶快站起来:"对不起许老师,我一直在忙,让您久等了。"

许卓快步过来:"英子,你可来了,快请坐。"

张萌过来给两人倒茶,许卓吩咐着她把茶壶放下,这才开口:"那天怎么也没打个招呼就走了?"

罗英子不知道怎么说,只得又道歉:"对不起许老师。所里有点急事,知道您忙,怕打扰您,就提前走了。"

许卓把那两份合同拿出来:"英子,我和你说说咱们两家的合同,签了这个,咱们好早日开始工作,我可听说良诚所已经开始了。"

"啊,我也想和您就合同的事再商量一下。"

"也好,起码我们两个单独聊不会像上次和邱律师那样剑拔弩张。"

"许老师,那天的事邱华回去和我说了,您千万别往心里去,她就是说话比较直,我经常批评她,她也很快认识到自己的问题。这不,我来之前她还再三嘱咐我,一定让我代她向您道歉呢。您知道我怎么撑她的?"

"你怎么说?"

"我说人家许老师什么境界、什么格局?人家是前辈,怎么会跟咱两个二年级的小不点一般见识呢,您说是吧许老师?"

许卓一下子笑了:"英子,你啊你,给我戴高帽,想设好口袋等我钻?我只是不太喜欢邱律师谈判时的口吻……哎,算了,我再说真成了我小肚鸡肠,欺负后辈了。咱们说回合同吧,你们这两天考虑得怎么样?"

见气氛缓和下来,罗英子给自己鼓了鼓劲,开口道:"许老师,说起来您别生气,我们认真地考虑过了,还是想坚持分取代理费的百分之五十,而且是在提成以前分配。"

"什么?英子,我们所比你们所的人多得多,以后干起活来也是,这是事实吧?一下分走百分之五十,这真的恕我无法接受。"

"许老师,您说的是事实不假,但这个案子的信息是我们发现的,如果当时不是我们把信息分享给您,您现在也不能成为鼎薪集团的代理人是吧?这也是事实啊。"

"不是全部事实。"

"全部事实是什么?"

"全部事实是无论信息最初是谁发现的,这个案子现在就是卓越所的,是我们所和鼎薪签的代理协议。严格说起来,如果我们不和你们签这份协议,我们自己做,也是可以的。"

罗英子脸上还带着笑:"许老师您不会真干这种过河拆桥的事吧?"

许卓很认真:"我只是说全部的事实。英子,我把爱和信任看得更重,所以我不会那样做。可事实不就是那样吗?"

"可您说的也不是全部的事实呀。"

"你的意思是……"

"全部的事实就是您只知道万总和姓彭的医生有利益输送,利用彭医生藏匿了万禾的优良资产,可您并没有证据。"

许卓眼睛一闪:"怎么,你们有证据?"

"当然。不然我们怎么敢指着一片地就说是万禾送给彭医生的。"

许卓看她一阵,笑起来:"没关系,其实我们用不着证据,我们只需要把这个信息提供给管理人,由他们去调查就好了。"

"可是他们调查的结论也只能是去向不明。那块地已经又转手卖给一家海外公司了,而这家海外公司和万禾的联系就只有我们知道了。"

"你说的这些我可以随便委托给一个海外的背调公司去查,无非是多花一些时间，你觉得我会查不到吗？"

罗英子看着许卓，半天说不出话。

"那在您看来我们应该分得多少？"

"整个代理费的百分之三十，我们只能让步到这儿了，希望你能理解我。如果还是不能接受，那么很遗憾……"

许卓不说话了，等着罗英子的答复。

罗英子沉默了半晌，开口道："许老师，我知道在您曾经最艰难的时候遇到了梅先生，她给了您再次翻身的机会。我猜那个时候您的心情和我此刻是一样的吧？我的确很希望得到这次机会，在我们所最艰难的时候能跟着您学习，一起完成这个案子。但是您也知道，我没办法替我的合伙人作决定，我要回去和她们商量之后才能给您最后的答复。所以，我就先不打扰您了，再见许老师。"

说着罗英子站起身要走，许卓没说话，一直看着罗英子走到门口位置。

"英子。"

罗英子停住。

许卓微笑着："我理解一个律所初创时期的艰难，也在你的身上看到了潜力，我很珍惜这次合作机会。百分之四十，如果你能接受，我去和我的合伙人们争取，这是我最后的让步了。也请你回去之后和你的同伴们认真考虑，期待你的答复。"

许卓看着她，罗英子也看着他，突然又有点不好意思，别开了脸。

"感谢许老师的理解和信任……如果是这样，我们签了。"

罗英子由衷地感激。

邱华和夏舒坐在办公室，一边聊天一边等罗英子回来。

夏舒看看表，放下零食舔了舔手指想要拿东西，又把手放下，拿出纸巾把手擦干净。这才找出来一沓材料递给邱华。

"这些是我手上那个合同纠纷案的材料，这一段应该没啥事，万一当事人来的时候，邱姐您代我答复一下呗。"

"好的。一个人去要债啊太危险了，你这次又去哪儿？"

"内蒙古，还是小地方，没高铁没飞机，只能坐火车。不过这次他们集团派了两个人陪我，很安全。"

"啊？这块在合同里有规定吧？"

"你放心吧，郝磊在这里给我挖坑，约定办理甲方委托代理事项所发生的工作费用包含在代理费中，甲方不再另行承担，我给他加了一排但书，说甲方派出的辅助人员所发生的一切费用除外。"

邱华笑起来："夏舒你好像一觉睡醒了。"

夏舒嘿嘿一笑："我走了啊，等不了罗姐了。哎，邱姐你说她能谈下来不？"

"够呛。她不缴械就好。"

"她肯定能谈下来。"

"你怎么敢说？"

"邱姐您没发现罗姐挺有女性魅力吗？你看看陈硕律师，手里过过多少女孩子啊，还不是让罗姐吃得死死的？"

邱华一怔，没说话。

这时罗英子推门进来了："哎哟，累死我了，心累。"

那俩一块看着她："怎么样？"

罗英子把合同拿出来："签了。"

"啊？"邱华叫了一声，赶快抓起来看，"谈下来了吗就签了？"

罗英子故意道："不是百分之四十吗？"

邱华一愣。

夏舒得意地一笑："我说什么了邱姐？罗姐，我要出差了，再见，最近你们可能见不着我了。"

罗英子搂着她："还是一个人啊？夏舒你混大胆了。"

邱华看着合同发呆，都忘了去送夏舒。

夏舒的声音又响起来："邱姐您没发现罗姐挺有女性魅力吗？"

她拉开抽屉，拿出一面小镜子照了照自己。罗英子进来了，她急忙把小镜子丢进抽屉里。

"夏舒一个人没问题吧？"

"没问题。这回去的地方都不偏，而且甲方派了两个保镖。"

罗英子像想起了什么有趣的事情，嘿嘿笑着："哈哈，夏舒挺有魅力的，我觉得那个郝总可能喜欢上她了。"

邱华又是一愣。

邱华找出钥匙打开家门进来，神情有些发闷。

她正在门口换鞋，一个略带口音的浑厚声音响起来："邱华回来了？"

邱华一抬头，吓了一跳，张全全的父亲、自己的公公坐在沙发上。

邱华赶快过去："爸，您什么时候来的？全全没告诉我。"

公公微笑道："我来泾北开会，顺便过来看看你们。"

"啊。全全呢？"

"他出去买点东西。我说咱们一家三口出去吃，全全说买点东西在家吃。他喜欢在家吃。"

"是。我们很少出去吃饭的。爸，那您坐着，我先到厨房里准备一下。"

"不用，我告诉全全打包回来。邱华你坐啊。"

邱华知道他有话说，惴惴不安地在沙发另一侧坐下了，刚坐下又跳起来："爸，您倒茶了吧？"

公公和蔼地摆摆手让她坐下："倒了。你坐吧。"

邱华手扶着膝盖，有些拘谨地坐下去。

公公微微笑着："结婚你们也没再回家，你们生活得还好吧？"

邱华点点头："挺好的。"

"你弟弟的工作安排了。他没学历，也没安排什么好工作，就是个保安。你应该能理解吧？"

"理解，理解。这样最好了，不至于让爸您太为难。爸，我家里的事，您不要过分照顾，我们现在的生活已经比过去好多了。"

"对了，前两天华晟集团的小吴给我打过电话，说你去公司找过他，但又拒绝了他，为什么？"

"爸，您知道吴总给我开出的条件吧，他就是想通过我让您批给他土地，我不能因为我的事情给您带来麻烦。"

公公满意地点头："邱华，你太懂事了。全全的眼光不错。"

邱华不知道怎么答，也不知道该用什么表情，只能微微低下头。

"邱华，其实我一直想找个机会和你单独谈谈。"

"爸，您说。"

"你……喜欢我家全全吗？"

邱华一惊："爸，我们都结婚了，生活得也不错。"

这显然不是他想得到的答案，公公看着她说道："我知道。我还是想问，知道当初全全喜欢你、追着你留在泾北的时候我就想问：你，喜欢全全吗？"

邱华想了想，很认真地回答："喜欢。"

"喜欢他什么？"

"全全老实，可靠。和他在一起，我很踏实。"

公公听得很认真，听到这个回答，愣了愣："邱华，你这句话，我信了。"

邱华抬起头："我说的是真的。"

公公拿起杯子喝了一口茶，发出一声叹息，像是在咂摸着味道。

"我家全全，是我们张家唯一的男孩子。"他放下杯子，看向窗口的方向，"他上面已经有了个姐姐，我又是个干部，按理说不可能再生二胎的。他爷爷奶奶封建，拼着不让我当这个干部，也一定要生个男孩子。我们正不知道怎么办好，天遂人愿，他姐查出来弱视，就以这个为理由，给他姐办了个残疾证，他才合法地生下来了。你应该能想到，这件事对于我们形成了多大的心理压力。又怕被人揪住，又觉得对不起女儿。也正因为这个，全家上下都拿全全当命根子。他这名字，就是他奶奶取的，别人都笑话土，可我知道那里边寄托着老人家对老天爷的祈祷。可这孩子，唉，怎么说呢？我是他父亲，我不该说的，但因为是对你，我就说了，这孩子也不知道随谁，打小就这样木木讷讷的样，脑子也不算聪明，打小要不是我和学校里招呼，叫老师多照顾他，恐怕他上学都要被落下。这还不错，上中学以后，他喜欢上了你，为了配上你，他拼命地学习，这才考上了大学。可我心里知道，要论人，我家全全配不上你。"

邱华一下子慌了："爸，您说哪里去了？是我配不上全全。"

公公笑笑："你说的是家庭吧？我也知道，你为什么答应全全。你的家庭对你应该是个压力。你是为了你家才嫁给全全的，我没说错吧？"

邱华低下头去，半晌抬不起来。

"我要说错了，请你原谅我。可我一直对你们的事情不大放心，所以无论如何得把话说明白。"

"爸，您要是这么说，也行。我家确实是我的包袱，他们知道全全喜欢我，就一直逼我答应全全，觉得我嫁给了全全，我们全家就有了靠山。事实上也是这样，因为我成了您的儿媳，我爹来电话说乡里上上下下对他都照顾，乡长还到我家专门看望过。可是这正是我最担心的地方，我怕他们滥用和您的这种关系，给您带来不必要的麻烦，每次打电话都再三嘱咐。但您也知道，有些事情，不是我打个电话就能解决的。所以爸您一定记住我的话：如果他们要求您做过分的事，您务必拒绝。即使您什么也不做，我们家已经得了恩惠了。"

"他们的事，我们不讨论，我问的是你，你是因为你家里才答应全全的吗？"

"也是，也不是。"

公公眼睛一闪："怎么讲？"

邱华抬起头来："因为全全和我的关系，您多次照顾我家，这份恩德,我没办法报答,但我又不全是因为这个。爸,我是真想嫁给全全。"

公公看样子不信:"为什么?"

邱华认真地说:"爸,您也知道,我家那种情况,我走到今天不容易。我特别缺乏安全感,对人不敢信任。只有全全,只有全全让我有安全感,让我信任。世上有很多东西值得追求,但安全感和对人的信任,对于我是特别特别宝贵的,全全给了我。"

公公看着她,眼睛里闪着光:"我明白了,我相信了。谢谢你邱华。"

邱华连忙道:"爸,您说哪儿去了。"

公公摆摆手:"好了,接下来就是我要和你商量的了。你应该知道,全全一直不喜欢泾北,想回到县里去,我也觉得,就凭全全的能力,他在泾北混不出名堂。那么,邱华,你愿意跟他回去吗?"

邱华一点没犹豫:"不愿意。"

公公显然没想到她回答得这么快:"那是因为……"

"当然,我是考虑到我的发展,但更是为了您和全全。好吧,我承认,全全不是个有太强能力的人,他这样的人,就算是回去,要想有所发展,也得靠您,对吧爸?"

"那当然。"

邱华鼓起勇气:"爸,您都快六十岁了,还能再干几年?您在县里工作了大半辈子,有拥护您的,一定也有暗中嫉恨您的。等您不干了,他们会不会把报复的矛头指向全全?如果全全处理不好,会不会因此给您带来祸害?爸,我早就和全全说过了,我们俩在外面靠自己打天下,哪怕他干一辈子科员,我也不会嫌弃他,只要他不抛弃我,我就跟着他,他实在没必要回到您身边,还要靠您的提携和保护过日子。"

公公再次仔仔细细地端详着她,眼神里除了和蔼,似乎还多了一些东西。

"我明白了,我其实也想到了这一点,当初才同意全全留在泾北的。我想说的就这么多,我对你们也放心了。邱华,全全能找了你,是他的福分,也是我们一家的福分。"

邱华急忙道:"爸,您要是这么说,我可不知道怎么回了。"

这时,张全全提着几个打包的饭盒开门进来。

"爸,我回来了。哟,邱华也回来了?这么巧,今天回来得这么早。那咱们就吃饭吧。"

桌上是四个打包的菜,邱华把一碗粥端到公公面前,又递上筷子:"时间紧,就打了点玉米粥,爸您别嫌。"

公公连连点头:"这个最好。哎,中央的八项规定,我最拥护。过去整天公款吃喝,哪是愿意的?无奈而已。现在我每天下了班就回家,一碗粥,一点小菜,吃下肚那个舒坦。全全,咱们三个,你要两个菜就行,四个也浪费了。"

张全全开心地笑着:"爸,您可真是我党的优秀干部。吃吧吃吧。"

三口人有说有笑地吃着饭。

张全全问道:"爸,您明天去?"

公公叹了口气:"唉,和他秘书约的明天去。他秘书说他明天的会还不知道几点结束,让我早点过去等着。"

邱华问张全全:"上哪儿去?"

张全全激动道:"邱华,你不知道吧?爸在小县城里,居然还在泾北有关系。爸过去的一个下级,是爸推荐来泾北的,现在已经是副省级干部了,爸约了明天和他见一面。"

邱华有点不安:"有事吗?"

张全全:"还能有什么事啊?他们那个单位虽然和我们单位没关系,但领导们毕竟得经常一起开会吧?"

邱华放下筷子:"爸,您是为全全的事去找他?"

公公似乎有点不好意思:"哎,顺便和他提一嘴,能帮上就帮,帮不上就算。"

邱华："全全，是你提的？"

张全全："爸来开会，我就提了一嘴。在泾北这里，咱们没关系没背景，真不行。"

邱华："爸，尽管那个人过去可能在您手下干过，但此一时彼一时，人家现在都副省了，说不定就怕过去的老领导老关系找他，让他干为难的事。再说了，爸，您觉得就算是找了，人家会帮忙吗？别说你们这层关系这么远，就算近，全全他们的领导也根本就不认识全全，总不能听别人一个招呼就跑过来提拔他吧？"

张全全有点不高兴："邱华，有人招呼和没人招呼就是不一样。爸就打个招呼，也没给他行贿，再说当年他调泾北爸也是帮过忙的。"

邱华："爸，您觉得合适吗？"

"吃饭吧，吃饭。"

公公一直没抬头。

吃完了饭，邱华一个人去收拾厨房，神情很沉闷。

"邱华。"

邱华回头一看，公公进来了。

"爸……"

"你说的，不是没道理。可是，你也谅解一个做父亲的吧。"

"爸，您堂堂一个县委书记，跑到过去自己下属的门口去求见，为难您了。可您纡尊降贵，未必会有什么作用啊。下午咱们不是说了吗？就算全全当一辈子科员……"

公公打断她："可是全全是我家唯一的男孩子。"

邱华一愣："什么？"

"他是我们家唯一的男孩，寄托着我们整个家族的期待，我不能眼看着他没出息，叫人瞧不起。在官场上，他如果提不上去，就会被人轻视、受人欺负的。如果他不能回去发展，如果他留在泾北，那我

451

能帮他多少就帮多少，剩下的，看他自己的能力。邱华你就理解吧。"

邱华不知道说什么好了。

夜晚的泾北站人来人往，旅人纷纷涌入列车。

火车疾驰过黑夜，车里的人睡得东倒西歪。

夏舒和上次一样靠窗坐着，身旁坐着一个保镖，对面的男乘客鼾声如雷。

夏舒微微皱眉，无奈地看着外面的黑夜，她的脸映照在车窗玻璃上，随着一闪而过的城市灯火，时隐时现。

这时夏舒身边的保镖悄然起身。车窗玻璃上，另一个身影浮现，一张男人的脸出现在夏舒旁边，是郝磊。

夏舒看着玻璃上的倒影，顿时吓了一跳，转头就见郝磊竟坐在她旁边。

"郝总?! 你怎么来了？你什么时候上来的？"

"刚才和你一起啊，我的座位在另一头。"

夏舒还有点蒙："可是按照合同，你没必要来啊。你是怕我要不回钱来？不对，你不会是又想坑我吧？"

夏舒不禁提高了音量，说话间就要站起来，对面鼾声如雷的大哥被惊醒，不耐烦地瞥了他们一眼。

郝磊一把拉她坐下，压低声音解释道："大姐，我是怕你再去钻车轮！这次金额不小，不比东北轻松，有我在稳妥些。"

夏舒拿出手机打开录音，警惕地："那你差旅费怎么算？我可录着音呢。"

郝磊一脸无奈："放心，不从你酬劳里扣除，我自费。"

这时，对面的大哥突然冲他们比了个小声的手势："小点声！睡觉呢！"

不一会儿，又是鼾声如雷。

夏舒厌烦地捂住耳朵，郝磊看她一眼，接着拿出一个连着耳机的

MP4，递给夏舒一个耳机，示意她戴上。

夏舒惊了，拿过MP4打量着，小声道："你这是哪来的古董？你现在还用MP4？"

郝磊嘿嘿一笑："我中学的时候喜欢音乐，弹吉他写歌搞乐队都试过，但都没成。考上高中那年，我爸就送了我这个，本意是让我多听英语，结果我光上课听歌了。我爸说我就争气了这一回，他这些年也就送过我这一个礼物。"

气氛忽然有些伤感，夏舒赶紧接茬，戴上耳机低声道："只戴一个管什么用？又盖不住呼噜。"

郝磊凑到夏舒耳边："那咱们就放点躁的。"

夏舒没听清："放点什么？"

郝磊压低声音："躁、的！"

说着，郝磊突然把音量开到最大，音浪袭来，夏舒吓了一跳，被郝磊逗笑。

列车不知疲倦地追赶黑夜，车窗映照着两人，一人一个耳机。

去往卓越所的路上，罗英子开车载着邱华。

邱华把公公去找关系的事简单说了一遍，罗英子听着很感慨。

"可怜天下父母心啊！一个快到退休年龄的县委书记，大老远地跑到自己过去下属的门口等着接见。邱华你就别管人家了，他在官场上待了一辈子，如果见上了对他儿子有没有作用他自己心里肯定比你清楚。姐夫要因此得到利益，对你也有好处啊。"

"有什么好处？德不配位，必有灾殃。全全的能力，也就是干个一般的科员，熬年限提个科级处级的，要真得到什么人的照顾升上去，还不知道会发生什么。"

罗英子看她一眼："这么明白啊？这么明白当初为什么要嫁他？"

邱华收回看向窗外的视线："这和我嫁不嫁他有什么关系？"

"不是说一定要嫁一个比自己强的人，起码也要嫁一个自己瞧得上的人吧?"

"我瞧得上他。当然我瞧上的地方和别人不一样。"

"好了好了,你嫁都嫁了,我也不评论了。不过邱华你发现规律了吗?"

"什么规律?"

"人很难突破自己境界的限制的。你前面说这老人家,我听着挺明白一人啊。可最后这几句话,暴露了他的境界了,张全全是他家唯一的儿子,所以他无论如何也得帮着他儿子往上爬。你和他讲再多道理,到这里就挡住了。为什么?他的境界的边界就在这儿呀。"

邱华听了一愣,没说话。

罗英子抬头看看:"快到了。我突然喜欢上班了。"

邱华像是感冒了,声音闷闷的:"就因为许卓吗?"

"无友不如己者,无论做事还是交朋友,还是和智商配得上的人一起嘛。"

罗英子哈哈笑起来。

罗英子精神抖擞地和邱华一起进了卓越所,见到人就点头问好。

走到许卓门口,敲敲门推开了:"许老师,我们来了。"

许卓也热情地迎上来:"来了?咱们会议室里坐。"

开会时她俩一边,许卓一边,身边还坐着孙律师和钱律师。

许卓:"良诚那边已经刻章开户,开展管理人工作了,法院估计最近就能收到他们的工作计划。咱们代表万禾最大的债权人,现在就要跟进,一方面监督管理人,一方面组织债权申报资料,防止鼎薪利益受损。英子、邱律师,如你们所说,目前阶段,确实不需要我们做更多的工作,两个人足够了。你们俩去怎么样?"

罗英子:"还有鼎薪和万禾之间的债权往来,咱们也得梳理吧?"

许卓:"当然,我说的都包括在内了。你们也没必要成天盯在管理人办公室,显得对良诚所多不信任似的,一半在那边,一半在鼎薪配合财务和审计机构厘清往来账目,可以吗?"

罗英子:"行,没问题。我早就对您说过了,您会发现我和邱华有多能干的。"

许卓:"我已经发现了。我们所最近又接了两个案子,其他人靠不上。这项工作,主要就咱们三个干,你俩为主,我为辅。"

罗英子惊喜地:"许老师您亲自上阵吗?"

许卓笑道:"当然。有和二位年轻有为的女律师合作的机会,是我的荣幸。"

罗英子:"太好了。"

许卓:"良诚所管理团队今天就要进驻万禾集团开会,刚才已经通知我们了。我去拿下东西,要是没事咱们就一起过去。"

许卓上了自己的车,罗英子和邱华跟在后面,两辆车出发了。

邱华嘟囔着:"分给我们的还不到一半,却要我们承担几乎全部工作。"

罗英子奇怪道:"姐,你什么时候变得这么计较了?"

邱华语气生硬:"我从来都这么计较你没发现吗?"

"合同已经这样签了,咱们就算吃点亏,就这样呗。你想,他要真派两个人和咱们一起干,还碍事呢。"

"反正只要是他安排的,什么都是最好的。"

"行了行了姐,您饶了我行吗?"

罗英子连连求饶。

万禾集团的会议室很气派,看起来坐大几十个人都有富余。破产管理人,也就是良诚所的律师们已经在了,陶正为首,旁边坐了一排西装男女,年龄有大有小,看起来都十分精干,方丽虹低调地坐在一旁。不得不说,良诚所这次是精锐尽出,阵容十分强大。万禾集团的几个人自成一拨,坐在长桌靠后的一排位置,几个人表情都有些复杂。

许卓带着罗英子和邱华进来，许卓微笑着和方丽虹以及其他律师打招呼："方律师您好。陶律师您好。您好，您好。"

在座所有人都用异样的目光打量着他们。

方丽虹倒很从容，熟络亲切地和许卓寒暄着，又和罗英子邱华打招呼。

方丽虹对陶正："该来的都来了，开会吧。"

陶正："好吧。今天是我们管理人团队进驻万禾的第一次会议，万禾的大债权人鼎薪的律师也到了。我们今天先明确我们的任务，并且根据任务分成不同的专业小组。对了许卓律师，你们打算以什么形式参与这个工作呢？"

许卓赶快微笑着："陶正律师，鼎薪对万禾有十几个亿的债权，他们不放心是自然的，委托我们配合管理人工作，并全权负责债权申报。我们食人之禄，忠人之事，就是看看呗。"

罗英子："债务人财产状况报告、资产清单整理等，我们需要全程知情并参与，其他财务和经营信息，也希望管理人可以依法提供。"

方丽虹深望了罗英子一眼："债权人代表在场，对我们管理人是好事。我们对破产财产负责，不要只把工作重点集中在大债权人身上，也要考虑广大小债权人的合法权益，尤其是众多的购房人。陶律师，我们开始吧。"

原本摆放着杂物的一个小房间，成了罗英子和邱华在卓越所的办公室，两人之间的办公桌上堆着厚厚的材料和账本。几个小时过去了，两人还在埋头工作着。

邱华先抬起头来："八点半了，下班吧。"

罗英子："居然已经八点半了吗？还没感觉呢。"

邱华阴阳怪气道："真有动力呀。"

罗英子笑起来："邱华你啥时候变得这么刻薄。"

门开了，许卓进来："还没下班呢？二位真能干。"

罗英子："上午去了万禾，下午回来才开始的。许老师，我下午和刘总通过一个电话，对前期工作范围和重点征询了他的意见。刘总现在最担心的是被万禾坑了，大额债权得不到认定和实现。所以让我们把重点放在鼎薪与万禾未履行完毕的几单大合同上，另外主要精力要盯住管理人，不要在小钱上下工夫。我是觉得债权既然要归拢统一申报，每一笔都应该把证据做扎实了。万一申报材料出现小瑕疵被人抓住，我们说不清楚，也不利于权利的实现。您说呢？"

许卓："当然。问题的实质不在于什么是大钱什么是小钱，而在于我们的证据是不是扎实。管理人是中立的，他们不会针对大债权人设套，反而是如果证据做不扎实，以后主张权利没了依据。所以，所有的往来账目都要清理。"

罗英子："许老师，您说得太对了，您这么一说我们就清楚多了。"

邱华在一旁撇嘴。

许卓："好了，下班吧，罗马不是一天建成的。"

罗英子："您呢？"

许卓笑笑："你们不要和我比。我又没有家，习惯晚上在办公室看书写字。你们走吧。"

天气渐冷起来，这个时间路边已然没多少行人，邱华疲惫地蜷缩在副驾驶座上，罗英子却还是一副精神抖擞的样子。

"老江湖就是不一样哈，一眼就看清了本质：不是大钱小钱的问题，是证据扎实不扎实的问题。邱华，有没有一语中的的感觉？"罗英子感慨地回味着。

邱华闭上眼："那话不是你刚才对他说的吗？"

罗英子："所以这就是差距啊，一样的话从人家嘴里出来就感觉境界不一样。"

邱华叹了口气："你现在很危险。"

"危险？我有什么危险？"

"你自己难道没意识到吗？自从认识了许卓，你就变得不像你了。"

"啊，哪儿不像了？"

罗英子很快反应过来话里的意思。

"不是，你不会觉得我喜欢上许老师了吧？我承认我对许老师有欣赏，但这是一个行业晚辈对前辈的钦佩，可不是你想的那种。"

邱华懒懒地："最好不是。"

邱华从车上下来，裹了裹衣服就要往楼上走。

罗英子探出头来："邱华，要不咱俩再去喝一杯吧。人家许老师晚上还会看书写字，咱们这种大俗人，也找点事干。"

"不去了，全全还在家等我呢。"

"那好吧。明天见。"

邱华走了，罗英子坐在车里发了会儿呆，叹了口气。

她发动汽车，漫无目的地开着，七绕八绕，居然又绕回去了。

玻璃房的灯还亮着。

许卓坐在桌前正专心看书，罗英子敲门进来，手里端了桶泡面。

"许老师。"

许卓很意外："英子，你不是早就走了吗？"

"回家也是闲着，不如回来再加会儿班。给您的。"

罗英子把泡面放在许卓桌上。

"谢谢，你注意身体，别把自己累坏了。"

"我知道，您趁热吃。"

许卓在他的办公室里伏案看书写字，门没关，他抬起头，可以看到不远处房间的灯光三三两两地照进来。

法庭上，所有人都站着，正在听审判长的判决。原告席上站着陈硕、老韩和諮山集团的老板孙铭山，被告席上只有代理律师，諮海集团的人没到。

"判决如下，一、被告諮海钢铁集团有限公司在本判决生效后30日内给付原告諮山矿业集团有限公司矿石款56840000元；逾期付款违约金35561125.79元，以及以56840000元为基数……"

孙铭山还没听完就激动地啊了一声，伸过一只手来，在桌下握住了陈硕的手。

"陈律师，谢谢，谢谢。"

陈硕示意他安静。

审判长那边已经读到了最后部分："如不服本判决……"

方睿站在法院门口等着，看到孙铭山和陈硕以及老韩出来，方睿赶快跑过去拎过陈硕手里的包。孙铭山还难抑激动，一直握着陈硕的手。

孙铭山脸色发红："陈律师、韩律师，让我说什么好？你们把我一家人救了，把我们諮山集团救了，也把諮山一万多名职工救了。陈律师，回家我给您弄个牌位供到我家里。"

陈硕哈哈笑："您这是咒我早死吗？孙老板，咱们这次能胜诉，胜在咱们前期的工作扎实，把他们所有合同对应的每一笔款项、每一张发票，甚至每一份出库单都整理得清清楚楚。可以说，这个案子，法官就是想判咱输都没办法判。可后面的工作更艰巨。"

孙铭山站住脚："怎么说？"

陈硕早就注意到，从开庭到现在，孙铭山一直冷落了老韩。

他微微侧身，示意让老韩说。

老韩清了清嗓子，却没看着孙铭山。

"第一，除了律师和俩财务，諮海连个授权代表都没派，可见他们对一审不够重视，假如他们上诉，二审会更加困难，我们得加倍努力，想到各种可能性，把案子做扎实；第二，咱们得对实体审判后的事情做准备。胜诉难，取得胜诉的成果更难。除了已经查封过的财产，咱们得加紧调查諮海的资产情况，为将来执行做准备。判决书如果只是一张债权凭证，是解不了諮山的困局的。"

孙铭山忙不迭地："韩律师、陈律师，我听你们的。"

陈硕到车前站住，和孙铭山告别："那，孙总，我们还有别的事……"

孙铭山赶快地："您忙陈律师，您忙，改天我请您吃饭。韩律师，改天我请你们一起吃饭。"

老韩哈哈一笑："请陈律师就行！"

孙铭山走了，陈硕踌躇满志地站在那里看着他。

老韩站在旁边，脸上似笑非笑。

"陈律师，准备二审吗？"

"当然。"

老韩稍稍压低声音："我觉得，和准备二审相比，更重要的是提防他们坑我们。"

陈硕一怔："坑我们？"

"是啊。虽说有二审的可能性，但我觉得这个案子大概率不用二审。"

"怎么说？"

"这不明摆着吗？你听听对方的律师在法庭上都没怎么说话。我们的证据一摆出来，他们明白，哪怕打到联合国也得我们赢啊。所以，我们现在更应该提防他们会不会背后搞手脚。"

"韩律师，姜还是老的辣。不过没关系，你忘了我们和他们的合同里，我把提成降低了一个点特地加上的那一条了？那就是为今天准备的。"

"要是大家都诚信守约，还有今天这场官司吗？你有数就行，我还有事，先走一步。"

老韩走了，陈硕站在那里看着他。

方睿拎着一个大箱子，里面全是陈硕准备的庭审材料。

"师傅，您可真了不起。"

"你指什么？吸金吗？"一边说着，陈硕自己忍不住哈哈笑起来。

方睿："哪里，我说您官司打得真漂亮。"

"那是因为有金钱刺激。来，方睿，上车，我还得让你帮我算算账。"

方睿坐在副驾驶座上，手里拿着手机当计算器，陈硕念叨着一串数字。

"五千六百八十四万的百分之八，再加违约金三千五百五十六万的百分之五十，上交百分之二十。算算，还有多少。"

"百分之八再加百分之五十，加上逾期违约金是两千二百三十二万七千二百。再减去百分之二十，还有一千七百八十六万一千七百六十块。"

饶是陈硕也有些激动，他忍不住拍了几下方向盘。

"哈哈，还行，一个案子挣了一千多。除去税和前面的成本，分给老韩百分之二十，也还有小一千。小方，我分给你十分之一，让你一次脱贫。"

方睿赶紧拒绝："那可不行师傅，我干什么了？就是给您当打字机，您还没用上。再说前面那几个案子，您也没少给我，我跟您这几个月，比我来到所里挣的所有的钱多了好几倍。"

"见见面，分一半。师傅吃肉，你起码也得跟着喝喝汤吧。"

"我真不要。我跟着师傅干活很高兴，连带着连律师都愿意干了，我得到的已经比我想象的多得多了。"

"你要不要是你的事，分不分是我的事。别让了，我非给不可。对了，给静祥养老院的百分之十也别忘了。"

方睿不说话了，他的眼睛有点红。

过了一会儿，方睿开口道："师傅，自从我来到所里，因为我不求上进，又因为我姑姑的原因，大家实际上看不起我。我跟上师傅，是我大学毕业这两年最愉快的时光。"

陈硕瞥了他一眼，笑道："小方，两个大老爷们儿，别抒情，我起鸡皮疙瘩。唉，你说人好好的，当个挣钱的机器多好，干吗要有情呢？这样啊，我要去个地方，你在这边下吧。"

方睿笑着："师傅去找谁？不是罗律师吧？"

"小小年纪，你咋啥都知道？"

"师傅高兴，还会想到和谁分享啊。"

陈硕笑起来："富贵不还乡，犹如锦衣夜行啊。在这儿下吧。"

方睿下去了，陈硕掏出手机打电话。

罗英子和邱华的头还埋在成堆的文件里。

手机响，罗英子伸头看看来电显示："陈无良。我都快忘了世上还有他这一号人了。"

邱华没抬头："见色忘友。"

罗英子笑着接电话："陈无良。"

陈硕得意扬扬的声音传出来。

"罗正义。正义还需要果腹吗？"

"你什么意思啊？"

"意思就是我请你吃饭。全市的餐厅随你选，菜品随你选。"

"啥意思啊陈无良？你又干什么伤天害理的事了？抢银行了？"

"哈哈，也差不多。哥一个案子挣了一千万。"

罗英子一下子坐直了："什么什么？什么案子能挣一千万？什么样的当事人又有钱又缺心眼？"

邱华一听，也抬起头来，瞪大了眼睛。

那边陈硕哈哈笑起来："见面再告诉你。说吧，去不去？"

"去啊。白吃为什么不吃？不吃不是白不吃？"

"上哪儿？几点？"

"上哪儿？我再想想。时间嘛，我正忙着，快下班告诉你，你到卓越所门口来等我吧。"

"天哪，你至于吗？跑到姓许的那里上班去了？"

"人家有名有姓，陈硕你对人放尊重点。"

"好吧好吧，不聊他。我订好餐厅通知你，一会儿见。"

陈硕挂了，赶快在网上搜："餐厅、餐厅，哪个餐厅呢？浪漫一点的，人少一点的……"

罗英子放下手机，一脸诧异地看着邱华。

"这世上还有没有公理？"

"怎么啦？人家挣大钱怎么就没有公理了？"

"可不是嘛。咱们成天累得腰酸背疼的一天十二三个小时地加班，他干什么了？居然一个案子能挣一千万。"

"那是人家的本事呀。"

"可许老师带着咱们做的这个项目，满打满算管理人费用也就一千多万，分到我们手里才三四百万。"

"那说明陈硕比许卓能干呀。"

"什么什么？邱华你长着什么眼啊？陈硕是个钱串子，一天到晚钻在钱眼里，当然挣得多。许老师人家没把律师这一行当生意做，人家是铁肩担道义……"

邱华一脸嫌弃，赶紧摆手："行啦行啦，拍马屁到他面前去拍，在我面前拍有什么用啊？"

罗英子笑起来："干活干活。"

两人又低下头，罗英子还是一副埋头苦干的架势，邱华却好像被影响了心情，不时转着手里的笔发呆。

索菲亚旋转餐厅位于大楼的第二十五层，圆形大厅被全景落地窗包裹着，坐在这里用餐，可以一边享受美妙的现场演奏，一边俯瞰整个泾北广场流光溢彩的夜景。

服务员恭敬地引着陈硕过来："先生您看这个位置好吗？在靠窗位置的最边上，很安静的。如果您有要求，我们还可以在这儿加一个隔断。"

陈硕看着窗外的视野，很是满意："好，好。咱们的餐厅是旋转的吧？"

年轻的女服务员微笑着："当然了。每一个小时转一圈，先生在这儿吃饭可以鸟瞰泾北全景的。"

陈硕笑起来："那我得长了双什么眼？这个位置我订了，麻烦你们帮我加个隔断。"

女服务员偷眼看了他一眼："另外，先生，这个位置加隔断，我们是要按单间收费的。"

陈硕不在意地摆摆手："没关系。还需要交订金吗？走吧，我跟你去付订金。对了，在桌上准备一束鲜花。"

卓越所门口，陈硕开车过来。他把车洗得锃亮，破天荒地换了身西装，还打了领带。停下车，扳下后视镜来看了看自己，摸摸下巴，又眨眨眼睛，小声嘟囔着："陈硕你还行啊。"

他下来靠在车上，一边玩手机一边耐心地等待着。

邱华出来了，陈硕看到她，远远地冲她挥了下手："邱律师，下班啦。"

邱华冲他笑了笑："陈律师，在等英子？她在里边说几句话，应该快出来了。"

两人又打了个招呼，邱华过去了。陈硕再次对着后视镜，紧了紧领带。又等了一会儿，罗英子的电话先来了。

陈硕马上接起来。

"还没下班吗？"

"抱歉陈硕，你别过来了，我恐怕得爽约，鼎薪的刘总约了我们吃饭。"

"不是，咱们不先说好的吗？"

"我也是临时接到的通知，我必须得过去，我还有工作要向刘总那边汇报。"

罗英子说话时，陈硕看到她举着手机从律所出来，正要按喇叭，可很快发现许卓也跟在她身后，并为她披上一件外套。陈硕一下子不说话了。

"喂？你怎么不说话了。"

"行了，挂了吧。"

陈硕呆呆地挂断手机，隔着一条路远远地看着，而罗英子居然也没往这边看一眼，就那样和许卓并肩走过去了。

陈硕的目光久久地追着她，她一直没回头，直到和许卓上了同一辆车。

后视镜上，映出陈硕一副失落的面孔。

陈硕按指纹开门，刚进来就一头摔在沙发上，发出一声深长的叹息。

手机亮了起来，漆黑的屋里有了光亮。

陈硕赶快伸手抓过来，来电显示并不是他期待的。

他又叹了口气，无精打采接起来。

"哪位？"

"陈先生吗？我是皇家旋转餐厅的大堂副理，请问您在我们这儿订的位……"

"不好意思，取消了。"

"如果取消，先生付的订金……"

陈硕没听完就挂了。

他趿拉着鞋进了卧室，一下子把自己摔到床上。

第二天，陈硕到办公室的时候，方睿已经在了，一看到他进来就笑起来。

"师傅，昨天怎么样？"

陈硕装傻："什么怎么样？"

方睿仔细看看他："完了，没追上。"

"啥意思啊？我追谁没追上？"

"您别瞒我，您要是追上了不是这精神头。您就想想吧，挣了笔小钱您都嘚瑟。"

陈硕笑起来："方睿，你可真是见过大钱的人，上千万你说是小钱。"

"可比起爱情来可不就是小钱嘛。不过师傅您不用担心，您早晚会追上罗律师的。"

陈硕认真起来："真的？你怎么知道？"

"我就知道。我也是谈过恋爱的人啊。罗律师要是不爱您可真是瞎了眼了。"

陈硕终于掩饰不住失望和难过："我都怀疑，她长眼了吗？"

方睿胸有成竹："师傅，没关系，她早晚能看上您，您可别泄气。"

陈硕苦笑："借你吉言吧。哎，小方，最近我不大上班，家里有什么事你听着。"

"不上班？师傅您不上班干什么去？"

陈硕理直气壮："还用说吗？追罗英子去呀。再说了，一把挣了一千多，还上什么班啊？等花得差不多了再说。"

方睿笑起来："行。师傅我真想像您一样生活。"

陈硕拍拍他："学着点，别跟你姑姑和你爸妈学。走了。"

中餐馆，一个穿着西装的年轻人推门进来，看到陈硕正坐在靠窗的一张桌前冲他招手。年轻人姓徐，是陈硕的师弟，也是卓越所的律师。

小徐赶紧走过去："师哥您好。"

陈硕热情地站起来握手："师弟，你好你好。不像话哈，从上回咱们校友聚会以后就再没和我联系过。"

小徐挠挠头："师哥，当时您都没给我们留联系方式，也没加我们微信，我怎么和师哥联系啊？"

陈硕拍拍脑袋："疏忽了疏忽了。来，加上微信。"

两人掏出手机一番操作。

陈硕扳着小徐的肩膀让他坐下："师弟啊，上次聚会忘了问了，你现在在哪个所来着？"

小徐说道："我在卓越所。"

陈硕装模作样道："卓越所？就那个谁谁谁来着？就你们的创始人。"

"师哥您是说许卓律师吗？"

"对对对，就是他。你现在在卓越所啊。听说卓越所最近接了个大业务是吧？"

"别提了，接是接了一个，代理鼎薪集团的，可和我们没关系啊。许老师不带我们吃肉就算了，连汤都分不上一口。请了外面的两个律师加入了他的团队，主要的工作就那两个律师干的。"

陈硕张大眼睛："这是为什么啊？肥水不流自家田，为什么给外人啊？那俩外人哪里的？男的女的？许卓律师为什么对他们这么照顾啊？"

"俩女的。"

"女律师啊？哎，我知道许卓律师已经离过三次婚了，是不是他对那俩女律师有点意思啊？"

"这我哪儿敢乱说。"

"真的啊？没意思为什么把肥肉留给人家？"

"不知道。"

服务员过来上菜，陈硕接过盘子，放在离小徐近的一侧。

"菜上来了，吃饭吃饭。"

小徐一头蒙地低头吃饭。

陈硕漫不经心地夹着菜。

"那俩律师在你们所办公啊?她们和谁一个办公室啊?"

"所里给她俩一间办公室。"

"许卓律师不是想把她们挖到你们所吧?"

"许老师咋想的,我们不知道。"

"吃饭吃饭。"

小徐稀里糊涂又开始吃饭。

"就她俩一间办公室?许卓这么放心把所里的大案子交给俩外人?"

"是许老师带着她俩做。"

陈硕一下子失态:"啊?"

小徐吓了一跳:"师哥你怎么啦?"

陈硕急忙掩饰:"没事。吃饭吃饭。"

两人出来,各上各车,虽吃得莫名其妙,但这顿饭小徐是吃得真饱。

小徐也不知道说什么:"师哥,谢谢您的款待啊。"

陈硕摆摆手:"亲师弟,这客气什么,小意思。哎,师弟啊,你这么年轻,肚子咋出来了?"

小徐沮丧地叹气:"别提了,我这叫加班肥。跟着许老师干活太苦了,成天加班。"

"是吗?这么年轻可不行啊。这样,你抽个时间,咱们一起去射箭吧,当下很流行的。我有卡,你刷我卡就行。"

"不好吧,我听说射箭馆消费一次可不便宜。"

"哎,你再说我可就生气了。我还是不是你亲师哥?说好了哈,回头我给你电话。"

小徐盛情难却地答应了。上了车,小徐还是一脸蒙,他转头看看,车窗外的陈硕在打电话,看到他还笑着摆手。

"咖啡厅见。不行,非现在不可,你要还心疼我这个兄弟,赶紧来。"

陈硕挥着手,挂了老薛的电话。

陈硕颓废地垂着头,杯子里的咖啡早凉了。

老薛走过来:"请女孩就是旋转餐厅,叫我出来,就陪你喝杯咖啡就打发了?"

陈硕没说话。

"怎么,还真失恋了?"

"老薛,你倒说说看,哪儿有这样的事啊?我怎么会失恋?我这辈子除了我自己恋过谁啊?再说了,以前被我甩掉的那些女孩,哪一个不比她漂亮、不比她年轻啊?"

"就是啊。那你怎么还这副德行呢?"

"可是不行,我就是觉得我失恋了。天哪,我居然还会失恋,失恋居然是这种滋味。"

老薛好奇道:"啥滋味啊你形容形容?"

陈硕指着自己的心窝:"这儿,这儿空了一大块。"

老薛咂吧咂吧嘴:"你那儿本来也没多大块儿啊?"

陈硕痛苦地呻吟着:"别来挖苦我了行吗?我是真失恋了。她现在和那个姓许的都一起上下班了。天哪,她挑个好点的也行,一想到我喜欢的女孩居然和一个就会阿巴阿巴的人在一起我就受不了。"

老薛捧哏似的:"可不嘛,好白菜叫猪拱了,搁谁身上也够呛。"

陈硕快趴桌子上了:"别说了,别说了,再说我就想跳楼了。"

"我说陈硕你不至于吧?你不像是为了女孩会跳楼的人啊?"

"我也奇怪啊。我这辈子恋过谁啊?从来都是女孩恋我。可是她居然这样对我,她眼里根本就没有我。"

老薛幸灾乐祸:"活该,这是以前你对那些女孩子不认真遭了报应了。不过啊,陈硕你完了,你这辈子栽到罗英子身上了。你越是这样，越是追不上她。"

陈硕一下坐起来："什么？我还就不信了！"

小徐急火火地从外面进来，坐回自己工位上，对面儿一个与他年纪相当的小伙好奇地伸过脑袋来。

"今天你这饭吃得可真长啊。"

"别提了，陈硕你知道吗？"

"就你那老校友，现在在良诚所的那个？据说他混得可是真不错！"

"就是他。上次校友会的时候，我叫了好几声师哥他都没搭理我，也不知道从哪里找到的我的电话，突然约我吃饭。"

"啊？有什么事吗？"

"好像也没什么事啊，打听了半天在咱们所办鼎薪案的那俩女律师和许老师的事。"

"啊？难不成那俩女律师里有一个和他有关系？"

"要有，就那个姓罗的，姓邱的那个好像结婚了。"

"他和罗律师有关系找你打听啥啊？"

"我也不知道。问了好多……我知道了。"

小徐摩挲着下巴，慢慢地点了点头。

"怎么？"

"他怀疑许老师和罗律师有关系。"

对面儿的来了精神："啊？什么什么？为什么这么说？"

"我现在才回过味来，他突然请我吃饭就为了这件事。一顿饭，话里话外全围绕着许老师和那俩女律师进行的。哈，他肯定是看上了那俩女律师中的一个，又担心他看上的也被我们许老师看上。"

对面儿嘘了一声，示意他停下，罗英子和许卓正说着话从他们不远处经过，许卓在说，罗英子专注地听着，频频点着头。

这俩一边看一边小声议论着：

"这罗律师没准看上我们许老师了。"

"谁看上谁还说不定。许老师前面都换了三个了。"

"这俩是不是有点意思啊？对了，那天我下班忘拿钥匙回来取，都十点多了，看到这罗律师还给许老师送泡面呢。大晚上的就他俩，孤男寡女可不好说。"

小徐一惊。

"啊？你不早说，早说了我今天告诉他，也算没白吃他一顿饭。没关系，他还约我去射箭呢。"

18

小徐两脚跨线，脚肩同宽，身体向前倾着，努力地保持着站姿，陈硕在旁边扶着他的胳膊，让他举弓的高度尽量与下巴持平。陈硕自己是喜欢高位举弓的，小徐显然缺乏锻炼，保持一会儿水平姿势就开始全身发酸，陈硕便让他先从水平举弓练起。

他一边教小徐搭弓，一边打听。小徐已经知道陈硕的心思，想着不能白射这位亲师哥的箭，自是知无不言。

小徐按照陈硕教的，穿针一样把箭尾槽扣在箭扣上："两人晚上经常一块加班到九十点钟。"

陈硕大吃一惊，顾不上掩饰："啊？真的吗？不是罗律师和邱律师两个人一间办公室吗？难不成邱律师不加？"

"可我们经常碰到罗律师一个人从许老师办公室出来。许老师可是一个人一间办公室。"

"啊？这不有伤风化吗？那是办公场所哎。他们是只谈工作还是……"

"我同事还看见过他们在里边一起吃泡面。"

"吃泡面？你们许老师也太抠了吧。除了吃没看见别的？"

"别的没听说，但我觉得孤男寡女共处一室，难免……"

陈硕急了："徐峰你这话什么意思？孤男寡女不意味着有啥关系呀？再说了，就算你们许老师是情场老手，看上了她，人家罗律师也未必对他有意啊。人家罗律师可是清清白白。"

见面这些天，小徐还是第一次听这位亲师哥叫自己的学名，他以为陈硕早把他名字忘了。

小徐赶快地应承着："对对对。可是，师哥，要真是这样，您紧张啥呀？"

陈硕又往下压了压小徐的手："什么？我紧张？我紧张啥？和我有什么关系？这不是说闲话吗？射箭，射箭……"

听小徐说昨天和陈硕去射箭了，对面儿的脑袋又兴致盎然地伸过来。

对面儿一副了然的神情，并了并拇指："这么说，这姓罗的和陈硕是这个（并了并拇指），然后咱们许老师又从中插了一腿？"

小徐甩了甩还在发酸的膀子："肯定是这样啊。不过，谁插谁还不一定呢。罗律师天天加班，为了啥？她那个搭档邱律师怎么不见陪着？说明肯定是她刻意接近咱许老师。"

"有道理有道理。不过，你说许老师对她有没有意思啊？"

"那谁知道？那女的长得可不赖，要是有人投怀送抱，许老师也会笑纳吧？"

两人窸窸窣窣地笑起来。

这时，一个女律师从旁边过："你俩说什么呢这么热闹？"

对面儿那位神秘道："正在分析咱们许老师对那位罗律师有没有意思呢。"

女律师来了精神："噢？你们有发现吗？"

"没发现。就是觉得这罗律师迷上咱们许老师了。"

"你们也看出来了？哼，我早就觉得这罗律师居心不良，要不自己发现的案子怎么能送到咱门上呢？哈，这叫倒贴。"

女律师不友好地瞥了眼罗英子办公室的方向，拉把椅子坐了过来。

不一会儿，罗英子抱着一沓材料从自己办公室向许卓办公室走，路上经过办公区，办公区里的律师们都看着她窃窃私语，互相丢着眼色。

傍晚，罗英子从楼里出来，正往自己车旁走，陈硕坐在自己的车里按了一下喇叭。罗英子看到他，伸着懒腰过来了。

"你在这儿干什么？最近你好像总在我们所旁边转，有什么目的吗？说！"

"这是你们所吗？你卖身投靠啦？"

"我现在在这儿工作就是我们所。你总在这边转干什么？"

"我愿意，你管得着吗？卓越所里有我好几个校友呢。"

"哈，陈无良居然在世上也有朋友。难怪，秦桧也有三个好朋友对吧？行，找你的校友吧，我走了。"

"哎，你上次放我鸽子，怎么也得补偿回来吧？"

"你一个案子就财富自由了，还要靠我补偿你？你这人怎么这么小气。"

"行行行，再请你一次总行吧，我今天约了人，明天怎么样？"

"看我心情，走了。"

"哎。"

"还有事？"

陈硕看卓越所门口没出来人，探出头来："我在这所里有几个师弟，他们说卓越所最近有些风言风语。"

罗英子"噢"了声："什么风言风语？"

陈硕吞吞吐吐地："和你有些关系，好像说你和那姓许的关系有些不正常。"

罗英子横眉立眼："陈硕，你把话说清楚，你什么意思？"

"我就是听说，提醒你一下。"

"用你提醒！他未婚，我没嫁，我和他有什么关系，和你们这些嚼舌头的人有关系吗？真是没事闲的。原来风平浪静的，自从你老在这儿转，所里就开始有人在我背后窃窃私语，是不是谣言全是你传的？我警告你陈硕，别叫我抓住你！你的饭老娘我不稀罕吃了，以后离我远点你个陈无良。"说着就走了。

"哎，我……"

陈硕呆呆地坐在那里，看着离去的罗英子，神色落寞。

"完了，你和她真是完了，这一辈子都有缘无分了。走吧。"发动汽车走了。

小徐带着三个人出来，左看右看，找不到陈硕的车。

"咦，师哥说请我们吃大餐，怎么没来啊？"

日头已经爬得老高，陈硕躺在床上懒得起，瞪着天花板发呆。

手机响。陈硕拿起来看了看，无精打采地接起来。

"陶律师。"

"陈硕，几点了？怎么还没来？听说那个案子一审赢了？觉得能赚到大钱了就不干了？"

"还有什么可干的啊？挣来挣去都是钱，没意思。"

"这么年轻，说这话该打。你赶快过来。万禾那案子人手不够，你加入我这个团队呗。"

"陶律师，谢谢您。我最近想休假。"

那边陶正的声音大了些："休假也等做完这个案子再休。老哥有难，不找你找谁啊？赶快来。"

"好吧。"陈硕懒洋洋地丢了手机，艰难地爬起来，伸着懒腰："可真累啊！"

从电梯里出来，陈硕还是那副精神抖擞混不吝的样子，冲前台小姐吹了个口哨就进去了。

陈硕走过大办公区，看到老韩站在那里正在冲小田发脾气。

"在你眼里我是什么人啊？什么案子都得接？去，收下咨询费，回了他们！"

小田可怜巴巴："师傅，我已经对人家许下了，说我们可以代理。"

"你许下的你接啊。你当我是你？什么破烂都往家里拾。"

陈硕隔着老韩，冲小田扮个鬼脸过去了。

陈硕伸手敲门，门从里面被打开，陈硕叫了声陶律师，一抬头却是方丽虹。

陈硕赶快打招呼："方律师好。没想到您在。"

方丽虹淡淡道："我来找他谈点别的事儿。"说着就走了。

陈硕进来，发现陶正没在办公桌后面，他坐在窗户旁的沙发上，手指按着太阳穴，像是在想着什么难办的事儿。

"陶律师，是不是我来得不巧，您正忙着？"

"没事儿，没事儿。方律师和我说点所里管理上的事儿。坐，坐啊陈硕。祝贺啊陈硕，我们干了半辈子挣得不如你一次出手多。"

"谁一辈子还不踩上回狗屎？陶律师，您的团队，还用得着我吗？您手下良将如云。"

陶正打着哈哈："你最近在忙些什么啊？"

陈硕马上发现了不对，轻描淡写道："我不是在电话上和您说了吗？我想休息几天。"

"我看着你脸色不大好，是该休息。那案子，是有点人手紧张，不过我可以找别人。要不你就休息，我找别人吧。"

陈硕不动声色站起来："那好啊。谢谢陶律师理解。那我就走了。"

方睿正趴在那儿看书，陈硕进来了，方睿一看，很高兴地起身跟过来。

"师傅您来啦？怎么样啦？"

陈硕明知故问："什么怎么样了？"

"师傅您装傻。和罗律师呀。"

"以后不要再提她。"

方睿吃惊道："为什么呀？"

"不为什么，你师傅有新的目标了。"

方睿看了看他，笑起来："我才不信，是暂时没追上吧？师傅，别泄气，好追的都不是好女孩。"

"方睿，你怎么个事儿啊？好像老江湖似的。你追过多少啊？"

"追倒没追过多少，感悟很多。师傅您听说过那句话吗？为什么我老是失败？因为我不会骄傲。您别去追了，坐在家里等着，罗律师自己会上门追您的。"

陈硕无奈苦笑："我一老江湖倒被一毛头孩子教训了。好吧，听你的。方睿，我这几天没来，所里没发生什么事吧？"

"没有啊。几乎所有的合伙人都扑到万禾项目上了。师傅您不参加呀？"

"算了，我就不和人家抢食儿吃了。哎，对了，你跟着我干，方律师放心吧？不怕我把你带坏了吧？"

方睿的神情一犹豫，马上又说道："没有，我姑姑叫我好好跟您学呢。"

可是他的一犹豫没逃开陈硕的眼睛。

陈硕翻了翻桌上："没我的快递吧？"

"我去前台看看。"方睿说着就跑了。

陈硕把脚担到桌上，枕着头琢磨："发生了什么？方丽虹为什么不愿意我参与那个案子？"

有人敲门，陈硕马上打起精神，把脚也从桌上拿下："请进。"

小田都快哭出来了："陈律师，能帮我一个忙吗？"

"能。什么忙？"

"接一个案子。"

"接案子能叫帮忙？那不是给我发财的机会吗？什么案子？就刚才老韩不接的案子？"

"是。是一个女的来说她遭受校园暴力的。我觉得这不是当下的热点吗？再说我小时候在学校里也被人欺负过，就一口答应下来，寻思着让我师傅带着我打呢，没想到我师傅不接。"

"校园暴力，是不好打。到什么程度了？伤了吗？残了吗？"

"都没有。是十年前的，主要是语言暴力。"

陈硕眉头皱了起来："啊，这个是没法打。你给人家解释一下回了呗。"

"可是……可是我当时说的话有点大。再说我师傅叫我给人家要两千块钱的咨询费，我没回答人家什么问题，这两千块钱咋要？"

"哈哈，原来是这样啊。好吧，我去看看，帮你回了。哎，两千块钱我可不敢保证啊。"

小田快急哭了："那怎么办？陈律师，以前我帮过您……"

"好吧好吧，如果我要不出来，就自己帮你垫上，放心吧。"

小田松了口气："就是嘛。所里都传你一把挣了两千万，两千块，都不够一零头。"

陈硕笑起来："天哪，一分钱还没到手，都传成两千万了！行，我去看看。"

方睿拿了几件快递回来："师傅，全是您的。"

陈硕一招手："走小方，带上你的电脑，又来活了。"

一对年轻人坐在那里，都二十八九岁的年龄，看样子要么是夫妻，要么是情侣。男孩叫杨树，女孩叫肖楠楠，怎么看都是一对看上去特别干净、令人羡慕的年轻人。女孩戴着有些夸张的大眼镜，显得很单纯；男孩高大体贴，是看上去很可靠的男人。肖楠楠此时有些心神不安，杨树坐她身边，握住她一只手，轻声安慰她。

"别担心，咱们听听律师的意见怎么说，有我呢。"

肖楠楠看着他一笑。

会客室门开了，小田领着陈硕进来，后面跟着方睿。

小田介绍着："杨先生、肖小姐，这位是陈硕律师，我们所的资深律师。"

两个年轻人一起站起来，彬彬有礼地问陈硕律师好，陈硕热情地点着头和他们握手，顺便打量着他们。

陈硕侧身让出方睿："这是我的助手方睿律师。坐，坐吧。我们田律师说，你们有法律问题想要咨询。"

两个年轻人互相看看。

肖楠楠小声道："你说吧。"

杨树冲她微微点头，转向陈硕："是，我们想咨询一下曾经遭受过校园霸凌，现在还能得到法律的帮助吗？"

"校园霸凌？能啊。什么时候的事？"

"十年以前了。"

"啊？时间太久了。为什么现在才想起来咨询？"

杨树又看看肖楠楠，肖楠楠低下头去。

"楠楠，要不然，你到车上等我，我和陈律师谈？"

肖楠楠站起来，小声地跟陈硕小田打个招呼走了。

肖楠楠不在，杨树显然放开了很多："陈律师，我们也知道，十年前的事情，也没造成什么身体上的伤害，可能很难办，可不办不行了。"

陈硕有些好奇："怎么说？"

"我们俩恋爱已经五年了，可总也结不了婚。楠楠她怕人，甚至不敢到人多的地方去。你看现在的她看上去多美好，可她却很自卑，自卑得在人前不敢抬头。而且，她经常会产生幻听、幻觉，我一和她提到结婚，这种症状就更严重。我们去做过心理咨询，心理医生觉得根源就在于她当年遭受的校园暴力留下的阴影，觉得如果要解决她现在的心理问题，应该首先解决当年的问题，所以我们才来了。"

"当年她遭受过什么?"

肖楠楠坐在她和杨树的车上，静静地看着外面。良诚所所在的大厦入口人来人往，年轻的面孔互相交谈着，或放声大笑，或窃窃私语。

突然，无数的嘈杂声，由远及近，越来越响：

"'壕女'！'壕女'！"

"快看'壕女'来了！那个贱人来了！"

"快来看'壕女语录大全'啊！"

……

肖楠楠痛苦不堪地捂上了耳朵。

听着杨树的讲述，陈硕的表情逐渐认真起来。他站起身，在会客室里来回踱步，杨树、方睿和小田都看着他。

陈硕斟酌着："是这样啊，杨先生，校园霸凌确实很恶劣，但目前除了教育部印发的《加强中小学生欺凌综合治理方案》之外，我们国家并未设立专门的法律。如果霸凌行为造成了人身伤害，我们可以援引民法、治安管理处罚法或者未成年人保护法，再严重的，那就是刑法的范畴。"

陈硕看向杨树，继续说道："但是如果没有造成身体的实质伤害，向施暴者主张权利就比较困难。另外，还有诉讼时效和举证的问题。您女朋友这事，如果当时就举报、报案或者起诉了，可能会好一些。现在这么多年过去了，当时霸凌的证据是否还能收集，是否过了诉讼时效，恐怕就不好说了。"

杨树呼出一口气："我也是这么想。但是，她的问题又确实很严重，我们也不知道怎么办好了。"

陈硕认真地说："这样好不好？您先回去，我仔细考虑一下，看看我们能找到什么法律救济的途径不，我想好了打电话给您。方律师，留下杨先生的联系方式。"

"啊,好。谢谢您啊陈律师。"

"那,咱们先这样?"

"好的,耽误您时间了。"

小田在一旁咳嗽。

杨树反应过来:"那,陈律师,这咨询费……"

陈硕摆手:"不不不,谢谢您信任我,给我分享了你们的故事,这次咨询免费。"

小田又在咳,可陈硕装听不见,送杨树出去了。小田跟在后面又急又气。

陈硕送杨树出来。

杨树显然对陈硕很信服:"再次感谢,陈律师,再见。"

陈硕把手搭他肩上:"杨先生,您到停车场等我一下,我马上下去找你们。"一边说着,冲他笑笑回去了。

会客室里,小田正坐在那里冲着收拾东西的方睿发火。

"你可真是站着说话不嫌腰疼,陈律师分给你的多是吧?可我不行啊。"

方睿赔着笑:"我不是那意思。我师傅的脾气我知道,他免费干的事多了,像这样几分钟的咨询,他更不会收费。"

小田脸色很难看:"这才叫饱汉子不知道饿汉子饥!"

陈硕进来了:"走吧。不是想回吗?这不是回了?"

小田苦着脸:"陈律师您什么意思啊?人家都提咨询费了,您硬不收。我怎么和我师傅交代啊?"

陈硕笑笑:"看看你手机,两千块,转过去了。唉,他们这事,帮不上忙,听着揪心,我就没忍心收。"

小田看看手机,大喜:"谢谢你啊陈律师。嘿,还是挣了大钱好,出手大方。"

陈硕拍拍他:"你回去可以和老韩说你就收了一千。老韩知道,依你的资历,是不可能收到两千的。"

小田眼睛亮闪闪的:"我知道了。谢谢您陈律师,我走了。"说着走了。

方睿鄙夷地嘟囔:"两千块钱就高兴成这样。"

陈硕搂了搂他肩膀:"行啦,他确实也不容易。你回去吧,我有点事儿。"

看到陈硕从楼里出来,杨树在车里轻按了一声车喇叭。陈硕招手把他叫了出来。

"杨先生,这样啊,这案子,我觉得我接不合适。您女朋友一看就是个很敏感的人,当年受到的伤害至今还没痊愈,和我一个大男人说起来可能有心理障碍。我认识一个很好的女律师,我联系一下她,让她接你们这案子,我和她一起帮你们办。你们找到我们律所,我介绍别的律所的律师接,我怕我们律所不高兴,所以这话出来对您说。"

"行吗?我刚刚还在和楠楠说,楠楠说算了,多少年的事了,她怕翻出来惹麻烦,也觉得再找那些人好像理亏似的。"

"这是什么话?那些人伤害了她,为什么她会觉得去找他们理亏?这正说明她受到的伤害没痊愈啊。你们找的心理医生说得对,寻求法律帮助的过程,实际上也是对她治愈的过程,你不想她被治愈吗?"

"当然想了。那么……"

"你们先回去,等我消息。"

杨树满是感激:"陈律师,谢谢您了。那,我们先走了。"

陈硕站在那里,开心地看着他们离去。

"罗正义,你逃不脱的。"

罗英子坐在桌前打电话,今天瑛华所里就她自己,她妆也没化,蓬头垢面地举着手机。

"邱华，我今天没去，许老师他没说什么吧？那好，随时联系，拜。"

罗英子挂了电话，继续伏案办公。

不一会儿听见外面有声响。

"夏舒你回来了？"

没人应答。

"谁呀？是你吗夏舒？"

还是没人应，罗英子警惕地环顾周围，顺手操起一把笤帚，轻手轻脚地出去。

两个大纸箱子在动，后边是陈硕。

陈硕喘着粗气，把俩箱子挪到桌上，里面装的分别是泡面和火腿肠。

罗英子长舒一口气："你吓死我了，陈无良你进来不知道吱一声儿。"

陈硕气喘吁吁："你们这破地儿连个电梯也没有，累死我了。"

罗英子警惕地："你来干吗的？鬼鬼祟祟，有何居心？"

陈硕这才注意到罗英子没化妆，蓬头垢面的："哟，没捯饬捯饬，这还是我认识的那个衣冠楚楚的罗律师吗？"

"老娘天生丽质，用你管。你少废话，从实招来。"罗英子说着，一手胡乱捋了把额前的杂毛，丝毫没有不好意思的样子，另一只手作势举起笤帚。

"我刚去过卓越，邱华说你在这儿。"陈硕指了指面前两个箱子，"我来精准扶贫的，怎么样？听说你最近老吃泡面，正好哥们儿有点小钱，不光给你带了泡面，还有肠儿。下次就着吃，你就说我周到不周到，欧巴不欧巴？"

"我呸，你家欧巴送泡面和肠儿。赃物没收，请你马上离开，不然我告你非法侵入住宅。"

"不是，我辛苦上来一趟，连口水也不给喝就算了，一句谢没有直接赶人是不是过分了。"

罗英子转头去找茶杯:"没空跟你瞎贫,我忙着呢。"

"再聊会儿呗。你忙什么呢,还和姓许的忙那案子呢?"

"大哥,我们又不像你,一把就挣上千万,我们不忙案子喝西北风啊?求您该干吗干吗去吧。"

陈硕一下不乐意了:"什么什么,我们?还我们了?"

罗英子故意似的:"当然我们,你管得着吗?"

陈硕不说话了,气氛一下子沉了下来。罗英子感受到陈硕的情绪变化,却没再说什么,塞了杯水给他,转身回了办公室。

陈硕跟过来,语气平淡道:"有个案子,当事人想找女律师。"

罗英子回过头:"什么案子?"

"一起十年前的校园暴力案。"

"有伤残了?"

"没有。主要是心理上的。"

"你逗我呢?谁小时候没被小混混欺负过?如果长大了都想找小时候受过欺负的小混混打官司,法院还用不用开了?"

陈硕不说话了。

罗英子看看他:"怎么,你想接这个案子?我不是听说你刚挣了大钱吗?陈无良连这样的案子都想再挣一笔?"

陈硕一抬头,突然就火了:"罗英子,你口口声声我无良。好吧,我承认我无良,你正义。你正义,为什么会认为校园霸凌是一件很正常的事?你正义,为什么会认为当事人想为当年的事情讨还公道就变成了无事生非?你知道不知道当年的事情彻底改变了那个女孩的一生,知道不知道她到现在还在受着当年事情的困扰,以至于不敢成家,不敢接触人?好吧,道理总站在你那边,正义也总站在你那边,我来错了,我向你道歉。我走了。"

陈硕说完,站起来就走。

罗英子定定地在后面看着他。陈硕沮丧地向外走,满脸的难过和失望。

罗英子:"陈硕。"

陈硕没回头。

罗英子站起来追出去。

陈硕上了车,打着火就要走,罗英子追过来敲了敲车窗。

"摇下来,我有话说。"

"我累了,想回去睡觉。"

罗英子站在那儿不动,陈硕把车窗摇下来。

罗英子认真地看着他:"陈硕,对不起,我和你开玩笑开惯了。我为我刚才的态度道歉。"

陈硕有点难过,别开了脸:"别啊,罗正义什么时候错过啊。"

"我是认真的。陈硕,我们是好朋友,你别生我的气。那么,现在,你愿意介绍他们和我认识一下吗?"

方睿趴在办公室看书,陈硕进来了,一进门也不说话,把车钥匙丢桌上,坐在那里发呆。

"师傅,还是没追上?"

陈硕苦笑:"小方,别再开玩笑了。哎,我要做一个新案子,你跟我怎么样?"

"这还用问吗?师傅打什么案子我就跟着打什么案子啊。"

"就昨天来的那个校园暴力的,我介绍给罗英子了。"

方睿笑起来:"我说师傅怎么推出门去了呢?原来是借花献佛了。行啊,我跟着。"

陈硕想了想,说道:"我把找到所里的案子介绍到外面,所以……"

方睿一脸阳光:"我知道,保密。"

陈硕带着方睿进来,方睿好奇地打量四周,没有前台,瑛华律师事务所的名牌就摆在当作会议室的大厅里。

"罗律师她们所风格挺特别的。"

陈硕已经恢复了嬉笑怒骂的本色:"你不懂,因陋就简嘛,也是一种消失已久的美德。就是不知道这儿抗不抗得住地震。"

罗英子出来了:"那些无良之辈才怕地震。怎么就你俩来了,当事人呢?"

"我声音这么小你都听见了。当事人他们马上到了。"

邱华也从自己办公室里出来,微笑着:"陈律师来了?"

陈硕看到邱华,正经了一点:"邱律师好。"

邱华笑笑:"我还和英子说呢,陈律师好执着。"

陈硕装傻:"当然啦,我这样的人,别的不行,就是挣钱执着啊。这案子,我是来跟着挣钱的。"

邱华看了一眼方睿,方睿赶快一鞠躬:"邱律师好,罗律师好。"

罗英子:"方睿,入行跟对师傅很重要。你看看我,一入行跟的你姑姑,可你姑姑怎么回事?自家孩子不怕毁了吗?"

方睿笑着:"我姑姑慧眼识珠。"

陈硕:"他姑姑已经教育出一个罗正经,不想再出一个方正经了。"

也是赶巧,门一开,夏舒风尘仆仆进来了:"我回来了!"

罗英子和邱华都高兴地迎上去:"回来了?怎么样?"

陈硕打量着:"夏律师。夏律师这是上哪儿忙了?"

夏舒一见陈硕也很高兴:"陈律师来啦?我去办案子啊,帮当事人讨债去了。"

陈硕吃了一惊:"居然有人用你去讨债!你怎么讨?坐在他家门口哭吗?"

罗英子和邱华都笑起来。

罗英子说:"谁把我们夏舒律师当傻白甜谁最后会发现自己才是那个傻白甜。"

夏舒看着陈硕,唱歌一样带着音调的:"陈律师来干吗的?要来我们所工作吗?"

罗英子:"咱们这儿人家才看不上,嫌咱们装修不行,诅咒地震砸死咱们。"

夏舒:"没关系啊,咱们重装啊,反正我又挣回钱来了。"

陈硕又一惊:"啊?夏律师居然也能挣到钱。"

罗英子警告似的:"夏舒,别冒富,有些人看到别人挣钱会眼红的,小心半道上打闷棍。"

他手机响了一下,陈硕看了一眼:"他们到了。"

罗英子:"夏舒,赶快去洗一把,来了俩当事人,咱们一块儿听听。"

三位女律师站在会议室里和杨树、肖楠楠握手,两个人还是一副干干净净清清爽爽的样子。

罗英子一边问好,一边情不自禁道:"邱华、夏舒,他俩一进来,我就觉得咱们的房间都亮了。多么美好的一对啊!"

邱华由衷地:"真是。"

陈硕自豪起来:"我说什么了?他们是值得帮的。"

罗英子招呼他们坐下:"杨先生、肖小姐,坐吧。肖小姐,能问一下您是做什么工作的吗?"

肖楠楠害羞地往杨树身后躲着:"平面设计。"

杨树笑着代她回答:"她是自学成才的平面设计师,为杂志或者橱窗或者一些小网站搞设计,还接一些其他零活。我就是通过她的作品认识她的,然后,然后我们就恋爱了。"

他看着肖楠楠笑着,肖楠楠仰脸看看他,也笑笑。

罗英子拿过笔:"陈硕律师大概和我们讲了你们的案子,但我们还是想亲口听你们说一说。可以向我们介绍一下吗?"

杨树点头,又不放心地看向肖楠楠:"当然。要不,楠楠,你去车上……"

罗英子："不要。肖小姐，我还是希望听您亲口告诉我，别人转述总难免挂一漏万，再说还很可能加上别人的渲染和发挥。"

肖楠楠憋红了脸，求救地看着杨树。

杨树为难地说："她自己很可能说不出来，就算是对我，也是这五年里断断续续告诉我的。那些事情让她太痛苦了。"

罗英子鼓励道："说出来，其实也是纾解和治愈的过程，也许说出来，它就不那么痛苦了。试一下。"

杨树看看肖楠楠，小声地："要不就试一下。"

肖楠楠为难地憋着，不敢说话。

罗英子温和地说："肖小姐，您知道西方宗教里有告解吧？您可以把律师当成听您告解的人。我们有对您说出的一切保密的义务，同时，我们也相信，说出过去发生的一切，不光有助于您为自己讨还公道，也有助于您的治愈。说吧，实在不行，转过脸去。"

肖楠楠又看杨树，杨树鼓励地："说吧，你可以的。在心理医生那儿不是说过了？说吧，我在这儿。"他一边说着，一边安慰地抱住肖楠楠的肩膀。

肖楠楠迟疑了一下，慢慢地开始她的讲述。

"我小时候在老家跟奶奶长大的。我爸妈在泾北忙生意，顾不上我，就把我丢在老家。上初中的时候，我曾经回到泾北读书，可我不适应，总觉得在这儿被人瞧不起，再加上我爸妈生意忙，又生了我弟弟，所以我上高三的时候，又把我转回到县里。"

十几岁的肖楠楠刚转学过来，由老师带着站在讲台上。那时候，肖楠楠还是一个少女，单纯地笑着，台下坐着密密麻麻七八十号同学，穿着统一的校服，个个都神情紧张。

老师介绍道："这位是肖楠楠同学，是从省城转回来的。肖楠楠，和同学打个招呼。"

肖楠楠冲大家摆手："嗨，大家好，我是肖楠楠，请多关照。"

几乎每张两人桌的课桌后都坐着三个学生。三个女生挤在一起打量着台上的肖楠楠，窃窃私语。

"她城里来的?"

"她咋这么白呀?"

"化妆了，肯定的。"

"她泾北的来咱们这儿干什么呀？和咱们抢指标?"

"什么好事儿都让他们大城市的占去了。"

老师看向前排的一个女生："魏桂英，肖楠楠同学近视眼，你到后面一排吧，把你的座位让给肖楠楠。"

魏桂英站起来："凭什么呀老师?"

肖楠楠连忙说道："老师，我坐后面就行。"

老师按住她，对魏桂英："同学之间要团结友爱。魏桂英，你体谅一下吧。"

魏桂英很不服气地站起来，抱着厚厚的一摞复习资料挪到后面，老师对肖楠楠："你过去坐吧。"

肖楠楠很抱歉地去了魏桂英原来的座位，桌后已经有两个女生了，她们很不友好地看了肖楠楠一眼，不肯为她让座。

肖楠楠不住地欠身点头："对不起。"

两个女生这才不情愿地往里让了让，肖楠楠把椅子往外拉了拉勉强坐下。

好不容易熬到下课，肖楠楠看到有同学在打开水，急忙一路小跑过去："我来帮着提。"

同学像没看到她，一躲过去了，把肖楠楠晾在那儿。

又一节课过去了，一个女生正在擦黑板，肖楠楠赶快上去，拿起另外一个黑板擦："我来帮你擦。"

那女生把手里的黑板擦丢到桌上，头也不回地走了，肖楠楠尴尬地愣了愣，接着擦。

一节讲大题的课，老师把题干写在黑板上。

"好吧,大家分成六个小组,自由组合,今天讨论一下,明天把答案给我。"

大家迅速地分好了一组一组,只有肖楠楠不知道往哪里走,就那样尴尬地站在那里。

"后来我知道了,虽然我的户口一直在老家,可同学们都以为我从泾北回去借读,占用了同学的教育资源,所以引起他们对我的反感和排斥。可我当时不明白为什么。我拼命地想巴结他们,讨好他们,却没有用。后来,情况还越来越糟糕了。"

肖楠楠回忆着,慢慢说道。

魏桂英、张小莲、王娜娜、方仁美凑在一起,围着老式的录音机边听流行歌,边哼唱。

魏桂英:"娜娜,你快进一下,我要听副歌。"

张小莲:"不行,我就爱听这段。"

方仁美按了暂停,拿过英语磁带:"咱们听英语行吗?一会儿英语课,老师该提问了。"

这时肖楠楠戴着耳机,拿着MP4进来坐在了座位上。

众人看向肖楠楠。

魏桂英往后指指:"好像是她新买的MP4哎。"

王娜娜:"看看不就知道了?"冲肖楠楠招呼:"肖楠楠,过来!"

肖楠楠闻声摘掉一侧的耳机走过来。

王娜娜:"肖楠楠,你这MP4是新款的吧?借我听听呗。"

王娜娜伸出手,肖楠楠犹豫了一下,把MP4递给她。

王娜娜打量着MP4:"你这是新款的吧?真高级。"

肖楠楠怯懦道:"我也不知道,是我妈妈去香港出差给我买的。"

方仁美起哄:"听到没,你们这群土鳖,人家是从香港买的哎!"

魏桂英一把薅过来就戴上了:"哟,听英语呢。方仁美,你看人家听英语都用MP4,你还用磁带呢,你才土鳖呢。"

方仁美不高兴地夺过MP4："肖楠楠，你这MP4归我了。你这么有钱，让你爸妈再给你买去。"

肖楠楠怯怯地问道："方仁美，MP4你要借多久啊？我还要拿它听英语。"

王娜娜蛮横道："那可不好说，我想多借几天不行吗？"

魏桂英很解气的样子："谁让你穷嘚瑟，还香港买的。"

肖楠楠疑惑地看着她们："我没显摆啊，我不明白你为什么这么说。"

方仁美："不明白？我看你挺爱抢东西呀，你一个泾北户口的，明明在泾北上学、高考就能低分上一本，还来我们县城抢资源！抢就抢呗，你还嘚瑟上了。"

肖楠楠慌乱地："方仁美，你们误会我了，我、我可以借给你们，我……"

张小莲起身："走走走，看她装纯就讨厌。"

众人离开，肖楠楠愣怔在原地。

"后来我才知道，虽然我的户口在老家，但大家都以为我是泾北户口，回去是借读，占用大家的教育资源，也是因为此，他们更加排斥我。我拼命地讨好，最终适得其反，谣言、八卦、侮辱都来了。"

食堂里，同学们在各个窗口买饭，男生女生分别凑成两堆，在传递一个MP4。

肖楠楠还是被孤立着，独自站在他们后面，看着大家传看MP4。

刘建明拿着MP4，翻看着肖楠楠的照片："看看肖楠楠这张，打几分？"

另一男生大声道："满分！穿裙子的那张身材很顶，比咱班那群柴火妞强多了。这MP4我都不想还她们了。"

刘建明笑着："趁没还回去，我要导出来存档。"

女生这边也很热闹。

方仁美:"你看她MP4里那照片,裙子那么短穿给谁看啊?"

旁边张小莲刚打完饭:"男生喜欢呀,不都给她打高分吗?"

终于,肖楠楠鼓足勇气走到方仁美跟前:"方仁美,我的MP4你用完了吗?"

方仁美抬头瞪着她:"你的MP4?我没见过。你们见过吗?哪个MP4呀?"

张小莲、魏桂英躲在人群中装傻摇头。

肖楠楠鼓足勇气,艰难道:"就是、就是你们在传看的那个。"

方仁美故意很大声地叫起来:"哦!想起来了!就是存了你很多照片的那个对吧?露胳膊露腿的是吧?"

肖楠楠颤抖着,眼泪盈眶:"请你们还给我。"

方仁美接过男生递过来的MP4,一下子摔了。

方仁美挑衅地看着她:"不好意思,摔坏了,反正你爸妈有钱,让他们再给你买一个吧。"

肖楠楠依然没说话。

这时,王娜娜看着窗口:"哎呀,红烧肉怎么又涨价了?我荤菜还没打都五块多了。肖楠楠,你那么有钱,你给我买吧。"

说着王娜娜拿过肖楠楠手中的饭卡。

王娜娜对众人:"肖楠楠今天请客!"

众人哄笑声中,肖楠楠尴尬地站在那里,完全不明白发生了什么事情。

肖楠楠说不下去了,她求救地看着杨树:"我不想说了。"

杨树爱怜地抚摸着肖楠楠的头:"我来替她说。"

"她以为自己在向同学示好,可对那些人来说这是炫耀。他们扒皮她的空间,把她的照片发在贴吧供人取乐,骂她'壕女'、炫富狂,还造黄谣说她的钱来路不正,这些谣言全县学生都知道。可惜那时楠楠早就习惯把错误归罪于自己，她解释越多，就错得越多，那群人故意找到她，听她解释，然后再编出各种版本发到网上，最后居然整理了一本'壕女语录大全'，累积了一千多条，从那以后，楠楠无论走到哪儿，都有人拿'壕女'语录讥讽她。但那些话楠楠压根儿没说过。那群人好像在耍猴，他们自卑又猥琐，就喜欢看楠楠慌不择言地解释，霸凌楠楠，是他们唯一能感受到快乐和优越感的方式。"

夏舒吃惊地张大眼睛："人怎么可以这么坏！"

"人一旦集体作起恶来，就是这么恶！"罗英子看向肖楠楠："肖小姐，你当时没向老师求救吗？"

肖楠楠慢慢地摇摇头。

"为什么？"

杨树声音低沉："她那时候已经病态了。她总觉得大家怎么可能都错呢？如果大家都不喜欢她，那一定是她的错。她拼命地讨好，努力成为大家心目中的小丑。她故意让自己变得难看、邋遢，可她越这样，大家越快乐。她每天都睡不着觉，到了抑郁的程度，甚至还曾经自残……"

杨树再也说不下去了。

邱华问道："可是，你们老师没发现吗？他应该主动采取行动啊。"

肖楠楠："老师说过，可他们本来就觉得老师偏向我，老师越说，他们越闹得欢，说的人又那么多，老师也不知道管哪个，最后，老师装看不见。"

罗英子："这怎么能装看不见？"

夏舒气愤地："这老师太不负责任了。"

杨树："是啊。肖楠楠可以装看不见，可他们并不会因此放过她呀。当他们发现肖楠楠已经木然的时候，他们的霸凌就进一步升级，以至于发展到看谁敢挑衅肖楠楠。"

罗英子瞪大眼睛："他们干了什么？"

杨树："楠楠，告诉罗律师。"

肖楠楠："我不想说。"

杨树鼓励地："说吧。"

肖楠楠痛苦地闭上了眼。

没过多久，肖楠楠已经完全变了，她变得像个影子，走路都贴墙边。她正无声无息地走着，一个女生挡到了她面前，并且不客气地伸手推了她一把："哎，你是高三五班的肖楠楠？"

肖楠楠赶快抬头赔笑："我是。"

女生二话不说，突然举手给了她几个耳光，接着吐了她一口，肖楠楠捂住脸没敢动。

围在外面的同学起开了哄。

女生得意扬扬地："知道炫富多讨厌了吗？"

另一女生帮腔："别在这装可怜了，赶快滚回泾北去吧！"说完那几个女生搂着离去。

"他们开始无缘无故地打我。"

说到这里，肖楠楠好像平静下来，平静地像在讲着别人的故事。

杨树："他们不光打了她，还把这一段录了视频，他们贴吧的管理员剪辑了这段视频，加上解说发到了网上，又进一步引起了网上的狂欢。每天都有人在上面留言谩骂、羞辱，这仿佛成了这些人的一种潮流，更多人开始对肖楠楠挑衅。肖楠楠不止一次在生活中受到同学扇耳光、吐唾沫。你们能想到的最恶劣的事情肖楠楠都经历过。"

罗英子又惊又怒："啊？你没告他们？"

肖楠楠摇头："没有。我觉得是我的错。我就给我爸妈打电话，不敢告诉他们发生的事情，只是要求回到泾北来。可是，他们那时候正在闹离婚，顾不上我，再说他们还有我弟弟。"

罗英子："那以后呢？"

肖楠楠："我可能是抑郁了，睡不着觉，掉头发，体重一直在长,后来不敢出门,不敢见人,我奶奶害怕了,给我退了学,我回了这边。"

罗英子:"再以后呢?你离开他们了,是不是好一些?"

肖楠楠:"我在家休学半年,重新回到学校复读,第二年考上了大学。可不知道为什么,我考上大学这件事又激怒了他们。那个刘建明,他把他整理的'壕女语录大全'和那几段视频发到我大学的网站上,我在大学里又有了名。那些语录在大学里四处流传,还有人用这些语录来侮辱我,所以我……我……"

杨树:"楠楠再次崩溃,就此退了学,再也没回到学校去。她养了两年的病,慢慢恢复以后,自学了平面设计,成立了自己的工作室,利用她父亲给她提供的资金慢慢地发展起来。可是她还是不敢见人,也不敢交往男朋友,直到碰到我这个不识相的,一路死缠烂打,追了她五年才追上。可是一提结婚她就害怕,所以我们才……"

夏舒深受感动地看着杨树和肖楠楠:"爱情多美好啊!"

陈硕嘲笑地看她一眼。

邱华咳了一声:"夏舒,你陪着杨先生和肖小姐在这边坐坐。陈硕律师、英子,咱们去别的办公室商量一下?"

三人进到罗英子的办公室,邱华关上了门。

陈硕:"哟,这就是罗正义的办公室?一进门就感觉有股正义之光。"

罗英子:"少贫,说正事吧。"

邱华:"我相信肖楠楠说的每一个字,因为它并不特别,这样的故事每天都在现实生活中发生。一个大城市的女孩回到农村上高中会发生,一个农村的女孩到城里上高中同样也发生过。但正义的热情并不能代替法律。肖楠楠所遭受的一切,虽然让人气愤,但很难对施暴者追责。何况事情发生在十年前,在未成年人之间,无法构成犯罪,而民法、未成年人保护法,都要讲求证据和时效。最重要的是,这件事对肖楠楠造成的后果也没有体现在实体上、人格上或者精神上，所以要用诉讼去衡量会很困难。"

罗英子："我们找一找她说过的那一切的证据。网络是有记忆的，如果真在网上存在过，证据应该不难找。"

邱华："可就算找到了又怎样？我们还是拿这种现象没办法。"

罗英子咬着牙："我还就不信了，一种集体的恶居然法律没办法。"

邱华有些沮丧："还真就没办法。法不责众不是最古老的真理吗?!"

陈硕思忖道："那就看肖楠楠今天来找律师是想要什么了，是把对方送进监狱呢，还是……"

三人又回来了。

肖楠楠闻言吓了一跳，赶紧解释："不，没有，我没想过惩罚他们。"

邱华暗暗松了口气："那您来找我们的意思是……"

肖楠楠又看杨树："是他建议我寻求法律帮助，要他们一个道歉。"

杨树郑重地点点头："对，是我的意思。我觉得，他们当年那么残忍地对待过肖楠楠，把楠楠永远地改变了，哪怕不受到法律的惩罚，对楠楠说一声对不起总是应该的吧？我觉得如果楠楠得到了他们的道歉，也许可以从过去的阴影里慢慢地走出来。"

夏舒忍不住开口："那岂不是太便宜他们了？"

"夏舒！"罗英子叫住她，又对杨树和肖楠楠笑着："肖小姐想得对。说起来，校园霸凌确实对青少年危害很大，可是如何惩治校园霸凌，又确实是社会的难题，也不可能全部由法律来规范。肖小姐，您现在发展得不错，经济上看上去也比较优裕，应该比那些霸凌您的人生活得好得多。如果能得到他们的道歉，从而帮助您从阴影里走出来，应该比让他们受到惩罚更重要，我说得对吧？"

肖楠楠赶快答应着："对，罗律师，我就是这个意思。"

罗英子："那就这样吧，这个案子，我们接了。夏舒，你那边忙得怎么样了？这个案子你主导怎么样？让邱华协助你。"

陈硕叫了一声："什么？"

夏舒斗志昂扬："我没问题。我那边暂时没什么大事。"

陈硕难以置信地看着罗英子："罗正义……"

罗英子没理他："咱们可以签一份协议，我们的律师先调查取证，拿到他们当年霸凌你的证据，然后咱们商量一下怎么办。夏舒、邱华，你们和二位谈谈协议的事吧。"

陈硕不住地给罗英子使眼色，跟着罗英子进了办公室。

"罗正义，怎么回事啊？你居然把正义给忘了？这样的案子你居然不经手？"

"正义也需要吃饭啊。我们一个案子又挣不了一千万，所以得胼手胝足地挣钱。我们在卓越所那边的案子离不开人，能让邱华协助已经是尽了我们最大的努力了。"

"天哪，难道我大老远地跑过来就是给你们介绍一个无足轻重的案子的？"

罗英子看着他："要不然呢？"

陈硕回答不上来了。

罗英子没看他，一边说一边整理着东西："这案子在你眼里无足轻重吗？因为它挣不到钱？在我眼里可不是。"

陈硕反倒被问得说不出话来了。

邱华和夏舒正和杨树、肖楠楠商量怎么签代理协议，方睿在桌底下偷偷碰了碰杨树，朝屋外努努嘴，意思是让他出来。

方睿悄悄出来，杨树跟在他后面。

杨树不解道："您……"

方睿认真地说："我姓方，是陈硕律师的助理。杨先生，你们这案子,最好还是提出来让罗英子律师代理。你们这官司不好打,据我所知,这所里罗律师是最厉害的。"

杨树有些为难:"这不好吧?再说了,楠楠也不愿意打官司。"

方睿不死心:"现在不打,将来说不定啊。我师傅把这案子介绍过来,就是觉得,他和罗律师联手,肯定能打赢这官司……"

正说着,陈硕已经沮丧地和罗英子从办公室出来了,方睿只好停下。

陈硕:"小方,站这儿干什么?没咱的事儿了,走吧。"

方睿明显有点不甘:"就这么走了?"

陈硕:"走吧。"

方睿遗憾地看看杨树,只好跟上走了。

陈硕把包往后排一丢,放倒座椅,倒在那儿大喘气。

方睿明白他的心思:"师傅,您别泄气。女孩要是一追就追上就没意思了。"

"唉,挖了个坑,她居然不跳。"

"师傅,这事我有经验,就看谁能端得住。你越急,她越不急;你不急,她反倒沉不住气。师傅您看着吧,她主动找您的时候快到了。"

陈硕笑起来:"小方,我得叫你师傅了。算了算了,听你的,这事不想了,还是挣咱们的钱吧。"

这时老韩电话打了进来,陈硕也不避讳方睿,没断车里的蓝牙直接接起了电话。老韩的声音传进来。

"陈硕,咱俩那个分成比例应该重新讨论一下。"

"什么?"

"什么你不知道吗?那案子你还记得吗?"

"这什么意思?我的案子我当然记得……噢,上诉期昨天应该满了吧?"

"我说什么了?"

"我马上给法官打电话,问问他们……"

"要不说这些跑跑颠颠的工作都我做了呢:我已经打过了,詻海没上诉。"

陈硕一下子坐起来,兴奋道:"啊?这么说判决已经生效了?我们马上就可以进入执行程序了。韩律师,咱们马上准备申请执行呗。"

老韩却显得不怎么激动:"陈硕,你说这事,詻山不应该比咱们更积极吗?这两天他们跟你联系过没有?"

"没有。韩律师您什么意思?"

"没什么意思。我的意思是防人之心不可无啊。"

陈硕眼睛眯了起来:"说得有道理。我马上去一趟詻山。咱们一块儿去?"

"我手头还有个案子走不开,要不……"

"得,我自己跑一趟。"

办公室里,老韩向方丽虹汇报着詻山案子的情况,老韩有意地往自己脸上贴着金,说得好像自己才是胜诉的大功臣。

方丽虹也不吭声,听他在那儿一个劲地自吹自擂。

老韩告诉方丽虹詻海没上诉,话里话外拐着弯拐到分钱的事,方丽虹突然一怔,抬起头来。

"詻山一直没过问?"

"对啊。自从胜诉以后连电话也没打过一个。"

"老韩,这种事,不胜诉,除了詻山急,别人都不急。一胜诉,除了詻山不急,别人都急。你得特别注意。"

"这点小把戏能瞒得过我吗?我注意着哩。"

"你注意谁?"

"注意各利益相关人啊。你放心,我布置了不止一个眼线,只要詻海那边有动静,我立马知道。"

"不,你还得注意你的搭档陈硕。"

老韩深望了方丽虹一眼:"您不会认为陈硕会卖身投靠,出卖咱们所的利益吧?"

方丽虹摇头:"不是。我怕他钱迷心窍,该圆通的地方不圆通,只顾了自己的利益,反而给所里带来更大的损失。"

老韩放松下来:"放心吧方律师,看着这小子油滑,在我面前还早呢。不过说实在的方律师,这个案子,全靠我在那儿把着,可代理费,我只分百分之二十,良诚所这么富有自我牺牲精神的律师还能找出第二个来吗?"

方丽虹笑起来:"得了韩律师。你不就是掌了个眼吗?案子还不是陈硕自己打的?"

"好好好。反正新来的总是香的,我们这些老帮菜出了力也不讨好。"

从方丽虹那儿回来,老韩把门关好,掏出手机来。

"是我啊。谙海没上诉,你听说为什么了吗?没听见动静啊?你注意点,也许表面上没动静,交易私下里已经在进行了,有什么消息马上告诉我。"

19

陈硕和方睿在楼道里等着,远远看见孙铭山和秘书从远处走过来。

陈硕迎上去:"孙总,我们等您半天了。"

孙铭山脸上堆着笑:"陈律、方律,实在抱歉,我一天的会,现在还得赶场。"

孙铭山继续往前走,陈硕和方睿跟上。

陈硕:"孙总,我已经跟法院确认了,谙海没上诉,胜诉的判决已经生效,咱们是不是可以进入执行程序了?"

孙铭山接过秘书递过的文件看着:"一切听您的,听您的。"

陈硕微微一怔:"孙总,考虑到对方的国企背景,加上地方重点企业的特性。除了已经查封的银行账户外,我打算先调查下对方主营业务以外的资产,比如房产、大型机械设备之类的,作为财产线索,先提供给法院。"

孙铭山连连点头:"好啊,那就拜托陈律师了。"一行人走到电梯门口,孙铭山抱歉地连连摆手:"陈律,我先去开会了。"

他说着就走进电梯,眼见门关上了,陈硕一把拦住,也进了电梯。

孙铭山一愣:"陈律师,还有事?"

陈硕笑笑:"我也下楼。"

一时间,电梯内鸦雀无声。

诒山集团大门口,陈硕、方睿笑着点头示意,和孙铭山一行分道扬镳。

刚一扭头,陈硕垮下脸来。

方睿一脸狐疑:"师傅,这是他们的案子,他怎么看上去一点也不关心啊?"

陈硕冷笑:"老狗学不会新把戏,又想卖律师。"

说着掏出手机,拨通了老薛的电话。

"老薛,帮我查个事儿呗,查清楚有分成哦。"

回程路上,方睿开着车,陈硕坐在副驾驶座,若有所思。

"师傅,查诒海和诒山的事我也能帮忙。"

"怎么说?"

"我有个同学,现在在德仁所当律师,他们所代理了诒海的案子,我可以托他打听一下诒海和诒山最近有没有什么接触。"

陈硕意外地看着他:"你同学代理诒海,他不会说的。"

"他没代理,是他所里另一位律师代理,而且他一直被那人打压。"

"好,那你试试。对了,你考试准备得怎么样了?"

"正在复习。"

"好好考,只要你愿意,你会成为一个好律师的。"

方睿嘿嘿一笑:"我原来不想当律师,跟上师傅,愿意当了。"

邱华和夏舒坐在会议室里讨论着肖楠楠的案子,两人中间放着厚厚一摞的法律书。

夏舒熟练地背着法条:"同学之间因为看不顺眼挑衅生事、辱骂、互殴等行为有可能触犯的法律有,第二百三十三条,过失致人死亡罪;刑法第二百三十四条,故意伤害罪;刑法第二百三十八条,非法拘禁罪……"

邱华打断她:"行了别背了,这事压根儿不是刑法规制的范畴。"

"不一定。还有第二百四十六条侮辱罪、刑法第二百九十三条寻衅滋事罪呢。"

"你觉得能够得上吗?"

夏舒泄了气:"我觉得够得上,就怕法官不这么看。对了,那个人身损害赔偿司法解释第七条:对未成年人依法负有教育、管理、保护义务的学校、幼儿园或者其他教育机构,未尽职责范围内的相关义务致使未成年人遭受人身损害的,应当承担赔偿责任。咱们可以依据这个找肖楠楠读高中的那个学校。"

"可你怎么证明肖楠楠受到了人身伤害?"

夏舒又泄了气,马上又打起精神来:"我还就不信了,刑法四百五十二条,民法通则一百五十六条,我不信没有一条适用于这案子了。我再查查。"说着搬起了一本厚书。

邱华叹口气:"算了,你查不到的。有这工夫,咱们不如再去找肖楠楠谈谈。"

"谈什么?"

"放弃啊。"

"为什么呀?"

邱华有些烦躁:"很多人都是从小受欺负,生存环境很恶劣,不是一样活着吗?"

夏舒惊讶道:"邱姐您这话什么意思啊?意思是她该受的是吗?"

"不是,我不过是经历得多了,知道许多事情根本没办法。求助于法律,不如求助于自己,活在这个风刀霜剑的世界上,不能那么玻璃心。"

"什么?你说是肖楠楠玻璃心?"

"不管你怎么看,在我看来是有点。我打小经历得比她多多了,现在不是还活得好好的。"

"邱姐,这话我可不爱听了。正因为世上总有人像您这样想,所以大家才对弥漫在社会上的这种恶视而不见,导致那些坏人和坏孩子肆无忌惮。"

"可你想管又能怎么管?你刚才不是发现了吗?刑法、民法、未成年人保护法、治安管理处罚法,哪个法对这事有办法?"

"我不信,总会有办法。哪怕他们不能受到法律的制裁,让他们受到道义上的谴责,当面向受害者道个歉,让受害者得到精神上的抚慰总是应该的吧?"

邱华苦笑:"应该,只怕是很难做到。"

夏舒眼神一凛:"我倒要试试。"她拿起小本子翻着:"肖楠楠给我提供了几个过去参与者的名字,他们现在已经走上社会了,有的还就在泾北,我挨个和他们联系一下,说服他们向肖楠楠道歉。"

河北与泾北交界的一个小县城,夏舒进来四处瞧着进了一个院子,院子中间是一棵大树,院里堆满了快递包裹,不断有快递员快速地进进出出。

从旁边一间屋里传出一个女人的哭喊声:"你不能这样!你这不

是有意坑我吗？我一家的身家性命可都在里边了！你回来！你回来咱们再谈谈啊！"

夏舒叫住一个快递小哥："先生，我找魏桂英。"

小哥冲屋里一努嘴："那不正喊着呢吗？"

夏舒吃了一惊："怎么啦？"

"上当了。我们这院子不够用了，她贷款租下了旁边那个院子，没想到受了骗，钱交到骗子手里，院子原来是人家的。"

"啊？怎么会有这种事情？"

快递小哥叹息："出来挣钱都不容易。"

女人哭喊声停了，快递小哥在源源不断地进出，跟她交接着什么，看来是没空哭了，夏舒站在那里等着。

院子里难得地冷清下来，一个看上去有三十多岁的女人疲惫地坐在桌旁，还在用纸巾擦着眼泪，一个和她岁数差不多的男人在低声劝她。夏舒在开着的门上敲了敲，进来了。

"对不起，可以进吗？"

男人打量着她："进来吧。有事吗？"

"我找魏桂英。"

女人赶快擦干泪："找我？有事吗？"

夏舒一看她还没哭完："要不我待会儿再来？"

魏桂英拿手在衣服上抹了下："不用了。什么事？"

夏舒怀疑地看着她："您是魏桂英吧？"

"当然了。怎么……"

"可是您不是应该才二十八岁吗？"

"我是二十八……"明白了夏舒的意思，魏桂英苦笑着，"操的心多，人就显老。什么事？坐吧。"

道过谢，夏舒在她推过来的一张椅子上坐了，把自己的名片递过去。

"我叫夏舒,是瑛华律师事务所的律师,我们所接受肖楠楠的委托,为她当年曾经遭受的校园霸凌事件提供法律帮助。您当年,曾经和肖楠楠是同学吧?"

魏桂英怀疑地看着她:"肖楠楠?我不记得这个人呀。"

"可肖楠楠记得很清楚。您再想想,您在万县一中上高中的时候,高三那年,肖楠楠从泾北转学到你们班插班上学。"

魏桂英想起来了。

"噢,那个'壕女'呀。"

"您至今还这样称呼她,您就没想过当年这样的称呼对她是多大的伤害吗?"

"伤害?什么伤害?"

"我们有证据。你曾经在学校贴吧多次侮辱肖楠楠,在现实生活中也对她进行谩骂,传播她的自拍、造谣,导致肖楠楠的心理严重受创,甚至抑郁、自残,最后不得不辍学回到泾北。魏女士,事隔多年,肖楠楠不想再过多追究,她只希望你正式道歉,让她的心灵得到抚慰,这也有助于她的康复。"

魏桂英看着她,好像听不懂她在说什么。那男的也听傻了。

夏舒有点自我怀疑地问:"我说清楚了吗?肖楠楠原谅了你们,但她希望你们对她有个正式的道歉。"

男的一脸蒙:"她说的啥啊?"

"谁知道她说的啥。你啥意思啊?谁伤害她了?她一泾北有钱人的孩子,跑到我们那里插班上学,吃得比我们好,穿得比我们暖,连老师都对她高看一眼。我们咋的她了?"

魏桂英越说越激动,眼泪已经飙了出来。

"没错,我们是叫她'壕女'了,可她可不就是'壕女'吗?还伤害,你们这些有钱人懂得什么叫伤害吗?叫人家说几句就叫伤害了?你们到我这里来看看什么叫伤害!你看看,你看看,我大学毕了业,在泾北找不到像样的工作,变卖了家产来承包了这个快递点,钱还没还上又叫人家坑了。你是当律师的,你咋不替我们这些人讨还公道呢?你们真是闲得没事干了,说她几句就叫伤害了,那我们这样的呢?我们还不得去死吗?"

魏桂英满脸是泪,夏舒狠狠地道了声歉,抓起包就往外跑,她一边在后面追一边骂着,夏舒跑远了。她站在那里呆了呆,突然又大声哭起来。

逃回泾北的夏舒站在一幢写字楼门口等着,一个神情忧郁的女孩从楼里背着包出来,她看上去倒是只有二十八九岁,但状态显然也不好,一看就不是泾北本地的孩子。

夏舒迎上去。

"是张小莲小姐吗?"

张小莲抬头:"是你找我?"

"对。"把名片递上去,"我是瑛华律师事务所的律师,我们接受了肖楠楠小姐的委托,为她当年曾经遭受的校园霸凌提供法律帮助。据我们拿到的证据,当年您在万县一中上学的时候,曾经多次在网上谩骂侮辱肖楠楠小姐,您还记得吗?"

张小莲疑惑地:"肖楠楠?那个'壕女'?"

夏舒正色道:"我要提醒您,您现在还在使用对她有侮辱性的称呼。"

张小莲看着,突然笑起来:"我听说她现在是个平面设计师是吧?挣的钱还不少。"

"对,她是个平面设计师。不过这和我们要谈的事情没关系。你们当年的行为给肖楠楠小姐造成了极大的伤害,以至于她到现在还在承受那件事带来的困扰,肖楠楠小姐希望你们能为当年的行为对她正式道歉。"

张小莲笑着连连摇头,笑得很苦涩。

"真是有钱人啊,看事情就是不一样。我们怎么她了?不过是给她取了个外号,开了几句玩笑,这就成伤害了?她现在过得不是比我们班大多数人都好吗?她还想怎样?我一年换了三家公司了,无论如何努力,老板都看不上我,可我做得哪里比别人差了?不就是因为我是从底下来的吗?我现在被公司辞了,明天的工作还不知道在哪里,房租没钱交,吃饭睡觉都没着落,有人向我道歉了吗?"

一家咖啡厅里,肖楠楠进来,看到向她招手。
肖楠楠有礼貌地打着招呼:"邱律师好。"
邱华笑着:"您好肖女士,我点的水果茶,可以吗?"
"可以。谢谢您邱律师。"
肖楠楠坐下了,询问地看着她。
邱华忽然觉得有点尴尬,她定了定神,开口道:"肖楠楠,想找您来随便聊聊。这几天,我们夏舒律师根据您提供的名单,找了几个人。"
肖楠楠低下头:"噢。"
邱华继续说道:"结果您可以想见,他们不认为当年的行为是对您的伤害。当然,他们这样想不对,但站在他们的角度,也不是没有一点道理。他们觉得当年年龄还小,不过是随便开了几句玩笑,再说您现在发展得比他们大部分人还好,怎么还需要他们来向您道歉呢?"
肖楠楠没说话。
邱华咳了一声:"我不知道该怎么对你说。我是从农村考学出来的,在家里的时候,经历过很艰难的岁月。因为穷,家里不想让我上学,我那时候只想着一件事:只要让我上学,无论怎样都行。你在下面上过学,想必见过家境贫寒的学生,我们上学都不舍得吃食堂,一星期回家背一次干粮,除了校服,我们没有过其他衣裳。我比一般的贫困生还不如,因为我还经常拖欠学费,因此被老师在班上点名,被同学嘲笑。我当时也觉得几乎就坚持不住了,可我只有一个信念:无论如何也要坚持下去,考出去,就是希望。"

肖楠楠打断她："邱律师，您想和我说什么？"

"我是说，生活有时候很残酷，恶意无处不在，你要想活下来，就得让心脏变成一张粗筛，把那些细小的东西都筛下去，让它们不足以伤害到你。"

肖楠楠抬头看她："你的意思是说，那些事情并不构成对我的伤害，一切都是我过于敏感，无事生非是吗？"

邱华真诚地说："我不是那个意思，他们当年对你做的一切当然很残酷，可有时候公道无处可寻，你能做的就是逼着自己强大。你强大了，别人就没办法伤害到你。"

肖楠楠："那还要律师干吗呀？还要法律干吗呀？"

邱华没答上来。

肖楠楠："他们从你们那儿得到了我的联系方式，现在又打电话骂我'壕女'。是我错了，我不该去找你们，我该自己受着。该交的钱我已经交了，咱们中止协议吧。"

办公室里，夏舒正趴在那儿看法条，邱华敲敲门进来了。

"夏舒，你去找肖楠楠高中同学的时候，把她的联系方式告诉那些人了吗？"

"我告诉了一个人。他答应道歉，跟我要肖楠楠的电话，我就告诉他了。怎么啦？"

邱华厉声道："你这智商咋倒回去了？他哪里是给肖楠楠道歉，分明是在套肖楠楠的联系方式。他把肖楠楠的联系方式传播给其他同学，有好几个人给肖楠楠打电话骂她。"

夏舒大吃一惊："啊？这人咋这么坏啊？"

"在宋阿姨的案子上你还没领教够吗？"

"我明天去找他。"

邱华的声音低了下来："找有什么用？肖楠楠要中止协议。"

"啊？为什么？"

"我觉得中止也好，事实上这案子咱们也做不了什么。实在不行和英子商量商量就解除了，咱们把钱退还给他们不就完了吗？"

"那不行，咱们接受了委托，总得干点什么吧？邱姐，您再给我一点时间，我想想办法。"

老韩接着电话，神情很严肃。

"我知道了。谢谢你哈。哥欠你的，哥心里有数，咱们来日方长。先这样？"

他放下手机，坐在那里想着什么。

与此同时，不远处办公室里，方睿焦急地说着什么，陈硕猛地一抬头。

"什么？"

"我同学说，詺海最近和詺山在勾搭。"

"真的吗？"

"我同学说他们所似乎在帮詺海起草什么协议，还高度保密。"

"你守着家，我出去一趟。"

陈硕想了想，提着包站起来。

老薛早早地到了射箭馆，陈硕过来，恰巧看到他又一箭射歪了。

老薛再搭上箭，他像是早知道陈硕到了，自顾自地说："他们两家早就又勾搭到一起去了。"

陈硕一惊："什么？詺海把钱还给詺山了？"

"据我所知还没有，但两家现在来往频繁，昨天孙铭山还到詺海去了，詺海老总亲自到门口迎接，两人谈笑风生。"

"他们在谈什么？"

老薛放下弓坐到旁边："跟我联系那人，在詺海只是个基层主管，他只能看到詺山的人来来往往，至于干些什么在达成协议以前他不可能知道。"

陈硕也坐下来:"律师在前面冲锋陷阵,当事人在后面把律师卖了,图什么?就图赖掉那点律师费吗?"

老薛哼了一声,瞥了他一眼:"那点?一千万呢。"

"他们来往密切是从什么时候开始的?"

"从你们一审胜诉开始。说实在的,詺海老总是个正处级干部,以前他怎么可能看得起一个民企老板?可你们一审做得扎实,证据准备得也好,他们知道就算二审也得败诉,这才演了这出新戏。"

陈硕想着:"可詺山的孙铭山也不是个傻子,他知道詺海怕的是什么。"

老薛脸色一变:"你的意思是……"

"不管詺海的态度如何变,让詺海还钱才是詺山的核心诉求吧?"

"那当然。"

陈硕一下子跳起来:"走了。"

老薛想追上去:"哎,哎,你准备怎么对付啊?"

人已经走远了。

陈硕从射箭馆出来,拉开车门跳了进去,掏出手机刚要打电话,老韩打过来了。

"韩律师。我在外面呢。有事吗?好嘞,我马上回去一趟。"

陈硕挂了老韩的电话,又拨,电话通了,陈硕换上一副很热情的面孔。

"孙总吗?我陈硕啊。詺海的情况我托了一家公司,调查得差不多了。他们在平陵市买了块地,内部说是要盖职工宿舍,目前土地尚没有查封,财产价值足以覆盖我们大部分债权,您看我们是不是马上提供给法院?"

孙铭山听到这儿,激动得腾地站起来。

他换了个手拿手机,高兴得满面红光:"啊?真找到了?提供啊。这些人,不见棺材不掉泪。他们不主动履行判决,咱们就申请执行。"

陈硕："好嘞，那，我就提供给法院了。孙总，还有一件事，咱们的代理协议有约定，双方要建立一个共管账户收取案件的给付款或者执行款，将来执行回来的钱，过付到这个共管账户上。现在既然要申请执行了，您这边派个人给我对接，咱们尽快办理吧。"

孙铭山赶忙答应着："行，行啊。什么时候？"

"越快越好。要不明天吧。"

"好，我明天派人过去。陈律师，还有别的事吗？"

"没了。孙总您忙，明天我等着您的人。"

陈硕挂了电话，热情的面孔马上冷了下来。

"你不义，就别怪我无情了。"

一脚油门走了。

孙铭山打电话的时候，桌对面还坐着一个人，是公司的副总。

"孙总，訄海正和咱们谈判呢，这个时候提执行好吗？"

"怎么不好？他们和咱们谈判，又搬出政府来压我们，不就是不想还钱吗？咱们趁着还没谈成抓紧执行，能执行回来多少是多少。再说了，咱们执行得多，谈判中筹码也大嘛。"

"咱们的律师不知道谈判的事吧？"

"怎么可能让他知道。对了，嘱咐好知道这件事的人，严格保密，不能让律师听到任何风声。"

看到陈硕在外面，老韩一步站起来把他迎进来，顺便把门关上了。

老韩把他按到椅子上，焦急道："陈硕你赶快的。我告诉你，訄海和訄山在谈判。"

陈硕打量着他："是吗？这他们就不像话了。"

"我早就料到了。这笔钱要是这么好挣，为什么那么多律所不挣呢？我告诉你，一到这时候，当事人出卖自己的律师，几乎是个铁律。"

"到底还是老律师有经验。韩律师,您说咱们怎么办?"

"我着急叫你回来就是这意思。咱们应该马上跑一趟詺山,当面把这事揭穿,逼他们马上履行和我们的协议,能履行多少算多少。"

"现在履行不了多少的。詺山虽然胜诉了,但还没执行,詺海也还没还他们钱,他们哪儿有钱给我们?我刚才给詺山孙老板打了个电话,他还在催我们赶快办执行的事。"

老韩沉吟着:"噢?这么说詺山和詺海谈判还没成功。"

陈硕眼睛一亮:"什么意思?"

从陈硕进屋,老韩一直在那儿站着跟他说话。

此刻他回到椅子上坐下,往后一仰,眯起眼睛:"没成功,所以再利用律师一把呗。这边开始执行了,詺山和詺海谈判就有了更大的筹码。"

陈硕微笑着:"韩律师,看起来我真得管您叫师傅。"

老韩一下子又弹了起来,他两步走过来,架着陈硕就要往外推。

"马屁等拿到钱再拍。陈硕,那你抓紧时间办执行的事。记住,不要贪多,只要执行回来一笔,咱们马上提一笔,然后就和他们谈判,及时止损。"

"我刚才和詺山说,双方建立一个共管账户,他们明天就派人来和我们一起去建。"

"建了共管账户,没有他们的同意我们也取不出钱来,不是白瞎吗?"

"这个账户最后怎么建就看我的了。"

老韩不推他了,定定地看着他,突然说:"陈硕,你不能这么干。"

"怎么?"

"这么干风险太大,容易被人抓住。"

"只要他们老实履行协议,这个账户就是个共管账户。"

老韩意味深长地看着他:"陈硕,你听老哥一句劝:你听说过哪个律师打一个案子能挣到上千万的吗?实话说,从开始,我就知道,詻山的标的，实际上只是个噱头，引着律师上钩罢了。这个案子，咱们能拿回来一百万也不少了。依据协议咱们能拿一千多万，实际上只给他要一百万，我相信还是好谈的。"

陈硕昂着头："我不明白这个道理。既然双方签了协议，我们完成了协议上的所有的义务，他们为什么不遵守协议呢？我们应该得一千万，为什么只要一百万？"

"陈硕，你还是年轻，老话说得好，两鸟在林，不如一鸟在手。钱挣到手才是钱，挣不到就是个纸面上的数字。咱们还是……"

"不，我按协议办事，我拿我应该得的。您要不放心您就跟所里报告，看所里怎么说。"

老韩一愣："我报告什么？你能多挣，我不是也能多分吗？"

陈硕一笑："那不就结了。没事我走了。"

老韩久久地站在那儿。

办公室里来了个三十多岁的女人，陈硕一边握手，一边打量着她。"您好。请问怎么称呼？"

"我姓董，您叫我小董就行。"

"那多不礼貌啊。董小姐。董小姐，孙总让您来和我一块儿去开共管账户？"

"对，授权书我拿来了。"把一张纸拿给他看。陈硕看了一眼就拿在手里："还需要您的身份证，带来了吗？"

"带来了，在这儿。"

董小姐说着，从包里拿出授权书交给他。

方睿站起来："师傅，跑腿的事，我来吧。"

陈硕一把把他拦在那儿，笑着对董小姐说："詻山的事可没小事。还是我自己来吧。走吧，我已经和银行打好招呼了，他们在等我们过去。董小姐，您在詻山集团……"

董小姐不好意思地笑笑："孙总是我姐夫，我在那里管账。"

陈硕连连点头："对对对，管账是得用自己人。"

方睿不明所以地站在那儿，看着两人走了。

两人坐在银行大堂里聊着天，不时传出董小姐的笑声。

陈硕欣赏地看着她："董小姐，我见过您姐姐一次。我代理贵公司打官司的时候，孙总带着她请我吃了一顿饭。您姐姐那可真是的，我一看到她心里就想，这孙总哪辈子修来的福，能娶到这么好的太太，温柔知性，落落大方。可今天一看到您才知道，是我孤陋寡闻了。"

董小姐不自觉地摸摸脸："我哪里比得上我姐姐？找了我姐夫，一辈子不用愁，不像我，三十了，还得给姐夫打工。"

陈硕认真地说："哪里？她可能是只绩优股，您才是潜力股啊。您得这么想，您姐姐这辈子只有您姐夫了，您可不一样，全世界的好男人随您挑。"

董小姐又被逗笑了："陈律师您可真逗，怪不得我姐夫找您。"

客户经理马经理从楼上下来，看到陈硕，热情地迎上来。

"陈律师来了？上次我们银行的案子可多亏您了。"

陈硕谦虚道："哪里！主要是咱们银行力量强大。马经理，就我电话里说的开账户的事……"

马经理马上点头："已经安排好了，二位跟我来。"

陈硕手里拿着董小姐交给他的授权书和身份证，贴心地对董小姐说："董小姐，您在这儿坐着等我一会儿，三楼呢，您也别爬了，小心您的高跟鞋。我跟他上去开，几分钟就好了。"

董小姐眼睛里都是藏不住的笑意，信任地说："行，我在这儿等您。"

陈硕跟着马经理往上走。楼梯一拐弯，他一边和马经理说着话，一边把董小姐带来的授权书放进包里，从包里取出另一张纸来。

VIP接待室，业务员礼貌地问道："陈先生，办理开户的授权书和身份证带了吗?"

"带了带了。"陈硕还和马经理说着话,自然地把新拿出来的授权书和两个身份证交了上去。

不一会儿,陈硕从楼上下来了,董小姐还坐在那里刷着手机。

陈硕笑着:"我说什么了,几分钟。来,这是新建的账户,咱们两家,一家一个U盾,密码在上面写着呢,回去以后可以改一下。"

董小姐接过来放进包里。

陈硕又恭敬地侧过身:"请,董小姐,我把您送回去。"

詺山集团门口,董小姐下了车,还依依不舍地回头和陈硕打招呼。

"陈律师再见。再来詺山的时候找我啊。"

车窗开着,陈硕像是一直在那儿目送她进去:"没问题。董小姐,改天请您吃饭!"

董小姐一步三回头地进去了,陈硕看着她的背影,得意地吹了一声口哨。

陈硕从外面回来,刚进门,老韩就伸进头来。

"陈硕,执行的事……"

"我正准备去法院。韩律师,今天詺山来了人,我和她一起去建了那个共管……"

老韩马上打断他:"陈硕,这案子主要是你做,我就是配合。事情你做主就好。执行的事不用我吧?"

陈硕看着他笑笑:"不过是跑趟法院,我自己就行。"

"好。还是和你打配合好,省心。我走了。"

老韩的头一下子缩了回去。

从执行局回来,看看方睿不在,陈硕把包随意一丢,一屁股坐到沙发上。"还想涮我？"他得意地吹了声口哨，把头枕在手上，又开始想象："一千万，一千万到手怎么花呢？妈的，要一千万能买她一颗心就好了。"

突然想起什么，陈硕拍拍脑袋跳起来，打开门出去了。

方丽虹从桌上抬起头来，打量着一脸恭敬的陈硕。

"有事吗陈律师？"

"就我代理的詺山集团那案子，向您汇报一下。"

方丽虹指了指自己对面的椅子。

陈硕坐下，认真地汇报着："那案子，一审胜诉以后，对方并没有上诉，判决已经生效了。"

方丽虹嘴角一扬："噢？为你高兴陈律师。"

陈硕一副很谦虚的样子："哪里。还不是在咱们所的支持和您的帮助指导下，特别是上次您带我去和詺山谈判，把该说的话都说了。"

奉承话方丽虹听得太多了，她只是微微笑着。

"陈律师，对方没上诉，不见得是件好事，也许是转移一个战场。"

"您的意思是……"

"咱们的好多当事人，不习惯用法律解决问题，他们习惯于用权力来运作。对方没上诉，不一定就是服判，很可能是换一种玩法，比如私下里通过其他力量来和我们的当事人勾兑。"

陈硕一愣，然后重重点头，好像茅塞顿开的样子。

"方律师，没准还真像您说的一样。我找了个人观察了一下，胜诉以后，这两家老死不相往来的企业突然就亲如一家，成天来来往往的，最妙的是，詺山还瞒着我，在我面前只字不提。方律师，姜还是老的辣。"

方丽虹这回有点受用："我猜的就是这样。有些人缺乏契约意识，他们打官司的时候来找律师，想的只是把律师当枪使，看到事情出现了转机，就踩着律师上墙，然后一脚把律师踹下去。"

陈硕掩不住脸上的焦急："我担心这种情况在这个案子里也出现了。方律师，这种事我以前经历得少，您看我该怎么办？"

"詺山还瞒着你？"

"对，我昨天还和他们通过电话，一个字也没提。"

"那执行呢？他们还要执行吗？"

"当然要，还嘱咐我要加快。这不我今天已经向法院申请了。"

方丽虹思忖着："那说明他们双方还没勾兑好。陈律师，既然他们没说破，说明他们现在还离不开律师，你不妨也不挑破，抓紧时间催促法院执行，但有一条，执行回来的钱，一定要掌握在自己手里。哎，对了，当初合同上签的要建共管账户来着对吧？"

陈硕点头："对。我刚刚和他们派来的人一块儿去银行建了。"

方丽虹脸一沉："那坏了。共管账户，将来没有对方的允许，这钱咱们动不了。"

陈硕作汇报似的："当初我在协议里约定以良诚所名义开立共管账户，而且委托书的代理权限上也注明了代为收取执行或过付款项。建账户的时候我只向银行提交了对方的身份证，没向银行提供对方的授权书。当然，一共两个U盾，我给了对方一个。"

方丽虹目不转睛地看着他。

陈硕一副求教的样子，好像吓了一跳。

"方律师，我做错了？"

"没有。你很聪明。这账户实际上等于是良诚所的。"

"可U盾对方手里有一个。"

方丽虹看似不在意地："有需要的时候挂失另办一个就是了。"

陈硕要的就是这句话。

"方律师您这么一说，我就放心了。我就把这事向您汇报一下。这案子，执行起来也快，咱们律所很快就有大钱进账了。您忙，我走了。"

方丽虹一怔，抬起头来，桌子对面已经没人了。

她继续坐在那里，眼睛眯了眯，拿起桌上的电话。

"老韩，你到我这儿来一趟。"

陶正正在整理万禾案的资料，陈硕敲门进来了。

"稀客啊陈硕。请坐，什么事？"

"您看我气色怎么样？"

陶正有点蒙，审视着陈硕："气色？你气色挺好。怎么了？"

陈硕笑了："那就好。您上次说万禾案缺人手，但看我气色不好让我先忙詺山。现在詺山一审胜诉，我手头没活儿，刚好可以加入万禾案。"

陶正一怔，随即迅速调整了表情。

"可我听说詺山虽然胜诉了，但还没执行啊。"

"执行的事您放心，我已经和方律师商量过了。现在万禾是关键，而且我发现万禾跟我之前看过的一个案子非常像，叫铸成案。您要是让我加入，我肯定能帮上忙。"

陶正不动声色，笑道："你但凡早一天提，我都能让你加塞儿。可现在团队已经满员，这案子大利益也大，多一个人，钱少一分，你也替我想想，我怎么跟其他合伙人交代？"

陈硕干脆道："行，那我不让您为难，我就是想为所里出份力。"

陶正手叉在胸前，饶有兴致地打量着他："你小子是想多赚一份钱吧？光一个詺山案还不够你赚啊？陈硕，差不多得了。"

陈硕哈哈一笑："还是陶律懂我，那以后如果有需要，随时找我。"

陈硕说完，起身离开。

到方丽虹、陶正那儿转了一圈，陈硕若有所思地踱着步子，刚走出去没两步，就碰见急慌慌往自己办公室跑的方睿。

陈硕叫住他："小方，你不好好备考，又跑哪儿去了？一天不见人。"

方睿拉陈硕到一边，低声地："师傅，我去找了我那同学，詺海真的和詺山在谈判，听说后面还有政府在调解，他们想坑咱们。"

陈硕看着他，很感动："你这两天都在跑这事？"

方睿一脸焦急："当然了。师傅，咱们怎么办啊？"

陈硕拍拍他："谢谢你小方，放心吧，能涮我的那个人还没生出来。你好好备考吧，我有事出去一趟。"

"有事？"老韩进来。

方丽虹示意他关上门："陈硕和詺山建了个共管账户，没交对方的授权书，事实上，这账户就是良诚所的，不能算是双方共管，这事你知道吧？"

老韩一脸傻白甜："我不知道啊。这小子，鬼心眼太多了。"

"这小子胆也太大了些。老韩，所里之所以派你参与这个案件意思你懂的，火候你随时掌握，别叫他给所里带来风险。"

"名义上是共管账户，实际上变成咱们自己的账户，这不就是风险吗？方律师，既然他向您汇报了，您应该阻止他的。"

"我为什么要阻止？詺山明摆着想暗中摆咱们一道，叫陈硕给他们一个教训也好。"

"方律师，和他们打交道，咱们能得到便宜吗？不如把话和詺山挑明了，公开谈判，能拿回来多少是多少。"

"如果开始就不强硬，咱们恐怕一分钱也拿不回来，前期的投入还得全赔上。"

"前期投入不全是陈硕投入的吗？"

"那咱们忙活这么久是图什么呢？你别管了，盯着陈硕就行了，相信他有能力尽可能减少损失的。"

老韩看着她，点点头。

"好嘞。"

车里连着蓝牙，这一路上老薛的抱怨就没停过。他絮絮叨叨地从两人认识后陈硕吃的第一个亏开始说起,这会儿终于到现在进行时了,陈硕听得忍俊不禁。

"陈硕,諮山的事你还一脑门子官司,现在就要插手万禾?你图什么呀,为了罗英子啊?"

"我就是八卦,方丽虹越不让我干,我越要搞个清楚。老薛,你说万禾案方丽虹他们为什么不让我参加呢?"

"这里面有事儿不想让你知道呗。"

"没错。今天我故意跟陶正提铸成案,他装听不见,肯定是怕我发现铸成案的猫腻。我现在就去找铸成的老总问问。哥们儿这智商可以吧?"

老薛没回话,半晌,他声音明显低了下来。

"你悠着点吧。我昨晚陪孩子算了一晚上奥数,不跟你智力竞赛了。挂了。"

这时车也停在了一座陈旧的小楼前。

一个女孩领着陈硕走到办公室门口。

"这儿就是我们老板办公室。"

女孩一边说着一边敲敲门推开:"俞总,有人找。"

屋里坐着的是个六十多岁的男人,头发全白了。老人叫俞成,铸成集团的前董事长,就是良诚所当破产管理人的那个铸成集团。

他抬起头来,多疑地看着进来的陈硕:"你哪位?找我有事?"

陈硕抢上一步,抓起人家一只手拼命晃着:"您好俞总,我叫陈硕,律师。"

"律师?找我有事?"

"俞总,以前您是铸成集团的老总来着对吧?"

俞成的脸难看地抽了一下:"你有事吗?"

陈硕很同情地:"我听说您蹲了三年牢,您受苦了。"

"你找我到底有什么事?"

"梅大梁您认识吗?"

"梅律师啊。"

"因为您这案子,梅律师也受苦了。"

"你这是什么话?她进去和我这案子没关系。"

"表面上看着没有,没准咱们聊着聊着就有了。我今天来,就是想找您了解一下当年铸成案的事情。"

俞成再次问道:"你到底是哪位?为什么关心这案子?你是哪个律所的?"

陈硕一笑:"良诚律师事务所。"

话还没说完,俞成脸变了,一下子跳起来。

"你良诚的?你来干什么?你们把我的企业拿走,害得我蹲了监狱还不够,又想来干什么?你走!你马上离开这儿!"

"俞总,多少年前的事了,和我没关……"

俞成顺手抓起桌上的镇纸:"你走不走?"

陈硕抱头鼠窜地跑出来,一口气跑到自己车旁,抬头看了看楼上,没人追出来,这才惊魂未定地长出了一口气。

"天哪,什么仇什么恨啊?方丽虹到底对他做过什么?"

陈硕开车回来,刚停下,杨树就从旁边车上下来了。

"陈律师。"

"杨先生,您怎么来了?你们的案子,瑛华所办得怎么样了?"

杨树沉着脸:"陈律师,她们可以不接我们的案子,但不可以这样害我们。"

陈硕着实吃了一惊:"害你们?她们干什么了?"

"她们那位姓夏的律师把楠楠的联系方式告诉了她的一个同学,导致他们找到了楠楠,好几个人打电话侮辱楠楠。"

"真的?她们怎么能这样?杨先生,您等着,我马上找她们。"

"算了,我们不找了,我们认倒霉。楠楠已经和她们说中止协议了,她们还不同意。陈律师,您就和她们说一声我们中止协议了呗,交上的钱我们也不要了。"

"那可不行。我介绍过去的案子,你算我也不能算,我不能让她们白白地从你们这儿赚钱还不干好事。你仔细说说,她们都干什么了。"

罗英子从卓越所出来,陈硕按了按喇叭下了车。

罗英子今天看起来心情不错,她笑着过来:"有事没事地往这儿跑什么?你钱挣够了我们还没脱离温饱呢。"

陈硕脸色却不好:"罗英子,你成天把正义挂嘴上,就干这事啊?你嫌肖楠楠受的伤害还不够,瑛华所还非得再插一刀是吧?你不是能在卓越所挣一大笔吗?怎么着?连两万块钱也要坑?"

罗英子摸不着头脑:"你什么意思啊?"

陈硕有点激动:"我什么意思?你们的夏律师和邱律师,配合得可真好。夏律师去找霸凌肖楠楠的人,居然把肖楠楠的联系方式告诉他们,现在好几个人又打电话骚扰她;邱律师更妙,和肖楠楠说她玻璃心,叫她坚强。废话,大家都坚强找律师干吗呀?"

罗英子打断:"你先打住,陈无良,说话要负责,你对夏舒和邱华的这两项指控是很严重的,你是说她们没有职业道德,故意这样做吗?是谁告诉你的?"

陈硕指着一个方向:"这是当事人亲自给我的反馈。你不信,大可以去问。"

罗英子:"等我回去了解一下,如果你说的是真的,我会去找肖楠楠道歉,这案子我亲自来做。"

陈硕一听来了劲:"那不行,那我也非做不可,人家先来找的我,结果没帮上忙还让人家受了害。"

"用不着你。杀鸡——"

"焉用牛刀是吧?承认我是把牛刀?"

"杀鸡用钝刀子费劲,我自己来就行。"

"不行，这是我的案子，我还非做不可了。"

罗英子看着他："人家一共付了我们两万，我们可没钱给你。"

陈硕一拍大腿："我还就白干了！一个案子挣一千万的人，还在乎这点小钱？"

罗英子撇了撇嘴："嘚瑟，一千万还不知道挣得到挣不到，嚷得全世界都知道了，也不怕劫匪绑票。"

陈硕："你绑了我吧，一千万马上给你。"

罗英子白他一眼："等着，我去给许老师打个招呼先回所里一趟。"

陈硕心里酸溜溜的："你怎么做什么都得给你的许老师汇报？"

罗英子："他发我工资，我不跟他汇报还跟你汇报吗？"

陈硕看着她的背影："我也可以给你发工资呀，你要吗？"

"基本的我都理完了，还剩下一点零碎，要么您派您律所的人处理，要么我让邱律师过来继续。您看可以吗许老师？"

那间好看的玻璃房里，罗英子站在许卓对面，一五一十地说了肖楠楠的案子，她告诉许卓自己必须亲自处理这件事。

许卓思忖着："你接手的这个案子，是十年前的校园霸凌案，还没造成人身伤害？"

"但它彻底改变了那女孩的人生。"

"英子，这案子很难有结果，你和你的当事人要做好心理准备。看着你，我就想起我十年前专门做公益案那会儿，那样的好日子到底一去不复返了。"

罗英子看着许卓，没有说话。

许卓发现了她的目光："怎么啦？"

罗英子淡淡地说："我一直以为您觉得那段日子很苦，律所像亭子，还被打击报复，可您说是好日子。"

许卓笑了："苦啊，但心境却很难得。英子，我很羡慕你，还愿意为着一些可能没有结果的事而努力。你放心，鼎薪我让邱律师接手,你去忙,我支持你。"

罗英子很动容:"谢谢您,许老师。"

三个女律师正凑在一张桌上,一边喝奶茶一边讨论肖楠楠的事。

"邱华、夏舒,这么大的事儿你们怎么不跟我说呢?肖楠楠都中止协议了。"

"我和夏舒也是合伙人,这个案子你既然交给我俩,我们就自己看着办了。"

夏舒抱歉道:"罗姐,是我不对,我还是把人想得太善良了。当时他一口答应向肖楠楠道歉,所以我就把联系方式给他了。对不起。"

邱华抬起头来。

"英子,这事我有责任,给联系方式的事我也批评过夏舒了,但我还是那个意见,这案子不会有结果,早结束早好。"

罗英子问道:"邱华,你是不是说肖楠楠玻璃心,不够坚强了?"

"我说的是实话。"

罗英子吸了口奶茶:"邱华,你不是说你能有今天是因为你认命,还逆来顺受吧?"

邱华有点不高兴:"肖楠楠也没逆来顺受啊。可是这个世界就是这样。大恶还在横行,我们能拿这些小恶怎么办?"

夏舒有点激动:"邱姐,这话我不同意!只要是恶,就都应该铲除,没有什么大恶小恶之分!"

邱华冷冷道:"你不同意你可以去做啊。"

"我在做啊。"

"可是你的做使受害者受到了新的一次伤害。"

"你——"

罗英子打断道:"夏舒,你先出去,我和她谈谈。"

夏舒闷声走了。罗英子起身关上门,定了定神。邱华坐在那儿,还是一副冷冰冰的样子。

"我的姐,你为什么要一直给人泼冷水呢?"

邱华一怔,无奈地笑了:"你想要我怎么回答?我没你们乐观?我负面情绪太多?这案子本来打赢的几率就微乎其微,可惜实话难听,你们不接受。"

"你对一个被霸凌的人说让她坚强,你不觉得你错了吗?"

"我错哪儿了?从法律的角度、从人性的角度,我错哪儿了?难道我要说这个官司你放心去打,拖上个几年打不出结果也没关系,咱们要的就是花钱买安心。如果这就是你所谓的正确,那我只能说,你的正确你的善良,只是在满足你自己。"

"我帮她,不是因为我善良,是因为我尊重!你泼她冷水也不代表你理性,反而说明你怯懦,你甚至不敢试试,就把这些痛苦咽了,然后自欺欺人,说我强大了,一切就都过去了。你不觉得可笑吗?"

"可事实如此啊,她的执念没有意义,她被人霸凌,法律爱莫能助,难道她就不活了吗?为什么不去改变自己,让自己变强呢?"

罗英子一下子急了:"强盗逻辑!恶人作恶,受害者凭什么从自己身上找原因!"

邱华觉得可笑:"所以呢?如果这案子最后不是她想要的结果,难道她后半辈子就一直这样暗无天日地过吗?如果她乐意,那我没意见。"

"你这是强词夺理!问题的症结是你在伤害肖楠楠,你没有尊重她的痛苦!"

邱华还在笑:"你别闹了,尊重她的痛苦,这算什么,谁还没受——"

罗英子瞪着她:"以己度人,也是霸凌!不是每个人都是你!就算是你,你认为自己真的强大吗?强大不是事事权衡利弊,也不是披着理性的冷漠!"

邱华怔住了,她很想哭,却又忍住泪水,半天才说出话来。

"英子,这些话你在心里憋了很久吧?觉得我权衡利弊,觉得我悲观冷漠。既然这样,那恕我同样难以理解你们的高尚善良。"起身道,"这个话题到此为止,我们理念不同,不必再争论了。"

邱华起身要走,罗英子也意识到自己话说重了,想去拉住她。

邱华笑着:"你别跟我说,你不是这么想的,我会觉得你很虚伪。"

罗英子激动道:"是,我忍你很久了!从夏舒入伙到你入伙到鼎薪案再到肖楠楠。我不懂你怎么能够永远理性、永远成熟、永远清醒,你的世界永远是安全的稳定的封闭的,从工作到生活泾渭分明,做人做事井水不犯河水,工作起来手起刀落,干净利索。我羡慕你,佩服你,可又觉得难过。我一直想问你,邱华,你累吗?"

邱华凝视罗英子,只觉得嘴唇好像粘在了一起,张不开嘴。她努力了半天,还是摇了摇头。

"我不累。"

邱华坚定地摇摇头,可眼泪终究是流下来了。

罗英子柔声道:"我每次看到你用这种态度去工作,去过你的生活,就觉得你像在给自己的心砌墙,这堵墙越来越高,我怕有天会看不见你。你明白吗?"

邱华抹了把眼泪,看着罗英子:"我明白,英子,但……但我就是没办法。"

罗英子把手放在邱华肩上,她感觉邱华在颤抖,她很想抱抱她,可是她知道邱华不想,这是邱华几乎从来没有的、彻底暴露的时刻,此刻的她就是一只没壳的刺猬。

罗英子轻抚着她的肩,又轻轻地拍打着。

邱华稳了稳情绪。

"英子,肖楠楠的事,是我错了。我……我可以去道歉,这个案子,我听你安排。"

"邱华,我想过了,这个案子我和夏舒做,你去卓越所配合许老师理账吧。"

"好。"邱华正要走,又回身犹豫道,"我知道你不爱听,但我还是得给你们泼泼冷水,无论你们如何努力,结果很可能就是承认现实，不了了之。"

罗英子看着邱华哭红的脸，忽然觉得她一本正经的样子有点好笑。她终究没忍住，还是一把抱住了邱华，邱华僵直地站在那儿。

"答应我一件事吧。"

"什么？"

"什么都行，我们再一起努力试试看吧。"

邱华没有回答，慢慢抬手，也抱住了罗英子。

邱华从外面进来，情绪很低落。张全全扎着围裙从厨房里迎出来，显然是心情大好的样子。

"你回来了？赶快洗洗手吃饭吧。"

邱华赶快勉强笑着："你又比我回来得早。"

晚饭很丰盛，张全全还不断地往邱华碗里夹着。

"多吃点，把身体养得好好的，等你有空了，咱们好生孩子呀。"

"好。"

邱华努力吃着。

"邱华，你还觉得我爸一个县委书记在泾北不顶用，告诉你，还真管上用了。"

"什么？"

"我提正科了，今天组织处找我谈了，这两天就公示，公示完就定了。"

"啊？是爸找的结果吗？"

"肯定啊。我没说吗？他那个老下级现在是副省级，他们副省级干部经常打交道的。"

"未必是爸的作用，也可能是领导欣赏你呀。"

"领导欣赏的多了，要是没人，处里那么多人，怎么会轮到我？邱华，我今年二十八，好好干，再过四年，三十二，我爸也还退不了休，争取提上副处。再过四年，三十六岁就能提正处了，那就前景很乐观了。"

邱华忍了忍，没忍住："全全，为这事伤这么多脑筋，值得吗？"

张全全没明白："怎么不值得？"

邱华认真地说："仕途这条路，有头吗？我早就说过了，只要你过得高兴，哪怕一辈子当科员，我也跟着你，咱们没必要为了提个什么处这么大费周章。"

张全全不乐意了："可你对你自己咋不这么要求呢？你事业多要强啊，为什么不希望我要强？"

"全全，我只是希望咱们靠自己，而不是靠关系。有多大本事端多大饭碗，这碗饭才吃得踏实。"

"可你也靠关系了呀，之前我爸介绍的吴总，你不是也拿着名片去找他了吗？"

"我去找吴总，不是因为我想去，是因为怕你难受，而且最后我也没有接受吴总的委托。我现在所有的案子都是靠自己挣来的。"

张全全不高兴了，低头吃饭不说话。

邱华低声道："全全，也许我说错了，我不该干涉你的事情，我道歉。"

张全全突然抬起头："邱华，你看不起我是吧？"

邱华吓了一跳："哪儿有？你怎么会这样想！"

"你对我事业上从来没要求。"

"咱们是夫妻，又不是团队，我干吗非得对你的事业有要求？"

"可如果我一辈子当个科员，一辈子提拔不上去，别说你，别人怎么看我？我是个男人，总不能叫人看不起吧？"

张全全眼睛都红了，邱华怔住了，赶紧去拉他的手。

"是我说错了，我再次道歉。全全，咱们是生活上的伴侣，未必要求在一切事上价值观相同。你喜欢的事情，你就去做吧，我只提醒一点，就是尽可能靠自己，别靠爸了。"

张全全没说话。

20

"对不起,我们向二位道歉。我们没能帮肖小姐讨回公道,还让肖小姐再次受到伤害。是我们的失职。"

罗英子带着夏舒,郑重地向坐在对面的肖楠楠和杨树道歉。陈硕四处看着,对邱华的缺席有些意外。

"没关系,没关系,都怪我。"肖楠楠赶快欠身,好像犯错的真是自己。

罗英子:"是他们伤害您,是我们做得不好,为什么怪您啊?"

杨树心疼地看着女友:"这就是我坚持要帮她讨一个说法的原因。我俩在一起以后,只要提到这件事,她说得最多的一句话就是'怪我'。"

肖楠楠:"是怪我啊。现在想起来,我不该吹牛说我卡上的钱花不完,确实怪我。"

罗英子:"哪怕你吹牛了,他们也不该那样对你,是他们的错,你不要把别人的错归到自己身上。"

陈硕在那儿帮腔:"看看,我说什么了?这案子打不好对得起谁?"

罗英子:"我们到网上查过了,过去的痕迹都还在,我们不可能要求所有的人都来道歉,但我们可以要求为首者来向你道歉。我们找到了一些,有些夏舒已经找过了,他们拒绝。没关系,我们继续找他们。我明天准备到那县里跑一趟。"

陈硕立刻站起来:"还有我。"

罗英子背着一个大包,手里拿着一盒牛奶从楼里出来,一边吸着一边匆匆往外走,有人按了一下喇叭,她抬头一看,陈硕已经从自己车上下来了。

陈硕帮她拉开了车门，一副门童侍者的做派："美女，请吧。"

罗英子莞尔一笑，上了车，陈硕把她的包搬进后备厢。

一路上罗英子的手机都没停过，陈硕好几次跟她说话，说不了两句电话就响了，已经快出泾北市区了，她还在那儿打着电话。

"第三本第五十五页，对，你在那儿找，我记得在那儿，不会错的。对。还有，和长风那个往来你问问许老师，许老师知道。好的，辛苦啦，拜。"

挂了电话，陈硕酸溜溜地感慨："真忙啊！"

"我哪儿像你，挣了大钱，实现了财务自由，成天泡妞，把妹。"

"我泡谁啦？"

罗英子想反驳可没答上来。

"就想泡一个，还泡不上。"

"别胡说八道。讲真，你怎么对这种小案子这么执着啊？挣大钱挣够啦？"

"大案子所里不让我干呀。唉，方丽虹和陶正不想让我参与万禾项目。"

罗英子顿时警惕地张大眼睛。

"陈无良，为什么到处都有你？"

"因为到处都有你啊。"

"对不起，现在你们所是万禾的管理人，我们代表着万禾的债权人，我们之间有利益冲突，拜托你闭上你的臭嘴，不要再谈这案子。"

"好好好，真不愧是罗正经。知道我一个案子挣了上千万啦？"

"不是你自己吹牛的吗？"

陈硕得意地笑了。

"打那个官司，花了多少？"

陈硕想起来就肉疼得龇牙咧嘴："别提了，光请会计事务所理他们之间那笔烂账，就花了我一百多万。我个人拿的哟，律所一分钱不掏。"

"哈，还是有钱，什么叫一掷千金啊。"

"哪里？我抵押了房子。"

提到房子，他偷看了罗英子一眼："做抵押的时候，我想把那套房子抵了。"

罗英子没在意："为什么不？不是还闲着吗？"

"我怎么舍得啊？我买这房子就是为了以后高价卖给你，赚你那差价。"

"陈无良你就缺德吧你，我偏不买，就让你砸手里。"

"好好好，是我活该。"

"这么说你挣大钱的这案子你们律所没参与，一切风险你自己担的？"

"没啥风险了，胜诉了，而且对方没上诉，已经进入执行程序了。"

罗英子突然看向他："你注意安全啊。"

陈硕不以为意："有什么可注意的？我光明正大打官司，光明正大挣钱，我怕什么？"

"你挣不到钱还好，只怕你一挣到，事儿就来了。"

"没关系，所有的事情我都让方丽虹知道了。"

罗英子想了想，幽幽地说："这正是我要提醒你的地方。你也要注意方丽虹。"

陈硕一怔："咦，奇了，你不一直说方丽虹是良诚所最有正义感的人吗？"

"至今我也这么说。不过在巨大的利益面前，我对人性没信心。你可注意啊。"

陈硕瞥她一眼："你还担心我安全吗？"

罗英子从一个大购物袋中挑拣着陈硕准备的零食。

"这是什么话？阿猫阿狗的安全我都担心啊。"

两人你一句我一句的，陈硕忽然有点纳闷，明明是个周末，出泾北这段路今天怎么不堵了。

两人坐在车上，从县城一条条小街上穿行，街道狭窄、拥挤、纷乱，大街上经常有人站着聊天，和熟人打招呼，店主站在自家小店门口，和隔壁店门口的人说着话。

罗英子看着车窗外："熟人社会哈。"

陈硕："想一想一个女孩子在这样的地方被几十上百人群嘲、谩骂，确实可怕哈。咱们先去哪儿？"

罗英子打开手机上的记事本："我看看。先去找一个叫王娜娜的女人。当年她是始作俑者，就是她把肖楠楠不吃肉添油加醋改成肖楠楠家里的肉都没人吃用来喂猪并且第一个到处散布出去的人，后来还向肖楠楠脸上吐过唾沫，扇过她耳光。去一个叫邻家的超市，她现在在那儿当收银员。"

罗英子手里拿着两盒酸奶，陈硕手里拿着一盒口香糖，站在结账队伍后面排队，正在他们这一列收银的就是王娜娜，她个子不高，脸蜡黄蜡黄的，看上去疲惫不堪。

两人一边排队一边窃窃私语。

罗英子努努嘴："是她吧？"

陈硕看着手机上的照片："是她。照片像，工号也对。"

"天，她看上去比肖楠楠能老十岁。"

"以前都说坏人长寿，说他们能把心里的恶释放出来，所以不会得病，看起来也不尽然啊。"

前面突然吵起来了，两人看过去，只看到王娜娜一抬头，瞪着面前的中年女人："你说什么？你再说一遍！"

对方也不示弱，说了句什么，王娜娜居然把收银机一关，从收银台后面出来："你出来！你有种你过来！"

那中年女人明显不是善茬，放下购物篮就过去了："我过来了，你想怎么着？"

王娜娜叉着腰:"你怎么说话呢?好好的你骂我干什么?"

中年女人指着她:"你什么态度啊?你这样的态度还不该骂?"

两人你一句我一句吵起来,很快就动了手,先是你一把我一把地推,接着就抱到了一起,你拽着我的头发、我拽着你的头发扯成一团,周围围满了看热闹的人,大家看得津津有味,还有人在后面叫好。

几个保安扑上来,两个人抱一个,好不容易把两人分开,两人手里还各扯着对方的一把头发,两个女人又哭又骂,还要往上扑,一个穿制服的男人过来,看样子是超市的经理,严厉地喝道:"王娜娜,够了!"

王娜娜冲着他就大哭起来:"经理,她骂我。她拿的货上面的条码坏了,我让她回去换一个,她就骂我。"

中年女人好像盼来了救星,扯着嗓门喊道:"你是经理啊?你们的人看到了,我好好地交款,她关上收银机就拉我出来打我。这事怎么办吧?"

陈硕小声道:"她干不成了,咱们出去等她吧。"

两人把手里的货丢下,走了,身后乱成一团。

两人站在超市外面等着。

陈硕掏出烟,看看罗英子,又把烟盒放回口袋。

"我看着王娜娜不是个善茬,一会儿你冲锋,我殿后。"

"我叫你是来帮忙的,你好意思往后躲?"

陈硕突然碰碰罗英子,只见王娜娜换上衣服,抹着泪出来了。

王娜娜走到自己的电动车旁,正要开电动车,两人跟了上去。

罗英子:"是王女士吗?"

王娜娜回过头来,茫然地看着她:"叫我吗?"

罗英子赔笑:"您是王娜娜吧?"

王娜娜:"我是。"

罗英子递名片:"我姓罗,这是我的名片,这位是陈律师。我们有事找您。"

王娜娜看着名片:"前些日子有个姓夏的律师给我打过电话,就是你们的人吧?我一不偷人,二没犯法,又找我干吗?"

"咱们能找个地方聊聊吗?"

"有事在这儿说。"

这时陈硕默默退到一边,拿出手机偷偷录像。

"既然我们夏律师打过电话,您应该知道我们为什么来了。"

"我怎么着她了?小时候谁还没和同学红过脸动过手啊?要我说她就是贱,你别让我碰见她,不然我还扇她!还吐她!贱人就是矫情。"

罗英子脸一变:"王女士,请你说话放尊重点。当年你霸凌我的当事人肖楠楠,最终造成她严重的精神创伤,至今没能痊愈。她只是要你一个道歉。"

王娜娜眼睛红了:"我给她道歉,谁给我道歉?她自己臭显摆,还爱发自拍,勾搭谁呢她!又贱又爱装。我告诉你,什么霸凌我不认,你再胡说我就告你造谣!"

她说罢就要走,罗英子一把拦住。

"你朝肖楠楠吐口水,扇耳光,还造谣她家拿肉喂猪,肖楠楠都记得。你不道歉,我只能建议肖楠楠起诉!这个后果你能承担吗?!"

"你告呀!我日子过成这样我怕谁呀!我每天起早贪黑,干完超市干保洁,刚刚又被辞了。现在男人跑了,没钱没工作,孩子没人管,我这么努力也过不好,怎么没人给我道歉?你再说道歉,我就连你一起扇!扇死你!"

王娜娜手一松,电动车重重地摔在了地上。她哭着推了一把罗英子,作势要动手。

陈硕赶紧收起手机,拉了罗英子一把,挡在她身前。

陈硕赔着笑:"王女士,冷静冷静,是罗律师失礼了。这事的确不该你道歉，我替她和您说声对不起。"

罗英子瞪着他："陈硕，你胡说什么——"

陈硕打断："你闭嘴！王女士刚被辞退，心情不好，你别再火上浇油了。"

王娜娜一愣："你给我道歉？什么意思？"

陈硕善解人意地说着："王女士，超市的事我都看到了，明显是顾客不讲理，害你被辞退，这对你不公平，我能体谅你。"

王娜娜抹了把眼泪："是啊，都欺负我……"

陈硕递上名片："如果你需要法律援助，我可以免费帮你。说实话，看你一个女人拖家带口，我相信当年你是无心之失，你这样勤劳努力的女性，不会恶意霸凌。王女士，您先整理好自己的生活，咱们来日方长。"

说着，陈硕轻抚了下王娜娜的肩膀。

王娜娜抹着眼泪："我这么不容易，谁给我道歉……"

陈硕："我们先走了。"

陈硕拉着罗英子走了，罗英子一脸嫌弃。

罗英子小声地："陈无良，你刚才骂我干吗？她就是欺软怕硬！"

陈硕忍不住一捂脸："你可拉倒吧，你倒是够硬，她都要扇你了。记着，咱们是找人道歉，不是树敌！得讲究策略。"

一条老街上，陈硕开着车，两人在路边那些小招牌中艰难地找着第二个目标。

罗英子："看到了，在那儿呢。"

路边在门挨门的小铺子中，挤着一个小门面，玻璃上用歪歪扭扭的字体写着"建明手机专卖"几个大字。

两人把车停到路边，一个戴红袖章的大爷小跑过来，扯着大嗓门喊着："这儿不能停车！"

罗英子看了看："是挡路。我去问问停车场在哪儿。"

陈硕没说话，拉过大爷的手热情地握着，顺便塞进去一张十元的钞票："大爷，一会儿就走。"

大爷顿时和蔼起来："路边乱，我帮你们看着哈，放心去吧。"

罗英子看看陈硕苦笑一下，陈硕冲她扮个鬼脸，顺手搂了搂她的肩膀往里走，罗英子有点不自在地把他的手抖掉了。

这是一家做手机维修的小门头，店主刘建明正和一个小伙子讨价还价。

刘建明瘦瘦小小的，小半个肩膀和一个脑袋露在柜台后面。

"二十，这是钢化膜。"

"十五，十五就在你这儿贴了。"

"二十，不能再少了。"

"哼，上次在你这儿贴了个十八的，出门才发现别家才十二。走了。"

小伙子抬脚就走，刘建明急忙在后面招呼："十五，回来，回来。"

小伙子没搭理他，出门就和罗英子陈硕碰到一起。刘建明一看又进来俩，不追了，热情地招呼："来啦？买手机还是贴膜？"

陈硕："刘先生吗？我们是从泾北来的，专程来找您的。"

刘建明多疑地看着他们："找我？有事吗？"

陈硕找了个地方坐下，假装玩手机，偷偷打开视频录像。

罗英子把名片放他面前："您上高中的时候，当过县一中高三五班贴吧的吧主是吧？"

刘建明仔细地看着名片没搭话。

罗英子："当年在您管理的贴吧里，您曾经有意引导对肖楠楠同学的语言暴力，并且您本人还整理过侮辱肖楠楠的'壕女语录大全'，所有这些对肖楠楠造成了极大的伤害。后来肖楠楠考上大学以后，您又把您整理的'壕女'语录发到她大学的网站上，进一步扩大了对肖楠楠的伤害和影响，以至于肖楠楠至今仍然没从那些伤害中康复。我们接受了肖楠楠的委托来向您提出交涉,希望您能正式为自己当年的行为向肖楠楠道歉。"

刘建明仔细听着:"坐,他旁边不还有椅子嘛,您也坐。"

罗英子不满地看了眼陈硕:"不坐。对我们刚才的诉求,您怎么想?"

刘建明好奇地打听:"肖楠楠啊。她现在在哪里?在干什么?"

罗英子狐疑道:"咦,你管那么多干什么?她现在和您一点关系都没有,她只想为她当年受到的伤害讨还一个公道。"

刘建明:"她家是泾北的,她现在还在泾北吧?"

罗英子:"刘先生……"

陈硕在下面踢她一脚,一脸热情地搭着话:"对,她现在生活在泾北,是一个平面设计师。"

刘建明很吃惊:"平面设计师?她成平面设计师了?"

陈硕认真地点头:"对。她生活得挺好的,有一个很爱她的男朋友。男朋友开着一家创业公司,听说被那几家大互联网公司看上了,要出高价收购呢。"

罗英子不满地看他一眼:"刘先生,肖楠楠希望您能给她写一份正式的道歉书。"

刘建明像没听见:"噢,这不挺好吗?"

陈硕:"还行吧。她家里条件本来就不错,她父亲有钱,当时你们不是就知道吗?还没结婚呢,她家里就给她买了大房子,还买了车。"

罗英子:"刘先生,对肖楠楠的诉求,您怎么想?"

刘建明:"我干什么了需要道歉?"又盯着陈硕:"她男朋友?她还没结婚啊?"

陈硕摆摆手:"嗨,没有。现在大城市的女孩,不像小地方,都不大愿意早结婚,就和男朋友这么处着,挺甜蜜的。"

刘建明听了他的话,眼睛来回转着,表情很是复杂。罗英子瞪了眼陈硕,陈硕却没在意,他在仔细地看着刘建明。

陈硕知道，刘建明这是受刺激了，他在嫉妒。

罗英子："道歉的事，您怎么想的？"

刘建明："道什么歉？"

罗英子："你是贴吧吧主，发那些帖子？不该道歉吗？"

刘建明两步从柜台后面出来，推搡着两人："凭什么道歉，发帖人多了，你们怎么不去找别人。你们赶紧走，别耽误我做生意。走走走。"

陈硕拉着罗英子出来，红袖章大爷还在负责地守在陈硕车前。罗英子扒拉开陈硕的手，显然很恼火。

"咱们来干什么的？你和他扯肖楠楠这么多事干什么？"

"嘴贱呗，不是没话找话说吗？"

"这人一看挺猥琐的，真奇怪，你倒和他一见如故。"

"那还用说吗？物以类聚，人以群分，看对眼了嘛。"

此行最后一个目标是方仁美，她现在是一位小学教师。罗英子觉得她应该是三人中素质最高、最好沟通的那个，所以把她放到了最后。

陈硕和罗英子一进校门就看到操场上围着一群人，应该是在吵架，好像一方是家长，另一方是女老师，两边正在争论，一群孩子在看，还有几位老师在劝。

罗英子："天哪，怎么到处都弥漫着一股戾气。"

陈硕："走吧走吧，日子过得不舒心，吵吵更健康。"

罗英子叫住了一位从劝架的阵营中退出来，匆匆往校外走的女老师："老师，不好意思，打听个人。有位叫方仁美的老师在吗？"

女老师指了一下正在吵架的人群："那不，正和学生家长吵着呢吗？"

两人一愣，过去了。

一个老太太在向方仁美哭诉，看样子是学生的奶奶。方仁美抱着教案站在那里，态度很傲慢。

老太太委屈地抹着眼泪："方老师，我孙女测验不及格，是我不会教。可我没办法呀，她爸妈都在城里打工，我一个老太太啥也不懂。你就行行好，别骂她了行吗？"

方仁美一脸嫌恶："你不会教关我啥事？你那个孙女，一个人拖全班的后腿，导致我们在全年级排名下降，我骂她骂错了吗？去年我提醒你去医院开一张孩子智力低下的证明，你就是不开。你一个人影响全班，你良心不会疼吗？"

"这是什么话？这样的人也配当老师？"罗英子怒气上涌，说着就要冲过去。

陈硕拉住罗英子："咱们是来求道歉的，不是来散发正义感的。你说话小心点，别让她伤着你。"

罗英子过去了，陈硕闪到一边偷偷录像。

几个老师正在拉方仁美，但她仍然不依不饶，指着老人鼻子骂："一颗老鼠屎坏了一锅汤，你这孩子我教不了了，别再叫我看到她。"

老太太哭得更凶了："方老师，孩子才九岁，你就说她是蠢猪，她吓得不敢上学，以后怎么办呀？"

罗英子走到方仁美跟前："方老师吗？"

方仁美停下，一脸戒备："你谁啊？"

罗英子递名片："我是律师，从泾北来的。咱们能谈谈吗？"

方仁美看看名片，对陪她走的老师说道："你们先回吧。"

看着她们走远了，方仁美才转向罗英子。

"前几天一个姓夏的律师给我打过电话，是一回事吗？"

"对。我希望您能正式对肖楠楠道歉。对您来说可能只是小时候的打打闹闹，可对肖小姐伤害很大，以至于——"

"她活成啥样和我有什么关系？我活成这样找过谁啦？小孩子之间打打闹闹，开个玩笑，多少年了还叫道歉？"

方仁美扭头要走，罗英子恼了。

"方老师，你当年暴力一个岁数差不多大的同学，现在暴力你教过的孩子。多少年你没长进，你这种人，有什么资格当老师？"

方仁美一下子炸了，冲着罗英子就过来。

"你觉得我配不上你开了我啊！那个肖楠楠，也是个蠢货，想起她那装纯的样儿我就恶心！当年我是骂她了，因为她活该！"

罗英子愣住了，又是生气又是吃惊。

不远处，老太太看到方仁美张牙舞爪的样子，摇摇头抹着泪走了。

陈硕关了录像追上去。

"奶奶，请问你孙女是方仁美老师的学生吗？"

"是啊，小伙子，你是谁？有事吗？"

"奶奶，我是个律师，叫陈硕。我这次来学校是为了找方老师十年前进行校园霸凌的证据的，正好看到这一幕，所以想和您聊聊方老师。"

老太太一惊："啥意思？方老师以前也欺负人？"

陈硕点点头："我的当事人当年是个转学生，被方老师辱骂、殴打，后来那个女孩就抑郁、自残。十年过去了，她仍然很痛苦。不说一辈子毁了，起码也算半辈子毁了。"

"这姑娘好可怜啊，方老师怎么这样呢？"

"奶奶，您孙女也才小学，是不是现在也厌学了？您忍心眼睁睁地看着孩子被毁掉吗？您孙女现在是厌学，之后就可能是自残。方老师在一天，孩子们就被毒害一天。您不想救您孙女吗？"

一提到这，老太太刚抹干的泪又掉下来，老人难过地摇着头，脸上满是绝望。

"想啊，怎么不想！可孩子爸妈在城里打工，没空管孩子，我就是个农村老太太，啥本事也没有。"

"这样吧奶奶，您把孩子父母的电话给我，我和他们联系，想办法帮你们。行吗？"

"可以可以，谢谢你啊小伙子。"

不远处，罗英子看到陈硕正和奶奶交换联系方式，走了过去。

罗英子好奇道："你跟她说什么了？老太太一脸感恩戴德的。"

陈硕笑笑："别急，等着看好戏吧。"

二人上了车，罗英子还是忍不住好奇："陈无良，你到底跟老太太说什么了？"

陈硕无奈地看着她："罗正义，不是我说你，就你这种正义使者的做派，在方仁美面前死路一条。你就走着瞧，烂人自有天收。看我怎么收她。"

罗英子："看来你又出损招了，就得用无良对无良。"

陈硕斜她一眼，罗英子忍不住笑了，笑完了，又无奈地叹气："白跑了一趟，一点结果也没有。"

手机响，罗英子一看来电显示，赶紧接听："许老师。"

陈硕酸溜溜地别过脸去。

"我在外地呢。之前和您说了，我在忙那个校园霸凌的案子。

"抱歉许老师，我正在往回赶，下午就能到。

"您放心，我带了个司机。"

罗英子看了眼陈硕，陈硕没好气儿地开车。

"再见许老师。"

罗英子挂了电话，陈硕一言不发看着前面，像个受了委屈的小孩。

罗英子看着手机，想了一会儿："陈硕，咱们掉头找个咖啡厅吧，我得处理一下那边的案子。"

陈硕没好气道："马上出城了，上哪儿找咖啡厅。"

罗英子："找找嘛，肯定有，我真挺急的。"

陈硕郁闷道："你真把我当你司机了？"

罗英子笑着："怎么啦，你不就是嘛，快点陈师傅。"

陈硕嘴上不乐意，但还是掉头回去。

罗英子操作电脑，屏幕上还挂着和许卓的视频电话。陈硕端了两杯咖啡回来，把一杯放在罗英子跟前，罗英子专心整理电脑上的数据，没理陈硕。

陈硕坐在边上，百无聊赖。

罗英子："数据我又重新整理了一遍，发您了许老师。"

画面里的许卓："我看到了，真是麻烦你了英子。"

罗英子："哪里的话，我应该的。对了，许老师，您爱吃豆腐干吗？听说是这边的土特产，给您捎点回去？"

许卓："不用了英子，谢谢你。我知道那周边自然风景不错，适合休闲度假，等咱们忙完这个案子，请你们去那边，找个民宿，放松玩儿几天。"

罗英子："好啊好啊，许老师一言为定。"

陈硕坐不住了，把头伸过来，对着视频里的许卓："许律师好久不见，这边农家乐我熟，给你推荐几家？"

许卓一愣，罗英子尴尬地笑笑："我和陈律师一起来的，他给我当司机。"

罗英子赶紧把他推开，白了陈硕一眼，小声道："你干吗？"

"打个招呼不行吗？"

"没看我正忙着？"

陈硕表情有点生气："没看出来。"

罗英子："闭嘴。"

回程路上，陈硕一言不发。天色渐暗下来，陈硕打开车灯，两条惨白的光柱孤零零地照在路上。

罗英子忍不住看看他："你怎么啦，半天一句话也不说。"

陈硕没好气地："我就一闭嘴司机，哪儿有我说话的份儿？"

罗英子笑笑："我刚才正忙工作，现在忙完了，闭嘴解除。"

陈硕："工作？工作聊土特产，聊农家乐？"

罗英子:"我俩工作怎么聊,管得着吗你?"
陈硕冷笑:"这就我俩上了?"
陈硕不说话了,气氛再次沉了下来。罗英子看着窗外也不说话。
过了一会儿,陈硕:"前面就有个民宿,咱俩进去看看?"
罗英子:"谁和你咱俩,你还有完没完,没事别烦我,累了。"
陈硕从倒车镜里看罗英子,罗英子正闭着眼靠在座上。
陈硕神情像摊死水,目光回到前方,无声地:"完了。"

罗英子和陈硕从外面进来,夏舒正从洗手间里出来,一看到他们就叫起来。
"回来了?怎么样啊?邱姐,他们回来了。"
三个女律师和陈硕坐在那里,罗英子把情况简单说了说,陈硕也不说话,空气很沉闷。
夏舒:"这个世界到底是怎么啦?明明有一个人被严重伤害过,明明一个人的一生因此被改变了,可没人为此负责,大家都觉得无足轻重,反而想要追责的人变成了贱人、就是矫情。到底谁出毛病啦?是这个世界,还是我们自己?"
邱华:"这世界本来就是这样子的,倒是你们大惊小怪了。"
罗英子一下子抬起头来:"这话什么意思?"
邱华:"意思就是这就是世界的本来面目。人来到这个世界上,本来就是要受到伤害的,没别的办法,你只能逼自己坚强。"
罗英子:"我不同意!自己坚强不等于我们要纵容恶!恶得不到惩罚,它就会越来越嚣张。拿那位方老师来说吧,如果当年她的行为受到了惩罚,第一她很可能就当不了老师;第二她就算当了老师,也不敢继续这样对待她的学生。"
夏舒:"对啊,小恶得不到惩罚,它就会长成大恶,再坚强的人也会对世界失去信心的,就像邱姐你。"
邱华苦笑:"别说我,我早就没信心。回到这个案子上来,我还是建议和他们中止代理协议。事实我们看到了。确实有恶发生了，并且造成了严重的后果，可我们就是拿它没办法。"

罗英子："我还就不信了。"

邱华："不信你有什么办法？你不是自己试过了？"

罗英子一下子被问住："这事还真挺麻烦的。要说起来，是有很多人当年霸凌过肖楠楠，给肖楠楠造成了很大伤害，可具体到每个人和他们的霸凌上，好像又没有任何一个人、任何一件事足以让他们受到法律的惩罚，哪怕是当年曾经打过她耳光、吐过她唾沫的那些人，连个轻微伤害也算不上。这可怎么办？"

没人能回答。

罗英子看看陈硕，这半天他一直闷闷地坐在那里。

罗英子推他一把："哎，哎，你像个跟屁虫似的跟了两天，发表一下你的意见呀。"

陈硕冷笑了一下："有你，别人能干什么？在你面前，别人都是白痴啊。"

罗英子有点恼："你这话什么意思？"

陈硕："没意思。不过，这件事，我不相信。《刑法》第四百五十二条，未来的《民法典》第一千二百多条那个章节，肯定会有适用的。"

罗英子一下子跳了起来："诽谤！当年他们在贴吧上整理所谓'壕女'语录，里面全是造谣和污蔑，直接导致肖楠楠不得不退学。肖楠楠上大学以后，他们又把'壕女'语录发布到肖楠楠大学的网上。有好几千浏览量，绝对算得上情节严重了，我们诉他们诽谤。"

夏舒也是精神一阵："对啊。我们抓不住每个曾经伤害过肖楠楠的人，但我们可以抓为首的呀。"

罗英子："抓那个刘建明就行，当年的语录大全就是他整理发布的，而且，那个人特别猥琐，我讨厌他。对吧陈硕？"

罗英子的语气里已经充满了和解的味道，可陈硕好像没意识到，没精打采地:"行啊,你说的总是对的。"

罗英子急了:"你什么意思啊?"

陈硕站起来:"没意思。你不说我是跟屁虫吗?跟屁虫还能说出什么有价值的话。对不起,我还有事,走了。"

陈硕说着就懒洋洋地走了,邱华和夏舒面面相觑,又偷偷看罗英子,罗英子也有点呆。

夏舒凑过来:"罗姐,他怎么啦?"

罗英子:"不知道,神经病呗,甭管他。"

邱华看她一眼:"你也是贱呢,不分好赖人。"

罗英子嘴硬:"谁是好人,谁是赖人啊?"

邱华:"你将来不后悔就好。"

罗英子:"他?就他?后悔?可能吗?算了,不说了,咱们商量正事。赶快,咱们分头查查,网上的'壕女'语录的发布者能不能确认为刘建明,如果可以,我们马上做公证。对了,夏舒,你打电话给肖楠楠,咱们需要和她谈谈。"

陈硕一到家,又把自己摔到床上。

手机响了,他本想直接挂掉,一看是方睿,还是接起来。

"回来了师傅,怎么样啊?"

陈硕打开免提,把手机扔到一边,懒懒地:"不怎么样,我知道不会有结果的。"

"您说的什么?案了?"

"难道你问的不是案子?"

电话那边方睿笑起来:"我问您和罗律师。"

陈硕声音一下子大起来:"以后别在我面前提她了。"

"为什么啊?师傅,您别太着急了,欲速则不达嘛。"

"我还着急?我咋这么贱呢?以后别提她了。"

方睿没敢再说,随便聊了两句,把电话挂了。

瑛华所会客室，三个女律师都来了，正襟危坐着。

肖楠楠吓了一跳："什么？起诉？"

罗英子："对。道歉的事，我们已经仁至义尽了，可没有一个人肯为当年他们对你的行为道歉。但我们可以以诽谤罪对为首者提起刑事自诉，我觉得一旦涉及刑法、犯罪的范畴，一定能够震慑其他人。"

肖楠楠："如果胜诉了会怎样？"

罗英子："《刑法》第二百四十六条，诽谤罪：以暴力或者其他方法公然侮辱他人或者捏造事实诽谤他人，情节严重的，处三年以下有期徒刑、拘役、管制或者剥夺政治权利。那个帖子浏览量已经超过五千次，我觉得够得上情节严重了，刑事自诉在理论上是可以走通的。"

肖楠楠看看坐在她身旁的杨树："这不大好吧？为了那么一点小事就告人家，把人家送进监狱里去。"

夏舒："这有什么不好的？事发多年，他们至今对您连一点抱歉的意思都没有。"

罗英子拦住她："看你自己了。律师不能挑讼，受害的是你，主张权利的权利也在你，你自己愿不愿意让他们为当年霸凌的行为付出代价，你自己考虑。我只想提醒一句：就在今天，校园霸凌也还存在，还有许多像你一样的人正在受害。"

肖楠楠又看杨树。

杨树搂住她："罗律师，楠楠总觉得为这事让对方付出太大的代价有点过意不去。还有别的办法吗？"

罗英子："我们已经试过了。"

肖楠楠："我……我再考虑一下行吗？"

罗英子："行。那么，今天我们就……"

肖楠楠刚要站起来，手机响了，她低头看看，突然有点紧张，求救地看看杨树。

杨树接过手机看了看："是不是又是那个人来的？"

肖楠楠点点头。

罗英子："谁？"

杨树："就是那个方仁美。你们找过她以后，她不知道从哪里拿到了楠楠的电话，打过两回了。好像她因为家长找她的原因，学校里正在研究对她的处分，她就把气撒到楠楠身上了。"

罗英子："接吧。"

杨树接了电话，并且按下了免提。

方仁美的声音传出来："'壕女'，我们学校要给我警告处分，这回你满意了吧？你们这些人怎么就这么矫情呢？你的那个律师呢？叫她滚出来！那天跑到学校里来找我，学校里还以为我捅了多大的娄子。要不是她，学校也不会处理我。'壕女'你咋就这么贱呢？你打小就吃得好、穿得好，不过是和你开几句玩笑，你还矫情开了，你这种贱人，就欠收拾……"

肖楠楠脸色苍白，一下子按死了手机。

肖楠楠的手轻微抖着："我问一下，如果我们起诉，起诉谁？"

罗英子："我们选择的是刘建明。当年的'壕女语录大全'是他整理捏造的，也是他发布到网上的。"

肖楠楠："那，能不能再找他一次？把事情的严重性告诉他，希望他能改变他的态度。只要他愿意道歉，我愿意原谅。如果他们还不愿意道歉，我选择起诉。"

罗英子苦笑："好吧。但我可以肯定是没用的。"

小店里等着贴膜的中年男人听到动静一回头，罗英子和夏舒推门进来。男人眼睛都直了，他们这地方可不常出现这么洋气又好看的女人，还是一次来了俩。刘建明抬起头，放下手里的活，狐疑又戒备地看着她们。

罗英子："刘先生，我们这次专程过来，是来告知您一件事情：您必须在十天内出具对肖楠楠小姐的道歉书，并张贴在你们当年的贴吧和同学群里，否则你可能面临着肖楠楠对你提出的刑事自诉，一旦罪名成立，你可能面临刑事处罚。"

刘建明小心地笑着："什么刑事处罚？"

罗英子："肖楠楠将以诽谤罪对你提出刑事自诉。"

刘建明显然是不信："就那点事儿？够得上刑事？"

罗英子："那就看法官怎么认定了。"

刘建明看着她们，好像在判断这事的准确性有多大。

夏舒看他猥琐的样子就心生厌恶："罗律师，没事了吧？咱们已经尽到告知义务了，走吧。"

刘建明赶快赔笑："别啊。你看看，为这么点小事儿，罗律师您都跑了两趟了。快到饭点了，我请二位吃饭吧。"

罗英子："那就不必了。我们说的您听清楚了吧？"

刘建明连连点头："听清楚了听清楚了，您放心，我一定好好考虑。但是你们要求我贴到贴吧里和同学群里，这事能让我再考虑几天吗？毕竟我也是有家有孩子的人了，得考虑影响。给我几天吧。十五天，行吗？"

罗英子："抱歉，不行，我们已经给了你十天了。十天以后，看不到您的道歉信，我们就法庭上见了。夏舒，我们走吧。"

两人走了，那中年男人也顾不上贴膜了，拿了手机追出去看。刘建明坐在那儿琢磨着。

又一个顾客进来："老板，手机贴个膜。"

刘建明站起来："找别家吧，今天不营业了，关门，关门。"

他把顾客轰走，拉下了卷帘门。躲回屋里掏出手机："表姑夫，我建明啊。表姑夫，老也不见您，我正好有点小事去泾北，我去看看您呗。"

刘建明走进一间办公室，他一手提了两个礼盒，另一只手还提了两只活鸡，赔着笑："表姑夫。"

坐在办公桌后面的老韩抬起头。

天底下就是有这么巧的事，这刘建明的表姑父，正是老韩。

老韩："建明啊。你看看，来就来吧，还提东西。"他走到门口叫着："小田，小田你进来一下。"又回来坐下："你妈挺好的吧？"

刘建明："挺好的。"

小田跑进来："师傅。"

老韩："你把这两只鸡先提到洗手间去。"

小田为难地看看那两只鸡："师傅，要不我先提到楼下放到楼角上呗，放到洗手间里再拉屎。"

老韩："别，再叫别人拿走了。"

小田提起鸡走了。

老韩："你妈年轻的时候，也是有名的一枝花来着，这些年，被生活折磨得不能看了。建明，你要好好地孝顺你妈。"

刘建明："姑夫，您说得对。姑夫，我有事找您。"

老韩："什么事？"

小田低着头匆匆穿过办公区，两只大活鸡咯咯叫着不停地挣扎，飞扬的鸡毛让办公区激起一片惊叫声。

小田一脸嫌弃地提着两只活鸡往洗手间走，大家都吃惊地追出来。

"小田，这是干什么？"

"律所秒变农贸市场啦？"

"听说你那被告送达不到，你师傅这是要杀鸡作法？"

小田只尴尬地笑着，把鸡提进去。

办公室里，老韩闭着眼，靠在椅背上听刘建明说着。

刘建明赔着笑："姑夫，您看就这么点事儿，她那边的律师揪着没完了，还要和我打官司。姑夫，您说这歉我道不道呢？道吧，地方小，大家都知道，脸上挂不住；不道，真打官司，万一输了，我也赔不起。"

老韩:"对方的律师是罗英子和夏舒是吧?"

刘建明:"是。名片上就是她俩。"

老韩睁开眼:"不能道。"

刘建明:"可是万一打官司输了怎么办?"

老韩:"这么容易就输?不,这么和你说吧,你要找了别人,可能输;找到你姑夫这儿,没有输的道理。那俩丫头片子那几把刷子我不是不知道。这事,你就交给我吧。"

刘建明感激道:"我就知道姑夫有办法。"

老韩摆摆手:"建明,咱们虽然是亲戚,可规矩还是得讲。一会儿我把我助理叫进来,你去和我们签一个代理协议,代理费你放心,我叫他们给你优惠。"

刘建明笑得有点勉强,还是答应了:"好,姑夫当然不能坑我了。"

罗英子敲敲门,抱着一沓材料和邱华一起进了许卓的玻璃房。

罗英子:"许老师,我回来了。"

许卓:"英子,不是让你休息一天再来嘛,别把身体累垮了。"

罗英子:"没事许老师,我这人是铁打的。那个,我和邱律师把后面账也捋了一遍,有几个地方向您汇报汇报呗。"

许卓:"那好,二位请坐。"

罗英子刚要坐,手机响了。看着来电显示,小声对邱华说:"老韩那个鬼。肯定没好事。"

她对着许卓抱歉道:"许老师,我接个电话哈。"

罗英子捧着电话又跑出去了,许卓对邱华笑笑:"罗律师真是一会儿都闲不住哈?"

邱华安静地坐在那儿:"还好。许律师,要不我先说?"

"等等她吧。"许卓说着就埋下头去。

罗英子急火火地跑出来接电话,没听几句,惊得差点把手机掉地上。

"什么？他委托了您？他怎么找到您了？噢，你们居然是远亲？天哪，世界可真小啊！韩律师，我们找他好几趟，他都拒绝道歉，到这一步了，还有什么可谈的？我的当事人已经提起刑事自诉了，有什么话法庭上说呗。"

电话那头老韩如同一位和蔼可亲、循循善诱的长者。

"年轻，到底是年轻。中国人，哪里那么多的官司要打呀？打官司，不是伤和气吗？没多大的事，双方见个面，谈一谈，消除一下误会，问题就解决了，何必再浪费诉讼资源呢？你说对不对？"

从卓越所出来，听罗英子说刘建明委托了老韩，邱华也大吃一惊。

"谈判？谈判也好。英子，肖楠楠是什么态度？"

"我顺手给她打了个电话，她的态度倒很明朗：只要能谈判，就不打官司。她还是害怕，总怕把事情闹大了。"

"可以理解。过去这几年她一直是这么过的，突然闹到法庭上，她的压力太大。不过，对方如果打算谈判，为什么还要找老韩呢？"

罗英子撇撇嘴："老韩说那个刘建明和他是远亲。"

"是这样啊，还真是一方水土养育一方人啊。不过，如果是别人就算了，如果是老韩，十有八九，没有诚意，可要防着点。"

罗英子、夏舒陪着肖楠楠等在会客室。老韩推门进来，身后跟着小田。

老韩一看到她们就笑着上来逐个握手："来啦？这位就是肖小姐？肖小姐真漂亮啊。"

罗英子往门外看看："刘建明呢？不是要和我们谈和解吗？"

老韩："他没来。建明和肖小姐不能比啊，小店一天不开门，全家就没饭吃，他全权委托给我了。坐，坐吧。英子、夏舒，走了也不大回来，良诚毕竟还是你们的娘家嘛。"

罗英子坐下："韩律师，约我们来谈判，事主不来，缺乏诚意嘛。"

老韩笑着："哪里？这事把他吓坏了。下面的人，哪里打过官司？这么和你说吧，只要不打官司，你现在叫他做什么都行。"

罗英子："那就简单了。想不打官司，很容易，我方的诉求简单明了：刘建明删除网上一切他发表过的对肖楠楠的污蔑和诽谤，并且在网上以及当面和肖楠楠承认错误，正式道歉。对吧肖楠楠？"

肖楠楠小声地："对。"

老韩闻言，一副很吃惊的样子："至于吗？那些言论我也看了，当时双方才多大年龄啊，不过是小孩子之间的玩笑，有必要这么认真吗？"

罗英子："韩律师，您要这么个态度，我们就没必要谈了。"

老韩："哪能呢？英子你过去就这个急脾气，现在自己干了还这样。当律师的没耐性可不行啊。你没耐性，坑的是当事人。"

罗英子脸一变："韩律师，您当着我当事人的面说这话是什么意思？"

老韩打着哈哈："哪有什么意思？我过去当过你师傅，现在还拿自己当你师傅，一时忘了你早就翅膀硬了。肖小姐，刘建明对当年那件事伤害了你很抱歉，但事情已经过去多年，有必要再把它翻出来吗？我方的意思，咱们双方共同捐弃前嫌，握手言和，当一对好朋友。"

夏舒难以置信地看着老韩："什么？不道歉还要当朋友？"

罗英子："夏舒，不用说了，没用的。韩律师，这是你方最后的态度吗？如果是，咱们就没必要浪费时间了。"

老韩赶快地："你看看，又急，又急。我说什么了？我方当事人的态度还是很诚恳的，希望双方通过沟通达成谅解和一致。"又转向肖楠楠，态度更加诚恳："肖小姐，一看您就是个受过良好教育、家境也很好的女孩儿，建明和你没法比呀。他生活在那个小县城里，大学也没考上，开个所谓手机店，也就是个给手机贴膜的。家里的生活……这么和你说吧，不能说是吃了上顿没下顿，但两天不开门，生活就没着落。您一提这事，把他给吓着了。在那个县城里，要是他因为这事被人告上法庭，别说他，连他的孩子都没法做人了。谁年轻的时候没荒唐过？他现在后悔死了，再三让我和你好好说说。他知道你是个大度的人，不忍心把他逼上绝路。"

肖楠楠吓了一跳："什么？绝路？"

罗英子在底下拍了拍肖楠楠的手："别说了，认个错就是绝路吗？韩律师，肖小姐已经把这事委托给了我们，我来说吧：我方可以谅解，但谅解的前提是他公开道歉。"

老韩为难道："这个嘛，我没得到授权，我不敢答复，觉得问题不大。不过呢，建明爱面子，我得好好和他谈谈。肖小姐，你看这样行不行？我明天就出差，一个案子急着处理，你们给我一点时间，等我出差回来，我专程回一趟老家，和建明谈谈，争取让他同意道歉。伤害这么漂亮的一位小姐，那就是犯罪啊。怎么样英子？"

罗英子："这么点事儿，您还用专程跑一趟吗？当场打个电话不就完了？"

老韩："可不行，对肖小姐的要求，我怎么能这么敷衍？再说了，我和建明也是办了正式的委托手续的，一个电话就解决问题，也显得我不够认真嘛。"

罗英子："需要多久？"

老韩："去取个证。最多一周吧。"

罗英子和夏舒商量了几句，又和肖楠楠商量了几句，肖楠楠急忙点头。

罗英子："好吧，我们就等你们一周。希望你告诉刘建明，要想不上法庭，只有道歉一条路。他给肖楠楠造成这么大伤害，道歉，已经是我方最低的要求了。"

老韩连连点头："好说，好说。"

老韩带着小田一直陪着下了电梯，把她们送出大楼。夏舒陪着肖楠楠往停车场走，罗英子稍稍落在后面，皱着眉想着。

罗英子："我咋觉得不对？夏舒他没坑咱吧？"

夏舒："哪里不对？"

罗英子："说不上来。说坑吧，态度挺好的，也挑不出啥毛病；说不坑，不坑他还姓韩吗？"

夏舒笑起来："有道理。"

罗英子："算了，就让他一周。"又回头搂了搂肖楠楠："肖小姐，您在他们面前表现得这么富有同情心，会被他们欺负的。"

肖楠楠："欺负？不会吧？我看韩律师还挺诚恳的，我是怕他们觉得咱们得理不饶人。"

罗英子："他们不得理的一方都不让人，咱们得理的一方为什么要让人啊？肖小姐，您这样如果上了法庭，是会对我们很不利的。"

罗英子像是想起什么，抬头看着，她们头顶上正是罗英子她们过去的办公室，也就是现在陈硕的办公室，百叶窗关着。刚在楼上路过的时候，罗英子看到门也关着。

"夏舒，你先把肖小姐送回去，我有点事。"

夏舒抬头看着楼上，明白了。

"肖小姐，咱们先走。"

陈硕枕着胳膊在想心事，办公室里开着灯，方睿坐在他对面看书。

"师傅，中午咱们吃点什么？"

"复习你的吧，光惦记吃。"

方睿笑嘻嘻地："师傅，失恋的时候得好好吃，我的经验。"

陈硕切了一声："失恋个头啊，我谁都不恋，就恋我自个儿。"

有人敲门，陈硕懒洋洋地："进。"

门一开，罗英子进来了，陈硕吓了一跳，赶快坐直了。

罗英子看到他这副没精打采的样子："哟，陈律师这是干吗呢？方睿，你姑姑是亲的吗？怎么会把你交给他？"

陈硕把腿拿下来："你怎么来了？"

方睿赶快跳起来："罗律师来了？坐，赶快坐啊。有事吗？"

罗英子看看陈硕没说话。

方睿马上懂了："罗律师，您坐我椅子，和我师傅对面说，我给您倒杯茶就出去。"一边说着，给她倒杯茶，果然出去了，出门前还和陈硕扮鬼脸，示意他态度要好些。

罗英子把椅子拉到陈硕跟前坐下，陈硕不自觉地往后挪了挪，还是那副悻悻的样子。

"陈无良，有你这样办案子的吗？办着办着人跑了，没影了。"

"有你就行了，还用得着别人吗？"

"什么意思？你知道吗？刘建明委托了老韩。"

"噢，那我不出现就对了，现在这案子在所里有利益冲突了。"

罗英子有点恼："你怎么啦？阴阳怪气的。"

陈硕不敢看她："没怎么呀，有点累。"

"没病吧？"

"没有，离死远着呢。"

罗英子："好吧。我陪着肖楠楠过来和老韩谈判，顺便过来看看你。毕竟老韩跟你一个所，弄不好还是利益冲突，就没提前跟你说。哎，那天我态度不大好，你别在意啊。"

陈硕没说话。

罗英子又问道："你没事吧？"

陈硕低着头："没。我这样的人会有什么事？"

罗英子站起来一下子把方睿的椅子推回去："讨厌你这个态度。算了，我走了。"

罗英子走了，陈硕没动。

过了一会儿，他苦笑着摇了摇头。

"算了，别想了，可能你们是真不合适吧？"

21

方睿见罗英子走了,兴冲冲地小跑回来,却看到陈硕情绪低落地坐在那里。

"师傅……"

"别说了,我不想听。"

"师傅,您这是干什么?罗律师明显是来求和的,您看看您的态度,哪儿有您这样谈恋爱的呀。"

陈硕心烦地摆摆手:"以后别再提她了。"

方睿不甘心地凑过来:"师傅、师傅,谈恋爱的乐趣,不就是这样吗?敌进我退,敌退我进,敌驻我扰,敌疲我打。要没有这一番腾挪躲闪,还有啥意思啊?"

陈硕被他逗笑了:"方睿,你才多大啊?哪儿来的这些歪理论?"

"师傅,打案子,我不如您,谈恋爱,您肯定不如我。我前几年不想工作,不想学习,光谈恋爱了。您和罗律师,现在正在相持阶段,您听我的,马上就到了您的大反攻了,您得多点耐心。"

"算了,太累了,还是挣钱痛快。"手机响了,陈硕看看来电显示,高兴起来:"说挣钱,钱真来了。"

老韩正在跟他的内线打电话:"到账了?这法院还真给力是吧?执行了多少啊?好嘞,我知道了。"

刚挂上电话,他在想着要不要现在跟陈硕说,陈硕进来了。

"韩律师,䜣山那案子,首笔执行款到账了,三千二百多万。"

"什么叫后生可畏啊。那还等什么?陈硕,赶快把咱们该提的提出来。当初我只要了百分之二十,亏了。"

陈硕哈哈大笑:"要不咱俩再重新谈谈?"

"谈谈,谈谈。"

陈硕打了招呼:"下个案子吧。我去给方律师汇报一声,马上行动。"

"詺山这时候会干什么呢?"老韩坐下来,在那儿想着。

突然,他一下子站起来,匆匆出去了。

老韩心神不宁地坐在茶室的小单间里,手里旋转着茶杯焦急地等待着。

一个穿着西装提着公文包的中年男人拉开门,谨慎地左右看了看,这才进来。这人就是老韩在詺山案件中的内线,王律师。

老韩站起来,带着些感激地和他握手:"王律师,谢谢你能来。"

王律师匆匆和他握手,又回头看了看紧闭的门,一脸紧张的神色。

"韩律师,咱们是怎么说的?虽然我没代理詺海,可到底也是我们所的业务,要是让别人知道我在给你透露消息,我这律师就别干了。"

"天知地知,还有谁知?再说你没参加这个案子,你也给我透露不了什么呀。"说到这儿,老韩握他的手加了些许力度,微笑着:"王律师,我在上一个案子里为你承担的风险可比这回大多了。"

王律师看了看他,无奈地坐下来。

"好吧,你说吧,你还想知道什么?"

"詺海和詺山现在的动向。法院一笔就执行了詺海三千二百多万,詺海下一步没动作吗?他们会老老实实等着被执行?"

"哪儿能呢?詺海现在已经属于国企了,还是市里的支柱产业。据我所知,这两家已经开始坐到谈判桌前了。"

"这么快?"

"前几天就说准备谈了,詺海还拿着架,所以詺山就让法院执行了那三千多万,詺海被打疼了,所以才老实坐到谈判桌前了呀。"

"这样啊。那依你们同事的看法,这一谈判,詺海还会还詺山多少钱？原来货款本金和滞纳金加起来可七八千万呢。"

"我那天听他们俩在那儿讨论，想借助于政府的力量，争取把偿还比例控制在百分之五十。但他们也估计詻山不会同意，想争取压到百分之七十。"

"七十，也就是把借的本金基本上还上，滞纳金就算了。"

"估计是这么算的。"

老韩心里估算着，眉头逐渐舒展开来："好吧，我知道了，谢谢你。"

王律师站起来："我得赶快回去，时间长了再让人怀疑。韩律师，我觉得当初你们和詻山签的协议太狠，一个案子千万以上的代理费，你想哪个企业能愿意？不如趁着双方还没达成协议，去和詻山谈判，降低期望值，能多挣一点是一点。"

老韩摇晃着手指："话也不能这么说。当初詻山出的价比我们现在签的价格还要高，不是还是没人愿意干吗？没有我们，他们连现在的三千来万也要不到。谢谢你王律师，我欠你的，以后还。再见。"

王律师匆匆走了，老韩掏出手机来，调出计算器来算着。

"就算五千万吧。五千万的百分之八，四百。四百的百分之二十，八十。少了点，但也比没有强啊。"

"我知道，我知道，咱两家谁和谁啊？行，没问题，啥事不好商量啊。"

孙铭山满脸堆笑地打着电话，秘书轻敲了两下门伸进头来，小声道："陈律师来了。"

门开了，秘书伸进头来，小声地："陈律师来了。"

"对不起对不起，我这儿有点急事，以后再谈。"

孙铭山赶忙挂上电话，轻咳了两声。

门开了，秘书带着陈硕进来了，身后跟着方睿。

孙铭山大笑着，站起来和陈硕握手，还一个劲地拍陈硕的肩膀，看起来很是亲密:"陈律师,来啦?这个时候来,是知道我食堂里今天蒸了螃蟹是吧?别走了,一会儿我请你吃饭。现在八项规定,连我们民企也不敢大吃大喝,不过我这食堂的大师傅是我从五星级酒店请的,做的菜比外面一点不差……"

陈硕也笑着:"孙总,第一笔执行款已经到咱们的共管账户上了。"

孙铭山一脸茫然:"啊?是吗?"

陈硕看着他:"法院应该也通知你们了吧?"

"通知了吗?我咋不知道?也许他们还没告诉我们。到啦?"

"到了。因为我们提供的信息准确,所以执行得也很顺利。法院说,剩下的,詺海也答应尽快地偿还。"

孙铭山干巴巴地:"太好了。"

陈硕笑笑:"孙总,依照咱们的协议,我们可以提取我们的代理费了吧?"

"啊?慌什么?这不才第一笔吗?"

"咱们合同上就规定的分批提取。"

孙铭山笑着:"陈律师,我公司快叫这笔债务拖垮了。你看这样行不行?你们的代理费,肯定少不了你的,这头一笔呢,先别提,你先给我打过来,我安排生产。一万多工人吃饭要紧啊,对吧?"

陈硕看着他,没说话。

陈硕带着方睿上了车,还没打着火,方睿从后排凑了上来。

"师傅,我咋觉得这孙老板不地道呢?"

陈硕什么也没说。

"要不要我去打听一下詺山的情况?"

"你去哪儿打听?你认识詺山的人?"

"我当然不认识,但六人定律你懂吧?世界上任意两人建立联系,最多只需要六个人,我找哥们儿问问,绕来绕去,总能打听到嘛。"

陈硕笑着把方睿的头推回去。

"你小子,好好准备考试,諂山的事儿不许掺和。"说着从包里拿出一份文件递给方睿:"帮我跑个腿,把这个送到法院去。"

方睿答应着下车:"那我走了。师傅,需要帮忙的时候您别忘了我。"

看着方睿走远,陈硕沉着脸掰了下车钥匙,引擎轰鸣,陈硕疾驰而去。

陈硕眼睛盯着前路,一辆辆车被他飞速地甩过,后面一片不满的鸣笛声。

陈硕歪头笑着,还在踩着油门。

手机响了,陈硕看到是老薛打来的,右脚松了松,接了起来。

车里传来老薛焦急的声音。

"我刚得到消息,諂山和諂海已经在政府的主持下偷偷谈判了,諂山现在就是缓兵之计,他在坑你。"

"真是这样?"

"千真万确。我那当事人,因为这个案子被扣了绩效,他对諂山一肚子意见,不想干了,所以什么事都告诉我。事实上,諂山从开始就打算利用律师向諂海施压,逼着諂海和他们谈判。諂海到底现在是国有股份主导,一败诉,政府也受不了,这半个月,政府正努力拉双方谈判。这姓孙的也是贼,一边答应谈判,一边利用你向法院提供了諂海的资产情况,让法院照样执行,这样,他在谈判中更主动啊。"

陈硕一直面无表情地听着,这才开口道:"可是我们的协议里有明确规定的违约条款,他不可以背着律师私下里和解的,如果违约,可以视为律师已经完成了全部委托,律师费要全额支付的。"

"哎呀,他连这头一笔都不想付,你想想吧。双方一和解,背后是政府部门,你能拿他怎样?"

陈硕冷笑:"还真叫方丽虹说中了。"

"陈硕啊,你还是太年轻。等活到我这个岁数就会知道,像这种招数，没新鲜的，该使的时候，一定会使出来。你想想，当初諩山气息奄奄，为了要债列出优惠条件招标，为什么别的律所都不接招呢？你还是上当了。"

"想坑我？他们打错算盘了，老薛，我一向玩世不恭，现在才觉得，我还是对人性太乐观了。"

车里忽然安静下来，半晌，老薛略带担忧的声音传来："人，不像你原来想的那么好，也不像你现在想的那么坏，人就是一个能思考的动物，因为能思考，就会权衡利害。他权衡，你不也权衡吗？"

"唉，虽然早就想到了，为什么发生了，还是觉得郁闷呢？我挂了。"

陈硕冷眼看着外面急速掠过的风景，突然想起什么，又拿起了手机。

许卓拿着一本裴多菲诗选，正在想事情。罗英子敲门，抱着一沓文件进来了。

许卓起身去帮忙，温和地："英子，有事吗？"

"许老师，我们刚把鼎薪跟万禾一个年度的合同顺完，有几笔账我有些疑问，等您看完咱们对一下吧。"

"我已经看完了，随时可以开始。"

罗英子惊讶道："您都看完了？您每天那么多事，效率比我还高啊。"

许卓笑了："你坐我边上，咱们对一下。"

罗英子坐在许卓旁边。

"你把2015年的账给我，我再扫一眼。"

罗英子递过去，许卓埋头看账本。

这时，罗英子注意到桌上放着三个女人的照片，还有一张许卓和父母的合照，许卓的父母看上去很朴素，学生时代的许卓看上去也很朴素，拘谨地站在父母的身后。

"许老师，这是您念书的时候吗？您那时候看上去还是个普通大学生啊。"

许卓抬眼，笑了笑："我现在也就是个普通中年人啊。"

罗英子又看到另外三张照片："这三个女生是谁啊，都好漂亮啊。"

许卓头也不抬："都是我前妻，她们如果听到你夸她们，应该会蛮高兴的。"

"许老师，我八卦一下行吗？"

许卓抬起头，饶有兴致地看着罗英子："你不是已经在八卦了吗？是想问我们为什么离婚，还是为什么有三个前妻？"

罗英子眨眨眼："都想问。"

许卓被逗笑了："你倒是坦诚。其实没什么特别的，我和我两个前妻结婚时，我还是个公益律师，没事业也没未来，她俩又正好赶上我两次入狱，跟我受了不少苦，所以还没出狱我们就离婚了。"

"您当时在看守所应该也没待太久，她们这么快就提出离婚，听起来不是很正义的行为哦。"

"不，这很公平。女人在婚姻里也是独立的个体，妻子也没有守候丈夫的义务，比起陪我受罪，我还是希望她们好。再说了，当时她们都不知道我后来会判无罪。"

"老实说，您被判无罪，我认为有运气的成分在。所以我一直不理解，您怎么敢拒不认罪呢？这个行为太冒险了。"

许卓拿起桌上的裴多菲诗集，放到罗英子手里。

"我在看守所的时候，那里好看的书不多，只有一本裴多菲的诗集能勉强翻翻。里面有首被说烂了的诗：'生命诚可贵，爱情价更高。若为自由故，二者皆可抛。'那时候我忽然读懂了。当时所有人都劝我认罪，说认罪顶多判三年，除去羁押的时间，也就再蹲一年。连我太太都劝我认。可是比起监狱，这些人的话更像牢笼，我是个律师，无罪就是无罪，我不想为了自由出卖法律，只有法律才是真理，自由不是。"

"可是您真的认为法律值得付出这么大代价去维护吗?"

"当然。中国从古老的宗法制社会走向法治社会,需要多少人为它牺牲?如果需要,那就自我许卓始吧。"

罗英子托着脑袋,认真听他说着。她看着许卓,仿佛有种自己可能早就见过他的错觉,不是马路上擦肩而过的那种见过,而是在她看过的哪本书里、哪个故事里。

手机忽然响了。罗英子低头看看来电显示,向许卓道了声歉,出去了。

"有事吗?说。"

陈硕还在车里,车停在市郊的一片荒地旁。

"我心里闷,想找个人说说话。"

罗英子看了看门口,走远几步:"陈无良,你一个财富自由、日日笙歌的主儿还会闷啊?别刺激我们打工人了,我这正搬砖呢。"

"又给许卓卖命呢?他怎么也不让你休息休息。"

"我们工作是劳逸结合,这会儿累了,正聊裴多菲呢。"

陈硕不屑道:"他懂个屁的裴多菲。跟他上了两天班,说话都矫情了。晚上八点老地方,我有事想听听你的意见。"

"你请客。挂了。"

罗英子那边像是忙得一句话都来不及多说,陈硕长叹一声。

邱华翻看着债权申报文件,罗英子回来了,看起来很高兴。

"邱华,许老师这境界确实不一般。"

邱华看她一眼,又低下头去:"又怎么了?"

罗英子意犹未尽:"我刚才和许老师八卦了一下他入狱的事,发现这人真是块硬骨头,宁可坐牢也拒不认罪,人家这才是坚守法律,不像咱们,充其量也就赚点碎银子,当个钱串子。"

邱华撇嘴:"装什么装?他现在打官司免费吗?我看他谈合同的

时候挺能算的呀，钱都攥自己手里，也没都给咱们呀。"

"不是这个意思，我是说人家是知行合一，坚守原则。"

"我看了他犯的那两回事儿，我咋觉得不是这样呢。"

"那你觉得是哪样？"

"他那两件事，准确地说是法律的灰色地带，我怀疑正是因为他精通法律，所以才钻了法律的空子。"

"话虽如此，可法院最后也是判他无罪啊。"

"要不怎么说是钻了法律的空子呢？"

"你要这么聊就没劲了啊。"

邱华瞥了一眼罗英子："我确实没他有劲。行了，八卦够了就赶紧干活。这活干的，说是加入他团队，结果成了给他扛活的。"

罗英子赶紧求饶："好好好，真怕了你了。"

陈硕坐在吧台的高脚椅喝着闷酒，罗英子一步跳上他旁边的椅子，酒保递上一杯酒。

罗英子趴在陈硕脸前看着："你行不行啊？已经高了？"

陈硕又喝了一口："我跟你说正事，我遇到麻烦了。"

"一出手就是千万代理费的大律师，还能有麻烦呀？"

"他们打算赖账。"

罗英子一愣："就一千万那个案子？不能吧？"

"这案子起初是我代理的詺山集团找一家叫詺海的国企追债，标的巨大，我豁出去了，抵押了房产投到案子里，一审也赢了官司，可詺山现在违背合同偷偷和詺海谈判，还赖我的账。我还发现他们起诉的目的就是利用律师给詺海施压促成谈判，我陈硕就是那个上钩的傻子。罗正义，换你，你怎么办？"

"合着那笔巨款就是吊在你这个驴脑袋前面的胡萝卜，你看得着，吃不着。对吧？"

陈硕摇晃着杯子："吃不着，所以我着急啊。你快给我想想办法。"

罗英子思忖着："很简单，两个选择，第一，和詺山硬刚，要回全款，但容易鱼死网破。第二，和詺山协商，最多弄回来百十来万，老实认栽。"

"你觉得我该怎么选？"

"按道理，合同说多少那就应该给多少。可话说回来，几百万还不够你花？你这两个企业的背景估计都不简单，硬碰硬不划算，也不是你的风格。"

陈硕一愣："我什么风格？"

罗英子半开玩笑道："你是钱串子啊，不是个为了'理'较劲的人，你也不算个坚守原则的人，所以你比别人更会赚钱。"

陈硕沉默了一下："你说的别人，是许卓吗？"

罗英子喝一口酒："我没这么说。"

陈硕冷笑："罗英子，今天我给你打电话的时候，是不是许卓拿裴多菲给你洗脑呢？"

"说什么呢？怎么就洗脑了，我们是工作之余交流法律信仰好吗，你个钱串子懂什么。"

"算了吧，还原则，姓许的好几篇采访都提过裴多菲，拿一个民族英雄给他脸上贴金，都快成他座右铭了，又是自由又是爱情的。"

罗英子纠正道："自由与爱情，文盲。"

陈硕忍不住激动："我敢打赌，许卓就认识这一首！我告诉你，许卓自比裴多菲，是因为他自恋，一个屠户的儿子娶了总督的女儿，又为了民族大义战死沙场。他觉得自己和裴多菲一样是个悲剧英雄。可他不知道，裴多菲可能非但没有战死，还被俄国俘虏，在敌国娶妻生子了。"

"你给我讲这个干吗？"

"许卓是在拿英雄包装自己，哪怕是裴多菲，也可能在坚守原则的同时跑到敌国过一辈子！可他许卓表现得比英雄还要伟光正，你信吗？"

"他十几年来对残障人士进行司法帮扶是事实，别的我没多想。"

陈硕盯着罗英子："那我呢？你觉得我有原则，有坚守吗？"

罗英子也盯着陈硕，突然笑了："有啊，你对钱很有原则。"

陈硕摇摇晃晃起身，转过去的脸满是悲伤："罗英子，你总说许卓做事有意义，可我过去也给农民工打官司也让人打击报复，我现在还给养老院免费……算了，我不是他，不爱吹牛。"

罗英子忽然有点不自在："你这就走了？"

陈硕含混不清地："罗英子，你是真喜欢裴多菲啊。行，这次我就做一回裴多菲。"

陈硕连发三箭，只有一支中靶。老薛动作没这么利索，他屏气凝神，一箭射出，也没中。

老薛收了弓："陈硕，你今天准头不行啊，昨儿晚上喝多了？"

陈硕没说话，坐到旁边。

老薛在他对面坐下来，仔细看着他。

"为罗英子？"

"老薛，我到底看错了人。"

"怎么说？"

"我自从长大成人，就决定一个人活在这个世界上，万花丛中过，片叶不沾身，对任何人都不付真情。没想到碰到罗英子，却失去了方寸，更没想到还看错了人。罗英子居然是这么浅薄的人，眼里看到的只有成功者的浮名虚利。我不能怪罗英子，怪只怪我自己犯了糊涂。我想明白了，我以后还是一个人活，绝不会再为任何一个人而痛苦而痴情。"

"你确定罗英子对你无情吗？"

"是。她现在满心都是那个沽名钓誉的小人。"

老薛像是在自言自语："女人啊，聪明一世，糊涂一时，像罗英子那么聪明的女孩子，一时糊涂也是有可能的，说不定什么时候就能醒过来。"

陈硕笑起来:"哈,难不成我就活得这么可怜,在她面前化成一块望妇石吗?罢了罢了,随他便吧,我还是活我自己的。老薛,我好了,以后我再犯酸,你就踢我屁股,狠狠地踢,一直把我踢醒。"

"我现在就想踢你屁股。你确定你现在不是在犯酸吧?"

"哈哈,我从来没像现在这样清醒。老薛我好了,把话说出来我就好了。我走了,去挣我的大钱去。哎,那十万付过了,你新给我提供的信息我再付你多少?"

老薛嘿嘿一笑:"不要钱。当然,如果你想给,多多益善。"

两人大笑起来,陈硕笑得眼泪都出来了。

"还是咱哥俩好。张口就谈利,定是好兄弟。走了。"

"慢着。"

陈硕停下,老薛认真地看着他。

"諸山的事,别硬刚。把能挣的钱尽快拿到手,剩下的,能拿多少是多少。你不是经常说,钱最不是东西了,这回挣不到,下回再挣就是了。"

"老哥,那个陈硕已经不在了,现在这个陈硕就是会硬刚。谢谢你还关心我,我走了。"

方睿正在电脑上写着什么,一看到陈硕进来,赶快站了起来。

"师傅,諸山的事怎么办?"

陈硕关上办公室门,一脸温和地看着自己从没承认过的小徒弟。

"方睿,谢谢你,他们确实已经背着我们去和对方和解了。"

方睿气得直跺脚:"这些人,真是背信弃义。"

陈硕笑笑:"别生气了,世界就是这样的。这样,你马上起草个催款函,要求对方按协议规定支付我们第一笔的律师费,我算了……"

"应该是九百一十二万零……"

"零头先不算了,先支付九百万。"

"好,我已经在写了。"

陈硕有些意外:"今天就发出去。"

方睿重重点头:"好。"

这时有人在外面一把推开门,老韩出现在门口。

"陈硕,你到我办公室来一趟,咱哥俩说点事儿。"

陈硕坐在老韩对面,神色平静地听他讲完。

"我已经知道了。"

"他妈的,真不是东西。陈硕,当初罗英子跟我的时候,我给她上的第一课就是告诉她,当律师的,第一个要对付的就是自己的当事人,至于对方当事人和法官倒在其次。怎么样,又叫我说对了吧?这事,你打算怎么办?"

"我有什么办法?按协议履行就是了。按协议,他们这一笔我们应该提九百多万。抹去零头,提九百万吧。我已经让方睿给他们发函了。"

"可是钱在共管账户上,他们不同意咱们也提不出来。"他一边说着,一边看着陈硕。

"你别管了,我能提出来。提出来以后我就把你该得的分你。"

老韩一拍大腿:"好!就得这么治它!"

"不过兄弟……"老韩把椅子拉得靠近了陈硕,推心置腹地说,"你老哥我到底比你多吃了几年的饭,有些事,不能拿着鸡蛋碰石头。这九百万,咱们该提提,也是告诉他们,我们不是吃素的,他们不履行协议,我们有的是办法叫他们履行。提了这九百万,咱们去和他们谈判,另外起个补充协议好不好?"

陈硕抬眼看他:"原来的协议有什么问题吗?为什么要签补充协议?"

老韩像是斟酌着措辞:"是这样,我了解到的情况,詺山和詺海正在私下谈判。"

陈硕点头:"我听说了,无耻。"

老韩边看他，边商量似的："唉，话也不能这么说。諮山现在是民企，又在那个地盘上，政府一插手，咱们那个协议是履行不下去的。不如趁着他们的谈判还没成功，抓紧和諮山谈一个补充协议，适当降低我们的提成比例，谈一个諮山可以接受的价格，这样他们也可以把向我们支付的这块支出加到他们和諮海谈判内容里。你说怎么样？"

"我不同意。"

"陈硕，你年轻气盛，经历的事情还是少了。钱是好东西，但为它伤筋动骨不值得。諮山现在不是一个普通民企，他们有背景，你敢硬刚吗？"

"我的协议是和諮山签的，我要求諮山履行协议就行了。"

老韩急了："陈硕，陈硕！你就听我一句吧：就算其余的钱挣不到了，一个案子挣九百万，可以了。律师靠什么挣钱？时间啊。你在这件事上耗费大量的时间，有这工夫不是就把钱从别的地方挣出来了吗？"

"我宁可剩下的这辈子的时间都花在这一件事上，也非把我该要的钱要回来。韩律师，谢谢你。可这件案子当初所里是交给我的，是我一直在主导的，所以，我说了算。等这九百万到了账，我把你该得的打给你。就这，我走了。"

陈硕一股脑地把话说完，起身就走了。

老韩愣在那儿半天动不了，又惊又气，目瞪口呆。

"这什么人啊？平常不是这么个人啊？这怎么啦？基因突变了？"

陈硕站在方丽虹面前，神色依旧很平静，方丽虹的眉头却越皱越紧。

"他们不同意？"

"他们没办法说不同意，只能装傻：我正式给他们发了函，要求按协议分配，他们连理也没理。"

"你打算……"

"所里给我出个介绍信,我去把他们手里那个U盾挂失,重新办个U盾去。"

方丽虹抬头看他:"从法律上讲倒是没问题的,可是……"

陈硕面无表情:"方律师,我是律师,我只认法律。对方不义,所以别怪我不仁。我只想保护我和我们所的权益。"

方丽虹像是想说什么,又没开口:"好吧,我打个电话,你去张志那儿开吧。"

陈硕转身就走。

方丽虹叫道:"慢着。諕山背后的能量很大,你考虑过后果吗?"

陈硕摊手:"我不怕,我没违法,我在履行协议。"

"你放心,万一有什么事情,所里……"

"方律师,我没奢望。万一有什么事,我自己担着,所里做所里觉得应该做的事情就好。"

方丽虹看着他:"好吧。"

在文件上盖完章,陈硕回到办公室提起包就要走。

方睿追过来:"师傅,跑腿的事,我去干吧。"

陈硕摇头:"我自己去。"

"我没事儿,我去。"

"方睿,这事以后还不定会成啥样,你不要沾,我自己去办。"

方睿很激动:"师傅,我是您的助理,要是有什么事情,咱们应该一块儿担啊。您把信给我,我去办。"

陈硕笑笑:"谢谢你方睿,我还是自己去吧。"

几个小时后,陈硕从窗口接过新的U盾。

马经理跟陈硕认识好几年了,他一直认为陈硕虽然平时看起来嘻嘻哈哈,但只要跟业务沾边,其实是个很严谨的人,丢U盾这种事,不像是陈硕能做出来的。

马经理满心狐疑地陪着陈硕下楼:"陈律师,这回可保存好哈。"

陈硕笑笑:"谢谢。一定。"

陈硕站在电脑后面,仔细地看着屏幕。

操作电脑的是财务小赵,律所财务的工作环境跟其他公司或者单位不太一样,除了苦哈哈的实习生之外,整个律所几乎没人把财务当盘菜。提款、核税、扣社保、算工资,杂七杂八的业务不仅烦琐,还没个规律的周期。赶上个脾气大的大佬,上午说要提钱下午只要提不出来,马上就是劈头盖脸一顿骂,骂完了还要去管委会告黑状。小赵是和罗英子前后脚进良诚的,工作交接的时候,老财务眼神复杂的样子她至今还记得,当时她还以为是自己抢了人家饭碗,满心的不好意思呢。入职不到三天,小赵就明白了,人家看她年纪轻轻,是心疼她这个倒霉蛋。

陈硕虽然不是所里大佬,但在良诚算得上创收最高的一拨。风头丝毫不输老韩那几个老牌合伙人,可是陈硕对小赵一直都是客客气气,来财务室的时候还总会送些巧克力啊果切之类的小东西给她。每次陈硕预约提款,小赵都会优先给他办好。

可是小赵觉得,今天的陈律师好像跟以往不太一样,他不再跟自己说笑,也不会宽慰自己不要着急。他进来只问了自己今天,最好是马上,能不能把账上的钱全提出来,得到肯定答复后,就直接地等在那儿,一句话也不说。

小赵完成了所有的核算,抬头看向他:"陈律师,七百二十万,扣下税,剩下的全转您账上吗?"

"不,把其中的百分之二十转到韩之通律师账上。谢谢。"陈硕今天难得笑了下,又嘱咐道:"对了,我明天出去休个假。等我走了以后你再通知諮山集团,我方已经依据协议把该提的提出来了,剩下的都是他们的,随时可以转回到他们账上。"

陈硕说完就走了,小赵看着电脑有点蒙,桌上多了一盒费列罗巧克力。

快速开完了一个没有任何议题的合伙人会，方丽虹心情不错，叫着老韩、张志几个老合伙人到小花园喝下午茶。

其他人三三两两地在一起聊着闲天，老韩端着红茶，凑到方丽虹旁边坐下。

"方律师，陈硕说他已经发函给諁山了，说是要求按协议分配，您知道这事吧？"

"他跟我说了，不过諁山没理他。这案子是你俩一起的，你打算怎么处理？"

老韩还没说话，陈硕来了，他径直走到方丽虹跟前，其他人马上不聊天了，全都注意地看向他。

方丽虹："陈律师，有事吗？"

陈硕："方律师，我是来跟您汇报的，諁山的款我已经按比例提了九百万，打到了咱们所的账上。按照我和所里签的协议，我应该提百分之八十，也就是七百二十万，我想尽快提走，没问题吧？"

所有人的目光都投向了陈硕，小花园顿时安静了下来。

方丽虹点头："把税留下，剩下的你按比例提走，没问题。"

陈硕看向老韩："还有，韩律师，我们分到了七百二十万，这个案子的成本也将近二百万，不过我这次就不扣成本了，您应得的百分之二十我已经叫会计打到您账上了，您查一下。"

老韩连连答应着："好好好。不扣成本说不过去，这样，我再给你打回去三十万，算是成本。"

"不用了，成本以后再扣吧。还有，方律师，我想休个假。"

"休吧，把家里的事情安排好。"

"家里没什么事，就是諁山还没执行完，我刚和法院打过电话，他们那边说没问题。对了，我休假期间，不开手机。"

"没问题。要是哪天想起来就主动来个电话。"

陈硕走了，小花园顿时恢复了喧闹，各位合伙人议论纷纷。

"天哪，他一个案子就挣七百多万。"

"这还是头一笔呢。"

"咱们干一辈子也挣不了这么多啊！"

"凭什么啊？咱们办一个案子才挣多少钱？"

"就是啊。他那案子不就开了一次庭吗？"

"再说了，咱们办案子，所里起码提百分之三十，凭什么他才提百分之二十啊？"

老韩突然沉着脸，喝了一声："都差不多得了！这案子当初公开招过标，你们没人敢接，提成比例也是所里同意的。搞法律的，没点契约精神吗？眼红，以后自己也可以这么干。"

方丽虹厌烦地摆摆手："行了行了，这事到此为止，今天就到这儿吧。"

众人散去，老韩正要离开，方丽虹叫住了他。

"老韩，你留一下，我有话要说。"

老韩又坐下了："有事吗？"

方丽虹喝了口茶："陈硕的钱是从共管账户上提的，你知道吧？"

"谁让诺山赖账呀？真他妈无耻，用完律师就抽梯子，还一分钱不想出。"

"你知道陈硕那个共管账户实际上是我们自己的账户吧？"

老韩放下到嘴边的杯子："方律师，您不用告诉我，我什么也不知道。"

"你要是不知道就是失职。他现在真那么干了，我拦不住，但我也怕他和所里都有风险。"

"可如果他不那么办，恐怕这案子咱们一分钱也拿不回来是吧？"

"一分钱拿不回来不至于，但估计，也就是个茶水钱了。"

"方律师，钱已经拿回来了，当初陈硕和所里签的协议也是责任自负，您又何必管那么多呢？只要他不违法，和咱有什么关系？"

方丽虹看着他："我就怕所里也有风险。"

老韩大咧咧地："律师打什么官司没风险？走一步看一步呗。"
方丽虹不说话了。

陈硕整理着办公室里的东西，一边收拾一边对方睿交代着。
"你的百分之十，我回头就打到你账上，当然，要扣掉税。另外，天颐那边，老规矩，你帮着转过去百分之十。这几天我不开手机，有什么事你记着，等我回来再说吧。"
方睿声音有点哽："师傅，这些钱我不能要，我没干什么。"
陈硕自顾自收拾着："别说了，咱们说好的。再说你干得也不少，关键的信息是你提供的。谢谢你啊小方。"
方睿难过道："师傅，您别这么说。师傅，您是不是在和罗律师闹别扭？您别这样啊，罗律师她只是需要时间。"
陈硕苦笑笑："别提她了，她也不过是这世界的一部分。我走了。"
他提了包走，方睿在后面追。
"师傅您别走太久。您什么时候回来啊？"
陈硕没回答。
"师傅，我在家一定好好学习，今年保证考过去！"

索菲亚餐厅，还是那张桌子，也加了隔断，只不过现在只有陈硕一个人。面前摆着四样精致的菜品，陈硕一个人端着一杯红酒默默地喝着，看着窗外的流光溢彩。
老薛的电话打进来了。
"我听说良诚所都炸了，陈硕你不是拉仇恨吗？"
陈硕就这么听着，没说话。
老薛的声音里透出关心："你在哪儿呢？"
"一个人坐着呢。"
"要不要我过去陪陪你？"
"不用。今天晚上，我只想一个人待着。谢谢你老薛，再见。"

陈硕挂上电话，继续一个人发呆。

客人都走光了，只剩下陈硕自己，面前的菜几乎没动过。

一个服务员过来，抱歉地："对不起先生，我们要……"

陈硕没说什么，站起来走了。

夜色中，陈硕低头走向自己的车，忽然回了回头，看到自己孤独的影子在地上拉得老长老长。他呆呆地看着，笑了笑，上车走了。

山间公路上，只有一辆车在山间盘旋。

晨钟敲响，附近的几只小鸟飞走了，它们似乎很不满，叫得格外大声。

一辆车停在寺庙门口，陈硕背一个简单的行李包下车，一位僧人迎上来。

陈硕双掌合十："打扰师父，我叫陈硕，已经在官网预约过禅修了。"

僧人还礼："您好，我先带您去宿舍。手机需要上交，您知道的吧？"

"知道，我现在就可以给你。"

"不急。等您收拾好，先跟我去吃点斋饭吧。"

"好。"

陈硕把手机递过去，再次双掌合十。

罗英子早早地到了瑛华所，掏出钥匙却看到门开着，夏舒正在会议室大桌子上订卷。

"夏舒，老韩那边还没消息吗？"

"上周末我给他打过电话，他说他还没回来。"

"不会吧？取什么证需要一周多？"

"他说出了点小意外，叫咱们再给他一周。"

"这老狐狸不是在耍我们吧？"

夏舒停下手头的活："不会吧？刘建明不想上法庭肯定是真的吧？既然不想上法庭，那只能和我们谈判，还能再干什么。"

罗英子琢磨一阵："好像也没有什么可干的。夏舒，你看家，我走了，那边的工作还没完。"

罗英子开着车往卓越所走，没开出去多久，突然一脚刹车。

"不对。"她赶快拿起手机打电话。

"夏舒，你查一查刘建明在网上发最后一个帖子的时间，看看是不是已经过了五年。"

夏舒在网上查着，啊的一声，她瞪大眼睛，失声叫了起来。

邱华也被夏舒叫来了，三个女律师都在，脸色都不好看。

夏舒："你们看，肖楠楠上大三的时候，刘建明还在她学校的网站上发帖子骂她，整理了一篇最新'壕女语录大全'发上去。那一天是2013年3月1日。也可以说正是他这次的行为彻底摧垮了肖楠楠，第二个月肖楠楠就退了学。"

邱华："今天是3月2日。诽谤罪最高刑期是三年以下。法定最高刑为不满五年有期徒刑的，经过五年便不再追诉，今天已经过期了。"

罗英子失态地猛拍着桌子："他妈的他妈的他妈的，果然还是上这老狐狸的当了！"

邱华吐了口气："他算过了追诉时效，当时还差半个月没到，所以他找理由拖，终于拖过了。"

罗英子："夏舒，跟我走。"

夏舒二话没说站起来："去找他？"

邱华："现在找他有用吗？"

罗英子："没用也得找，总不能就这么咽下这口窝囊气。走吧。"

两人站起来走了。邱华坐下来，又打开电脑，仔细地查看着。

罗英子和夏舒从良诚所的电梯出来，径直往里走，前台赶紧站起来,一边赔笑一边拦在两人前面。

"罗律师、夏律师,什么事,有预约吗?"

"我们找韩律师。"

"对不起,韩律师特地嘱咐过,说他有案子没空,二位还是和他约好再来吧。"

罗英子一听急了:"是吗?那你通知老韩,我现在就去停车场看看他的车在不在,要是车在,他人还不出来,那就别怪我了。"

她拉着夏舒,头也不回地走了。

二人沮丧地走到楼外。

夏舒内疚道:"罗姐,怪我。你和邱姐一直在卓越所的案子上,这事我应该想到的。"

罗英子心烦地摆摆手:"别说了。"回头看看楼上:"耍了我们,居然躲着不见。"

她找了找,看到老韩的汽车,抬脚在车上就是一脚,警报器响起来。

夏舒吓了一跳:"你干吗罗姐?"

罗英子掏出手机:"114吗?我在良诚所停车场,这里有个车和我发生了剐蹭,车牌号是泾A0308,麻烦你通知他来现场商量赔偿,谢谢。"

警报器停了,罗英子转身又是一脚。

罗英子抱着双臂靠在车上:"等着吧,这就下来了。"

老韩很快来了,急三火四地往这跑,罗英子看到了,抬起脚作势又要踹。

老韩大叫着狂奔过来:"罗英子,你干吗?朝我的车撒什么气啊?"

罗英子把腿收回来:"韩律师,我尊您一声师傅。师傅,您这样做不合适吧?"

老韩哈哈大笑:"英子,你真可爱。上了角斗场,你告诉我哪拳合适,哪拳不合适?对不起,你们的案子已经过时效了,准确地说已经没什么案子了,还是接受我的建议,让双方做一对好朋友吧。对了,我那个表侄正和老婆闹离婚,如果肖小姐不嫌弃的话……"

罗英子气得手抖:"老韩,你这说的是人话吗?"

"什么叫人话?你告诉我。亏你还代理人家搞刑事自诉,本来就屁大的事非要往刑事上靠,这过了追诉时效都不知道,你是怎么当律师的。可惜那个肖小姐还信任你,一看那女孩就有点傻。"老韩一边说着,一边心疼地查看着爱车:"没事回去吧,别拿我的车撒气,真踹坏了,我就告你个故意毁坏财物罪。唉,经过了你丈夫那件事我还以为你成熟了,看起来,还嫩呢。"

两人耷拉着脑袋回了瑛华所,神情都很沉闷。

夏舒扯了扯罗英子的袖子:"罗姐,别生气了,都怪我。"

罗英子懊恼道:"我这种人,真不配当律师,追诉时效这么敏感的事情,我怎么就疏忽了呢?还输在了老韩这种人手里。"

邱华从自己办公室伸出头来:"回来了?不会有结果吧?"

罗英子恨得咬牙切齿:"邱华,我今年的年终提成不要了。我这种人真是天字第一号的大傻瓜。"

邱华招手:"进来,别慌着放弃,否则我和夏舒会当真的。"

两人进来坐下,罗英子还在自责:"为什么我一直就没想过这件事呢?事情已经过去了多年,追诉期时效本来应该是第一件应该考虑到的呀。"

邱华:"别慌,还不是毫无希望。对诽谤这种行为的追究,很多观点也认为可以从行为终止日起算。我刚才查了,刘建明虽然不发新帖了,但他以前发的帖子始终在网上挂着,今天仍然可以搜得到,对肖楠楠的侵害就一直在持续呀。从这个意义上说,追诉期时效并没过。"

罗英子："我在路上也想过了。但是谁知道法官会如何认定？对方一定会坚持侵害在五年前就终止了的。"

邱华："那只有打打看了，咱们尽力呗。"

罗英子："那不行，肖楠楠上了法庭，最后还败了，对她不是又一次伤害吗？唉，越想我越不可原谅。刑事自诉本来就难打，又生生地被老韩摆了一道。"

邱华："如果是这样，我建议咱们就要把实情全部告诉肖楠楠，然后让她来做选择了。"

两个小时后，三个人把肖楠楠和杨树迎了进来。

罗英子愧疚地："杨先生、肖小姐，真对不起。"

杨树："怎么啦？"

罗英子："先请坐吧。夏舒，你把情况对二位说说，我真没脸说。"

夏舒："是这样，上次我们去良诚所，对方律师不是说他要出差，等他回来双方继续谈判吗？原来他在使缓兵之计。当我们意识到的时候，才发现距离刘建明发最后一篇帖子正好过去了五年零一天。而诽谤罪的追诉时效就是五年，也就是说，这案子，有可能过了追诉时效。"

杨树大吃一惊："这律师这么无耻吗？"

罗英子摇摇头："不怪人家无耻，怪我们无能，这么重要的问题居然没想到。当然，对于网络诽谤的追诉时效，很多学界观点认为，既不是既遂之日计算，也不是从被害人知道诽谤事实之日起计算，而是从诽谤内容被删除之日起计算。刘建明的帖子始终在网上挂着，我们可以主张不法侵害始终持续，所以追诉时效应从帖子被删除之日起算。但是坦白讲，我们目前无法确认法官会如何掌握适用。对不起，是我的疏忽，我向你们郑重道歉。"

肖楠楠轻声地："是这样啊。"

邱华轻咳了一声："杨先生、肖小姐，对你们这个案子，我们三个经常争论，我经常受她们俩的批判。今天，我想再表达一次我的观点：就算我们能立案上庭，法官认定侵害仍然在持续的可能性也比较小，也就是说，肖小姐很可能面临原来的伤害得不到法律的抚慰，又再次受到伤害的尴尬局面。所以，我仍然坚持我的观点：与其求诸这个世界，不如求诸自己，逼自己在伤害面前坚强起来……"

肖楠楠突然站了起来："我决定了，要打这个官司。"

邱华一愣："什么？"

肖楠楠加重了语气："我要打官司。"

邱华："可是……"

肖楠楠认真地看着邱华："可能输，对吗？可是我不在乎了。我原来一直在犹豫，特别是那天那个律师说刘建明现在生活得很窘迫，我在想，我现在生活得比他好，还反过来起诉他，是不是我做得太过了，没想到他们为了逃避责任居然使用这么卑鄙的手段。所以，我要起诉他们。"

罗英子想说点什么，一张嘴居然哽住了。

肖楠楠笑笑，安慰道："罗律师，您不用多想，您没做错什么。"

罗英子还是很激动："是我的责任。肖小姐，看到您这么勇敢，我真为您高兴，可当您勇敢起来的时候，是我把最好的时机错过了。我真不可原谅。"

邱华："肖小姐，您别感情用事，打官司真是件劳心又费神的事。现在的情况，我们败诉的可能性非常大。到那时候，您花费了时间和金钱，反而又受到新的伤害，图什么呢？"

肖楠楠坚定道："图的是我自己。"

"什么？"邱华又是一怔。

肖楠楠转过头，温柔地看看杨树。

"一直到今天早上，我所作出的一切决定都是杨树拖着我作。我总是在害怕、在自责，觉得是我的错误导致了一切。可现在我知道了，不是我，是他们在作恶，并且事隔多年，还毫无觉悟和悔改之心，觉得所发生的一切都是理所当然。在恶面前的怯懦和恐惧就是对恶的纵容，所以我要起诉他们。重要的不是获胜，重要的是我到法庭上去当着大家的面把他们曾经对一个女孩做过的事情，以及一个女孩在这样一些大家不以为然的小恶之下受到的伤害说出来。对我来说，这就够了。"

杨树激动地拥抱了她："楠楠，这就是我们做这件事情的意义啊！不光为了你，还为了警示大家以后不要再作这样的恶，也提醒那些和你一样的孩子。"

罗英子擦了下眼睛："谢谢，谢谢你们。那么，我们就——"

肖楠楠重重点头："起诉！"

邱华开门进来，张全全听到声音从卧室里出来，西装革履，一副要出门的打扮。

张全全高兴道："你回来了？赶快换一下衣服咱们走吧。"

邱华怔了怔："上哪儿？"

"你忘了？我这回提拔是我们处长帮我说话，咱们说好去处长家坐坐呀。"

"对不起，我给忙忘了。不过，你升职不是因为爸找了他部下吗？"

"那也离不开我们处长啊，你快去换衣服吧。"

邱华答应一声去了卧室。

她打开衣柜挑着衣服，拿拿这件，又拿拿那件，怎么也不合适。

张全全进来了："快点啊。穿什么都可以，就把你这身职业套装换下来有点女人味就行了。"

邱华把衣柜门关上："算了，我就这身吧，去处长家又不是参加宴会，不需要打扮。"

张全全打量着："可你这身衣服和我这身西装不配呀，看起来太女强人了。"

邱华哭笑不得："衣服还有什么强弱之分？我就穿这身吧，你不是着急吗，咱们走吧。"

张全全脸色不太好看:"行吧。"

这是个从外面看起来丝毫不起眼的小区,小区大门口黑洞洞的,灯都没开,进来以后却大不一样。还在良诚所的时候,邱华和罗英子代理过一家园林公司的案子,知道小区院子里种的这些树,全都价值不菲。

邱华和张全全来到处长家,全全提着一盒礼品,整了整领带,轻轻敲门。

一个面色白皙的女人开了门,看样子是侯处长的夫人。

侯夫人上下打量着站在门口的两人:"你们找哪位?"

张全全赶快笑着:"您是王老师吧?我是侯处长的下属,叫张全全,这是我爱人邱华,我们是来拜访侯处长的。"

侯夫人嘴角向上牵了牵,站在那里没动:"你们好啊,实在抱歉小张,你们来得不巧,老侯去你们局长家汇报工作了,估计得晚会儿才能回来。"

邱华见状拉了拉张全全。

张全全赔笑着,没有要走的意思:"您别这么说,这事怪我们没约好时间。"

侯夫人脸上又牵了下,让出个空来:"要不然这样,小张、小邱,你们进来坐,我和老侯联系一下。"

张全全拉着邱华进了门。

客厅里,一个小男孩正在看动画片。

"小张,你们坐。"侯夫人示意着沙发,转而对男孩说:"小菲,妈妈要招待客人,回屋找你姐玩去。"

小男孩一动不动:"我不去,动画片才刚开始。"

"赶紧的!没看客人在这儿等着呢吗?"

小男孩看了看邱华和张全全,邱华和全全很尴尬,小男孩无所谓地回过头。

"你告诉爸爸我也不怕,我就要看。"

侯夫人有点急眼了，拉了小孩几下："小菲！这么不懂事，丢不丢人？"

张全全上去劝："王老师，您让孩子看吧，我们反正也是要等的。"

侯夫人不悦地看着小男孩："对不起啊，孩子每天这个点都要看动画片，习惯了，今天他爸不在，他就淘。"

邱华赶紧道歉："王老师，是我们不好，来得太突然，把您的生活节奏都打乱了。"

侯夫人脸色缓和了些："小邱你太客气了，你们坐着，我去给你们泡茶。"

侯夫人走了，张全全和邱华互相看了一眼，尴尬地坐下。

小男孩看了两人一眼，高兴地看起动画片，茶很久都没上来。

盯着动画片，两人都有些发愣。

罗英子和夏舒发了狠，已经很晚了，两人都没走，一个在看电脑，一个在翻法条。

死机了，罗英子沮丧地钻到桌子下重启。

"夏舒，我这边暂时还没找到好办法，你那边怎么样？"

"法典都翻烂了，老韩这次彻底把咱们的路堵死了。罗姐，这次都怪我太粗心了。"

"说这个有什么用？你法条背得熟，再好好想想有什么能翻盘的办法。"

罗英子起身又泡了一杯挂耳咖啡："你还要咖啡吗？"

夏舒用手支着脑袋："你把把我这脉搏，我今晚都三杯了，心脏都快蹦出来了，我需要平静。"

门铃响了起来。罗英子看看表："你点外卖了？"夏舒摇摇头。

二人狐疑地起身离开。

罗英子在前面开门，夏舒抄了个镇纸跟在后面。门一开，郝磊提着三兜儿外卖站在那儿。

夏舒一看见他,就明白了来意。

夏舒态度冷淡:"郝总,这么晚了,有事吗?"

郝磊往上提了提兜:"我看你发的朋友圈,猜到你在加班,我就来关心一下,川粤鲁湘四大菜系,看看你们想吃哪个。"

罗英子意味深长地看了郝磊一眼。

夏舒:"我们减肥,晚上只吃草。"

罗英子碰了碰夏舒:"郝总您好,夏舒不会说话,谢谢您来看我们。"

郝磊连忙赔着笑:"您就是罗律师吧?我是郝磊,夏舒常提起您,说您人品佳业务好。"

"您过奖了。郝总,你们吃,我先去忙了。"罗英子说罢走了。

郝磊看夏舒,夏舒接过外卖。

"郝总,跟我来吧。"

外卖摆了一桌,夏舒玩着手机,没人动筷。

郝磊递上一张支票,夏舒这才放下手机接过来。

"夏律师,这是之前那八十四万。我想了想,让你打对折确实不合适,就给你补齐了。"

"那第二次我去给你要债的钱呢?什么时候付?"

"你再饶我几天,我被我两个叔叔卡得死死的,真的周转不灵。"郝磊顿了顿,有些不好意思地:"夏律师,看在我这么有诚意的份儿上,帮我约下肖兰吧。"

夏舒看着郝磊。

"这张支票,真的给我了?没给我挖坑吧?"

"不能够!不能够,不能够。"

"马上帮你约。没事您就先回去吧。"

说着,夏舒动筷吃饭,郝磊不走。

"还信不过我是吧？行，我现在就给你约。"

夏舒说着就放下筷子，拨通了肖兰的电话。

郝磊暗自长出了口气。

动画片还在播放，小男孩看得嘎嘎笑。

邱华和张全全沉默地坐着，桌子上的茶已经凉了。

邱华看了看表，低声道："全全，咱们还要等多久？"

张全全凑近："再等等，动画片才刚播完一集。"

这时，侯夫人从另一个房间端来果盘放下："小张、小邱，吃水果。我刚才联系老侯，他没接电话，估计这会儿说正事呢。"

张全全赶紧站起来："王老师，实在太麻烦您了。"

侯夫人："就是赶巧了，最近单位人事调动多，老侯也忙。我再去打个电话试试。"

邱华刚想说什么，张全全抢先道："谢谢您，麻烦了。"

侯夫人转身又进屋了。

邱华看向全全低声地商量着："全全，咱们真的不该再麻烦人家了。"

张全全："再等等嘛，总不能白跑一趟。"

邱华："可是咱们耽误人家正常生活了呀。"

话音未落，小男孩就回头冲他们比了个"小声点"的手势，邱华只能收声。

罗英子趴在电脑前苦思冥想着。

"难不成，就让老韩得逞了？"她不死心地在电脑上翻着。突然，罗英子一个愣怔精神起来，张大眼睛看着，啊了一声去摸手机。她太激动了，居然一时没摸着。

"邱华、邱华，你在哪儿？"

张全全和侯夫人坐在那儿喝茶，邱华躲到一边接起电话。

"英子，怎么了？我正在外面办点事。"

"你能现在到办公室来一趟吗？"

"什么事？"

"快来，快来，不行，我等不到明天了。赶快来啊。"

罗英子的声音激动又兴奋，邱华看了一眼全全。

"行吧，我晚一会儿过去。"挂了。

邱华回到沙发上："全全，时间不早了。处长肯定有重要的工作要聊，一时半会儿结束不了，咱们先走吧。"

侯夫人也不好意思道："实在不好意思，我刚才打电话，他还是不接。"

邱华赶紧欠身："您别这么说，是我们不好意思，贸然打扰。全全？"

张全全显然很不情愿："王老师，那我和邱华下次再来拜访。麻烦您了。"

车里的气氛很沉闷，邱华打开车窗，风透进来，邱华这才感觉舒服了一些。

邱华转头看向张全全，他还是一副沮丧的样子。

"全全，英子给我打电话说律所有急事，等会儿你把我放在律所楼下就行。"

张全全一听，更不高兴了。

"我说呢，才等了这么一会儿你就要走。今天晚上白跑一趟。"

"就算律所没事，我也会叫你走的。你坐在那儿不觉得尴尬吗？王老师都尴尬了。"

"这有什么尴尬的，下属等上级本来就是常态啊。以前我去车站接领导，从上午等到晚上都正常。"

"我就是觉得没意思。你说过，处长在国家机关里基本上就是最基层的干部,他决定不了你的命运。再说了,咱们一辈子过得怎么样,要靠咱们自己,巴结什么处长啊。"

张全全声音大起来:"你什么意思啊?人家帮我说了话,我去表示一下感谢就是巴结了?你怎么就不希望我进步呢?你看不上我,当初干吗要嫁给我呢?"

"全全,你这是说的什么话?"邱华沉默了一下,柔声道,"全全,你看看,你往处长家跑,结果他在局长家,没准他去局长的时候,局长正在厅长家。这条食物链,你在最底端,你觉得有意思吗?"

张全全有点不耐烦:"怎么没意思?大家不都在食物链的某一端吗?"

邱华叹息一声:"好吧。"

"邱华,不是我说你啊,你可真不像从农村受苦出来的。"

"为什么?"

"农村孩子进了城,哪个不知道得处理好关系,拼命地努力,才能一步步地爬上去?就你,总是摆着清高的架势,好像谁的账也不买。咱们在泾北一点根基也没有,不和领导同事搞好关系,我们怎么混得出来?"

邱华别过脸去,想再吹下凉风。

"我没想过。我只想靠自己的能力。也许我们过得不如别人好,可靠自己吃饭,我心里踏实。"

张全全不说话。

22

罗英子还在翻看着网页,听到了外面的脚步声,急忙跑过去开门。

罗英子一脸兴奋:"邱华,你知道发生了什么?那个帖子活了。"

邱华一愣:"什么?你什么意思?"

罗英子把她拉到自己椅子上，指着显示器。

"你看看，这是肖楠楠大学的网站，当时刘建明的那个'壕女语录大全'就贴在这上面。"

"我知道啊。五年了，早沉到下面去了。"

"我以为也是这样，没想到它又活了，被翻到上面来了。"

"啊？"邱华闻言急忙点着鼠标去翻。

"天哪，真的。哎，有个叫大狐的在下面跟了个帖，还@了刘建明，所以刘建明刚才又发了帖。我看看。天哪，他居然还在攻击肖楠楠。时效没问题了，诽谤还在继续。可是，这个大狐是怎么回事？他从哪里冒出来的？"

罗英子："我也奇怪啊。等等，你让我想想。"

她突然明白过来，笑起来："是那个鬼呀。"

"谁？"邱华抬头想问，忽然也明白了，"你是说陈硕？你怎么断定是他？"

"你别管了，肯定是他。这小子，太贼了。哎，好像好几天没他的消息了，我马上给他打个电话。"她掏出电话就拨，里边传来关机的提示声。

罗英子奇怪道："关机，陈无良居然也会有不在线的时候，他不在线怎么对这个世界发坏啊。这是出啥事了？"

邱华笑起来："你们的事，别人不明白。我得走了，全全在楼下等我呢。"

肖兰本不想见郝磊的。在商言商，她一直想得很清楚，自己手里的股权花落谁家，完全秉持价高者得的原则。但是夏舒的面子，她还是要给。

西餐厅里，肖兰和夏舒在一起，对面坐着郝磊。

郝磊："肖兰姐，好久不见，您比从前漂亮了，瘦成一道闪电了。"

肖兰笑笑："弟弟，无事不登三宝殿，有话直说。"

夏舒："郝总，您最近的情况，我大概跟肖兰姐说过了。"

郝磊点点头："姐，简而言之，您那百分之二的股份就能给我定生死。马上就是股东会，我两个叔叔已经笼络到另外两个小股东，现在和我们股份持平，除非您支持我，我才能翻盘。姐，我已经山穷水尽了。"

肖兰："我就是一小股东，还有本事让你柳暗花明吗？"

郝磊哀求道："姐，都这时候了，您就别逗我了。您也不想下次见我，是被两个叔叔扫地出门吧？"

夏舒："肖兰姐，股东会召开之前，郝总的叔叔肯定也会来拉拢您的，您现在可是已经在风暴中心了。"

肖兰："是，我明白。小磊，不是我不想帮，是你真让我不放心。我这点股份不多，但也算是命根子了，回头交到你手里，你要把它全赔进去，我怎么交代？我做不到那么无私。"

郝磊："姐，我接手公司后，债务也要回来几笔了，不信您问夏律师。"

郝磊看夏舒，夏舒补充道："要回来差不多一千万了。"

肖兰："可那是夏舒的本事。我也托朋友打听过新诚内部的情况，说你的合同签得漏洞百出，你也没少克扣夏舒，你现在还欠着她钱呢吧？你这种做事风格，我不太放心。股份的事，你让我再考虑一下吧。"

郝磊沉默着，继而起身道："肖兰姐，我理解您的顾虑，那我再回去想想办法，今天谢谢您，夏律师，也谢谢你。"郝磊走了。

夏舒一愣："这么大的事儿，他就这么走了？也不再争取一下了？"

肖兰笑了："你信他个鬼！我还不知道他？装可怜，蔫儿坏，一会儿保准还得去我家堵我。"

夏舒也笑了："确实是他的作风哈，不过肖兰姐，您是真对他不放心对吧？"

肖兰优雅地端起杯子，借着光端详着："这还有假，我后半辈子的幸福可都在这股份上拴着呢。马上就是新诚的股东会，郝磊肯定还得来找我，这股东会我可不想去，我得先躲。所以，有个事儿要麻烦你。"

良诚所前台，孙铭山脸色阴沉，他带着一队人，指名道姓地要见方丽虹。

"什么事？我知道了，你让他在会客室等，我马上过去。"办公室里，方丽虹放下电话，看向陶正："说什么来什么。孙铭山到了，就在门口。"

陶正："他居然还有脸来。陈硕还没消息？"

方丽虹："没有。走的时候说他会关机，我还以为他就是顺口一说，没想到居然真关机了，快十天了吧，给家里电话都没打一个。"

陶正生气地："这小子，自己发了财，叫律所给他擦屁股。"

"我去见他们吧。"方丽虹边向外走边掏出手机："韩律师，詺山的人来了，你到会议室来一下。"

孙铭山把大部分人留在外面，只带着两个西装男——高律师、贾律师坐在会议室。两人是詺山集团的"常法"顾问。三人正小声交谈着，方丽虹带着人进来了。

老韩热情地上去和孙铭山握手："来，我介绍一下，这位就是詺山集团的董事长孙总。孙总，这是我们律所的主任方丽虹律师。"

方丽虹伸出手："幸会。我是方丽虹，良诚律师事务所督导合伙人。"

孙铭山站起来，冷淡地和她握手："方律师啊，久闻大名。这两位是我们集团的法务高律师、贾律师。"

方丽虹手收回来，只冲他们点了点头："有事吗？"

孙铭山对两个西装男说："法律上的事，你们说。"

打头炮的是年轻一些的高律师。

"方律师，贵所未经我方允许，从贵我两方共同开立的共管账户中，私自转移款项九百万。贵所上述行为性质恶劣，且款项金额巨大，依法已涉嫌职务侵占罪。我方现在严正要求贵所于五日内将该非法转移的款项全部返回至共管账户，否则我们将对贵所及相关人员提起控告。"

方丽虹转向老韩："这事啊。韩律师，这案子是你和陈硕律师一起办的，怎么回事啊？"

老韩笑着："二位，说得不对吧？我方是依据我们双方的合同约定，提了我们应得的，这有什么问题吗？"

贾律师加入战团，他皮笑肉不笑地回应老韩，眼睛却看着方丽虹。

"韩律师，咱们都是搞法律的，不要回避问题的要害。现在的要害是你方绕开了共管账户的另一方，私自从共管账户里提款，这是违反协议和法律规定的。"

方丽虹还是没有理睬他们，她微笑着看着孙铭山："具体的情况，我不了解，是我们陈硕律师在办。他目前出去休假了，不知道什么时候才能回来，我只能答复等他回来所里了解一下情况看。不过孙总，陈硕律师在走以前就向我表达过他对贵公司的担忧，据他了解，贵公司在背着律师和諮海集团谈判，这可是公然违背我们双方协议的。"

"你们先下去等我吧。"孙铭山等两个律师走了，这才开口："方律师、韩律师，这事，我不想和你们撕破脸。我是在和諮海谈判，可我没办法，是政府主管部门主导的。钱，你们怎么打走的怎么再打回来，律师费，咱们好商量。如果你们不还钱的话，后面的事，就不好说了。"

方丽虹冷笑一声："孙总是在威胁我们吗？如果是这样，我们就没必要再谈了。我们搞法律的，只认法律。"

孙铭山软下来："方律师，何必呢？您这么大名气，想必和各方面打交道也不少，我的为难之处您不明白吗？再说了，我能扛得住吗？我扛不住，你们就能扛得住？咱们之间的问题好好解决了，以后我们集团的法律事务我都委托给贵所不就完了吗？"

方丽虹看着他："你再把实际情况和我说说，你们的谈判到哪一步了？"

半小时后，孙铭山从会议室出来，老韩一路送着他，两人互相扶着谦让着往外走，像是依依难舍的挚友。

老韩很亲热地："孙总，您看哪天您有空，我过去一趟，咱们坐下来好好谈谈。这件事，你们有为难之处我理解，可是你们不履行协议，用完律师转回头来就坑律师，这名声要是传出去了，对你们也不利对吧？咱们还是和为贵。您看您哪天有空我去找您。"

孙铭山紧紧握着老韩的手："韩律师，要是那个陈律师像您这么识时务咱们不就好办了吗？这样，我回去叫我的秘书和您联系。"

陈硕背着来时的背包从寺庙里出来，身后还有其他几个同样结束禅修的学员一起。陈硕拿出手机按了开机，手机刚开就响了。陈硕愣了愣，来电显示是罗正义。

陈硕犹豫一下，接起来："喂？"

罗英子的声音从里边冲出来："陈无良，啥意思啊？上个案子一个案子就把人家坑够了，还是良心发现，这辈子不再干坏事，放下屠刀立地成佛了？"

陈硕没听懂："你什么意思？"

罗英子嗓门不减："什么意思你不知道？你这样的钱串子，怎么就舍得放弃挣钱跑出去玩呢？居然还不开机，你这样的人能耐得住寂寞？我才不信。是不是带着姑娘出去的？"

陈硕没说话。

"喂，喂，叫我说中了？就算说中了也不必这样吧？你大号陈无良，小号陈无耻，没必要装羞涩吧？"

陈硕还是没说话。

"你干吗呢?"

"没事儿。你有事吗?"

"有事,见面说。"

罗英子声音小了下来。

峳山集团,孙铭山的办公室大门紧闭,秘书在门外守着,拦住想进去的所有人。老韩在沙发上跷着二郎腿,和孙铭山对面坐着。

老韩掰着手指算着账:"这样,为这个案子,我和陈硕律师付出了将近二百万的成本,这个成本,得你们承担——你们总不能让律师自带盒饭给你们干活吧?"

孙铭山点头:"好吧,只要有发票,我们认。"

"已经提出的九百万,不到代理协议约定金额的百分之五十,这个就不再返还了,另外你们再付我们一百万,咱们就算两清。"

"韩律师,你们的胃口太大,这个是绝不可能的。"

"可是依据协议,代理费要支付将近两千万呢。"

"我已经说了,那个协议我们没办法履行了,有不可抗力。"

"那照您说怎么办?"

"你们把九百万退回来。成本这块,有发票的我们报销,然后我们另外付你们一百万。"

老韩身子往后一仰:"那不可能。那咱们就别谈了。"

孙铭山看着老韩:"韩律师不怕上法庭吗?"

老韩不在意道:"那就上啊。上了法庭,履行协议的是我们,背信弃义的是你们,你们看法官会支持谁。"

孙总口气软下来:"这样吧,这九百万,我再去董事会上争取,成本我们报销,协议到此为止,可以吧?"

"不可以。按我说的,再付一百万。"

"那不可能。我们和峳海达成的协议,除了已经执行的那三千多万,他们只肯再还我们一千万,我们还你们二百万的成本,再给你们一百万,要回来的钱付你们三成,你觉得可能吗?"

"好吧,九百万认可,报销成本,是这意思吧?"

"我得上董事会争取。"

两人的老地方,陈硕一个人坐在那里喝咖啡,罗英子进来了。陈硕没说话,只是站起来帮她拉了拉椅子,又回到自己的座位上坐下。

罗英子没坐下,围着他好奇地端详了一圈。

"跑哪儿去疯啦?几天找不着人。"

"什么事?"

"陈无良,你没必要这么正经吧?你一正经我觉得这世界都不对了。出什么事了?失恋了?"

"对。有事吗?"

"啊?真失恋了?和谁啊?"

陈硕看看她:"和你没关系。什么事?说吧。"

罗英子不依不饶:"天哪,看样子还真叫她伤着了。她是谁啊?我倒好奇了,谁有这么大能量。"

陈硕冷着脸:"我还有别的事,你有什么事就快说吧。"

罗英子眨了眨眼睛:"陈大狐你好啊。"

陈硕愣了愣:"你看见了?"

罗英子笑起来:"果然是你!陈无良,你不是在休假吗?还想起来发这坏?"

"我在手机上标了提醒,那天应该是追诉时效终结的日子,就回了个帖。"

"哈哈,我现在才明白,那时候咱们去找刘建明,他处心积虑地打听肖楠楠的情况,你为什么多嘴多舌告诉他。一定是料到会有今天的,是吧?"

"没你说的那么玄。我当时只是觉得他的生活太平淡无奇了,如果他发现当年被他欺负过的同学居然过得比他还好,说不定他会做些什么。我走以前听说老韩当了他的律师,猜想也许我当初埋下的雷可以爆炸了,就发了那个回帖,@了他。"

罗英子拍手大笑:"哈哈,大狐,你才是那只狐狸。你帮了我们的大忙了。"

陈硕拿起手机按了几下:"还有一个东西,也发你了。"

发来的是三段视频,分别是当时去见王娜娜、刘建明和方仁美的时候,三人不认错、耍无赖,甚至要攻击罗英子的视频。

罗英子看着手机,眼睛亮闪闪的:"好啊陈无良,我在前面跟人吵架,你躲在后边录视频。你想怎么处理这些视频?"

"两个选择,一个是发到网上,让他们遭受舆论的审判。未来到了法庭,法官不会不考虑当下舆论的影响。"

"你这是动用私刑,利用舆论左右法庭裁决,第二个选择呢?"

陈硕冷笑:"你还真是个有正义感的律师。第二个选择是开庭时把它交给法官,就看法官如何裁决了。如果是我,会选择第一种。"

罗英子思忖着:"我考虑一下,但第一种坚决不行。"

陈硕冷淡道:"东西给你了,你看着办,没别的事我走了。"

罗英子奇怪地看着他:"哎,你怎么啦?"

"没怎么。"

"就感觉你哪里不对。你真的失恋了,还是生什么病了?"

"没。"

"你有事。"

"我没事。我刚回来,所里一大堆的事。要是没别的事,我就走了。"

罗英子干巴巴地:"好吧。"

陈硕站起来要走,突然又站住了。

他犹犹豫豫地问道:"罗英子,问你件事,希望你能对我说实话。"

"陈硕,外号叫正经的人是我,不是你。你一正经我都害怕了。

什么事,你问吧,我肯定说实话。"

陈硕又犹豫了一下:"你是不是喜欢上那个许卓了?"

罗英子纳闷似的:"什么?"

"你是不是喜欢上许卓了?"

"陈硕,我喜欢谁不喜欢谁和你有关系吗?"

"没关系,也有关系。"

"怎么讲?"

"毕竟我们认识好几年了,好歹也可以算是朋友吧,所以我想提醒你。"

"提醒我什么?"

"如果真是我猜的那样,我建议你慎重。"

"什么意思?"

陈硕淡淡地说:"我觉得他和当年梅先生那件事情有关系。"

罗英子一愣:"你说什么?"

"我说过了,信不信由你。"

罗英子突然恼了:"陈硕,你是在嫉妒他吧?"

"我嫉妒他什么?"

罗英子没办法回答了。

陈硕看她一眼,转身走了。

罗英子仍然坐在那里,怔怔地看着他的背影,陈硕始终没回头,径直离去。

"这不是神经病吗?"罗英子生气地一拍桌子。

肖楠楠的案子有了转机,可这一路上,罗英子还是闷闷不乐。

邱华看着窗外:"你承认了吧,你还是喜欢他。"

罗英子夸张地叫出声:"我喜欢他?我有病啊?"

"那你为什么说他嫉妒?"

"他就是嫉妒啊。"

"嫉妒的意思，不就等于说是你看出来他喜欢你吗？他要不喜欢你，谈什么嫉妒？"

"他喜欢我有什么奇怪？姐好歹也是有点魅力的吧？但我喜欢不喜欢他不是早就明确了吗？我不喜欢他这一挂。"

"哎，他说许律师可能和当年的事情有关系？"

"他胡说八道。许老师怎么可能和当年的事情有关系？"

"不一定。"

"邱华，你可别学他，看人不长好心眼。"

"好好好。以前没见你这么维护过别人。哼，我们是没长好心眼，你是没长好眼睛。"

罗英子看看她："你什么意思？"

邱华赶快投降："好了，不说了，不说了。"

罗英子又高兴起来："哈哈，老韩如果知道刘建明又发了新帖会如何收拾他？我一想这个都激动了。"

这次老韩直接把她们约到了办公室，邱华原来办公的地方早没人坐了，可被嘲笑成传达室的隔间里，那张小桌子还顽强地立在那儿，桌面上居然没多少灰尘，显然是有人经常打扫。

罗英子把一份公证书推到老韩面前，老韩打开看着，顿时目瞪口呆。

"师傅，侵害一直在持续。我们已经正式起诉并且已经立案，您的当事人很快就会收到传票的。师傅，咱们法庭上见吧。邱华，我们走吧。"

"等等，等等。"

两人一停。

老韩站起来，表情有点尴尬："我们还是谈判解决吧。"

罗英子淡淡地说："对不起，我们给过机会，是你们错过了。还是法庭上见吧。"

两人走了。老韩看着那公证书，突然恼火地一把抓起来摔出去。他气得手都在哆嗦，抓起手机打了出去。

刘建明正在店里给一个顾客的手机贴膜，看到老韩来电话了，刘建明按下免提接着干活。

"姑夫，我这会儿忙着呢，要不一会儿我给您打回去……"

电话里传出暴跳如雷的声音，把顾客吓了一跳。

"忙，忙，你很快就不忙了！你到监狱里闲着去吧！"

"什么？"

刘建明一惊，手里的膜贴歪了。

老韩还在骂着："你贱啊？你做那么点小生意，闲得骨头难受啊？好好地你又跑到网上贴帖子骂人家干什么？这不，人家拿到证据了，已经起诉。你等着坐牢去吧你！烂泥扶不上墙，我就不该帮你的。"

顾客不乐意了："你怎么贴膜的，这我可不能给钱啊。"

刘建明吓坏了，顾不上理客人："姑夫、姑夫，我……我也是闲着无聊。姑夫，咱们还有别的办法吗？"

陈硕从电梯里出来，前台小姐看到是他，赶快飞奔过来。

方丽虹几乎每天都交代她，如果陈硕回来，务必让他第一时间到自己办公室。除了对几个老合伙人，方丽虹在良诚所一向惜字如金。她不敢怠慢，一路追着陈硕。

"知道了。"陈硕闷声说着，快步甩开她往自己办公室走。

陈硕一进门，看到方睿正在仔细地擦着自己的桌子。

"小方，没必要擦这么干净。"

方睿一下子转过身来，又惊又喜："师傅，您回来了？您还真的关了机，我给您打了有一百多个电话。"

陈硕苦笑:"小方,这世界上大概就只有你还惦记我吧。"

"看样子伤还没好。这些天您和罗律师也没联系?"

"我说过的,不要再提她了。"

"好吧。那有别的事:师傅,我去了趟静祥养老院,这么大一笔款,我觉得还是当面转给他们好。师傅,我去了才知道,您在那儿影响这么大,您真了不起。"

"什么了不起?中国好几亿老年人呢,不过是图个良心安静罢了。还有什么事?"

"詺山集团的人来了,要求咱们把那九百万退回去,我姑姑出面接待的。不过我姑姑态度也挺强硬的,没让步。"

"哦,那谢谢她了。"

"师傅,詺山下一步会怎么办啊?"

"不知道,随遇而安吧。你不用管,好好复习准备考试,今年一定要过关哟。你姑姑叫我过去一趟,我过去了。"

方丽虹这次对陈硕格外热情,拉着他坐下一通嘘寒问暖。

"回来了?一走十来天,手机也不开,你还真做得出来。"

"有事吗方律师?"

"坐啊,喝点什么?"

"不喝。有事您就说吧。"

"是这样陈律师,你不在所的时候,詺山集团来所里交涉过好几次,要求解除双方之间的委托协议,还要求所里把转出来的钱再转回去。"

"我回来以后打听了一下,詺山集团和詺海集团已经达成和解协议了。"

方丽虹点头:"对。没对外公布,但事实上达成了。所以他们用不到我们了,要求解除委托协议。"

陈硕冷笑一声:"他们背信弃义,违反双方之间签订的协议,背着律师和对方私下里和解，出卖自己的律师。方律师，您应该记得吧，当初签协议的时候我就想到了这一点，主动降低了一个点的提成比例，特别有一条：未经律师同意并书面确认，詺山以任何形式与对方达成调解或和解，即视为律师所有合同义务履行完毕且完全达成全额律师费的支付条件，我只按协议规定提了第一笔款的比例，我已经很客气了。对不起，詺山集团的要求恕难满足。"

"陈律师，当初他们公开招标，为什么没人敢应标？就是都想到了会有今天。詺山集团从开始就是想把律师当枪使。既然当初他们就打了这算盘，想必一旦出现今天的情况如何对付律师也想好了，我们没必要硬顶吧？"

"为什么不敢硬顶？明明是他们背信弃义嘛。"

方丽虹叹口气："陈律师，你还是太年轻了，不知道其中的利害。听我一句劝：有些事情，也不是詺山集团能主导的。他们在案子已经胜诉、执行也很顺利的情况下却选择了和对方和解，说明他们遇到了不可抗拒的案外力量。那力量，詺山集团扛不了，咱们也扛不了，如果坚持不妥协，还不知道会有什么后果。更何况，这件事情上，我们做的也不是毫无瑕疵的。"

陈硕："有什么瑕疵？您是说那个账户吗？"

"对啊。毕竟，当初说的是设共管账户，你在对方不知情的情况下撤销了对方账户管理人的权限。"

"从法律上讲，我没违法吧？他们的人来开账户工作失职，和我有什么关系？再说，如果我不是留了一手，现在一分钱也拿不到，我还不是被他们白耍了？"

"总之，陈律师，我还是劝你退一步，咱们和他们谈判，尽可能争取更大的利益。"

"谈可以谈，但要我退，那就要说出理由来。"

方丽虹看看他："好吧，那我安排双方谈判吧。陈律师，我一直认为你是个很圆通的人，社会上这种事多了，没必要认死理。"

陈硕站起来："不，方律师，您不了解我，我就是个认死理的人。"

方睿焦急地在陈硕办公室里来回踱步，看到陈硕推门进来，他赶紧迎上去。

"回来了？我姑姑说什么了？"

"没说什么，就说了说洺山的事。"

"我姑姑的态度是不是挺坚决的？"

陈硕笑了笑："是。"

这时老韩进来了："陈硕，你可回来了。等你半天了，咱哥俩还得说说。"看到方睿，又说道，"要不上我那儿去？"

陈硕找了个理由把方睿支走，老韩这才开口把自己跟孙铭山的谈判结果告诉他。

老韩邀功似的："我费了九牛二虎之力，嘴皮子都快磨破了，才谈成了这个结果，你看能接受吗？"

陈硕的脸立刻冷了下来："韩律师，这个案子本来就是我的，你不过是协助我。你为什么背着我去和对方谈判？"

"咦，你不在家，也不开机啊。洺山的来了好几趟，方丽虹也一再找我，你让我怎么办？好吧，我自己做主去谈判，是我的不对，我向你道歉。你觉得，这个条件能接受吗？"

"不能。"

"陈硕，成本他们报销，另外我们得了九百万，我觉得可以了。你想坚持原来的协议，可能吗？人不要和自己扛不了的事情过不去。"

"扛了扛不了，扛过了才知道。"

"陈硕，你得学会识时务。我提的条件，已经是在可能的前提下对你最有利的了，要按着所里的意思，就要把那九百万全退回去。我现在谈的条件，都没敢叫所里知道。陈硕，我不是说过吗？两鸟在林，不如一鸟在手……"

陈硕直接打断道："别再和我说这个了，我不认。没别的事吧？

没事请回吧。"

老韩站起来:"陈硕,你不能这样。他们要告你侵占,你要是出了事,把我也连累了。"

陈硕抬头看着他:"你可以现在就退出啊。我给你出证明。"

"你这人!"老韩气恼地抬起手指着他,转身走了。

方丽虹办公室的门紧闭着,陶正坐在对面,方丽虹的脸色很不好看。

"我知道你欣赏陈硕,可我一向不大喜欢他。我觉得他太油滑了,但没想到,在这件事上,他突然变得这么固执、认死理。陶正,你劝劝他。一个案子挣好几百万,已经在所里引得大家侧目而视,一旦和諮山集团闹起来,我怕所里没有多少人站他一边。"

"这小子,我说不上喜欢,但我知道他能打、能扛,还能挣钱,正好他想来,我就引荐了他,这回是怎么啦?方律师,不管怎么说,所里在这个案子上一分钱没出,目前还挣了一百多万,再说他还是我们所的律师,在这件事上,咱们还是要站他。"

"我当然是站他了,但万一事情闹大了,我怕我想站他也没法站了,你还是劝劝他。"

"好吧。"

陶正走了,方丽虹坐在那儿转着手里的笔,不知在想些什么。

老韩刚走没多久,陈硕就接到了諮山集团的电话,看起来是有人第一时间就通知了孙铭山,陈硕也不在意。电话里双方都没客气,没说几句,他就把电话挂了。

两三个小时后,陈硕闷着头坐在那里看电脑,陶正推开门伸了伸头。

"諮山的人来了。"

陈硕答应一声,站起来准备走,方睿也赶快抱了笔记本电脑准备

601

跟上。

陈硕拦住他:"小方,你别去了。"

方睿着急道:"为什么啊?我给您当打字机,什么事都有个记录。"

"我没告诉你,你姑姑在这件事上劝我妥协的。"

"啊?不会吧?她明明在詺山的人面前很强硬的。"

"她当然对外要强硬,可是她实际上是准备妥协的。詺山集团现在不是过去了,有了背景,方律师不想冒这么大风险,就劝我妥协。"

"她怎么这样啊?师傅您呢?"

"我当然不会妥协。所以,你别去了。"

方睿激动道:"不,我是您的助理,我当然得去。"

陈硕看了看他:"那就走吧。"

方丽虹、陶正和老韩早早地等在会议室里,看到陈硕过来,陶正赶紧利用最后的时间劝着他。

陶正认真地说:"老话说识时务者为俊杰,又说好汉不吃眼前亏。詺山突然变得这么硬气,分明背后有人,咱们没必要为这么点钱和他们死抗。我和方律师会为你说话的,但你也要在必要的时候妥协,听见了吗?"

陈硕没说话。

方睿有点激动,想说话,陈硕严厉地瞪了他一眼。

门开了,孙铭山带着贾律师、高律师进来。

方丽虹迎上去握手:"孙总,又见面了。这不,我们陈硕律师刚回来,我们马上安排了这次会面,希望我们双方能本着事实和契约精神,妥善解决这次的矛盾。"

孙铭山大笑着,绕过她,直奔陈硕而来,握住陈硕的手,热情地摇着。

孙铭山:"兄弟,你可回来了。这一回,谢谢你对我们的无私帮助啊。"

陈硕:"孙总,第一,说不上帮助,是接受了委托,完成我分内之事;第二,也不是无私的,我按委托协议,提取我的报酬,所以,也不必感谢。"

孙铭山看向众人:"瞧瞧,我这兄弟说话就是这么爽快。"

方丽虹神色如常:"孙总,我们坐吧。"

孙铭山这次显然是有备而来,宾主坐定后,双方开门见山再无寒暄。

孙铭山一点头,高律师率先开口。

"我们集团再次感谢良诚律师事务所特别是陈硕律师对我们的无私帮助。我们已经去制作一面锦旗,很快就会送过来。但目前,我们和諩海集团已经在政府部门的主导下达成了和解协议,和解内容因为有保密条款恕我保密,所以,这个案子不用继续了。既然案子不再继续,原来的委托协议也没办法执行了。我们今天就是来解除协议的。"

陈硕没跟方丽虹等人商量,直接回应。

"第一,这案子已经完了,一审胜诉,对方在规定的时间里没上诉,一审判决已经生效,所以不存在不继续了的问题,我方已经完成了全部的委托;第二,退一万步说,如果贵方认为案子没执行完就算没打完的话,那么我们的协议中有一条:甲方确认,未经乙方代表陈硕律师书面确认,甲方与諩海集团或任意第三方就委托事项对应的债权达成任何形式的调解或和解协议的,即视为乙方所有合同义务履行完毕且完全达成全额律师费的支付条件,甲方应当在收到諩海集团或第三人款项后立即支付乙方。所以,要么,是案子已经打完了,我们已经完成了委托;要么,是贵方违反了协议的约定,背着我方私下里和对方和解,在这种情况下,我方将依据合同约定提取全部的委托费,那就不是我们现在提取的九百万,应该是两千万以上,具体金额要参照实际还款日计算逾期违约金。"

孙铭山和两个律师低语几句，贾律清了清嗓子，抬起头来。

"第一点，因为案子还没执行完，所以我们不认为委托事项已经完毕，我们是来解除委托协议，而不是办理结算的；第二点，因为贵方违反约定，私自从共管账户里违规转款，所以我方认为双方约定的那一条违约条款已经失效。我方要求贵方把私自转出的九百万再转回共管账户，然后再来谈律师费用的问题。"

陈硕冷笑一声，理都没理。

方丽虹看了陈硕一眼，问道："那么，贵方打算如何支付我方的律师费呢？"

孙铭山："这个嘛，既然不再用律师打官司了，肯定不能按原来约定的支付了。我们也不是不讲理的人，这样，前期的花销，只要有发票的，我认，拿来报销。另外，我们可以再支付一点辛苦费，也只能这么多了。"

方丽虹语气严肃："对不起孙总，你们这是背信弃义过河拆桥的行为，缺乏起码的契约精神。我方已经圆满完成了委托事项，并取得胜诉结果，帮你们要回了多年未能要回的欠款，你方之所以现在能和諧海集团达成和解，也是建立在胜诉的基础之上的。你们提出的方案，我们没办法接受。"

孙铭山叹了口气："唉，方律师，这种事您还不了解吗？有时候我真的也没办法。人家现在是国企，上边出面要主导谈判，您让我怎么办？我们不过是家地方民企，我谁也不敢得罪呀。"

这时陶正说道："孙总，这话现在说不是有点晚吗？您当初招标找人代理的时候应该就意识到了呀。"

孙铭山脸一寒："要是这样，咱们就没法谈了。其实我今天来，也不单单是我的意思，我提出的方案，也不是我一拍脑袋想出来的。实话说吧，我的能力就这么大，能许下的也就那么多，你们再提别的，我也没权力答应了。"

陈硕站起来："那就别让孙总为难了，咱们别谈了。"

方丽虹急忙按住他:"陈律师,坐。孙总,你们刚才提出的方案如果是最后的方案,那就是逼我们签城下之盟,这确实是不可接受的。"

孙铭山偷眼看了下陈硕:"那,按咱们的意思呢?"

方丽虹看看陈硕,又看看老韩,小声地:"咱们商量个数?"

陈硕又站起来:"方律师,如果您想妥协,我管不着,但不代表我。我和对方签了协议,我只按协议来,别的免谈。对不起,我还有事,你们谈吧,我走了。"

陈硕谁的招呼也没打,转身就走。方睿也抱着笔记本跟着他走了。

方丽虹恼怒地看看陶正和老韩,他俩无奈地摊摊手。

孙铭山脸上有些挂不住:"他这是什么态度嘛,我手下的员工要敢这么对我,我叫他过不到明天就卷铺盖滚蛋。"

方丽虹苦笑:"孙总,我很理解我们的律师,至于你们做了什么,你们自己心里清楚。当初你们叫天天不应,叫地地不灵,招标找人打官司都没人揭标,是陈硕律师甘愿承担巨大的风险,垫资数百万帮你们打赢了这官司,这才让你们有了和对方谈判的底牌。而你们不顾我们双方的合同约定,出卖律师,私下里和对方达成协议,反过头来又想赖掉律师费。如果你们不让步的话,咱们确实没办法谈了。"

孙铭山腾地站起来:"好啊,那就别谈了。贾律师,把律师函给他们留下。"

贾律师本想把桌面上的两页纸推过来,看到方丽虹冷若寒霜的面孔,又拿起来,恭敬地递过去:"方律师,按照我们之间合同的约定,执行回来的钱要先打到我们的账户上,然后才能分配,你们未经我方许可,从共管账户里私自提取了钱,是你们违约了。我们要求你们马上把转出去的钱再转回共管账户来,然后再来谈律师费的问题。否则,我们只能法庭上见了。"

方丽虹冷笑一声:"好啊,法庭上见就法庭上见。我们只怕一上法庭,詺山集团背信弃义的行为就会公示天下,以后谁还敢和孙老板做生意呢?"

陈硕和方睿先后进来,方睿关上门,陈硕一屁股坐在椅子上。
方睿激愤道:"我姑姑怎么这样啊?"
陈硕苦笑:"小方,你别跟我了。"
"为什么啊?"
"这件事,我不会妥协的,所以会和所里越闹越僵,你夹在中间不好受的。"
"当然不能妥协啊,凭什么啊?师傅,您是我师傅,这个案子也是您带着我做的,您在哪儿,我在哪儿。"
"可以后也许我会和你姑姑发生矛盾的。"
"不会。我姑姑一向有原则的,她瞧不起那些一遇到问题就放弃法律立场的人,她只是一时糊涂。您放心,一会儿我去找她。"
陈硕又忍不住苦笑:"算了,方律师也是做在她的立场上最正确的选择,你就别去劝了。"

方丽虹和陶正、老韩严肃地站在那里,看着孙铭山带着他的人怒气冲冲地进了电梯,连个招呼也没打就走了。
方丽虹转身就往里走,一边走一边责备陶正:"我让你找他谈谈,你没谈吗?"
陶正一脸冤枉:"你不是听见了?人进来的时候我还在谈着呢。这小子,以前挺圆通的,这回也不知道怎么的,又臭又硬。"
方丽虹冷着脸:"那他就等着对方告吧,到时候别怪律所不管他。"
陶正赶快地:"方律师、方律师,不管怎么说,陈硕也是给所里挣钱了,背信弃义的是他们,咱们还是劝劝他。"
老韩说道:"方律师,还是有空间的。我和他们谈过,他们答应过的条件比今天优惠得多。"
方丽虹一怔:"原来优惠为什么现在这么强硬了?说明他们有人

撑腰了呀。老韩,这个案子你和陈硕是搭档,我们先找他谈谈,你再做做他的工作。"

陈硕懒洋洋地躺在椅子上。方睿去开门,见是方丽虹和陶正进来了,陈硕不情愿地坐直了身子。

陈硕:"有事吗?"

方丽虹没说话,陶正突然火了:"陈硕,你这是什么态度?方律师为你的事操碎了心,你全所问问去,她这样对过谁啊?好好说话。"

陈硕站起来:"对不起方律师,请坐吧。"

方睿给她拉了张椅子,方丽虹坐下了。

方丽虹:"陈律师,你委屈,我知道,我们恪守契约精神,但也要认清现实。我的意见是,律师费的问题,我们再和他们谈,就算拿不到原来的提成,但我觉得可以谈一个比较高的价格。但首先,要把那笔钱先转回去,在道义上先站住脚,否则可能在法律上处于不利的境地。"

方睿忍不住了:"方律师,您怎么可以这样说!"

方丽虹恼火地一指他:"方睿,这儿没你说话的地方!"

方睿不服气地鼓着嘴不说了。

陈硕:"对不起方律师,谢谢您对我的关心。但我的看法和您不一样,我也不会把钱转回去,有什么不利的法律后果我自己承担吧。"

陶正呆住了,难以置信道:"陈硕,怎么说话呢?"

陈硕:"我就是说得再委婉,也是这个态度,不会改变了。"

方丽虹看着他:"你想好了?"

陈硕:"想好了。"

"陶正,那我们还来干什么?走吧。"

方丽虹说着摔门而去。

陶正苦着脸:"唉,陈硕、陈硕,你叫我说你什么?你不是这么个人啊?钱去了还能再挣,给自己惹一身麻烦值得吗?"

陈硕："值得。谢谢您陶律师，您不必为我为难。"

陶正："好吧。"

方睿跟着跑出去。

陈硕："小方，你去干什么？"

方睿已经跑了。

方丽虹进来，去给自己倒水，她脸色很难看，明显余怒未消。

方睿进来了："姑姑。"

方丽虹沉着脸转过身来："睿睿，叫你到他身边干什么的？你完全被他同化了。你回来吧，别跟他了。"

"姑姑，这件事是您做得不对。明明是他们违约。在家里您和我爸妈讨论法律的时候都说什么？"

"笑话。你爸妈是教书的，现实能用理论套吗？"

"难道搞法律的就是理论一套实际一套？"

"你和我讨论法律还早呢。你别跟陈硕了，从他那里搬出来，我给你找个更好的师傅。"

"姑姑，您真令我失望。我不会离开我师傅的，我就跟定他了。"

方丽虹还想教训他，方睿转身就走了。

"睿睿！方睿，你回来！"

方睿已经走远了。

陈硕坐在那里发呆，方睿回来了，仍然很激动的样子。

方睿凑过来："师傅。"

陈硕笑笑："小方，叫你为难了。"

"师傅，我对我姑姑很失望。"

"那你还怎么活啊？在律师界，你姑姑是有名望的律师，连罗英子都夸她又正义又有骨气。"

"可是您看在您这件事上……"

"那只是她觉得我不值得罢了。她有没有劝你离开我?"

方睿不说话了。

"那就是劝了。方睿,你还是离开吧。你再跟着我,你姑姑也为难。"

"不,师傅,我哪儿也不去。"

"何必呢?没什么大是大非,不用逼自己选边站队。"

"不是师傅,我不是为了您,我是为了我自己。"

"为你自己?怎么说?"

"师傅,我告诉过您,我原来不想搞法律,我看我爸妈和我姑搞法律搞得这么假模假式,从心眼里讨厌。可跟上您,我才觉得就算是搞法律,也用不着把自己逼成机器人,一个法律人,也可以有情趣有生活有世上的一切,所以我才下决心好好准备考试将来搞法律的。"

"哈,你姑姑会说我把你带坏了。在他们眼里,我就是个只认钱的人。"

"那是他们不了解您,或者是他们有偏见。事实上,从这件事上,我觉得他们才是只看到利益的人。师傅,我哪儿都不去,我就跟着您。"

陈硕看着他:"好吧。那你以后恐怕有哭鼻子的时候。"

老韩进来了:"小方,你回避一下,我有几句话和你师傅说。"

陈硕点了点头,方睿出去了。

老韩把门关上:"陈硕,不要指望所里,关键的时候他们会出卖你的,这种事,我见得多了。"

陈硕淡淡地说:"我没指望他们。"

"现在只有我和你站在一起。当然,你不必相信我的人品,但要相信咱俩的利益是绑在一起的。"

"我谢谢您。"

"所以,相信老哥一回,先接受他们的条件,我去和他们谈。为这点钱,给自己惹来麻烦不值得。"

"韩律师，您不必再费口舌了，我的态度已经说清楚了。"

老韩瞪视着他："陈硕，我一直认为咱俩很像的。"

陈硕自嘲地笑笑："那是您的误会。对不起，让您失望了。"

老韩看着他，想了想，这才慢慢开口："陈硕，这个案子已经结束了，如果你不接受我的意见，那么，我退出这个案子。"

"请便。"

办公室里安静下来，又只剩陈硕一个人了。

陶正和方丽虹坐在一起正低声说着什么，老韩进来了，两人抬起头来。

老韩："方律师，我来声明一下：詺山那个案子已经打完了，我刚才已经和陈硕说了，我正式退出那个案子，以后发生的一切和我没关系了。"

方丽虹一怔："没结束啊，麻烦事还在后面呢。"

老韩："诉讼的事情已经结束了，剩下的事情，我已经表明了我的态度，陈硕不接受，我们俩没办法合作了，所以我退出。这个案子后续的任何利益和我没关系了。"

方丽虹了然地点点头："好吧。可万一需要把那些钱退回去的话……"

老韩打断道："方律师，这个我可要说几句了：陈硕提取的那些钱，不到代理费的一半，咱们所收下了钱，被别人威胁一番又退回去，以后咱们所还想在圈子里立足吗？"

方丽虹："我们争取不退，我是说万一。你先回去吧。"

老韩正往外走，陶正冲着方丽虹小声嘀咕："钱分到手了，危险一来跑了。"

老韩听见了，冲着陶正就过来了："陶正你说什么？"

陶正："没说什么呀。我和方律师在说别的事情。"

老韩指着陶正："别以为我不知道你什么意思。陈硕和我打这个官司,所里提供一点支持了没有?提钱的时候倒挺好意思。我告诉你,陈硕这官司,是以所里的名义接的,陈硕万一有什么事,所里得保护他,如果所里出卖他,别怪我不客气。"

方丽虹当然听得出来,他手是指着陶正,话可不只是对陶正说的。

方丽虹心里一阵不舒服:"老韩,又不是小孩子了,怎么这么冲动呢?我们也没说什么呀。走吧,我们还有事。"

老韩愤愤不平地走了。

方丽虹问陶正:"你觉得这事后果很严重?"

陶正摇头:"谁知道呢?毕竟被对方抓住了共管账户这个把柄,要是碰上个狠人,把陈硕往死里整也说不定。"

方丽虹想着:"万一有那一天……"

陶正:"咱们可不能吃陈硕的挂落。叫外面听说了,明明建的共管账户,耍个花招把自己的当事人涮了,良诚所什么名声啊?大钱他挣着,挂落咱吃着,值也不值?"

方丽虹没说话。

肖楠楠的案子快开庭了,罗英子给陈硕打电话,邀请他去旁听。

陈硕正端着酒杯,听着电话里罗英子的声音,半晌没说话。卡座里还坐着方睿、小田以及另外两个良诚所的律师。

小田举起杯:"硕哥,干吗呢?来喝呀。"

陈硕敷衍地对小田笑笑。电话里罗英子的声音又冲了出来:"你干什么呢?你听见了吗?我邀请你去旁听。"

"对不起,我挺忙的,去不了。提前预祝胜诉啊。再见。"

陈硕没等罗英子再说什么,把手机挂了。他举起杯,把杯里的酒一饮而尽。

小田起哄道:"硕哥够敞亮。来来,咱们也向硕哥看齐,干了。"

众人纷纷叫好,一齐干杯。方睿喝了一点,凑到陈硕身边。

"罗律师电话?"

"嗯。校园霸凌那个案子快开庭了,叫我去旁听。"

"去啊师傅,这是罗律师伸过来的橄榄枝啊。"

"不去。"

"为什么啊师傅?"

陈硕给自己倒满一杯酒:"不想去。以后不要在我面前提她了。"

他再次举起酒杯:"来来,再开两瓶,今天弟兄们敞开喝,我请客!"

小田和另外两个同事欢呼,方睿看着陈硕,不敢再说什么。

罗英子又气又郁闷地看着手里的手机,越想越纳闷。

许卓敲门进来,罗英子赶快调整情绪。

"许老师。"

"这么晚了还加班?"

"还有一点没弄完。"

"英子,你那个案子快开庭了吧?"

"对,不过您放心,不会耽误这边工作的。"

"这个我当然放心。我是想说你的案子怎么也不邀请我去旁听呢?"

罗英子很意外:"不过是个小案子,您干吗去?"

许卓柔声道:"你不是说案子没有大小之分吗?咱们是一个团队的,我当然要去给你加油助威啊。"

"许老师……"

"快回去吧,安心准备你那案子,这边有我呢。"

"好……谢谢许老师。"

法庭走廊上,罗英子和夏舒陪着肖楠楠,老韩和小田陪着刘建明,面对面走了过来。

罗英子穿着一身律师袍,十分从容自信:"肖小姐,多年没见你老同学了吧?打个招呼吧。"

肖楠楠看着刘建明:"刘建明你好。"

刘建明胆怯地低下头:"你好,你好。"

罗英子搂了肖楠楠一下:"我们进去吧。"

许卓坐在旁听席上。陈硕到底来了,坐在一个不起眼的角落。

老韩刚答辩完,两人都在注视着将要发言的罗英子。

罗英子出示着公证书:"我们首先要回应对方辩护人,被告人的行为并非你所称的'小恶',被告人刘建明故意捏造并散布虚构的事实,贬损自诉人人格,破坏自诉人名誉,言语异常恶毒,主观恶性极深。这些'小恶',除了使自诉人长期在外部环境中遭受'社会性死亡',也对其人格成长造成重大恶性影响。自诉人常年噩梦缠身,变得极端不自信、不敢参与正常人际交往、不敢求职、不敢恋爱、不敢结婚。自诉人至今仍患有抑郁症,正是因为这些所谓小恶,给她造成了一生都难以弥补的伤害。我们还要指出的是,这些所谓的小恶今天仍然在社会上、校园里随处可见,我们对这些小恶的漠视,使得这些恶意让一个又一个无辜的孩子成为被孤立、被愚弄、被伤害的对象。他们会跟自诉人一样,带着终身的伤痛和阴影长大成人,而那些霸凌者,仍然傲慢地认为自己的行为只是小恶,且不会受到任何惩罚,这就是我们时隔九年仍然要站到法庭上的意义!综上,被告人刘建明的行为已构成诽谤罪,我们要求依法追究其刑事责任!"

老韩全程微笑地听完罗英子的发言,从容回应着。

"首先,被告人承认在未成年时曾发表过对自诉人不恭的言论,但自诉人所称的'诽谤'事实发生在九年前,被告人当时尚未成年,并不具备完整认知能力。我方还要特别指出的是,诽谤罪,是指故意捏造并散布虚构的事实、足以贬损他人人格、破坏他人名誉、情节严重的行为。刚才原告在举证中,并未充分证明'壕女'语录及其他网络言论均系被告人在网络中散布,更为重要的是,'壕女'语录及其他言论的内容是否系捏造虚构的,自诉人自己是否真的说过上述言论中的内容，自诉人并未举证证实。另外，原告两次退学及患抑郁症，完全存在其他因果关系介入的可能性，无法全部归于被告人的行为。所以，说被告人的行为构成诽谤罪并且已经达到了情节严重的后果，我们认为是不恰当的。"

罗英子立即举手："我方反对！审判长，我方还有三段视频证据，它们可以证明以被告人刘建明为代表，参与当年霸凌的同学们，现如今仍然作为施暴者进行无端诽谤，对自诉人肖楠楠的伤害仍在持续。我方请求将这三段视频列为最新证据，代理人要求当庭播放上述视频！"

老韩同时举手："反对！该证据并未在证据材料清单中列明，也未在对方提交的证据目录中体现，对方代理人是'证据突袭'行为，被告人拒绝对此进行质证，并要求不得将其作为证据使用！"

审判席上，几位法官头凑在一起商量着。

审判长："允许原告方播放。"

第一段，是王娜娜骂街的视频。

罗英子指着屏幕上张牙舞爪的女人："视频上的人叫王娜娜，我们找到她时，她拒绝道歉，再次对我方当事人肖楠楠进行言语辱骂，甚至扬言报复。"

第二段，是在刘建明的手机店里。

罗英子看向坐在被告席上的刘建明："视频里说话的就是被告人刘建明，他不仅对他在网上的行为不以为然，拒绝向我方当事人进行道歉，还蓄意打听我方当事人的情况，对我方当事人造成很大困扰。"

第三段视频，是方仁美的。

罗英子叹息一声："最后一段视频的主人公叫方仁美，现在是一名小学教师，如今为人师表的她理应正视自己当年的错误。可是很遗憾，我们找到她时，她正当着一位学生家长的面辱骂一个她班上的学生。提到肖楠楠的时候，她也没有丝毫悔意，进一步对我方当事人肖楠楠进行了诽谤和侮辱。"

一片哗然,不少人义愤填膺地大声说着什么。

陈硕起身,悄悄离场。

审判长敲了下法槌:"注意法庭纪律。"他的视线从挂在高处的显示器上移到被告席。

"自诉人、被告人,你们双方是否接受调解?"

罗英子低声和肖楠楠商量着。

罗英子:"如果刘建明当庭道歉,并且把道歉信发于网络上,你愿意接受调解吗?"

肖楠楠犹豫着:"罗律师,他是真心道歉吗?"

罗英子迟疑着没说话,肖楠楠凝视着对面的刘建明。

那边,刘建明正焦急地跟老韩商量着。

刘建明苦着脸:"姑父,咱同意调解吧。"

老韩瞪了他一眼:"瞧你那点出息!诽谤罪哪儿是那么好认定的?你现在认了,就得写道歉信发到网上去。你写不要紧,我就等于输了官司。"

刘建明:"姑父,要输了官司会怎么样?"

老韩脸色难看:"师傅输给徒弟,你说怎么样?"

刘建明着急道:"我不是说您!我是说我会怎么样?我是不是会坐牢?"

老韩不说话了。

刘建明:"姑父,我要调解,只要不坐牢,我给她跪下都行!"

老韩:"行吧,没出息,真没出息。"

老韩正要向法官举手,肖楠楠突然站起来,旁边的罗英子也是一愣。

整个法庭安静下来,只听肖楠楠坚定地说:"法官,我不同意调解,我要求对方承担他应有的惩罚。"

几位法官相互商量了一下,审判长又看了看一脸惶恐绝望的刘建明。

"鉴于自诉人无调解意愿,本庭不再组织调解,本案择期宣判。本庭休庭后至判决宣告前,双方当事人可以自行和解,自诉人可以撤回自诉,并将和解协议提交法院。休庭!"

23

手机店门口,两名警察押着垂头丧气的刘建明从里边出来。狭窄的小街上有不少人在围观,众人对着刘建明指指点点,议论纷纷。

夏舒冲进办公室:"罗姐,判决下来了。"

罗英子期待又害怕:"啊?怎样?"

夏舒眼睛里闪着光:"诽谤罪成立,拘役三个月。"

罗英子眼睛也红了:"夏舒,赶快,通知肖楠楠。对了,我们还需要起草几份律师函,分别发给那几位我们找过但拒绝道歉的人。"

邱华也进来了:"居然真的胜诉了。"

罗英子骄傲地看着她:"胜诉了。我们让小恶受到了惩罚。"

三天后,肖楠楠和杨树带着礼物来到瑛华所,来向三位女律师告别。

罗英子眉开眼笑:"这么说,要结婚了?"

杨树笑着看了肖楠楠一眼:"终于答应我的求婚了。不过还是不同意举行婚礼,所以我们想出国旅行一趟,就算结婚了。楠楠,给律师准备的礼物。"

肖楠楠从提来的大包里拿出三个小礼盒,又拿出三份包装精美的喜糖来。

"这是我们的喜糖,谢谢三位律师。"

罗英子:"谢谢。新婚快乐啊。不过,我还是觉得,一生就一次的婚礼,还是应该正式一点。我们希望有一天能受邀参加你们的婚礼,而不只是喜糖。"

肖楠楠含羞看了杨树一眼。

杨树搂了搂她:"等我们出国旅行回来,也许楠楠就改变主意了。谢谢三位,我们走吧。"

这时门开了,进来的是方仁美和王娜娜。

方仁美四处看着:"这儿是瑛华……"

一看到肖楠楠在,两人不问了,怯怯地过来了。

大家都不说话看着她们。

两人你推我,我推你,都让对方说,最后还是方仁美低着头凑过来。

"各位律师,律师函我们接到了。肖楠楠,对不起,我们当年的行为伤害了你,我们那时候太小,不懂事,你就原谅我们吧。我们正式向你道歉。"

肖楠楠用怜悯的、温厚的目光看着她们,没说话。

方仁美突然哭起来:"因为这件事,学校已经暂停了我的工作,教委也要取消我的教师资格。肖楠楠,你让我怎么道歉都行,各位律师,你们能帮我和学校说说吗?"

肖楠楠看着罗英子。

罗英子平静地说:"方仁美,如果你愿意道歉,我们欢迎,但你的态度首先要老实。我可以肯定的是,如果教委要取消你的教师资格的话,肯定不会仅仅因为这件事。你们二位先正式道歉吧,然后我们视你们的态度再决定出具不出具谅解书。"

肖楠楠挽着杨树,王娜娜推着方仁美,各自走了,三个女孩站在那儿,看着这两拨人各奔东西。

邱华靠近罗英子:"英子,你们教育我了。我遇事总往最坏处想,我不敢像你们那么乐观,事实证明,你们是对的。"

罗英子搂了搂她:"墨菲定律还记得吗?如果你总怕发生坏的事

情,坏的事情就真的会来的。反过来,如果你总期待好的事情,好的事情也会来的。"

夏舒:"天哪,说得这么玄妙,不就是心理暗示吗?我得走了,今天是郝磊公司的股东会要选董事长,郝磊那小子把到账的钱做了一大笔成本冲账,又要坑我,我找他要钱去。"

罗英子惊讶道:"什么什么?你去股东会要债?你别把他惹毛了,他又给你挖坑。"

夏舒神秘一笑:"放心吧,我现在有秘密武器,今天这个账他还非给不可了。"

夏舒走了,邱华看向罗英子:"英子,有件事咱们得商量。"

"什么?"办公室里,罗英子看着邱华的记录,吃惊地瞪大眼睛。

邱华指着账本:"你看,这一笔,这一笔。像这样的还有好多。我发现,万禾藏匿的并不仅仅是那块地,他们还转移了好多笔资金。"

罗英子难以置信地摇着头:"这万老板找死吗?"

邱华:"我们发现了,良诚肯定也发现了。现在我们的问题是,告诉不告诉刘总?"

"你告诉许老师了吗?"

"没有。材料一直是我们理的,他还不知道。"

罗英子沉吟了一下:"毕竟他是这个团队的负责人,我们向他汇报吧。"

良诚所今天的气氛很不寻常,好几双脚走向一个方向。小田从最里面的档案室出来,一路打着招呼,鲜少回应。小田回头看看,几个人都进了大会议室。

方丽虹坐在正中,对最后一个进来的人:"把门关严,今天的会议,严格保密。各位将手机拿到桌面上,禁止录音录像。陶正,你说吧。"

众人无声地掏出手机，纷纷放到桌面上，陶正开始发言。

"万禾的账目已经基本上理清楚了，我们发现万禾除了那块地，还有许多去向不明的资金，万禾肯定是私下里转移了大量资产。我们面临的选择是，我们是否要向法院、公安机关举报并向万禾的全体债权人进行告知。"

与此同时，许卓正低着头，仔细地看着罗英子和邱华拿来的账目文件。

许卓："这是什么时候发现的？"

邱华："最近。因为我们负责整理的是万禾和鼎薪的账目往来，万禾整个的账目基本上是良诚所在理，我们有监督的权利。我是从他们理好的账上发现的。可以肯定的是，我们发现的问题，良诚早就发现了。"

罗英子："许老师，现在我们面临的问题是，我们的发现要不要告诉我们的委托人？"

许卓抬头看向她："你的意见呢？"

罗英子犹豫着："从受托责任上说，我们既然发现了，应该告诉他。可是……"

邱华分析道："万总和万禾的领导班子肯定是涉嫌犯罪了，如果刘总知道了，他很可能沉不住气，现在就去举报万禾和万总。更何况，万禾还有几千个交了购房款的业主，刘总知道了，他们也肯定会知道，到时候大家一起举报，公安部门肯定得采取行动，万禾的班子会被一锅端的。"

罗英子担忧道："可如果我们不说，将来刘总知道了，会说我们渎职的。"

许卓还是不表态："你们的意见呢？"

罗英子："我们拿不准，所以来向您汇报了，想听听您的意见。"

良诚所那边，陶正也讲到了最后："一旦万禾的领导班子以及财务进去了，我们的工作将很难进行，破产重整程序也会面临困难乃至转清算。"

方丽虹开口道："可问题是，知道这件事的不只是我们一家，还有卓越所许卓律师他们，如果我们不举报，他们举报的话，我们可能面对债权人主张管理人渎职，未尽忠实勤勉义务，面临巨额索赔风险。"

没人说话。

方丽虹问道："你们的意见呢？"

还是没人回答，所有的目光都看着她。

许卓沉默了很久，慎重地开口道："让我来总结一下我们现在面临的局面：我们接受委托来代理万禾破产中鼎薪的债权申报、确认、清偿等事项，并代其监督管理人行使职权，从受托责任上来说，我们有义务向鼎薪披露我们了解的一切情况，否则，鼎薪就可以告我们违约和渎职。可是，一个秘密有两个人知道就不是秘密，刘总最近的情绪一直很焦虑，如果他得知这个消息，我不敢保证他不泄露。另外，哪怕他同意不泄露，那几千个业主一旦得知这个信息也肯定是坐不住的。万一闹起来，破产重整的目标就无法实现，有可能转清算，普通债权清算的话偿债率极低，鼎薪的利益也会受损，是这样吧？"

罗英子听他说着，突然走了神，许卓问她，她居然一时没反应过来，还是邱华赶快接上了："是这样的许律师。"

方丽虹心里默默叹了口气。

"都不说话，那么我来说吧。我们现在面临着巨大的法律风险。从管理人职责来说，我们对破产财产负责，要调查清楚万禾的财产状况，发现并撤销转移隐匿财产的行为，这也是法院和万禾所有债权人包括众多交了钱却拿不到房的小业主对我们的基本要求。对于万禾转移财产甚至违法犯罪的线索，我们有如实向法院甚至公安机关报告的义务。但一旦报案，我们倾尽心血做的重整草案将会胎死腹中，破产重整将会变成一个笑话，广大债权人的利益也无法得到实质上的保障。所以，从工作大局考虑，我们最好的选择是暂时保密，等破产重整程序终结后再举报万禾的犯罪问题。"

所有人还是很安静。

玻璃房里的三人此时也都沉默着，罗英子的心思显然在想别的。

许卓看了罗英子一眼："从大局和保护委托人最大利益出发，我的意见是我们先看看良诚所的行动，看看他们和我们的目标是否能达成一致。如果他们不准备现在揭发，我们也暂时不公开。但是我们确实要在一个时间段里承担着向委托人不公开真相的法律风险，你们的意见呢？"

罗英子还在那儿想别的，邱华赶快道："我同意。"

许卓抬高了声音："英子，你的意见呢？"

罗英子突然站起来："对不起我有点事，需要出去一趟。"

"你去哪儿？"

"许老师，我还是觉得这么做风险太大，我们代理的是债权人，我们有责任向鼎薪告知真相。"

"我说了，正因为我们代理的是债权人，选择暂时不公开就是从保护委托人最大利益的角度出发的。"

"可我还是……"

"你是不是还有什么其他担心？"

"我不知道，但我想到了另一个案子，就是您当年参与过的铸成案。我最近看过那个案卷，我怀疑梅先生夫妇出事就和那个案子有关。对不起，我有点私事先走了。"

许卓若有所思地看着走远的罗英子。

会议室里的气氛愈发凝重。

方丽虹苦笑，自嘲道："我会不会是下一个梅大梁？"

沉默。

终于，陶正说话了："方律师，这件事，只要能取得卓越所的谅解，双方一致行动，在严格保密的情况下，就不会发展到那一步。毕竟，我们和他们的根本利益是一致的。我的意见是私下里和许卓谈谈。"

方丽虹疲惫地点点头："好吧，那我们就暂时不公开，但同时，我们要向法院和有关政府部门汇报，取得他们的谅解。"

罗英子一边开车一边打电话，电话那头响起陈硕懒懒的声音。

"有事吗？"

"有事。陈硕，你在哪儿？我要见你。"

"我在忙。"

罗英子蛮横地："我不管你忙不忙，我一定要见你，现在。你在哪儿？我开车过来接你。"

对面沉默一阵："那就咖啡厅见吧。"

罗英子挂上电话，一脚油门过去。

两人经常见面的咖啡厅离陈硕很近，而且每次两人见面，陈硕都会先到，然后给罗英子点好一杯拿铁。

罗英子进来找了找，居然没有找到陈硕。她在两人总坐的老地方坐下。

服务生过来，微笑着："还是拿铁吗？"

罗英子："对。两杯。"

服务生走了，罗英子坐在那里想着。

许卓的声音又响起来："从受托责任上来说，我们有义务向刘总披露我们了解的一切情况，否则，鼎薪就可以告我们违约和渎职……万一闹起来，破产重整的目标就无法实现，刘总的利益也会受损……"

陈硕在她对面坐下来："我来了，有事吗？"

罗英子回过神来，看着他："陈硕，最近没发生什么事吧？"

陈硕摇头："没有。什么事？"

"我觉得你突然变得很奇怪。"

"还有别的事吗？"

"有。陈硕，你特别向我们提到了铸成案，你是不是在铸成案上有什么发现？"

陈硕看向她："你是不是发现了什么？"

罗英子想缓和气氛："没有。我只是觉得，像你这种人，无利不起早，特意把铸成案告诉我们，总是有不可告人的秘密的。"

陈硕笑了笑："你刚刚不是说我无利不起早吗？铸成案上我又挣不到钱，和我有什么关系？我是怕和你有关系。"

罗英子一怔："什么意思？"

陈硕冷笑了一下："我想先问一下你今天为什么突然找我。"

罗英子支吾了一下："也没什么，就是突然想起来了。"

"如果是这样，咱们就没必要谈了。我还有事，先走了。"陈硕站起来就要走。

罗英子急了，一下子站起来："别走！坐下！"

"如果你不想告诉我，我不会强迫你。那我们就没必要在这儿浪费时间了。"

"好吧，我说。就是在查万禾这个案子的时候，我发现有些情况和铸成案很相似，今天发生过的故事，铸成案也可能发生过。"

陈硕似乎又有了些兴致，坐下了："什么故事？"

"我了解铸成案的老板、原来的法人代表俞成在铸成集团重整成功以后，因为骗贷和隐匿、销毁会计账簿而被判刑了。那他的这些犯罪线索，梅大梁在查账的时候发现没发现？从情理上推，梅大梁是什么人？她不可能不发现吧？那么发现以后她采取的行动是什么？从事情后来的发展看,很可能,她因为考虑到破产重整的大局而暂时没说。但她的想法能不能得到别人的理解?如果他们不理解或者有不可告人的其他秘密,这会不会成为他们要除掉梅大梁夫妇的动机或者被他们看成是扳倒梅大梁夫妇的机会?"

陈硕听着没说话。

罗英子看着他:"你早就想到了是吗?"

陈硕摩挲着咖啡杯:"是的。当时梅大梁夫妻俩单独做这个案子,没让良诚所其他律师参加。如果其他律师知道了会怎么想?"

罗英子一个激灵:"天哪,我汗毛竖起来了!"

陈硕抬头看看她:"我想提醒你一句:如果你在万禾案上发现了什么,那说明你现在很可能身陷和梅大梁同样的危险之中,你要小心了。"

"会吗?"

"怎么不会?如果你的委托人知道你们对他隐瞒了真相,不会告你们违约,甚至提出更严重的指控吗?"

罗英子突然看他一眼:"你还关心我啊?"

陈硕抬头:"你这是什么意思?"

罗英子有些不自然:"没啥,我就是觉得你最近好奇怪,感觉我们俩突然变得陌生了,就像一对陌生人。"

陈硕笑了笑:"我们现在就是陌生人,以后说不定还是法庭上的对手。所以,你把我刚才的话当成一个陌生人的善意就好,听不听在你。对了,我还想顺便提醒一句:别忘了,梅大梁当年没让良诚所其他律师加入管理人团队,但管理人团队里还有一个人。"

罗英子一愣:"你什么意思?"

"没什么意思,你自己想吧。"

"你对许老师有偏见。"

"也许。你觉得不是,就当我没说。"

"可他的利益应该和梅先生是一致的。"

"也许。那就当我没说。没事了吧？没事我走了。"

罗英子感觉心里一阵不舒服："陈硕，你变得好奇怪，是不是有什么事情发生了？"

陈硕停下来深看她一眼："什么也没发生，只是我又活明白了一回。再见。"

新诚集团的股东们彼此寒暄着，陆续进场。最后的时刻到了，郝磊不由得浑身战栗。他刚要进门，却听身后传来夏舒的声音。

"郝总，等一下。"

郝磊一愣："夏律师？你怎么来了？"

夏舒伸出手："我来找你要账呀。你请我帮你约肖兰的时候，答应我按时付款，怎么现在不但变了卦，还又要坑我呢？"

郝磊看看会场，又看夏舒："夏律师，今天这个会决定我的生死，你别捣乱了，有事等我开完会再说。"

郝磊要走，夏舒一把拉住："你说我捣乱？郝磊，这钱你不给是吧？"

"我给，但不是现在。你闹够了吗？闹够了我走了。"

"那你一会儿投票可别后悔。"

夏舒走了，郝磊不明就里地进了会议室。

郝磊、梁叔、两位叔叔以及两位小股东坐在一排，新诚的高管、业务经理们坐在外侧，宽大的长桌上，只放着一个票箱。几乎所有人进来后，都不约而同地向那个孤零零的票箱看去，新诚几十年积攒下的上亿资产、上千人的前途命运，就在里面。

二叔三叔找来的会议主持人，郝磊不同意；郝磊找的，两个叔叔也不同意。双方最后折中，不再用集团的人作为会议主持，而是从上海请来一位老牌公证员。

见众人落座，老公证员清了清嗓子。

"请各位股东代表对选票上的候选人认真思考,按照本次大会选举办法规定的选举方式填写选票。"

二叔对郝磊:"小磊,裘总和马总我已经拿下了,肖兰我也沟通过了。今天你赢不了。"

郝磊:"肖兰姐还没来呢。"

三叔:"不说肖兰,你觉得你梁叔就一定会投你吗?"

郝磊看向梁叔,梁叔目光躲闪。

老公证员拿起票箱:"好,下面请股东代表按次序投票,首先从第一排开始依次投票。"

众人起身投票。

这时,夏舒突然进来了:"不好意思,还没投票吧?"

夏舒径直走到老公证员面前,将一份委托书交给他。

"各位股东,我叫夏舒,是瑛华律师事务所的律师,我受肖兰女士委托,来参与投票。"

夏舒有点挑衅地看着郝磊,郝磊蒙了。不光郝磊,所有人都呆愣了下,随后马上激动起来。

郝磊突然起身:"等一下,你……"

梁叔:"小磊,怎么了?"

三叔:"肖兰怎么自己没来?"

二叔:"夏律师,肖兰都跟你交代了吧?"

夏舒微笑着:"二叔、三叔,你们放心,我会如实按照肖兰女士的意愿投票。"

郝磊央求着:"夏舒,你不能这么干。"

夏舒冷冷地:"郝总,现在是股东会,你别捣乱了,有事等我投完票再说。"

说着,夏舒填好投票,扔进票箱。

郝磊傻眼了,夏舒坐在郝磊旁边,和二叔、三叔点头致意。

老公证员声如洪钟:"现在启封票箱,清点选票……"

话音未落，郝磊觉得待不下去了，起身走出会场。

郝磊在门口一支接一支地抽着烟，夏舒出来了。

"肖兰让你投他俩的？"

"我只是遵守委托人的意愿。郝总，股东会也尘埃落定了，钱能还我了吗？"

郝磊不耐烦地："我都要被扫地出门了，拿什么还你？找我两个叔叔要去吧。"

夏舒盯着郝磊不说话，郝磊看了夏舒一眼，重重地叹了口气。

"算了算了，我不该总在你身上占便宜。在我离开公司前，你的钱我一分不少，我会劝我叔叔让你来代理新诚的'常法'业务的。可以了吗？"

"谢谢。"

会议室骚动起来，还有鼓掌的声音，还有人在喊着什么。

郝磊听到了梁叔的声音："小磊！小磊！"

郝磊和夏舒探头进去，梁叔跑过来拉住郝磊。

梁叔全身颤抖，老泪纵横："小磊，咱们赢了！"

二叔："这票肯定有猫腻，有人作弊！"

三叔拿着票箱一张张看："怎么会呢？算上肖兰的票，我们肯定就过半了啊！"

郝磊有点蒙："梁叔，你投的是我？"

梁叔："当然是你！"

郝磊："那也应该是平票啊，咱们四十九，他们四十九，我怎么会赢呢？"

梁叔恍然："夏律师，是不是你？"

郝磊一惊，看着夏舒。

夏舒笑了："郝总，我说了，我只能尊重我的委托人肖兰女士的意愿。虽然我不想选你，可没办法呀，是肖兰姐要选你的。"

话音未落,郝磊突然抱住了夏舒。

"我赢了,我赢了!我爸的公司保住了!谢谢你!夏律师,不,夏舒,你肯定帮我说好话了吧?"

夏舒傻眼了,不知道手该往哪儿放,就被郝磊抱着。

郝磊松开夏舒,抓着她的肩膀:"你知道我能行,不然你不会帮我约肖兰姐!"

夏舒看着激动的郝磊,有点不知所措。

"我……肖兰姐可能是觉得,你再不怎么样,也比你两个叔叔强。"

"我管她呢,反正我赢了。夏舒,你怎么不高兴?!我都当上董事长了,你想要的那些业务,我都可以和你谈。"

"你少吹牛皮!还是先还我钱吧!"

郝磊看着她,她也看着郝磊,两人都笑了。

私密会所的一个小院里,茂林修竹,花草繁茂,院中一张石桌,周围四张石凳,此刻,方丽虹正站在树下看着树上的鸟笼,一个女服务员推开院门,让许卓进来了。

方丽虹微笑上前:"许律师,看到你真高兴。"

许卓握着她的手,态度很是恭敬:"大姐抬举我。大姐,这是什么地方?"

"一家私人会所。"方丽虹一边说着,一边把自己的手机拿出来,关机放到桌上。

许卓看着笑了,也取出自己的手机关机放到桌上:"这么说,大姐要和我谈机密的事情了。"

方丽虹伸手示意了一下,两人相对而坐。

没有任何试探。

方丽虹有节奏地轻敲着石桌:"万禾的账你们肯定也看过了,他们除了那块地,还转移了大量资产,这件事,你们肯定也发现了。"

许卓笑笑:"良诚所前面的工作做得好,我们发现了。"

"你们打算怎么办呢？"

"我们听良诚所的。"

"许律师，你是个明白人，我们现在虽然代表着不同的利益集团，但从某个角度讲，我们的利益又是一致的：只有万禾破产重整能成功，你的委托人才能利益最大化。"

"当然，良诚所把这个案子做成功，也才能拿到更高额的管理人费用。"

"你们也才能拿到更多的代理费呀。"

"我们不一样。我们的代理费是固定的，当初签合同的时候就约好的。"

"可是如果重整没能成功，最后只能清算，你的委托人的利益将极大地受损，在那种情况下，他还会如数付你代理费吗？"

许卓哈哈一笑："我听下来，方律师是打算暂时不公开喽？"

方丽虹紧紧地看着他："我听你的。如果你们想报案，我们没办法阻止。"

许卓还在微笑着："大姐抬举了。万禾有大大小小数千个债权人，我们不过是债权人之一。这些债权人中任何一个人报案，都可能破坏你们破产重整的计划。"

方丽虹盯着他："这正是我约许律师见面的原因。到目前为止，知道这个信息的只有我们两家，如果我们能严格保密，债权人就不会知道，也就不会有人报案。如果卓越所透露给你们的委托人，那哪怕刘总承诺不报案，我们也不敢承担秘密被泄露的风险，在那种情况下我们只好选择报案，其结果就是万禾的整个班子进去，破产重整计划受阻，所有人的利益都会受损。"

"可是如果我们知道了却不告诉我们的委托人，我们也面临欺骗自己委托人的法律风险。"

"那需要许律师约束好自己人，我这边请放心，事关良诚所的重大利益，我们会绝对保密，不会向任何人透露的。"

"如果真能做到这样,我听大姐的。"

"你的意思是……"

"如果大姐不报案,我们也不报。但是,我们积极配合了良诚所的工作,将来在重整计划中,我们要求我们的委托人应该首先得到受偿。"

"我们在设计方案的时候尽可能考虑,当然还要将来得到债权人大会的表决通过。那么,许律师同意我们暂时保密不报案吗?"

"同意。"

方丽虹伸过手来:"那么,我们就合作成功!"

许卓握着她的手:"合作成功!大姐,这是我们第二次合作了吧?"

方丽虹有点尴尬,哦了一声,往左右看看躲开了。

"那,没别的事我回去了。"

"许律师再见。"

许卓突然停下来:"对了,之前被你们开掉的罗英子向我提起了铸成案,她怀疑梅大梁夫妇出事和这件事有关。"

方丽虹的心一下子揪了起来。

"什么?梅先生让她问你的?"

"她没说,她只说了最近看过案卷,可案卷在你们所,她有去找你们借过吗?"

方丽虹没回答。

许卓按了按自己的太阳穴:"如果没有,你们就要小心了,想想谁还能接触到这个案卷。"

方丽虹思考片刻:"我知道了,我会管好我手底下的人,你那边……"

"放心,我会搞定的。"

宿舍里,梅大梁吃惊地看着脸色有些发白的罗英子。

"你怎么想到了这些?"

"老故事总是重复上演啊。良诚所正在办的万禾的破产重整案，我们代理的是大股东，发现万禾的老板也转移了大量资产，我就想起铸成案来了。当年，铸成的老板有没有转移资产？如果转移了，您和于先生发现了吗？如果发现了，你们怎么决定的？"

梅大梁慎重地想了想："事情确实像你说的一样，我们在查账的过程中，发现铸成的老板俞成在海外注册了一个空壳公司，几年中以各种理由往那个公司转移了大量资产。当时大小债主都情绪敏感而激动，再也经不得任何一点刺激，如果俞成转移资产的事情被他们知道了，他们很可能会要求马上对俞成采取措施，可万一采取强制措施，那就不是俞成一个人的事，而是他们董事会几乎所有成员和他们所有的会计都得进去，破产重整就无法进行。考虑到大局，我和老于决定暂时不报案。事实证明，我们的策略是对的。哪怕我们出事以后，良诚所接手，他们采取的策略也和我们一致，也就是对发现转移资产的事暂时保密，铸成集团顺利重整，俞成为了减轻罪责后来不得不把转移出去的大部分资产又转了回来，最大限度地为债主挽回了损失。在尘埃落定以后，良诚所报案，俞成还是没逃过法律的制裁。"

罗英子试探着："那，您觉得，这会不会成为良诚所某些人陷害您的动机呢？或者，他们一直想扳倒你们，苦于没有机会，铸成案的出现，使他们发现了机会呢？"

梅大梁啊了一声，想了一阵："不会吧？这件事是严格保密的，他们根本不知道。后来他们接手以后，采取的策略和我们一样啊。"

罗英子有点紧张，小心地问："那，会不会有人向他们泄露了消息呢？"

梅大梁看着她："你什么意思？"

"那个啥……您团队里不是还有别的律师吗？"

"这是核心机密，知道的人寥寥无几。"

罗英子艰难地开口道："许卓律师知道吗？"

她说完，紧张地看着梅大梁。

"知道。但他的想法和我们完全一致。"

"您是说,他也同意暂时保密?"

"当然。我们当时的利益完全一致啊。破产重整失败,也等于我们的失败,不光我们的管理人费用拿不到,对我们的事业也是打击啊。许卓当时刚第二次从监狱里出来不久,那个案子的成功对他更加重要。"

罗英子一下子放松下来,长舒了一口气。

梅大梁奇怪道:"你怎么啦?"

"没什么。梅先生,除了他,不会还有别人知道吧?"

"当然还会有几个人。我们还有助理啊。不过我也想不出他们告密的原因。英子,你还是要对人性有基本的信心。"

"我知道了。谢谢梅先生,我走了。"

学校门口,梅大梁站在那里送她,罗英子发动了车,却迟迟没走。

罗英子降下车窗:"梅先生,您真的认为暂时保密是正确的选择吗?"

梅大梁沉默片刻:"我不知道,但从利益的角度上看是的。"

罗英子点点头:"再见,梅先生。"

方丽虹回到办公室,刚把包挂起来。陶正早就等在门口,方丽虹招手让他进来:"把门关上。"

陶正小心地把门关严了。

"许卓同意和我们采取统一行动,但有个问题。"

陶正如释重负,长长地出了一口气。

"什么问题?"

"罗英子在他们团队里,而罗英子和陈硕关系不一般。"

"您是怕……"

"不怕一万,就怕万一。从现在起,关于万禾案所有的信息,一律对陈硕隔绝,同时,你也要侧面提醒陈硕一下:他是良诚的人,他如果出卖良诚的利益，别怪所里对他不客气。"

陶正想了想："方律师，你觉得对陈硕这个人，特意提醒好吗？"

"好吧，那就对他严格保密。"方丽虹看着陶正，"老陶，这个人我们得找个机会踢出去，不能要了。"

邱华正伏案办公，罗英子进来了。

邱华抬起头："梅先生怎么说？"

罗英子怅然若失："她只说从利益角度出发，应该暂时保密。"

"是啊，不论是出于保护我们自己利益的目的，还是保护委托人的利益，我也同意暂时保密。"

"可我还是不太放心，你知道选择知情不报的风险，而且你不觉得这和当年的铸成案也太像了吗？"

一阵沉默，邱华忽然问道："你去找梅先生不仅仅只为问这个吧？"

罗英子笑笑："什么事都瞒不过你，我承认，想到梅先生遭遇陷害，我下意识地怀疑过许老师可能也牵扯其中，但事实证明是我想多了。梅先生告诉我陷害他们的人不可能是许老师。"

"何以见得？"

"梅先生提醒我了：当时许老师和梅先生的利益是完全一致的呀。出卖了梅先生，不等于出卖他自己吗？"

"梅先生夫妇倒下了，他的利益也没受损啊。"

"邱华，你什么意思啊？"

"我没别的意思，我就针对你刚才说的他们利益完全一致这句话。"

"梅先生也相信和许老师没关系。本来嘛，像许老师这样有才华、重情义、几经磨难，在最困难的时候又得到了梅大梁夫妻倾力相助的人怎么会落井下石呢？是我自己得了受迫害妄想症。"

邱华没再说话。

"是你们的人，如何防范是你们的事，我只能说，别怪我没提醒你。我这边？我这边你放心，我有办法的。先这样，再见。"许卓挂上电话，枕着脑袋想着什么。

张萌敲敲门进来："许老师，今晚还加班吗？"

许卓温和地："不了，你赶快下班吧，辛苦了。"

张萌走了，许卓往外看看。夕阳西下，他摸起桌上电话。

"英子，该下班了，你到我办公室来一趟可以吗？"

罗英子敲门进来，许卓起身帮罗英子拉了拉椅子："英子，坐。你下午出去的时候，我和邱律师又讨论了一下，我还是认为应该暂时不公开。"

罗英子神情严肃："许老师，我不同意。我们是鼎薪的代理人，按照受托责任，刘总理应知情。我们知情不报，风险实在太大了。尤其是作为团队负责人的您，铸成案就是前车之鉴。"

许卓："英子，你也说了我是团队负责人，你应该接受我的决定。而且你的搭档邱律师也是同意了的。"

罗英子犹豫地："许老师，我这么想也是出于对您的保护，请您再考虑一下。"

许卓柔声道："英子，谢谢你替我担心。当年我跟随梅先生夫妇参与的铸成案，也面临过类似的情况。当时梅先生夫妇的做法就是暂时保密，从各方利益角度来看，最终证明他们的判断是对的。我作为咱们团队的负责人，也要为你们的个人利益考虑。英子，请你相信我，只要保证顺利完成重整，刘总那边我会去解释的。"

许卓一边说一边观察罗英子的反应，罗英子显然还是很纠结，但没再说什么。

许卓的话锋一转："英子，我曾经说过，我看中你的潜力。通过这段时间的工作相处，我们彼此更加了解，我也更加确信我当时没有看错人。"

罗英子一怔："为什么突然提这个？"

许卓微笑道："我想正式向你发出邀请，邀请你来卓越所担任我的合伙人。"

罗英子吃惊地："什么？您是认真的？"

许卓点头："当然。卓越所虽然算不上什么大所，但一上来能做合伙人，这个机会可不是每个年轻律师都能碰上的。"

罗英子一下子很无措："我，我从来没想过，太突然了，您都把我说蒙了。"

"我会给你时间考虑的。"

"可是如果我答应了您，邱华和夏舒她们……"

"她们虽然也很优秀，但我看中的人是你，英子。"

罗英子摇摇头："我们是一个团队，从创建瑛华所的时候我们就在一起了，抛下她们我可能做不到……"

许卓很为难地："那这样，如果邱律师和夏律师愿意，我也欢迎她们加入到卓越所来，但恐怕她们只能作为专职律师，不能和你一样享受合伙人待遇。"

罗英子还是纠结："这对她们来说不公平吧。"

许卓专注地看着她："英子，还记得我和你说过关于我和我前妻的故事吗？我以为像我这样经历过几次感情失败的人，再也不会对此抱有期待。可是直到我遇上你，我才发现，身边有个志同道合的伙伴是多么重要……"

罗英子彻底慌了："许老师……"

"对不起，我失态了。英子，请你忘掉我刚才的话，希望你认真考虑我的邀请。"

"抱歉许老师，您让我再想想，我先走了。再见许老师。"

罗英子仓皇逃走。

匆匆逃到外面，罗英子发动了车，心不在焉地开着，也不知道去哪儿。她的耳边不停响起许卓的话："我想邀请你来卓越所担任我的合伙人……这个机会可不是每个年轻律师都能碰上的……直到我遇上你，我才发现，身边有个志同道合的伙伴是多么重要……"

经过斑马线前,罗英子恍然,猛踩一脚刹车,差点闯了红灯。

罗英子进来打开灯,看着她们仨辛苦创建的瑛华律师事务所。

她想起搬进律所的当天,屋顶漏雨,三人一阵手忙脚乱,屋里已经摆满了各种器皿:盆、桶、饭碗,甚至喝水杯,应有尽有。三个人站在那里看着自己的劳动成果,哈哈大笑。

罗英子纠结过后,拿出手机调出邱华的号码,准备打又放下。再次纠结了一会儿,叹了口气,拿起手机拨了另一个号码。

电话里传出陈硕的声音:"喂?"

"在哪儿呢?"

"在家。"

"想见你。"

对面沉默了一会儿。

"有事?"

"有事。"

"老地方见吧。"

小酒吧里,陈硕推门,远远就看到罗英子呆呆地坐在老地方,脸上的神情又苦恼又迷茫。陈硕远远地看她一阵过去了,在她对面坐下来。

"什么事?"

"有件事我想不明白了,借你的脑子用用。"

"说吧。"

"许老师邀请我加入卓越所。"

陈硕一愣:"什么?"

罗英子继续说着:"还许诺我一上来就当律所合伙人。"

陈硕更惊讶了:"什么?"

"也邀请了邱华和夏舒,可我还没告诉她们,许老师只许诺我当合伙人,想必她俩也不会答应吧。的确,这样的机会对于像我一样的年轻律师来说简直是千载难逢,可我实在放不下邱华和夏舒。你快帮我分析分析,如果是你,你会怎么选?"

"你是不是不赞成对万禾转移资产的事保密。"

罗英子一怔:"你怎么知道?"

"你就没想过许卓为什么偏偏在这时候拉你入伙吗?"

"为什么?你是说——许老师不是那样的人。"

"那当我没说。"

陈硕起身就走。

罗英子叫道:"等等,你还想到了什么?你告诉我!不用考虑我的感受。"

陈硕看着罗英子,叹了口气又坐下。

罗英子滑动着桌上的杯子,在陈硕的杯子上碰了下。

"那件事,我找过梅先生,了解到的事实就是:当年所有人目标一致,行动一致,为了让各方利益最大化,在发现俞成涉嫌犯罪的线索后,无论是先前接手的梅大梁夫妇以及许卓,还是梅大梁夫妇倒台后接手的良成所,都行动一致地暂时保密,直到铸成集团重整成功以后才报了案,把俞成绳之以法。无论从过程和达成的目标看,他们都成功了。所以,他不可能和梅先生夫妻出事有关系。可我又始终觉得,上一次赌对了不代表下一次还能赌对。"

"我还以为你的脑子被什么糊住了,看来理智还没完全丧失。"

"好好说话,别阴阳怪气。你到底还想到了什么?"

"在铸成案上,不论是梅大梁还是良诚所最后采取的策略一致,不一定开始的想法就一致啊。等轮到自己的时候,发现那个策略是正确的,但置身事外的时候想法可能不一样啊。"

罗英子瞪着他:"你到底什么意思?说明白点。"

陈硕无奈道:"还不明白吗?你今天看到的梅大梁,不一定是过去的梅大梁啊。"

"过去的梅大梁又怎样？"

"过去的梅大梁是何等人物？夫妻俩从著名的红圈所净身出户，创立了良诚所，在良诚所不说一手遮天，也绝对是飞扬跋扈，说一不二，在所里不敢说天怒人怨，但起码也是天下苦秦久矣。"

"梅先生，会吗？"

"哈，经历过家破人亡，自己被剥夺了律师资格，至今仍然那样一种气场，你想想吧。"

"然后呢？"

"我仔细研究了那案子。铸成案开始的时候梅大梁夫妇只带了他们手底下几个助手来做，忙不过来，甚至找了许卓的小所合作，也没找所里其他合伙人。那个案子，最后管理人团队得到了三千多万的管理人费用，如果不是梅大梁夫妇出了事，这笔巨款，除了提交律所的百分之三十，剩下的就全是梅大梁夫妇的。他们在大碗吃肉，而所里其他人甚至连汤也没喝上。"

"你的意思是，因为梅大梁夫妇宁可把利益分给外人也不给所里人，引起了所里其他人的嫉恨，为了瓜分这个利益而陷害了梅大梁？"

"我相信马克思对资本的描述：有百分之五十的利润，它就铤而走险；有百分之百的利润，它就敢践踏一切人间法律；有百分之三百的利润，它就敢犯任何罪行，甚至冒绞首的危险。在铸成案里，利润可不止百分之三百呀。当发现俞成的犯罪线索后，任何一个管理团队都可能采取同样的处理方法，区别只在于，管理团队掌握在谁手里。"

罗英子想了一阵："不对，我问过梅先生了，当时良成所不知道俞成可能涉嫌犯罪的情况。"

陈硕冷笑一声："那就看你怎么想了。他们不知道，难道不会有人告诉他们吗？"

罗英子愣着："你怀疑是许卓？"

陈硕面无表情："你不相信，就当我没说。"

罗英子想着，突然叫道："不对，还是不对。他的利益和梅先生是完全一致的。他出卖梅先生对他有什么好？万一案子砸了，他的利益也没了。"

陈硕淡淡地说："那就看你对人性如何理解了。梅大梁夫妇如果当时真的是专横跋扈的人，他们的个性让良成所的人都受不了，别的人就受得了吗？更何况，事实证明，就算梅先生夫妇倒了，案子也没受影响，无论谁当管理人，都会采取同样的策略。"

罗英子陌生地看着陈硕，似乎第一天认识这个人。

"陈硕，在你眼里，人太可怕了。"

"我还是那句话：你不信，就当我没说。"

从酒吧出来，路上的人已经很少了。夜风很凉，罗英子开着车，时而小声地自言自语，时而皱着眉痛苦沉思。

她把车停在路边，崩溃地趴在方向盘上，她在心里问自己："真相是这样吗？"

手机响了，罗英子缓缓地拿起手机，是许卓发来的微信。

"英子，期待你的答复。"

第二天，司考培训学校，梅大梁抱着教案从教室里出来，看到邱华远远地站在那里。

"罗英子有你这样一个搭档，我很放心。罗英子聪明、热血，能扛事儿，但有时候失之于冲动。你比她缜密、稳重，你的性格正好和她互补。"梅大梁让邱华坐下，难得地露出微笑。

邱华微微一笑："是的，我是最好的配角。"

梅大梁闻言，目光很尖地看了她一眼。

"有事吗？"

"梅先生，我是为铸成案来的。"

"哦，有什么问题吗？"

"我很奇怪，像铸成这样的大案子，最后管理费有三千万之巨，哪怕良诚所的人都参与，每个人所能得到的利益也是巨大的，为什么您和您先生当时却没用所里的其他人,而是除了自己的助理以外又找了出狱不久的许卓律师呢?"

"呃,工作需要。"

"是吗?"

梅大梁点头:"我们夫妻俩都欣赏许卓,当时他刚建立自己的律所不久,你可以理解为提携后进吧。"

邱华看着她:"只有这个原因吗?"

"你以为呢?"

邱华笑笑:"如果梅先生说只是因为这个,我就接受。"

梅大梁叹息一声:"怪不得罗英子这么推崇你。好吧,我承认,在这件事情上,我们做的是有不妥的地方。"

邱华面如止水:"是什么呢?"

梅大梁站起来,转过身,发出一声悠长的叹息。

"人啊,总是事后才能看明白。当年我们夫妇从原来律所辞职,带着几个不得志的学生创立了良诚所。我们师生同心勠力,艰苦奋斗,把一个一无所有的小所慢慢地建成了在业内有一定名声的中等所。但我们夫妇没意识到的是,我们和学生们的关系在这个过程中慢慢地改变了。我们一直还拿他们当学生、当弟子,而我们的学生们随着慢慢地羽翼丰满,表面上还保持着对我们的尊重,但实际上却开始了无形的反抗。我们感觉到了。我们当然会感觉得到。放到今天,我们可能会以平常心来看待这件事,并适时地调整我们和学生们的关系,放手让学生发展,而在当时,我们却把他们的行为看成是忘恩负义,是对我们的背叛,愚蠢地想维护我们在所里的权威。铸成案就是在这个时候到我们手上的。我们可以选择带着所里的律师一起做,但最后我们俩却一致决定选择我们一直欣赏却穷困潦倒的许卓,现在想起来,也许有种警示的意味:我们想让谁活谁就活,不尊重我们只能被晾。我们当时是多么愚蠢,现在,能为我们当年行为辩护的只是:这心理动机,是我在老于死了、我被剥夺律师资格以后这些年才慢慢反思觉察到的。"

梅大梁转过身来，释然地笑了。

"而当时，我俩都还以为我们只是在扶持年轻人。"

罗英子一大早就到了瑛华所，她把电脑放桌上，打开她们仨的微信群："你们在哪儿呢？来所里，我有事和你们说。"

她放下手机，坐在那里发呆。

手机响了，是许卓。

罗英子犹豫一下，接了起来。

"英子，你今天怎么没来？"

"对不起许老师，我家里临时有点事挺麻烦，这两天可能都过不去了。"

"这样啊，那加入卓越所的事你考虑得怎么样了？"

"对不起许老师，我还需要点时间，我现在正忙着，回头再和您说啊，再见。"

看着被挂掉的手机，许卓的脸阴沉得可怕。

24

罗英子正坐在屋里发呆，听到外面有脚步声，赶快站起来，边喊边往外走。

"邱华？"

邱华伸了伸头："我来了。这么着急什么事？夏舒呢？"

罗英子拉着邱华坐下："夏舒去小老板那边了，让我先和你商量。也不是急事，就是有点棘手……许老师找我，说希望咱们三个能加入卓越所。"

邱华思忖道："他愿意收咱们这么一个初出茅庐的小所？然后呢，肯定有附加条件吧？"

"他让我做合伙人，你和夏舒不做，但待遇从优，这样我们还是一个团队。"

邱华笑了："不愧是许老师，真鸡贼啊。铸成案刚被旧事重提，他就积极示好。英子，我知道他欣赏你，可他给我们三个的条件等级分明，这不就是挑拨吗？"

"你是这么想的？"

"不然呢？你说，你是希望我们签下不平等条约加入，还是一个人单飞？如果你要单飞，卓越所倒算是个好去处。但我是不会去的。"

这时，夏舒急火火地回来了。

"罗姐，急着找我们啥事？"

"小老板的事处理完了？"

"我过一会儿收拾他，咱们先说正事。"

罗英子看看邱华。

邱华说道："我来说，许卓要拉咱们仨入伙卓越所，但只给英子合伙人待遇，咱俩就是普通律师，问你去不去？我的意见很明确，我不去。"

夏舒："就这点事？罗姐，你是想单飞，还是想咱们仨一起加入卓越？"

罗英子："我感谢许老师的赏识，但更舍不得瑛华所。"

夏舒打了响指："这不就结了吗！我放着好好的合伙人不做，去卓越所打工？我图什么呀？许老师再帅，也没我合伙人分红重要啊。罗姐，我和邱姐一样，不去。"

邱华："我俩都反对，英子，你表个态吧。"

罗英子呼出一口气："你们不去，我也不去。这事，等我回头找机会跟他说，可是……我要怎么和他说呢？他昨天表现得挺殷切的……"

邱华不屑道:"有求于你,当然殷切了。"

"罗姐、邱姐,没事我先回我办公室了,郝磊的事儿还没处理完,这小子又给我埋雷呢。"夏舒说完钻进自己屋了。

罗英子:"邱华,我还有件事想告诉你,我可能找到良诚所陷害梅先生的原因了。"

邱华:"巧了,我也正想和你聊聊这事呢。"

话音未落,就听到夏舒在办公室大喊大叫,桌子拍得震天响。

罗英子好奇道:"我过去看看。"

夏舒在自己办公室里打电话。

"你敢坑我!你居然还敢坑我!我叫你吃不了兜着走!你从我这里坑走的,我叫你十倍地还给我!你小心着点!"

罗英子看到夏舒坐在桌子上打电话,还不时拍得桌子啪啪响,正好罗英子过去,她也打完了,很生气地把手机拍到桌上。

"和谁啊?还是和那个小老板?"

"小老板?身家上亿也叫小老板?"

"好,好,大老板。你又叫他坑了?"

"真不是东西!当上董事长了,说好了把他们公司的'常法'业务交给我!现在又不认了?上次要债的代理费也不给我!"

罗英子同仇敌忾道:"什么?他是没拿你当回事啊!"

夏舒从桌上跳下来:"他很快就会拿我当回事的。他别以为他这个董事长就坐稳了,我能让他上去,也能让他下来!走了!"

"慢着,夏舒,瑛华所的律师出去,可以挣得多,也可以挣得少,但就是不能让人欺负。"

"你放心吧罗姐,能欺负我的那个人还没生出来。"

"哈,不是被人欺负得哭鼻子的时候了。"

"那个夏舒已经死了,我走了。你们等着吧,他敢欺负我,我叫他生活不能自理!"

罗英子哈哈大笑:"哈哈,好,我们等着。"

夏舒走了。

罗英子回到前厅,邱华还在那儿坐着等她。

她笑着目送风风火火往外走的夏舒,又转头看向罗英子。

"让那个许卓的破事耽误了半天,说正事,梅大梁的事你怎么想。"

"根据这几次从梅大梁和陈硕那儿得到的消息,我觉得当年梅大梁夫妇发现了俞成的犯罪线索,为了大局,为了顺利破产重整,他们决定暂时保密。可这事,被良诚所的合伙人们知道了。他们发现一个巨大的风险摆在他们面前:万一铸成的大小股东们得知管理人明知俞成犯罪却隐瞒不报,将来他们的利益诉求得不到满足,转过头来就可能诉管理人失职要求赔偿,良诚所可能面临着上亿元的巨额赔偿。我们都知道律所的合伙人对律所的债务负有无限连带责任,也就是说,一旦律所被判失职赔偿,从理论上来说,每个合伙人都要赔,甚至要赔上全部身家。铸成案,梅大梁夫妇没让他们参加,巨大的利益他们没有份,万一出了问题他们却面临着倾家荡产的风险;可如果梅大梁夫妻倒下呢?利益他们可以均摊,风险他们可以随时把控。所以,他们有最大的动机去陷害梅大梁夫妇。"

邱华点头:"你说得都对,可就是忘了一条:你忘了,良诚所当时没有人知道铸成案内情,知道内情的,除了梅大梁夫妇的助理就是许卓。"

罗英子反驳道:"也有可能是他们的助理啊,好几个人呢。"

邱华摇摇头:"可他们的助理在梅大梁夫妇出事以后被集体辞退,没有一个人闹出事来,足可以证明他们不是告密者。"

罗英子沉默一阵,突然地:"怎么可能呢?许老师当时穷困潦倒,是梅先生夫妇扶持了他,他的卓越所不就是从铸成案中捞到的第一桶金吗?再说了,梅先生夫妇倒下,管理人的角色也没落到他头上,他何苦捅自己的恩人一刀呢?"

邱华淡淡地说："恩人？许卓是希望自己有恩人的人吗？"

罗英子回答不上来。

邱华看了看她，继续说："据我所知，他第二个案子的辩护人就是梅先生夫妇。他们帮他洗白了无罪之身，又在他穷困潦倒的时候扶了他一把。古人说，大恩不言谢，深恩几近仇。大恩没办法报，只好杀掉。梅大梁夫妇一向性格强悍，他们会怎么对待这个受恩于他们，又穷困潦倒的年轻人？而我们认识的许卓，是一个甘愿当小跟班的人吗？同时，别忘了，如果真有债权人对管理人进行巨额索赔，许卓的小律所也在其中的，他也面临着巨大的法律风险。"

罗英子还有些不甘："说是这么说，可梅先生是心甘情愿给许老师背书啊。"

邱华说道："梅先生是你的恩师，你看她自带光环，但我很客观。今天我单独去见她，问她为什么不把铸成案给自己人，而是给了一个外人许卓，你猜梅先生怎么说？她说除了看中许卓的能力，也是对方丽虹他们的警示，告诉他们即便你们现在能力强了，也是梅大梁夫妇想让谁活谁就活。在我告诉你之前，你知道梅先生是这种人吗？"

罗英子愕然："我一直认为梅先生夫妇和方丽虹、许卓的关系就是恩重如山的师徒关系。"

邱华平静地说："既然梅先生都有这样的一面，许卓为什么不会有？"

短暂的沉默。

"邱华，人心岂不是太可怕了吗？"

"他是个两次入狱的人。他凝视过深渊，深渊也在凝视他；他见识过世界的残酷，应该也跟着世界学到了很多。我只能说，他做出什么我都不会奇怪。"

"邱华，目前一切都还只是推理。我想在调查清楚之前，我就不去卓越所了，和许老师商量一下换夏舒去，我怕我露馅儿。"

"他会疑心的。"

"就怕他不疑心。他疑心,就不会在这个时候克扣我们。"

邱华笑了,从她们跟卓越所合作到现在,她好像都没怎么笑过:"那你和他说,别心软。我只认一件事,咱们该挣的钱得挣到,挣不到,就是你的责任。"

罗英子想了想:"好吧,等着。"

坐在那里发功似的运了会儿气,罗英子拿起手机。

"别打断我。"拨号前,她还给邱华做了个鬼脸。

对面秒接,许卓的声音传来。

"英子,我正想给你打电话,邱律师怎么也没到?我这儿的工作堆了一大堆。"

"许老师,我们正在这儿安排这事。最近我得回趟家,我们换个律师过去,换我们的夏舒律师。"

电话那边愣了两秒。

"为什么?"

"许老师,真不好意思,有些私事,我得回趟济南。"

"出什么事了吗?"

"您也知道,我家里只有一个老父亲了。老爷子对我一个人在泾北不放心,他有个得意弟子,一定要介绍给我认识,我回去看看。"

坐在对面的邱华一听这话,正想喝水,一下子喷了,急忙捂住了嘴。

玻璃房里,许卓不相信似的看了眼手机,满脸狐疑。

"英子,你……你这是要回去相亲?"

"这么理解也行,主要是为我父亲。"

"英子,你不至于吧?"

"许老师,我爸都快七十岁了,我得叫他老人家放心。我回去看看再说。还有,关于加入卓越所的事,我已经考虑好了。"

许卓眼睛一亮,期待道:"是吗,你考虑得怎么样?"

这边，罗英子看了邱华一眼，邱华使眼色示意她说得好，继续说。罗英子声音低沉，似乎有着巨大的遗憾和失落。

"我和邱华、夏舒都很感谢您的认可，但思来想去，还是舍不得我们那间小律所，所以我们忍痛决定不加入了。对不起啊许老师，让您失望了。"

电话那边又沉默了两秒。

"英子，你不来，我很难过。但这也没办法，你先回家吧，早去早回。"

"许老师再见。"

罗英子丢了手机，对面的邱华已经控制不住地笑起来。

罗英子瞪她一眼："你笑什么？我这儿心如刀割。"

邱华眼泪都出来了，一边找抽纸一边还在笑。

"罗英子，你真伤人，你赶紧去他办公室看看，他这会儿不得气得字也不练了，书也不看了，在办公室发疯呢。"

"许老师就算发疯，也是优雅地疯。哎，你说他一听说我回家相亲会不会追过来？"

"会啊，有可能带着一箱泡面追你去。"

罗英子也忍不住大笑起来："邱华，你这嘴是去哪儿进修了吗？你就损吧。哎，我暗里调查的事儿，先别告诉夏舒啊。"

邱华白了她一眼："为什么？你觉得夏舒会爱上他？你想多了，夏舒看得比你明白。"

新诚集团的一个合同纠纷案件，正开着庭，原告席上是郝磊，身边坐着的代理人是个男律师，被告是个比郝磊还年轻的男子，三十几岁，风度翩翩的样子。夏舒坐在旁听席上。郝磊看到了她，不时往她这边投一眼，夏舒视而不见，全部的注意力好像都在被告身上。每当郝磊往她这边投一眼，她就赶快冲被告又挥拳加油又微笑，闹得那被告莫名其妙，也不时看她，对她微笑起来。

郝磊代理律师照本宣科："被告应忠实履约，恪守诚信原则，依约支付原告合同款项。"

被告律师中气十足："回应原告并提请法庭注意，应被告知恪守诚信原则的恰恰是原告。"

正好郝磊和被告都同时在看夏舒，夏舒急忙冲被告很用力地点点头，好像在说：他说得对。郝磊看得气急败坏。

被告律师继续说着："原告法定代表人郝磊曾在被告推迟付款的申请文件中亲笔签名确认并加盖公章，同意被告推迟付款。原告在明知付款期限以及延长的情况下，仍向法院提起诉讼，浪费司法资源，有违诚信原则。"

审判长示意书记员拿上来看了看，又看向郝磊："原告法定代表人郝磊，这是你的签名吗？"

夏舒还在冲被告搔首弄姿，搞得郝磊心思烦乱，审判长的声音他没听见。

审判长："原告，原告！"

郝磊还没听见，代理律师拉他一把，郝磊吓了一跳："什么？"

审判长训斥道："你在干什么？法庭问这个签名是你的吗？"

律师从审判席接过来那张文件让郝磊辨认，郝磊低头去看纸以前又看了夏舒一眼，发现她又在和被告眉来眼去。郝磊气恼地瞪夏舒，夏舒装没看见，又冲被告微笑。

郝磊草草地看了一眼："是我的签名。"

审判长没好气地看了郝磊一眼，一敲法槌："你承诺同意推迟还款，现在又来起诉是什么道理？休庭。"

夏舒得意地看了郝磊一眼，起身就走。

律师生气道："郝总，开庭呢，您怎么可以心不在焉？"

郝磊这才反应过来："我那是刚回国第二天签的，我还没在企业里任职呢，和企业有什么关系啊？"

律师更生气了:"那你刚才为什么不说?郝总,你这么不用心,万一输了官司,责任不在我啊。"

郝磊来不及说什么,匆匆走了。

夏舒站在台阶上。被告——那个风度翩翩的男人出来了,看到夏舒,眼睛一亮过来了。

"美女,我们认识吗?"

夏舒看到郝磊也从门里出来了,就握住被告的手,笑盈盈地:"肖总,过去不认识,现在就认识了。这是我的名片,我叫夏舒……"

被告眼睛一亮:"哎呀,就是那个一个人跑到东北帮着郝总追回一大笔债的律师?失敬失敬夏律师。夏律师什么时候到我公司里坐坐?"

夏舒柔声道:"好啊肖总,对您公司也是久闻大名呢。一直是虽不能至但心向往之,现在终于有机会了。期待我们能够同心同行,通力合作呢。"

"那,夏律师,不如现在就到我公司里坐坐,汽车就在下面。"

"好……"

夏舒的呀字还没出口,郝磊已经赶上来了,一把把她从被告身边拉走,还挽起了她的胳膊。

"夏舒,叫你在家里等我,你跑法庭上来干吗?走吧,一块儿吃饭去。"

夏舒回头冲被告抛了个媚眼:"肖总,电我。"随郝磊走了。

郝磊把她拉到一旁,气得眼睛通红。

"你到底想干吗?"

"我想干吗你不知道吗?我给你干了活,拿不到钱,你还不许我去别人那里挣啊。对不起,你这样背信弃义的当事人,我伺候够了,你放我走,我去代理肖总去。"

说着她就回头喊:"肖总,等等我……"

郝磊急忙又一把把她拉回来："姑奶奶，我不是不给，只是暂时周转不开，你宽限我些日子不行吗？"

夏舒甩开他的手："不行！合同怎么规定的就怎么办，该给不给我就走，走了以后还得叫你加倍还回来。你撒手，我又没签给你家，我爱代理谁代理谁去。肖总……"

郝磊又急忙把她拉回来，同时对不死心的被告挥了挥手："肖总，回吧，她是我女朋友，和我闹别扭呢。"

夏舒一听不愿意了："谁是你女朋友？你连你女朋友都坑，你还是人吗？"

郝磊求饶道："夏舒、夏舒，别闹了，我坑谁也不能坑你呀。我马上给你好不好？你哪儿也不许去，就在我公司里。"

夏舒伸出三根纤细的手指："就算今天付我，也已经晚了三天，这三天的滞纳金一块儿给我。"

郝磊无奈地："好吧，好吧。"

夏舒这才笑了，白他一眼："走吧，给我转钱去。"

还是上次那个幽静的私人会所，许卓和方丽虹坐在一起。许卓话还没说完，方丽虹脸色就变了。

"她又提起铸成案了？"

"她怀疑梅大梁出事和铸成案有关，担心我和当年梅大梁一样有危险。"

方丽虹一惊："你搪塞过去了吧？"

许卓点头："她只是暂时打消了怀疑，但对是否公开万禾转移资产的事还是模棱两可。我拿不准她，你那边尽快处理掉陈硕吧。"

方丽虹想着，没说话。

许卓语调缓慢而阴沉："我再提醒一次，她和你们所的陈硕关系非同一般。"

方丽虹慢慢吐出几个字："我知道了。"

方丽虹从良诚所电梯里出来,一边往里走一边打电话:"方睿,你不要声张,过来一趟。"

方睿放下电话,看了看对面的陈硕,没说什么出去了。

方睿一进屋,方丽虹就示意他关上门:"方睿,陈硕整天在看所里过去办过的案子的案卷,你发现他看一起叫铸成破产重整案的案卷了吗?"

方睿支吾了一下:"没有。"

方丽虹严厉地:"到底发没发现?"

方睿涨红着脸:"没发现。姑姑,陈律师是我的师傅,您不要逼我干这种事。"

方丽虹看着他:"好吧,你去吧。"

方睿回来,陈硕正在收拾桌上的东西。

"小方,该下班了。有地方吃饭吗?我请你?"

"我回家。"

方睿犹豫了一下,还是什么也没说。

小吴其实很喜欢在档案室值班,师傅见不着他,自然就想不起来找他的麻烦。

上午不会有什么人来,他正在电脑上玩游戏,忽然感觉有人站在自己旁边。

小吴抬头一看,居然是方丽虹。他吓得一下子把页面关了,赶快站起来。

"方律师好。"

"我想查一下,陈硕律师都看过哪些案卷。"

"陈硕律师可勤奋呢,他把前几年合伙人办过的案子都看一遍了。"

方丽虹不动声色,已经明白了。

罗英子正趴在桌上睡觉,突然有人用一张纸砸她,罗英子醒了,一抬头是夏舒,一脸的得意扬扬。

"你干吗呀?"

夏舒嘘了一声不让她声张,又绕到对面,邱华也趴在桌上睡着,夏舒又拿那张纸去砸她。

"你干吗呀?有用纸当凶器的吗?"

"你以为是什么纸?你再仔细看看。"

罗英子伸长了脖子看:"难道……是支票?"

夏舒哈哈大笑,没把邱华砸醒,倒把她笑醒了,睡眼惺忪地擦擦脸:"这一天天加班闹的。这是干什么呀?"

罗英子新奇地看着支票:"完了,咱家的钱花不了,都铸成糖衣炮弹了。邱华,她砸你的是张支票。话说谁还用这么古老的办法转账啊?"

夏舒得意道:"他想在网上直接转,我要的支票。哼,要是我的玛莎拉蒂还在,非用汽车拉一车现金回来不可。钱拿在手里感觉才是钱对吧?"

邱华:"还是真的哎,一百二十一万。夏舒,这是郝老板支给你的?"

夏舒:"当然了。这还只是第一笔。第一笔我就多给他要了二十一万。一百万是该给的,二十一万是滞纳金。滞纳了三天我敲了他二十一万。"

罗英子:"天哪,看起来这郝老板是个败家子,三天就让人家敲走二十一万。"

邱华:"只怕是一个愿打,一个愿挨。"

罗英子:"夏舒,别放过他,他公司还有什么业务赶快拉过来。我只提醒你一句:要赶在他破产以前跑路。"

夏舒:"我可不能让他破产,我还想把他当长期饭票呢。叫我回来有事吗?"

罗英子:"有事。夏舒,我有些别的事,卓越那案子我不能做了,郝老板那边能离开吗?恐怕你得往卓越所跑几天。"

夏舒很意外:"啊?是去许老师那儿吗?"

罗英子:"是。郝老板那边能离开吗?"

夏舒:"郝磊算什么呀,一个小老板,把他晾那儿吧,反正也跑不了。我还没和许老师工作过呢,正好去体验一下。"

邱华:"跟一个二进宫蹲大狱的体验什么啊?你要想体验,就该答应他进卓越所。他天天猫在办公室装高雅,咱们在外面起早贪黑,你最好别期待。"

夏舒嘿嘿笑着:"邱姐,我这不也是见见世面嘛。罗姐,我什么时候去上班?"

罗英子:"刚才电话又催了,确实有点急,债权人会议已经提上日程了。明天就开始吧。"

夏舒:"那我现在回家换身衣服,支票放这儿,我走了。"

罗英子:"哎,除了提成,剩下的打到你账上。"

夏舒挥挥手:"暂时别提了,拿这笔钱租间好办公室吧,我走了。"

邱华:"真是见了鬼了,还体验呢?他还真是人见人爱哈。"

罗英子:"行了邱华,夏舒这样更容易得到他的信任啊。"

邱华实在是感到难以理解,一脸无奈地摇摇头。

邱华站在那里等着,低头刷着手机。

夏舒叫了她一声,邱华一抬头,吓了一跳。

眼前的夏舒烈焰红唇,化了个夸张的浓妆,这要走在马路上,邱华还真不一定能认出来。

"夏舒,你这是去干吗?"

"去见许老师呀。不对,去卓越所工作呀。"

"天哪,你赶紧去洗洗脸,这样去太丢人。"

"丢什么人啊？头一回见，打扮得正式一点，也表示对人家的尊重嘛。"

邱华咋舌道："你这叫正式？"

夏舒睁着大眼睛："那叫什么？"

邱华叹口气："走吧，不管你。"

两人站在许卓面前，夏舒正和许卓握手。夏舒很热情，许卓却表现得很寡淡。

许卓："欢迎欢迎。不过邱律师，前面的工作都是你和罗英子干的，突然换人，不太好吧？"

邱华："许律师您放心，我们夏律师的脑子像计算机。所有的法条她都倒背如流，等有空的时候您可以考考她。"

夏舒激动地和许卓握手。

夏舒："许老师，咱们又见面了。"

许卓蒙了："啊？什么？"

夏舒一脸花痴笑："之前我和罗律师、邱律师一起去参加过您的公益活动，我还找您签名呢。我大学还上过您的课，我还看过您的很多采访，您是我们的律界之光哎。"

许卓见怪不怪地笑笑："好吧，既然你们坚持要换，那就换吧。你们去忙吧，债权申报确认之前，咱们必须把所有的账弄清楚。"

邱华点头："没问题。夏舒，我们过去吧。"

夏舒还恋恋不舍："许老师，网上说您在牢里关禁闭的时候，在五平方米的小屋里还坚持一天走一万步，是真的吗？"

邱华拉她一把："走吧。"

生拉硬扯地把她拉走了。

许卓轻蔑地笑笑，过去把门关好，回来坐下打电话。

"方律师，罗英子突然不来了，换了位叫夏舒的律师。我想了解一下，这位夏律师，也是从你们所出去的吗？"

那边的方丽虹似乎是笑了笑:"夏舒啊,这女孩你不用担心。原来靠她父亲的势力来到我们所里,后来她父亲失势,我们没再留她。这孩子是个背书的机器,法条背得滚瓜烂熟,办案……她办过案子吗?你只需要让她房间里的网络足够快,让她能玩游戏就行了。"

许卓仔细听着:"好吧,我知道了。这是来了个到我们所混饭吃的。没关系,酒囊饭袋是最好养的。再见方律师。"

邱华和夏舒坐在卓越所给她们辟出的那间办公室里,许卓进来了。

夏舒屁股上像安了弹簧一样,一下子跳起来,一口一个许老师,跑过去又帮他拉椅子又帮他倒茶,邱华冷眼看着。

邱华:"许律师,关于鼎薪的这一笔债权,我们在看补充协议的时候还有一点疑问,请教您一下。"

夏舒:"许老师,您坐这儿呀。许老师,我觉得您眼圈有点黑,是不是晚上熬夜啊?许老师,您太辛苦了。"

邱华实在受不了了:"夏舒,够了,坐吧。"

夏舒:"许老师您坐。"等看许卓坐下了,才回到自己那边坐下。

许卓微笑着:"你们办公室的网络还够快吧?"

邱华没听明白:"什么?"

夏舒反应倒快:"还行。平常上网没问题,打游戏差点。"

许卓笑起来:"那等会儿给你们加装个路由器。"

夏舒不好意思地连连摆手:"不用,我们是来工作的,不是来玩游戏的。"

许卓笑笑:"工作要做好,游戏也要打好啊。什么问题?"

邱华打开厚厚的材料指给他看:"您看这一笔……"

门开了,前台小姐伸进头来:"许律师,詺山的来了。"

邱华没注意,夏舒却眼珠一转。

"让他们到我办公室等。"许卓吩咐了句,转头对邱华:"有什么问题晚上一起说吧,我来了位客人,先过去了。"

许卓说完就走了，邱华很不高兴："代理费我们才能分一半，可活全我们干了，有问题和他商量一下还要到晚上，意思是我们晚上还得加班呀。"

夏舒突然跳起来："许老师来客人了，我帮着去倒茶。"

"怎么一看到他都变成神经病了。"邱华捂着脸，百思不得其解。

玻璃房里，桌子对面站着两个西装男，他们正把一份文件推到许卓面前，许卓低头看着。

门开了，夏舒进来了，一脸的甜笑。

"许老师，您来客人了，我来帮着倒倒茶。"

"不用，我自己来吧。"

"许老师，您是干大事的，这些小事哪儿能让您自己做？您坐，您坐呀。"一边说着，一边首先拿起他桌上的茶杯去给他续水，趁机瞄了桌上的文件一眼，许卓已经适时地收了回去，夏舒好像根本没注意，帮他续上水，又帮两位客人倒上茶，对他们笑笑："三位慢用。"退出去，走了。

夏舒回来，小心地把门关上。

邱华不满地："夏舒，至于吗？咱们是和他们一起工作的，不是来当跟班的。"

夏舒悄声道："邱姐，您没听到？来的人是詺山的。"

邱华闻言一惊："什么？"

"我记得听罗姐说过，陈硕代理的不就是詺山集团吗？怎么詺山的又跑到这里来了？"

"啊？我居然没注意。发现什么了吗？"

"好像詺山集团要找许老师代理他们打官司。"

"什么？确实吗？"

夏舒点点头："他们递给许老师一份材料，我瞄了一眼第一页，马上被许老师塞进抽屉里了。不过我已经看见了，他们要让许老师代理他们，要求陈硕返还律师费。没有陈硕的名字，但他们现在打的官司就是陈硕代理的呀，所以肯定是要起诉陈硕吧。"

邱华急忙道："夏舒，你这趟真没白来，比你罗姐顶用多了。这事咱们得告诉她，你早就看出来了吧？英子喜欢的是陈硕。"

"我当然知道。所以我才敢在许老师这儿献殷勤呀。"

邱华看着她半晌，摇头笑了。

"夏舒，谁要小看你是瞎了他们的狗眼，我就瞎了好几回了。你注意着点。"

"当然当然。"夏舒嘿嘿笑着。

玻璃房里的许卓草草地看着那份材料："要求返还律师费啊。这事……不妥吧？人家代理你们打官司，官司赢了，你们反要叫人家返还律师费。"

高律师解释着："许律师，不是我们不想付律师费，是这位陈律师趁火打劫，要得太狠。再说现在我们双方已经和解了，用不着律师了，他还想按原来的要。"

许卓眉头皱起来："那不也是你们当初同意的吗？市场经济了，大家都讲点契约精神好不好？"

贾律师赔笑道："许律师，不是我们不讲契约，是这陈律师胃口太大。再说了，没经过我们允许，就从共管账户里提钱，这事干得……"

两人兀自喋喋不休，许卓还在看那份材料，突然抬起头来："对方是良诚所啊？良诚所？陈律师？陈什么？"

高律师："陈硕。"

许卓愣住。

高律师义愤填膺："要不我们也不赌这口气，实在是这陈律师太狂妄了。我们怕政府，我们还怕你一个律师吗？有事咱们商量商量行不行？不商量，好话说尽了也没用，直接从账户里提钱。这不是没把我们放在眼里吗?"

许卓继续看:"九百万。是不少哈。"

贾律师痛心疾首:"这才是第一笔呢,他坚持要把协议上规定的所有的钱都提走。"

许卓笑笑:"胃口够大的。那么,你们所是因为觉得我便宜才来找我的吗?"

高律师赶紧摆手:"哪里哪里?以前许律师不是代理过我们公司和茂源的官司吗?那回许律师代理的是我们的对手,可是我们孙总从那个案子上知道了许律师的厉害,这回孙总的意思,无论如何也要把许律师请来帮我们。"

许卓:"我也不便宜哟。这样吧,你和你们孙总说说,如果我代理,代理费九百万,一分不少。"

贾律师面露难色:"可是,我们想要的钱就是九百万。"

许卓点头:"对。你们孙总打这个官司真是为了这九百万吗?不就是为出口气,治治陈律师吗?我帮你们治陈律师,这九百万是我的代理费。"

贾律师想了想:"那,许律师稍等,我打个电话请示一下。"说着拿着电话出去。

"什么?诉九百他要九百?一个比一个贪心啊。行,答应他,先让他把官司打赢了再说。我能不给陈硕,就能不给他。答应他。"

办公室里,孙铭山挂了电话,冷笑连连。

许卓看向留在办公室的高律师。

"也就是说,建了共管账户,他没通过你们,把你们的权限撤销了,然后自己就从账上把钱提走了,对吧?"

"对,就是这样的。所以我们觉得他违规了。"

"何止是违规,是犯法呀。"

这时，得了圣旨的贾律师进来了。

"许律师，我们孙总同意，只要能把这九百万打回来，全部当作您的律师费，只有一个条件，就是风险代理：打回来的钱都归您，我们不再拿钱了。"

"可以。这官司找别人我不敢说，找到我，稳赢，而且会让你们老板大大出气。好吧，我们现在就可以签委托协议了。"

许卓一口答应。

早已过了下班时间，小花园里影影绰绰地有几个人。

方丽虹吃惊地抬起头来："什么？"

张志吃力地点着头："詺山集团要起诉我们所，要求返还那九百万，代理律师是卓越所的许卓。"

"许卓代理詺山集团和我们打官司？"

"对。方律师，这案子要是在别人手里，打就打吧，胜负难料呢，可在许卓手里，好吗？他在万禾破产的项目里可代理着大债权人呢，万禾所有的事他都知道。"

方丽虹神情凝重。

张志看她不说话，急道："詺山案，陈硕一个人拿了七百多万，我们所才留下了一百多万，为这一百多万大张旗鼓地打官司，中间还有个许卓，万一他在万禾案上给我们发点坏，值不值呀？"

方丽虹摆摆手："我知道了，你去吧。"

张志走了，方丽虹坐在那里想了片刻，站起来出去了。

陶正吃惊地张大眼："许卓要代理他们和我们打官司？这许卓，也太不像话了。本是同根生，相煎何太急？他何苦来蹚这浑水呢？"

方丽虹面如寒霜："许卓那个人，我们不是不了解，现在的问题是他已经代理了詺山，我们怎么办？詺山案事小，不过一百多万，可万禾事大。如果他在万禾案上给我们发坏，把万禾转移资产的事情透露出去,我们吃不了兜着走。陶正,陈硕是你引荐来的,在这件事上,你务必阻止他。"

陶正面露难色:"怎么阻止?叫他把钱还回来?你觉得他会还吗?再说怎么还?都交过税了。"

方丽虹想了想:"这样吧,只要他同意还,税款这一块所里补给他,另外我们承诺将来万禾挣到的管理人费用也分他一块儿,保证不让他在经济上吃亏。"

陶正为难地揉着太阳穴:"你觉得他会同意吗?"

方丽虹一下子提高了音调:"不同意也得同意!我们不能因为他一个人毁掉万禾的破产重整。万禾万一出问题,我们所的收入指数级下降是小事,我们如何向当地政府和法院交代?以后这样的案子我们所还能再接吗?去找他吧,如果他不考虑所里的利益,那么也别怪所里对他不客气。"

陶正苦涩地摇摇头:"好吧,我找他试试。可这事,首先怪许卓,他和我们不是不认识,打个招呼总可以的吧?"

"许卓那边,我找他。"方丽虹忽然想起来,"对了,找他以前,先找老韩,叫他把他得到的钱退回来。对老韩,可以不用客气,退也得退,不退也得退。"

办公室里,老韩正趴在桌子上写着什么,陶正进来了。

"韩律师忙着呢?"

"啊。所里的肥活都被你们把持着,我还不得自己扑腾着找食儿吃啊?"

陶正把门关严了,回来坐下:"我和你说件事:詺山集团聘了许卓来和我们所打官司,要求我们退还从共管账户里提出来的那九百万。"

老韩吃了一惊:"什么?许卓?他接了?哈,他不是正在万禾的项目里跟我们沟通密切吗?这事简单啊,你们找一下许卓,叫他别接不就完了吗?"

"你觉得许卓能听吗？他只要接这案子，就知道和我们所打对头啊。"

"这就是你们看好的合作伙伴？那个人，我早就知道不是个好东西，那两回进去就不该放他出来。"

"咱们不讨论许卓的人品。韩律师，万禾正在最要紧的当口，在那个案子上，我们不能出一点闪失，也不能在这个时候和许卓搞坏关系。所以，所里准备同意把那九百万退回去。这其中，还有你提的一百多万。"

"什么什么？提出来的钱再退回去？良诚所以后还想在律师界做人吗？"

"顾不上那个了，万禾项目要紧。韩律师，所里已经承诺了，尽管你没参加万禾案，只要你把这笔钱退回来，等万禾的破产管理人费用到账，所里保证让你的收入不低于这笔收入。"

"我不干。这钱是我们应得的，凭什么退啊？"

"韩律师，如果我们坚持不退，那么就要和许卓闹到法庭上。这个时候，我们不想和许卓搞坏关系。"

老韩纳闷地看着陶正："我就不明白了，堂堂的良诚所，为什么要怕和一个进去过两回的混子搞坏关系啊？你们是被他拿住什么把柄了吗？"

陶正支吾着："因为……因为……韩律师，我不能说，但在万禾的案子上，我们和许卓的利益紧紧地捆绑在一起，这个时候和他打对头不是明智之举。"

"这事不首先应该是许卓知道吗？"

"他可以不考虑，我们不可能不考虑。"

"陶律师，我也是合伙人吧？有什么事情我也应该知道吧？"

"韩律师，不告诉你，也是为了免除你可能的风险。除了万禾项目工作团队，所有的人都不知道。我现在只是通知你把这笔钱退回去。为了保住万禾项目，我们在这个案子上让步。韩律师，你是合伙人，你必须为所里的整体利益着想。"

老韩继续拿起笔，不再看陶正："好吧，只要陈硕退我就退。"

陶正很是惊讶："什么？"

"这个案子是陈硕的，我不过是配合，代理费的大头也是他拿的。他不退，我退，我这不是逼他也退吗？我做人不能这么做吧。这样吧，这笔钱，我一分也不动，就放在那里，只要陈硕退了，我马上就退。"

"韩律师，老同志了，做个表率嘛。"

老韩啪的一下，把笔重重地摔下："我这表率做得还不行吗？为了你们的万禾项目，我牺牲自己。你还让我表率，我表率了，把陈硕一个人晾在那里？对不起，你可能这样做人，我做不来。我就这句话：我同意退，只要陈硕退了，我下一秒钟马上退！"

陶正无奈地："好吧，我再和方律师说说。"

老韩没动，坐在那里琢磨着："他们和许卓之间有什么秘密呢？还叫许卓拿住了。"

陶正和老韩勾兑的时候，陈硕正在接待一位当事人。

案子胜诉了，对方很高兴，拉着陈硕千恩万谢，还带了面锦旗。陈硕看到这东西就反胃，又不好驳了人家的好意，只得吩咐方睿先收起来，在办公室寻个好位置再挂上。

陈硕："不要高兴得太早，对方肯定会上诉的，我们集中精力打二审吧。我们的代理权限到一审结束，二审您还委托我吗？"

当事人一迭声地应着："当然，当然。陈律师，二审多少钱，您说个数吧。"

陈硕："二审难度不大，费用减半收取吧。你要没问题，我们准备一下合同，让方律师发您电子版。"

当事人："那多不好意思。"

这时陶正直接进来了："有客人啊？"

当事人赶快站起来："陈律师您先忙，我回去了，明天我再来。"

一边说着，对陶正笑笑，走了。陶正进来。

陈硕："有事吗陶律师？"

陶正："小方，当事人走，你还是要替你师傅送一送。"

方睿明白了，答应一声走了。

陈硕："什么事？"

陶正打着哈哈："也没什么事，打你门口走。陈硕，这办公室小点了吧？下次开合伙人会议的时候，我提出来给你调调，你现在给所里创造的价值也不算小了。"

陈硕："我不要，我喜欢这间办公室。就这事？"

陶正："陈硕，你是我引荐来良诚所的，来了以后感觉如何？"

陈硕："挺好啊。律师这行，到哪儿都是自由工作者。"

陶正："你自由，我可不自由，我引荐了你，在某种程度上我就变成你的保证人了嘛，你如果有什么事，第一个感到为难的就是我。"

陈硕："陶律师什么意思？"

陶正："陈硕，你知道吧？詺山集团委托了卓越所的许卓律师要起诉我们所，要求返还那笔律师费。"

陈硕："许卓？"

陶正："想不到吧？"

陈硕："是没想到。但是，也不奇怪，这像他干的事情。"

陶正："陈硕，你不知道许卓的厉害，我是知道的。只要有必要，他可以对任何人下手，而且毫不留情。"

陈硕："他可以向任何人下手，我知道，毫不留情，我也知道；至于厉害，我倒想领教。"

陶正："要说起来呢，詺山集团背着律师和对方谈和解，出卖了律师的利益，是缺德，但我们没经过对方的同意就提取了巨额的律师费也不是无可指摘。前面他们来要求返还，我们顶住了，但对方现在委托了许卓，情况变得有点复杂。"

陈硕："有什么复杂的？事实没什么变化啊。"

陶正:"你知道在万禾案中许卓代理着最大的债权人鼎薪吧?万禾所有的事情他都知道,现在和我们所可以说是互相掣肘的关系,万一我们在詺山案上和卓越所闹翻了,势必对万禾案产生灾难性的影响。老弟,别忘了,万禾的管理人团队还是我挑头的。所以,从大局出发,也是为了维护你老哥的脸面,所里和我本人希望你能退回那笔钱。所里保证,在把钱退回的前提下,所里和我本人代表你去向詺山集团交涉,最大限度地保护你的利益。你受到的损失,将来由所里补偿。"

陈硕静静地听着,脸上看不到什么表情变化。

陶正:"可以吗?你不为别人,就看在你老哥我为难的份儿上。"

陈硕:"陶律师,您引荐我过来,我很感谢。如果我让您为难了,我很抱歉。但在这件事上,我没做错,没有退还的道理。您也不必在所里为我辩解,把一切都推到我身上就好。"

陶正:"咦,陈硕,我把一切推到你身上就把自己择出来了吗?别人会说我什么?"

陈硕:"要是陶律师您这么为难,我可以辞职。"

陶正又惊又怒,腾地站起来:"你……"

方睿就站在门口等着,陶正一脸恼怒地从里面出来,两人碰了个满头满脸。方睿连忙道歉,陶正看了他一眼走了。

方睿进来:"师傅,我在外面听了一嘴,还是叫您退钱。"

陈硕:"对。我拒了。"

方睿:"师傅,他们会对您干什么?"

陈硕:"不知道。小方,要不然……"

方睿激动起来:"师傅,您别说了,这事是咱们一起干的,那笔钱我还分了。无论到什么时候,有什么事咱们一起担着。"

陈硕感慨地看着他:"小方,当初你来的时候,我可没想到有一天咱们俩会同舟共济。"

方睿："我也是，师傅。"

看到陶正碰了一鼻子灰，方丽虹深吸了一口气，什么也没说，出门了。

"许律师，坐吧。"

还是那个高雅幽静的小会所，方丽虹简单地跟许卓握了下手，开门见山。

"许律师，我不希望您代理諔山案。"

许卓饶有兴致："为什么？"

方丽虹看着他："您明白的。在万禾项目上，我们是一条线上的蚂蚱。"

许卓笑起来："位置不一样的，责任也不一样。"

方丽虹眼睛眯起来："许律师，依您现在的名望，未必一定要接諔山案这样一个案子吧？不管怎么说是告的自己的同行，许律师不为自己以后的名声考虑吗？"

"我许卓还有什么名声啊？两次入狱早就声名狼藉了，我不怕。"

"许律师可以把一定是代理的原因告诉我吗？"

"利益。諔山承诺，那九百万，都作为我的律师费。"

"就为这九百万，许律师什么也不顾了？"

"我需要顾什么呢？我接受当事人的委托，帮助当事人实现他们的诉求，领取我应得的报酬，我想不出还需要顾忌什么。我卓越所不像良诚所，九百万对我们来说也是笔大数字。"

"许律师不考虑我们两个所的关系吗？"

"不是两个所，是和陈硕的关系。我不考虑。"

许卓走了，陶正从竹林里闪身出来。

方丽虹面沉似水："我们好心好意地让他来我们所，来了以后到底都干了些什么！"

陶正："方律师，您这样说对他是不公正的。我刚才算了一下，不算这一百多万,他给我们所也创造了小三百万的价值了。"

方丽虹:"可他可能给我们带来的麻烦更大。他必须退,不退,我们只好和他划清界限了。"

陶正沉默一下:"方律师,我毕竟和他太熟了,你是不是能找他谈谈?毕竟,他现在是咱们所的律师,这个界限是划不清的。"

方丽虹:"真是不识抬举。好吧,我再和他谈一次。"

办公室里只有方丽虹自己,一看到陈硕进来,方丽虹热情地迎上来:"来了?请坐吧。"

陈硕没说话,在沙发上坐下了,方丽虹在一旁坐下。

"陈律师,陶正律师把你的态度告诉我了。"

"那还要谈什么?我不会改变的。"

"我现在不是以所里的高级督导的身份,而是一个大你十几岁的前辈来和你说这件事的。陈律师,如果你还记得,当初你要接这案子的时候,我就提醒过你了。当律师的,当然只看法律,可现实情况比法律要复杂得多,许多的事情,也不是仅靠法律就可以裁判的。我干这一行已经超过二十年了,深知有些事可为,有些事情不可为,对不可为的事,我们不要拧着来,顺势而为才是上策。"

"在这件事上,什么叫顺势而为呢?"

"退钱,不要和不可名状的东西拧着来。你在这个案子上受到的损失,所里以后在别的案子上补给你。我现在就承诺你吧,你没参加万禾项目,但我可以在名义上让你加入管理人团队,不需要你做什么事情,将来分配的时候你和其他人平均分配,收入肯定超过你这次损失的。"

陈硕很干脆:"我拒绝。"

方丽虹看着他,脸上的恼怒已掩藏不住。

陈硕:"什么叫不可名状的东西?正因为世界上不可名状的东西太多,人类才发明了法律和规则。我是个律师,我只相信规则和法律,我不放弃我该得的,也不要我不该得的。"

方丽虹脸一板:"不行!陈硕律师,不管怎么说,你现在都是良诚所的一员,你要为所里的利益考虑。"

陈硕冷笑一声:"方律师,我和您不一样。您看到的是利益,我看到的是做人当律师的原则和底线,我不考虑别的。还有事吗?没事我走了。"

"等等。"

陈硕一站。

"你不考虑后果吗?"

"我自己的选择,有什么后果我自己承担。"

方丽虹气得站在那里发呆。

陈硕出来,发现老韩和方睿都在门口等着,方睿用询问的目光热切地看着他,老韩面无表情,招呼也没打就进去了。

陈硕冲方睿笑笑:"放心吧,没大事。"

方丽虹寒着脸:"这笔钱,你必须退。"

从见完许卓那一刻起,方丽虹已经下了决心,就算是压,也要压着老韩把钱退出来。

老韩站直了身子:"我不是说得很明白了吗?我同意退,但是在陈硕退钱以后,我不能出卖陈硕。"

"不考虑陈硕的问题了,他很快就不是我们的人了。"

"什么?难道……"

"我们不能因为他一个人置全所的利益和安全于不顾。老韩,你先把你那些钱退回来吧。"

"可是有一部分交了税。"

"税款所里补上。另外,陶正律师不是承诺你了,将来在万禾项目里,保证你的收入不低于这一次。"

老韩站在那儿看了方丽虹很久。

"好吧，我退。"

老韩进来了，看到方睿来不及说什么，一把把他拉出去，然后把门关上了。

"陈硕，哥哥这回保不住你，他们逼我退钱，我没办法，答应了。"

"我知道了，这是你的选择，你自己做主就好。"

老韩急得声音已经变了："陈硕，老弟！别拿着鸡蛋碰石头！"

陈硕淡淡地："在鸡蛋和石头之间，我永远选鸡蛋。韩律师，我还有事，您的态度我已经知道了，请回吧。"

"陈硕，老哥也是没办法，许卓那小子，我早就知道不是个好东西，他是个狠人，你也注意。万一有用到老哥的地方……"

"我没有。请回吧。"

25

张志急匆匆地进来，陶正也在，和方丽虹一同看向他。

张志斩钉截铁："我们不能因为他一个人承担那么大风险。"

方丽虹吐出口气："马上召开合伙人会议，以合伙人会议的名义，要求他马上退款，如果他拒绝，就请他离开良诚所。"

只过了不到半个小时，张志就站到了陈硕门口。

张志对方睿笑笑："方睿，你回避一下。"

方睿出去了。

陈硕坐在那儿没动，平静地看着他。

"陈律师，我代表合伙人会议和你谈话。那笔钱，你必须退。同时我代表合伙人会议向你保证，只要你退了，你的损失由所里来补。"

"我拒绝。"

"那，对不起了陈律师，良诚所没办法留你了。"

"好。我现在手头的案子，有两个是来良诚以后接的，我留在良诚所。有两个是我带来的，我可以带走吗？"

"不可以。只要你在良诚所办过的案子，都属于良诚所。"

陈硕定定地看他一阵，冷笑一声："当初也是这样赶走罗英子她们的吧？好，但愿良诚所通过盘剥律师可以发起来。我全留下，看看我陈硕会不会因此而饿死。"

张志面不改色："如果陈律师决定离开，那么就请现在，此刻。"

他拉开门，门口站着两个穿着西装的年轻人，张志让他们进来。陈硕看了两人一眼，依稀记得这应该是所里哪个合伙人刚招过来的实习生。

张志嘱咐着："你们看着陈硕律师收拾东西，他能带走的只是他的私人用品，其他的一律留下。陈硕律师不送。"

陈硕和张志都没想到，方睿一把扒开两个人进来了。

方睿叫道："你们要干什么？"

张志有点吃惊："方睿，这儿没你的事。"

方睿盯着张志和两个年轻人："不行，你们要干什么？"

陈硕冲他笑笑："小方，咱们的缘分可能止于此了。我被良诚所开除了。"

"不行！不行！师傅，你先别走。"方睿说着，转身跑了。

陈硕无奈地笑笑，继续收拾他的东西。

"姑姑，为什么？为什么？"

方睿没敲门，直接冲了进来。

方丽虹皱着眉："方睿，你看你的样子。门也不敲，什么为什么？"

方睿眼睛通红："您知道我在问什么。我师傅做错了什么？当事人背信弃义背叛了他，所里不保护他，反而在这个时候和他切割，把他开除。姑姑，这就是您口口声声讲的法律和原则吗？"

方丽虹神色严厉地呵斥:"方睿,你看看你像什么样子。这是所里的事,和你没关系,你不要管了。"

方睿一个劲摇头:"不行,姑姑,您成天在我家里和我爸妈谈论大道理,为什么遇到事情这么没原则?我师傅是所里的人啊,您得保护他呀。"

"你懂什么!他走了,你也回来吧,不行到我办公室来,给我当助理。"

"我不,我就跟我师傅。姑姑,求您,别开除他。"

"这是合伙人会议的决定,不可能更改了。"

方睿失望地看着她,方丽虹在他的注视下低下了头,去收拾自己的桌子。

"他走了,你不可能一个人在那间办公室,如果不想到我这儿来,就先回你原来的工位,晚上我去你家,和你爸妈一起找你谈。"

"我哪里也不去。"

"什么?"

"我师傅在哪儿,我在哪儿。您把他开除了,我也跟着他一块儿走。"

"方睿,你怎么敢和外人站在一起和姑姑作对!"

"姑姑,现在不讲法律了?讲外人不外人了?对不起姑姑,开除他,是您最后的决定;和师傅站在一起,是我最后的决定。我走了。"

方睿说完,低着头转身往回走,忍不住抹了两把眼泪。

陈硕已经收拾好了自己的东西,方睿还没回来,陈硕往他桌上看了看,显然想等等他。两个小西装还一左一右地站在陈硕旁边。

一脸稚嫩的小西装看了看时间,努力用冷漠的语气说道:"陈律师,请吧。"

陈硕叹了口气:"走吧。"

正在这时候,方睿回来了,明显哭过,脸上还有没擦干的泪水。

陈硕看他这样子，笑了："小方，天下没有不散的筵席，谢谢你和我一起工作的日子。我走了。"

方睿兀自擦着泪："等一下师傅。"

"干什么？"

"我和您一起走。"

陈硕吃了一惊："什么？"

方睿收拾着东西："我姑姑她太……不提她了。师傅，我是您的学生和助理，您在哪儿，我在哪儿。您要走，我不可能自己留下，我也走。"

"方睿，你不要这样做！我无论走到哪里也会有出路的，你现在连律师资格也没有，还面临着考试，你上哪儿去？"

"您放心，我不会给您添麻烦，也不会流落街头的。我不可能再继续在这儿待了。师傅，您稍等我一下。"

陈硕突然有点动情，他眨了眨眼睛，忍住了。

陈硕和方睿各搬着一个纸箱子，在众目睽睽之下，在两个小西装的护送下往外走，办公区里的人都吃惊地看着。

小田看到了陈硕，想打招呼，陈硕冲他摇头笑笑，示意他别说话，小田收住了，陈硕径直走了过去。

方丽虹站在窗前往外看着。

"方律师，方睿居然也跟陈硕共进退，您不留留他？"

方丽虹没说话。

阳光刺眼，陈硕和方睿一起出来，找了个阴凉的地方停住，陈硕把箱子放到地上。"我暂时不想工作，想休息一段，你呢？"

"我先安顿下，复习功课准备考试。师傅，我这次一定要考过的。"

"你也开车了吧？那，咱们随后电联。"

陈硕搬着东西往自己车旁走，方睿在后面看着他，犹豫着。

陈硕已经上了车，摇下车窗冲他笑笑："我先走了。"

方睿突然过去："师傅，等等。"

"还有事？"

方睿有话不好说的样子，到底还是开口了。

"师傅，有件事，我想向您坦白。"

"坦白？"

"是。我到您身边，是有任务的。"

"噢。"

"您来到良诚所，成天到档案室借案卷看，所里对您不放心，就派我到您身边，让我注意您都看些什么案子。"

"噢。你姑姑派的？"

"肯定有她的意思。但出面的不是她。"

"知道了。谢谢你告诉我。"

"师傅，对不起，有一回我偷偷看了您的包，因为我注意到我来的第一天，您把一个复印卷放进了包里。我有一天趁您不在打开您的包看了一眼，但我没告诉姑姑。"

陈硕笑了："方睿，你回忆一下，你觉得你把老韩捅到法院那事儿。那个授权书，是我故意让你看到的，还是我不小心落下的呢？"

方睿恍然："师傅，您都知道啊？"

方睿和陈硕相视一笑。

陈硕感动地看着他："方睿，其实我知道你来是有目的的，所以我一开始始终防着你。方睿，人和人就是这样啊，彼此联系，又互相防备。有多少人最终能突破那条防备的警戒线？我们突破了，是我们的幸运。谢谢你方睿，咱们是一辈子的好兄弟。我走了。你上哪儿？回家？"

方睿摇头："我不回去。"

"那上哪儿？"

"师傅,有您给我的钱,我生活一两年都不成问题。我先租个房子通过考试再说。"

"好。那考过了,来找我,说不定,咱们还有搭档的机会。我走了。电联。"

"师傅,把事情都告诉您真好。我一直为那事不安来着。"

"没事,再见。"

陈硕走了,方睿站在那里久久地看着他。

会议室里,方丽虹从窗边转回头来,良诚所的所有大咖几乎都在。方丽虹面沉似水。

"马上向诺山集团致函,邮件也要发一份,告知他们,良诚所同意把所收到的款项全部退回,但陈硕律师本人所收的款项,属于他的个人行为。陈硕本人已经从良诚所辞职,良诚所对他的行为不负任何责任。"

陈硕郁闷地开着车,拿起手机,调出罗正义的号码,犹豫一下,却没拨,长叹一声把手机放下,手机却在这时候响了。

陈硕吃了一惊,赶快拿起来,却是一个陌生号码,陈硕犹豫一下接起来。

"我陈硕,哪位?"

"陈律师,我许卓。"

陈硕沉默着。

"陈律师,可以见见吗?"

陈硕跟着服务员七拐八绕地进了个茶室,许卓已经在了。他背着身子站在窗前,看着窗外的景色。窗外是一个很小的院子,不远就是围墙,墙内有几株树。

许卓没回头,却好像看到了陈硕,声音满是惆怅。

"那时候，我号子外面的院子也就这么大，所有的视线都被墙挡住。我经常站在窗前往外看，努力想象着外面的世界。我发过誓，这辈子我只要走出来，就不会再进去，没想到，后来又进去过一回，只不过我再次平安脱身。从那以后我就知道，没人能打倒我了。"

陈硕不耐烦地皱着眉："许律师是叫我来听您的光荣史的吗？我不是小姑娘。"

许卓转过身来看着他："陈律师，不胜荣幸，坐吧。"

"不坐了。有什么事，说吧。"

"我不想和陈律师为敌，接訡山的案子实属无奈。陈律师，只要你同意坐下来和訡山谈判，承认你从共管账户上转款是违规违法行为，钱的事好商量。"

"许律师，您今天约我来谈，并且这样许愿，訡山集团知道吗？"

"我没告诉他们。我希望能和你私下里谈判解决。"

"您背着您的委托人私下里来找对方勾兑，这是违反律师的职业道德的。"

许卓一阵火直冲脑门，恼怒道："你……"

陈硕还站在那儿："就这件事吗？我现在就可以答复你。我不同意。"

许卓看着他："陈律师，我和您往日无怨，近日无仇，为什么要逼我？"

陈硕笑了："许律师说得好笑。你和我以前打过交道，往日无怨今日无仇说不上，今天是咱们在这个案子上第一次正式见面倒是真的，我逼你什么了？"

许卓缓和道："你知道。好吧，现在我代表的不是訡山集团，而是代表我自己。陈律师，今后离我远点，咱们井水不犯河水，只要陈律师不再找我麻烦，訡山的事情，我来帮你摆平。"

陈硕盯着他："许律师在怕什么？"

许卓的脸一下子阴沉下来。

"这么说，陈律师不答应？陈律师，你不怕树敌吗？"

陈硕嘴角带着笑，饶有兴致地观察着他。

"当然。我陈硕走得端行得正，不怕树敌，许律师如果想对我做什么就尽管做吧，但愿许律师做过的事情不会最后落回到自己身上。"

"我劝陈律师再想想。"

"没什么可想的。还有事吗？没事我走了。"

许卓慢慢地："再见。"

小花园，老韩和张志在喝茶，桌上放着一份詺山的协议。

"老张，要我说你也是傻，陈硕是陶正找来的，应该是他去让陈硕走人，你去掺和什么？"

"陶正多鬼啊，方丽虹几次让他和陈硕谈，他也谈不出个屁来。这次眼看要踩地雷了，就让我去通知陈硕，陈硕那臭脾气，我凭什么受啊我。"

老韩翻着詺山的那份协议，忍不住叹了口气。

"陈硕也就是看着猴儿精，你看这协议签的，代为承认、放弃、变更诉讼请求，代为调解、和解，代为上诉，代为签收法律文件，代为收取执行款项……只是代为收取，没说可以代为分配。他擅自分配，这不正中下怀吗？"

"算了老韩，这事和你没关系了，再说所里答应弥补你的损失了。你生气个什么劲啊？"

"我没你大度。到手的钱飞了不说，他们还欺负人。凭什么呀？他们不光欺负陈硕，他们还把老子一块儿欺负了。真以为老子任人宰割吗？"

老韩越说越气，心烦意乱地把茶杯重重地蹾在桌子上。

老韩摸着下巴，坐在一个老旧的沙发上思考着。詺山的人不光把他安排到一间破旧的办公室里，已经等了整整一个上午，连给他倒杯水的人都没有。

老韩也不急，从自己包里拿出保温杯来，吸吸溜溜地喝着。

外面传来重重的脚步声，孙铭山进来了。

老韩表情一变，大笑着上来和他握手："你好孙总。合作一场，不至于撕破脸吧？"

孙铭山面色冷淡："韩律师，有事吗？咱们之间还有什么可谈的吗？"

老韩堆笑着："有啊，怎么没有？可以谈的东西多着呢。孙总，我是特地来告诉您，那笔钱，起码我是退了。"

孙铭山的脸松下来："这样啊。谢谢韩律师。"

老韩感慨着："等于是我白给你们忙活了大半年，一分钱没挣着。另外，我们所的钱也准备退回来。陈硕的工作，我们正在做。"

孙铭山这才坐下："那，就谢谢你们了。"

老韩摆手笑笑，也欠着半个屁股坐了下来。

"不过孙总，我们合作一场，能让我说句公道话吗？你们这事，做得可不太地道。不管怎么说，没有我和陈硕律师的努力，你们指望什么能和谙海达成后来的协议？指望什么能让谙海还给你们三千多万？"

"唉，韩律师，我们也是没办法，我们是个民企，谙海现在成了国企，政府要我们两家和解，我们能怎么办呢？"

"可是你们把律师卖了，这个说不过去吧？"

"这个我们也没办法。你上次来的时候咱们不是谈好了吗？只要你们同意让步，我们同意支付一部分律师费，可谁知道陈律师一步也不肯让。我和您说实在的，我和谙海达成了和解协议我们是做了很大让步的。"

"也就是说，我和陈硕律师帮你们打赢了官司，要按法院的判决，谙海是应该把所欠的五千多万块钱和三千多万的滞纳金全部还你们的，但后来你们在和解的时候放弃了要求。"

孙铭山苦着脸："我们不放弃没办法呀。是，你们是帮我们赢了官司，可政府一插手，这判决没办法履行了呀。包括第一笔的执行款，他们实际上还了我们不到五千万。我们一共就收了五千万，要是按我们双方的协议，我们得付将近两千万给你们，你想我们怎么可能再履行原来的协议呢？"

老韩点头如捣蒜："也是，也是，家家有本难忘的经，你有这么一大家子人得管呢。可是你们不能完全履行合同就不履行吧，再叫我们退钱说不过去吧？上次咱们谈的，你不是同意我们提取的那九百万就归我们，还要报销陈律师为打这个案子付出的成本吗？"

"我们原来是这么想的，无奈陈律师不肯让步，再说许卓律师也提醒我们了，陈律师擅自提款的行为涉嫌违法，我们可以把钱全部打回来。既然这样，我们何乐而不为呢？"

"孙总，您能当着我的面说出这些我很感谢。合着我们花费了大半年的时间一分钱挣不着，回过头来还得赔上前期的成本，还有其他的法律风险。"

"韩律师，你今天能来，我也很感动。我孙铭山不是个无情无义的人，我以前被人坑过，不是不知道被坑的滋味。这件事，我的原意就是想把钱先追回来，咱们双方再谈一个合理的价格。你今天既然来了，韩律师，等我们和陈律师之间的事情结束了您再过来，您这儿，我一定合理补偿。"

"谢谢，太感谢了。我今天来，就是想和您解释一下，我的钱退了。付出了大半年的时间，一分钱也没从你们这儿挣着。我希望看在我的面子上，你们也不要过分为难陈律师。"

"只要他像您一样退钱，我们不为难他。不过现在案子在许律师手里，我们也得尊重我们律师的意见。"

"好吧，好吧。我该说的都说过了。"老韩笑着又看了眼孙铭山。

"那么，我告辞了。"

老韩从楼里出来，打开车门上车。

他左右看了看，从怀里掏出一支录音笔来，冷笑一声。

方睿正在收拾房间，把笔记本电脑放桌上，插上线，很舒服地坐下："完事大吉。"

这是个单间小公寓，厨房是开放式的，卫生间虽小，但好歹是独立的，方睿很是满意。

手机响了。看看来电显示，方睿不情愿地接起来了。

"爸。"

"方睿，你在哪儿？你马上回家。"

"我不回去。我已经在外面租好房子了。"

电话里父亲的声音很严厉："方睿，你想干什么？你姑姑已经把事情都给我说过了，你不可以。那是你亲姑姑，你不能背叛她。你马上回来！"

方睿笑笑："哈，你们不是讲法吗？怎么又变成姑侄了？我不回去！我已经成人了，我以后靠我自己养活自己，我走我自己选择的路，我不会再过你们替我规划的人生了！"

"方睿！方睿！"

方睿把电话挂了，长出一口气。

陈硕窝在沙发上打电动，老薛在一旁浇花，花快干死了。两人有一搭没一搭地闲聊，陈硕告诉他自己被开了，老薛放下喷壶，吃惊地转过身来。

"良诚所这个时候把你辞了？"

"他们觉得我成了他们的麻烦。"

"不仗义。不对，不是不仗义，连起码的道义也没了。当初跟着提钱的时候挺高兴，现在一出事，就急着和你切割，这还是人吗？"

陈硕放下手柄："不提他们也罢，老薛，我现在是无业游民，想找个所安身，一时半刻也找不到。"

老薛立刻说道:"再回大正啊,那天咱们主任还提到你,说大正所放掉你可惜。"

陈硕摇头:"好马不吃回头草,我这个时候回去,所里会说我在良诚所混不下去了所以才回来。坚决不。我得抓紧时间找个所安身,但这件事,一刻也等不了,所以我只能靠老哥帮忙了。"

"什么事?"

"还是我和諅山那案子,他们委托了许卓要起诉我。第一,我请你当我的律师应诉;第二,我不能坐在家里等人来告,我委托你代理我给諅山集团发律师函,要求他们按当初合同的约定支付我全部的律师费。"

老薛愣了愣。

"陈硕,这事我做不了。"

"怎么?"

"我有几斤几两,你最知道。你这是下决心和他们拼个鱼死网破了,你需要的不是我,你需要有冲劲能拼命的人。你去找罗英子。去加入她们所,然后要求她来代理你。"

"不找。"

"你什么意思?这是闹意气的时候吗?对方请的可是许卓,那人属王八的,咬住就不撒口,你以为我能对付得了他?你马上去找罗英子。你要不好张口,我现在给她打电话。"老薛真急了,说着就去摸电话。

陈硕一把把他按住了。

"不要。"

"为什么呀?"

"你知道为什么。"

"你还相信她喜欢许卓?你对她就这么没信心?许卓不是人,他是传说,哪个女孩子听到那些传说都会心动,罗英子也未能免俗。但是传说靠近了还是传说吗?罗英子又那么聪明,没准她现在已经认识许卓的真面目了。"

陈硕没说话，憋了一阵："她已经爱上许卓了。"

老薛大吃一惊："啊？"

"所以，别再提她了。"

"不可能，你有没有搞错？罗英子怎么可能爱上许卓？"

"我也很失望。不是因为她没看上我，而是因为她竟然相信许卓。老薛，是我瞎了眼，以后这个人在我生活里就不存在了。"

老薛愣了愣，又想起来。

"陈硕，找她去，把许卓的真面目告诉她。不管她爱不爱你，那是个好女孩，别再让猪拱了。"

"我管得着吗？算了，以后各走各的，你也别在我面前提她了。总之，老薛，想想也挺悲哀的，我陈硕半辈子觉得呼朋唤友，从者如云的，遇到事，能靠的还只有老哥。咱们马上签协议吧，签了协议，咱们还得起草律师函。"

老薛不说话了，从包里拿出两份文件，看样子放包里时间不短了，纸都褶了。

"格式合同，还是你在的时候用过的，签吧。"

陈硕伸头看了看，又回来打游戏。

"这回你敲我多少钱？下手轻点。不过，如果那两千多万能拿回来，提成比例随你提。"

"一块。"

"什么？"

老薛不耐烦道："没长耳朵啊？一块钱。"

陈硕看他一阵笑起来："闹这么悲壮干什么？万一真把那两千多万打回来呢？"

"一块。"

陈硕看他一阵，弯腰在协议书上签上自己的名字，又推到老薛面前。

老薛从他手里接笔要去签,陈硕突然叫了声:"老薛。"

老薛一抬身,陈硕上去抱住了他。

老薛感慨地拍拍他后背:"干吗呀兄弟?这不是你,我早就发现你不对了。你还是爱罗英子的,不然不会这样。起来,咱们得干正事呢。这一块,只是代理你打官司的,真把两千多万打回来咱们再谈价钱,那时候我饶不了你。"

陈硕抬起头来,脸上已经有泪光在闪,微笑着:"老哥,以后别提别人了,上阵亲兄弟,咱们哥俩来吧。"

这时手机响了,看到来电显示,陈硕赶快接起来。

"方睿,你在哪儿?"

"师傅,我已经租好了一间公寓,安顿好了。师傅,我打电话是想告诉您,我还是您的助理,您有事招呼我。"

"好的,我知道了。照顾好自己,今年一定要考过哟。"

"得令!再见师傅。"

陈硕看着手机,脸上不由得绽出笑意。

老薛伸过头来,啧啧称奇:"方丽虹的那个大侄子?奇怪,你连她的人都能吸过来,怎么就吸引不了罗英子呢?"

陈硕笑脸顿时垮下来:"别提她了。"

罗英子和梅大梁站在一栋老式筒子楼下等着,这楼被一家公司整栋买了下来。

"别看他公司现在不像样子,上次告诉我市值已经好几个亿了。俞成也算不简单,出狱这才几年,东山再起,又打下这片江山。"梅大梁跟罗英子介绍着。

俞成从楼里出来了,一看到梅大梁,三脚两步地跑过来,两只手一把握住梅大梁:"梅律师,您来啦?怎么在这儿站啊。您来还用通报吗?直接上去就行。"

梅大梁笑着:"那不行啊,你是公司老板,我得等你召见。"

"梅律师您笑我呢。"俞成的恭敬不像是作假。

梅大梁转过脸:"这是我的学生,罗英子律师。"

罗英子赶快过去和他握手:"俞总您好。"

三人围着茶几坐着。

俞成狐疑道:"为什么都突然想起这个案子来了?那天还有个姓陈的律师来找我问这事,我看他不像个好人,把他赶跑了。"

罗英子反应了一下,没有说话。

梅大梁:"我们怀疑我和老于出事和您这案子有关系,所以想再一起把当年的情况对一下。"

俞成感慨地:"当年啊。从哪儿说起呢?你们想知道什么?"

罗英子:"俞总您随便说,我们听着就好,有需要就问您。"

俞成苦笑着:"当年啊,唉,那段时间真不是人过的日子。什么叫惊弓之鸟?我就是。要债的成天堵着我门,还威胁要绑架我孩子,一家人连门也不敢出,人家在门外提着祖宗的名字骂都不敢还嘴。我几次想逃跑,都是梅律师留住了我,还帮着我向债主做工作,用她的信誉为我做担保,保证我不会逃跑,我们一家才活下来了。"

梅大梁:"我们查账的时候,也发现他往海外转移资产了。可他那时候已经被边控了,跑也跑不掉,转移出去的资产还有用吗?"

俞成:"是。是梅律师和于律师给我做工作,告诉我跑是跑不掉的,让我积极配合破产重整工作,把转移出去的资产再转移回来,减轻我的罪责。要不是梅律师和于律师,我最后还不知道落什么下场。"

梅大梁:"我们那样做,也是承担了极大风险的,这个你应该知道的吧?"

俞成:"当然。如果当时你们报案,那些债主还不活吃了我?破产重整也就没办法进行了。当时梅律师和于律师承诺我,只要我把转移出去的资产全部转移回来,他们就不报案,将来就算向法院交代了,我也可以免于刑事处分。没想到,梅先生和于先生半路出了事,接手的良诚所方丽虹他们根本不理什么承诺，前脚重整成功，后脚报案，我还是被抓起来了。幸好我已经把大部分资产转移了回来，所以才从轻判了三年。"

罗英子："俞总，您后来和良诚所的管理人团队关系怎么样？"

俞成眼中闪过一丝怨色："有什么关系哟？他们一直对我严防死守，什么信息也不对我透露。我当初答应梅律师把转移出去的财产再转移回来的，可是因为对他们不信任，我就留了一手，没想到他们还是掌握了，所以我才进去了。"

罗英子："您觉得梅先生和于先生出事和您这案子有关系吗？"

俞成回答得很干脆："当然有。"

罗英子一怔："噢？怎么说？"

俞成笑笑："因为我了解梅律师和于律师啊。当初他们发现我转移资产的时候找我谈，我许过他们，只要他们保密，我可以给他们高额报酬，他们马上告诉我他们是搞法律的，不会做违法的事情。他们怎么会为了一个强奸案去收买或者威胁当事人？我没什么证据，可我知道，梅律师和于律师是因为我这案子遭人陷害的。"

罗英子："您总会发现了些什么吧？"

俞成："这还用发现吗？这不是明摆着的吗？当时的局势高度敏感，所有的人都盯着这个案子的一举一动。梅律师和于律师在这个案子上有巨大的利益，又对掌握的信息暂时保密，等于是把定时炸弹转移到了自己手上，无论哪个人稍有动作，炸弹就可能在他们手上爆炸。后来，它就炸了，没想到是炸在强奸案上。可它肯定是因为这案子炸的呀。有人盯上了我那案子的利益，所以才对梅律师和于律师下了手。"

罗英子心提到了嗓子眼："那你觉得这个人是谁？"

俞成："这我就不知道了。这些年我也经常在想，如果不是这个人，我可能就坐不了牢，也不会被从铸成彻底扫地出门。这个人，他到底是谁？我怎么也想不出来。"

罗英子犹豫一下，直接地："俞总，你觉得有没有可能是许卓律师出卖了梅先生？"

俞成想了想，还是摇摇头："许律师？不可能吧？许律师那时候对我挺好的。再说他也在梅律师的管理人团队里，重整成功了，他才可能拿到管理人费用，他和梅律师的利益是一致的，出卖梅律师，对他有什么好处啊？"

罗英子长长地出了一口气。

回学校路上，罗英子载着梅大梁，两人各怀心事。
罗英子看看她："看起来这事和许卓没关系哈。"
梅大梁没说话。
罗英子自顾自地："一个历经苦难、坚守立场的人有什么理由出卖自己的当事人和同行？我觉得，很大的可能是良诚所的某个人推测到了事实。您想想，良诚所的那些人也不是吃素的，既然在重整过程中同样的事情多次出现，他们也很有可能推测铸成案发生了同样的事情啊。再说了，您当时用了好几个助理，他们不会有意出卖您，但也许回所的时候说话不注意露出来呀。对吧？"
梅大梁还是没说话。

罗英子进来，推了推邱华的门，邱华正和夏舒坐在那里说着什么。
罗英子进来："好啊，今天没去干活，坐在这儿聊大天呢？正好，夏舒，还是我去收尾吧，别叫许老师觉得我干事有始无终。"
"英子。"邱华看向她，神色有些不寻常。
罗英子也想着自己的心事，全没注意："你们吃饭了没？我饿了，我们三个今天奢侈一回，出去下馆子吧。"
邱华："英子，良诚所和陈硕切割了。"
罗英子："什么？"
邱华："许卓代理了詺山集团要起诉陈硕，良诚所和陈硕切割，陈硕已经离开良诚所了。"

罗英子愣在那里，像没听懂。

夏舒："罗姐，您没听明白？许老师代理了諂山集团，要求陈硕律师返还已经提取的律师费，陈硕律师拒绝返还，諂山集团要起诉他，良诚所把他辞退了。"

罗英子口吃地："许……许卓代理諂山起诉陈硕？"

邱华："对。前两天夏舒就发现諂山集团的人去找许卓了，当时还不确定发生了什么，所以没告诉你。"

罗英子："那良诚所为什么在这个时候辞退了陈硕？有什么关系？不就是经济纠纷吗？"

邱华："所以我们才觉得可能不仅仅是经济纠纷。如果仅仅是经济纠纷，良诚所至于这样吗？"

罗英子："还会有什么？"

邱华："不知道。"

罗英子："会有什么事情？"

邱华："不知道。"

罗英子愣了一阵："活该了，谁叫他贪财。"

夏舒："罗姐，您怎么这么说呀……"

邱华示意她住嘴："看你自己了。"

"别出去了，叫外卖吧，我点。"罗英子一屁股坐下，拨弄着手机点餐，突然心烦意乱地把手机扔到桌上："到底什么意思啊？许老师何必在这样的案子上出头？良诚所又何必这么快和自己的律师切割？"

没人回答她。

罗英子抬起头："你们说，不是冲陈硕来的吧？我怎么觉得哪儿不对啊。"

夏舒："就是起诉他，难道还会冲别人？"

罗英子又拨弄一阵手机，叹了口气："我不吃了，你们谁想吃自己点。"

回到自己办公室,罗英子一进门就把包和手机丢桌上,一屁股坐在椅子上生闷气:"活该,没事找事,叫你嘚瑟。"

她待了一阵,长叹一声,还是摸起手机打电话。

陈硕在打游戏,老薛坐在旁边看詺山的协议。

老薛:"陈硕,先别玩了,自己的事上点心。我和你说说协议的事。"

陈硕头也不抬地:"你说就行,听着呢。"

老薛无奈道:"老弟,从詺山的协议来看,咱们不是无懈可击,两个方面,第一,协议上规定了律师可以代收款项,但没有约定直接代行分配代理费用。也就是说,在钱进来以后,你有没有权利动这笔钱,协议上没有明确约定,这是一个硬伤。第二,就是那个共管账户……"

话音未落,陈硕的手机响了。陈硕伸头看,是罗正义,陈硕半天不说话。

老薛也伸头看看:"我猜着就是她,接呀。"

"她不会是来替许卓劝降的吧?"

"怎么可能?你赶快接吧。"

陈硕直接挂了:"你接着说。"

老薛无奈地看着他:"真不懂你们这些年轻人,没事找事。我接着说,关于这个共管账户,现在它其实就是个专有账户,要是法官觉得你没有权利擅自做主动这笔钱,又在共管账户上做了手脚,那法官的判断可能会不利于你。陈硕,这事换我,我就退一步,好汉不吃眼前亏啊。"

陈硕暂停了游戏,正色道:"我不退。律师函我已经起好了,你看看,以你的名义发出去就行了。"

老薛看看他,叹口气:"陈硕你原来和条泥鳅似的,硬刚不是你的风格,这是怎么啦?"

手机又响了。

老薛瞥了一眼:"又是她。准是知道你出事了才来找你。"

陈硕看着手机不说话,

"有情有义,不接不合适。"老薛说着,直接按下接听,还顺势把免提也点开了。

陈硕一惊,来不及挂断,电话通了。

罗英子的声音冲出来:"陈无良,不接电话你要干吗?"

办公室,罗英子眉头紧锁地盯着桌上的手机。

里面传来陈硕冷冷的声音:"有事吗?"

"有事,你干吗呢?"

"无业游民能干什么?闲着玩呢。"

"那正好,见一面。"

"什么事?"

"你到了就知道了。一会儿咖啡馆见,我马上出发。"

罗英子在老地方坐着,面前摆着两杯拿铁。陈硕进来了。罗英子一直看着他,他低头看也不看,一屁股坐在罗英子对面。

"什么事?"

"諮山的事我听说了。"

"就是个普通的案子,谁说律师本人就不能打官司了?倒是你,特地为这事见我感觉好奇怪,不是代表什么人来劝降的吧?"

"你什么意思?"

"没听懂?那我就再说一遍,如果你是代表许卓来劝降的就免了吧,我陈硕也不是吓大的。"

罗英子恼了:"我劝什么降?我为什么跑来你不清楚?"

陈硕耷拉着脑袋:"我不清楚。这就是个普通的经济纠纷,你大老远地专程过来,为什么?"

"我……"罗英子看着陈硕,说不出来了。

陈硕抬起头,眼里闪着光:"就算我输了,大不了还钱,你急什么?你到底是为了什么?"

罗英子憋了半天挤出来一句:"你少扯别的,咱们俩的交情就不足以让我在这个时候见你一面谈谈案子吗?"

陈硕眼睛顿时黯淡下来:"交情……对哈,你说过咱俩是哥们儿。"

"你觉得咱俩没交情?"

"行,谈吧。"

"这案子你上次跟我讲过,但我需要你再把细节告诉我,合同也发我。"

陈硕操作了一下手机。

"发你了。案情就那样,我代理的谘山集团和谘海打官司,官司赢了,可谘山却背着我和谘海和解。好在当初签合同时我留了个心眼,规定如果背着律师和解,就视同律师已经完成了全部的委托,谘山要支付全部律师费。可我没那么做,只是在首笔执行款到账后按比例提了九百万,现在他们非要我返还,我不同意,他们就把我告了。"

罗英子快速在手机上看着。

"合同规定可以代为收取执行款项,但没规定可以直接扣划或者分配代理费用。"

"我当时没提,知道提也没用。"

罗英子沉吟了一阵:"陈硕,有句话说,能用钱解决的问题都不是大问题,你一定听说过吧?"

陈硕抬眼:"你要劝我退钱?"

罗英子认真地说:"我是劝你自保。这件事当然是谘山无理,可你做的也不是无可指摘。现在谘山请了许老师,分明是要在这方面大做文章。你不如先退钱,在道义上和法律上站住脚,然后再拿协议起诉他们,未必不能赢啊。"

陈硕冷笑一声:"都现在了,还一口一个许老师。"

罗英子急了:"陈硕,你别跑题!这事可大可小,全看谘山态度。

今天是民事诉讼，明天就可能是刑事诉讼，万一詺山告你侵占，你是要坐牢的！"

陈硕直视着她："那如果你代理詺山，你会怎么打？会上升到刑事吗？"

"当然不会！这就是个普通的经济纠纷。"

"那你提什么刑事？！谁都知道这就是个经济纠纷！难道你认为许卓会告我侵占？要送我坐牢？看来你很清楚他不择手段啊，对吗？"

罗英子愣住了。

"罗英子，你清楚许卓的为人，却还要站他吗？"

"我没有站他！我只是认为你可以和詺山协商……"

陈硕打断她，绝望地站起来："到此为止吧。谢谢你为我跑一趟。麻烦你告诉许卓，我是不会退钱的，除非他把我打败。"

罗英子急了，站起来冲着他的背影大喊："你可能会坐牢的！"

陈硕走远了，罗英子站在那里呆呆地看着他。

许卓待在玻璃房里边看书边想事情，罗英子敲门进来。

罗英子轻声道："许老师，我回来了。"

许卓很高兴地迎过去："英子，快坐，相亲还顺利吗？"

"就见了一面，八竿子还打不着呢。"

"回来就好，我就怕你相亲成功不回来，这样我的损失可太大了。"

许卓看向罗英子。

罗英子躲闪开他的眼神，笑着说："许老师，有件事我想和您谈谈。"

许卓柔声道："你说。"

罗英子："邱华和夏舒告诉我，您要代理詺山集团起诉陈硕律师。"

许卓脸一沉："英子，你是要劝我？"

"陈硕是我朋友，我有必要为他做点什么。我看过他们的合同，固然，陈硕没经过甲方同意擅自转款有不妥之处，可毕竟是詺山背信弃义、违约在先。许老师，我们都是律师，都有过被自己的当事人出卖的经历，您应该能理解陈硕擅自转款的原因。您能不能说服詺山主动履行协议，通过谈判解决问题呢？"

"你怎么看到了那份协议？"

"我跟陈硕要来看的。"

"那本来应该是一份保密协议啊。"

"可詺山不是认为已经履行完毕了吗？"

许卓一笑："哈哈，可是保密并没规定期限呀。好吧，我不追究了。既然你都了解了，那就应该知道我现在是詺山集团的代理人，我只能以詺山集团的利益为重。"

罗英子问道："那，接下来您打算怎么办呢？"

"那还用说吗？陈硕律师应该先把那笔款打回詺山的账户，然后再来谈他律师费的问题，这是解决问题的前提。"

"许老师，您也知道，因为詺山背着律师和对方谈判，所以陈硕已经对詺山产生了不信任，在这种情况下，要求他首先还款很难。"

"你劝他也不行吗？"

"我没有义务。"

"你们可是交情不一般的朋友啊。"

罗英子猛地抬头："许老师什么意思？"

许卓打着哈哈："没什么意思，就是我的一个观察。英子，你书香门第，不该看上那样的痞子。"

罗英子平静地说："许老师，我没看上什么人，只是恰巧你们双方我都认识，就站在朋友的立场发表了我的观点，希望能友好解决分歧，不要闹到法庭上伤了和气。"

"那只有他先还款了。"

"如果他坚持不还呢？"

"那就很遗憾了。他坚持不还，只能接受不还的法律后果。对不起，我是詺山集团的代理人，我只能这么说。"

天已经很晚了，罗英子从外面进来，办公室里传来邱华的声音："哪位？"

罗英子过去推开门："我。你怎么没回家？"

"全全最近比较忙，我回去也没事，在办公室看看书。"

罗英子进来，一屁股坐在邱华对面，不说话。

邱华仔细看看她："你找他谈过了？没结果？"

罗英子点点头："我本来就知道不会有结果。人家现在是詺山集团的代理人，当然要代表詺山集团的利益。可我总觉得好像有什么事要发生了。"

"你不就是担心陈硕吗？承认吧英子，你爱陈硕。"

"怎么可能？我的家庭你知道，我父亲你也见过。你知道我喜欢哪一挂，陈硕太野狐禅了，不是我的菜。邱华，你分析一下，最坏的结果是什么呢？"

"如果最坏的结果是陈硕还钱，你还着什么急？"

"我也这么问自己啊。这号财迷，活该他破财。可我为什么还是这么不安啊？"

邱华淡淡道："因为你了解许卓的本性，你知道他不会满足于经济上的手段。据我所知，当初詺山就威胁过陈硕，说他的转款行为是侵占。"

罗英子一个哆嗦："不可能！这案子打下大天来也只是一个经济纠纷啊。"

"那你还怕什么？你怕陈硕亏钱吗？反正和你也没关系。"

"可我还是怕。邱华，我这辈子没怕过什么，哪怕大祸临头，别人都意识到了，我肯定是最后知道的那个。你想想吧，刘铭都搂着温莉走了我还一点没觉察呢。可这回我是怎么啦？"

"因为陈硕比刘铭对你更重要。"

"是吗？我一向觉得陈无良是个滑头，没想到这回变成杠子头了。

邱华，咱们去一趟良诚好不好？"

"去干什么？"

"上次我的事不比陈硕麻烦得多，方丽虹和良诚所都没有和我切割，还保护了我，这次我希望他们也能保护陈硕。"

邱华摇摇头："老实说，这事我不抱希望，不过咱们可以试试，我也想看看良诚所在这个时候会怎么做。"

"天不早了，我们走吧。你怎么走？张全全来接你吗？"

"不来。原来天天来接我，但最近特别忙，也不太回家吃饭。你先走吧，我一会儿坐地铁。"

"好，我这心里七上八下的，也怕路上再出事。我走了。"

一时间，罗英子觉得心里慌得厉害。

"英子。"

罗英子停下。

邱华开口道："其实……其实我挺羡慕你的。"

罗英子一愣："羡慕我什么？"

"羡慕你有牵挂。"

"你没牵挂吗？姐，你是有家的人哎。"

邱华笑了笑："你走吧。"

邱华拿出手机，调出全全号码，犹豫了一下拨通了电话。

电话没等接通就挂断了。

她叹口气，收起书来背包走了。

家里黑着，邱华进来打开灯，打量一下空旷的家，把包放下，给自己倒了杯水，坐在沙发上喝着。

门一响，张全全回来了，看到邱华，吓了一跳。

张全全："你回来了？今天怎么回来得早？"

邱华看看表："早吗？已经九点了。"

"噢，我一直在忙，居然忘了时间。"

"饿了吗？我在外面吃过了，你要是饿了，我给你下碗面。"

"不用了，我在单位吃过了。哎呀最近单位上的事太多了。"

"你们那样的单位，会有什么事需要这么忙呢？"

张全全挠着头笑笑："我不是当科长了吗？和原来不一样了。原来一个人吃饱全家人不饿，现在不行啦，手底下多少有几个兵，哪个兵的事也得管。"

邱华想了想："你们科好像人不多吧？"

"可总有归我管的人啊。"不想说了，又有点控制不住，"邱华你是不知道，现在考来的大学生，还不如我那时候呢。就说我手底下那个小魏吧……"

张全全正说着，突然看了一眼邱华，收住了。

邱华很平淡地问道："小魏怎么啦？"

"她什么也不懂，什么都得我手把手地教，我也不知道她大学怎么学的，连给领导写个讲话稿都写不好。这不，今天她写的讲话稿叫处长打了回来，还批了她几句，在我面前哭了，梨花带雨的。没办法，我整个晚上在帮她调，一点点给她讲，忙到这会儿。"

"哦，不知道你什么时候好为人师了。"

"哈，我也觉得。在我那样的单位里，个个都有十八般武艺，我刚去的时候，个个都要叫老师，现在总算我也当上老师了。"

邱华微笑着："那不挺好吗？"

张全全由衷地："挺好，是挺好。"

邱华收拾完，从衣柜里拿了一身睡衣放在浴室门口的小凳子上。

"全全，睡衣我给你放门口了。"

浴室里传出声音："知道了。"

张全全的手机在桌上，邱华犹豫了一下，拿起手机输入密码，翻看着他的微信和通话记录，没什么异常，接着把手机放回了原处。

邱华懊恼地叹了口气。

26

罗英子和邱华一身职业装,袅袅婷婷地并肩走进来,良诚所里年轻的律师纷纷和她们打着招呼,两人不卑不亢向大家点头微笑着。

罗英子小声对邱华:"重返旧地,是不是还有些亲切和激动?"

邱华面无表情:"我没这种感觉。只不过是最初打工的地方,没留下多少美好的记忆。"

老韩从前面过,一看到她俩冲过来,热情地和她们握手。

老韩:"哟,邱华、英子,你们来啦?看看看,嫁出去的闺女,泼出去的水,一走就不回娘家啦。"

罗英子:"韩律师,咱们不是三天两头在法庭上见吗?"

老韩大笑:"是啊。青出于蓝而胜于蓝,学生打败师傅,这是历史规律嘛。不过你们知道吗?我那侄子因祸得福,本来老婆都要和他离婚了,一听他居然因为这点小事就判了拘役,愤愤不平,婚也不离了,回去给他打理他那手机店,没想到女人比男人能干,现在成了几家品牌手机的代理店,生意红火着呢。"

罗英子像做了桩大善事,自豪道:"那敢情好啊!你侄子这辈子都可以靠女人吃饭了。"

老韩大笑,拿手点着她:"英子,你这张嘴啊。"

罗英子:"不好意思,我们是来找方律师的。"

老韩:"好,方律师在呢。不过恐怕有朝一日你还得来找我。"

罗英子:"为什么?"

老韩神秘地:"我不说,看看你找不找。"

方丽虹坐在桌子后面,看着两人进来,无声地指了指沙发让她们坐,二人坐下了。

方丽虹："有事吗？"

罗英子："方律师，我们是为诏山集团和陈硕律师的案子来的。"

"和你们有关系吗？"

"有关系，现在当事的双方，陈硕律师和许卓律师，都是我很看重的人，我不希望他们其中任何一方受到伤害。我们是以私人的身份来的。"

方丽虹伸手，示意她继续说。

"方律师，我听说诏山集团一表示要起诉陈硕律师，良诚所就把陈硕辞了，这不是我记忆中的良诚所。尽管我现在不是良诚所的人，可我永远不会忘了在我人生最困难最危险的时候，良诚所和您对我的保护。如果没有你们，说不定，我还在债主的围追堵截下四处逃债。特别是方律师您，力排众议，坚持把我留下，您的勇气和担当，永远是我记忆中最温暖的一束光。而陈硕律师对于良诚所的价值，比当时的我要大得多，我不理解这一次良诚所为什么不保护自己的律师，却急于和他切割。"

方丽虹抬起头："说完了？就这事？"

"就这事。方律师，陈硕当时是代表良诚所签的协议，准确地说，如果对方起诉，起诉的对象应该是良诚所。可良诚所抛弃自己的律师，把自己择出来，这不像良诚所和您做的事。"

"所里已经决定同意诏山集团的要求，把代理费退还回去，也再三对陈硕律师做过工作，是他坚持不退的。所里也是没办法。"

"可他不退也有他的道理，是对方违约在先。"

"他的道理，可以由他自己将来到法庭上讲。他这回的事情，也和你那件事性质不一样。"

"哪儿不一样？"

"你那事再危险，也只关系到你自己，大不了把你辞掉。可这一次关系到全所的利益。良诚所和卓越所在万禾破产项目上有密切的合作，我们不能因为陈硕，影响到我们和卓越所在万禾项目上的关系。"

这其中的利害关系我们已经再三向陈硕解释,希望他顾全大局,可他冥顽不灵,我们也没办法。"

"所以,在诏山案上,良诚所不能给陈硕律师任何一点保护了吗?"

"我相信陈硕也不需要,他对自己充满了信心。"

"好吧。"

罗英子眼中满是失望。

她要起身,方丽虹却说了一句:"慢着。"

方丽虹迟疑了一下:"罗英子,你们现在在鼎薪破产债权的案子上,万禾项目的一切你们都清楚,我希望,你们不要把个人情绪放大到工作上去。毕竟,万禾的破产重整,关系到几千个大小债主的利益,其中最大的债权人就是你们的当事人。"

罗英子笑了:"方律师,我一向尊重您,在您看来,人都是只盯着眼前利益的动物吗?"

"那好,那算我没说。谢谢二位过来。"方丽虹一边说着一边站起来,示意她们可以走了。

两人站起来,罗英子已经要走了,邱华没动,定定地盯着方丽虹。

"方律师,这是良诚所最后的决定吧?"

"什么?"

邱华认真地说:"切割啊。当所里一位律师遭受了不公、遇到危难的时候,所里第一时间为了自保而选择和他切割。"

方丽虹冷笑一声:"我已经解释过了,如果你硬要这么理解也可以。是的,这是所里最后的决定,而且陈硕律师对所里也没抱什么期待,他已经主动离开了。"

罗英子搂了一下邱华:"好了,什么也别说了,我们走吧。"

邱华一字一句地:"方律师,但愿有一天,你不会为今天的决定后悔。"

方丽虹一怔:"你什么意思?"

邱华没再说什么,跟上罗英子就走。

方丽虹："等等，你们不会在万禾项目上发难吧？"

罗英子转回身来："我们不会。"

"我问她。"方丽虹看向邱华。

邱华笑笑："我也不会，一码归一码。"

两人走了，方丽虹皱着眉在那儿站着。

半晌，她拿起桌上的电话。

陶正来了，方丽虹沉着脸坐在那里。

"方律师，有事？"

"罗英子和邱华刚才来了，来帮陈硕说话的，希望我们能保护陈硕。"

"哈，哪里轮到她们了？您拒了不就完了吗？"

"你忘了，万禾的所有情况她们也了解的。"

"啊……"

陶正张大嘴巴，脸色明显变了。

方丽虹沉声道："马上通知许卓，万禾的债权人会议马上要召开了，我们主动向他们通报情况。"

罗英子找了靠窗的位置一边等陈硕，一边翻看着材料。

陈硕进来了，坐到她对面。

陈硕："有事吗？"

罗英子收起材料抬头看他："陈硕，什么时候咱俩倒过来了？以前总是你早到的。"

陈硕："有事吗？"

罗英子叹口气："陈硕，如果你还没找到下家，你到我们所来怎么样？你不是说过吗？我们需要一个干脏活的人。干了这段时间，我发现没这个人真不行，你来吧。现在所里的出资份额我占四十，邱华三十，夏舒二十，如果你来，我们各出百分之五给你。男女搭配，干活不累，你看行吗？"

陈硕没想到她会说这个,愣了愣。

"行吗?趁着我还没后悔。"

"谢谢,我不去。我不接受别人的怜悯。"

"哪里是怜悯?我们就是想找一干脏活的,邱华说你正合适。"

"不去就是不去。"

罗英子生气道:"陈硕,你怎么变成这样了?茅坑里的石头——又臭又硬。你知道吗?诺山集团把要求你归还的那九百万,全都给了许老师当律师费,他们求的根本不是经济利益,他们就是要打你!你光杆一个,身后连个律所都没有,怎么和那么大的集团刚?"

陈硕冷笑一声:"让他们来啊。合同法不是规定了,合同各方都是有平等权利的民事主体。"

罗英子急道:"如果只是民事,良诚所为什么一出事就马上和你切割?我本来以为方丽虹是有正义感的,她当年保护过我,现在也可以保护你,可她说你的事情和我当年的不一样……"

陈硕忽然抬头:"你去找过方丽虹了?"

罗英子不自然地点点头:"是,我去请她保护你。"

陈硕哭笑不得:"是方丽虹开了我,她怎么可能保护我?!"

罗英子:"可诺山的合同是和良诚所签的,良诚所本来就有义务保护你。我找她,就是为了保你。"

陈硕无语:"你不是保护我,你是可怜我。"

罗英子蒙了:"陈硕,你是我朋友,我为你去寻求帮助,我还有错了?"

"你要真当我是朋友,就不该配合许卓用这种方式侮辱我。许卓和良诚所合作密切,你跑到良诚所给我讲情,他会以为是我在向他示弱!"

"这和他有什么关系?你为什么非得认为我是在配合他呢?!他什么都没让我做,我就是想帮你!"

陈硕急了:"可你一直在为他说话,哪怕你都怀疑他了,你还是不接受现实！你连他真实的样子都不敢接受，你怎么帮我？"

罗英子也激动起来："那你了解他什么？"

"你这是让我做挑拨离间的小人？"陈硕说道，"好啊，我说，信不信在你。应该是三年前，我和他在一个官司上打过对头，那回我输了。他的当事人是个年轻女孩，她就像现在的你，一口一个许老师，满脸的崇拜和信任。我觉得，他为了胜诉，利用了女孩对他的感情，睡了她，还把她送进了精神病院。"

罗英子叫了一声："什么？！"

陈硕："我没有证据，但我的感觉不会错。当事人爱上自己的律师，这种事不稀罕，而且，那女孩在官司结束不久就进了精神病院。"

罗英子愣了愣："你说这话有根据吗？"

陈硕："没有。那就是一起合同纠纷，案情对女孩很不利，许卓在法庭上拿出病历和诊断证明，说那女孩有精神病，签合同时正处于发作期，不具备完全民事行为能力，且法定代理人也未追认，所以合同不发生效力。他就用那一手打赢了我。官司结束不久，那女孩还真的进了精神病院，好像印证了许卓在法庭上的话。可我知道，打官司的时候那女孩除了有点神经质，精神很正常，许卓帮她打赢了官司，她却彻底疯了。"

罗英子想着，不由得打了个寒战。

陈硕："许卓是个输不起的人，为了赢可以不择手段。我就说到这儿，信不信由你。"

罗英子思忖着，不知如何作答。

陈硕起身："那我走了。"

罗英子抬起头，看着陈硕："陈硕，来我们所吧，我们需要你。"

陈硕笑了笑："罗英子，谢谢你能在这个时候想着我。可是，不了，我们的性格不合适，离得太近了会互相伤害。我还是休息一段再说吧。只是，我希望你注意他，不要被他伤害。当然，我也不会让他伤害到你。"

方丽虹和陶正等人站在会议室门口，亲自迎接许卓和他的两个助理。

方丽虹："许律师，欢迎，欢迎。"

许卓笑着："方律师您太客气了。"

会议室里，双方在两侧坐定。

方丽虹："罗英子和邱华她们不也在你们团队吗？为什么没来？"

许卓笑："今天这个场合不需要她们参加。有什么事，说吧。"

方丽虹："陶正你说。"

陶正："许律师，万禾的财产状况调查等前期工作，我们已经做得差不多了，下一步就是为召开第一次债权人会议做准备。你们代表的鼎薪集团是万禾最大的债权人，前期我们的工作你们也都了解，但为了更好地加强沟通和理解，我们还是把情况向你们正式通报一下。"

许卓："陶律师客气了。您说吧。"

陶正："经过我们所聘请的会计事务所和咨询公司所做的调查，以及我们大量艰苦细致的工作，万禾的情况已经基本上调查清楚。目前万禾的总资产估值十八亿左右，另外还有将近两个亿的资产去向不明。对这部分去向不明的资产，我们双方已经达成默契，暂时没报案。我方已经把它打成了一个待查包，也已经向法院和政府部门汇报过。据万禾的法人代表万向春自己说，这些资产大部分已经被他转移到国外他儿子和女儿那里，并且已经挥霍殆尽，无法追回。如果想进一步追查的话，只能等重整完成万向春归案后再由公安部门追查。目前我们掌握的情况就是这样，不知道卓越所掌握的情况是否和我们掌握的有偏差。"

许卓回答得很痛快："贵所的工作我们全程都有参与，所作出的决定双方也及时沟通了。你们所了解的，就是我们了解的。我们所完全认可贵所所有的工作。只有一条，我们全力配合了贵所的工作，希望将来的重整中优先考虑我方当事人的权益。"

陶正："方律师已经再三提醒我们了。许律师，如果没有异议的话，我们就依据这个数据制作财产状况报告，寻找投资人了。现在这个估值，应该是不难找的，事实上已经有几家大公司开始伸橄榄枝了。"

许卓还是很干脆："没问题。"

陶正看看方丽虹："我就这些事了。"

方丽虹看看许卓左右两个助理，许卓心领神会："没别的事了？那我们就回了。吴律、钱律，你们先走，我和方律师再说几句话下去。"

与此同时，方丽虹也让除了陶正以外的人走了，会议室里只剩下他们仨。

方丽虹神情凝重："许律师，还有一件事：昨天，罗英子和邱华来我们所，希望我们在硌山案上保护陈硕。我当然拒绝了。但我很担心。"

许卓闻言，脸色阴晴不定。

"你是担心罗英子会因为陈硕而泄私愤，把万禾转移资产的事曝出去？"

"她就像颗定时炸弹。马上就是债权人会议，债权人的神经也越来越敏感，万一消息走漏，我们都将前功尽弃。这还不是最可怕的。"

"我们将面临明知相关事实，但未如实披露的风险，还有可能面临巨额索赔。"

"许律师，你对罗英子的掌控究竟有多少？按照咱们谈好的，陈硕的障碍已经扫除，罗英子怎么办？"

"她对于是否公开万禾的态度的确有些摇摆，不过，她是这个事件的当事人之一，她也是律师，知道自己的受托义务和风险，一旦泄露她也首当其冲。你放心，这事我能处理。"

"我是担心陈硕的事，罗英子不会罢休，说不定还会连累万禾和鼎薪，甚至于扯出铸成。你也不想让她知道铸成案的真相吧？一旦她发现你也牵扯其中，就一定会和你切割，曝光万禾几乎就是必然。"

许卓皱眉想了想,很快恢复了往常的淡定。

"放心吧,我会稳住她们,当然,万禾的进程也要加快。"

方丽虹不放心地追了句:"已经在加快了。我们抓紧工作,她们现在属于贵团队的人,她们的工作,就交给许律师了。"

许卓点头:"没问题。"

今天三个女孩都到了卓越所,债权申报的通知已经下来了,她们分工各自整理着材料,把各种账簿和文件打包放在一起。

夏舒:"这个案子我们能挣多少?"

罗英子:"夏舒,我发现你也变成钱串子了。"

夏舒笑起来:"我早就变了。不对,钱串子可是陈硕律师专享的。"

门一开,许卓进来了,看上去心情很好。

许卓绅士地微笑着:"各位女士,真忙啊。"

罗英子看向许卓的目光有些冷淡:"许老师,万禾的材料整理得差不多了,确认债权基本没有问题,还有一些收尾工作,您让助理跟进就行。我们交接好就回去了。"

许卓:"交给别人我不放心,你们得善始善终。有个事,我刚去良诚所沟通情况,已经约了刘总,一会儿你们到会议室来,我们一起见他。还有,英子。"

罗英子一怔:"怎么了,许老师?"

"英子,我知道关于万禾的策略,咱们始终有分歧。但我依然认为,在现阶段公开得不偿失,这关系到卓越、瑛华和良诚三方的利益。"

"许老师,您是担心破产重整一旦停止,律所的努力都会白费。可我认为这对鼎薪和几千个债权人不公平,我们也将承担巨大的职业风险。"

"一旦报警,万禾的重整只能化为泡影。你确定人人都能拿到钱吗?那几千个债权人也许会赔得血本无归!他们是散户,根本没有抗风险能力。"

罗英子一时语塞,许卓看着她,神色笃定而平静。

罗英子问道:"我们是律师,不应该维护法律吗?这是我们的义务啊。"

许卓点头:"我从不否认报案。但这是一个先后问题。第一,报案是我们的义务,但我们只是暂时不报案。我们只需要在重整完成前保密,并配合良诚所完成重整。第二,我会把万禾的事告知刘总,并劝说他认同我们暂时保密,等重整完成后,我一定去报案。我这么说,你能理解了吗?"

罗英子犹豫着:"我明白了,许老师。"

许卓拍着罗英子的肩膀:"英子,请你相信我。一会儿开会我会告诉刘总万禾的事,劝他认同我的策略。你也好好考虑一下吧。"

许卓说完,礼貌地跟其余两人打了招呼,离开了。

邱华:"他去良诚所通报万禾的情况,为什么不叫我们?"

夏舒:"万禾知道的,我们也知道,去那么多人干什么?又不是去打狼。"

罗英子:"好了,准备和刘总的见面吧。"

卓越所会议室里,许卓和三个女律师坐一边。鼎薪的掌门人刘总带着几个人,在对面坐下,刘总没给许卓他们作任何介绍,一行人里看样子有秘书、有律师。

如同对罗英子说的,许卓把他们查到的情况,从头到尾详细地说了一遍。

刘总惊讶地一下子站起来,跟他一起来的几个人脸色也变了。

刘总激动道:"万禾有两个亿去向不明?这肯定是被他们转走了呀。许律师,趁着债权人会议还没开,咱们应该报警啊。"

"刘总,我叫您来,就是为了和您商量这件事的。"

"商量?这事还有什么可商量?他们有钱不还,还偷偷转移,我们就该让他牢底坐穿啊!"

"可是您一旦报警,结局就可能是万禾老板入狱,高层作鸟兽散,破产重整流产,更可怕的是一旦泄露给那几千个散户,说不定还会酿成其他恶性事件。所以我建议咱们暂时不公开,等完成重整后,再去报案。"

"话不是这么说,现在万禾的估值才十八个亿,他们还往外转了两个亿,按说我至少该从这二十个亿里分钱啊!"

"刘总,那两亿按比例,您也就分个几千万。可是您想,那两个亿要多久才能追回来?就算追回来,您确定您能拿到手吗?"

"可这么一来,我那十几个亿,现在也就值三四个亿了。"

"万禾经营得不好,所有债权人的利益都会受损,这是必然。不过刘总请放心,因为我方全程参与和监督了管理团队的工作,所以我们是了解真实情况的,假如我们暂时不公开,配合良诚所完成重整,在将来的重整过程中,他们会优先考虑鼎薪的权益。还有,估值低,也不是没有低的好处。因为估值低,投资人才更愿意入局,重整成功,债权人的利益才能得到最大限度的保护嘛。"

"可是,我们的损失找谁要去?"

"鼎薪可以考虑对万禾投资嘛。现在万禾的估值才十八个亿,低位入局,将来可以得到更大的收益。"

"我哪还有这么大财力?全部的家底都砸在万禾了,一下子赔了七八个亿,我还继续再往里砸?"

"可是,如果不是我们当初找到了万禾存在优质资产的证据,恐怕万禾早就破产清算,鼎薪连一个亿也收不回来。刘总,如果咱们暂时不公开,重整后再报案,这样还能拿他们一把。这三次投票,我会从中斡旋,让良诚所的重整方案把咱们的利益放到最优,一定保证鼎薪的利益最大化。您看行吗?"

刘总看向自己一方的几个人,众人都不说话。

"好,我考虑下吧。"他投鼠忌器地叹了口气。

许卓一直把刘总送到停车场。

司机关门之前，许卓还在游说："对万禾投资的事，希望刘总慎重考虑。快召开债权人会议了，刘总作决定要趁早，不要让别人抢得先机。"

刘总很勉强地点点头："我考虑考虑再说吧。"随后摆摆手，摇上了车窗。

许卓回到会议室，三个女律师正抱着东西站起来。

夏舒："许老师，我突然想起一件事来，听说万禾的万总女儿是加州大学伯克利分校的，恰巧我有朋友也有毕业于那个学校的，也许我可以通过美国的同学查一下万老板女儿的情况。用不用啊？"

邱华听着，眼睛闪了闪，没说话。

许卓心不在焉道："查他女儿？有必要吗？"

夏舒："如果要查，就能帮我们更清楚地掌握万禾的资产情况。不过就是得花点小钱。"

许卓："多少钱？"

夏舒："这我没问，总不能让卓越所破产吧。"

许卓皱眉摆了摆手："我们目前对万禾的情况还比较了解，先不查了。你们去忙吧，英子，你留一下。"

罗英子看了一眼邱华，邱华和夏舒抱着电脑走了。

许卓坐到罗英子旁边，直勾勾地看着罗英子："英子，之前我邀请你加入卓越所，你拒绝了我，我能理解，毕竟我开出的条件，对她们不太公平，所以我想和你道个歉。"

罗英子笑了："许老师，您留下我，只是要道歉吗？"

许卓很真诚的样子："我想留住你。假如我给你们开出更公平的条件，你愿意留下吗？"

罗英子思忖着："说实话，您让我入伙时，我真的很心动，我喜欢和您一起工作，钦佩您的法律理想，但凡条件公平点，我就加入了。可这几天,我也在想如果您再给我一次机会,我会入伙吗?答案是不会。"

许卓一愣:"为什么?"

罗英子平静地说:"我一直以为我和您的法律理念很接近,我们都认为法律需要坚守原则,法律是保护、是正义,可我后来才发现,法律也可以伤人。"

许卓反应了一下:"你是在说陈硕吗?你在怪我起诉他。"

罗英子:"许老师,我没有特指什么。我喜欢把问题简单化,可您偶尔让我觉得复杂。当然,也许因为我还是个小律师,对法律的理解还不够吧。"

许卓久久地凝视着罗英子:"你是为了陈硕才拒绝加入卓越所吗?我说了,我起诉陈硕,只是因为我尊重法律,仅此而已。"

罗英子:"不是的,许老师,拒绝的原因我已经说过了。我也表达过,我很想来卓越所,但我毕竟还有团队。不管怎么说,许老师,还是谢谢您。"

许卓心下一沉,一副很惋惜的样子,假笑着:"我很遗憾,英子,或许等万禾结束后,咱们有缘再合作。"

"谢谢许老师。"罗英子很干脆地走了。

许卓的脸立刻垮了下来,他走到窗前,沉思着看向窗外。

老薛提着一个饭盒走到陈硕家门口,就看到门口堆着三五个塑料袋,都是外卖盒。

老薛眉头紧锁,边敲门边喊。

陈硕开了门,马上又跑回去。

"随便坐。"陈硕说着,继续坐在电视机跟前打游戏。

老薛把饭盒放在桌上,环视着屋内,家里一片狼藉,桌上有没吃完的外卖,窗台上的花也蔫儿了。

"陈硕,你天天就吃外卖打游戏是吗?"

陈硕头也不回:"休闲嘛,挺好。"

老薛走到花盆边:"你看看,你这花都干死了!你那外卖盒都臭了!"

"放着别管,明天有阿姨收拾。"

老薛直接把电视关了。

"哎!我这刚要赢!"

老薛坐过来:"先别玩了,你嫂子给你炖的牛肉,赶紧过来吃。"

老薛打开饭盒,陈硕闻了闻。

陈硕笑了:"替我谢谢嫂子,还是家里的饭香。"

老薛看着他狼吞虎咽:"陈硕,你太不像话了,你闲着没事干点什么不好?大小伙子游手好闲的。"

陈硕叹了口气,放下饭盒:"没劲。"

"这是说的什么话呀?这都快闲了一个月了,找律所了吗?"

"没找。没劲。"

"成天一口一个没劲。什么有劲啊?"

"什么都没劲。活着本身就挺没劲的。"

"说这话真该打。陈硕,要是你不想和别人合作,我豁出去了,我辞职,再找上一个,咱们单独成立个律所呗,到时候你别嫌我们跟着你揩油就行。"

"不干,一想到干活就累得慌。"

"天哪!就因为失恋吗?陈硕你不像啊。"

"失什么恋啊?我恋什么人了?这世上还有比恋爱更没劲的吗?"

老薛拿筷子打了他一下:"咦,你过去整天换女朋友的时候,咋没听你说过没劲呢?"

陈硕笑起来:"那当然了。那个又不费心,怎么会没劲呢?"

"既然如此,那就再去找女朋友呗。"

"没劲。"

"又来了又来了。看起来,只有等着和许卓打官司了。"

这时手机响了,老薛低头看看来电显示,赶快嘘了一声:"话不能重,重谁谁来。"他赶快接起电话,赔出一脸的笑:"许律师啊。"

陈硕坐在对面看着他。

老薛变戏法似的掏出一个小小的笔记本,上面夹着一支笔,这是他从当律师以来一直坚持的老习惯,按他的话说就是好记性不如烂笔头。

老薛一边接电话,一边拿笔划拉着:"律师函?你是问谁的?我们的还是你们的?你们的啊,收到了呀。那我们的律师函你们收到了吗?也收到了呀。那不就好了吗?什么?好啊,当然要谈了。什么时候?在哪儿?"

老薛看向陈硕,陈硕摆手不想谈,老薛没搭理。

"要不然边吃边谈?餐厅你们订。我老胳膊老腿的,你年轻,就别和我计较了。行,周二下午三点,说定了,到时见。"

挂了电话,老薛又看向陈硕:"许卓和諸山约咱们吃饭。"

陈硕心烦道:"有什么好谈的?要去你自己去。"

老薛一把把他拽起来:"你天天糟蹋自己,能解决问题吗?这顿饭你必须跟我去,大吃他一顿,你就活过来了。"

陈硕又坐了回去。

罗英子、邱华和夏舒正在核对着鼎薪的债权明细,许卓敲门进来。

许卓:"三位,现在有空吗?"

罗英子:"许老师您坐,找我们什么事?"

许卓自己拉了把椅子坐下:"三位也知道,马上就是债权人会议了,虽然我们现在和刘总统一了意见,但这件事终归是有咱们几个知情人,不算完全密不透风。"

许卓看向罗英子,罗英子没说话。

许卓:"目前的局势,我想不用我提醒大家。万禾的债权人会议马上召开,几千位债权人神经都高度敏感,任何一点消息的泄露，都可能激起事端，造成不可挽回的后果，三位对这种情况也是知晓的吧？"

罗英子："许老师想说什么？"

许卓："对万禾法人代表的犯罪线索暂时不报案，这个当初你们也是知道的。这件事关系到万禾重整的成败，也关系到每个人的利益，对利害关系三位也是知晓的吧？"

三人互相看看。

邱华开口："知晓。"

夏舒依然热情："记得，当然记得。"

许卓微笑着："三位或许还记得，咱们的合同里也有保密协议。"

他说着，将三份协议放在三人面前："请签下这份保密协议，如果泄露秘密，将承担由此造成的一切不利后果和相应的法律责任。"

罗英子和邱华互相看看没说话。

三人感觉到事态的严肃性，都拿起来看着。

罗英子一怔："许老师，有必要吗？您是信不过我，认为我会泄露出去吗？"

许卓很温和地："英子，我只是在用法律保障我们各方的利益。"

罗英子："可我也和您表达过，我可以遵守我们的契约。"

许卓笑了："英子，我现在给你的才是真正的契约啊。"

罗英子看着保密协议，一时无语，邱华小声和罗英子嘀咕了一句什么。

罗英子淡淡地说："那好，我们签。但应该注明一下时间，比如，在债权人会议结束，或者重整计划草案表决通过以前。破产重整板上钉钉了，这秘密也就不是秘密了，保密的义务也就不存在了。"

许卓想了想，点点头："可以，加上吧。"

罗英子拿出笔，在协议上签字画押，邱华和夏舒见状也各自签了，交给许卓。

许卓："保密协议我带走了，英子，希望你们别往心里去。"

罗英子笑笑没说话。

邱华："许老师，您放心，我们都很专业。"

许卓："那我走了。"

许卓刚离开，邱华立刻起身关上门。

邱华："罗英子，你这次看清楚了吧？许卓根本不信你。"

夏舒："邱姐，其实签不签的，我们确实有保密的义务。"

邱华："你可算了吧，英子，他分明是怕你毁了破产重整，眼看拉拢你没起效，这就坐不住了，改用手腕管你了。"

罗英子沉吟着："许卓突然让我们签协议，肯定是知道我们去过良诚所了，他和良诚所的关系可真密切。"

邱华："夏舒，见完刘总之后，你跟许卓提到你那个在美国的同学，她现在在美国做什么工作？"

夏舒："她可厉害了，在美国一家大商业咨询机构工作，佳乐得咨询公司，你们听说过吧？"

罗英子："哦，我听说过，美国金融危机的时候，这家咨询公司为几家做空头的公司提供咨询服务，可挣了不少。"

邱华左右看看："英子，我们回去吧。"

罗英子："还不到下班时间，这时候回去也干不了别的。"

邱华小声地："我们回到我们自己所里商量事。"

"走。"罗英子明白了。

三人回到自己的地盘上，凑在一起商量着。

夏舒："你是说，请佳乐得公司帮助我们调查万老板的儿子女儿在美国的资产情况？"

邱华："对。万禾转移出去的财产不都去了美国，在他儿子女儿手里吗？现在他说已经挥霍殆尽了，谁知道真实的情况怎样？我们找人调查一下。这种业务他们接不接？"

夏舒："我还不知道。"

罗英子:"一定会接的。金融危机的时候他们不就做过吗?"

夏舒犹豫道:"就算接,也要花不少钱。"

罗英子:"花钱怕什么?你怕万禾的债主不给我们报销吗?"

邱华摇头:"不要别人报,我们自己承担。许卓不查,我们查。"

罗英子和夏舒看看她,突然都明白了。

罗英子干脆地一拍板:"行。夏舒你先跟你同学打听一下,第一,接不接这种业务;第二,如果接,需要多少钱,只要不会让咱们所破产,就自己拿上。"

邱华打趣道:"另外,咱们就不用签保密协议了吧?"

三个女孩都笑了。

陈硕还在那儿打游戏,老薛坐在旁边絮絮叨叨。

老薛:"陈硕,我跟你耗了半天了。最后问你一次,你到底去不去?"

陈硕头也不抬:"说了不去,你自己去吃他们一顿吧。"

老薛生气了:"行,那你现在跟我解除协议。回头你让许卓告死,我也不会管你。"

陈硕暂停了游戏,看着老薛。

老薛站起来指着他:"陈硕,你去照照镜子,看看自己,你还像个人吗?你在这儿自我感动,演苦情戏给谁看?罗英子她看不着!要真看见了,也只能把你当成个傻蛋!"

陈硕有点回过神来:"老薛……"

这时,陈硕的手机响了,是罗英子。

老薛看到来电显示:"看什么看!接啊!"

陈硕乖乖接听电话:"什么事?"

"陈无良,你现在是不是半死不活在家躺着呢?我要告诉你一个好消息,我想通了,我支持你。"

陈硕蒙了:"我听不懂你在说什么。"

"我说,我支持你和许老师打官司。"

陈硕惊了,赶紧按了免提,示意老薛听着。

"罗英子,你没事吧?你吃错药了?"

"陈硕,我作为一个法律人,支持你维护律师的尊严与合法的权益,支持你和谘山、和许卓硬刚到底。"

陈硕一时语无伦次:"你、你怎么回事,你和许卓怎么了?你怎么突然就想通了?"

"这你别管。陈硕,我猜你还没找下家,如果你需要,瑛华愿意做你的后盾。打起精神来,如果将来上庭,你一定要赢。我还有事,先挂了。"

罗英子把电话挂了,陈硕又惊又喜又蒙,他看着老薛,老薛也笑着看他。

陈硕拿着老薛的手往脸上招呼:"老薛,扇我,扇我,见鬼了是不是。"

老薛摸着陈硕的脑袋:"我就说罗英子是个聪明人,许卓骗不了她!这回你放心了吧?"

陈硕腾地站了起来:"老薛,你说和谘山是几号谈判来着?我要去。"

良诚所会议室,几位老合伙人安静地坐在那儿。门开了,方丽虹和陶正进来。

张志:"回来了?怎么样?"

方丽虹笑着:"让陶正说。"

陶正喜气洋洋:"法院和政府部门都同意了我们的重整方案,现在万事俱备,只欠债权人会议了。重整能否成功,就看债权人会议一举了。"

方丽虹也很振奋:"我们的重整计划里,对交了购房款却没拿到房子的小债权人是要么保交房、要么全额返还的,这部分债权人可能问题不大,最有可能出问题的是那十几个大债权人。最大的债权人鼎薪因为有卓越所在已经没问题了,剩下的债权人,我们要主动上门通报情况,紧密沟通,力求达成一致,确保他们不会在债权人大会上发难。现在投资人报名踊跃,只要过了债权人这一关,重整就算大功告成了。所以,从现在开始,各位把手头一般的案子交给手下其他律师去做,大家把所有的精力都用到债权人大会上来。"

大家的情绪都很高涨,纷纷议论着:

"干了这几个月,总算看到光明了。"

"行百里者半九十,最后这口气可松不得。"

"就是,九十九拜都拜了,不差这最后一拜了。"

……

张志小声问道:"方律师,卓越所那边不会出什么问题吧?"

"不会,放心吧。"方丽虹看起来很是自信。

然而方丽虹的好心情没维持太久,万禾的第一次债权人会议结束了,出乎方丽虹的意料,重整草案没有通过。这就意味着,也许一切都要推倒重来,也许重整要转为清算,也许良诚所的管理人费用,只有预想的几分之一。

会议已经散了,债权人纷纷往外走,大家的脸色都不好看。

"这通不过咋办呢?"

"哼,就这个方案,当然通不过,才按百分之三十几受偿,剩下的那些钱找谁要去?"

"可是,要还是通不过,不会按清算走吧?"

"不会,他们不敢。"

方丽虹和陶正也带着几个助理,拖着两个装材料的箱子匆匆地从会场里走出来。

助理赶上来,小声地问:"方律师,接下来怎么办?"

方丽虹紧抿着嘴唇:"回去再说吧。"

这时，一个书记员从会场里边追出来："方律师、陶律师请留步。"

屋里坐着两个法官和几个看样子是政府官员的人。看到两人进来，一位法官直接别过脸去了。

为首的政府官员劈头盖脸地问道："方律师，按规定得达到三分之二同意，可现在才刚刚到一半。这怎么办？"他阴沉着脸，显然对这结果很不满意。

方丽虹赔着笑："这种情况也确实出乎了我们的预料，我们会前已经和绝大部分债权人沟通过，他们的反馈都还是比较积极的，没想到……"

陪坐在旁的法官担忧道："这样可不行啊。虽然法律没有限制债权人会议的次数，但一次会议就出现大面积的反对声音，之后很可能会更难。政府也一直强调要在会前做好沟通解释工作。"

方丽虹努力解释着："我们知道，也努力工作了，按理说他们如果反对，不应该到会场上才来投反对票，应该事先就反馈给我们的。我们回去了解一下情况，再做工作吧。"

法官看了看众人，凑过来低声道："方律师，照这态势，按经验来说，第二次债权人会议，恐怕就是最后的机会了，如果还通不过，可能要考虑转清算的工作了。"

"我们知道了。"方丽虹虚弱地点着头。

方丽虹没让助理跟着，她直接上了陶正的车，助理们拉着文件材料上了另外一辆车。

方丽虹："这个许卓，他耍我们了。"

陶正："我早就看出来了，是鼎薪在下面煽风点火，鼓动大家投反对票，他是最大的债权人，他不同意，影响了一大批小债权人。"

方丽虹："可事先他答应过我们的。"

陶正："他那个人您还不了解？"

"事到如今，还是得找他。"方丽虹叹口气，拿出手机拨了许卓的号码。

卓越所门口，许卓正陪着孙铭山往外走。

孙铭山还是一副笑面虎的样子："许律师，您就是太好说话，咱们是甲方，要谈判，他们应该来咱们这边，这还饶他们一顿饭。"

许卓笑笑："孙总，咱们就别和他们一般见识了，我开车，咱们会会他们。"

手机响了，许卓低头看看，任它响着，继续往外走。

许卓和孙铭山上了车，许卓刚开车，张萌拿着手机急匆匆地跑出来了。

"许老师，您电话，良诚所方丽虹律师的，她说打您电话您没接。"

许卓接过来，赔出一脸笑："方律师。啊，我在陪客户，没听见。有事吗？您说。"

方丽虹的声音很冷："许律师，鼎薪在债权人大会上投了反对票您知道吧？"

许卓坐在车上，很惊讶的样子："投了反对票？我不知道啊。会吗？不可能吧。"

"他投的反对票。他不光自己投了，还鼓动一批债权人跟着他投了，导致重整方案没能通过。许律师，您向我保证过他没问题的。"

"我和他谈过，分析过利弊，他也满口答应，至于他到了会场投什么，他没告诉我，我也控制不了。方律师，说起这个，我倒有话说，刘总投反对票，也不是没有他的道理。当初咱们达成过默契，我们是最大的股东，在重整的时候，优先考虑我们的权益，可据我看到的方案，并没体现出对我们的优惠来。"

方丽虹耐着性子："许律师，重整方案是要面对大家的，我优待他，别人怎么办？受偿的比例都是一样的，我不可能别人按百分之三十几,给他按百分之六十几。所谓的优先,体现在投资上,如果他投资,我们可以优先考虑他。"

许卓无声地笑笑:"方律师,这个咱们的理解就不一样了。刘总根本没打算再投资,那岂不是没有任何优惠?我一再向他保证我们会得到优惠,可实际上我们并没得到,他反对,也在情理之中嘛。"

"许律师,事到如今,我只能依靠您,您得给他做工作,下次大会一定要投赞成票,否则,重整方案通不过,我们只好清算了,到时候,他恐怕连百分之二十也拿不回来。"

"方律师,为了配合你们的工作,我们也是承担了很大风险的,如果您这么说,我就没办法做工作了。"

方丽虹气得捂住手机,小声地骂了句流氓。

陶正问道:"他说什么?"

方丽虹摇头示意他别说话,运了运气,又赔着笑:"许律师,反正如果重整实现不了,大家的结局都不会好。"

许卓也捂住手机,骂了句流氓,也换上副笑脸:"哪儿能呢方律师,都到这一步了,咱们在同一条船上,放心吧,我再找刘总谈谈,下一次,我们一定投赞成票。我在忙,先这样。"

他挂了电话,把手机还给张萌,脚下一踩油门:"孙总,咱们走吧。"

孙铭山看看他:"没事吧?"

许卓笑笑:"没事。律师这行,越来越不好干了,风险无限大,收益呢,不是无限小,也差不多了。"

陈硕、老薛、许卓、孙铭山围坐在一张长桌上,桌上摆着一道道精致佳肴。

老薛举起高脚杯:"今天,谢谢孙总破费了,光看这菜诚意就不一般啊。对吧陈硕?"

陈硕点头:"当然,孙总主动愿意沟通,对我们双方来说,都是好的信号。"

许卓看了陈硕一眼，风度儒雅地端起杯子喝了一小口："薛律师，你们发出的律师函我们已经收到了，咱们聊正事吧。"

老薛放下杯子："孙总、许律师，根据良诚所诺山集团的委托代理协议，我们已经履行完毕协议约定的所有义务，且全额代理费的支付条件已经成就。这些条款约定得很明确，二位不会就此提出异议吧？"

许卓拿起手绢擦手："恕难认同。第一，良诚所已发函公告与陈硕律师划清界限，接下来我们就将良诚所先行搁置，只谈陈硕律师。第二，我们不认为陈硕律师已经履行完毕所有委托事项，并且有合法理由提取所有代理费。陈硕律师只在一审中参与了工作，而一审中诺海基本未做抵抗。债权实现的大部分且最为重要的工作，是在政府的协调下通过谈判协商解决的，而非陈硕律师的工作成果。那么，陈硕律师收取全额代理费显然并不公允。第三，也是最为重要的一点，陈硕律师在未经我们许可的情况下私自从共管账户转出九百万，已是严重的侵占行为，我们要求立即返还。同时，我们对此保留进一步对陈硕律师采取法律措施的权利。在陈硕律师全额返还的前提下，我们愿意给予陈硕律师和韩之通律师适当的补偿。具体说来，就是除了报销有发票可以证明的合理开销以外，再给予陈硕律师和韩之通律师五十万的代理费。这是我们的最终决定，不可更改，没有谈判的空间。"

他说着的时候，陈硕的情绪就开始慢慢地激动起来，几次想打断，都被老薛按住了，许卓刚说完，陈硕就站了起来。

陈硕："许律师，你们今天是来谈判的，还是来下最后通牒的？"

许卓稳稳地坐着："你怎么理解都行。"

陈硕看向孙铭山："孙总也是这个态度吗？"

孙铭山翻翻眼："我已经全权委托给许律师，我听许律师的。"

陈硕起身："既然如此，我们就没有什么好谈的了。咱们法庭上见吧。"

老薛赶紧拉着他:"陈硕、陈硕,你别急,大家再谈谈嘛。"

陈硕:"有什么可谈的。我成了什么?是他们施舍的对象吗?不谈了。"

老薛叹着气,不劝了。孙铭山也站起来准备走,许卓还稳稳地坐在那里。

许卓:"薛律师、孙总,你们能不能回避一下,让我和陈律师单独谈谈?"

老薛看看陈硕,陈硕示意他出去。

老薛站起来准备走,又拍拍他肩膀,小声地:"控制一下情绪哈。"

老薛和孙铭山走了,许卓过去把门关好,回来笑嘻嘻地坐下,饶有兴趣地看着陈硕。

许卓:"年轻可真好啊。"

陈硕察觉出他话里有话,警惕地看着他:"什么意思?"

许卓感慨着:"老弟,我年轻的时候脾气比你还暴,要不然也不能进去两次。"

陈硕不屑道:"许律师,请不要用你来侮辱我。都是做律师的,你那两次是怎么回事大家都清楚,我这事可不敢跟你相提并论。"

许卓笑笑:"真是急脾气。陈律师,我知道你有委屈,当律师的,最恨的就是出卖自己代理人的当事人,我和你是同行,当然明白物伤其类的道理,所以,尽管我是谘山集团的代理人,但是我愿意帮助你。"

陈硕冷笑一声:"噢?许律师总是这样吗?代理着原告帮被告,两头通吃?"

"陈律师,大家都是靠吃法律这碗饭谋生的,打赢官司挣钱要紧,其他的事情不要多管,只要陈律师不多管闲事,谘山的事情,包在我身上。"

"我管什么闲事了?我管的闲事和你有什么关系吗?我明白了,你不是为谘山来的,你是为别的事来的。这么说,你在别的事情上确实有鬼。諮山知道你拿着他的钱干着别的事吗？要不要我现在告诉孙老板？"

许卓还在笑容可掬地看着他。

"陈律师，希望你能接受我的好意，否则勿谓言之不预。"

"利诱完，开始威胁了？我要是拒绝呢？"

"陈律师最好不要感情用事。法律上对侵占罪是如何规定的，陈律师应该比我清楚。"

陈硕冷哼一声："许律师两次进去，经验也不少呀。"

许卓脸色一变："我两次进去不假，可是我都无罪出来了，我怕陈律师这回要是进去了，想无罪出来就难了。"

陈硕哈哈一笑："我当然知道许律师两次进去都平安脱身了，没被抓住的才是见不得人的那部分。"

许卓的修养终于用完了，不善地盯着陈硕："你什么意思？"

"你干了些什么，自己心里当然清楚。"

"你要是这么说，我就很难帮到你了。"

"真奇怪，许律师明明是代理諮山集团来的，却又来大谈什么帮助我，你到底是谁的律师？"

许卓站起来："既然如此，我们就不必谈了，陈律师不要后悔。"

陈硕这次坐得很稳当："哈哈，果然威胁开了，放马过来就好，我难不成会怕你这个小人不成？"

许卓的面孔变得阴沉可怕，定定地盯了他一阵："陈硕律师，记住你的话。"

许卓走了。陈硕呆呆地坐在那里。

老薛急匆匆地进来了："他和你说什么了？"

陈硕没头没脑地："我是个混蛋。"

"什么？"

"我过去的混不吝上哪儿去了？我居然在他面前这么跌份儿，我就是个大笨蛋，我太把他当盘菜了。"

"天哪,你什么时候变得这么有自我批判精神?他到底说什么了?"

"老薛,我真是昏了头了。罗英子昨天还让我打起精神,今天要见我这样,准得笑我了。"

老薛莫名其妙:"什么一套啊,这是怎么啦?"

27

陈硕把车停到路边,他揉了揉脸,下了车低头往小区走,精神看上去还是不好。

四条腿挡在他面前:"陈硕律师吗?"

陈硕一抬头,是两个警察。

"是我。"

一位警察向他出示了证件。

"陈硕律师,您涉嫌侵占罪,当事人已提起自诉并向公安机关报案,现在需要您配合调查。跟我们走一趟吧。"

陈硕没说话,看着另外一个警察掏出手铐来。

良诚所大办公区,一个年轻的实习生几乎是一路跑着进来,逢人就说:"你们听说了吗?陈硕被抓了。"

小田大惊失色,拉住那个实习生问了几句,甩开他就跑了。

老韩猛地站起身,杯子从手里掉下来,摔得粉碎。

方丽虹办公室里,陶正和张志都在,三人的面孔都很严肃。

陶正愤恨道:"这小子,太狠了。"

张志难以置信地摇着头:"都是同行,他怎么就下得去手?他对陈硕这样,对我们也不会轻易放过,万禾的事,我们得万分小心他了。"

方丽虹脸绷得很紧,没说话。

陶正："方律师，陈硕这事说侵占罪，在法律上有的可打……"

方丽虹猛地抬头盯着他："你想说什么？陈硕的事，和我们没关系。我们现在首要的任务就是提防许卓在万禾的事上对我们发难。这样，陶正，你随我去，我们再找许卓一次，一定逼他当面表态，下次鼎薪必须投赞成票，得到他的承诺后，马上联系法院，尽快再次召开债权人会议，速战速决。"

老韩靠在椅背上想着什么，突然站起来，抓起包出去了。

小田正在工位上打电话，老韩急匆匆从他工位前过，顺便在隔板上敲了一下："小田，我有急事出去一趟，家里的事你替我看着点。"

小田被吓了一跳，急忙把电话挂了，抬头说："好嘞师傅。"看老韩走远了，才继续打。

方睿正趴在桌上看书，手机响了一下停住，又响了起来。

方睿很奇怪地看着手机，看到来电显示很是意外。

"田律师。"

小田急急慌慌地说着："方睿，陈硕被拘留了。"

方睿吓了一跳，一下子站起来："什么？"

"陈硕被拘留了！千真万确。是詺山集团报的案，说他将詺山的资金非法占为己有，构成侵占罪。所里现在气氛很紧张，就怕卓越所在万禾案上发难，方律师和陶正律师已经去卓越所了，韩律师也急匆匆地出去，不知道去干什么了。"

"谢谢您告诉我，谢谢您。我先挂了。"

方睿挂了手机，急得原地转圈。

"找谁？找谁？"

方睿扯了件衣服夹在胳膊下面，拉开门就往外跑。他跳上自己的汽车，一脚油门冲出去。

老韩阴沉着脸，一边在开车，一边用蓝牙打电话。

"许律师，我韩之通。"

电话里许卓的声音很冷淡："有事吗韩律师？"

"有点事儿。我可以去您所里找您谈谈吗？"

"不可以。我这儿有客人，走不开也不方便。"

"那请您出来咱们谈谈？你律所附近有个陋室铭茶社，我去那儿等您。"

"对不起，我这边一时半刻走不开。"

"没关系，我就在那儿一直等，等到您有时间。陋室铭见。"

挂了电话，老韩感慨地摇摇头："韩律师啊韩律师，没见过你两肋插刀。"

方睿气喘吁吁地跑进瑛华所，一路喊着："罗律师、罗律师。"

邱华从自己办公室出来："方睿，你怎么来了？"

罗英子也在开车，邱华的电话打了过来。

她的声音听上去有些奇怪："英子，你在哪儿？"

"我在去所里路上。有事吗？"

"好。等你来了再说。路上慢慢开。挂了。"

罗英子愣了愣，又拨回去。

"是不是出什么事了？"

"你先回来，回来再说。"

罗英子挂上电话，一脚油门飞驰而去。

邱华和夏舒坐在一起小声讨论着，神色都有些紧张，方睿也焦急不安地坐在那里。

外面传来脚步声。

夏舒："罗姐来了。"

话音未落，罗英子闯进来："我回来了。出什么事了？"

一看到方睿，罗英子愣住了。

"陈硕出事了？"

邱华站起来："英子，陈硕被拘留了。"

罗英子一下子定在那里。

邱华："方睿你对她说。"

方睿："罗律师，是良诚所的小田给我打的电话，说陈硕律师因为涉嫌侵占罪被拘留了。"

罗英子惶惑地一笑："不可能啊，昨天我还和他通过电话。"

邱华："我打听了一下，昨天下午的事。"

罗英子："他干什么了被拘留了？"

邱华："还是那个案子。是誋山集团报的案。当然，你知道主使这一切的是谁。"

夏舒愤愤地："许老师为什么这样干啊？"

罗英子："可、可明明就是个合同纠纷啊，为什么要搞成刑事案件？为什么要把对方往死里整？"

邱华："你说谁呢？"

罗英子慌乱地转身就要走："对，我找他去。"

邱华叫住她："英子，你冷静一点。你找他有用吗？"

罗英子："你们不说是他主使的吗？不，不会是他主使的。他和陈硕有什么恩怨？还不是誋山集团想把钱要回去，才使出这下三烂的手段。我去找他，他是誋山的律师，或许他可以劝住誋山的。"

邱华："你觉得可能吗？"

罗英子又愣住。

夏舒忍不住地："邱姐，还是让罗姐去找找他吧，不然她不会死心的。"

邱华："那你去吧。"

方睿跟上去："罗律师，您别开车，我开车来的，我送您过去。"

罗英子："不用，我有车。"

方睿:"我送您过去吧。您在这种状态下别开车。还有,路上您想想怎么说。"

罗英子没再坚持,方睿随她一起走了。

方睿开车,罗英子坐在后面,两人都沉默着。

罗英子突然注意到镜子里方睿焦急的脸。

"你现在还在良诚所吗?"

"没有。我师傅被开掉那天,我和他一起走了。"

"啊?方丽虹不是你姑姑吗?"

"这和我的选择没关系。"

"谢谢你,陈硕在困难的时候还有你。"

"可是他需要的不是我。"

"什么?"

"罗律师,你真的不喜欢我师傅吗?"

"方睿,现在不是讨论这个的时候。"

"不,得现在说。如果您对我师傅有意,我来找您是对的;如果没意,我这个时候来找您帮我师傅,就是侮辱我师傅。罗律师,您爱我师傅吗?哪怕有一点点?"

罗英子顿时心烦意乱:"别说了。"

方睿看了一眼后视镜:"您心里是有他的对吧?"

罗英子没回答。

方睿突然哽咽了:"既然如此,您为什么对他那么铁石心肠?我师傅是个多么圆通的人啊,诣山背信弃义,就凭我师傅,他完全有别的办法治他们,可他偏偏要玉石俱焚,罗律师您真的不知道他是为什么吗?"

罗英子瞪大眼睛,还是没说话。

"我们一家,包括我姑姑一家都是搞法律的,在我心里,一直觉得搞法律的人死板、固执,没有情趣。是到了我师傅身旁,我才知道搞法律的人，也可以像我师傅那样生动、有趣，又富有同理心。我师傅表面上玩世不恭，实际上痴情而专一。他喜欢罗律师您，心心念念都是您。可您始终对他不冷不热、不远不近，让我师傅伤透了心。我师傅正是万念俱灰才变得这么固执的啊。"

"方睿你别说了。我和陈硕的关系，等我们一起把他救出来以后再说吧。"

"罗律师，如果能代替，我真想代替我师傅进去，可惜我没本事。您可一定要把我师傅救出来呀。"

罗英子眼睛红了："一定。"

今天卓越所里的气氛有些诡异，每个人都显得小心翼翼。

会客室里不时传来咆哮声，刘总坐在许卓对面，他红着眼，像一头发怒的狮子。

刘总伸手指着许卓："你给我保证的，万禾的事我可以暂时不公开，但前提是保证我的利益！现在我十来个亿，才能拿回三个多亿，我凭什么投票通过？他们估值做这么低，便宜了后来的投资者，可我怎么办？我的钱白赔上了？"

许卓耐心地解释着："刘总，优先受偿我已经和良诚所争取了。但咱们还是要面对现实，你希望估值高一点，可估值高了，就没人接盘，对咱们的利益有什么好处吗？再说您坚持不同意，如果重整不能成功，就只好破产清算，要到了清算这一步，恐怕您连三个亿也拿不到。现在您还是有选择的呀。您可以去投资，估值低，债权转成股权，对您有好处；您也可以选择继续观望，只要万禾重整成功，以后绝地重生，对您同样是有好处的呀。"

"你说得容易！万总搞不上去，换个人就搞上去了？我宁可拿钱走人。"

"就算拿钱走人，也是重整对咱们更有利一点。您如果坚持反对，那可就只剩下清算一条路了。"

刘总不说话了，沉着脸死死地盯着许卓，许卓问心无愧的样子，不卑不亢迎着他的目光，面色如常。

罗英子刷卡进门，直接往里走。

前台小姐赶快站起来："罗律师，许老师在接待客人，不许别人打扰。"

罗英子理也不理进去了。

见刘总脸色终于缓和下来，许卓向前探着身子，推心置腹地说道："刘总，听我一句劝，据我了解，万禾这么大一摊子，政府费了这么大力气让它破产重整，不会轻易地让它再次破产的，以后说不定会有各种政策上的扶持，你如果不想投资，就继续观望一下，等待其他战略投资人的态度，以后一定可以盈利的。"

刘总很勉强地："好吧。真奇了怪了，你当初说三十个亿，我觉得没这么多，但万禾这么大的家业，我估摸着怎么也得有二十几个亿，没想到只剩下十来个亿，也不知道钱上哪儿去了。"

许卓："这幸好还是我们全程监督，你替那些小股东想想，这个时候，还不是打落了牙往肚里咽，找谁说理去？"

门忽然开了，罗英子闯进来："许老师，我有事找您。"

许卓看看刘总，神情温和："英子，我在接待当事人。"

罗英子一看是他，心想正好了。

"这不是刘总吗？为万禾重整的事来的吧？许老师，我也是律师团队的一员，为什么和当事人谈话背着我们？"

许卓的脸色不好看，愠怒地斥道："我没有什么好隐瞒的。债权人会议刘总投了反对票，导致重整方案没通过，良诚所希望我做做刘总的工作。刘总，我对您说了什么，您可以对罗律师说。"

刘总："罗律师，正好您来了，我想征求一下您的意见。现在万禾的资产估值才十八个亿，我得按百分之三十几的比例受偿，也就是说我投了十来个亿，才能拿回三个多亿来，你说我该投什么票？"

罗英子:"如果您问我,我要说,据我了解,万禾还有一块资产去向没查清,谈重整为时尚早。"

许卓勃然大怒:"罗英子,你怎么可以对当事人这样说!你对自己的话负责任吗?万禾是有一块资产待查,这个在重组方案里也向大家交代过了。这块待查的资产只有两个亿,无碍大局,而且一时半会儿是查不清了,难道因为这个,重整就不进行吗?这样拖下去,大家还不都是一个死?"

罗英子:"当事人都在,怎么会查不清?没查清就重整,当事人的权益如何得到保障?"

许卓眼神如刀:"你是来干什么的?捣乱的吗?对不起,律师团队是我负责,再说重整方案一旦通过,律师团队也要解散,我们的合作也就结束了。你不用再发表你的意见了。至于刘总,如果您相信罗律师的话,您可以和我解除合同委托罗律师。您要解除吗?"

刘总皮笑肉不笑地:"许律师您这是说的什么?我当然是相信您的喽。只是这十来个亿只拿回三个亿来,我实在是不甘心。"

许卓一甩手:"三个亿不甘心,那只有等重整不成改清算了,到时候还有没有钱拿回来都另说了。"

刘总无奈地:"好吧,我听您的,我投赞成票。"

许卓:"那,我们一言为定了。刘总,如果您到债权人会议上再出尔反尔,导致重整方案通不过的话,其引起的一切后果,只能由您自己负责了。"

刘总:"好吧,我投赞成票。"

许卓:"刘总,我还有别的事。"

刘总看看罗英子,站起来:"我走了。唉,花这么大力气,最后还是赔了七个多亿。"

许卓把刘总送到门口,回来把门关上,恼怒地看着罗英子。罗英子气势丝毫不减,也神色平静地看着他。

"罗英子,你想干什么?"

"我还想问许老师呢。许老师,我听说,陈硕被刑事拘留了。"

"这事和你有关系吗?"

"当然有关系。我和陈硕是朋友也是同行啊。许老师,那明明就是个合同纠纷,而且是詻山违约在先,为什么要把合同纠纷办成刑事案件?"

许卓冷冷地:"对不起,我们对法律的理解不同。在我看来那就是个刑事案件。陈硕违反合同约定,没经过甲方同意,私自把共管账户里的钱转移到个人账户上,他涉嫌犯罪了。"

罗英子:"许老师,为什么?都是同行,也都经历过被当事人出卖的痛苦,为什么要把同行送进监狱里去?"

许卓正色道:"罗律师,你说这话就不像个律师了。难道对同行法律就该网开一面吗?当律师的,无论对谁,都以法律为准绳,以事实为依据。陈硕犯罪了吗?我认为他犯了,所以詻山集团报案了。但任何人,未经法庭公开审判以前都是合法公民,他觉得自己没犯罪,到法庭上说清楚,只要法官也认为他没犯罪不就完了吗?这和他从事什么职业有什么关系?"

罗英子:"你这样认为吗?你怀疑一个人犯罪,就报案把他抓起来,审一审,没犯罪再放掉,是这样吗?"

许卓:"当然。不然呢?"

罗英子:"你两次入狱也都是这样吗?"

许卓恼怒地吼道:"你想说什么?"

罗英子盯着他:"曾经有人对我说过,你曾经被这个世界伤害,也从这个世界上学到了很多。我现在终于明白这句话的含义了。不过我为你感到遗憾。你从你过往的经历中没学会别的,学会了把世界当成了一个尔虞我诈的丛林。"

许卓一笑:"世界难道不就是一个丛林吗?"

罗英子点头:"好吧,既然如此,那就别怪我对你不客气。"

许卓打量着她大笑起来:"你?罗英子,我原来还真小看了你。

你和他到底什么关系？陈硕出了名地花，难不成，你是他后宫团中的一员？"

罗英子有些意外地再打量下他："许卓，你真恶心。"

许卓哂然："哈，这么快就变恶心了？我还一直以为你对我有意思呢。"

罗英子："是我瞎了眼。许卓，我最后叫你一次许老师。许老师，陈硕和誥山集团之间的纠纷，你比谁都清楚，你也知道陈硕为什么要那样做。我希望你说服誥山集团去撤回对陈硕的刑事控告……"

许卓："如果我拒绝呢？"

罗英子："那我们只能法庭上见了。"

许卓："好啊，我已经进去两次了，我看看你能不能让我进去第三次。"

罗英子："我不会像你那么下作，但我会发誓要让大家认清你的真面目，让你身败名裂！"

许卓骄傲地仰起下巴："哈哈，那就来呀，我倒要看看你有没有那本事。"

罗英子："这么说，你拒绝说服誥山集团撤案喽？"

许卓再没有任何掩饰："笑话，是我帮他们报的案，我怎么可能出尔反尔？"

罗英子看他一眼，转身就走。

许卓在背后："别忘了，你现在还是我团队的一员，你不可以做有损团队利益的事情。"

罗英子理也没理。

罗英子从楼里出来，方睿帮她拉开车门，罗英子一言不发地上去。

方睿开着车，忍不住问道："有结果吗？"

罗英子："开你的车吧。"

方睿："罗律师您不要对他抱幻想。这种人，利用公器打击同行，再没有比这更无耻的了。"

罗英子没说话。

手机响了，罗英子接起来。

"邱华。"

"你在哪儿？陈硕的那个搭档薛律师来过电话找你，说给你打电话你没接。"

"好，我知道了，先挂了。"

她打通老薛电话："薛律师，我是罗英子，对不起，刚才您打电话我没听见。您在哪儿？您等着我，我马上过去。"

罗英子挂了电话，方睿问道："咱们上哪儿？"

罗英子："市公安局，薛律师在那儿。"

汽车在路口漂着掉头，轰鸣而去。

罗英子想了想，又拿起手机。

"邱华，许卓铁了心要把陈硕送进去，我马上跟薛律师会合，争取会见陈硕。我刚才对许卓发过誓，一定要让他身败名裂。对他这种人来说，说他小人是没用的，一定要打到他疼处，就彻底让他身败名裂。该干什么你应该知道吧？"

办公室里，邱华简单地："知道，你去忙你的。不用我吧？"

电话里，罗英子："不用。"

"那好。"邱华挂了电话，眼里生出寒意。

夏舒正在电脑上忙着，邱华在开着的门上敲了敲。

"夏舒，许卓坚持要陷害陈硕，我们的事得抓紧了。你那个同学那儿没消息吧？"

夏舒转过头："我这不正和她在网上聊着。现在那边已经下半夜了。她说有眉目了，但可能还需要几天。他们这样的公司，最后会出一个正式的报告。"

邱华点头："好。还有一点——"

夏舒："保密。"

陋室铭茶室，老韩坐在最里面的单间。门开了，服务员引着许卓进来。

"许律师。"老韩站起来，伸出手。

许卓没跟他握手，而是径自找个地方坐下。

"什么事？我还忙着。"

"许律师，我听说您把陈硕送进去了。"

"这话什么意思？我那么大本事吗？想送谁进去谁就进去。我还想送您进去呢，我办得到吗？"

"你想送我进去，本事还差点，可是陈硕不就是你送进去的吗？"

"他要没办违法的事，我想送他进去就能送进去吗？"

老韩一笑："得了吧，谁还不知道谁啊？就说你当年进去那两件事，你敢说一定不构成犯罪吗？也就是那时候，放到现在，你肯定出不来。"

许卓计算着这是近期第几次听到对方拿那两件事嘲笑自己了，陈硕一次、罗英子一次，现在这上不了台面的韩之通居然也来了一次。最近这是怎么了，什么阿猫阿狗都能跟我许卓叫板了？

许卓想着，眯起眼睛看向老韩，阴恻恻地说："那你再把我送进去啊。"

老韩嫌弃地赶紧摆手："我不会那么做，不管怎么说，你毕竟是同行。我韩之通再无耻，也不会挟嫌报复，冲自己的同行下手，太下作。"

"你什么意思！"

"许律师，陈硕律师和諸山集团那点事儿，我全程参与，说破大天来，那也就是个合同纠纷，还是諸山集团违约在先，怎么算也算不到刑事头上。怎么样，你给我个面子，去公安撤案，可以吗？"

许卓看着天花板笑起来："哈，我还真不知道陈硕集万千宠爱于一身呢，一出事这么多人护着他。你们这么护他，当初就该说服他退钱啊。"

老韩又重复一遍："撤案怎么样？以后大家还是好朋友。"

许卓傲然道："韩之通，我从来不觉得我会和你为伍。"

老韩好奇道："我怎么了？"

许卓不屑地笑着："没怎么。风评这东西，大家心里都明白。"

老韩深以为然地："你还知道风评啊？陈硕的事件以后，大家谁不知道许律师专门陷害同行？"

许卓："我不怕，你尽可以这样出去说。"

老韩盯着他："真不怕？"

许卓："我要是怕，就没有今天的许卓了。还有别的事吗？"

老韩站起来："不要后悔。"

许卓高昂着头："我从来不知道世界上有后悔这俩字。"

"那好吧，勿谓言之不预。"老韩拔腿走了。

王锐和老薛站在市局门口，两人都是一脸焦急。

王锐纳闷道："怎么回事，之前挺圆滑一人，这回咋就整不明白了呢？经侦那边已经立案了，这个事要我说可大可小，往小说是个普通的合同纠纷，但往大讲判他个侵占罪也不是没可能。他人现在已经关看守所了，你找我，我也帮不上忙啊，将来上法院，还得靠你们律师。"

老薛连连地赔不是："不好意思王警官，耽误您时间了。"

王锐叹了口气："那我先进去了，薛律师，你们再想想办法。"

王锐刚进去，方睿的车就到了，罗英子从车上下来，老薛赶紧迎上去。

"薛律师，什么情况？"

"我刚找过王警官，他说现在只能靠我们自己，我已经向看守所申请会见了。"

"我也要去。"

"不行,看守所问过陈硕,他只让我当他的律师。"

"薛律师,我非当他的律师不可。您什么时候去会见?我和您一起去。"

"我马上就走。可是没有他的同意,你见不到他的。"

"那您替我说。薛律师,麻烦您告诉他,他要委托我,他非委托我不可。"

老薛不说话。

罗英子急了:"怎么了薛律师!可以吗?我和您一起当他的律师。"

老薛突然声音有点哽:"早知今日,何必当初呢?"

罗英子一怔:"什么?"

老薛叹着气:"罗英子,你知道陈硕一直喜欢你吗?"

"薛律师,现在不是说那个的时候。"

"不行,我一定要说。陈硕这个人啊,顶着个花花公子的名头,可实际上,我没见他对哪个女孩子动过心。可偏偏是你,成了他命中的一劫。他把他这辈子从来没给过任何人的情和爱都给你了,可你却从来不拿他当回事,从来不正眼看他。女人的心,狠起来可真狠啊!"

罗英子低着头:"对不起。"

老薛继续说着:"陈硕是个通达的人,我一直笑他像泥鳅一样,没人能抓得住他,更不会为钱吃亏。可这回,他在这个案子上咬住那九百万死不低头,其实就是为了给你证明,他也可以当那个什么裴多菲啊。罗英子,你哪怕早两天,把你今天的态度分一半给他,他也许早就痛快地退钱,然后又愉快地去挣下一笔了,为什么一定要等到今天啊?"

"别说了薛律师,不是去会见吗?咱们一起去。"

"没得到他的认可,看守所不会让你见他的。"

"我在门口等,等到他同意。"

薛律师看着她,感慨地摇头:"人啊,总是到太晚的时候才明白。

走吧。"

一间屋里十几个人,个个看起来不是凶神恶煞就是贼眉鼠眼,陈硕靠墙坐在个小马扎上闭目养神。

门上的小窗口打开了,露出管教的面孔:"陈硕,律师会见。"

陈硕没反应过来。

管教继续喊着:"陈硕,叫你呢。那谁,你们推他一下。"

有人推了一下陈硕,陈硕才反应过来。他站起来,走到门前:"有事吗?"

"有人拿了委托书来会见。你看看,你同意见吗?"

陈硕的面孔一下子紧张起来,声音有点涩:"谁?"

一张委托书推进来,陈硕看了看,说不出是轻松还是泄气:"我的律师,见。"

门打开了,陈硕走了出去。

老薛坐在会见室的椅子上,巴望着铁窗对面,陈硕戴着手铐进来了,老薛看到他的样子,不由得站了起来。

陈硕冲他笑笑,站在那儿让带他过来的管教卸去手上的铐子,这才坐到了老薛对面。

"老哥,你这个不争气的兄弟又给你添麻烦了。"

老薛没说话,拿出一张委托书推进去。

"你先签这个。"

"这是什么?"陈硕拿过来一看,呼吸顿时急促起来,马上推回去,"你给我这个干什么?我不签。"

老薛叹着气:"兄弟,她够意思,一听说你这事就跑到我那儿去了,现在就在外面等着呢,没有你同意,她不能进来见你。签了吧。"

"我不签。我的事,和她没关系。"

"这都什么时候了?你还在这儿闹小孩子脾气。听我的,签了。"

论江湖，她不如我；论办刑事案件，你想想，我这辈子见了刑事官司就躲着走，怎么可能比得上她？她再三让我告诉你，你一定要委托她。签了吧，这个案子，我和她一起代理。"

"我不签。我不要她，我只要你。"

"天哪，都到这一步了，你咋还和她唱《三岔口》呢？为啥啊？患难见真心，人家一听说你出事就跑来了，你还要人家怎样啊？"

陈硕急了："老薛，你咋不明白呢？她这人上了阵就不要命，更何况是因为我。这次的对手是许卓，那是个什么都干得出来的人，他们又一起工作了这么久，她是个不设防的人，许卓还不知道了解了她些什么，万一被他抓住什么，再把她扯进来呢？"

老薛愣了愣："闹了半天，是在为她着想啊。到这时候了，都在为对方着想，早干什么去了？好吧。"

他把委托书抽回来："那咱们谈谈这案子吧。陈硕，你的态度是——"

陈硕坚定地："无罪。"

老薛脸都红了，为难地憋了一阵："陈硕啊，别瞧不起你这个老哥，打刑事，我心里真没谱。再说了，对方背后还不知道有些什么人。你别骂我骨头软啊，我就是觉得为了钱冒这么大的风险不值得。要不咱们先把钱退回去？你只要出来了，多少钱挣不到啊。"

陈硕一下子翻了脸："老薛，你要是这个态度，我就连你也不委托了，我上法庭自己辩护去。"

老薛无奈道："好好好，无罪，无罪。那，你就和我说说，这个案子，咱们从什么角度去辩吧。"

罗英子焦灼不安地等在看守所外面，老薛提着包从里面出来，边走边擦着汗。

罗英子一看到他，赶快跑着迎上去："薛律师，会见完了？他怎么样啊？"

老薛苦笑："还行。属王八的，咬住无罪就不松口了。唉，以前他不是这样的人。"

罗英子急切道："委托的事呢？"

老薛摇摇头："对不起，他坚持不委托。"

"不行，我一定要代理，我必须代理，求您再和他说。您告诉他，这不光是为了他，也是为了我。如果这次我不能代理他，我不会原谅自己，我这辈子也不会安生的。求您，让他给我这次机会吧。"

"可是，这次会见已经结束了。"

"再去申请。求您了。"

陈硕靠在墙上，门上的小窗又打开了："陈硕，律师会见。"

陈硕有些惊讶地在老薛对面坐下。

老薛第二次掏出那张纸："罗英子一直在外面等着呢。"

陈硕一听，突然就控制不住自己了，低下头把脸蒙上。

老薛又把委托书递进来："签了吧，委托她吧。不管有多难，你们一块儿去应对。有这一回，这世上就没有任何人任何力量能把你们分开了。"

陈硕没说话，扯过纸来匆匆签上了字。

罗英子踮着脚向里巴望着，老薛出来了，一看到她摇了摇手里的委托书。

罗英子脸上露出笑容来，从他手里接过委托书，仔细地看了看，收好了。

"薛律师，谢谢您，希望我们能好好合作，打好这个案子。您先忙，我去做些别的，回头咱们一起要求会见。"

方丽虹坐在办公室里，看着进来的罗英子，她身后还跟着方睿。

罗英子："方律师，我从陈硕那儿来，他被刑事拘留了。"

方丽虹："方睿，你来干什么？你赶快回家。"

方睿："我师傅被拘留了，我和罗律师一起救他。我不回去。"

方丽虹严厉地呵斥道："方睿！别忘了你是谁！"

方睿看着她："我是方睿，我是我自己，将来的法律人。方律师，有朝一日，我当上律师的时候，绝对不会像您一样！"

方丽虹不说话了，看向罗英子，示意她继续。

罗英子："陈硕在提取那笔款的时候，还是良诚所的律师。他代理那个案子，也是以良诚所的名义接受的委托。准确地说，他是职务行为，要当被告，也应该是良诚所而不是他自己。我希望良诚所在这个时候表现出一个大所的勇气和担当，保护自己的律师。"

方丽虹："抱歉，他已经不是我们的人了，而且当时我们已经把利害关系向他陈述清楚，是他坚持不退的。所以，这件事，我们爱莫能助。"

罗英子："难道良诚所想看着他因为这件事被判有罪吗？"

方丽虹："那是他自己的选择，和我们没关系。"

罗英子："也就是说，良诚所不会再管喽？"

方丽虹这次连话都懒得再说了。

罗英子站起来："好吧，方律师，记住您今天的话，希望有一天您不会因此后悔。我走了。"

方丽虹："方睿，你留一下，我有话对你说。"

方睿："罗律师，您在车上等一下我。"

方丽虹过去把门关上，转过身，脸上的表情柔和下来。

她看着方睿，轻声道："姑姑一定让你失望了。"

方睿没说话。

"方睿，你应该理解姑姑，姑姑不是一个人，姑姑身后是一个所，这个所里有二百多名律师。陈硕的案子，关系到万禾，而万禾案，几乎等于良诚所的身家。权衡利弊，你让我怎么选？"

"姑姑，你是多么可悲啊！"

"什么？"

"当您在我家里和我爸妈讨论法律的时候，口口声声谈什么法律人的立场法律人的坚守，可到了现实中，您考虑的只有利弊。万禾案良诚所能挣五千万，五千万就可以交换您的法律立场吗？姑姑，我一向崇拜您，现在才知道，您不过和其他人一样，不过是在尘世中随波逐流而已。我不怪您，我怜悯您。我走了。"

罗英子在停车场等着，方睿从楼里跑出来，过来了。

罗英子担心道："没事吧？"

方睿摇头："没事。罗律师，我突然想起来了，我们可以找几个刑法方面的权威学者，就这个案子开一次研讨会，让专家们看看这到底应该是合同纠纷还是刑事案件，出一份法律意见书提交给法庭。"

罗英子犹豫了一下。

方睿急道："怎么？"

"第一，那些专家不好找；第二，万一他们的意见对我们不利……"

"专家的事，您放心，我去说服我爸帮着找。至于意见，罗律师，如果专家们也认为是刑事案，您害怕到法庭上去和专家的意见抗争吗？"

"我不怕。那么，方睿，我们就试试吧。"

深棕色的书架占据了整个墙面，厚厚的法典和法律期刊整齐有序地排列着。台灯的光温暖柔和，几张未完成的文稿散落在桌面上。

方睿坐在父亲的对面，这是一位看上去很严谨、很不容易接近的人，他正扶着眼镜，仔细看着手里的材料。

"爸，您和我姑姑成天谈论法律人的立场。我不要求您一定要偏袒我师傅，我只希望您帮着请几位法学家，就这个案子展开学术性的讨论，独立地作出你们的判断就好。我们已经商量好了，无论你们的结论对我师傅有利还是没利,我们都会交给法院。"

"你姑姑怎么说?"

"我姑姑只考虑利弊。爸,我希望您不是这样。"

"我昨天还去人大开会,会上谈到现在许多地方利用刑事手段来解决经济纠纷,对我国经济的发展有不利的影响。从你提供的材料上看,这倒是个典型的案件。"

"爸,我姑姑很可能不同意您出面组织这次研讨会,您愿意出面请这几位法学家来组织这次会议吗?"

方睿的父亲没立刻答应,他又看了看材料上的内容,慎重地:"把材料放这儿,我再仔细看看。另外,如果我们开这样一次会的话,我会把委托方完全保密的。"

会见室里,罗英子努力控制着自己。老薛看起来倒是沉稳了不少。

脚步声从门后面传过来,罗英子不由得站了起来。

陈硕被两个管教带进来了,看到罗英子,想笑,没笑出来,站在那里让管教给他卸去手铐,然后过来了。

两人隔着铁栏杆互相望着,时而微笑,又时而在努力控制着什么。老薛站在一旁感慨地看着。

陈硕:"我知道你会来的。你傻不傻,你知道不知道,上次银行告你,把你抓起来,是我给他们支的招?"

罗英子:"我当然知道,这种事,除了你,谁还会干?"

陈硕:"那你还来了。"

罗英子:"我是钱串子啊。有钱挣,我为什么不来?"

两人一起笑起来,眼里又都有光亮在闪。

老薛忍不住了:"赶快坐下说正事吧,没多少时间了。"

罗英子拿出一沓材料:"那,咱们开始吧。无罪,是吧?"

陈硕也坐定了:"当然。要是你来了我还有罪,那还要你干什么?"

"我看了全部材料,我也会按无罪辩,只有两个地方。"

"哪？"

"第一，合同约定律师代收执行款，但没约定可不可以在回款中直接分配。"

"上次咱们说过，諮山不可能同意律师直接分配支取回款的。但合同对律师的提成比例约定明确，也同时约定了每笔回款律师都将按比例提取。"

"第二点，关于那个共管账户。"

陈硕脸上露出笑容，招招手："你过来，我和你说。"

罗英子凑过去，陈硕小声地说了几句，罗英子仔细听着，脸上露出笑容。

"陈硕就是陈硕啊。那就没问题了。陈硕，你用什么手段收买了方睿？他居然在这个时候站在你一边。"

"小方啊。这孩子太单纯了。罗英子，拜托你件事，要是从此以后我不能干律师了，小方考出证来，让他到你们所去吧。"

"胡说八道，谁的徒弟谁带。他在帮着找几位法学家，这两天会就这个案子开一个研讨会，我觉得不会有别的结果的，这就是一个合同纠纷，不是刑事案件。我判断，大概率，法院会撤销这个案件。你在里边安心等着吧。"

陈硕笑起来。

"我当然安心。一想到我在里边睡大觉而你在外面到处跑我就特别安心。哎，几天不见，你胖了哎，你要多跑跑。老薛，你老胳膊老腿的就不用动了，叫她跑。"

老薛无奈地摇着头："咦，在外面整天半死不活的，这一进来毛病全好了。"

三人一起笑了起来。

方睿父亲能量出乎意料地大，这次专家研讨会虽然规模不大，但与会的几乎都是学界重量级的人物，堪称群星闪耀。不知道怎么透露的消息，已经有不少记者赶了过来。

罗英子站了起来，所有人都在看着她。她定了定神，开始发言。

"民事经济活动中的罪与非罪，首先要看民事法律关系中是否具有违法性，再考虑刑法的谦抑性。本案中，甲方在合同已有明确约定的前提下，利用律师一审胜诉的工作成果，悍然违约与对方私自达成和解，然后以行为明示拒不履行合同约定，不支付律师代理费用。律师在此前提下，依据合同约定自行提取合同款项。我认为这在民事法律关系的视域下，都不能评价为违法行为。至于律师提取行为是否符合合同约定，双方是否需要进行结算，这也是结合双方履约行为、能否进行不安抗辩等进行履约评价的问题，更何况刑法本身的谦抑性原则。我特别想指出的是，近年来，我们经常可以看到此类案件的发生，明明是经济纠纷，却偏偏要上升到刑事案件，用刑事手段进行打压。如果我们在民事活动中动辄动用刑事力量的话，经济活动如何进行，契约精神如何提倡？"

会场内，专家们热烈地讨论着，罗英子仔细地听，不时在笔记本上记录着。

手机响了，是许卓，罗英子捂着手机跑出去了："许律师，有事吗？"

玻璃房里，许卓阴着脸："你在哪儿？工作还没结束呢你为什么不来了？你马上过来，我有事找你。"

挂了电话，许卓调整情绪，刚还阴着的脸立马转变为一贯的绅士般的微笑。

一进会客室，几位记者就围了上来。

许卓微笑着，细心地安排好各自的座位，还特意留出摄像机的角度，开始驾轻就熟地接受采访。

一个话筒伸到他面前："许律师，另一边的专家研讨会正在进行，您是否担心法律界专家们的声音与您的意见相左？"

许卓的神色从容而自信:"我不担心,因为我相信法律。市场经济本质上是法治经济,如果合同的一方公然蔑视法律,利用非法的手段攫取利益,那么我们还有什么法治可言?经济活动如何保证在法律的轨道上运行?如果结果真像你说的,法律界主流声音连这一点都不能认同,那将是法律的悲哀。"

罗英子从外面回来,正碰上许卓送记者往外走。
罗英子:"许老师,接受采访呢?"
许卓没理她,罗英子让到走廊边,看着他们过去。
许卓把记者送到门口回来了,看着她,冷冰冰地开口:"跟我来。"
罗英子没说什么跟在他后面。

两人一前一后进了玻璃房,许卓冷冷地指了下沙发。
"坐吧。"
"有什么话,站着说就好。"
"我听说你要去代理陈硕的案件。"
"我已经代理了。"
"你不可以。"
"为什么?"
许卓忽然恼怒起来:"你是不是律师,这点常识还要我教吗?你现在是我团队中的一员,存在着利益冲突。"
罗英子冷笑一声:"这确实是常识。我们所和你们所在鼎薪的案子上有合作,但鼎薪案和誩山案没有任何关系。"
"可是你是我们律师团队的,而我是誩山集团的代理人。"
"我只是参加过以你为首的律师团队,但和你们所并没有隶属关系,接什么案子,是我们所自己的自由。更何况,你那天也说,万禾的案子已经正式提交债权人会议讨论,合作已经结束了。"
"只要债权人会议没通过,案子就没有结束。"

"好吧,那么我们所退出。"

"是你们主动要退出吗?"

"是。"

"如果你们主动退出,那代理费你们一分钱也拿不到。"

罗英子看着他不说话。

许卓忍不住问道:"你干什么?"

罗英子笑笑:"没什么,只是许老师一次次地突破我的想象。你等一下,让我给我的伙伴打个电话。"

她当着许卓的面拨了邱华的电话,那边接了起来。

"英子,有事吗?"

"邱华,夏舒在吗?"

"就在我身边呢。"

"那你把电话打免提,有件事我们要现场讨论一下。我在许卓律师这儿。"

邱华答应了一声:"打开了。"

片刻后,夏舒的声音传来:"罗姐,我在呢。"

罗英子开口道:"邱华、夏舒,因为我代理陈硕的案件,许卓律师提出来,如果我要代理,就要退出鼎薪的律师团队,而且,因为我们是主动退出的,所以代理费一分钱也不会给我们,等于我们白白工作了半年。你们俩同意吗?"

邱华的声音:"退出就退出吧,不给钱就不给钱吧。"

罗英子:"夏舒呢?"

夏舒的声音:"啊?一分钱都挣不到吗?好吧,你俩都同意我也同意吧。"

罗英子:"没别的事,我挂了。"

邱华叫住她:"慢着,英子,既然退出,就和许律师签一份正式的协议吧,从签订协议起,双方权利义务消灭。"

罗英子答应一声把电话挂了。

她笑着看向许卓:"听见了吗?我们还穷困潦倒,我们还饥寒交迫,这个案子最大的价值是我们带来的,也可以说,没有我们,就没有这个案子。但现在我们愿意放弃,把利益留给只看重它的人。只是,我可怜你,你从两次坐牢的经历中,只学会了看重这世界上的一种东西,那就是利益。"

许卓什么也没说,从抽屉里抽出两份协议来:"那么,我们解除合作协议吧,你在这上面签个字就生效了。"

罗英子一挑眉:"哈,原来早就准备好了。列明双方的权利义务消灭了吗?"她看了看,二话没说掏出笔来签上字推还给他。

许卓仔细地检查过罗英子的签章,这才抬头说道:"我很遗憾。英子,你很聪明,你和陈硕不是一种人,他这次是肯定要进去的,你确定要为了他牺牲自己吗?你不会期待以后上了法庭我会对你手下留情吧?"

罗英子笑了:"许老师,你不是教过我手语嘛,我今天也还你一个。"

冲许卓比了个中指,罗英子潇洒地转身离开。

28

罗英子开着车,一路风驰电掣。开着开着,她突然大叫了一声,拍了一把方向盘:"真他妈痛快!"

酒吧里,三个女孩一同举杯。

罗英子:"真是太痛快了!我应该喊你们一起去的,你们没看见许卓当时那副嘴脸,都快气炸了。"

夏舒:"五百万买了一痛快,真贵呀。早知道我也该去围观一下的。"

邱华:"能给你罗姐治好眼睛,这钱花得也算值了。"

罗英子:"邱华、夏舒,你们真的不怪我吗?谢谢你们,我都有点想哭了。"

邱华:"打住打住,演偶像剧呢。英子,我问你,你和他签解除协议了吗?"

罗英子:"签了。你们都想不到,根本不用我起草,他早就准备好了。白白占用了我们几个月的劳动。这个小人,我原来眼是有多瞎!"

邱华:"签的协议呢?拿来我看看。"

罗英子掏出协议来给她:"这有什么可看的?差不多就一句话:即刻起双方的权利义务消失。他怕咱们下一秒钟反悔跟他要钱。"

夏舒手机响了,低头仔细看着微信。邱华检查过协议,放心了,她把文件还给罗英子,微笑着:"没问题。"

夏舒大叫一声:"呀!"

罗英子、邱华被吓一跳:"大姐,一惊一乍干吗呢?"

夏舒把手机交给罗英子,上面是一封英文邮件:"刚收到的邮件,你们看。"

罗英子和邱华凑在一起看手机:"夏舒,你欺负我俩英文不灵?"

夏舒拿回手机:"这是咱们委托的美国佳乐得公司发来的邮件,告诉我们他们查到了一件事情。"

邱华:"什么事?"

夏舒左右看了看,小声地:"邮件里说万老板的女儿在非洲买了一船贵金属,准备运回中国来,船开到半道得到了万禾要破产的消息,于是她就没让船回来,此刻还在公海上漂着呢。据他们了解,那船贵金属价值三个亿,是美元哟。"

罗英子吓了一跳:"啊?确实吗?"

夏舒:"他们办事很严谨,确认以后才告诉我们的。"

三人互相看着。

罗英子:"许卓已经和我们解除协议了。"

夏舒:"所以我们不代理鼎薪了。"

邱华:"我们对他们没有了任何义务,而且从始至终我们也没跟鼎薪签过合同。"

罗英子:"所以我们也没必要把我们花钱买到的信息告知他们。"

邱华:"夏舒,管好你的嘴啊。"

夏舒一脸委屈:"为什么特别提醒我?"

邱华撇撇嘴:"你过去也被他迷得五迷三道的。"

罗英子:"哈,你以为夏舒真是傻白甜?"

夏舒甜美道:"姐,我和邱姐比起来,就是傻白甜啊。"

三人一起笑起来。

罗英子看着她俩,突然又有点动情:"有你俩在,是真他妈的好!"

夏舒举杯:"那当然,咱们三个,永远在一起。"

邱华却只微笑着没说话,跟着两人举起酒杯。

公安局办公室里,许卓站在主办陈硕案子的张警官面前,两个人的脸色都不好看。看得出,许卓是情绪激动,而张警官在忍耐。

许卓:"张警官,这案子怎么说撤就撤了呢?哪里不符合移送条件啊?"

张警官努力保持着耐心:"许律师,不管是权威专家还是我们局里,都对这个案子进行了专门的讨论,结果就是这个事情属于经济活动中的合同纠纷,被告人的行为不在刑法评价范畴。现在上上下下都在强调保护经济发展,防止纠正利用刑事手段干预经济纠纷,我们公安机关也要依法办案。当然了,我们只是决定刑事撤案,你们依然可以就此提起民事诉讼啊。"

许卓冷笑一声:"哈,现在你们讲法律了,当年我那两起案子怎么就没人讲法律呢?"

张警官寒下脸来:"许卓,说话注意点。如果不讲法,你现在恐怕还在监狱里服刑呢吧?"

"好吧，我倒想看看，它到底是刑事案件还是民事纠纷。"许卓拂袖而去。

卓越所，许卓从外面进来，张萌一看到他赶快跑过来："许老师，孙总已经到了，在会客室等您。"

许卓什么也没说，径自往里走。

许卓进到会客室，孙铭山一看到他赶快站起来。

"许律师，那案子通知我们撤了。"

"撤了。我没想到对方的能量还这么大。孙总，叫您过来，就是来商量这件事的。"

"许律师，撤了就撤了吧，本来咱们就是争口气，别叫他继续跟咱要其他律师费了。刑事不行咱们就打民事呗，只要逼得陈律师跟咱们签个协议，剩下的律师费不要了咱们就达到目的了。再说了，原来我就觉得，打完官司把自己的律师送进去，这名声也不大好听。"

许卓没回答，自己倒了杯水喝。

孙铭山试探着："咱们原来签的是刑事代理协议，这要改民事，还用得着再……"

许卓一下子把茶杯蹾到桌上，里边的水都溅了出来："你就这么点出息啊？"

孙铭山吓了一跳："许律师……"

许卓杀气腾腾："你们是不是出卖律师上了瘾？先出卖了陈硕，现在又想出卖我？"

孙铭山脸色难看："这话从何讲起呀？"

许卓站起身，在屋里来来回回地快步走着，他此时双目赤红状若疯魔，与以往的儒雅完全判若两人。

许卓突然站住了："我还没撤呢，你们就想撤了？告诉你，我这辈子没被什么人打败过，哪怕两次被人打到牢里也没被打败，这一次同样也不行！这个案子，非按刑事打不可！"

孙铭山支吾着："可是，人家检察院已经撤了。"

许卓眼神狂热："他们撤的是刑事案件，可没人让我们撤自诉。我们提刑事自诉了，向法院控告陈硕侵占罪！只有把他打进去，让他接受教训，他才会对剩下那一千万死心，不再找你麻烦。你既然把案子委托给了我，一切听我的吧。"

孙铭山很为难地："好……好吧。"

铁门紧闭，方睿和老薛在车前等着。

方睿踮着脚朝远处张望："怎么回事，这么重要的日子，罗律师竟然没来，我师傅出来一看，心里得多难受。"

老薛笑了："徒弟真没白当哈，都知道你师傅心里怎么想的了。哎，你是怎么看出来你师傅对罗律师有意思的？"

"这谁看不出来，我师傅就差每天把罗律师名儿写在脸上了。要我说追女生就不能是这么个追法，不然就像我可怜的师傅，被罗律师给拿得死死了。"

"小方，想不到你年纪轻轻，感情这方面还挺有心得哈。"

"心得谈不上，经验吧，这两年啥也没干，光谈恋爱了。"

老薛哈哈大笑。

看守所的门开了，陈硕提着一个包从里边走出来。看到他们，只是举手招呼了一声，好像就是去度了一个假。倒是方睿，激动地跑过去，喊了声师傅就开始傻笑起来："您在里边没受苦吧？"

"挺好的，吃得饱睡得香。"陈硕一边说一边东张西望。

"师傅您看什么呢？"

"就你俩？"

"就我和薛律师。罗律师她没来。"

陈硕难掩失望，还是打趣道："谁问她了？这年头想害我的人太多，我得四处观察提高警惕。"

汽车喇叭声响起来,三人回头,看见一辆红色特斯拉开过来,停到路边。

罗英子从车上下来,捧着一大束鲜花,冲他们走来。

方睿激动地:"罗律师,我还以为您不来了呢。"

老薛笑着:"主角都是压轴才出来。"

罗英子把花献给陈硕,陈硕受宠若惊:"给,给我的?"

罗英子:"超市买鸡蛋送的,拿回家占地方,便宜你了。"

陈硕脸上已经乐开了花:"哎哟,金鸡蛋?不便宜吧?"

老薛扯了方睿一把:"陈硕、罗律师,你俩叙叙旧,我们上车等。"

方睿心领神会:"对,师傅、罗律师,你们慢慢聊。"

"别,薛律师、小方,有件事我还得让您二位见证呢。"罗英子说着,从包里取出两份协议来,塞给陈硕:"你在里边签的那个不算,这个是正式的。"

陈硕接过来看看:"什么?代理费一百万?我说你怎么还带花来,我不签,不是都撤案了,我还签这干吗?"

罗英子:"签不签你想好了,公安机关是撤了,许卓的刑事自诉可还在法院,等后悔再来求可不止现在这个价。"

陈硕笑着央求:"那便宜点呗。"

罗英子竖起手指:"我就数三下,三……"

陈硕:"都自己人,何必……"

罗英子:"二……"

陈硕:"我签我签,我真服了你。"

老薛哈哈大笑:"你们俩啊,真是卤水点豆腐——一物降一物,陈硕你也有今天。"

陈硕叹了口气:"我早就说过,我被她下了降头了。"

陈硕趴在罗英子车上签了字,罗英子仔细地收起来:"你欠我一百万啊。走吧,先去我们所里。"

老薛:"对,正事要紧。方睿,我上你车。"

方睿:"师傅您坐罗律师车吧,我车坐不下了。"

老薛、方睿快步去上车。

陈硕苦笑:"债主,小的坐您车不加钱吧。"

罗英子忍住笑:"便宜你一次。"

罗英子和方睿的车一前一后,陈硕坐在罗英子副驾驶座上。罗英子时不时地瞥他一眼,他都在很惬意地闭着眼享受着。

罗英子:"你还有心思睡大觉。许卓提起刑事自诉了,你想好怎么应对了吗?"

陈硕依旧闭着眼,满不在乎:"不是有你吗?还用得着我想,那我一百万不白花啦?"

罗英子的语气突然凶起来:"陈无良!别给我嬉皮笑脸!"

陈硕吓得一激灵:"啊?咋了?"

罗英子:"坐直了!我问你!"

陈硕吓得立马坐好了。

"之前一直好好的,怎么这次谁劝你都油盐不进?"

"我……"

"一直觉得你是属耗子的,大船要沉之前你能第一个溜,这回怎么了?你预知危险的能力上哪儿去了?你不是一直提醒我小心许卓,怎么你还能让他算计进去了?"

"不是,我这么做还不是因为……"

"因为什么?有什么话你倒是痛快说啊。"

陈硕怯怯地:"因为你说过欣赏裴多菲,我就想着也硬气一次,当回裴多菲让你看看。"

罗英子一脚刹车停在了路边,转过脸,情绪激动地看着陈硕:"陈无良,你还有心吗?成了是我让你进去的是吧?你知道这些天,我为你的事起早贪黑,跑前跑后了多少趟吗?你知道我有——我们有多担心你吗?你现在竟然倒打一耙,怪起我了,你让别人听听,你说这话对得起谁?"

陈硕完全愣住:"我……"

罗英子:"你倒是说啊,怎么不狡辩了?平时不是挺能贫的,现在怎么了,哑巴了?早知道我就多余帮你,就该让你在里边关一辈子……"

见罗英子越说越气,陈硕猛地凑过去,用嘴堵在罗英子的嘴上,罗英子一下子蒙了,不知所措地瞪大眼睛。

后面的方睿开着车,纳闷地:"他们怎么停下了?"

老薛仔细看了看,笑着:"小方,没咱们事,你好好开车,快点,快超过去。"

方睿噢了一声,开车超了过去。

罗英子一把把陈硕推开,开门下车,陈硕马上也跟下去。罗英子绕到陈硕这边,一巴掌扇在他脸上:"陈无良,我警告你,别……别再提裴多菲。"说完红着脸上了车。

陈硕捂着脸小声嘀咕:"就喜欢你这小劲儿。"

罗英子匆匆进来,身后跟着陈硕和老薛、方睿,罗英子的脸还是有点红。

邱华早就等在会客室,长桌上还准备了茶点。

"邱华,他们来了,一会儿你主说,我去放个包咱们就开始。"

罗英子一边说着一边匆匆走了,陈硕的目光追着她。

邱华奇怪地:"她怎么啦?"

陈硕:"不知道。"

老薛笑着:"总是有些事情发生了。对了陈硕,这个案子呢,我顶着名,实际上罗英子和邱华律师打,我呢,是跟着拿代理费的。"

方睿抢着:"还有我,我是这个案子的助理。罗律师说了,将来挣了钱,也有我的份儿。师傅,我在您身上挣钱了。"

门一开,夏舒进来了,一看到陈硕就大惊小怪地:"陈律师出来啦?"

陈硕一改平日的油滑模样,站起来诚心诚意地:"您好。"

夏舒玩心不改:"陈律师,我早就听说您的故事了,这次能为您提供法律服务真是荣幸啊。您这么年轻,怎么那么有本事啊?"

邱华:"行啦行啦,马屁拍够了,你也坐下听听。"

夏舒笑着:"邱姐,我就不参加了,郝磊那小子又给我耍花招,发过来一个想坑我的协议,我去研究一下。"

陈硕奇怪地看着邱华:"上次看她在良诚所数落老韩挺厉害的,现在怎么又成了被人坑的傻白甜了?"

邱华笑笑:"夏舒?谁把夏舒当傻白甜,最后会发现自己才是那个傻白甜。"

罗英子、邱华、陈硕、方睿和老薛围坐在一起。陈硕的目光始终在罗英子身上,罗英子不敢直视陈硕。

邱华:"这就是我们的判断。这个案子,将来还是要以刑事案件的标准来准备。我们分析了对方代理人。他是个接受不了失败的人,他会一条道走到黑,绝不允许任何人挑战他的能力和权威。所以,公安撤案了,他会提刑事自诉。不把你送进去,他是不会甘心的。所以,陈律师您要有这方面准备。"

陈硕依旧目不转睛地看着罗英子。

邱华:"陈律师?"

罗英子咳嗽一声:"不好意思,我去倒杯水。"

她起身出去,陈硕这才反应过来:"好的邱律师,我做好准备了。"

罗英子来到外面,一边倒水,一边看向会议室。会议室的门开着,正好能看到陈硕与大家商讨着什么。

与陈硕的过往一帧帧地在脑海浮现:初次的追尾相遇;法庭上打对头;帮助她抓到刘铭;她为陈硕擦拭伤口……

她一边想着,不自觉地露出笑容。

邱华继续分析着案情:"我们对取胜还是有一定把握的,唯一担心的是,这个案子案外的因素太多,我们刑事部分打赢以后,你剩余的律师费我们没信心帮你全要回来。"

陈硕点头:"那部分无论能不能要回来,我是一定要要的,他们没有契约意识,我要教给他们。"

罗英子回来了,她已经完全平静下来,变回平日活跃气氛的那个人:"到哪一步了?没把他吓尿吧?"

陈硕看了看她,罗英子很自然地回避了他的目光。

陈硕话里有话:"他没把我吓尿,你把我吓尿了。"

陈硕和罗英子斗嘴,其他人互相看了看,一副心照不宣的样子。

罗英子没接茬,在邱华身边坐下:"讨论到哪一步了?"

陈硕:"已经讨论到刑事部分打赢了之后,邱律师怎么帮我要剩下的代理费。"

罗英子:"在我们所里,我是敢死队,她才是那个运筹帷幄的,你最好都听她的。"

邱华:"我估计,传票过段时间就会到了。陈律师,好好地养精蓄锐,我们准备一起迎接这次战斗吧。"

许卓的动作很快。

不到十天,对陈硕的刑事自诉就在法院立上案了。不得不说,这么多年的经营和人脉,确实不是白给的。

罗英子和邱华头对头坐在那里低声讨论着案子,夏舒进来了。

夏舒:"十分钟前,许卓已经代理詺山集团对陈硕律师提出了刑事自诉,看起来,不把陈硕送进监狱,许卓律师是不会善罢甘休的。"

罗英子奇怪地看看她:"十分钟前在卓越发生的事情,你已经知道了?"

夏舒:"我和张律师是好朋友啊。"

罗英子张大眼睛:"那个张萌?天哪,那小姑娘不是对所有跟许卓说话的女孩都横眉竖眼的吗?你们什么时候成了好朋友了?"

夏舒理所应当的样子:"我前一段不是在卓越工作过几天吗?就那时候。"

罗英子看看邱华:"怎么回事?咱俩在那儿工作了几个月也没和她交上朋友,夏舒这才去了几天?"

邱华笑笑:"那个张律师也把我们夏舒当成傻白甜了。"

夏舒:"还有,今天,万禾案召开第三次债权人会议了,很可能也是最后一次,破产重整方案能不能通过,就看今天了。"

与此同时,老韩正在接一个人的电话,办公室的门被他从里面反锁着。

"什么?刑事自诉?哈,看起来,不把同行打进去他是不死心啊。也好,我原来听说撤案了还有点遗憾,我没用了。看起来,我还有点用。谢谢你哈,改天咱哥俩一起吃饭。"

放下手机,老韩靠在椅背上沉思着。

这次债权人会议的现场是方丽虹特意选定的,这里原来是一个剧场,舞台偏高,视野很好,而且离第一排观众席很近。这样,方丽虹他们在主席台上,可以清楚地看到会场的每个角落,特别是坐在第一排的大债权人们。

每个债权人面前分别放着红、绿、黄三张选票,大家正排着队,分别拿着不同颜色的选票到前面去投票。法院的人,政府的人,以及方丽虹、陶正,他们站在主席台上,严肃地看着每一张票落箱。

现场广播不厌其烦地播放着:"各位债权人,在您面前有红、绿、黄三种颜色的选票,同意重整方案的,请您投绿色选票;反对的,投红色选票;弃权的,投黄色选票。各位债权人,在您面前有红、绿、黄三种颜色的选票……"

刘总坐在那儿，看着面前的选票犹豫着，终于还是拿起了绿色的那张站起来了，对身边的人："走吧。"

旁边两个人看他拿了绿色选票，也急忙拿了绿色选票跟上去。

刘总把绿色选票投进了箱里，他身后几个跟上来的债权人也跟着投的绿色选票。

陶正看着，很兴奋，小声对方丽虹说："这一次一定可以过了。"

方丽虹一直微笑着，不动声色。

会议现场掌声雷动。

一位政府代表在人群中站起来，笑容可掬地向大家致意。

"各位，经过严谨的遴选和谈判，由管理人、债权人委员会和政府相关部门代表等组成的评审组最终确定，其屋集团在公开竞标中中标，他们将成为万禾集团最大的股东，原有的债权人将按照重整计划草案确定的债权受偿方案得到受偿。"

又是一阵热烈的掌声。

刘总坐在下面，不情愿地跟着拍手。

身旁一个债权人凑过来，小声道："刘总，我们小债权人认栽，拿钱走人算了，你这大债权人也这么认了？百分之三十二点三，你能拿回来多少？"

刘总拍着手："我十个亿，才能拿回三个多亿。一个万禾就把我拖垮了。"

"那你干吗不做战投，把万禾收了啊？现在才十八个亿，多好的投资机会啊。"

"我其他的地方还得用钱嘛，我哪儿还有余力呀。"

重整战略投资人，也就是万禾集团新的大股东其屋集团的代表，在掌声中走上台去，边走边对着大家示意。他在主席台站定，意气风发地开始发言："尊敬的徐主任、尊敬的法官们、尊敬的管理人团队、尊敬的万禾集团的股东们……"

刘总悻悻地:"叫这小子捡了便宜。"

后面不远的地方,许卓站起来,带着张萌走了。

张萌上了车,许卓坐在后排。

"许老师,回所?"

"故事结束了。回去。"

张萌开着车,不时地看看后视镜,许卓正在交代着。

"马上和鼎薪交涉,要求他们把剩余的代理费付清。他们还欠咱们多少?"

"百分之三十,三百多万。许老师,咱们这一个案子挣了一千多。"

许卓意满志得,但还是有些不甘:"良诚所挣了两千多。"

张萌不服气道:"可是他们是倾全所之力,咱们这个案子根本没出多少力。啊,我说得不对,其实就靠许老师您自己。"

许卓神色傲然:"古人说什么来着?治大国如烹小鲜,我可不像方丽虹,为一个案子殚精竭虑的,至于吗?"

张萌崇拜地看向后视镜:"许老师,您真了不起。"

许卓满足地闭上眼睛:"行了,game over 了,接下来把全部精力投到那个刑事自诉上,一定要把姓陈的打到监狱里去。"

手机响,许卓看看来电显示:"哈,她来电话干什么?"

张萌好奇道:"谁?"

许卓正犹豫着接不接:"瑛华所的那个傻大姐。"

张萌想起夏舒的样子笑起来:"夏舒?许老师,她对您可崇拜呢,我都怀疑她爱上了您。"

许卓也笑了:"爱我的女人多了。"

想到这儿,许卓饶有兴致地接起来。

"夏律师吗?"

电话里夏舒的声音,听上去细细的,很犹豫。

"许老师,是我……我不知道和您打这个电话合适不合适,也不知道许老师您还愿意不愿意接我电话。"

许卓难抑笑意，轻松地调笑着："你永远是受欢迎的。你走了我还经常想念你呢。有事吗？"

夏舒那边好像激动起来，声音也大了。

"真的吗许老师？我也经常怀念在您身边工作的日子。许老师咱们能见一面吗？我有一件事，觉得许老师也许您应该知道。"

"什么事啊？"

"许老师，我还是想见到您当面和您说。"

"好吧。我现在正往所里走，你到我所里来吧。"

夏舒的声音听上去很高兴："谢谢您许老师，咱们一会儿见。再见。"

"傻瓜。"许卓看了看挂掉的手机："萌萌，这傻白甜会有什么事呢？"

张萌一听许卓这么叫她，高兴起来："不知道。许老师，我挺喜欢夏舒的，和她一起不累，也不用设防。"

许卓笑起来："我也喜欢。什么不设防，明明就是一片开阔地嘛，一览无余。闲着也是闲着，看看她来干什么。"

玻璃房里，许卓觑着眼睛打量着走进来的夏舒。夏舒眼神单纯，满脸崇拜地看着许卓。许卓在这目光中自我感觉很好，站起来，微笑着过去和她握手。夏舒看样子已经沉醉了。

许卓："夏律师，请坐。找我什么事？"

夏舒："许老师，有件事，我很早以前就想做了。"

她一边说着，一边从包里拿出一个本子来放到他面前："许老师，您能给我签个名吗？"

许卓哈哈大笑，拿起笔，龙飞凤舞地签了，推还给她："就为这事？"

夏舒怯怯道："许老师，突然不能来您身边工作了我好遗憾。我哭了好几回呢。"

许卓更开心了:"哈哈,我也很遗憾。夏律师,你那两个伙伴知道你来要签名吗?"

"不知道,我是私下里来的。"

"就专门来要这个签名?"

"不是,我是来告诉许老师另外一件事的。"

"哦。"许卓暗自一笑,装作沉稳的样子,"刚下的冬茶,夏律师你来得正好,快尝尝。"说着起身给她倒茶。

"谢谢许老师。"

许卓一边倒茶一边问:"说吧,什么事?"

夏舒像是鼓足了勇气,开口道:"我给您说过,我有一个同学在美国一家大的咨询公司工作,您当时没当回事,但我还是拜托她查了万禾万老板女儿的资产情况,她来信了。"

许卓一停:"怎么?"

"她告诉我万老板在外面藏匿了大量资产。他女儿前一段买了一货轮贵金属,正准备运回国内,万禾就要破产了。那艘船就没回来,一直在公海上漂着。"

许卓的动作完全停住了:"贵金属?什么贵金属?值多少钱?"

"具体是什么我也说不清楚,肯定不是黄金,但她说比黄金还贵,好像军工高精尖产品用的,说一船值三亿呢。"

许卓目瞪口呆:"什么?三亿?"

"三亿,美元。"

"美元?!"

许卓的手还在那儿僵着,只有脸慢慢转了过来,看起来有点滑稽。

夏舒点头继续着:"对,这条船一直到现在还在公海上漂着,我同学说,万禾破产重整尘埃落定了,也许这条船该靠岸了,但还不知道是开回中国,还是返航。许老师,我也不知道这个信息对您有没有用。"

许卓还在倒水,茶杯倒满了他不知道,水一直溢出来,流到地上,还在继续倒着。

夏舒叫了一声:"许老师,水!水!"

许卓一下子醒过来,急忙放下杯子,转过身来,几乎可以称得上是妩媚地对夏舒笑着:"夏舒,小夏,当然有用,谢谢你告诉我。对不起,我去趟洗手间马上回来。"

夏舒站起来:"许老师,我就来告诉您一声,那我先回去。"

许卓按住她:"不可以,你这么可爱,我一直想找个机会和你谈谈,我不放你现在离开。你在这儿等我,我马上回来。"

"可是许老师……"

"不要拒绝我,不许拒绝我,否则我会伤心的。宝贝,等我,我马上就回。就坐在这儿等着。"

许卓抓起桌上的手机出了办公室,许卓赶紧拿起手机拨打刘总电话,对方却迟迟没接;又打方丽虹电话,也不接。

会议现场的签字仪式开始了,其屋集团的大佬们、万禾的万老板、各方代表粉墨登场,众人有说有笑,互相谦让地纷纷正往台上走,方丽虹站在台上带头鼓掌。

张萌正在照镜子,许卓神色异常地冲进来,把她吓了一跳。

"许老师您……"

"小张,夏舒坐在我办公室里呢,你放下手里的一切过去陪她。记住,无论用什么借口,在我没回来以前一定不放她离开,也不要让她打电话,听见了吗?"

张萌一愣:"怎么啦?"

许卓都有些结巴了:"别问了,我得出去一趟。记住,不许她离开,也不许她和外界联系。"

张萌听到最后几个字的时候,许卓人已经不见了。他疯狂地跑出来,拉开门跳上车,车冲了出去。

夏舒在玻璃房里转悠着,东看看西看看,又坐了回去,百无聊赖地拿出手机想刷视频。张萌走到门口,一看到夏舒在摆弄手机,以为她要打电话。

张萌几乎是冲进来:"夏舒,你啥时候来的?来了就扑许老师来了,把朋友都忘了,见色忘友。"

夏舒站起来,两人拥抱。

夏舒笑着:"等一下哈,我打个电话。"

张萌娇嗔地把手机从她手里拿出来放自己兜里:"烦你。轻易不来,来了还打电话。不许打,咱们说说话。"

夏舒:"许老师呢?他说去个洗手间怎么还不回来。"

张萌反应了一下:"许老师想起他家的灶台火没关,去一趟马上回来。"

许卓疯狂地踩着油门,拿出手机打电话,打不通再打。

其屋集团、万老板、各方代表正一排坐在桌前在文件上签字,方丽虹站在一旁带头,陶正和一众良诚所的人跟着拼命鼓掌。终是尘埃落定,饶是见过大风浪的方丽虹,此刻也难免动容。

手机彩铃一直响着,还是没人接。

许卓气急败坏地砸了一下方向盘:"死到临头了,都接电话呀!"

到底是没人接,他一手开车,另一手翻着手机通讯录:"其他人,其他人,还有谁能找到她?对了,她,她一定有良诚所其他人电话的。"

许卓调出罗英子的号码,拨出去。

此刻,罗英子和邱华正慵懒地陷在沙发里,享受着她们的下午茶。

邱华难得一副放松的样子："好像很久没这么清闲过了。"

罗英子感慨着："是啊。以后我们得学会享受生活，不能成天苦哈哈地干了。干到什么时候是一站啊？"

邱华笑着："脱了贫吧。"

罗英子白了她一眼："脱贫？你现在还没脱贫吗？"

"那得看和谁比啦。"

"和马爸爸？那咱们永远脱不了贫了。"

"不和他比，脱到内心觉得安全了那一天。"

罗英子正要说什么，扔在茶几上的手机响了，两人伸头看了看。

罗英子："来了。接不接？"

邱华看看表："签约仪式结束了吗？再过半小时吧。"

两人继续悠闲地喝茶，任手机在那儿不依不饶地响着。

邱华瞥了眼手机："奇怪，他居然就没别人的电话？"

罗英子轻笑着："他那个人，眼里有过谁啊？邱华，你刚才说得不对。安全感，难道是钱给的吗？安全感是一种心理状态，有钱并不能让你觉得安全，反过来……"

"我不和你争论，但只有像我这样经历过贫穷的人才会知道，安全感归根到底是钱造成的。"

"那，得有多少钱才会让你觉得安全了？"

"不知道。我上大学的时候，觉得如果兜里有下个月的生活费就安全了，可现在……我不知道卡里有多少钱会让我觉得安全。"

"所以，安全感不是一种数字。"

邱华固执地摇摇头："可到头来，你会发现它还是和数字有关。"

罗英子看着她："可即使如此，你还是同意了我放弃在鼎薪案上的收益。"

邱华微笑着看向别处："那是因为我当时已经知道，我们在别处可以得到更多。"

许卓开着车过来,把车停到路边就跑进去。

一个会场保安跑过来:"哎,哎,这里不许停车!"

许卓甩开他就往里跑。

许卓进来,一下子站住了。

签字仪式已经结束,会场里播放着轻快的音乐。所有人手里都端着一杯红酒,互相碰杯,祝贺着重整方案通过。

方丽虹看到了许卓,把杯子冲他举了举:"许律师,你去了哪里?来,共同喝一杯。重整方案成功通过,你功不可没。"

许卓没说什么,走过去,方丽虹让服务员又给他倒了一杯,方丽虹把酒杯塞到他手里,笑吟吟地:"干杯。"

"干杯。"两人碰了碰杯,许卓头一仰,一杯酒下去。

方丽虹像是已经有了几分醉意,笑吟吟地搂着他把他带到人群当中,隆重地介绍着:"各位,这儿还站着一位幕后英雄许卓律师,他代表着本案最大股东鼎薪集团的利益。在本案最困难的关头,是他识大体顾大局,说服了鼎薪集团改投了赞成票,万禾的重整方案才得以成功通过!大家谢谢他。"

众人纷纷冲着许卓鼓掌,许卓风度优雅地四处点头致意。刘总就站在不远处,也在鼓掌,一边鼓一边看着他。

方丽虹兴致高昂:"许律师,在这个高兴的时刻,对大家说几句。"

许卓小声地:"不了,我所里还有些别的事,我走了。"

方丽虹:"哎,什么事这么重要?先和大家一起庆贺这来之不易的……"

许卓已经走了。

许卓黑着脸回到卓越所,玻璃房就在前面,他却拐进了另外一个房间。

那是卓越所的监控室,他打开监控,看到办公室里,夏舒和张萌都在,两人站在那儿聊天,夏舒顺手拿起他桌上摆的一张张照片看着。

张萌指着一位女士的照片给夏舒看。

"这是许老师的第一位夫人。"

"哇,第一位夫人这么漂亮啊!什么叫郎才女貌啊?天哪,她好幸福。"

张萌又把另外两个相框拿给她。

"瞧,这儿还有第二位第三位,一位比一位漂亮。"

"哇,许老师居然把三位太太的照片都摆到桌上。"

张萌骄傲道:"那当然。我们许老师说过,他不会忘掉他生命中曾经出现过的任何一位女性。"

夏舒崇拜地捂着脸:"噢,你别说了,我受不了了。天底下居然有这么痴情又多才的男人。"

许卓仔细观察着监控上的夏舒。

这确实是个傻白甜啊。许卓出去了。

夏舒还在那儿欣赏许卓和一位位前妻的照片,张萌正声情并茂地给她讲着。

"那时候许老师身在囹圄,可他忘了自己的危险和不幸,只记得他的太太们在外面还经受着世人的嘲笑和恶意……"

许卓开门进来了。

张萌:"许老师,您回来了?"

许卓神情平静:"回来了。你们在看什么?"

张萌:"对不起,夏律师在看您桌上的照片。"

夏舒眼里还满是星星:"许老师,张律师正和我讲您和您太太们的爱情故事。"

许卓:"哦。小张,你那边忙,先去吧。"

张萌和夏舒亲昵地又抱了抱,把手机还给她走了。

许卓关上门:"夏舒,你刚才和我说的那件事,是真的吗?是不是误传啊？什么一船贵金属，还价值三四亿美元，这太可笑了，简直就是天方夜谭。你那同学骗你的吧？"

夏舒突然认真起来："许老师，怎么会是误传呢？我同学在一家大型咨询公司工作，佳乐得咨询公司，您没听说过吗？他们公司就是专门干这个的。美国金融危机的时候他们帮了几家大空头，发了大财。再说我们是和他们公司签了合同委托他们调查的。"

许卓大吃一惊："什么？谁和谁签了合同？"

"我们律所和咨询公司啊。"

许卓彻底愣了。

夏舒继续说着："外国人办事认真，咨询报告发过来好几十页呢，我翻译了好几天才翻完。"

许卓揉着太阳穴："你们什么时候拿到的这报告？"

"我想想啊。就那天，您和我们所解除合作协议的第二天。"

"什么？在那以前还是那以后？"

"以后。罗律师从您这儿回去，说和您解除合作协议了，我很难过，还哭了一鼻子，第二天就收到了他们发过来的报告。"

"可是美国和我们有十几个小时的时差的。我们的第二天，还是他们的头一天。所以很可能还是在我们的合同期内。"

夏舒睁着大眼睛，认真地摇着头。

"没有。我注意邮件发出的时间了。的确是在您和我们解除合作之后。"

许卓不说话了。

夏舒："许老师，这事怎么办呢？"

许卓稳了稳自己，态度愈加地亲切："来，听我对你说。夏舒，你也是律师，一定知道这件事的分量。如果被泄露出去，将会对我们——我，也包括你们所——将是很不利的，对吧？"

夏舒赶快点头："所以我才来告诉您啊。不过，许老师，我们已经和您解除了协议，跟我们没关系了。对您不利倒是真的，鼎薪委托的是您吧。"

"你这话是什么意思？跟我也没关系啊，我刚刚才听你说。"

"可我之前就提醒过您啊，是您不当回事的。"

许卓装傻："啊？有吗？夏舒你可不能乱说。"

夏舒晃了晃手机："我没乱说呀，那天咱们开会我可是录了音的。"

"什么？你还录音了？"

"我脑子笨，怕事后忘了，每次开会我都会录音。"

"夏律师……"

"许老师，我只是把消息告诉您，我们现在已经不是鼎薪的代理人了，这事怎么处理在您。许老师，我真得走了，我男朋友还在楼下等我。再见许老师。"

夏舒走了，许卓久久地站在那里愣着，慢慢摸起桌上的电话："张萌，你过来一趟。"

张萌跑过来了："许老师……夏舒走啦？"

许卓看着她："你告诉过我，这个夏舒是个傻白甜。"

张萌："当然啦。你看看她那样吧。"

许卓挥挥手让她离去，喃喃地："到底是她傻白甜，还是我傻白甜。该不会……"

他突然反应过来，神情顿时变得畏怯起来。

罗英子和夏舒在大厅里面对面坐着，夏舒绘声绘色地给罗英子描述着许卓的样子，两人又说又笑，乐不可支。

夏舒夸张地比画着："他竟然把前妻的照片全摆桌上了，是想时刻提醒自己离过三次婚吗？等我四十岁以后，我就把我所有前男友的照片贴一整面墙，我也提醒自己，年轻时是多么招人喜欢。"

罗英子哈哈大笑："天哪，我应该把你这段话录下来，给你以后的男朋友听。"

夏舒骄傲地："他应该为此感到荣幸。"

两人笑了一阵，夏舒郑重起来："可是罗姐，咱们把这份报告怎么办？这可是颗原子弹啊。"

罗英子不说话了，想了一阵："你也知道它的分量对吧？"

"当然了。不然我们为什么要花这么多的钱？"

"只要发出去，不光会炸平卓越所，还会有良诚所。"

"你对良诚所还有留恋？"

"你呢？"

夏舒想了想："我在那儿的时候他们对我还不错，当然不是为了我。可最后我爸出事的时候他们做得也太绝了。"

罗英子也喃喃道："再想想，再想想。"

这时邱华进来了："英子、夏舒，传票来了。许卓还真上心，排期排得很快，陈硕案子要开庭了。"

三个女律师和陈硕、老薛围坐在那里，方睿在为他们面前的水杯添水，每个人面前都放着厚厚的材料。

陈硕："共管账户的事可以不用理会，你们轻易就能打掉它。"

邱华："打掉是能打掉，但可能给法官留下的印象不好。"

老薛："如果法官连这个也理解不了，那他一定是有道德洁癖。"

罗英子："对，正常来讲法官看过合同，可以很容易地得出印象：是诰山不履行合同，律师采取了私力救济，也就是我知道你不会给我，所以我预先做了手脚，自己取出来了。但我有点担心对手是许卓，这个人什么事都干得出来，我们还是得把准备做充分。"

夏舒："以许卓的人品，他到了法庭上一定不会承认诰山本来就想赖账的。"

邱华："没错，他们会说根据约定，律师费应该由甲方支付，所以这笔钱应该先转入甲方账户，再由甲方支配。他会抓住这点来做文章，所以我们要想取胜，就得证明甲方从开始就想坑律师，但我们缺乏这方面的证据。"

说完，几个人陷入沉默，罗英子的手机响了，竟是许卓。

罗英子嫌恶道："他这个时候来电话做什么？"

陈硕笑嘻嘻："接呗，怎么说也是你前领导。"

罗英子白了陈硕一眼，接起电话，还按了免提。

"许律师。"

"英子，你方便吗？我想和你谈谈。"

"我和许律师还有什么好谈的吗？"

"当然有，我就在你律所楼下，我想和你谈陈硕的案子。"

罗英子关掉免提捂着话筒："他在咱楼下，怎么办？我要去见他吗？"

邱华和夏舒不说话，看向陈硕。

陈硕左右看看："看我干吗？去吧，正好看看他葫芦里到底卖的什么药。"

罗英子点点头，打开话筒："好，我下来。"

罗英子从楼里出来就闻见一股呛人的香水味。不用说，今天的许老师又是一个精致的许老师。

许卓看到罗英子，快步走上来。

"英子，我知道你不会不见我的。"

"许律师，有什么事请你尽快说，我还忙着。"

"英子，我知道最近发生了很多事，你我之间出现了一些不该有的误会。我想借这个机会和你澄清一下。"

"不必了，没什么好澄清的。您不是找我谈案子吗？"

"好吧，英子，詺山集团执意要起诉陈硕，我作为他们的代理人，不能违背当事人意愿，作为律师的你也是知道的，希望你能理解我。"

罗英子冷笑："明天就要上法庭了，现在说这些您不觉得可笑吗？"

许卓诚恳地说："英子，我们相识一场，我不想和你成为敌人。这个案子我可以去说服詺山，让他们明天一早就撤诉。只希望你不要在其他事情上与我为敌,好吗?"

罗英子笑了:"其他事?您是指万禾的事吧。真没想到,您会为了别的案子,背着现在的当事人私下来找对方代理人勾兑,您做这事諕山知道吗?"

许卓近乎恳求道:"英子,你知道的,你们掌握的那件事一旦曝光了,很多人都会受到牵连。这样,你告诉我你们的条件,不论是撤诉,还是付你们代理费,只要我做得到,你都可以提。英子,我一直认为你是个善良的人。"

"许老师,我替您感到可悲。对不起,我是不会和您这样的人达成任何交易的。我就当您没来过,走了。"

"英子……"

罗英子转身走了,许卓看着她的背影,表情逐渐变得凶狠起来。

"是你们逼我的。"

他拿出手机:"韩律师……"

罗英子回来了,其余五个人都看着她,罗英子躲闪着一道道射来的目光。

陈硕着急地:"他找你说了什么?"

罗英子显得很犹豫:"他想拿撤诉作为条件,让我们不要在万禾的事情上对他不利。"

她说着,仔细观察着陈硕的表情。

陈硕一愣:"你答应他了?"

罗英子装作很意外道:"怎么?你不想他撤诉?"

陈硕激动地站起来:"我凭什么怕他,罗英子,你为什么不问问我的意见?他凭什么拿我的事威胁你,我这就去找他。"

罗英子终于忍不住,笑了出来:"逗你的,我怎么可能,我当然不会答应他了。"

陈硕愣头愣脑:"啊?你说的是真的?"

罗英子笑道："当然真的，回来的时候我已经在心里发过誓了，我一定会在法庭上打败他，有我在，他动不了你一点。"

陈硕看着罗英子，也笑了。

已经很晚了，良诚所里一片黑，只有一个办公室里的灯亮着。

老韩和许卓正握着手。

"许律师，真没想到您还有主动找我的时候。请坐吧。"

"谢谢，不坐了，我直接开门见山吧。我和誥山集团起诉陈硕的事，只是针对他个人的行为，不会冒犯到您，这点请您放心。"

"我放心，我当然放心了，你就算想冒犯我，冒犯得着吗？"

"韩律师，您知道造成现在这样的结果，并不是我方当事人孙总愿意看到的，他从没有打算扣着您的律师费不想给，只是因为陈硕从中作梗，才让韩律师您受到连累。我替孙总向您表个态，本来的代理费中您应得的部分，我方会尽快打到您的账户上。"

老韩哈哈大笑："那我可太感谢了，但恐怕没这么简单吧，就没有什么需要我帮忙的？"

许卓眼中精光闪烁："韩律师不愧是老江湖，我已经向法庭提交了出庭作证申请，请您作为证人出庭了。那份代理协议是您和陈硕一起签的，合同只规定了你们可以代为收取执行款项，但是没有代为分配的权利，对吧？陈硕的做法明显是不符合法律规定的，而您又是个遵纪守法的好律师，所以您才把您得到的钱退了回来。只需要您明天上了法庭，如实地把这件事告诉法官就可以了。"

老韩思考片刻："不是，你让我出庭作证，咋不提前跟我说一声啊。就这事啊，好办，那我就实话实说呗。"

许卓再次和老韩握着手："多谢韩律师，那不打扰您了，韩律师再见。"

老韩一副笑脸："我送送您。"

许卓："不用了。"

许卓走了,老韩坐回沙发上,收起了刚才的笑脸。

陈硕案子的会开到很晚,众人散去,罗英子拒了陈硕请大家喝酒的邀请,开车送邱华回家。

两人都很累了,一路上也没怎么说话。

"你家全全可真放心你,这么晚也不说来接你。"

"他最近单位比较忙。"

"再忙也没他这样的,下次见面我一定好好说说他。"

"这样挺好的,各忙各的,我的负罪感能小点。"

"真服你们,这哪儿像夫妻,更像是搭伙的。"

"不说这个。英子,明天的案子,你到底有多大把握,说实话,我还是有点不放心。万一我们碰上个严厉的法官,也许还会冒一点风险。"

"这个案子说破天也就是合同纠纷,至少上升不到刑事,这一点我还是有信心的。不过你说的也有道理,我回去再想想,一定要能充分说服法官。"

两人正说着,罗英子手机突然响了。

罗英子看了眼来电显示,惊讶道:"老韩?这个鬼,这个点给我来电话干吗?"

蓝牙接通,罗英子和邱华对视一眼:"师傅,几点了,有事吗?"

老韩的声音传进车里:"罗英子,听说陈硕的案子要开庭了?"

"是啊。两个人搭档代理同一个案件,一个要单独上法庭,面临刑事审判,另一个却和没事人一样。师傅您一定很得意吧?"

"咦,我得意干什么?"

"逃得快脱得干净啊。"

老韩哈哈大笑:"罗英子,你这理解也行。你在哪儿呢?现在能到我办公室来一趟吗?"

罗英子又与邱华互相看了看,惊讶道:"什么?师傅,您干什么夙兴夜寐的？"

"操心啊。我的搭档摊上刑事案件了，我能不操心吗？"

"您操心去对陈硕说啊，叫他念您个好，找我干什么呀？"

"我找你，自然是有事的。我只说这一回，你爱来不来，不来可别后悔。我挂了哈，别再叫你怀疑我居心不良。"

老韩真把电话挂了，罗英子一脸疑惑："他卖什么药呢？难不成他手里有什么东西？"

邱华冷笑："哼，他就算手里有对陈硕有利的东西，肯定也不会拿出来，说不定会去找许卓卖个好价钱呢。他那个人，咱们还不知道吗？"

"那大半夜的来这个电话干吗？"

"显示他对陈硕关心呗。"

"那算了，不理他。"

"说回来，假设许卓使什么盘外招，我们要提前做好这方面的心理准备。"

邱华从车上下来。

罗英子不放心地："不行，我还是去看看，万一老韩基因突变了呢？"

邱华想了想："你真要去？那我陪你一起。"

"没事，都到门口了，你上去吧。放心，老韩不敢怎么着我。好好养精蓄锐，明天上法庭。走了。"

"有事随时打电话。"

"知道啦。"

罗英子一脸疑惑地开车走了。

办公室里，老韩正靠在椅背上听音乐，外面传来脚步声，老韩脸上露出笑容。

罗英子推门进来了："师傅，我来了。有什么事？"

老韩啧啧地感慨:"为了陈硕,真是什么都可以干,爱情真伟大啊。"

罗英子没好气地:"韩律师,我现在是陈硕的律师,当然要对我的当事人负责。有事吗?没事我走了。"

老韩拿出那支录音笔丢给她:"听听这个。"

罗英子打开,老韩和孙铭山那天的对话传了出来,罗英子又惊又喜地听着。

老韩还躺在椅子上轻轻摇晃着:"这个案子,那个账户是不是共管账户当然很重要。法官一看就知道是陈硕从中动了手脚,会对陈硕有不好的印象。有了这个录音,法官会明白,陈硕之所以动手脚,是因为铭山从开始就想坑他,动手脚,是自保的无奈之举。"

罗英子兴奋异常:"太好了,我们正为这一点担心呢。师傅,您什么时候录的?"

"陈硕第一次进去的时候。那时候我就知道,不把陈硕送进去,许卓是不会善罢甘休的。"

"他当然不会善罢甘休,我只是没想到您会站到陈硕一边。"

老韩不悦地抬起头:"咦,你这是什么意思?难道我不一向是站在正义一边的吗?"

罗英子哈哈大笑:"这一定是正义被黑得最狠的一次。不过师傅,我再次向您表达我的敬意:姜还是老的辣。"

29

罗英子和老薛陪着陈硕,许卓陪着孙铭山,后边还带着一群跟班,两拨人面对面走来。罗英子陈硕神情轻松,一边走一边小声说着什么,还不时笑一下,许卓这边神情严肃。

双方在走廊里碰上了,许卓低头装没看见。

罗英子停下步子："许老师好。陈硕,和许老师打个招呼,毕竟,当初人家打败过你。"

陈硕笑着过来和许卓握手："你好,许律师。"

许卓一怔,一边握着手,一边看向罗英子："你是说这个案子吗?"

罗英子："哪里?我说是您的当事人至今仍然住在精神病医院的案子。至于这个案子,许老师,放心吧,有了我,他不会输的。对了许老师,我们已经去看过那个可怜的女孩了,并且准备和她的监护人签代理协议。"

许卓脸色阴沉："你们要干什么?"

罗英子："不干什么,得等陈硕这案子打赢了再说。我们进去吧。"

几个人和许卓擦肩而过。

陈硕一方在被告人席上,许卓一方在自诉人席上。邱华、夏舒和方睿都挨着陈硕这边,就近坐在旁听席。方丽虹也悄悄坐在旁听席的一角,老韩却没出现。

法庭调查开始,首先发言的是许卓。

不得不说,法庭上的许卓气质沉稳,声音抑扬顿挫,确实风度翩翩。

"首先,请法庭允许我表达对被告人的尊重。因为他是一位律师,是我的同行。既然如此,我们为什么一定要对他提起刑事自诉并让他承担刑事责任呢?作为一名律师,我们的使命是运用所学维护法律的正义,而不是像本案被告人陈硕,明知自身行为的违法性,却为了巨额利益悍然实施犯罪,这是对法律正义的践踏,也是对律师职业的亵渎!

"本案中,被告人作为諮山集团的诉讼代理人,利用其代理律师的身份便利保管债权受偿款项后,不仅在諮山集团要求其按照委托协议的约定交付该款的情况下拒不交付,反而以非法占有为目的,私自在双方共管账户中提取转移九百万巨额款项!请注意,这是一个共管账户,即使双方对于代理费有分歧,陈硕也绝无权限自行提取处分共管账户中的财产!

"被告人陈硕主观恶性极大,态度极其嚣张,明知其无权处分属于诺山集团的财产,更无权在共管账户中提取款项,反而在诺山屡次提出友好协商的情形下,悍然将其转移动用、占为己有。如果这种行为都无法被侵占罪所规制,那么该项罪名的设立目的何在?刑法惩罚犯罪、保护人民的制定目的何在?综上,被告人行为显然构成侵占罪,自诉人坚决主张其行为应得到法律的严厉惩处。"

审判席上的三个人简单地碰了碰头,示意陈硕这边可以答辩了。

罗英子看向对面,直视着许卓和孙铭山,她眼神锐利,战意昂扬。

"第一,自诉人诺山集团与良诚律师事务所签订的《委托代理协议》系双方真实意思表示,不违反法律法规的强制性规定,真实、合法、有效,双方均应忠实履约。第二,被告人陈硕律师忠实履行合同约定,在诺山集团深陷泥潭,无力支付任何费用的前提下,自行承担了包含诉讼费、保全费、审计费、差旅费等在内的所有费用。在代理诺山集团一审胜诉后,又向法院提供执行财产线索,使诺山的部分债权得到有效执行。陈硕律师不仅自行承担了合同约定的巨大风险,还使诺山取得胜诉生效判决作为有效债权凭证,并使部分债权得到实现。而此时自诉人诺山集团却在利用陈硕律师取得生效判决等优势地位后,违反协议约定私自与诺海集团签订和解协议。

"根据协议约定,诺山集团的上述行为已构成违约,且其向良诚所及陈硕律师支付全额律师费的条件已经成就,陈硕律师已对诺山集团享有合法债权,且债权金额远超涉诉的九百万元。良诚所及被告人陈硕律师基于保护自身合法权益,针对合法债权留置上述款项,该行为显然不构成刑事犯罪。

"综上,诺山集团的上述行为不仅背信弃义、过河拆桥、毫无契约精神,其在公安机关已经撤案的情况下,执意提起刑事自诉,妄图利用公器获取私利,利用刑事诉讼打击在其重大困难时给予巨大帮助的合作伙伴,更是违背了最基本的善良情感与普世价值,其主张显然不能得到法庭的支持。"

双方准备得都很充分，整个庭审进行到现在，几乎没有无效时间，双方还在激烈地交锋着。

许卓："审判长，双方的争议无非就是律师代理费。我要特别提请法庭注意，代理费是否有争议，不能成为阻却陈硕占有涉案款项的非法性的理由。"

罗英子："若非諾山违约在先，造成被告人极大不安，在紧迫情势下私力救济保护自身合法利益，被告人陈硕如何会留置涉案款项？"

许卓："审判长，无论对方如何狡辩，陈硕私自在共管账户中转移处分涉案款项都是明显的犯罪行为。我已经与代理协议中的另一位代理人韩之通律师取得联系，现在向法庭提交出庭作证申请，由韩律师出庭作证。"

法庭顿时鸦雀无声。

罗英子和陈硕相互看了一眼，夏舒和方睿直接站了起来，但被邱华拉回到座位上。

罗英子举手："审判长，反对！这是证据突袭行为，开庭前自诉人并未提交证人出庭作证申请书，不符合法律规定！"

审判席上的三个人小声讨论着，片刻后审判长抬起头。

"韩之通是案涉代理协议的当事人之一，他的陈述有利查清本案事实，请韩之通律师出庭吧。"

许卓嘴角微微扬起。

侧门开了，法警带着老韩走进来，上了证人席。

证人宣誓完毕，许卓开始发问。

许卓："韩律师，我们了解到被告人陈硕从共管账户中私自提取九百万元后，向您支付了其中的百分之二十，但您后来为什么又把该款项返还给諾山集团？"

老韩："因为我是个遵纪守法的好律师呀，代理协议确实约定了我们有权代收执行或者过付的债权款项，但没约定可以自行支取分配。我觉得陈律师分我钱这事有风险，所以就把钱退了。中间我还劝过陈律师退钱，实在不行再找詺山协商一下，双方再签个补充协议，可他就是不同意。要我说年轻人经历的事儿太少……"

许卓："好了。审判长，韩律师表述得已经非常清楚了，陈硕在明知违法违约，且在另一代理人劝阻下仍然以非法占有为目的，提取、分配了属于詺山集团的巨额款项，主观恶性极大，显然符合侵占罪的犯罪构成。"

这时审判长开口道："韩律师，被告人陈硕是如何从共管账户中提取、分配的过付款项，这个过程你是否知情？"

老韩："一开始的确不知情，后来收到钱以后我就纳闷，不是共管账户吗？对方明显就是不想给钱，可这钱又是怎么取出来的呢？一问这才知道。要我说，詺山的情况我理解，确实存在不可抗力，代理费少给点也不是不能商量嘛。"

许卓赶紧打断："韩律师，请对您的法庭发言负责。自诉人詺山集团从未有恶意违约的故意，只是当时政府已经介入调解，情势已经发生变更。詺山集团也在积极与被告人进行协商，力求达成一致。既然被告人认为证人出庭作证程序存在瑕疵，我们申请让韩律师先退场。"

罗英子举手："等一下。审判长，我要回应自诉人。"

审判长示意许可。

罗英子："首先，我们不否认被告人陈硕在共管账户操作上存在瑕疵，但这一切的前提正如证人韩律师所述，是在自诉人詺山集团公然违约在先的前提下，陈硕为保护自身利益而采取的无奈之举。何况双方并未就律师费金额的结算事宜达成新的一致，按照合同约定，陈硕在共管账户中提取的九百万远未达到约定支付金额，结合付款条件已经成就的事实，该九百万不能笼统认定为詺山集团的款项。"

许卓急切地试图举手打断："审判长，反对！"

罗英子："审判长，我们恰好也有一段重要的录音，录音的当事人就是自诉人法人代表孙铭山。它可以证明，我方当事人采取私力救济,就款项留置的前提是对方违约在先,且已明确表示不会依约支付律师费。"

许卓站了起来:"反对,对方这是证据突袭!不符合法律规定!"

罗英子看着他:"你刚刚申请韩律师出庭作证,难道不算证据突袭吗?审判长,陈硕为何要冒着极大的风险,先行留置案涉款项?答案就在这段录音里。我们要求当庭播放,请审判长许可。"

审判长示意许可。

罗英子拿出一个U盘给法警,法警又交给书记员。

许卓低声问孙铭山:"什么录音?你和陈硕还有别的接触?"

孙铭山也是一脸惶惑:"没有啊。"

录音响了,法庭再次安静下来。

录音里,孙铭山承认他应该付律师费,但因为情况发生变化所以不想付了,同时还有老韩的对话。

许卓听着,忽然看向老韩,老韩招手冲他笑笑。

录音放完,众人面面相觑,不时有议论声传来。

罗英子:"录音里,除了自诉人法人代表孙铭山先生,另一位就是证人韩之通韩律师。"

审判长看过来:"自诉人对此有何解释?"

许卓激动道:"我方强烈抗议这种私下里录音的卑鄙行为。"

罗英子冷笑一声:"比利用完律师就想甩掉律师,甩不掉就要把律师送到监狱更卑鄙吗?"

所有人屏息凝神,等待着最后的裁决。

审判长和审判员互相商量着,抬起头。

审判长:"本庭认为,被告人陈硕是否构成侵占罪,需要判定其是否以非法占有为目的,明知系諲山集团交由其代为保管或收取的执行款项,仍然占为己有,且拒不归还。结合本案事实,被告人自行处分案涉款项,系基于对双方之间委托代理协议约定的律师代理费支付结算的认识；该认识，又基于对于诏山集团履约行为及随后其与诏海集团达成和解协议的事实而作出。双方的争议在于律师费的结算支付，该争议不属于刑法视域下的规制范畴。所以，本庭宣布……"

所有人都准备站起来。这时罗英子举起手来："审判长，恳请您允许我最后发表下意见，就几句。"

审判长闻言一皱眉，又看了眼孙铭山这边，还是轻轻点了点头。

罗英子站起来，看向对面，也看向旁听席。

"今天，站在这个刑事审判法庭上，我的内心充满了悲哀。本案无疑是一起单纯的合同纠纷，可对方罔顾诚信，践踏合同在先，利用刑事手段打击报复在后。他们不光在欠款到手后想出卖为自己冲锋陷阵的律师，还要把帮他们渡过难关、自担风险的人送进监狱。所谓背信弃义、恩将仇报，莫过于此！我们承认，被告人的行为并非无可指摘，但他只是为了捍卫自己的合法利益。我们要特别补充的是，根据协议第八条之规定：诏山集团未经陈硕律师许可私自与对方达成和解协议，视为陈硕律师已完成所有约定义务，诏山集团应依照全额支付律师费。按照该约定，我方当事人应得的代理费用就不只是这区区九百万。其余的部分，我们会到另一个法庭上去争取。"

旁听席上的，方丽虹站起身来，悄悄离去。

所有的人都站着，审判长正在宣读判决书。

"综上，案涉委托代理履行过程中，双方未就因代理事项产生的费用进行结算，自诉人诏山矿业集团有限公司指控陈硕侵占的数额无法确定，罪名不能成立。自诉人未提起附带民事诉讼，其纠纷应另案处理。依据《中华人民共和国刑事诉讼法》第二百条第（三）项之规定，判决如下：被告人陈硕无罪！"

罗英子微笑着转过脸去，要和陈硕握手祝贺，陈硕突然蛮横地伸出双臂，紧紧地拥抱了她。

旁听席上的伙伴高兴地看着他们。

老薛咳了一声："喀，审判长还没读完呢。"

陈硕笑容满面地松开了罗英子，双方并肩站在那里听完判决，两人的手在下面紧紧地牵着。

陈硕满面春风地拥着罗英子，和老薛一起从法庭出来。

两个记者小跑着迎上他们："罗律师，最近经常出现像这类把经济纠纷当成刑事案打的案例，对本案您还有什么话要说？"

罗英子大声地："我们将起诉諙山集团，索要双方依协议规定的我方当事人全部的代理费。我们不能容忍这种背信弃义的行为，更不能容忍这种利用刑事手段打击合作伙伴的践踏法律的行为！"

台阶的另一边，许卓也在接受记者采访。

许卓神色如常："我只能说，本案被告是个无耻小人。我将向律协举报他的行为，这种人，不配待在律师队伍里。"

陈硕过来了，记者们纷纷将相机对准陈硕。

陈硕伸手和许卓握手："许律师，又见面了，这次打败你的却不是我。"

许卓压低声音："哈，我的手下败将。败军之将，也敢言勇？"

陈硕也小声地："你是说此刻的你吗？许律师，你没能帮諙山集团从我这里要回钱去，你的律师费还拿得到吗？他们既然能出卖我，相信也一定能出卖你。"

许卓沉着脸："你高兴得太早了。这个案子我拼上不收费，也要把你从諙山那里拿到的钱打回来。"

陈硕哈哈一笑："好啊。我等着你。"

罗英子在远处叫了一声："陈无良。"

陈硕回头。

罗英子叫道："啰唆什么呢？走吧。"

陈硕走过去，很自然地拥起罗英子走了。

罗英子上车，陈硕上了副驾驶座。

罗英子:"系上安全带。"

她低头系安全带,陈硕一把把她抱住了,同时伸过头来。

罗英子心醉神迷地看着他,脸慢慢靠过去,两人终于吻了起来。

"英子,英子,我梦想这一刻已经很久很久了。"

"我没有,一切都没有准备。我喜欢的不是你这一挂的。"

"我也是。我原来喜欢的也不是你这一挂的,一切都是命运的安排。"

"是啊,谁知道我能喜欢上一个无良。"

"我也没想到我会喜欢上一个正义。"

两人又沉醉地吻起来。

方睿和邱华、夏舒出现了,看到了这一幕,方睿想笑,被邱华和夏舒一把拉走了。

三天后,罗英子开着车,陈硕还坐在副驾驶座。

"真不愧是罗正义啊,我的案子刚忙完,就找别的案子发挥余热了。"

"这叫冥冥中自有安排,梅先生的案子我一直放不下,要不是因为许卓,我也想不到梅先生的案子会这么复杂,我必须查清楚。"

"你那个江师兄会帮你吗?杨翠丽可是他的当事人,他俩是一头儿的。"

"梅先生也是他的恩师,如果不是杨翠丽翻供,梅先生夫妇也不会出事。我相信他会同意的。你说呢,陈无良?"

陈硕看向罗英子,笑了。

"对,会同意的。"

一家小律所的会客室里,一位三十几岁的男律师进来了。这人姓江,是罗英子司考培训班的同学。

江律师四处看看:"谁找我?"

罗英子站起来:"师兄,好久不见。"

江律师吃惊地瞪大眼睛:"罗英子!大美女,瞧瞧,越来越漂亮了!我之前还听说你把一个死刑犯直接打到发回重审,你真厉害。"

罗英子赶紧递上名片:"你可别笑话我了,师兄,这是我的名片,我现在不在良诚所了,我自己当小老板了。"

江律师笑着接过:"过去我就看你主意大,还真有两把刷子。怎么着师妹,找我啥事?"

"师兄,我听说您去年代理了一个交通事故,当事人叫杨翠丽。"

"对,一个小案子,很快就解决了。怎么了?"

"那,杨翠丽应该对你很信任吧?"

"还行吧。她当时的情况比较窘迫,也没正式工作,交不起律师费。那个案子我打的是法律援助。她觉得不收钱的律师肯定不会尽力,没想到我帮她打赢了,还帮她拿到了六万多的赔偿,所以……"

"这位杨翠丽和梅先生的关系您了解吗?"

"啊?她和梅先生有什么关系?"

"梅先生是在代理一起强奸案的时候丢的律师资格,你一定知道吧?这个杨翠丽,就是那起强奸案的当事人。"

江律师吃了一惊:"怎么是她呀?我记得这案子,当年可是当庭翻供啊。"

罗英子点头:"是,您也了解梅先生,梅先生肯定不会去收买或者威胁证人改变证言,所以当年她改变证言,一定是有人想陷害梅先生夫妇,就把她当枪使。所以……"

"英子,你想找她说出真相?"

"是,梅先生不许我找她,一再说她不想翻案,只想知道是谁陷害她。我之前找过她,可她什么都不说。所以我目前只有推测没有证据。"

"这样啊。杨翠丽生活得很不容易,我代理她的时候她连个正式的工作也没有,去年过年的时候给我打过一个拜年电话,我知道她有工作了，还刚刚生了孩子，生活安定了下来。这个时候我们去找她……"

"我们不惊动任何人，只找她本人谈谈。梅先生的态度很明确，事情已经过去，她不求翻案，所以无论杨翠丽说出什么，都不会对她以后的生活造成任何的影响。师兄，这是梅先生多年的一块心病，如果没有她说出真相，梅先生的心病就不可能去除。"

江律师为难地想了想："那我就帮你约她。不过英子，小杨上次都不开口，这次你凭什么保证她愿意说出来呢？"

罗英子认真地说："她现在有家有业，不开口无非是怕受牵连或者是旧事传开，如果我能给她一个切实的保证，我想她会答应的。"

宿舍里，梅大梁整理着教案，罗英子坐在旁边等着她的答复。

梅大梁看看桌上的文件，继续忙自己的："委托书？英子，我说过不希望你再去找杨翠丽。"

罗英子劝道："可她是唯一的知情者。梅先生，您是怕我旧事重提，伤害到她吗？"

"我只是不想再追究什么结果。"

"可我觉得您在逃避。于先生不在了，您也不再做律师了，从结果来说，翻案已经于事无补。可良诚所为什么陷害您，他们又是怎么利用了杨翠丽，您真的不想知道吗？"

梅大梁合上材料，神情萧索："想知道，但又害怕。就像许卓，从当年一个意气风发的公益律师，变成了戕害同行的野心家，我怕良诚所的真相比这个还要可怕。"

罗英子抓住她的手："梅先生，您就给我出个授权，让我再去找一次杨翠丽吧。如果她当年说过假话，那现在说出真相也是她的义务。我推测她是被人教唆，您可以保护她，但您想保护教唆她的人吗？再说了，我觉得她仍然有心结，您给她一个承诺，让她说出实情，对她也是解脱吧？"

梅大梁沉吟了一下："好吧。可是你要保证，如果她肯说实话，你要对她说出的一切绝对保密。"

"我保证。"罗英子振奋道，她又想到了什么，犹豫着，"梅先生，您不和我一起去见她吗？"

梅大梁摇头："不了，她面对我心理压力会更大，你和她谈吧。"

梅大梁把她送出来，罗英子上了车，冲梅大梁挥挥手。

手机也就在这时响起来，是江律师："英子，杨翠丽我已经帮你约了。"

罗英子高兴道："真的？太谢谢你了师兄，回头我请你吃饭。"

"英子，她是看在我的面子上才答应的，但其实有点抵触。"

"师兄你放心吧，我知道怎么和她谈。"

咖啡厅里，江律师和杨翠丽坐在一起，罗英子谢过服务员，起身给杨翠丽倒着水果茶。

罗英子真诚地看着她："杨女士，上次我突然去找您是我太冒昧，我先向您道歉，对不起。"

杨翠丽冷冷地："如果你还是为了当年那事，我没啥可说的。"

江律师也在旁劝着："小杨，其实梅先生也是我老师，如果她真的无辜，我站在旁观者的立场，也希望你能说点什么。"

罗英子平静地说："杨女士，虽然我是为梅先生而来，可事实上，梅先生一直反对我调查，她说您已经有了新生活，她不希望我给您带来二次伤害。"

杨翠丽一愣："她都那么说了，你还找我干啥？"

罗英子："因为当年梅先生的丈夫为此丢了命，因为梅先生为此丢了律师的执业资格，更因为这件事不仅折磨着梅先生，也在折磨您。"

杨翠丽怔住了。

罗英子："十年前，您善良又有勇气，不然您不会冒着名声受辱的风险告诉梅先生真相。现在十年过去了，您真的觉得这件事结束了吗？"

杨翠丽有些哽咽，但她强迫自己平静下来："罗律师，我说过了，当年就是梅律师他们教我说的。"

江律师赶紧找补着："小杨，罗律师来找你，不是让你去法庭上改口，也不是要把当年的事儿告诉你的老公孩子，她只是想帮梅先生。"

杨翠丽摇摇头："我不信，我谁都不信。"

罗英子和江律师对视了一眼。罗英子说道："师兄，让我和杨女士单独谈谈行吗？"

江律师会意离开，罗英子拿出委托书，双手交给杨翠丽。

"杨女士，这是梅先生出具的委托书。她只要求一个真相，绝不翻案，也保证不把当年的事情泄露。如果您还是不信，我现在就在上面签字。"

说着，罗英子在委托书上签下自己的名字。

杨翠丽看着委托书，迟疑着："她……怎么没来？"

罗英子轻声道："她担心您有压力。这个社会上，一个女人最容易被所谓的名声摧毁，所以她理解您选择保密，也承诺您她只要真相，之后会永远对此保持沉默。"

杨翠丽有些哽咽："我说了，这件事真的就能过去了吗？"

罗英子点头："是。我们都知道您用了很多年，才从那件事情中走出来。但梅先生至今还被那件事情压着。她让我告诉您，她没有权利逼您一定说，但如果您肯把真相说出来，就是帮了她，她会用一生感谢您。杨女士，委托书给您了，选择权在您。"

杨翠丽看着委托书，长久地犹豫着。

"罗律师，我说。"

杨翠丽走了，罗英子千恩万谢地送走江律师。一个人站在咖啡厅门口，重重地叹了口气。

她有些迷茫地看着来来往往的行人，拨通了梅先生的电话。

"梅先生，当年的真相我已经完全清楚了。您什么时候有空和我一起去趟良诚所？十年了，故事该有个结局了。"

方丽虹正和陶正窃窃私语，忽然听到外面一阵嘈杂声，方丽虹奇怪地开门出去看。刚走出来，方丽虹就愣住了。

罗英子陪着梅大梁正往自己办公室走过来。

方丽虹愣了一下，急忙迎上去："梅先生，您怎么没打个招呼就来了？所里应该派车去接您的。"

梅大梁微笑着："是罗英子她们请我来的，她们说要请我到这儿来，和你们大家，良诚所所有的合伙人在一起，听一个故事。"

方丽虹看看罗英子："什么故事？"

会议室里，一侧坐着良诚所几乎所有的合伙人：方丽虹、陶正、张志、老韩、赵斌，以及另外几个老人；另一侧，只有梅大梁和罗英子。

见梅大梁点头，罗英子开口了。

"十年前的9月21号，是个星期一。这一天良诚所来了一位不速之客，她就是梅大梁夫妇代理的那起强奸案的受害者杨翠丽。案子马上要开庭了，杨翠丽已经出具了是交易不是强奸的证言，但她压力巨大，于是想到梅先生这儿来寻求一点心理安慰。可奇怪的是那天梅先生虽然就在所里自己的办公室里，却并没见到她，反倒是今天在这个会议室里的许多人见过她。大家还有印象吗？"

空气像凝固了，罗英子看向众人，每个人都目光闪烁，回避着她的视线。

老韩说话了："我可没见过这个人，梅先生在这个案子上出了事我才知道有这么个人的。"

罗英子:"您那天是没见过她,您那天被另外一件事情绊住了。"

老韩:"什么事?我不记得了。"

罗英子:"陈辰,这个名字您还有印象吗?"

老韩脸好像红了:"噢,和她有什么关系?"

罗英子:"那天一早,现在已经离职的陈辰律师就来找梅先生哭诉。"

2006年9月12日上午九点半,梅大梁正在写东西。办公室的门被推开了,一个三十岁左右的女律师进来,还没说话就哭了:"梅先生,我要和您说件事。"

梅大梁抬起头:"什么事,陈辰?"

陈辰一边哭一边对梅大梁说着,一会儿老韩来了,梅大梁一会儿严厉地冲老韩说着什么,一会儿又和颜悦色地对陈辰律师说着什么。

罗英子又看过去,老韩尴尬地挪动着屁股。

"她向梅先生哭诉多次受到韩律师的骚扰,梅先生于是把韩律师叫进自己办公室来,一边批评韩律师,要求他向陈辰律师当面道歉,一边安抚陈辰律师,希望她接受道歉,息事宁人。可韩律师不承认陈辰律师的指控,为自己百般辩解,事情就在这儿挡住了,梅先生被这件事纠缠住不可脱身,而于先生恰好出差,恰恰在这时候。杨翠丽来了。"

上午十点,杨翠丽从电梯里出来,怯怯地走向前台:"小姐,我找于律师。"

前台小姐:"于律师出差了。"

杨翠丽:"那,梅律师呢?"

前台小姐:"你等一下。"拿起电话问着,放下电话:"你坐那儿等会儿吧。"

杨翠丽坐在了走廊一侧的椅子上。

罗英子:"梅先生,当时前台应该是给您打过电话通报的,您为什么没出面接待杨翠丽?"

梅大梁:"当时只告诉我有位当事人找我,可我被韩律师这件事纠缠着,一时脱不了身。合伙人对手下的律师性骚扰,这件事如果传出去对律所的名声打击有多大?我只想着大事化小,想压韩律师向陈辰道歉,同时要求陈辰保守秘密,息事宁人。可他们双方,一方坚持不肯道歉,另外一方坚持要向律协投诉,就这样一时僵持在那里。我是让我的助理出去过的。"

罗英子:"他出去了,没解决问题,反而引起了别人的关注。"

杨翠丽坐在那里,一个年轻的男律师出来:"杨女士,你来了?找梅主任?"

杨翠丽起身:"对。她在吗?"

男律师:"她开会呢,暂时没时间。你有事吗?"

杨翠丽支吾着:"也没大事。"

男律师:"没事改天再来好不好?梅主任这儿确实没时间。"

杨翠丽犹豫着:"好,好吧。"

男律师点点头:"那我就回去了。"

他回去了,但杨翠丽并没走,她犹犹豫豫地继续坐在那里,一副不知道该怎么办的样子。

在那个男律师和她说话的时候,赵斌从旁边过,留意地看着他们。

罗英子继续讲述着:"杨翠丽没找到梅先生,她不知道该怎么办。案子马上就要开庭了,她不知道出具的那份证言会给自己带来什么后果,内心恐惧惶惑。正当她失望地想离开的时候,有个人出现了。"

杨翠丽终于还是站了起来,她走过去,按了下行的电梯。

正在这时候,门开了,张志从办公室里走出来。

"是杨小姐吗?"

杨翠丽回身:"我是。您哪位?"

张志很亲切地笑着:"梅主任有点事儿,一会儿就完了。您进来等她吧。"

杨翠丽如释重负,一下子放松下来,跟他进去了。

罗英子看向众人:"她就被带进了这个房间。在这儿,她遇到了什么?"

所有人都沉默着。

罗英子掏出自己的手机,翻出照片,一张张翻着,照片上是在座的合伙人,只是少了老韩。

"我拿着这些照片让她辨认过,她认出了上面所有的人,也就是说,在那个上午,你们这些人都先后在她面前出现过,对她说了不同的话,中心的意思只有一个:如果她新出的证言和原来在警方出的证言不一样,那她很可能面临着作伪证的法律责任,甚至会被认定为犯罪,她可能面临着最长三年的刑期,同时她的事情将被写进判决书公布出来,被广为人知。她将不得不离开这座她好不容易才落下脚的城市,并将面对亲人朋友熟人的鄙视。"

偌大的会议室里一片死寂。

梅大梁用悲哀的目光仔细地在他们每个人脸上扫过,众人的眼睛都回避着。

"我一直想不明白,你们先后出面诱导她再次改变证言,是一致的行动,还是各自为政。如果说是一致的行动,那为什么各说各话,同样的意思重复讲了五六遍;如果是各自为政,那为什么又如此行动一致。"

那几个人互相看着,还是不说话。

这时，罗英子看向方丽虹。

"方律师，您能帮我们解开这个疑问吗？"

"既然梅先生已经知道，我们也没必要隐瞒了。我也是今天才知道除了我，别人也还去过。那天，我们并不是一致的行动，只是不约而同。"

"哈，这么巧。"

"不是巧，是那天赵斌告诉我们她来了以后，我们几个凑在一起讨论这件事。在讨论的过程中大家都先后出去过，现在我知道了，大家分别去了那儿，对她说了差不多的话。在梅先生和于先生因为那件事情倒下后，我曾经长期被我曾经做过的事情折磨着。我觉得是我的话导致杨翠丽到法庭上又再次改变了证言。现在我知道了，对她说那些话的不止我一个人。我比过去轻松多了。"

"可是方律师，还有曾经去劝过杨翠丽的其他各位，你们为什么要那样做？你们不知道你们是在陷害你们的导师、你们律师道路的引路人和良诚所的创始人吗？"

方丽虹辩驳道："我当时没觉得会产生那么严重的后果。我知道梅先生和于先生找到她以后，她才承认是交易不是强奸的，我觉得梅先生和于先生真是多此一举，于是就在她面前稍微提示了一下她这样做可能面临的危险，她后来真的到法庭上又反咬一口，我吓了一跳，我想不明白为什么我那几句话就会让她当场翻供，我其实没说什么过分的话。"

这时陶正也开口了："我也没有。我只是告诉她，假设她作伪证会面临什么样的法律后果，如果她没作伪证，又何必害怕呢？"

然后是张志："我也没有。我只是把强奸受害人和卖淫的法律责任给她分析了一下。当然这二者是有区别的，我没威胁她，也没暗示她应该怎么做，至于她如何理解，我怎么能知道？"

然后是赵斌："我更不可能用什么法律后果威胁她了。我只是对她说，强奸受害人和卖淫女的名声不一样的。这还用说吗？你被强奸了,当然很不幸,但你不是自愿的,你是受害人啊,起码有人同情。可你如果是卖淫呢?还是同时卖给三个人,这传出去是什么名声,还用我说吗?"

老韩听到最后,忍不住哈哈大笑,笑得眼泪都快出来了。

"哈哈哈哈,我还以为光我这样的人会叛变,没想到像你们这样浓眉大眼的也会叛变。是,你们每个人都没说什么过分的话,可加到一起呢?这女孩知道了,如果她坚持在警方那儿的交代,她不过是一起强奸案的受害者,她会得到同情,也不会负什么法律责任。可如果她改变了证言,哪怕她后来说的是真实的,也可能被质疑是做了伪证,她不仅会因为卖淫受到处罚,还可能承担伪证罪的法律后果。所以她到了法庭上再次改变证言,咬定是梅先生于先生教唆她作伪证。你们每个人似乎什么都没做,可就是你们把梅先生于先生害了。"

几个人都沉默着。

罗英子盯着众人:"可是,你们为什么要那样做?梅先生和于先生是你们的导师,你们职业的引路人,是他们创建了这个律所,给了你们每个人发展的机会和平台,你们为什么在那个时候不约而同地一起陷害他们?"

又是一片寂静。

梅大梁笑了笑,缓缓开口:"事隔多年,我已经有了许多的反思,也想明白了许多事情。我今天回来,第一不是来翻案的。那件事已经过去了,老于已经死了,虽然是戴罪之身,但毕竟没有判他的罪。我失去了律师资格,但我早就雄心不再,也不想再去谋求恢复资格。第二我不是来和大家算账的。如果一个人对我心存不满以至于要做出这种举动,可能是他的问题,如果是大家不约而同,那肯定是我们有问题了。我今天来,只是想了解真相。刚才方丽虹说,这么多年,她一直被当年自己对杨翠丽说出的话而饱受折磨,我相信在座的其他人也一样。现在,有了这个机会,难道你们不想把为什么告诉我吗?让我们解开我们彼此心里结了多年的这个疙瘩。"

陶正红着眼睛:"好吧,我先说吧。梅先生,我上学的时候,您是我的导师,我过律考的时候,您曾经给我很大帮助,更不用说我郁郁不得志的时候,您招我进了良诚所,给了我发展的平台。可以毫不夸张地说,您是我的恩人,没有您,就没有我。可是,您和于先生难道没意识到当时你们在良诚所是怎样的存在吗?"

梅大梁:"我们怎么啦?"

陶正:"你们专横、霸道,说一不二。哪怕我们已经不再年轻,哪怕我们已经事业有成,在你们眼里,我们仍然是你们的弟子,是跟班,我们不可以有自己的自由意志,不可以对你们稍不顺从,否则就是大逆不道,就是对你们的大不敬。"

张志也激动起来:"没错。梅先生,您和于先生一定早就忘了那件事吧?我曾经多次和你们二位合作案子,代理费的分配比例,一直是任二位说了算。那次那个东方电子诉通达贸易公司的合同纠纷案,是我找来的,是我为主打的,我只是对分配比例稍稍地提了点看法,于先生就在开早会的时候,当着全所律师的面把我骂得狗血喷头,丝毫不留情面。"

梅大梁:"可后来我们分配给你的比你自己要求的还多。"

张志:"我当然记得。我知道梅先生和于先生在意的不是我想多要钱,而是我冒犯了你们说一不二的权威,但二位也应该想到,我在意的也不是你们多给的钱,而是我被践踏的自尊。"

赵斌梗着脖子:"还有我。梅先生您一定不记得了吧?在我当合伙人的过程中,是您和于先生一再阻挠,说我资历不够,说我对所里创收不够。其实真正的原因,就是因为我平常喜欢顶撞二位,二位想给我一点颜色看。"

梅大梁:"可就是在我们手上你才当上合伙人的呀。"

赵斌:"是的,我当上了,可那是我迫不得已亲自跑到你们家,当面向你们二位低头认错以后二位才转变态度的。梅先生,你们想过我也有自尊吗?想过我跑去向你们认错内心可能充满了屈辱感吗?"

梅大梁感慨地摇摇头，又把目光转向方丽虹："小方，你呢？你不应该吧？当初我们最赏识的是你，哪怕这个所是我们一手创立的，我们还是提名你当了创始合伙人，你不至于对我们有积怨吧？"

方丽虹微笑了一下："梅先生，我很悲哀，您至今没意识到您和于先生当时的问题所在，您觉得你们对别人有恩惠，别人就应该对你们感恩戴德。你们在所里是山一样的存在，巨大的阴影笼罩着每一个人，压得每一个人都喘不出气来，这其中，也包括我。没错，我是创始合伙人，可你们在的时候，我真的有创始合伙人的权力吗？哪次合伙人会议，还不是于先生开头，您来总结，中间别人说过的话等于没说？"

梅大梁微微颔首："也就是说，当我们还自以为是带着学生创业的时候，实际上每一个学生内心都已经对我们充满了愤怒和积怨，只是表面上维持着对我们的尊重。是这样吗？"

没人说话。

梅大梁看着方丽虹："小方，是这样吗？"

方丽虹："对不起，我不想说，可实际情况就是这样的。我们几个已经在私下里讨论过好几回，我们想改变这种状况，可又不知道该怎么办。毕竟，一日为师，终身为父，更何况二位还不仅仅是我们的老师啊。"

梅大梁："就在这时候，杨翠丽出现了，对吧？"

方丽虹呼出一口气："对。那天我们就趁着您和韩律师说别的事情的时候又凑在一起讨论所里的情况，杨翠丽来了。我们每个人出于不同的目的，在没有事先沟通的情况下，在不同的时间段对杨翠丽说过一些话。我们哪个人也没有构陷二位先生的故意，没想到却造成了那样的悲剧结果。我们很抱歉。"

梅大梁又看向众人："这就是全部事实吗？"

陶正："当然。"

张志："当然。"

赵斌："当然。"

"撒谎！"

是罗英子。

方丽虹激动道："什么？罗英子，你知道什么！"

罗英子毫不示弱："我当然知道。方律师您也知道，你们说的并不是全部事实。"

方丽虹看着她："哈，好像你知道些什么。我们说的当然就是全部事实。我们无意中陷害了梅先生和于先生，我们愿意就此当面向梅先生道歉。"

罗英子："您承认你们陷害了梅先生和于先生了，不管是有意还是无意，可是你们的动机究竟是什么？难道，仅仅是因为梅于二位先生在所里一手遮天，天下苦秦久矣吗？"

几个人互相看看。

方丽虹干巴巴地："没那么夸张，可基本上，就是。"

梅大梁看着方丽虹："我想不只这么简单吧？"

方丽虹逃避梅大梁的目光："好吧，我承认，和所里面临的巨大风险有关。"

罗英子："噢，只有巨大的风险，没有巨大的利益吗？"

方丽虹厉声道："不要用你的价值观来判断一切事情。当我们得知当年那件事的时候，我们首先感觉到的就是巨大的风险。我们在那件事上没有任何的利益，却要承担巨大的风险，所以我们才迫不得已做了那些动作。"

陶正像是豁出去了："这有什么不好承认的？我来说！铸成案有巨大的利益，最后它的管理费超过了五千万。当梅先生和于先生接到这样一起案子的时候，他们可以让所里其他律师进入管理团队，可他们是如何做的？他们宁可找了卓越所的许卓律师，也没叫所里其他律师。也就是说，当面临巨大利益的时候，他们宁愿让外所的人分一杯羹，也不愿意和所里其他律师分享。"

罗英子:"梅先生,陶律师说得对啊。那个案子收益巨大,哪怕您把所里所有的合伙人都拉进来,每个人所分到的利益也不少,还是笼络人心的好机会,可您和于先生为什么不做,却要把这个机会给外人呢?"

梅大梁缓缓地:"在知道当年的事情和这个案子有关以后,我也经过了痛苦的反思。我不得不承认,当时的我和老于狂妄自大,我们已经意识到我们的管理方式在所里激起了反抗,对我们不满的暗流在涌动。如果换到现在的我,我会意识到是我们出了问题,我要改变的是我们自己,但在当时,我们却只觉得是自己的权威受到了冒犯,我们想给冒犯者以教训,让他们明白,只有跟着我们的人才会有利可图,而反抗我们则连汤也喝不上。另外,我也不得不承认,每一个功成名就的人,都热衷于传承自己的衣钵,在当时,我们看上了许卓。我们帮他在他的第二次审判中得到了无罪,我们看中了他的才气,觉得他才是我们理想的接班人,我们想提携他,所以我们把他拉入了管理人团队。"

方丽虹:"可是先生您想过吗?当您发现铸成的老板大量转移资产并且决定保密的时候,您给良诚所带来了多大的风险?当我们得知这个消息后,我们气愤又无奈地发现,我们面临着这样的局面:铸成案的利益,我们得不到,可万一铸成案出了问题,我们所所有的合伙人都要受到牵连。要知道合伙人对律所是要承担无限连带责任的,也就是说,万一铸成案真的出现了问题,我们这些分不到利益的人却要跟着受牵累,一个也跑不了。"

梅大梁:"可事实证明我们当时的方案是唯一正确的选择,即使后来我们倒下,你们接手以后,你们还不是采取了和我们同样的策略?"

方丽虹:"当然。可我们成了利益共同体,我们把风险掌握在了自己手里,这和我们得不到利益却要承担风险确实不一样。"

罗英子:"可是一开始你们并不了解铸成案的情况。是谁向你们告了密,现在可以说了吗?"

几个人互相看看。

方丽虹:"当然。事到如今,还有什么密可保?是许卓律师私下里会见了我,告诉了我铸成案面临着巨大的风险。"

梅大梁缓缓垂下眼:"这正是我始终不愿意相信的事实。在铸成案上,我们和许卓配合默契,我们采取的每一步的策略他都了解,并且彼此的看法也一致。他和我们利益相关,对案件的想法也和我们一致,他为什么要出卖我们?"

方丽虹:"梅先生,看起来您对许卓律师还是了解不够。对你们来说,许卓律师就是昨天的我们。他被你们解救,受你们恩惠,被你们当成了接班人。可许卓律师的个性,您觉得他是甘居人下的人吗?当您和于先生对他颐指气使的时候,不满和反抗的种子早就在他心里生根发芽。更何况,他的卓越所刚刚成立,更经不起任何的风浪,而您和于先生作出对铸成老板犯罪线索暂时保密决定的时候,甚至都没征求过他的意见。"

梅大梁:"可是我们问过你们的。"

方丽虹惨然一笑:"哈,对梅先生和于先生来说,告知,就等于是征求了。可在许卓来说,那只是你们作了决定以后的顺便通知罢了。"

梅大梁有些不解:"可你们接手那案子后,他还不是同意暂时保密了?"

方丽虹:"那是我们在对他作了承诺以后。"

罗英子:"什么承诺?"

方丽虹:"我们接手了管理团队,发现如果想重整成功,暂时保密是唯一正确的选择。但这意味着所有参与的律师要承担巨大的法律风险。就和刚刚结束的万禾案一样,一旦被债权人知道,我们将可能面临未尽如实披露义务,被债权人巨额索赔的风险。在这种情况下,我们和许卓律师谈判,承诺万一出现那种情况,卓越所可以免责。许卓律师甚至要求良诚所承诺,万一出现那种情况,良诚所将补偿卓越所的经济损失。我们是在被迫作出这种承诺后才换来他和我们一致行动的。"

陶正:"我很奇怪,良诚所的律师,大部分是梅先生于先生的亲传弟子,尽管我们对二位先生不满,假如二位先生能和我们利益共享、风险共担,我们是绝对做不出出卖二位先生的事情的。但二位先生抛弃了自己的学生,却找了许卓这样一个一贯在法律边缘冒险的小人。他甚至没等风暴来临,只嗅到风暴的气息就积极地出卖了先生。"

"所以,那天,当梅先生被韩律师的事情纠缠住的时候,你们凑在一起,并不只是在发泄对梅于二位先生的不满。你们已经知道了铸成案面临的风险,你们在讨论怎么办。正在这时候杨翠丽来了。你们发现了一个机会,可以轻易地扳倒梅于二先生,从而把铸成案从他们手里夺过来。是这样吗?"

罗英子若有所悟地点点头,然后看向众人。

30

罗英子抬头望去,没人回答她,偌大的会议室里,只能听到众人的呼吸声。

罗英子深吸了一口气:"我再问一遍:所以,那天,当梅先生被韩律师的事情纠缠住的时候,你们凑在一起,并不只是在发泄对梅于二位先生的不满。你们已经知道了铸成案面临的风险,你们在讨论怎么办。正在这时候杨翠丽来了。你们发现了一个机会,可以轻易地扳倒梅于二先生,从而把铸成案从他们手里夺过来。是这样吗?"

方丽虹:"不是。"

罗英子:"事到如今,方律师您还不肯承认?"

方丽虹:"我当然不会承认。我们那天是在私下里讨论铸成案将给所里带来的风险,正在这时候得知了强奸案受害人来的消息。我们几个人都在这儿,当着大家的面,你们几个说说,我们就这两件事情的联系讨论过吗?"

陶正:"没有。"

张志:"当然没有。"

赵斌:"我只是告诉他们杨翠丽来了,而梅先生正在忙着,张志说还是让她进来等,于是把她请了进来,如此而已。"

罗英子:"然后你们就先后走到杨翠丽面前,对她说了那些含义丰富的话,导致她在法庭上再次改变了证言,从而把梅先生和于先生推入万劫不复之境地。"

方丽虹:"那只是你事后的分析。可当时,我们没有一个人有意要去构陷梅于二先生。我们只是对他们有巨大的不满,当走到杨翠丽面前的时候,我们甚至可以说无意中说出了不利于二位先生的话。"

陶正:"当然,所谓不平则鸣。我们当时只是想发泄对二位先生的不满,很自然地在杨翠丽面前说了不利于二位先生的话。至于造成后来的后果,是我们不愿意看到的。"

张志:"对,这件事只是凑巧和铸成案连到了一起。我们当时绝对不是想通过陷害梅于二先生去抢铸成案的。不管你们信不信,当时的我们就是没这动机。"

罗英子忍不住轻笑了一下,这声音几乎微不可察,然而平日这些高高在上、让所有年轻律师不敢直视的大佬,却无人敢直视罗英子的眼睛。

罗英子:"雪崩发生了,没有一片雪花说自己有责任。可是雪崩就是发生了,那压死人的雪就是由这样一片片雪花组成,变成了压倒梅于二人的大山。他们倒下了,他们往昔的弟子们蜂拥而上,抢走了他们的案源,剥夺了他们的利益,甚至包括他们安身立命的资本和生命。"

方丽虹:"对不起,这样的指控恕我不能接受,我只能对我自己的行为负责。我承认我对梅先生于先生不满,我也承认我到杨翠丽面前对她分析过利弊，我的言行，根本谈不上什么突破底线，我只是在适当的时候说了我认为对律所和那女孩负责任的话。如果说我对不起梅先生的话，我承认，在当时的情况下，作为她最信任的学生和合作者，应该把事情告诉她，但也仅此而已。"

陶正："我也是。"

张志："我也是。"

赵斌："我更是。"

又是一片寂静。

梅大梁悲哀的目光缓缓地在每个人脸上流过。每个人都回避着她的眼睛，但又倔强地保持着沉默。

梅大梁站起来："英子，我们走吧。"

罗英子惊讶道："梅先生，就这样走了？"

梅大梁笑笑："不然呢？我早就说过，我不谋求翻案，不想再寻求我的利益，我只想知道真相。现在我知道了，事情不就结束了吗？这么多年，我在不断反思我自己，现在我知道了，我们的专横、我们的自负、我们对他人的无视给他人造成的伤害。我对此表示抱歉和遗憾，其他的我就没什么可说的了，每个人只能对自己的行为负责。我接受命运对我的惩罚，认为我们是罪有应得，至于他们如何看待他们当年的行为，只能是他们自己的自由了。走吧，我累了，回去了。"

梅大梁站起来，头也不回地走出会议室。

罗英子跟在后面，忽然回过头："方律师，我想问您最后一句话。"

方丽虹："什么？"

罗英子："您还是不承认您当年的行为突破了一个法律人的底线，从而间接陷害了他人是吧？"

方丽虹哼了一声："当然。如果连梅先生都不这样认为，又和你有什么关系？"

罗英子的不屑明显地写在脸上，她没再说什么。

微风和煦，阳光晴好，又是忙忙碌碌的一天。

新诚集团大楼里，前台小姐一边追着前面的人，一边掏出手机打电话，前面那人理都不理，高跟鞋在走廊里发出一连串的轻敲声。

郝磊刚放下桌上的电话，夏舒就怒气冲冲地进来了。

郝磊急忙笑着起身迎过去："你来了？咱们的合同看来你没意见。"

夏舒瞪着他："郝磊，张兰姐的股份你也买了，董事长也当了，这次该说一不二了吧？你看看你这合同，你坑我上瘾了？"

郝磊苦着脸赔笑："冤枉。我哪儿敢？"

夏舒从包里扯出一沓文件摔在桌子上："你还冤枉？你合同里写'单次债权实现金额覆盖该笔债权总金额百分之四十的，代理费支付条件自收到该笔债权受偿款项次日成就'。还'次日成就'？不就是不给钱吗！"

郝磊讨饶地笑着："姑奶奶，一天也不让吗？咱们新上的那条生产线，资金的需求量实在是太大，我一时周转不开。"

"哈，就差我那五万？好吧，你不用给我了，我不要了。再见。"夏舒说着，转身就走。

郝磊吓了一跳，急忙过来拉住她："有话好好说，你上哪儿？"

"明天你不就要和你两个叔叔摊牌，把他们赶出董事会了吗？他们肯定也需要律师吧。"

"我怕了你了行吧？我这就把合同改回原来的，钱马上给你！"

"算了，我不要了，留着治你自己的小气病吧，我找你叔叔去了。"

"别别别，你哪儿也不许去。"

两人一个要走，一个要留，郝磊突然一把抱住了夏舒，把她紧紧地搂在怀里。

郝磊深情地看着夏舒："傻瓜，嫁给我，我的就是你的，你的就是我的，以后就不用这么计较了。"

夏舒刚刚失去力量倒在了他怀里，一听这话又抬起头来，警惕地:"别想!就算嫁给你,也得亲兄弟明算账。我的就是我的,你的……也是我的。"

郝磊笑了:"只要你答应嫁给我,怎么都行。"

春节前的一两个月通常是诉讼律师的淡季,做生意的人要么图个吉利,要么有更重要的人要见、更重要的事要做,一般不会在这个时间跟人对簿公堂。

三个女孩坐在一起,邱华和夏舒在吃午餐,罗英子在按计算器。

罗英子:"十七楼的房租又有点涨,咱们抓紧看赶紧定,将来说不定还涨。"

夏舒:"咱们预算够吗?"

罗英子:"说实话有点紧,如果价格能谈下来,勒紧裤腰带,也能凑合。"

邱华很沉稳:"英子,咱们一定要租到良诚所头顶上吗?"

罗英子:"当然了,这不是我们梦寐以求的吗?"

夏舒:"哈哈,一想到我们踩着他们的头顶办公,我做梦都会笑出来。"

邱华:"英子你说了算。不过我建议再想想。俗话说咬人的狗不叫。"

罗英子:"我才不管那一套。我不管咬不咬人都想先叫出来。"

邱华:"我劝你还是收着点好。"

这时,一个快递小哥敲门进来了。

"哪位是夏女士?我来取快递。"

"我是。"

夏舒说着,拿出一支录音笔递给快递:"取件码3161,是一小时同城达吗?"

"是,再和您确认一下,收件信息是鼎薪集团刘总对吧?"

"对。"

小哥走了，邱华和罗英子对视了一眼，齐刷刷地看向夏舒。

罗英子："夏舒，你怎么给刘总寄东西？寄的什么？"

夏舒没事人似的："录音笔啊。"

罗英子惊讶道："什么录音？"

夏舒无所谓地："就是许卓拒绝调查万禾海外资产的录音呗。他告密害人、玩弄女当事人还坑害同行，总得有点报应吧？"

邱华不由得往后挪了挪身子，敬畏道："夏舒，真有你的，赶尽杀绝啊。"

夏舒甜甜地笑了："给这个自恋的中年油腻男一点教训，也算是为广大被戕害的女同胞和无辜律师做贡献了。"

罗英子撇撇嘴："看样子，卓越所要掀起血雨腥风了。"

邱华自言自语似的小声道："也许还不止吧。"

说罢，邱华低下头，继续闷声吃饭。

鼎薪集团，董事长办公室大门紧闭。

沙发上坐了一排年轻的西装眼镜男，每人面前一台电脑，像是技术人员。

刘总在办公室里焦急地来回踱步，不时停下来看一眼电脑屏幕，噼里啪啦的键盘声让他愈发焦躁。

他像是终于忍耐不了这压抑的气氛，开口了。

"查清楚了吗？这匿名信是哪儿来的？"

"我们还在查，但信里提到的万禾的那船贵金属，的确是真的。"

"许卓这个废物！骗子！赶紧备车，我现在就去找他！"

其中一个西装男应声跑了出去，跟等在门口不敢敲门的秘书撞了个满怀。

秘书进来，小心地开口："刘总，有人给您寄了个快递。"

刘总阴沉着脸："谁寄的？"

秘书怯怯地："不知道，匿名的。"

刘总一皱眉："匿名？拆了看看。"

秘书拆开快递："刘总，是支录音笔。"

刘总一愣。

"打开听听。"

秘书按开录音笔，许卓的声音从里面传了出来……

刘总一脸愕然，慢慢地瞪大眼睛。

张萌低着头把几杯茶端到桌上，然后小心翼翼地陪坐在一边。许卓满头大汗，很谦卑地低着头，再也没有往日自信从容的风采。

刘总气势汹汹地坐在那儿，一言不发，身边三个西装男仿佛替老大出头的马仔一般，死死盯着许卓，一副兴师问罪的架势。

见许卓不说话，刘总缓缓掏出录音笔和匿名信，甩在桌上。

刘总别过头去，似乎不想看到许卓的脸："许律师，我今天是双喜临门啊！说说吧，这录音是怎么回事？"

许卓没去拿录音笔，只是擦着汗："刘总，这都是误会。"

"误会？"

刘总转过头看向许卓，终于拍了桌子。他气得双目赤红，滚烫的茶水溅到手上都浑然不觉。

"那这匿名信也是误会吗？！这段录音和这封信足够证明你没有尽到勤勉尽职义务，存在重大工作失误，你害我损失了几个亿，你这是渎职啊许律师！"

"刘总从哪里得到的这封信可以告诉我们吗？"

"我从哪里得到用得着你管吗？你就告诉我信上说的是不是真的？万禾的资产是不是不仅仅有十八个亿，实际上有三十几亿？"

"哪儿有的事？他们有一部分待查资产，价值两个亿，这个制作财产状况报告的时候已经向债权人交代明白了，万禾的万总最近也已经被拘留，这部分资产的去向应该很快就会查出来，这个您是知道的。"

"你是说这信上说的都是假的喽？万总的女儿没有一船贵金属，

在重整期间一直漂在公海上，现在已经转移到了海外？"

刘总说完，死死盯着许卓。

许卓终于抬起头，刚要张口否认，刘总向他示意身边的马仔："许律师你现在要对你说出的话负责哟，我的人可是录着音呢。"

许卓见状，顿了下开口道："刘总，我不说有，也不说没有。我只能说，在重整成功以前我不知道这个情况。"

"你当时信誓旦旦说万禾不明去向的钱只有两亿！还说那两亿也未必追得回来，让我趁早拿钱走人，现在可是三亿美元啊许律师，我付你一千多万，就是让你每天监工良诚所的吗？"

"如果这种情况真的发生，责任也首先是良诚所的，尽职调查的义务是他们的。"

"他们的责任我一定会追究。你的呢？你拿了我一千多万，你做的尽职调查呢？"

"对不起，我们已经做了尽职调查，在我们的能力范围之内，在重整成功以前我们确实不掌握这情况。"

"这么说你知道有这一条船了？"

这次许卓不敢说话了。

刘总站起来，冷笑一声："许卓律师，等着接传票吧。我们走。"

"刘总、刘总，您别走，我们再谈谈嘛。"

许卓恍惚了一下，又如梦初醒赶快站起来去追，刘总已经带着人走远了。

"你说什么？"

方丽虹抬起头来，眼睛里满是惊恐。

站在她对面的陶正，面孔同样很严肃。

陶正低声道："几个万禾的债权人找到所里来了。他们说他们接到了一封匿名信，信上说万禾在重整期间万总的女儿买了一船贵金属，价值三亿美元，一直漂在海上，在重整成功以后没再靠岸，转移到海外了。"

"啊！"方丽虹失声叫了出来，瘫坐在椅子上。

"方律师，你赶快过去，我们得想办法把他们安抚下，万一闹起来，我们就完了。"

"匿名信？哪儿来的匿名信？"

"不知道。但他们言之凿凿，说匿名信上附上了一家美国咨询公司的调查报告的截图，看样子不是空穴来风。"

方丽虹完全愣住了。

陶正催促道："方律师你得赶快去，他们的情绪很激动。"

方丽虹站起来，匆匆地："我马上过去。你把张志和赵斌也叫来，我们一定要先稳住他们！不管事实真相如何，先把他们安抚下最重要。快！"

良诚所会议室，一溜债权人坐在对面，个个神情严肃，不发一言。门开了，方丽虹一进门就笑容满面地过来，向他们伸出手。

"马总、孙总、刘总、夏总、李总，你们来了？"

没一个人站起来，也没一个人握手，大家都用异样的目光看着她。

方丽虹自己在他们对面坐下来，努力用轻松的语气说道："各位，不知道大家来访，没有准备。我已经让陶正律师去请我们其他合伙人了，无论各位有什么问题，咱们好商量。"

马总推过来几页纸："方律师，您先看看这个吧。"

方丽虹接过来看着，神情越来越凝重。

这时，陶正带着张志和赵斌进来了，见状也没客套，分别在方丽虹两侧坐下。

方丽虹赔笑："各位手里应该还有吧？也给我们其他合伙人看看。"

又有三封信被推了过来，其他三个也一起看着。

方丽虹整个身体都控制不住地颤抖，此刻她已经完全失去了方寸，只能努力保持着镇静。

马总开口了:"各位,对这件事你们如何解释?"

没有人说话。

陶正轻轻咳了一声提醒方丽虹。

方丽虹抬起头来,她额头上已经沁出了细细的汗珠。

"我没办法回答,因为我没办法证明这信上说的事情的真伪。"

"方律师是否认有这件事吗?"

"我没否认,我只是没办法证明真伪。"

"看起来,我们只有到法庭上去证明真伪了。"

"别别别。各位,有什么事情,我们好商量。在我们做管理人期间,我们已经尽我们最大的可能,调查了万禾的财产状况,对隐匿、转移的财产也向相对人依法进行了追回。这上面说的这价值三亿美元的资产,我们闻所未闻。如果它一直漂在海外的话,大家应该理解,我们也没有渠道去查。"

方丽虹赶紧站起来赔笑解释,话刚说完,对面的一个债权人直接把报告扔到了她身上。

马总:"你还在狡辩!还在狡辩!你们是管理人,把万禾的资产调查清楚,难道不是你们当管理人起码的责任吗?如果加上这三亿美元,万禾的资产就超过了三十个亿,和重整前外界传闻的相符。那么我们能拿回的就不是百分之三十几,而是将近百分之六十。我们蒙受的这么重大的损失谁来弥补?"

方丽虹脸上的汗流了下来,不得不扯张面巾纸来擦:"各位,请大家不要轻信谣言。我们当时穷尽了一切可能,只查到万禾有两亿的资产不知去向,哪里出来了三亿美元?"

孙总:"如果有呢?"

方丽虹不说话了。

孙总不依不饶:"你说啊,如果有呢?"

方丽虹还是不说话。

陶正赔着笑:"我们可以进一步调查。"

夏总阴沉着脸:"人家早转移到国外去了,你们还调查个屁呀!重整都完成了,调查出来又有什么用啊?说,你们和最后的投资方是不是有什么利益交换?"

方丽虹眼睛都是红的:"这一点我可以用人格担保,我们和最后的投资方没有任何的纠葛。"

马总:"就算没有,十八个亿接盘,和三十个亿接盘能一样吗?你们牺牲了我们中小债主,成就了它一家。他们给你们多少好处啊?"

方丽虹还在解释:"除了应当计取的管理人费用,我们不会多收一分钱,更不会收万禾的钱。"

刘总站了起来,他跟方丽虹和陶正是老相识了,一直没说话的他此刻满脸悲愤:"你们拿了上千万,却对万禾这么大的资产在外一点也不了解。你们做管理人只想着从我们这里坑钱吗?我们还在这儿谈什么啊?我们和他们法庭上见吧。走吧。"

他带头站起来,另外几个也跟着一起站起来往外走。

方丽虹和陶正几个人也一起站起来,赶紧堵在门口哀求挽留。

"马总,别这样,有什么问题我们好好谈。"

"李总、李总,我们再谈谈嘛。"

……

几人还是怒气冲冲地走了,剩下他们四个面面相觑。

赵斌已经快吓哭了:"他们会干什么?"

陶正面色惨白:"还用说吗?会对我们提出索赔诉讼,有过这样的先例。我们完了。"

张志颤抖着指着桌上的那几张纸:"那封信从哪里来的?"

陶正茫然地看向方丽虹:"别管从哪里来的了,我看上面的截图,像是真的。方律师,赶快想想办法吧。"

方丽虹呆若木鸡,站在那里什么也没说。

一楼电梯口,罗英子、邱华、夏舒一身高定套装,很神气地走过来,等候电梯上楼,老韩沉着脸站在那里一起等。

罗英子看到他:"韩律师。"

老韩看看她只微微点了点头,又看了一眼邱华,邱华没正眼瞧他。

罗英子:"韩律师回所啊?"

老韩:"啊。你们是去我们所?有事吗?"

罗英子:"我不去你们所,我去你们楼上一层。"

老韩:"干什么?"

罗英子几乎要笑出来:"我们律所准备搬家,就租在你们楼上。"

老韩一愣:"啊?"

罗英子:"韩律师,以后你们十六楼,我们十七楼,就是楼上楼下的邻居了,有事多来往啊。"

老韩哼了一声没再说话,电梯来了,几人随别人一起进了电梯。

十六楼到了,门一开,老韩匆匆出电梯,罗英子和他招呼了一声,老韩理也没理走了。

罗英子撇撇嘴:"架子真大。"

十七楼到了,三个女孩出了电梯,负责写字楼招租的王经理正站在电梯门口等着她们。

王经理笑容可掬:"罗律师来啦?"

罗英子:"您早到了?"

王经理:"刚到。罗律师,这儿是妥妥的CBD,站在这儿,泾北的财富中心都被您踩在脚下了,是不是顿时有种一览众山小的感觉?这座楼里,律师事务所就有五家,而楼层最高的就是你们家。怎么样,咱们定了吧?"

罗英子笑了:"在泾北这地方,说一览众山小就是井底之蛙了。我不在乎我是不是比别人矮,只要比我脚下高一层就行了。"

邱华开口道:"这价格还能再谈吗?预算有点超了。"

王经理:"三位,这地方您什么时候租,什么时候就是抄底,因为明天的价格永远比昨天高。您要嫌贵,我可以再给您多谈两个月免租期。"

罗英子看了看邱华和夏舒,说道:"让我们再考虑一会儿吧。"

王经理露出商业性的微笑:"您慢慢考虑,我正好有个客户去楼下看房,先过去一下。"

她们三个的脚下,正是良诚所的会议室。

此刻,会议室里挤得满满当当,所有的人都站着,乱成一团,一幅沉船前的景象。

方丽虹和几个合伙人站在台前,拼命地想维持秩序,但已经没人听他们的了。

"两亿?向我们索赔两亿?我们砸锅卖铁,一家人扎起脖子不吃饭也赔不起啊!"

"人家来索赔了,你们把我们叫来了,当初组织管理人团队的时候怎么不叫我们?"

"三个亿美元的资产在外,你们怎么就没查出来?你们工作了好几个月,到底在做什么?"

"天哪,我辛辛苦苦干一年才挣几十万,还有房贷,还有车贷,我老婆刚生了第二个孩子。"

"你慌什么?你又不是合伙人,你不用对律所的债务负责。"

……

老韩咳嗽了一声:"方律师,我来说几句,合伙人对律所负有无限责任不假,可万禾项目,是你们几个人做的,我根本没参与。将来真输了官司,我是不会赔的。"

一个姓孙的合伙人马上站到老韩身边:"就是。当初组织管理人团队的时候我想参与都没要我,现在想叫我们一起担责,没门儿!"

陶正满头大汗:"大家先别慌,大家先别慌,听方律师说几句行吗?"

大家好不容易安静下来。

方丽虹一时不知道说什么。

陶正小声地:"方律师,这个时候你得镇静。"

方丽虹稳了稳自己:"各位,今天是我们律所历史上最黑暗的一天,我们遭到了别人陷害。有人给万禾的几位债权人发了匿名信,匿名信上指责我们没对万禾做到尽责调查,导致万禾有价值三亿美元的资产外流。刚才,我们已经接到了法院的传票,万禾几个债权人联名把我们告了,向我们索赔两亿。我们目前还无法判断那封匿名信上所述事实的真伪,但我们要做最坏的打算。"

一片大哗。

"两个亿啊!"

"天哪,这是想要我们的命啊!"

"把我们都卖了也卖不出两亿啊!"

一个年轻的面孔从后面挤上来,看来是刚晋升的初级合伙人。

"方律师,出了这么大的事情,应该谁为此负责?"

一片应和之声。

"对,谁?谁?"

"当管理人的时候搞得神神秘秘,别人连问都不让问,这时候怎么把大家都叫来了?"

"你们当初入了管理人团队的人呢?你们和我们说什么呀。"

……

楼上开着窗,微风习习,三个女孩正环视着办公室。

罗英子:"夏舒,你怎么想?"

夏舒一边刷手机一边说:"这里确实是个好地方,关键是,租在这里还能压良诚所一头呀。"

罗英子:"邱华,你呢?"

邱华看着脚下漂亮的大理石地板:"我倒觉得,不在十七楼,我们照样能赢他们。"

罗英子思忖着:"话是这么说,可我总觉得这儿是我的一个理想，真想一鼓作气把它拿下啊。"

这时，夏舒突然大叫了一声。

"罗姐、邱姐，出大事了！"

罗英子和邱华都是一愣。

"怎么了？"

夏舒拿手机给她们看，是一条新闻推送。

罗英子大骇："天啊，良诚所被起诉了？！"

夏舒："新闻说，万禾的几个债权人把良诚所告了，向他们索赔两个亿。还说鼎薪要起诉卓越所，索赔几千万。现在楼下，债权人已经把良诚所围了！"

罗英子大吃一惊："两亿？！他们告良诚所的依据是什么？"

邱华意外地平静："你说呢？"

罗英子看着她，不说话了。

此刻的楼下是一片末日的景象，有几个年轻律师已经开始搬着自己的私人物品匆匆离开了，还有人在匆忙地收拾着自己的东西。

小田呆呆地坐在工位上，不知所措。

人事李杰从他身边过："田律师，你还不走？在等什么？"

小田茫然地抬起头："往哪儿走？"

"不知道，先走了再说。船要沉了，老鼠也会逃生，两个亿啊！"李杰耸耸肩，一边说着一边匆匆过去。

小田也开始收拾自己的东西，收拾了几下又停下来，呆呆地："走，往哪儿走啊？"

会议室里已经乱成一团，众人把方丽虹几个人团团围住，每个人都很激动。

"分红！趁着官司还没打，马上分红！"

"就是。催我们交提成怪积极，分红从来都是能拖就拖。现在不分，等对方把律所账号查封了，想分也分不了了。"

"方律师，去年我应该分二十多万，所里说要用来发展没分，今年我还有二十几万。我只要把这五十多万分到手，你们万禾项目挣的钱我一分不要，到时候有事也别找我。"

"哼，匿名信上的材料哪儿来的？肯定是罗英子和邱华弄来的。当初要不是你们开除她俩，她们能和良诚所为敌吗？"

"你们单开除她俩也好，还弄进来一个陈硕。陈硕和罗英子啥关系你们不知道吗？现在倒好，让他们里应外合，到底把良诚所搞垮了。"

"陶律师，你当初为什么引荐陈硕进来？"

"只引进来也就算了，他和諸山打官司的时候你们又和他切割，要不是你们做得太绝情，他现在能和罗英子他们联手打咱们所吗？"

陶正赔着笑："这事和我没关系。我引荐了陈硕不假，可他进来也给咱们所创造了不少财富。最后切割的时候我根本不同意，是方律师坚持要和他切割的。"

"方律师！叫方律师说说！"

方丽虹看着面前一张张激愤的面孔和身边能躲就躲的战友，眼泪突然飙了出来，还没说话就哽咽了。

"我说什么？你们想叫我说什么？自从于先生和梅先生离开良诚所，说起来所里还有七位高级合伙人，可实际上还不是我一个人在这儿撑着？那以后的九年来，良诚所多少次遇到困难，都是我独力支撑。现在到了生死关头，本应该大家共克时艰，可你们做了什么？你们想把责任推给我一个女人，你们好意思吗？"

张志站在陶正身后，摇摇头，小声道："完了，良诚所完了，连她都自称女人了。老陶你说几句。"

陶正回过头瞪视着他："我说什么？你为什么不说？"

众人还在围着方丽虹吵着，责问着，乱成一团，方丽虹惊慌失措，已经开始痛哭流涕。

正在这时候，门开了。

梅大梁穿一身黑色职业套装，虎步生风、气场全开地走了进来。

不知谁喊了一声："梅先生回来了！"

会场顿时静下来。

方丽虹哭得满脸是泪，看到梅大梁，像受了委屈的孩子，呜呜咽咽地："梅先生……"

梅大梁一声断喝："你看你这个没出息的样子！把你的泪擦干！哭给谁看啊？徒被众人笑。"

方丽虹赶快擦去了泪。

梅大梁走上台去，站在合伙人中间。

"诸位，我是良诚所的创始人，也是督导合伙人，现在我回来了。过去的事情，我自己反思过了，我和过世的老于做的有许多不对的地方，我向大家道歉。"

她先向大家鞠躬，又转过身来向合伙人鞠躬，大家都一副不知所措的样子。

梅大梁看向众人："至于你们对我所做的事情，我希望你们也能各自反思。但是，现在不是谈那些的时候。良诚所遇到了灭顶之灾。良诚所不能垮，良诚所必须活下来！因为我们所有的合伙人都对律所负有无限责任，一个都跑不掉。"

方丽虹抹着泪："可是梅先生，他们要索赔两个亿呢。"

梅大梁："砍头不过碗大块疤，不就是钱吗？大难临头了，逃又逃不掉，抱怨没有用，全力以赴应对这次诉讼吧。只要对方手里的证据是真实的，那么我们一定会承担相应责任，我们也只能尽一切努力把损失赔偿降低到最低限度。也许良诚所会把所有家底都赔光，也许我们每个人的资产都要用来赔偿，可那又有什么？人生不是用来被打败的，只要不死，就还有希望。熬过去，东山再起就是了！"

一片寂静，接着，有人鼓起了掌。

马上，会议室里爆发出一片掌声。

梅大梁环视众人："我没有律师资格，这个案子，谁能出庭？"

大家都去看方丽虹，但她似乎已经被打垮了，精神委靡地躲在后面。

陶正畏缩地："要不然，我……我来？"

梅大梁盯住方丽虹："丽虹，如果你这次退缩了，你一辈子就起不来了。你确定你不来吗？"

方丽虹又流泪了："老师……"

梅大梁鼓励地看着她："我希望你来挑头。你背后还有我。"

方丽虹终于擦擦泪站出来："我，理应是我。我来挑头。陶正、张志、老韩，你们都要进来。"

梅大梁点头："好，先就这几位，还需要什么人我们再商量。现在谁能告诉我，他们的证据可靠吗？"

陶正："匿名信上只有美国一家咨询公司的文件截图，另外还有那艘货轮的停航记录以及进货记录，看上去是确有其事，当然全部的证据可能需要他们提供给法院以后我们才能拿到。"

梅大梁："好，那就等拿到我们再来研究吧。那么，他们的信息从哪里来的？"

老韩："肯定是罗英子和邱华！她们参加了卓越所的律师团队，对万禾案的情况都了解。夏舒在美国还有关系。难怪她们三个今天耀武扬威地来看房，还特意选在十七楼，这就是要踩在我们头顶上啊！"

梅大梁吃了一惊："罗英子？她们在十七楼？！"

方丽虹恨恨道："梅先生，罗英子算得上是您的关门弟子，她居然对我们下这样的狠手。"

此刻罗英子坐在楼上的简易沙发上，显得很懊恼。

罗英子："他妈的他妈的他妈的，我为什么这个时候来看房！真是寸啊！"

邱华也显得有点慌："英子、夏舒，咱们赶紧走吧。"

"我不跟你们走了，郝磊约我，我晚会儿回律所。"夏舒说着摆摆手快步走了。

罗英子和邱华互相看着。

"咱们要是下楼遇见他们怎么办？良诚所肯定觉得是我们害了他们。"

"怕什么，咱们又没做错什么。"

二人说着起身要走，刚到门口，梅大梁的电话来了。

罗英子愣了愣，对邱华说："是梅先生。"

邱华示意她接。

"梅先生。"

"英子，你在十七楼？"

罗英子没办法，又看了看邱华，干巴巴地说："我们几个来看房，正要走呢。"

"我就在你脚下。你自己下来一趟，我有话问你。"

电话断了，罗英子站起来，嘀咕着："在我脚下……"

良诚所，罗英子走进来，看到办公区一片纷乱，还有些律师正搬着东西往外走。这些人注意到她，都用异样的目光看着她。罗英子有些尴尬，回避着他们的目光往里走。

方丽虹从会议室里迎出来："英子，到会客室吧，梅先生在那儿等你。"

罗英子进来，看到梅大梁坐在迎门的地方，陶正、张志、老韩分坐她两侧，方丽虹进来，也坐到了她身边。

罗英子站住："梅先生。"

梅大梁冲她微微点头："坐吧。"

罗英子在一进门的沙发上坐下了。

罗英子："好严肃。有事吗梅先生？"

梅大梁把那封匿名信推过来："英子你看看这个。"

罗英子低头去看，大吃一惊。她头低着，眼睛急速地转着，在想什么事情，想了一阵，抬起头来，发现所有的目光都落在她脸上。

罗英子："梅先生为什么给我看这个？先生怀疑是我发的吗？"

梅大梁："我不问，看你自己。"

罗英子把信推回去："先生不问，我也不答。信上说的事情我知道，是真的。不管是不是我发的，良诚所在万禾的资产调查里确实存在工作瑕疵，今天如果被追究，那也是咎由自取。至于是不是我发的，就看各位的判断了。还有事吗？"

梅大梁："没了。"

罗英子站起来："那我走了。"说完头也不回地走了。

屋里一片寂静。

老韩愤愤地："肯定是她，她向来是个睚眦必报的人。"

梅大梁："不是她。"

方丽虹："我也觉得不会是她。"

老韩："那就是邱华。"

张志："或者是夏舒。"

梅大梁："不要猜了。她说得对，不管是谁发的，良诚所在万禾案里确实有失职。现在，让我们准备迎接我们命运中注定要到来的这一劫吧！"

罗英子从良诚所回来就一直失神地坐在自己办公室里。

夏舒开门进来，唱歌一样哼着旋律："我回来了。"

罗英子抬头看着她。

"罗姐，鼎薪找许卓索赔的事彻底传开了，连郝磊都知道了。你说这许老师要真赔上几千万，法庭不会连一条底裤都不给他留下吧？"

"你的录音功不可没。"

夏舒："我的录音充其量证明许卓未尽勤勉忠实义务，但那封匿名信，可是横扫了卓越所，也团灭了良诚所啊，还是邱姐够狠。"

"你也觉得是她发的？"

"不然呢？"

815

罗英子没说话，低头沉思。

"罗姐，您别多想，许卓对我们更狠。哈，看他的样子真解气。"

"可是，万禾许多债权人都接到了这封信，良诚所也被债权人告了，索赔两个亿。"

夏舒没说话。

"我回来了。"门开了，是邱华回来了。

罗英子没说话看着她。

邱华："英子、夏舒，我有件事要告诉你们。"

夏舒："什么事？"

邱华："万禾的债权人要委托我们代理他们和良诚所之间的索赔诉讼。这一个案子，我们能挣一千多万。"

两人都没说话。

邱华："你们没意见吧？没意见我就和他们签代理协议了。"

罗英子："邱华，那些匿名信是你发的吧？"

邱华："是我。怎么啦？我只是把事实告诉受到蒙骗的债权人。我做得不对吗？"

罗英子："没啥不对的，我就是觉得……觉得……邱华，这个案子，咱们别参与了好不好？"

邱华："为什么不参与？放着钱不挣吗？"

夏舒："我也觉得哪里别扭。"

邱华定定地看了她们一阵，笑了。

"啥意思啊？又站上道德高地了？我做得有哪里不对吗？他们当初开除咱们、陈硕出事的时候和陈硕第一时间切割，他们有过内心不安吗？他们作为管理人挣了大钱，却对破产财产没有进行尽职调查，是他们做错了，和我们有关系吗？一方失职，一方要提起诉讼，咱们代理其中一方，有什么问题吗？"

罗英子显得有些心烦意乱："没什么问题，就是……"

"觉得我出卖人？我不觉得我哪里做错了呀。英子，当初咱们给卓越所工作了几个月,你一句话,我们一分钱没拿就退出了,为什么呀?凭什么呀?实话告诉你,我那时候就想到了有今天才同意放弃我们获得报酬的权利的。现在我们得到了一个大案子,你们说要放弃?"

"没有,我没那个意思。"

"那你是什么意思呢?"

罗英子眼神恍惚:"我也不知道,说不清楚。邱华,你要是想代理就去代理吧,别问我。"

夏舒突然活跃起来:"哎,咱们去代理鼎薪好不好?刘总对咱们熟悉,如果咱们表示要代理他们,刘总一定会用咱们的。"

邱华瞪了她一眼:"别胡说了。你明明知道咱们参与过卓越所的管理团队,如果咱们去代理鼎薪,许卓一抓就抓到咱们的把柄。"

罗英子点头:"是。代理鼎薪不合适。"

邱华不说话了,三人沉默着。

邱华突然开口了,声音已经有些哽咽。

"你们什么意思嘛。因为对方是良诚所,又触动你们的恻隐之心了?显得我心狠手辣手段卑劣还是怎么的?这不就是一个平常的业务吗?到底哪里不对你们告诉我。当初我在良诚所被老韩欺负找方丽虹诉苦的时候,她同情过我吗?我们被他们扫地出门,他们同情过我们吗?陈硕为他们挣了钱,出了事他们一刀切割,他们同情过陈硕吗?为什么我就该放着正常的业务不做同情他们?"

罗英子惶惑地一笑:"没有,邱华,你别误会,我没那么说。"

夏舒也赶紧说:"就是邱姐,不是那个意思。"

邱华的眼泪止不住往下掉:"不是这个意思,是哪个意思你们说嘛。"

两人回答不出来,又难堪地沉默着。

邱华一把擦干眼泪,站了起来。

"你们比我高尚,比我有同情心,你们不接我接。你们都是有钱人,放着钱不挣显示气节可以,我不行,我得挣。要是你们不同意咱们所接,我找个所接,我跟着别的所一块儿代理行不行?"

罗英子大出一口气:"行,怎么不行?我觉得这样挺好的。夏舒你觉得呢?"

夏舒看着邱华:"邱姐你要和咱们所分裂?"

邱华愣了愣:"我没那个意思。"

夏舒:"那我就同意。邱姐,我们三个说好的,永远不分开,我们是一家人。"

邱华:"好吧,那我找个所代理。我相信任何一个所都求之不得的。"

夏舒:"要不你找陈硕律师呗,他肯定没问题。"

邱华看看罗英子:"算了,我找别人。"

邱华走了,罗英子和夏舒继续沉默着。

邱华从楼里出来,找了辆共享单车,骑上就走。

可她越骑越慢,越骑越慢,最后不得不下了自行车,丢下走到一旁,转到一个公交站牌后面,靠着站牌发起呆来。

罗英子和夏舒还在那儿坐着。

罗英子小声道:"夏舒。"

夏舒失神地抬起头:"啊?"

"我们没做错吧?"

"不知道。"

"我们没伤害邱华吧?邱华说得都对,可是,我确实做不出来。这一个案子,会把良诚所打回原始社会的。"

"可是任何人打,都会把他们打回原始社会的。"

"是。可我还是不想通过我的手。"

"我也是。"

"可邱华怎么办呢?难道我们为了别人伤害自己的伙伴?"

"只是我们不接,她仍然可以接,不会伤害到她吧?"

"不知道。要是因为这件事伤害了邱华,或者伤害了我们之间的关系,那才是不值得。"

夏舒求助地看向罗英子:"要不我给她打个电话叫她回来,咱们接?"

罗英子烦乱地摆摆手:"不知道。好像怎么都不对。"

这时门响了,二人抬头,邱华又回来了。

罗英子:"邱华……"

邱华低头站在那里:"对不起,我做不出。我这次走出去,我们之间一定会分裂的。我做不出,我不能因为钱放弃大家。"

罗英子突然跑过去,一把抱住她。

罗英子:"对不起,对不起邱华,是我不好,可我确实不知道怎么办了。"

夏舒也跑过来抱住她们。

夏舒:"邱姐,我们这次就不沾手了,放心吧,以后我们还有机会的。"

邱华:"可是你们知道挣钱对我有多重要吗?"

罗英子:"我知道,知道,谢谢你邱华。"

夏舒:"我也知道,我尝过没钱的滋味。谢谢你邱姐。"

邱华没再说话,任她们抱着,可她的神情很复杂。

方丽虹、陶正准备去开庭,每人手里拖着一个大箱子。

梅大梁、张志、老韩、赵斌和其他合伙人一起陪他们到门口,颇有风萧萧兮易水寒的意味。方丽虹和陶正的神情都很严肃,看得出两人很不自信。

梅大梁倒像临阵将军,从容不迫,指挥若定。

她小声对方丽虹耳语:"大家在看着你们,露出笑容来。"

方丽虹和陶正勉强笑着向大家告别。

梅大梁回头看向众人,朗声道:"良诚所自从成立,几经风雨,今天不过是我们命中注定要经历的又一劫。我们一定可以过去的，我们一定能过去的。还是那句话，打不死我们的，一定会让我们更强大！"

大家颇有几分悲壮意味地鼓着掌给他们送行。

一个律师走到梅大梁身边，小声地："梅先生，又有两个要辞职。"

梅大梁微微点头："同意。让他们稍等我片刻，所里给他们出推荐信。"回过头来对方丽虹、陶正："你们先下去，咱们一起去法院。"

陈硕和刘总一起往法庭里走，和许卓又碰上了。

陈硕大声笑着，主动上去和许卓握手："许律师，不打不成交，看起来咱们这辈子算是杠上了。"

许卓脸上笑着，声音里透着阴毒："真没想到，刘总竟然找你来代理。陈律师，喝同行的血，感觉很好吗？"

"那得问你啊，干这个你不是专业的吗？"

"好吧，上了法庭不要客气。"

"那当然。要客气那不是看不起老兄您吗？"

两人肩并肩，亲密无间地进去了。

另一个法院门口，罗英子停下车，三个女孩下来，抬头看着面前法院高耸的大门。

罗英子叹了口气："真没想到有一天，咱们会来旁听良诚所被起诉。"

邱华面色平静："多行不义必自毙，早晚的事。"

夏舒小声嘀咕："你们说，良诚所看到咱们来旁听，不会气得发挥失常吧？这官司可是要索赔两个亿啊。"

罗英子又叹了声："管他们怎么想，走吧。"

这时，不远处传来一阵骚动，良诚所一行人匆匆赶来。

为首的是梅大梁，随后是方丽虹、陶正、老韩、张志、赵斌。

三人回头，罗英子的视线对上了梅大梁的眼睛，罗英子没有在梅大梁的眼神里感受到一丝温度。

二人都移开了视线。

良诚所的人纷纷停住，众人看着罗英子她们，眼睛里几乎要冒出火来。

梅大梁神色淡定："英子，你们也来了。"

罗英子诚恳地说："梅先生，我们来旁听，也希望良诚所能渡过难关。"

梅大梁微笑道："你们带着祝福来，我们很欢迎。"

"走吧。"梅大梁招呼着众人，率先向前走，经过三人之后，她的表情迅速冷了下来。

罗英子也对夏舒邱华："咱们走。"

两拨人一前一后，走进法院大门。

看着良诚众人远去的背影，遗憾，兴奋，怅然。

三个女孩脸上的神情各不相同。